国家社科基金后期资助项目
出版说明

　　后期资助项目是国家社科基金设立的一类重要项目,旨在鼓励广大社科研究者潜心治学,支持基础研究多出优秀成果。它是经过严格评审,从接近完成的科研成果中遴选立项的。为扩大后期资助项目的影响,更好地推动学术发展,促进成果转化,全国哲学社会科学工作办公室按照"统一设计、统一标识、统一版式、形成系列"的总体要求,组织出版国家社科基金后期资助项目成果。

全国哲学社会科学工作办公室

国家社科基金
后期资助项目
GUOJIA SHEKE JIJIN HOUQI ZIZHU XIANGMU

明词特色及其
历史生成研究

王靖懿 著

上海三联书店

序

　　王靖懿的专著《明词特色及其历史生成研究》即将由上海三联书店出版,问序于余,我很痛快地答应了。因为靖懿不仅在本科阶段选修过我的课,在硕、博阶段又皆从予问学,这在我所有学生中是唯一的一个。另外在我刚刚结题的国家社科基金重点项目"清词编年史及文献整理与研究"中,她负责完成了多卷本《清词编年史》的第二卷即"雍乾卷";在我目前仍在进行的国家社科基金重大项目"《历代词籍总目提要》及文献数据库建设"中,她也是子课题负责人之一。可以说,我近十年来的科研工作,离不开靖懿君的大力协助。所以当其专著付梓之际,略述己见以弁首,在我来说是很乐意的。

　　该著之蓝本是王靖懿的博士学位论文,又是她主持的国家社科基金后期资助项目的终期成果。她2015年博士毕业于苏州大学,那时苏大正在砥厉奋进,各方面与"985"高校全面对标。当时博士论文外审,指定送给华东地区五所"985"高校的博士生导师,而王靖懿的论文仍获得全优评价。此后多年,既顺利获得国家社科基金后期资助项目,又根据专家评审意见作了较大幅度的修订补充,并顺利结项。单凭这样的"三审"程序,靖懿君这本论著的质量就是可以相信的。

　　我曾经说过,关于明词的价值判断,从一开始就指向一个颇为棘手的学术命题:即明词在二百七十余年的发展过程中,是否形成了与唐宋词有以区别的自家面目或特色? 进一步来说,如果我们认定明词在特定的文化生态语境下,确实形成了堪称"特色"而不仅仅是缺点的"异量之美",那么其内涵及其成因又当如何界定与分说? 这个问题,我在早年好大喜功地完成的《明词史》中并没有很好地解决,所以我把这个棘手的课题又交给了靖懿君。师生接力,正是薪火相传的一种呈现方式。

　　靖懿君的研究思路和研究方法,或可概括为八个字:纵横考察,虚实结合。这八个字实际包括了四个层面。所谓纵向考察,就是从词史流变的角度,在明词发展的动态进程中,考察明词特色的发生、发展与形成的过程,从明词发展各时期的样态中，提炼出具有共性和稳定性且内涵清晰的明词特色。当然纵向考察也包括词史脉络的延伸观照，那就是将明词放置于千年词史风格流变的背景下来考察，将处于词史上游的唐宋词以及处于词史下游的清词，作为考察明词特色的重要参照。在明词流变中寻求特色是异中求同，在历代词流变中寻求明词特色是同中求异，从研究方法来说都属于比较的方法。而所谓横向考察，就是将对明词特色的探讨置于明代特定的文化语境中，综合考察明代社会政治、经济、文化、思想以及其他文体、艺术等诸多因素对明词的"形塑"作用，探讨明词特色的社会文化成因。这是我多年前提倡的历史文化学的方法。词尽管曾经"别是一家"，宋人所谓"空中语耳"，但明词特色之生成，显然与其特定的历史文化背景不无关系。

所谓"虚实结合"，就是把实证研究与理论探索结合起来，把定量分析与定性判断结合起来。如在第三章《明词词调研究》中，将《全明词》及《全明词补编》中的 24373 首词作的词调逐一录入计算机 excel 文档，统计出明词所用词调计 936 种，合并同调异名者后尚余 668 种，其中有 102 种为明人自创的词调。在这 668 种词调中，填词在 100 首以上的高频调 57 种。这其中令我稍感意外的是，唐宋以来一直高居榜首的不再是《浣溪沙》，而是《蝶恋花》。当然靖懿君对此也作了进一步考察，发现《蝶恋花》的异军突起带有很大的偶然性，因为其中仅应祁彪佳之邀题咏"寓山十六景"的即多达 273 篇，而这一次大型的群体唱和事先确定了以《蝶恋花》为调。所以如果去掉这 273 篇作品，《浣溪沙》仍然是最受词人青睐的词调。尽管现在宏生兄主编的《全清词》尚未竣事，我相信清代排名第一的仍将是《浣溪沙》。又如第五章从明代追和词看明人的价值取向，指出明代被追和最多的词作依次是苏轼《念奴娇·赤壁怀古》（153 次）、倪瓒《江南春》（99次）、虞集《苏武慢》（76 次）。至如陈铎《草堂余意》逐首追和《草堂诗余》，张杞逐首追和《花间集》等，当然更是极端的例子。这正如王兆鹏先生早年在宋词研究中所引入的量化统计一样，既有意义也很有意思。而在统计基础上对《竹枝》《念奴娇》《苏武慢》《西江月》《一剪梅》等一系列别具意味词调的个案分析，则具有相当的深度与文化内涵。其他如关于明词题材研究等章节，因为是建立在统计与实证基础上的归纳按断，所以立论坚实，令人信服。

实证研究贵在不避烦琐的梳理统计，理性论述则贵在宏阔的学术视野与深刻的思辨能力。如果说本书的后三章是以实证为主，那么前二章则以论述见长。作者结合明代文化生态与士人心态探索明词特色的形成，具有相当的理论深度。所论及的明词的俗化取向,在历代词学史上亦可谓别具一格。这其中虽然有些话题尚停留在心向往之而未至的境界,但靖懿君此著体现出来的整体的学术素养与功力,已经很令我欣慰了。

这本专著的另一个重要特色是立足文本细读,不尚空谈。清代一些词家没有读多少明人词作,仅凭一些主观印象,就对明词作了定性概括与整体否定,这些说法没有多少依据,但影响很大且传播甚广。靖懿君的做法是重新回归文本,将对明词特色的提炼和整合建立在对明词文本的研读、感悟、分析的基础之上。除了常用的量化统计方法之外,如第四章关于明词题材演化的分析,指出明词在题材沿袭中有新变,如受吴门画家词人影响而大量出现的题画词与谈艺词,在明代应酬之风影响下滋生的祝颂词、交游词;受金元道士词和虞集《苏武慢》影响的论道词、哲理词,以及在晚明山人隐逸风气中应运而生的闲适词,均为词史提供了一些新的元素。其中关于咏物词、爱情词、写景词这些题材大宗的分析,也都是建立在全面把握和文本细读基础之上的。这些年来,靖懿君在博士论文基础上,先后在《文艺理论研究》《江海学刊》《中国文学研究》等刊物发表学术论文十余篇,并得到词学界的广泛关注与好评,也正是对其治学能力的充分肯定。

当然,正如我一直强调的那样,关于明词特色的探索,既有很高的学术含量,更具有很大的难度系数。我当年写作《明词史》时就没有能力来把握这个课题,所以余意博士在其《明代词学之建构》中就曾善意地指出,《明词史》绪论中提出,应走出以宋词的审美规范去衡量宋以后词人的思维误区,"以宽容心态对待异量之美,把明词的特色与缺点剥离开来"云云,实际在《明词史》中并没有得到贯彻落实。这是非常切中肯綮的批评。那么二十年后,尽管靖懿君在这部著作中花了很大的精力,而且取得了突破性的进展,其中有不少说法,仍只能是学术演进过程中的"未定之论"。比如将明词特色定位为"世俗化的香艳情调""生活化的喜剧情境""民歌化的神理意味"以及"清新俊逸的语体风格"四个方面,虽然过程中我也参与讨论过,能否立得住,也还有待于学界进一步的斟酌是正。

新时期以来的词学研究已经走过了数十年的历程,明词研究作为一个新的增长点表现颇为突出。如余意《明代词学之建构》和《明词史》,岳淑珍《明代词学批评史》,汪超《明词传播述论》,甘松《明代词学演进研究》等等,以及我期待已久而即将问世的叶晔《明词通论》,都是近二十年间取得的重要成果。靖懿君此著,亦应属于新时期明词研究之力作。2018年在江南大学举办的词学研讨会上,才华横溢的彭玉平教授在为大会所作的学术总结中,戏称我为明词和明代词学研究的"祭酒"。对此种说法我愧不敢当,但作为一个较早从事明词研究的学者,看到近年来俊彦辈出,新著迭现,确实为年轻学人的崛起而欣喜,更为学术事业的薪火相传而高兴,故略抒感想,权以为序。

张仲谋

甲辰春日于彭城

目　录

绪　论

　　关于明词的价值判断,从一开始就指向一个颇具挑战性的学术命题:明词在二百七十余年的发展历程中,是否生成了与其他时代词体尤其是唐宋词有以区别的自家面目或独家特色? 换言之,假如我们认定明词在特定的时代文化语境下,确实形成了堪称"特色"而不仅仅是缺点的"异量之美",那么其内涵又当如何界定与分说?

　　对明词的批评与总结紧跟创作实践与时俱进,实际在明代即已展开。陈霆《渚山堂词话》指出:"我朝文人才士,鲜工南词。间有作者,病其赋情遣思、殊乏圆妙。甚则音律失谐,又甚则语句尘俗。求所谓清楚流丽,绮靡酝藉,不多见也。"①王世贞《艺苑卮言》谓:"我明以词名家者,刘诚意伯温,秾纤有致,去宋尚隔一尘。杨状元用修,好入六朝丽事,近似而远。夏文愍公谨最号雄爽,比之辛稼轩,觉少精思。"②待到清初朱彝尊撰《静惕堂词序》,则对明代词学作出了盖棺定论式的总结:"往者明三百祀,词学失传。"③尔后,众多批评家接踵而至,讨伐的声浪此起彼伏。如曰:"自元明来三四百年,往往以诗为词,粗厉嫚亵之气乘之,不复能如南宋之旧。"④曰:"论词于明,并不逮金元,遑言两宋哉。盖明词无专门名家,一二才人如杨用修、王元美、汤义仍辈,皆以传奇手为之,宜乎词之不振也。其患在好尽,而字面往往混入曲子。"⑤曰:"格调之舛,明词为甚。"⑥曰:"盖明自刘诚意、高季迪数君而后,师

---

① (明)陈霆:《渚山堂词话》卷3,见唐圭璋:《词话丛编》,北京:中华书局2005年版,第378页。

② (明)王世贞:《艺苑卮言》,见唐圭璋:《词话丛编》,北京:中华书局2005年版,第393页。

③ (清)朱彝尊:《静惕堂词序》,见施蛰存:《词籍序跋萃编》,北京:中国社会科学出版社1994年版,第543页。

④ (清)王昶:《〈琴画楼词钞〉自序》,见(清)王昶著,陈明洁、朱惠国、裴风顺点校:《春融堂集》卷41,上海:上海文化出版社2013年版,第741页。

⑤ (清)吴衡照:《莲子居词话》卷3,见唐圭璋:《词话丛编》,北京:中华书局2005年版,第2461页。

⑥ (清)丁绍仪:《听秋声馆词话》卷1,见唐圭璋:《词话丛编》,北京:中华书局2005年版,第2575页。

传既失,鄙风斯煽,误以编曲为填词。"①至此,谴责的声音掩盖住微弱的辩驳,于是,矮子观场,人云亦云,明词的"缺点"俨然成为明词"特色"的代名词。

"缺点"与"特色"是分属于两种逻辑层面的范畴。"缺点"源自优与劣的价值判断,它建立在评判者个人的评价标准之上,受评判者自身的认知能力、文学素养、审美情趣、心理动机以及社会环境、意识形态等多重因素的制约,因而具有强烈的主观色彩,也就不存在推导公式、运算法则以及所谓的"标准答案"。相比之下,关于"特色"的研讨则更为客观、公允。因为"特色"需要以比较或对照作为前提,参照物一旦确立,就可以借助定量分析、定性分析、直观对比、个案研究等方法,找出研究对象有别于参照物的"异质"元素,实现对"特色"的提取。尽管这一过程仍然带有主观性,片面性更是在所难免,但因其努力追求一种"无我"之境,尽量弱化研究者个人的主观感情因素,因而得出的结论也更具客观性。

清人的明词批评是建立在破旧立新以及如何定位清词审美规范的实践与探索基础之上的。无论是推崇"醇雅",还是追求"比兴寄托",乃至对词之韵律格式的强调,其实都跟明词所代表的美学风格方枘圆凿。于是明词成了清人必破之"旧",成为必须引以为戒的洪水猛兽。应该说,清人的明词研究是带有观念的先导性和明确的心理动机的。然而,所谓"旁观者清",身处明清两代词学体系之外的我们,只有从清人营建的话语体系中突围出去,才有可能真正客观而周详地审视明词以及清词的"庐山真面目"。

当然,回溯明词研究历史,我们还发现,除了清人对明词颇为粗暴的否定与指摘之外,也有学者对明词特色作过某种程度的思考。其中至少有两个人的观点,是我们在做相关学术清理时无法绕过的。

其一是《明词汇刊》的编者赵尊岳。他在校刻《明词汇刊》并对明词已有充分了解的基础上,撰写了《惜阴堂汇刻明词纪略》,最初发表于 1936 年 8 月 13 日《大公报》图书副刊。其中的第三节,就是在专门论列"明词之特色"。赵尊岳缕述的明词特色共有八条,兹掇其要以明大概:

> 第一,明代开国时,词人特盛,且词亦多有佳作。
>
> 第二,明代亡国时,词人特多,尤极工胜,以视南宋末年,几有过之,殊无不及。

---

① (清)谢章铤:《赌棋山庄词话》卷9,见唐圭璋:《词话丛编》,北京:中华书局2005年版,第3433页。

第三，明代大臣，多有能词者。

第四，明代武职，多有能词者。

第五，明代理学家中，亦多有能词者。

第六，女史词在宋之李、朱大家，昭昭在人耳目。元代即不多，《林下词选》，几难备其家数。而明代订律拈词，闺襜彤史，多至数百人，《众香》一集，甄录均详。

第七，道流为词，明代有张宇初。

第八，盲人治词，明季有盛于斯。

赵尊岳列举以上八条，继而曰："凡上所陈，虽不足尽明词之概要，然其特色所在，亦足供研精者考索之资，掇其崖略，知不免挂漏之失也。"①实际上，他所开列的只是一些"词学现象"。其中第一、二、六条，与此前各代词相比更显突出，或可视为"特色"；而另外五条则为个案式现象例举，殊不足以言"特色"。

更值得关注的是肖鹏博士久负盛名的大作《群体的选择——唐宋人词选与词人群通论》中的相关论述。在该书增订版第八章《唐宋人词选的明代传播》中，肖鹏博士首次提出"明体词"的概念，并曰：

> 自永乐而下，至明代中叶成化、弘治年间，前后约百年，为明词的沉寂和酝酿时期。……在此期间，明人的词最终舍弃了元词的成分，真正蜕变和凝定为"明体词"：体尊小令，格尚香软，思致浅鄙，语言烂熟。基本特征体现为"浅、小、艳、俗"四字。浅者才识浅薄、意境浅露、语言浅淡，小者观念上词为小道、体裁上崇尚小令、境界上格局狭小，艳者题材内容上追求情色爱欲、艺术风格上追求淫艳香软，俗者词体混淆于曲体、情调鄙俗、语言烂熟、文人俗气。②

这段话文字不多，却大略揭示出肖鹏博士对"明体词"的认知。在此后的论述中，"明体词"的提法屡屡出现。比如，他认为正德、嘉靖、隆庆、万历四朝一百余年（1506—1620），"为词坛的繁荣期，也是明体词的成熟期"（399页）。又如在讨论清初词坛时，提及以朱彝尊为代表的浙派词人"对明体词

①　赵尊岳：《惜阴堂明词丛书叙录》，见《明词汇刊》附录二，上海：上海古籍出版社1992年版，第4页。

②　肖鹏：《群体的选择——唐宋人词选与词人群通论》，南京：凤凰出版社2009年版，第399页。

病象的无情和冷峻"(453页);而阳羡词人和浙西词人一样,"都是明体词的反对党"(460页);并谓彭孙遹、董以宁等都是"花草"的苗裔,"没有跳出明体词的基本格局"(474页);又称"被云间词人群修正放大的明体词,仗着人多势众,盘踞清初词坛不肯退位"(474页),直到康熙十七年(1678)《词综》完成,才宣判"花草"时代彻底终结,"至此,明体词宣告寿终正寝,清词开始使用自己的正朔,开始书写自己的宏大编年史"(478页)。

应该说,肖鹏博士具有很强的学术敏感性和判断力,尽管他并不专门研治明词,但不可否认,他对明词特点或缺点的指认大多一针见血,对明清易代之际词坛风会转向的描述亦基本合乎实际,然其结论有三点值得商榷:第一,他在阐释明体词的基本特征时,曰浅薄、曰狭小、曰鄙俗、曰俗气,嗤点揶揄意味显而易见。然笔者以为,"明体词"应当是明词特色的标识性载体,它所强调的应是明词的"特色"而不是缺点。其次,关于明体词的形成时间,肖鹏博士认为,自永乐而下,至成化、弘治的约百年间,是明体词的蜕变与凝定时期。而笔者认为,永乐至成化年间是明代词坛的衰蔽期,到了弘治、嘉靖时期,随着词学的复兴,词人才开始探索明体词的自家面目。在"明体词"发展进程中,杨慎虽可谓里程碑式的人物,但必须等到万历年间,明体词才算正式形成。简言之,"明体词"兴于嘉靖,成于万历。第三,明体词的消歇与清词的复兴,不是朱彝尊等浙派词人挑战或反对的直接成果,当然也不仅是《词综》取代"花草"的结果,而首先是明清鼎革的刺激激活了词体的生机与活力,是时代变故促成了词坛风会的根本转向。

除以上二家外,余意教授的观点亦有颇多可取之处。他在《明代词史》中曾论及"明词的特色与价值",认为明词"无名家,有佳作;绘画、书法等艺术家甚而消费清雅脱俗趣味的山人群参与词的创作,客观上为词提供了新的趣味与表达可能;明人词风格多样,不主一格,注重小情小意,讲究情趣智性,与清代以来的词体观念有相当的距离:诸如此类,应该都是明代词的特色以及价值。"①这种阐述鞭辟入里,切中肯綮,然而,这些分置散见的方面尚不足以聚合为明词的总体特色或基本风格。

"词体特质应是一个历时性的概念,其内涵随着时代的推移而不断有所变化和变异,因而不能用凝固停滞的观点来看待,只能从动态运动中作适当的概括。"②明词在晚明思想解放和主情文化的语境下,同时又受戏剧、小说以及时调民歌等流行文艺的浸润滋养,确实形成了堪称特色而不仅仅是缺

---

① 余意:《明代词史》,北京:北京大学出版社2015年版,第11页。
② 王水照:《宋代文学通论》,开封:河南大学出版社1997年版,第73页。

点的"异量之美"。明人不甘匍匐于《花间》《草堂》的笼罩之下,仅靠采撷唐宋词习用语汇意象而作排列组合,拼装出一些看上去酷似宋词实则了无新意的"格式化之词",而是抛开传统套路,自出手眼,把词置于新的文化生态环境,借鉴并吸收晚明文化的时新元素,最终实现词体风格的转型与重塑。

一代有一代之词,一代词有一代词之审美特质。相较于敦煌曲子词之朴拙、花间词之秾丽,宋词亦可谓具异量之美。清人能识同体之善,而讥讪明词俗艳浅薄。实际上,清词方正典雅,跟宋词相去更远。清代词学家论词而正襟危坐,讲比兴寄托,讲意内言外,讲沉郁顿挫,讲重拙大,试图以种种药石来救治词体软媚柔弱的"缺点",虽意在尊体,却导致词体个性与审美特质的消解。试仿李东阳《麓堂诗话》的说法,则云:明词浅,去宋词却近;清词深,去宋词愈远①。

当然,尽管宋词被推上词体文学之巅峰,实则仍是"一代"之词。"似"抑或"不似"宋词,理应不能作为辨别词体优劣之准绳。诚如严迪昌先生对清词中兴的论断:"清词是一代新词,不应简单化地从是否向唐宋词回归的命题上去考察。任何一种文体,如果只是从前代的艺术积累中去讨生活,一味以前代的成就为模式去追逐,这本身就意味着是没落、凝滞,是无'中兴'可言的。"②对于明词,亦可作如是观。因而明词的价值,正是在"不似"处显身手。

万历以后的明词,已然形成了与前之宋词、后之清词迥然有别的自家特色。面对约两千名词人、近三万首词作,或许我们难免有些眼花缭乱,一时无从下手,其原因在于研究积累有限,同时也是未能拉开距离的缘故。我们现在看缪钺先生《论宋诗》谈唐诗、宋诗之别,指点分说,是那么鞭辟入里,而这种认识是经过千百年探索提炼并大胆舍弃的结果。同样,明词也存在着一种包容前后囊括众家的最大公约数,只是目前还没有提取出来而已。笔者认同上述诸家对明词体貌特征的判断,却并不认可明词与前代不同处基本都是负面的观点③。明词的特色与缺点是对立统一的,其相去一间者,惟在"度"的把握,过,则成缺点,不过,即为特色。

除王昶《明词综》之外,明词选本或推介文字不多,紧随其后的清代又对

---

① (明)李东阳《麓堂诗话》云:"宋诗深,却去唐远;元诗浅,去唐却近。"见丁福保:《历代诗话续编》下册,北京:中华书局 2006 年版,第 1371 页。

② 严迪昌:《老树春深更著花——清词述略》(下),《文史知识》1987 年第 12 期。

③ 邓红梅《明词综论》(《中国韵文学刊》1999 年第 1 期)认为明词存在着趣浅、神疲、语艳、境熟、律荒诸般"歹症候";肖鹏指出明体词的基本特征为浅、小、艳、俗,亦可谓是缺点而非特色(《群体的选择——唐宋人词选与词人群通论》第 399 页);雍繁星《明词体式品格及其价值评骘》(《中国文化研究》2014 年冬之卷)说:"大体说来,明词的创作水准较低,也没有特别的突破。如果勉强要找一点儿与前人不同的地方也是负面的。"

明词一味贬斥,从而使得明词中本就有限的名家名篇未能来得及完成自身经典化的过程,一般读者难免吠影吠声,对明词之特色优长也就无从体认了。而今既有《全明词》①和《全明词补编》②,嗣后还会有《明词精华录》之类的选本,如能平心静气,开诚布公,则会发现明词中警句佳篇自在,而其特色也将越发彰显。

---

① 饶宗颐、张璋:《全明词》,北京:中华书局 2004 年版。

② 周明初、叶晔:《全明词补编》,杭州:浙江大学出版社 2007 年版。

第一章　明词特色生成的文化语境

明词特色生成的文化语境,即指明词作为语言艺术之一种,其赖以存在并借以陶铸其特异审美品格的社会文化背景。

俄国思想家普列汉诺夫曾言:"任何一个民族的艺术都是由它的心理所决定的;它的心理是由它的境况所造成的。"①明词成于明代文人之手。明代文人所具之主体人格,尤其是当其进行词学活动时所展现出的精神面貌与创作心态,对明词个性的生成、衍变乃至"特色"的最终定型,都发挥着直接的、决定性的影响。当然,明代文人又无一例外地置身于特定的文化环境与社会规范之中,时代人群的思维习惯、价值取向、审美观念等,构成一种集体无意识的文化"场域",牵引着词人的创作,进而规定了明词发展的路径及其最终走向。与此同时,世风流转,文运更迭,笼罩于明代文化语境下的明词,面对全然有别的主客观环境,自当有所更张甚至作出妥协,以顺应新形势的需要,故而生成其"不得不变"的内在诉求。于是,明词经历了一场自内而外的改造,其变革的起因、演进的过程及其结果的最终呈现,皆应从其所处时代的文化语境中去窥探端倪。

第一节　明代词人的主体人格对明词个性的塑造

所谓"主体人格",是指创作主体对自身地位、价值、责任等所具有的认识,以及在此基础上表现出的思想品格、行为方式、精神面貌等的总和。而此处所论之"明代词人的主体人格",则是明代词人所呈现的既有别于其他时代词人,又不同于明代其他文体作者的思维与行为方式以及独特个性。它是一个相对的变量,"变"之所在,既指向明代词人主体人格较之前代的更

---

① [俄]普列汉诺夫著,曹葆华译:《没有地址的信》,见《普列汉诺夫美学论文集》,北京:人民出版社 1983 年版,第 350 页。

易,亦关乎其在有明一代各个阶段的历时性变迁。

由于明词作者往往兼涉其他文体,实际上,他们中的绝大多数并不以"词"作为文学创作的"主业",因而对于明代"词人"的观照已然推广至明代"文人"或"士人"的范畴。

不可否认,"主体人格"内涵丰富且相对抽象,绝非三言两语就能切中要害。更何况时代性主体人格又是对无数个体人格的抽象与凝集,一般研究者若想明察秋毫,殊非易事。笔者不揣浅陋却亦有自知之明,故本节对明代词人主体人格的考察,只求投合于"明词特色生成"的立论需要。

一、明初政治高压与明词风格肇端

今人读明史,不免会被一些看似矛盾的现象所困扰,尤其是明初历史。比如:

(一)

(元顺帝至正二十三年,1363)夏四月,陈友谅忿其疆场日蹙,大作舟舰,……载其家属百官,空国而来,兵号六十万,攻南昌。壬戌,薄城下。诸将分门拒守,……丙寅,友谅亲督兵攻抚州门,兵各载竹盾如箕状,以御矢石,极力来攻,城坏二十余丈。邓愈以火铳击退其兵。随竖木栅,贼争栅,文正督诸将死战,且战且筑,通夕复完。于是李继先、牛海龙、赵国旺、许珪、朱潜、程国胜等,皆战死。……①

(二)

杨维桢,字廉夫,山阴人。……徙居松江之上,海内荐绅大夫与东南才俊之士,造门纳履无虚日。酒酣以往,笔墨横飞。或戴华阳巾,披羽衣坐船屋上,吹铁笛,作《梅花弄》。或呼侍儿歌《白雪》之辞,自倚凤琶和之。宾客皆蹁跹起舞,以为神仙中人。②

倪瓒,字元镇,无锡人也。家雄于赀,工诗,善书画。四方名士日至其门。所居有阁曰清閟,幽迥绝尘。藏书数千卷,皆手自勘定。古鼎法书,名琴奇画,陈列左右。四时卉木,萦绕其外,高木修篁,蔚然深秀,故自号云林居士。时与客觞咏其中。③

---

① (清)谷应泰:《明史纪事本末》卷 3,北京:中华书局 1977 年版,第 41 页。
② (清)张廷玉等:《明史》卷 285,北京:中华书局 1974 年版,第 7308~7309 页。
③ (清)张廷玉等:《明史》卷 298,北京:中华书局 1974 年版,第 7624 页。

一边是鼎革之际的纷飞战火，浴血厮杀的疆场裹挟着战马的哀鸣，阴风飒飒，千里涂炭；一边是草长莺飞的世外桃源，羽扇纶巾的高人雅士优游其间，觞咏吟啸，岁月静好。这两组场景看似扞格、抵牾，如若寻绎其所处的历史坐标，则会发现，两个时间节点近乎叠合地定位于元末至正年间，亦即大明王朝启幕的前夜。

（三）

……文皇大怒，令以刀抉其（今按：指方孝孺）口两旁至两耳，复锢之狱，大收其朋友门生。每收一人，辄示孝孺，孝孺不一顾，乃尽杀之，然后出孝孺，磔之聚宝门外。……复诏收其妻郑氏，妻与诸子皆先经死。悉燔削方氏墓。初，籍十族，每逮至，辄以示孝孺，孝孺执不从，乃及母族林彦清等、妻族郑原吉等。九族既戮，亦皆不从，乃及朋友门生廖镛、林嘉猷等为一族，并坐，然后诏磔于市，坐死者八百七十三人，谪戍绝徼死者不可胜计。……兵部尚书铁铉被执至京，陛见，背立廷中，正言不屈，令一顾不可得，割其耳鼻，竟不肯顾。爇其肉，纳铉口中，令啖之，问曰："甘否？"铉厉声曰："忠臣孝子肉有何不甘！"遂寸磔之，至死，犹喃喃骂不绝。文皇乃令舁大镬至，纳油数斛熬之，投铉尸，顷刻成煤炭；导其尸使朝上，转展向外，终不可得。①

（四）

（永乐元年九月丙子）"……朕以菲德，缵成大统。仰思圣谟，夙夜祗服。惟欲举贤材、兴礼乐、施仁政，以忠厚为治尔。"②

（永乐元年冬十月癸丑）"昨有憸人为朕言，朝廷法太宽，非所以为治，朕已斥之。为治之道，譬之医药，有是病则服是药。今朕当守成之日，正安养生息之时，乃严法为治，此是无病服药，岂不反有伤乎？孔子言，天地大德曰生，圣人大宝曰位，守位曰仁，何尝谓严法也。"③

（永乐五年五月己巳）上幸灵谷寺，驻驿中庭，有青虫着上衣，以手拂置地，徐命中官取置树间，曰："此虽微物，皆有生理，毋轻伤之。"④

一边是"靖难之役"甫平，成者为王，大肆屠戮建文遗臣，可谓惨绝人寰，

① （清）谷应泰：《明史纪事本末》卷 18，北京：中华书局 1977 年版，第 291～292 页。
② 《明实录·太宗实录》卷 23，台北：中央研究院历史语言研究所 1982 年校印版，第 417～418 页。
③ 《明实录·太宗实录》卷 24，台北：中央研究院历史语言研究所 1982 年校印版，第 436 页。
④ 《明实录·太宗实录》卷 67，台北：中央研究院历史语言研究所 1982 年校印版，第 938 页。

不遗余力,令人触目惊心;一边是天子垂范,倡导宽厚,诏施仁政,堪称道德楷模,使人倍感欣慰,如沐春风。二者画风可谓判若云泥,然而谁能想到,这两出风格迥异的大戏恰由同一演员担纲领衔呢?明成祖朱棣,时而粉墨出场,时而本色登台,至于何为真我,何为角色,或许连他自己都难以辨清;至于今天的观众,恐怕更是眼花缭乱了吧!

以上四组史料所叙述的历史事件,皆发生于元末至明成祖永乐初年,两两对读,似乎抵触乖张,颇具矛盾性。然而明初政权正是由"矛盾"奠基,继而背负着一系列矛盾踽踽前行。后人常惊诧于有明一代的诸多"怪异",而一旦认清明初矛盾性的存在,或许就能从整个明代众多矛盾现象中梳理出线索,并寻绎到其根源之所在。

张伯驹《丛碧词话》曰:"元以曲盛而词衰。至明初,词只刘青田、宋金华、高青邱数家耳。朱元璋残酷之余,继以暴主凶阉,文人天籁,为其束缚,而词益不振。"①其将明词不振之"果"归咎于明初政治文化之"因",是有一定道理的。因此,明初政治文化环境理应作为我们进行明词特色研究的逻辑起点。探讨明初词乃至整个明词的发展衍变,必然离不开对明初政治环境以及置身其间的文人心态的整体性观照。

然要观照明初士人心态,则必须进一步拉远镜头,先行审视元代士人的生存状态。许金榜《从元曲看元代文人的心态》一文将元曲所透露的文人心态概括为三种模式:"佯钝装呆与清醒深层的思考""乐闲享受与个性解放的追求"以及"避世隐居与入世有为的幻想";当分析元人"乐闲享受"时论及:"元人的隐居却大都很积极主动,并以隐居为荣,以隐居为乐,充满了乐观旷达、知足自豪的情绪";"作者们的内心也并非没有隐痛和怨愤,但哭以笑出之,沉痛以洒脱轻松出之,却正是元人的特点。"进而指出:"元代文人的特殊心态是元代特定的政治、经济和思想的产物。"②"乐闲享受"与"避世隐居"确实构成元代文人心态及其生存模式的两个侧面,而元代社会也为此提供了适宜的环境空间。前引材料(二)所描述的杨维桢、倪瓒等人安逸恬淡的生存状态,正是元代士风在"元末"这个时间段上的缩影。

而随着朱明政权的建立与巩固,此种士风与政治需求之间的矛盾日益显现。《明史·文苑传》载:

---

① 张伯驹:《丛碧词话》,见张璋等:《历代词话续编》,郑州:大象出版社 2005 年版,第 812 页。
② 许金榜:《从元曲看元代文人的心态》,《山东师大学报(社会科学版)》1990 年第 5 期,第 63～69 页。

洪武二年,太祖召诸儒纂礼乐书,以维桢前朝老文学,遣翰林詹同奉币诣门,维桢谢曰:"岂有老妇将就木,而再理嫁者邪?"明年,复遣有司敦促,赋《老客妇谣》一章进御,曰:"皇帝竭吾之能,不强吾所不能则可,否则有蹈海死耳。"帝许之,赐安车诣阙廷,留百有一十日,所纂叙例略定,即乞骸骨。帝成其志,仍给安车还山。史馆胄监之士祖帐西门外,宋濂赠之诗曰"不受君王五色诏,白衣宣至白衣还",盖高之也。抵家卒,年七十五。[1]

朱元璋在对杨维桢"不受君命"事件的处理上表现得颇为克制,而杨维桢也足够幸运,因为他于抵家当年(洪武三年,1370)就辞世了,从而躲过了明初惨烈的文字之祸。整个事件表面上波澜不惊,君主、朝臣与在野文士之间似乎和乐融融,殊不知实际暗潮汹涌,已然为日后朱元璋对待文人的高压制控埋下了一颗定时炸弹。"杨维桢不肯受诏,以及朝中儒臣对于他这一举动的赞誉,说明当时在太祖所建立的政权之外,实际存在着一个相对独立的文坛。一边是强大有力的专制政体,一边则是力图游离于其控制之外的文人(或者是他们的思想),这就不可避免地会导致一幕幕空前激化的文化专制的历史悲剧,那便是所谓的'明初文字之祸'。"[2]贺表案、上梁文案、孟子节文事件,诸此种种,皆是明初政治、文化高压统治的结果,以至朱元璋要以法律手段扼杀士人出处选择的自由:"贵溪儒士夏伯启叔侄断指不仕,苏州人才姚润、王谟被征不至,皆诛而籍其家。'寰中士夫不为君用'之科所由设也。"[3]历经洪武一朝的文化整肃,明初士人的棱角已被消磨殆尽,有个性、有才华的文士,或殒命于专制屠刀之下,或和光同尘、韬光养晦。明初文坛告别了鼎革之际异彩纷呈的多元格局,开始走上消耗内力的惯性发展之路。

后人评论明词,往往对其首尾两端青眼有加,如清人佟世南认为明词中仅刘基《写情》、陈子龙《湘真》二集"高朗秀艳,得两宋轨则"[4],朱彝尊称"明初作手,若杨孟载、高季迪、刘伯温辈,皆温雅芊丽,咀宫含商"[5],近代赵尊岳也对明初词大加肯定,谓:"开国之时,流风未沫,青田、扣弦、眉庵、清江诸子,一理绵密,韵调流莫,虽不能力事骞举,要不失为大家,杂之《凤林》,诚无

① (清)张廷玉等:《明史》卷285,北京:中华书局1974年版,第7309页。
② 商传:《明代文化史》,北京:东方出版社2007年版,第5页。
③ (清)张廷玉等:《明史》卷94,北京:中华书局1974年版,第2318页。
④ (清)佟世南:《东白堂词选初集小引》,见孙克强、岳淑珍:《金元明人词话》,天津:南开大学出版社2012年版,第731页。
⑤ (清)朱彝尊:《词综·发凡》,见(清)朱彝尊、汪森:《词综》卷首,上海:上海古籍出版社1978年版,第15页。

多让。姑苏七子,北郭诗流,咸有篇章,足资讽籀。此其大辂椎轮,承逊国之芳矩,朗吟低唱,开新朝之文献者,固足抗乎一时,平视弃世者已。"①而事实上,明初词坛不过是"借才异代"。这批词人大多身经战乱,目睹了鼎革之际的沧海桑田,或哀叹抱负之难展,或感喟民生之多艰,或庆幸自我之保全,故其创作往往存感慨、显性情、寓兴寄。因此,与其说刘基、高启、杨基等人的创作代表了明词的辉煌开端,不如说是宣告了元词的完满谢幕。明朝开国伊始,随着朱元璋文化专制统治的加强,词人心态处于持续调整之中,词风也随之发生了转向。

被陈廷焯赞誉"句句精秀""自成明代杰作"②的高启《沁园春》咏雁词,通常认为创作于明洪武初,即高启辞去户部右侍郎还乡至洪武七年(1374)以文字获罪惨遭腰斩期间。词曰:

> 木落时来,花发时归,年又一年。记南楼望信,夕阳帘外,西窗惊梦,夜雨灯前。写月书斜,战霜阵整,横破潇湘万里天。风吹断,见两三低去,似落筝弦。　　相呼共宿寒烟。想只在、芦花浅水边。恨呜呜戍角,忽催飞起,悠悠渔火,长照愁眠。陇塞间关,江湖冷落,莫恋遗粮犹在田。须高举,教弋人空慕,云海茫然。

《白雨斋词话》谓此词"托意高远"③。不难发现,作者所托之"意",无非借咏雁以抒发自我对现实境遇忧惧彷徨的感慨,诚如张仲谋师所言:"词在结尾处的叮咛告诫,显然是词人的自省与自警。他是那么慨乎言之,显然不是在重复前人表现过的旧话题,而是对明初朱元璋以流氓手段对付文人的作风有所耳闻而心存戒惧。"④然而,尽管高启对时局之严峻已作清醒判断,并在行动上亦不乏谨慎,但他终究未能避开星罗棋布的陷阱,终因牵涉苏州知府魏观之狱而惨遭屠戮。

与高启并列"吴中四杰"、且同为"北郭十子"核心成员的杨基,有感于高启罹难,而作《摸鱼儿·感秋》一词:

---

① 赵尊岳:《惜阴堂明词丛书叙录》,见《明词汇刊》附录二,上海:上海古籍出版社1992年版,第4页。
② (清)陈廷焯:《云韶集》卷12,见孙克强、岳淑珍:《金元明人词话》,天津:南开大学出版社2012年版,第354页。
③ (清)陈廷焯:《白雨斋词话》卷3,见唐圭璋:《词话丛编》,北京:中华书局2005年版,第3824页。
④ 张仲谋:《明词史》(增订本),北京:人民文学出版社2020年版,第73页。

问黄花、为谁开晚，青青犹绕西圃。秋光赖有芙蓉好，那更薄霜轻雾。江远处，但只见、寒烟衰草山无数。凭栏不语。恨一点飞鸿，数声柔橹，都不带愁去。　　当时梦，空忆邯郸故步。山阳笛里曾赋。黄金散尽英雄老，莫倚善题鹦鹉。君看取，且信提携，如意樽前舞。浮名浪许。要插柳当门，种桃临水，归老旧游路。

此词题为"感秋"，其实却并非传统意义上的伤春悲秋之作。词之下片援引向秀《思旧赋》及祢衡《鹦鹉赋》，实则借向秀追悼故友嵇康、吕安，抒发自我对同样死于非命的亡友的怀念之情；借悲惋英才卓砾的祢衡，哀悼同样才华横溢却英年早逝的高启。无论是死于司马昭屠刀之下的嵇康、吕安，还是遭黄祖杀戮的祢衡，实际都是当时政治高压的牺牲品，而彼时向秀"山阳闻笛"以作《思旧赋》时"欲说还休"的心境又跟杨基此时何其相似！应该说，明初政治环境直接作用于文人心态，进而牵引着词风的转向。随着明初政局的巩固，专制统治日渐强化，鼎革之际词坛上那些蒿目时艰的写实之作、慷慨任气的咏怀之作、洒脱俊逸的闲雅之作，已逐渐销声匿迹。词人心境在政治高压下走向局促，词境也随之变得狭仄，这就为日后词坛掀起颂圣谀时之风埋下了伏笔。故陈声聪《读词枝语》谓，"朱元璋杀戮太甚，书种欲尽，元气一衰，后终难振。二百余年之天下，所为词，舍诚意伯、高青邱一二人外，皆《花间》《草堂》之残渣余沥耳"[①]，将明词衰落归因于明初严苛的政治环境，绝非无稽之谈。

继太祖洪武朝之后，明王朝经过建文时期短暂的休整，随即爆发了燕王朱棣发动的"靖难之役"，建文遗臣惨遭屠戮。"方孝孺之党，坐死者八百七十人；邹瑾之案，诛戮者四百四十人；练子宁之狱，弃市者一百五十人；陈迪之党，杖戍者一百八十人；司中之系，姻娅从死者八十余人；胡闰之狱，全家抄提者二百十七人；董镛之逮，姻族死戍者二百三十人；以及卓敬、黄观、齐泰、黄子澄、魏冕、王度、卢原质之徒，多者三族，少者一族也。"[②]情状之惨烈，竟至清初谷应泰笔触至此仍心有余悸："嗟乎！暴秦之法，罪止三族，强汉之律，不过五宗，故步、阐之门皆尽，机、云之种无遗。世谓天道好还，而人命至重，遂可灭绝至此乎！"谷应泰继续追溯了"壬午殉难"事件的前因后果："抑予闻之，荡阴之战，血惟嵇绍，靖康之祸，死仅侍郎。而建文诸臣，三千同周

①　陈声聪：《读词枝语》68，见孙克强、岳淑珍：《金元明人词话》，天津：南开大学出版社 2012 年版，第 331 页。
②　（清）谷应泰：《明史纪事本末》卷 18，北京：中华书局 1977 年版，第 307 页。

武之心,五百尽田横之客,蹈死如归,奋臂不顾者,盖亦有所致此也。方高皇英武在上,其养育者率多直节,不事委蛇。而文皇刑威劫人,其搜捕者易于抵触,难于感化。虽人心之不附,亦相激而使然也。至于宋朝忠厚,不杀大僚,孙皓凶残,恒加烧锯。臣以礼使,士不可辱。呜呼!成祖之作法凉矣。"①以一个"凉"字收束,看似轻描淡写,实则指出明初士人心态扭转之关键。

"靖难之役"肇端,"大明第一谋士"姚广孝已作出"杀孝孺,天下读书种子绝矣"的预言②,而朱棣不仅"磔"杀了方孝孺,甚至诛其"十族"。这一事件本身,虽不至真的绝了"天下读书种子",因为倘有"名利"二字高悬于前,以读书为登科仕进之途者就必然前仆后继;然而,诚如左东岭先生所言:"所谓读书种子断绝,实在是对忠义操守的放弃,此乃靖难之役留给明王朝的最大损失。"③此亦应了顾炎武《日知录》之所论:"自八股行而古学弃,《大全》出而经说亡,十族诛而臣节变。洪武、永乐之间,亦世道升降之一会矣。"④

朱棣虽打着"靖难"的旗号,但终究是凭借杀戮以取得政权,故不免时常暴露出内心的忐忑与多疑。为了强化专制统治,他不仅恢复了已于洪武二十年废黜的锦衣卫,而且增设独立于国家官僚机构之外的特务情报机关"东缉事厂"(简称东厂),以加强对朝廷官员的监控。他五次亲征蒙古,六次派郑和下西洋,虽属军事、外交行为,但亦多少带有微妙的政治意图。文化方面,他诏命编撰了或许是"有史以来世界上最大的百科全书"⑤——《永乐大典》,也或多或少地暴露其好大喜功的敏感心态;又下令纂修《四书大全》《五经大全》《性理大全》,以"道统"思想强化"正统"身份。永乐朝臣若想明哲保身,就必然要学会揣度圣心并曲意逢迎。加之太子朱高炽与汉王朱高煦储位之争形势严峻,乃至"明朝三大才子"之一、曾任内阁首辅的解缙也牵涉其中,含冤惨死,故而永乐朝的臣子们难免诚惶诚恐、如履薄冰。左东岭先生曾经形象地将永乐朝臣应对君王时谨慎恭谨的心态比作"妾妇心理",谓"此种妾妇乃至弃妇的心理显示了永乐士人在君臣关系中的被动地位,而且此种心理还将在以后的相当一段历史时期内缠绕在士人的心头,形成其牢固的人格心态"⑥。这种"妾妇心理"在黄淮等人的词作中可见一斑。

---

① (清)谷应泰:《明史纪事本末》卷18,北京:中华书局1977年版,第308页。
② (清)张廷玉等:《明史》卷141,北京:中华书局1974年版,第4019页。
③ 左东岭:《王学与中晚明士人心态》,北京:人民文学出版社2000年版,第8页。
④ (清)顾炎武:《书传会选》,见(清)顾炎武著、黄汝成集释,秦克诚点校:《日知录集释》卷18,长沙:岳麓书社1994年版,第651～652页。
⑤ 《不列颠百科全书(国际中文版·修订版)》"百科全书"条目,北京:中国大百科全书出版社2007年版,第6册,第71页。
⑥ 左东岭:《王学与中晚明士人心态》,北京:人民文学出版社2000年版,第15页。

黄淮(1366—1449),洪武三十年(1397)进士。靖难之役甫平,入直文渊阁预机务。永乐初,历任左春坊左庶子兼翰林院侍读、右春坊大学士兼翰林院侍读。永乐十二年(1414),受汉王朱高煦诬陷,系诏狱十年。出狱后,将狱中所作诗文三百余篇自加整理,命名"省愆集","或追想平昔见闻,以铺张朝廷盛美,或怀恩恋阙,以致愿报之私,或顾望咨嗟,以兴庭闱之念"①。杨荣为之作序,誉其"爱亲忠君之念、咎己自悼之怀蔼然溢于言表,真和而平、温而厚、怨而不伤,而得夫性情之正者也"②。《四库全书》本《省愆集》卷下附词10首,包括这首《蝶恋花·九日》:

> 迅速光阴乌兔走。寂寞圜扉,两度逢重九。梦里登高还似旧,觉来不管愁眉皱。　　圣德仁恩覃九有。白发青衫,准拟蒙宽宥。归去高堂重献寿,金尊满泛黄花酒。

又有《风入松·拟去妇词》:

> 落红万点委苍苔,春事半尘埃。满怀愁绪知多少,思量遍、无计安排。好似风中飞絮,时时拂去还来。　　当年鱼水正和谐,两意绝嫌猜。谁知命薄多乖阻,箫声远、零落天涯。破镜终期再合,梦魂长绕阳台。

这两首词或直抒胸臆,感恩涕零,或自喻弃妇,悱恻缠绵,《四库全书总目》虽评价为"当患难幽忧之日,而和平温厚,无所怨尤,可谓不失风人之旨"③,然"风人"一词实不似"妾妇"更为妥帖。

另一方面,为迎合最高统治者刻意标榜以示"正统"的微妙心理,同时顺应经济逐渐繁荣、国力日趋强盛的时代形势,永乐一朝以歌功颂德、表现祥瑞为主旨的应制文学迅速抬头,"台阁体"文风随即复苏,继而统治文坛近百年之久。

台阁文风波及词坛,亦令这一时期及此后较长时段内词体创作沾染上浓重的台阁气息。在杨士奇、杨荣、陈循等馆阁大臣手中,词俨然成为歌太

---

① (明)黄淮:《省愆集序》,见(明)程敏政编:《明文衡》卷43,《景印文渊阁四库全书》第1374册。

② (明)杨荣:《省愆集序》,见《文敏集》卷11,《景印文渊阁四库全书》第1240册。

③ (清)永瑢等:《〈省愆集〉提要》,《四库全书总目》卷170,北京:中华书局1965年版,第1484页。

平、感皇恩、颂圣德的工具。宣德三年(1428),宣宗朱瞻基驾幸西苑,诏令尚书、学士随从,杨士奇因作《清平乐·赐从游万岁山词》10 首。且看这 10 首词的末句:"共侍翠华游豫,仰承霄汉恩浓","圣主乐同贤辅,愚臣自愧非才","浩荡云飞川泳,甄陶总出皇仁","何幸盛时多暇,共陪太液清游","世外银潢玉宇,春前丽景清欢","口喷汪洋天泽,须教大地年丰","圣主恩深如海,醉教马上扶回","清世泰和嘉应,圣人道合乾坤","圣世均调玉烛,皇图帝寿齐天","荡荡太平熙皞,吾皇万岁千春",诚如后来前七子领袖李梦阳对杨士奇以及宣德文风的评价:"宣德文体多浑沦,伟哉东里廊庙珍。"[1]"三杨"内阁另一代表人物杨荣,其词仅存 10 首,全为颂圣谀时之作,包括《西江月·端午赐观击球射柳》五首,如言"端阳佳节太平年,百辟咸沾恩宴"(其一),"万方无事乐丰年,仰荷圣明恩眷"(其二),"臣庶欣逢舜世,华夷共祝尧年"(其五);另五首全为"元宵词",如言"嵩呼愿,齐天万寿,同乐太平年"(《满庭芳》),"万方玉帛会瑶京,同乐升平"(《画堂春》),确实是"为文章敷阐洪猷,藻饰治具,以鸣太平之盛"[2]。赵尊岳则评其"词笔亦富丽,多应制之作,犹大晟月节之遗音也"[3]。

诸如此类词句,浮夸造作,千篇一律,仿佛吉祥字词拼凑的标语口号,让人丝毫感受不到词体"要眇宜修"的韵致。虽然不难理解,他们作为馆阁重臣,参与了"永宣盛世"的缔造,又为朝廷所倚重,所言所行自然包含着感恩戴德、志得意满的真挚成分,同其地位、身份、心态相匹配,因而并非全然言不由衷或口是心非。然而读者却总能轻易于字里行间察觉其诚惶诚恐、谨小慎微的无奈,且丝毫感应不到位极人臣者本应具备的淡定从容的气度、刚健魁奇的风骨,可谓媚态多而骨气少,并进而意识到作者主体人格的缺席,以及在君与臣、"势"与"道"的抗衡中,后者地位的衰微。

应该说,这些馆阁重臣于举手投足间流露的"媚态",正是永乐臣子"妾妇心理"在新的历史条件下的发展与转型。随着洪熙、宣德及此后几朝君臣关系的相对缓和,此种"妾妇心理"虽有可能会向"嫡妻心理"转化,但充其量不过是男尊女卑体制下的相处模式,倘要达成"恋爱自由""夫妻平等",恐怕连当事人自己都未曾奢望,至于为帝王师、帝王友,怕是更突破了他们的认知极限了吧!

---

① (清)永瑢等:《〈东里全集〉提要》引李梦阳诗,见(清)永瑢等:《四库全书总目》卷 170,北京:中华书局 1965 年版,第 1484 页。

② (明)王直:《杨文敏公集序》,见(明)杨荣:《杨文敏公集》卷首,台北:文海出版社 1970 年版。

③ 赵尊岳:《惜阴堂汇刊明词提要·〈杨文敏公词〉一卷》,《词学季刊》1934 年第 2 卷第 1 号,第 86 页。

　　明代前期台阁体词的盛行,亦是文学功能化、政教化思维的产物及具体表现。《明史》载:永乐六年,成祖北巡,命杨士奇等留辅太子。"太子喜文辞,赞善王汝玉以诗法进。士奇曰:'殿下当留意六经,暇则观两汉诏令。诗小技,不足为也。'太子称善。"①杨士奇认为诗歌是"不足为"的"小技",倘若作诗,则应以"得性情之正"的《诗经》为典范:"诗以理性情而约诸正而推之,可以考见王政之得失,治道之盛衰。"②杨荣也认为:"惟圣天子在上,治道日隆,辅弼侍从之臣仰峻德,承宏休,得以优游暇豫,登临玩赏,而岁复岁,诚可谓幸矣。意之所适,言之不足而咏歌之,皆发乎性情之正,足以使后之人识盛世之气象者,顾不在是欤。"③同样将诗歌视作明道载道、润色鸿业的工具。诗歌既已如此,将词用作盛世风华的点缀,也就不足为奇了。因此,明代前期此种文学观念与风尚的形成,很大程度上源自统治者的倡导及推波助澜。明人黄佐《翰林记》曰:

　　　　国初文体承元末之弇陋,皆务奇博,其弊遂浸萎苶。圣祖思有以变之,凡擢用词臣,务令以浑厚醇正为宗。洪武二年三月戊申,上谓侍读学士詹同曰:古人为文章,或以明道德,或以通当世之务。如典谟之言,皆明白易直,无深怪险僻之语。至如诸葛孔明《出师表》,亦何尝雕刻为文,而诚意溢出,至今使人诵之,自然忠义感激。近世文士,不究道德之本分,不达当世之务,其辞虽艰深,而意实浅近,即使过于相如、扬雄,何裨实用? 自今翰林为文,但取通道理明世务者,毋事浮躁。④

　　这是一种经世致用的文学观,将文学作为明道、载道的政教工具,实则淡化了文学的审美功能与艺术品性,抹杀了抒情性文学或纯文学存在的合理性及其价值。既然文章必须"通道理明世务",既然诗歌尚且是"不足为"的"小技",那么对于"诗之余"且以"言情"为本色的小词,自然就更没有潜心深造的必要了。所以,对于明代前期词坛的衰敝、词人创作态度的率意以及词作内容上陈陈相因、风格上媚而少骨等现象,明初高压制控及其文化政策实在难辞其咎。进言之,这也是导致明代前期文化整体性衰落的症结所在。

---

①　(清)张廷玉等:《明史》卷148,北京:中华书局1974年版,第4132页。
②　(明)杨士奇:《玉雪斋诗集序》,见《东里文集》卷5,北京:中华书局1998年版,第63页。
③　(明)杨荣:《重游东郭草堂诗序》,见《杨文敏公集》卷11,台北:文海出版社1970年版,第486页。
④　(明)黄佐:《正文体》,见《翰林记》卷11,《丛书集成初编》本,北京:中华书局1985年版,第141~142页。

对此,商传先生不无感慨:"从永乐到弘治的百余年间,名列儒林的尚有薛瑄、吴与弼、胡居仁、陈献章等,而名列文苑的则仅程敏政一人而已。而像商辂、丘浚及吴宽等,横溢的才华则尽于官场之中。连中三元的商辂,可谓是中国科举史上难得的人才了,但他留下的最为著名的篇章则是那篇《请革西厂疏》,这不能不是明代文化的遗憾。"①

"台阁体"固然是指以"三杨"为核心的内阁重臣及翰林文士所代表的诗文风格,但它绝非单纯拘囿于"台阁",而是成为一种创作范式,向整个文坛辐射;同时,它也并非仅仅存在于"三杨"内阁辅政的永乐、洪熙、宣德、正统四朝,而是向后世蔓延。如果说,台阁文风在"永宣盛世"那个蒸蒸日上的时代,在宠命优渥的"三杨"手中,多少还能让后世读者感受到一些知恩图报的热诚、振翮高飞的志向以及世道人心的真情实感,尚未全然舍弃文学"言志""载道"的基本准则,那么,在不久之后,明王朝经历过土木堡之变、夺门之变、石曹之乱,尤其是"遭逢厄运,独抱孤忠,忧国忘家,计安宗社"②的于谦,虽有社稷之功,却忠而被谤,含冤就戮,这一系列劫难已令朝廷元气大伤,盛世理想幻灭,繁华境况不复。及至成化年间,君怠臣佞,奸宦横恣,民不聊生。然而,当此之际,以粉饰太平、歌功颂德为职志的台阁文学却并没有偃旗息鼓、适时地退出历史舞台,而是继续盘桓在文坛的显要位置,这就无异于掩耳盗铃、画饼充饥,甚至有指鹿为马、颠倒黑白之嫌。

于是,当我们读到顾恂(1418—1505)作于成化十二年(1476)的"圣代人文宣朗,期文骨月团圆"(《西江月·会延龄诸友》)、作于成化十三年的"少叙余情,尽拼沉醉,同乐太平年"(《太常引·丁酉正月会延龄诸友》)、作于成化十四年的"太平有象风光好,拼醉蓬莱岛"(《虞美人·戊戌二月会延龄诸友》)),及其词集中比比皆是的谀媚之辞,诸如"箫鼓喧阗,笙歌嘹亮,总是太平新令"(《苏武慢·元宵即景写怀》)、"更遭逢、盛世承平,皇图永固,屡见庆云甘露"(《苏武慢·次前韵写怀简周掌教》)、"更遭逢、舜日尧天,和风甘雨,成就晚年怀抱"(《苏武慢·夏日南园写兴》)之类,实在觉得如鲠在喉、不堪卒读。假如作者不是言不由衷,或许就只能说是在自欺欺人。实际上,此种状况绝非个案,比如在汤胤勣(生年不详,卒于成化三年)《东谷遗稿》所存 34 首词作中,"太平气象多时显,乐事且开欢喜宴"(《玉楼春·喜春》)、"万感吾皇有道,致域中庶富,礼乐兴行"(《汉

---

① 商传:《明代文化史》,北京:东方出版社 2007 年版,第 14 页。
② (清)永瑢等:《〈于忠肃集〉提要》,见《四库全书总目》卷 170,北京:中华书局 1965 年版,第 1486 页。

宫春·春游有感》),"国储初度,欲衍无穷祚","金座雍容,气象符皇祖"
(《千秋岁》),"洪祚,卜世最称绵远。何况遇、圣君贤辅"(《望远行·盼征
南军士》),这类颂圣谀时之辞触目皆是。当然,汤胤勣词亦有本色当行的
一面,其闺怨代言或偶尔于写景中流露出的落寞情怀,也着实婉曲动人。
如为况周颐所称道的《浣溪沙》一词:

> 燕垒雏空日正长,一川残雨映斜阳。鸀鹕晒翅满鱼梁。　　榴叶
> 拥花当北户,竹根抽笋出东墙。小庭孤坐懒衣裳。

《蕙风词话》赞其"颇清润入格"①,此词的确可见作者炼字造境的功力。至于
郑振铎《劫中得书记》著录《东谷遗稿》,称汤胤勣"诗不甚佳,词具别致"②,亦
当针对这类词发论。由此可见,汤胤勣作词并非外行,而他笔下的那些"非
本色"的祝颂之词,应当是受时代风气的驱使。此外如倪谦(? —1479),存
词 13 首,除"清景芊绵,丽思稠叠"③的题画词外,其余诸作也随处可见"敷奏
处,听薰弦皋物,世跻熙皞"(《喜迁莺·赠南京太常少卿莆田陈公赴户部侍
郎之召,时李立之少卿尚留南寺》)这般应酬之辞;邱濬词,赵尊岳称举其有
"秀处""拙处""激昂处""疏处",并誉其"均能得词流之正脉者"④,然其中亦
不乏如"身世瞻依尧日,笔端挥洒商霖","饱听钧天乐奏,不闻凡世尘嚣"
(《风入松·玉堂即事二阕》)这般"从俗处"。

　　总之,对于明代前期文坛的台阁风气,应还原于具体时空场域以作具体
分析。即便是清代四库馆臣,虽则时常对明代文风嗤之以鼻,但在对待台阁
体的问题上,也予以动态考量。《四库全书总目·空同集》提要云:"考明自
洪武以来,运当开国,多昌明博大之音。成化以后,安享太平,多台阁雍容之
作。愈久愈弊,陈陈相因,遂至啴缓冗沓,千篇一律。"⑤可见,四库馆臣对前
期台阁体"多昌明博大之音"还是认可的,至于后期"啴缓冗沓,千篇一律",
更有甚者,它已蜕变成一种脱离实际的、模式化的空洞叫嚣,这才是明代台
阁体文学真正的病症所在。

　　在台阁气息充斥词坛的同时,永乐至成化词坛还出现了同"台阁体"并

---

① 况周颐:《蕙风词话》卷 5,见唐圭璋:《词话丛编》,北京:中华书局 2005 年版,第 4515 页。
② 郑振铎:《西谛书话》,北京:生活·读书·新知三联书店 1998 年版,第 228 页。
③ 赵尊岳:《惜阴堂汇刊明词提要·〈倪文僖公词〉一卷》,《词学季刊》1934 年第 2 卷第 1 号,
第 101 页。
④ 赵尊岳:《惜阴堂汇刊明词提要·〈琼台词〉一卷》,《词学季刊》1934 年第 2 卷第 1 号,第 104
页。
⑤ (清)永瑢等:《四库全书总目》卷 171,北京:中华书局 1965 年版,第 1497 页。

称"词中三体"的"打油体"和"理学体"①。关于这三种独特词风的成因、文化背景,及其风格特征、代表性作家作品等,张仲谋师在《明词史》中已作精辟论析,故毋庸赘言。在此有必要特别指出的是,"三体"词的出现,既是特定时代背景下文人特异心态的折射,又是明词步入"衰蔽期"的具体表征。它既是明初朱元璋父子屠刀棍棒政策直接或间接的"成果",更为明词后来的发展造成了持续的干扰。也正是以这种词学环境为布景,被誉为"词坛荒漠中的小名家"②的马洪的登场,才显得鹤立鸡群,从而赢得当时及后世诸多注视的目光。

马洪,字浩澜,号鹤窗,浙江仁和(今杭州)人,布衣。据徐伯龄《蟫精隽》,马洪乃徐伯龄内弟③;又据《四库全书总目·蟫精隽》提要,他主要生活在天顺年间④,与徐伯龄、清溪(陆昂)皆出自菊庄(刘泰)门下,"而鹤窗能大肆力于学问,既得诗律之正,复臻诗余之妙,人以与清溪齐名云"⑤;另据田汝成《西湖游览志余》,马洪曾与聂大年(1402—1456)唱和⑥;而据马洪自述,其创作生涯长达四十余年以上⑦。综上,马洪大致生活在正统、景泰、天顺、成化时期。在当时词坛为"三体"盘踞的形势下,他能够恪守词体本色,并能如其《花影集》自序所称,"四十余年,仅得百篇"⑧,保持着一种"矜慎"⑨的创作态度,实在难能可贵。故其词虽不以数量取胜,却在当时及此后较长时段内倍受推崇。徐伯龄《蟫精隽》赞誉他能"臻诗余之妙"⑩;田汝成《西湖游览志余》对马洪其人、其词着墨颇多,不仅转述徐伯龄评语,而且称赞他"善诗咏,而词调尤工。皓首韦布,而含吐珠玉,锦绣胸肠,褒然若贵介王孙也"⑪,又在

---

① 以词中台阁体、打油体、理学体为永乐至成化词坛"词中三体",此观点乃张仲谋师于《明词史》中提出。见《明词史》(增订版),北京:人民文学出版社2020年版,第109~124页。

② 张仲谋:《明词史》(增订版),北京:人民文学出版社2020年版,第125页。

③ (明)徐伯龄:《蟫精隽》卷11,《景印文渊阁四库全书》第867册。

④ 据《四库全书总目·蟫精隽》提要,徐伯龄当为天顺中人。见(清)永瑢等:《四库全书总目》卷122,北京:中华书局1965年版,第1053页。

⑤ (明)徐伯龄:《蟫精隽》卷11,《景印文渊阁四库全书》第867册。

⑥ 见(明)田汝成:《西湖游览志余》卷11,上海:上海古籍出版社1980年版,第212页。又,(清)沈雄:《古今词话》词评下卷引《乐府纪闻》曰:"仁和马鹤窗与聂东轩倡和,有词集。"见唐圭璋:《词话丛编》,北京:中华书局2005年版,第1025页。

⑦ (明)马洪:《花影集》自序,有"然四十余年,仅得百篇"之语。见唐圭璋:《词话丛编》,北京:中华书局2005年版,第530页。

⑧ (明)杨慎:《词品》卷6,见唐圭璋:《词话丛编》,北京:中华书局2005年版,第530页。

⑨ 陈维崧论马浩澜词云:"马浩澜作词四十年,仅得百篇,昔人矜慎如此。今人放笔颓唐,岂能便得好句。"见(清)田同之:《西圃词说》引陈其年语,见唐圭璋:《词话丛编》,北京:中华书局2005年版,第530页。

⑩ (明)徐伯龄:《蟫精隽》卷11,《景印文渊阁四库全书》第867册。

⑪ (明)田汝成:《西湖游览志余》卷13,上海:上海古籍出版社1980年版,第240页。

载录瞿佑诗歌时论及,"乃今瞿、马之名,照耀文苑"①,并称引马洪词达 25 首之多;杨慎对马洪及其创作亦青眼有加,《词品》不仅抄录《花影集自序》全文,且转引其词达 16 首之多,可谓情有独钟。

对此,不免令人心生疑惑:清人对待马洪词的态度反差竟如此之大! 朱彝尊编选《词综》,于卷首"发凡"曰:"明初作手,若杨孟载、高季迪、刘伯温辈,皆温雅芊丽,咀宫含角。李昌祺、王达善、瞿宗吉之流,亦能接武。至钱唐马浩澜以词名东南,陈言秽语,俗气薰入骨髓,殆不可医。"②朱彝尊和杨慎,皆可谓彼时词坛之巨擘,不仅创作成就斐然,且于词学批评亦独具慧眼。那么,二人面对同一对象、同一文本所表现出的好恶褒贬缘何有天壤之别呢? 其实,这正是"一千个读者有一千个哈姆雷特"现象的极端表现,代表着不同文化语境下的读者,在特定审美心理驱动下所呈现的不同的价值取向与审美定位。站在杨慎的立场,一方面,他要振奋词坛并树立创作的典范,既要放眼于"古典",又要取法乎"眼前",而当其审视榛芜弥望的近代词坛,恐怕只有独秀于林的马洪词稍可入其法眼。另一方面,杨慎"少时善琵琶,每自为新声度之。及登第后,犹于暑月夜绾两角髻,著单纱半臂,背负琵琶,共二三骚人,携尊酒,席地坐西长安街上,歌所制小词,撮拨到晓",即使因"大礼议"而谪戍永昌,仍"暇时红粉傅面,作双丫髻插花,令诸妓扶觞游行,了不为怍"③,此种风流才调及其词"丽以淫"的风格④,跟马洪词之格调若合符节,故其对马洪,难免心有戚戚焉。而于朱彝尊言,他若想"破旧立新",就必须首先确定攻击的靶子,再树立起超越的标杆。而对明词的反思与批判,正是他重振词学的理论起点。故其"崇尔雅",务必"斥淫哇",欲推举南宋姜、张"清空""醇雅"词风以彰显自己"春容大雅"⑤的审美理想,就必得从跟这种词学理想相背离的明代词人中选出放矢之"的",而词风纯粹且身为"布衣",并于东南浙西一带颇著词名的马洪,也就首当其冲地成为被攻击的对象。所以,马洪词在时代流变中褒贬、毁誉之反差,实可作为不同文化语境下世风、文风、词风转向之觇标。

---

① (明)田汝成:《西湖游览志余》卷 12,上海:上海古籍出版社 1980 年版,第 234 页。

② (清)朱彝尊:《词综·发凡》,见(清)朱彝尊、汪森:《词综》卷首,上海,上海古籍出版社 1978 年版,第 15 页。

③ (清)王奕清:《历代词话》卷 10,见唐圭璋:《词话丛编》,北京:中华书局 2005 年版,第 1309~1310 页。

④ (清)张德瀛《词徵》卷 6:"升庵词烂若编贝,然丽以淫矣。"见唐圭璋:《词话丛编》,北京:中华书局 2005 年版,第 4174 页。

⑤ (清)朱彝尊:《静惕堂词序》,见施蛰存:《词籍序跋萃编》,北京:中国社会科学出版社 1994 年版,第 543 页。

二、明代中期士风转捩与明词转向

成化至正德年间，是明王朝重要的历史转型时期。

政治上，成化年间，宪宗朱见深痴迷方术，宠信奸佞，慵怠逸乐，遂使国事废弛，政治腐败，日益猖獗的土地兼并以及繁重的赋税更使社会矛盾激化。孝宗弘治年间，尽管在一定范围内革除了前朝弊政，显现"海内乂安，户口繁多，兵革休息，盗贼不作"的"和乐"局面，然而，"郭镛、李广以中宫进，寿宁、二张以外戚进，烧炼斋醮以方士进，番僧庆赞以沙门进"①，所谓"弘治中兴"，不过是相较于之前、之后的衰颓局势而言。且好景不长，士人刚刚萌生的高歌猛进、意气风发的"用世"之心、"治世"梦想很快被残酷的现实击碎。正德皇帝朱厚照高调出场，上演着一出出令人啼笑皆非的"闹剧"，让明王朝从"盛世"幻象中惊醒，也让原本怀揣着梦想的士人愈发茫然无措。

经济上，随着农业、手工业生产水平的提升，社会分工逐渐细化，物质积累日趋丰富。到了成化、弘治时期，商品经济持续发展，社会生产关系经历了重大变革，市民阶层日益壮大，城市迅速崛起。身处其间的王锜（1432—1499），目睹了家乡吴中一带的日新之变：

> 吴中素号繁华，自张氏之据，天兵所临，虽不被屠戮，人民迁徙实三都、戍远方者相继，至营籍亦隶教坊。邑里萧然，生计鲜薄，过者增感。正统、天顺间，余尝入城，咸谓稍复其旧，然犹未盛也。迨成化间，余恒三、四年一入，则见其迥若异境，以至于今，愈益繁盛，闾檐辐辏，万瓦鳞鳞，城隅濠股，亭馆布列，略无隙地。舆马从盖，壶觞罍盒，交驰于通衢。水巷中，光彩耀目，游山之舫，载妓之舟，鱼贯于绿波朱阁之间，丝竹讴舞与市声相杂。凡上供锦绮、文具、花果、珍羞奇异之物，岁有所增，若刻丝累漆之属，自浙宋以来，其艺久废，今皆精妙，人性益巧而物产益多。②

不止吴中，整个江南地区的经济、物质环境都经历着质的飞跃，比如留都南京："正德已前，房屋矮小，厅堂多在后面，或有好事者，画以罗木，皆朴素浑坚不淫。嘉靖末年，士大夫家不必言，至于百姓有三间客厅费千金者，金碧辉煌，高耸过倍，往往重檐兽脊如官衙然，园囿僭拟公侯。下至勾阑之

---

① （清）谷应泰：《明史纪事本末》卷42，北京：中华书局1977年版，第626页。
② （明）王锜：《寓圃杂记》，北京：中华书局1984年版，第42页。

中,亦多画屋矣。"①奢靡风气亦由江南向周边蔓延,即便是地处偏远的陕西耀州,成、弘时期犹"婚姻论门第,不论富势,宴会不务多品,率以醉饱阙略自快",然"自正德以来,里俗乃日日异者"②。

经济的发展、物质的富足推动了民众生活方式的变革,明初统治者厘定的等级森严的礼制规范逐渐废弛。"国朝士女服饰皆有定制,洪武时律令严明,人遵画一之法。代变风移,人皆志于尊崇富侈,不复知有明禁,群相蹈之。如翡翠珠冠,龙凤服饰,惟皇后、王妃始得为服,命妇礼冠四品以上用金事件,五品以下用抹金银事件。衣大袖衫五品以上用纻丝绫罗,六品以下用绫罗缎绢,皆有限制。今男子服锦绮,女子饰金珠,是皆僭拟无涯,逾国家之禁者也"③;"成化以前,平民不论贫富,皆遵国制,顶平定巾,衣青直身,穿衣靴鞋,极俭素。后渐侈,士夫峨冠博带,而稍知书为儒童者,亦方巾彩履色衣,富室子弟,或僭服之。"④

众多僭礼越制的行径不断挑衅着士人的神经,士风也在悄然发生着改变。嘉靖间,何良俊论及士风之变,不禁感慨:"宪、孝两朝以前,士大夫尚未积聚。……至正德间,诸公竟营产谋利一时,如宋大参恺、苏御史恩、蒋主事凯、陶员外骥、吴主事哲,皆积至十余万,自以为子孙数百年之业矣。"⑤至万历时期,顾起元《客座赘语》转述一长者之言:"正、嘉以前,南都风尚最为醇厚。荐绅以文章政事、行谊气节为常,求田问舍之事少,而营声利、畜伎乐者,百不一二见之。逢掖以呫哗帖括、授徒下帷为常,投贽干名之事少,而挟倡优、耽博弈、交关士大夫陈说是非者,百不一二见之。军民以营生务本、畏官长、守朴陋为常,后饰帝服之事少,而买官鬻爵、服舍亡等、几与士大夫抗衡者,百不一二见之。妇女以深居不露面、治酒浆、工织纴为常,珠翠绮罗之事少,而拟饰倡妓、交结姏媪、出入施施无异男子者,百不一二见之。"⑥他罗列正、嘉以前种种"百不一二见"的现象,言外之意,正、嘉以后,这些情状已是司空见惯。同书卷5著录王丹丘《建业风俗记》一卷,言及"大较慕正、嘉

---

① (明)顾起元:《客座赘语》卷5,北京:中华书局1987年版,第170页。
② 嘉靖《耀州志》卷4《风俗》,转引自唐力行《商人与中国近世社会》,北京:商务印书馆2003年版,第199页。
③ (明)张瀚:《风俗纪》,见《松窗梦语》卷7,上海:上海古籍出版社1986年版,第123页。
④ (明)田琯:万历《新昌县志》卷4《风俗志》,见《天一阁藏明代方志选刊·浙江省》第7册,台北:新文丰出版公司1985年版,第5页。
⑤ (明)何良俊:《正俗一》,见《四友斋丛说》卷34,明万历七年龚元成等刻本,《四库全书存目丛书》子部第103册。
⑥ (明)顾起元:《客座赘语》卷1,北京:中华书局1987年版,第25~26页。

以前之庞厚,而伤后之渐以浇薄也",并列举了正、嘉前后风俗变迁的种种例证①。至易代之际,顾炎武面对"近年以来,人品各异志,所习者无非悖理乱常,所为者靡不欺上罔法"的状况,对成化以前的社会风习无限追怀:"成化以前,士君子尚品养廉,农工商甲安分守业,风俗淳厚,治化可称。"②

在明代中后期诸种文献典籍中,有关当时世风转向、僭礼越制行为的记述不胜枚举,且大都将转捩点定为成化、弘治、正德时期。彼时论者之所以如此不厌其烦,其实只为证明,经济发展导致的物质膨胀正是世风日下、人心不古的始作俑者。他们在哀惋现状的同时,却抱着"酸葡萄心理",一旦条件允许,则不禁身先士卒,争当引领时尚的"弄潮儿"。

以经济与物质为基础的移风易俗运动,对明代文学最重要的影响,就是通过改造社会生活、文人心态进而作用于文学的内容与形式,从而生成跟一代世风相契合的时代文学特异的审美品质。当明王朝处于社会急遽转型的紧要关头,思想领域所经受的如同天崩地坼般的动荡是可以想见的。所以,有明一代思想界与文学界最醒目的两大事件——阳明心学和七子复古运动——恰巧都发生在这一时期,也就丝毫不足为怪了。

一方面,对于阳明心学,尽管毋须过度夸大它对人心、世风所施加的影响,因为其本就植根于实践,是世道人心更易的产物;当然,它的风靡也足以证明,王阳明精准地把握住时代的脉搏,敏锐地察觉到转型时期人们的微妙心态,并以理论的形式顺应并强化了这种改变。需要特别指出的是,尽管阳明心学的兴起绝非一蹴而就,其流行也不仅限于王阳明主要生活的弘治、正德两朝,而是在整个明代前中期社会孕育生发,正像左东岭先生所寻绎出的于谦被杀事件同心学之间的内在关联:"于谦之死毫不留情地粉碎了士人的幻想,使他们不得不在朝廷之外重新寻找生命的寄托"③,甚至将对心学发源的考察一直上溯到明朝开国,这种学术眼光无疑是敏锐的;然而,不可否认,心学在弘治、正德年间形成破竹之势已不可避免,它是程朱理学难以顺应新形势而不得不改弦更张的产物,是思想领域新旧矛盾累积到一定程度的大爆发。

另一方面,对于"前七子"发动的复古运动,倘若单从文学的角度加以考量,则很难切中要害。事实上,文学仅是"起点",而"致君尧舜"、再现"唐虞盛世"的政治梦想才是这场复古运动的"终点"及归宿。诚如廖可斌先生在

---

① (明)顾起元:《客座赘语》卷5,北京:中华书局1987年版,第169~170页。
② (清)顾炎武:《菰中随笔》,清乾隆孔氏玉虹楼刻本,《四库全书存目丛书》子部第98册。
③ 左东岭:《王学与中晚明士人心态》,北京:人民文学出版社2000年版,第38页。

《明代文学复古运动研究》书中所论:"复古派诸子对古典审美理想和古典诗歌审美特征的向往和追求,是以他们对封建主义的社会理想和人生理想的追求为基础、为根本的。弘治朝比较开明的政治和比较宽松的知识分子政策与文化政策,唤起了明代士大夫自明初以来就一直怀有的重建'汉唐盛世'、复睹'三代之治'的理想,这是复古派的精神支柱,也是复古运动蓬勃兴起的内在动力。"①

明辨上述两点,明代成化至正德时期文人心态与某些社会怪象也就一通百通了。钱钟书《谈艺录》言及:"有明弘正之世,于文学则有李何之复古模拟,于理学则有阳明之师心直觉,二事根本牴牾,竟能齐驱不倍。"②明代确有许多看似矛盾、抵牾的现象,然而深入剖析,皆能发现其间蕴含的规律与必然。阳明心学跟七子复古运动看似对立,实则异质同构、殊途同归。二者共同指向"变",亦即突破陈规,只不过求"变"的方式及途径有所区别。如果说,阳明之"师心自觉"无异于向一沟绝望的死水投注一颗炸弹,那么,李、何等人的"复古模拟"则是要为文学引入源头活水,而他们的目标不谋而合,那就是要让这原本掀不起半点漪沦的"死水"重获生机。顾炎武《日知录》谓:"自弘治、正德之际,天下之士厌常喜新,风气之变,已有所自来。"③"厌常喜新"四字,鞭辟入里地点明当时士人的普遍心理以及明代社会由此转捩的重要契机。

"厌常喜新",对那些慨叹"世风浇薄"的遗老们而言,或许未必是好事,甚至有"祸端"之嫌;然而,它之于明代思想与文学,却具有振聋发聩的意义。明代思想与文学的更生乃至鲜明时代个性的凝集,实际正是由这种"厌常喜新"的时代个性所肇端。

就明词而论,有些学者视嘉靖时期为明代词学复苏之关纽,如李康化《明清之际江南词学思想研究》旗帜鲜明地提出:"词学中兴,始于嘉靖。"④当然,需要强调的是,相较于社会政治与经济,文学的发展具有相对滞后性。文学性格的显现,需要立身于特定时代语境中的人们对时代精神的耳濡目染,并将时代文化精神内化为自身的主体人格。而无论是时代精神的凝聚,还是这种内化的过程,都是渐进的,绝非立竿见影。因此,对"情"的推崇,对"雅"的背离,以及"艳逸化""俗乐化"的价值取向与审美追求,虽然皆是晚明

① 廖可斌:《明代文学复古运动研究》,北京:商务印书馆2008年版,第93页。
② 钱钟书:《论难一概》,见《谈艺录》91,北京:中华书局1984年版,第303页。
③ (清)顾炎武:《朱子晚年定论》,见(清)顾炎武著、黄汝成集释:《日知录集释》卷18,上海:上海古籍出版社1985年版,第1421页。
④ 李康化:《明清之际江南词学思想研究》,成都:巴蜀书社2001年版,第6页。

词学的"标配",但若要寻绎其生成及进化的轨迹,则成化至正德实在是不容忽略的重要时段。

三、晚明士人心态与明词特质的定型

正德十六年(1521),武宗朱厚照结束了堪称传奇的一生。由于武宗没有子嗣,时任内阁首辅的杨廷和与皇太后及诸大臣议,以宪宗之孙、兴献王朱祐杬之子、武宗堂弟朱厚熜入嗣大统,是为嘉靖皇帝。

朱厚熜由地方藩王一跃而为九五之尊,虽未及束发之年,却果决专断,围绕其生父母名分及尊号问题,同朝臣展开了一场旷日持久的抗争,史称"大礼议"。关于这一事件的是非曲直,历来聚讼纷纭,譬如谷应泰评点明史,笔触至此,将争论的双方"各打五十大板"①;《明史》为世宗作"赞",则以情理权衡,并设立了一个"度":"夫天性至情,君亲大义,追尊立庙,礼亦宜之;然升祔太庙,而跻于武宗之上,不已过乎。"②"大礼"之争看似小题大做,实则借题发挥,争论的双方皆心知肚明,"礼"不过是个由头,"权"才是争夺的初衷。而"大礼议"的结局,是朱厚熜一方凭借专制皇权赢得胜利,由此显现出"势"对"道"、皇权对道统、专制对言路的钳制,以及在这场权力角逐中双方力量的悬殊。"大礼议"对士人自信心的打击可谓沉重,《明史纪事本末》指出:"若夫廷和等之伏阙呼号,甚于牵裾折槛;世宗之疾威杖戍,竟同元祐党人。大礼未成,大狱已起,君臣交失,君子讥焉。而廷和戮及身后,杨慎谪死贬所。濮议诸臣,旋蒙赐环;兴国之狱,无复金鸡。"③同时,"大礼议"对嘉靖朝堂乃至整个晚明政局影响深远,孟森《明史讲义》于《议礼》一章设《议礼前后之影响》专节,特别强调:"嘉靖一朝,始终以祀事为害政之枢纽,崇奉所生,已极憎爱之私,启人报复奔竞之渐矣。帝于大祀群祀,无所不用其创制之意,而尤于事天变为奉道,因而信用方士,怠政养奸,以青词任用宰相,委政顺旨之邪佞,笃志玄修,更济以独断自是,滥用刑辟,遂有权相柄国,残害忠良。"④嘉靖皇帝的独断专行、刚愎自用以及痴迷道教、疏怠朝政,嘉靖朝臣的阿谀谄媚、投机幸进以及彼此间的相互倾轧,诸此种种,看似彼此孤立,实则皆可以"大礼议"作为绾结之枢纽。

跟嘉靖朝堂相始终的还有各种社会危机的加剧。嘉靖前期,朱厚熜对内锐意革除前朝弊政,整顿朝纲,清理贵族田庄,对外抗击倭寇,显现"中兴"

---

① (清)谷应泰:《明史纪事本末》卷50,北京:中华书局1977年版,第764页。
② (清)张廷玉等:《明史》卷18,北京:中华书局1974年版,第250页。
③ (清)谷应泰:《明史纪事本末》卷50,北京:中华书局1977年版,第764页。
④ 孟森:《明史讲义》,长沙:岳麓书社2010年版,第208页。

气象。然而好景不长,嘉靖朝随即陷入尴尬的"乱政"局面。嘉靖二十一年(1542)"壬寅宫变"后,朱厚熜移居西苑,痴迷丹术,二十余年不视朝,遂使法纪废弛,贤良受诬,奸相严嵩秉政近二十年之久。"嘉靖季年,政以贿成。入赀严氏者,即擢美官,人告讦则赏,异端封拜,而大臣倖进峻加者,一失上意,立见诛灭"①,可见朝纲已败坏至何等程度。其间,蒙古鞑靼侵扰北部边境,倭寇掳掠东南沿海,国内矛盾亦日趋激化。故《明史·世宗本纪》评曰:"其时纷纭多故,将疲于边,贼讧于内,而崇尚道教,享祀弗经,营建繁兴,府藏告匮,百余年富庶治平之业,因以渐替。"②

嘉靖而后,明朝虽经历了短暂的"隆庆新政",但很快,向以"慵懒""好色""贪财"著称的万历皇帝登上历史舞台。他因"国本之争"跟廷臣僵持十余年,最后干脆近三十年不上朝、不理政,以致出现"曹署多空"的局面③。一方面,志在功名的读书人仕进无门;另一方面,在任官员身兼数职却又难得升迁,朝政遑论锐意进取,恐怕连正常的运转都难以为继。这就无怪乎在万历后期,山林隐逸风气大盛,乃至形成"山人遍天下"④的奇特景观。

万历怠政还衍生出另一项"副产品",即皇朝制控能力的削弱所致的朋党纷争。在攻讦倾轧、人人自危的局势中,大明王朝有如江河日下,一发而不可收拾。顾炎武《菰中随笔》云:"国史之书,上之好恶、下之人心系焉。崇祯十七年,而熹宗实录未成,亦由门户方争,白黑难定。"⑤显示出晚明党争的严峻及持久。清代史学家甚至将明亡之责归结为万历怠政所导致的党争,《明史·神宗本纪》谓:"神宗冲龄践阼,江陵秉政,综核名实,国势几于富强。继乃因循牵制,晏处深宫,纲纪废弛,君臣否隔。于是小人好权趋利者驰骛追逐,与名节之士为仇雠,门户纷然角立。驯至惎、愍,邪党滋蔓。在廷正类无深识远虑以折其机牙,而不胜忿激,交相攻讦。以致人主蓄疑,贤奸杂用,溃败决裂,不可振救。故论者谓明之亡,实亡于神宗,岂不谅欤。"⑥而这种

---

① (明)沈德符:《术艺》,见《万历野获编》卷26,北京:中华书局1959年版,第666页。
② (清)张廷玉等:《明史》卷18,北京:中华书局1974年版,第250~251页。
③ 印鸾章《明鉴》卷13记万历四十年(壬子,1612)"以刑部尚书赵焕兼吏部尚书"一事,其"目"曰:"时帝怠荒益甚,二十余年,未尝一接见大臣,曹署多空。内阁止叶向高、杜门已久。六卿惟焕一人,又兼署兵部,至是,改署吏部。兵部尚书李化龙卒,召王象乾未至,亦不除侍郎。户、工、礼三部,止各一人。都察院自温纯罢去,八年无正官。六科止数人,十三道皆以一人领数职。在外巡按,十余年不得代。督抚监司,亦屡阙不补。郡守缺十之五六,文武大选急选官,及四方教职积数千人,以吏、兵二科缺掌印,不给牒,久滞都下,时攀执政舆哀诉。"见(清)印鸾章:《明鉴》卷13,上海:上海书店1984年版,第508~509页。
④ (明)沈德符:《万历野获编》卷23,北京:中华书局1959年版,第586页。
⑤ (清)顾炎武:《菰中随笔》,清乾隆孔氏玉虹楼刻本,《四库全书存目丛书》子部第98册。
⑥ (清)张廷玉等:《明史》卷21,北京:中华书局1974年版,第294~295页。

"明亡于万历"的论断,绝非一家之言,赵翼《廿二史札记》亦认为:"论者谓明之亡,不亡于崇祯,而亡于万历。"①不同之处在于,他乃将明朝败亡归咎于万历朝的另一大弊政——征收矿税。关于万历矿税,尽管今人作了些翻案文章,但不可否认,它在当时是备受非议的,东林党三大政治主张即包括反对矿税,这就从客观上激化了士人对朝廷的离心倾向以及民众的反抗情绪,因此对于明朝覆灭,它同样难辞其咎。

此后,"木匠皇帝"熹宗朱由校将"怠政"作风继续发扬光大,遂使宦官权势如日中天。后世津津乐道的明代人物中,魏忠贤的大名可谓妇孺皆知,乃至有"小儿止啼"的功效。以魏忠贤为首的"阉党",擅权乱政,排斥异己,令万历朝肇端的"党争"至此而登峰造极,社会矛盾更趋激化。《明史·熹宗本纪》谓:"明自世宗而后,纲纪日以陵夷,神宗末年,废坏极矣。虽有刚明英武之君,已难复振。而重以帝之庸懦,妇寺窃柄,滥赏淫刑,忠良惨祸,亿兆离心,虽欲不亡,何可得哉。"②其后,崇祯皇帝朱由检"性多疑而任察,好刚而尚气"③,又"信任宦官,布列要地,举措失当,制置乖方"。他虽然"不迩声色,忧勤惕励,殚心治理",但"大势已倾,积习难挽,在廷则门户纠纷,疆场则将骄卒惰。兵荒四告,流寇蔓延。遂至溃烂而莫可救"④。至此,大明王朝已是日薄西山,终究无法挽回了。

晚明各种政治事件及其引发的现实问题都在改造着士人心态和社会文化环境。一方面,所谓"猜忌之主,喜用柔媚之臣"⑤,诚如左东岭《王学与中晚明士人心态》所论:"在一位刚愎自用的君主统治下,最终形成的必然是阴柔的士风,尤其在官场中更是如此。"⑥嘉靖官场的谄媚之风上行下效,迅速向社会文化包括文学领域弥散。以委蛇应酬为目的的祝颂文学蔚然成风,大量软媚而少骨气、空泛而少真情的作品应运而生。另一方面,这一系列事件本身所导致的"君臣交失",加剧了君臣间的猜忌与信任危机,进而引发"君臣相激"局势的持续发酵。赵园先生在《明清之际士大夫研究》一书中论及:"君臣'相摧相激','尊卑陵夷,相矫相讦',主上刻核而臣下苛察,浮躁激切,少雍容,少坦易,少宏远规模恢阔气度,君臣相激,士民相激,鼓励对抗,鼓励轻生,鼓励奇节,鼓励激烈之言亢直之论,轻视常度恒性,以致'天地之

① (清)赵翼:《万历中矿税之害》,见《廿二史札记》卷35,南京:凤凰出版社2008年版,第534页。
② (清)张廷玉等:《明史》卷22,北京:中华书局1974年版,第306~307页。
③ (清)张廷玉等:《明史》卷309,北京:中华书局1974年版,第7948页。
④ (清)张廷玉等:《明史》卷24,北京:中华书局1974年版,第335页。
⑤ (清)谷应泰:《明史纪事本末》卷54,北京:中华书局1977年版,第836页。
⑥ 左东岭:《王学与中晚明士人心态》,北京:人民文学出版社2000年版,第300页。

和气销铄',更由'习气之熏染','天下相杀于无已'。"①这种因"相激"而造成的"士风之弊",实际在当时即已令士人瞩目,明人范濂《云间据目抄》谓:"士风之弊,始于万历十五年后,迹其行事,大都意气所激,而未尝有穷凶极恶存乎其间。"②"相激"与"柔媚",看似风马牛不相及,实则都是当时士人政治离心倾向的具体表现,是放弃了"志于道"的理想操守从而变得"有所求"——或为逐名,或为求利。

晚明本是一个主体意识觉醒的时代,人的个体价值终于凌驾于社会属性之上。然而思想的自由、物质的富足也要付出相应的代价,那就是信念的缺失与理想的沦丧。于是晚明士人成了中国传统知识分子中最率性的一群,同时也是最缺乏理想与信念的群体。当"致君尧舜"的政治梦想变得遥不可及,当"安贫乐道"的圣人古训显得不合时宜,加之自成化以来迅速崛起的商品经济所导致的物质膨胀不断刺激着士人的感官、消磨着他们的意志,晚明士人陷入了巨大的"精神荒漠"。而阳明心学适时地"趁虚而入",为士人开辟出一条有别于"外王"的"内圣"之路。心学在抚慰士人内心空虚与焦灼的同时,也生成某些副作用,症状之一表现为,晚明士人中的大多数抛却了对"内在超越"目标的坚守,转而踏上安闲适意或放纵享乐的路径上来。当然,假如将心学判定为造成这一现象的罪魁祸首未免太过牵强。实际上,在那个"人情以放荡为快,世风以侈靡相高"③的时代,物质经济极度膨胀与内在精神空间相对萎缩二者相激荡所形成的趋利慕奢的文化语境,才是造成这一现象以及心学发生转向的始作俑者,且此种境况在晚明愈演愈烈,以致陈邦彦上疏南明弘光皇帝时言及:"嘉、隆以前,士大夫敦尚名节。游宦来归,客或询其囊橐,必唾斥之。今天下自大吏至于百僚,商较无有,公然形之齿颊。受铨天曹,得膻地则更相庆,得瘠地则更相吊。宦成之日,或垂囊而返,则群相姗笑,以为无能。士当齿学之初,问以读书何为,皆以为博科第、肥妻子而已。"④顾炎武亦对当时士风痛心疾首,如《菰中随笔》谓:"万家之邑,必有士夫数十。谄谀相先,侈靡相耀,子女姻亚童仆,坐较金帛,以为意色。稍不能忍,必且诪张恣睢,而取必于官。"⑤

在如此这般吏风败坏、世风萎靡的时代环境中,多数士人或推波助澜,

---

① 赵园:《明清之际士大夫研究》,北京:北京大学出版社1999年版,第7页。

② (明)范濂:《记风俗》,见《云间据目抄》卷2,《笔记小说大观》本,扬州:江苏广陵古籍刻印社1983年版,第114页。

③ (明)张瀚:《风俗纪》,见《松窗梦语》卷7,上海:上海古籍出版社1986年版,第123页。

④ (明)陈邦彦:《中兴政要书》,见《陈岩野集》卷1,佛山:顺德县志办公室1987年版,第24~25页。

⑤ (清)顾炎武:《菰中随笔》,清乾隆孔氏玉虹楼刻本,《四库全书存目丛书》子部第98册。

或随波逐流，能够恪守信念、据于德志于道者实在寥寥，因为这样做不仅前途渺茫，更有甚者还会招来不屑乃至嘲弄的目光。然而，对于经受了上千年儒学陶冶的传统知识分子来讲，儒家进取型思想早已内化为他们的精神气质与个性人格，一旦舍弃了修齐治平、兼济天下的人生信条，也就意味着对士人身份以及自我价值的割舍。而在现实中，他们又没有其他角色或价值理想可供选择，于是只能在尴尬的处境中迷失了自我。所以，晚明士人内心的焦灼不言而喻。尽管他们时而言辞偏激，时而放浪形骸，看似通脱任性、无所用心，却往往口是心非、言不由衷，不得不用行为的夸张或刻意来粉饰内心的焦虑与不自信。故而在晚明士人群体中，惊世骇俗的举动不断上演，慵懒、怪癖、狂荡、简傲等个性人格倍受推崇。后人不必惊诧于晚明士风的"怪异"，事实上，晚明文士就是借助夸张的表演来证明并宣示自我的存在。赵园《明清之际士大夫研究》曾拈出"戾气"二字，谓："虽有'名士风流'点缀其间，有文人以至狂徒式的通脱、放荡不羁，不过'似'魏晋而已，细细看去，总能由士人的夸张姿态，看出压抑下的紧张，生存的缺少余裕，进而感到戾气的弥漫，政治文化以至整个社会生活的畸与病。"① 所谓"戾气"，其实正是一种乖张怪异、偏向而走极端的心理及行为表现。

晚明社会特异的政治、经济、文化作用于文人生活及其心态，遂使此期文学亦沾染上浓烈的时代色彩。就词而言，主要表现在以下方面：

第一，嘉靖前期词道教气息浓郁。明朝皇帝大多崇尚道教，而嘉靖帝更是变本加厉。他自登基后，就开始限制佛教，驱逐僧人，不仅大兴道场，礼遇道士，痴迷斋醮及丹术，并且利用皇权自上而下地推行道教，屡有道士、官员因投其所好或凭借青词而一步登天。随着政治地位的提升，道教在官场以及民间的影响力空前绝后，进而氤氲出一种特异的文化气候，故此间词的创作亦濡染颇深。嘉靖九年（1530）升任南京兵部尚书的王廷相（1474—1544），其官场应酬词中，道教典故及语汇意象触目皆是。霍韬（1487—1540）因"大礼议"迎合帝意，骤贵，累官至礼部尚书。其《渭厓文集》录词21首，其中《水调歌头·寄怀贲斋》作于嘉靖十二年（1533），词曰：

陟陟铁泉馆，望望瞖门关。蟪蛄唤起庄蝶，春花尽相安。丹穴彩云梧老，南峤北冥霜早，何日凤飞还。上上铁桥上，稚川留鼎丹。　　春去忙，秋来促，夏将残。种种头颅如许，几时得身闲。白鹭盘飞山上，黄莺并坐山下，松阴共岁寒。更喜樵云子，肩锄归故山。

---

① 赵园：《明清之际士大夫研究》，北京：北京大学出版社1999年版，第19页。

不惟此篇,霍韬全部 21 首词作皆充斥着稠密的道教元素,时代色彩异常鲜明。嘉靖中官至太子少保、吏部尚书的周用(1476—1547),存词 43 首,其中不乏"料理东皇万宝丹","待觅龙宫蜕骨丹","登登宝殿许瞻天,来供奉、玉皇香案","不妨服药求仙","举杯满劝长生酒,还访紫金丹诀"等内容,道教语汇和典故堆砌拼接,令词作意象杂糅,语意晦涩而割裂。此外如嘉靖十六年(1537)起为兵科给事中的杨士云(1477—1554),嘉靖二年(1523)进士、累官至南京兵部侍郎的王教(1479—1541),曾任成都府通判、漳州府同知的包梧(1491—?),尽管他们身处政治核心圈的边缘,然亦摆出向台阁文学看齐的姿态,可见在当时官方文学体系中,这种创作取向已俨然成为一种时尚,亦可见道教对意识形态及社会文化心理自上而下的侵蚀。此外,嘉靖前期游仙词数量的激增,同样也是崇尚道教的时代氛围的必然产物。

词体跟道教联姻的传统由来已久,有《临江仙》《女冠子》等调名为证。第一部文人词总集《花间集》所对应的巴蜀文化,其特异的地域传统与艺术品性赋予花间词浓郁的仙、道化韵味。陶亚舒《略论花间词的宗教文化倾向》一文指出:(花间)"词中与宗教文化相关的意象,呈现出鲜明的神仙化和道教化色彩,在词中占着一定程度的主导地位。而佛教成分的意象,则几乎看不见","与唐代诗词、南唐词以及北宋词比较,浓郁的仙化道化色彩,是花间词宗教文化倾向的一个显著特色。"[1]金元时期,全真道人借词体宣扬教义,将道教与词体绾结于一体,也让词体世俗化、实用化特征被发挥到极致。元代道士彭致中曾辑《鸣鹤余音》九卷,选录全真教词人 36 家,女仙 2 家,词作近 500 阕,可见创作阵容之庞大。

明代词坛在前代词创作传统与发展惯性推动下揭开帷幕。道教文化对明代前期词坛的影响根深蒂固,最直接的证据要数追和虞集《鸣鹤余音》而对《苏武慢》词调一再搬用。此外,运用词体谈玄论道或阐发哲理,以及游仙词的频繁出现,皆可视为道教文化作用于词坛的成果。但在明代前期,词与宗教之间的互动尚属自发或随机;而至嘉靖前期,在词学尚未全面复苏、染指词体创作人数有限的背景下,大多数作家竟都或深或浅地留下濡染道教的痕迹。这种集体无意识的不约而同,仅从文学视角恐怕很难看得明白,事实上,嘉靖前期的政治外力乃是其间最有力的推手。

嘉靖词坛的宗教意味与花间词或全真词差异明显。陶亚舒先生曾指出,《花间》词偏重情爱生活与对女性的关注,因而嵌入其中的道教典故或仙

---

[1] 陶亚舒:《略论花间词的宗教文化倾向》,《贵州社会科学》1994 年第 1 期,第 79、81 页。

化意象"都服从于这一主题和宗旨的需要,带有一种装饰性质","借用神仙故事意象来烘托闺阁氛围,描画情爱生活,是花间词艺术表现特点之一"①。正是因为大量富有浪漫气息或虚幻色彩的道教元素的加入,才推动了以"花间"为代表的文人词在雅化道路上迈进一大步,促使词体在对艳情的表现上变得艳雅而不流于淫媟。如果说,花间词是立足于词体本位而吸纳道教元素,客观上加速了词体的雅化进程,那么,金元全真词则背道而驰,它是着眼于宣扬道教而借用了词体形式,因而世俗化、浅易化是必然的趋势。然而在嘉靖前期词坛,道教成分的羼入已然成为"时尚",甚至是一种政治任务。对道教不甚了了的士人,若想紧跟时代的步调,或想寻到"终南捷径",在文学创作尤其是官面文章中给自己装点些"仙风道骨",就成为不谋而合的共识。所以该时期词坛的道教气息,在以夏言为核心的"金台词群"内部尤为浓烈,而在官场外围词人或布衣词人身上则相对薄弱;在官场应酬词中较为集中,而在私人性作品中则相对稀疏。对于原本对道教涉足未深却急于求成的士人们而言,信仰的取向可以造假,但内心的虔诚却难以乱真。当文字不再是发自心灵的情感宣泄,而是单纯用作"表演",文学也就成了无本之木、无源之水。因此,嘉靖前期那些依托、攀附道教的词作,通常多意象而少意蕴,显得冗滞凑泊、意脉不畅,在普通读者看来,只觉语意晦涩,而在行家里手眼中,则实在非驴非马,贻笑大方。

应该说,嘉靖前期的道教词服务于政治意图,能够映衬出现实形势及世态人心;但从艺术性角度衡量,则不得不承认,此期文学与宗教的碰撞、融合实际并不成功。此外,也不难看出,词的创作攀附道教的现象在嘉靖前期靡然成风,但随着嘉靖皇帝对丹药方术痴迷程度的加深(嘉靖二十一年"壬寅宫变"之后的二十余年间,嘉靖帝始终隐居深宫,一心修玄),词体依托、攀援道教的程度反而大大降低了。个中缘由固然是多方面的,比如作为"金台词群"核心并兼内阁首辅的夏言惨遭冤害,令"金台词群"濒于解体;道教斋醮专用文体"青词"地位的抬升及其创作的风靡,令其他文体一定程度上挣脱道教的捆绑而重获自由;阳明心学以及文学复古运动所点燃的"主情"思潮引领文学重回"言志""言情"的主体轨道……这些都是推动嘉靖中期文风转向的重要外因。然而,其间似乎也透露出某种微妙的迹象,那就是随着最高统治者宗教狂热程度的加深,道教信仰对政治、民生所带来的弊端日益明显,民众对道教的态度反而逐渐趋于理性。

第二,词的实用性、功能化倾向进一步加剧。嘉靖至万历年间是社交应

---

① 陶亚舒:《略论花间词的宗教文化倾向》,《贵州社会科学》1994年第1期,第79页。

酬词尤其是明词孕育出的新品种"帐词"最为蓬勃鼎盛的时期。明词实用性、功能化取向固然是明人无视词体审美属性、混淆诗词之辨的词学观念的产物,同时,它亦是当时社会文化风气直接作用的结果,因为将文字用作社交应酬工具,不只词体如此,此期各体文学皆然。

明代中后期词坛社交应酬之风在官场尤炽。上下级官员或同僚之间举凡升迁、膺奖、婚育、寿诞等喜庆场合,经常填词以赠,遂使帐词这一文体如鱼得水。帐词,是以骈体文后缀词作作为固定体式,尽管它抬升了词体的社会地位,令不少原本不谙此道的文人不得不有所涉猎,但其风靡,终使明词创作脱离了抒情的轨道,乃至性情大坏、面目全非。这一现象的出现,一方面乃因社会风气使然,另一方面也在于嘉靖中以夏言为核心的馆阁文人群体的推波助澜。当时夏言身为内阁首辅,并热衷作词,故而不少官员投其所好,以词作为官场进阶的敲门砖,将词体唱和风气推向极致,在花团锦簇的表象之下,充斥着大量既乏情感又无骨气的平庸、泛泛乃至鄙俗之作,遂令明词的缺陷被进一步放大。故吴梅先生论明词衰蔽的原因及表现,其中之一:"花鸟托其精神,赠答不出台阁。庚寅揽揆,或献以谀词。俳优登场,亦宠以华藻。连章累篇,不外酬应"①,所论正是针对此期词坛而发。

正如前文所论,嘉靖至万历时期官场应酬之风的强劲乃是"阴柔"士风的具化。阴柔之气盛,则浩然坦荡之气衰,士人一旦脱离高远的理想、宏伟的抱负,则往往更容易计较眼前利益或一己得失,进而以谄媚相迎合,以应声相比附,终令人而少气节,文而少气骨。因此从源头上讲,明代中后期词的实用性、功能化取向亦是当时政治环境和文人心态交互作用的结果。

第三,"弃巾"之风与明词的"闲逸化"追求。嘉靖至天启时期,君主怠政,特别是万历年间,皇帝近三十年不视朝、不理政,乃至出现"人滞于官""曹署多空"的奇异现象,加之党争惨烈、竖宦横行,士人对待朝堂的离心倾向愈加显著,越来越多的读书人或主动或被迫放弃了"生员"的身份,"弃巾"之风大盛。"弃巾",就意味着要放弃身为生员所享有的诸多特权,并自此跟科举仕宦绝缘,于中可见士人对政治与理想濒于绝望的真实心态。当然,一些因"弃巾"之举而坐收名利的成功典范,无疑也为广大知识分子开辟出一条有别于传统科举仕进之路的"终南捷径",故以此举下赌注、作投机者亦大有人在。"弃巾"之后,部分士人转为"四民"中的其他行当,而有些则遁入山林,自称"山人"以示清高。一时之间,"山人"成为时尚,即便委身市井或高居庙堂,亦多有取"山人"为号者。在晚明社会,尽管"山人"名号已呈泛滥之

---

① 吴梅:《词学通论》,上海:华东师范大学出版社 1996 年版,第 139 页。

势,乃至有恶俗之嫌,但却可从中窥见一种具有普泛性的文人心态与社会价值取向,即以慵懒为时尚,以闲逸为追求。

另一方面,随着社会经济的发展,物质财富逐渐累积,奢靡享乐之风笼罩整个晚明。面对"人情以放荡为快,世风以侈靡相高"①的现实环境,文人在口诛笔伐的同时,却又不自觉地充当起时代潮流引领者的角色,甚至可以说,知识分子作为社会的脊梁,他们正是时代风尚的始作俑者。家饶余财的知识分子,将兴致投向自成化年间兴起于江南的造园热潮,故至嘉靖末年,"海内宴安,士大夫富厚者,以治园亭、教歌舞之隙,间及古玩"②。他们龟缩于由小桥流水、怪石奇木构筑的狭小天地,安享闲暇富贵的人生。随着生活空间的萎缩,他们的精神世界也逐渐走向萎顿。此种情形,恰跟"山人"的泛滥相映成趣。

晚明"弃巾"之风象征着士人卸下了道义担当者的面具,他们以"山人"的名号或用"筑园"的行动宣示着自我与"兼济"之志的决裂。然而这种决裂注定是不彻底的,因为士人一旦放弃了对道义的坚守,其作为"士"的身份上的合理性也就打上了问号。他们虽可游走于社会各个阶层,却很难真正归属其中。他们一边沉湎于安闲疏宕的人生,一边却在对抗着内心的焦灼与疑虑;明知这般生活如饮毒酒,却又啜之宛若饴蜜。于是生活化身为"演出",既然必须表演,那就尽量演得逼真,动作不妨多点夸张,语言也要更显豁一些。文学是心灵的载体,在那个时代文学的字里行间,我们看到了晚明文士的集体放纵,也感受到了他们急于证明自己的表现欲望的强烈,以及由此导致的不安与躁动。反映于词的创作,由于闲适和写景题材最适宜作为这种表演的舞台,因而此期闲适词和写景词数量的激增也就成为必然。

晚明闲适词以展现闲逸疏宕的生活方式、生存状态为职志,在内容上显得庸俗纤仄,在形式上流于粗疏鄙俚,在意境呈现上则散缓疲沓,整体给人一种刻意与做作、叫嚣与浮夸的印象。此种状况,固然是晚明"山人"现象、"山人"文化直接作用的结果,然而说到底,则是晚明文化语境下文人心态的鲜明投射。

明代写景词的兴盛,很大程度上得益于晚明以山水园林为表现对象的写景组词的批量涌现,而无论是写景词数量的攀升还是写景组词的层见叠出,都离不开江南造园风尚以及山林隐逸潮流的煽风点火。譬如,易震吉身居官署而作莼鲈之思,以《清平乐》为调作《金陵六十咏》;明末崇祯年间,文

---

① (明)张瀚:《风俗纪》,见《松窗梦语》卷7,上海:上海古籍出版社1986年版,第123页。
② (明)沈德符:《万历野获编》卷26,北京:中华书局1959年版,第654页。

人有组织地以《蝶恋花》为调,大规模题咏祁彪佳寓山园十六处景观而成《寓山十六景诗余》,汇聚词作二百余首;王夫之有潇湘大、小八景词、潇湘十景词等多组组词。晚明文人追求闲逸疏宕的生活方式,而山水园林审美与之最相投契。词人将自我的生存状态、价值理念带入山水园林审美,遂使晚明以山园为审美对象的写景词显现鲜明的时代色彩,即随着对俗乐之景关注程度的加强,词的内在情感反而大大削弱了。

第四,“主情”思潮与明词的“艳情化”倾向。中国传统哲学强调阴阳相济、有无相生,所谓“物极必反”是也。北宋理学家程颐也提出“物理极而必反”,将其提升为理学的重要命题。其实,理学自身的处境又何尝不是如此。自朱熹打出“存天理,灭人欲”的旗号,“天理”与“人欲”,或曰“理”与“情”,就成为一对此消彼长的矛盾统一体,若想修身养性、格物穷理,似乎就必得舍弃“人欲”以及对“情”的执着。相比早期儒家所提倡的“克己复礼”“以理节情”,这无疑是向崇“理”的方向迈进了一大步,却导致“情”与“理”的天平严重失衡。

明代前期,社会生产稍稍从鼎革之际的战乱中获得恢复,物质资料的积累刚能满足社会的基本需求。依照“饮食者,天理也;要求美味,人欲也”[①]的标准,当时的人们若要信守“存天理,灭人欲”的教条,是极为现实可行的。所以,自明初统治者奉程朱理学为圭臬以来,在较长时段内,理学顺应了当时的社会形势。然而,承平日久,社会生产力不断提升,经济基础也日渐丰厚,当社会整体超越了浅层次的“温饱”需求后,所谓“饱暖思淫欲”,人的欲望就会不断膨胀,“天理”与“人欲”的矛盾也就随即暴露出来。

成化至正德年间,无论市井百姓还是士大夫阶层,其生活方式都发生了显著变化,进而引发人们思维方式与价值观念的变革,社会风气因之出现急遽转折,诸种社会矛盾纷至沓来。当矛盾累积到一定程度,必然要求冲破固有的传统或秩序,而程朱理学首当其冲地遭到挑战。因此,该时期文学复古运动与阳明心学交相辉映,从根源上讲,皆是社会发展多元化与思想统治一元性之间矛盾碰撞的必然产物。明人挣脱了克“欲”抑“情”的思想枷锁,却不免矫枉过正,不自觉地滑向另一极端,亦即对“情”“欲”追求的过度与泛滥。“主情”思潮点染出明代璀璨夺目的天边晚霞,也造就了晚明社会所独具的时代品格。当这种时代品格内化为文艺作品的内在气韵,晚明文艺由此显现出前无古人、后无来者的特异风貌。

作用于词体,具体表现为:理论追求上,对“情”的张扬,对秾艳风格的推

---

① （宋）黎靖德编,王星贤点校:《朱子语类》卷13,北京:中华书局1986年版,第224页。

许;题材表现上,艳情词大行其道且独具个性;词调运用上,适宜言情且富含民歌韵味的短章小令倍受青睐;追和词创作上,向"情真而调逸"①的"花间"传统回归。明词在走过前期过分功能化、应酬化的迷途后,其中一脉重又折回"言情"的传统轨道上来,这不能不说是"主情"思潮赋予明词的最大收益。当然,其间也暴露出某些屡遭后人诟病的弊端,譬如清人对明词"陈言秽语"②"粗厉媒亵"③的不满,以及对"闺帏秽媒之语""令人掩鼻而过,不惭惶无地"④的讥讽;又如肖鹏将"题材内容上追求情色爱欲、艺术风格上追求淫艳香软"⑤概括为"明体词"特征之一。这些既是明词的特点,更是缺点。事实上,面对明词发展进程中显现的某些"另类"元素,后人虽可见仁见智,但无法否认的是,它乃是当时士人的心路历程及历史行进轨迹的真实记录,亦是酝酿并最终造就清词"中兴"局面的逻辑起点。

第五,政治制控力的削弱与明词个性的舒展。尽管明代封建专制制度获得空前强化,但在明代政治、思想格局中,中央王朝对士人的制控能力却经历着一种由紧到松以至"失控"的演进过程。

开国之初,太祖朱元璋就颁布了惩戒"士大夫不为君用"的律令,以强制手段将士人笼络于专制体系之中。洪武至永乐五十余年间,君主采用"棍棒政策"打压士人,加强思想、政治专制统治,在强化中央集权的同时,也令士人卑躬屈膝于皇权之下,乃至出现"妾妇心理"这种扭曲的人格心理模式⑥,而"台阁体"文学正是此种心理以及思想、政治高压统治的副产品。

然而,贯穿有明一代并跟士人利害攸关的诸多政治事件,以及皇权统治呈现的种种乱象,都在持续刺激着士人的神经,加剧了他们对政治的离心倾向。从"靖难之役"后方孝孺因拒绝起草即位诏书而被诛"十族",到英宗"夺门之变"后于谦信而见疑、忠而被谤,厥功甚伟却无辜就戮;从成化皇帝慵怠优柔、任用奸佞,到正德皇帝耽乐嬉游、离经叛道;从嘉靖初期的"大礼议",到万历年间的"国本"之争;从嘉靖皇帝痴迷道教方术,二十余年不临朝,到万历皇帝消极怠政,以至出现"人滞于官""曹署多空"的奇特局面;从笼罩晚

① (明)温博:《花间集补序》,见(明)温博辑,陈红彦校点:《花间集补》卷首,沈阳:辽宁教育出版社1998年版,第91页。
② (清)朱彝尊:《词综·发凡》,见(清)朱彝尊、汪森:《词综》卷首,上海,上海古籍出版社1978年版,第15页。
③ (清)王昶:《〈琴画楼词钞〉自序》,见(清)王昶著,陈明洁、朱惠国、裴风顺点校:《春融堂集》卷41,上海:上海文化出版社2013年版,第741页。
④ (明)毛晋:《花间集跋》,毛氏汲古阁刻《词苑英华》本。
⑤ 肖鹏:《群体的选择——唐宋人词选与词人群通论》,南京:凤凰出版社2009年版,第399页。
⑥ 具体分析见本节第一部分"明初政治高压与明词风格肇端"。

明政坛的党派纷争、相互攻讦,到持续较长时段的后宫乱政、阉宦横行。实际上,这一出出政治"悲剧""闹剧"的一再搬演,不但浇灭了士人的"用世"之心,更令他们难有用武之地。君臣相激,朝野相抗,于是产生了王锡爵与顾宪成之间那场精妙绝伦的对话:"锡爵尝语宪成曰:'当今所最怪者,庙堂之是非,天下必欲反之。'宪成曰:'吾见天下之是非,庙堂必欲反之耳!'"①对于是非曲直的评判,并不以客观事实为依据,而是凭意气相激相抗。明代"诏狱""厂卫""廷杖"等专制手段不可谓不严酷,但明代士大夫不惮批龙鳞、逆圣听、冒死犯颜直谏者却接踵而至。事实上,原本作为士大夫凛不可犯的从政武器的"直谏",在当时已然变了味儿,成为沽名钓誉、哗众取宠的手段,用万历皇帝的话说,就是"讪君卖直"。当"直"成为用于贩卖的"商品",当"君"成了大臣们争相诋毁、嘲弄并借以欺世盗名的傀儡,那么,君王的尊严与权威又将焉在哉?

与此同时,随着社会经济的繁荣以及文化、教育的普及,至明代后期,脱离农业生产而以读书、科举为职志的"士",队伍迅速壮大。据顾炎武估算,晚明"生员"人数已逾五十万②。所谓"登进之门日艰,谭艺之家日广"③,如此庞大的科举军团,面对的却是极为有限的科举录取名额以及更为稀缺的官爵职位,竞争的惨烈程度可想而知。加之明代后期几朝天子持续"怠政",尤其是万历后期,官员任命工作近乎停滞,大量职位出缺却得不到及时替补,令原本就很稀罕的"入仕"机会变得更加渺茫。然而,在中国传统意识形态下,"士"者"仕"也,对读书人而言,"学而优则仕",经由读书、科举、入仕的途径以达成个体的人生理想与社会价值,既天经地义,更义不容辞。因而,当残酷的现实向士人宣示"此路不通"的时候,他们内心的彷徨与绝望是不难想见的。

一边是大量读书人科举无望、仕进无门,纷纷舍弃从政理想,转投他途或者干脆走上山林隐逸的道路;一边是朝政日非,时局如江河日下,众多有功名或官职在身的士大夫从"兼济"道路上败下阵来,加入了"山人"大军。这两股势力的合流,令"在野"士人队伍急遽扩充,在彼时"朝"与"野"相抗衡的微妙政治局势中,凝聚出一股强烈的政治离心力量,生成跟官方价值体系迥异的主流价值观与审美取向。

晚明政治制控力的衰弱固然是集权统治的不幸,但换个角度来看,它却

---

①　(清)谷应泰:《明史纪事本末》卷 66,北京:中华书局 1977 年版,第 1027~1028 页。

②　(清)顾炎武:《生员论上》,见《亭林诗文集·文集》卷 1,清康熙刻本,《四部丛刊》本。

③　(明)王世懋:《王承父后吴越游诗集序》,见(清)黄宗羲编:《明文海》卷 264,北京:中华书局 1987 年版,第 2765 页。

为当时思想及文化的繁荣注入了强劲的动能。政治专制必然依托思想专制，而思想的禁锢则必将压制文化的命脉。政治与文化二者之间尽管相互依存，却又相爱相杀，专制统治所依凭的政治、思想的高压制控注定会扼杀文化的生机与创造力。文化一旦被收入君主威势的牢笼，则难免成为强权政治的"应声虫"。明初朱元璋、朱棣父子高压统治所导致的明代前期文化的凋敝就是最典型的例证。因此，晚明朝廷政治制控力的削弱以及士人政治离心倾向的加剧，反而激发了思想的活跃以及文化的勃兴。在思想领域，程朱理学一元化独尊地位被打破，以阳明"心学"及其分支为代表的各种学术流派多元并存，诸多"离经叛道"的思想或行为不断涌现，呈现"百家争鸣"的热闹场面。文化领域，一方面，思想的解放必然带来艺术创作观念的开放以及艺术思维能力的提升，由此突破保守思想的禁锢，点燃创作的激情，让文学艺术最大限度地挣脱政治外力的牵引，重回本体发展的路径上来，进而推动文艺创作"百花齐放"局面的到来；另一方面，以"士"之为士的身份而言，一旦他们屏蔽掉对政治的依附与憧憬，其内在身份认同中的另外一端则将获得强化与突显，那就是对文化的传承与创造。晚明士人以极大的热忱投入文学艺术的怀抱，文学得以于"科举"价值体系之外重拾独立自足的价值，显现出最本真的生命样态。此外，政治制控力的削弱还为文学发展带来其他一些利好因素，如舆论环境的宽松、思想的相对自由带动了文学自内容到形式的自主选择、自由创造；文人结社及文学社团组织的蔚然成风，激发了文人创作的热情，也为文人提供了更多交流思想、切磋技艺的平台，进而大大提升了创作的数量与水平。

随着晚明各体文学的兴盛，词亦步入快速生长阶段。尽管词在文学传统价值体系中被视为"小道""末技"，且在明代，词已被排挤出主流文学的阵营，因而它接受政治干预的程度有限，但是不可否认，明词同样也是文人心灵的载体，是彼时社会生活与词人心态的投射，故而政治及文化生态环境势必要在词的创作中留下痕迹。例如，在对词体品性的体认上，嘉靖以前的词论秉承宋元词论的意旨，习惯将诗教传统移植于词学，故"感物"说、"发愤"说、"兴观群怨"说、"有补于世"说等传统诗学观念汇聚成此期词学批评的主流价值观；在词的创作领域，永乐至成化词坛的"台阁体"及其流露的"妾妇心理"，嘉靖前期道教元素对词的渗透，以及"金台词群"将词用作官场酬酢的工具，诸如此类，皆可视作政治干预词学的直接例证。晚明政治制控的松弛，在催发各体文学振兴的同时，也令词体赢得蓬勃发展的大好局势。"主情"词论的张扬，使词体复归"言情"的轨迹，重新寻得自身独立存在的价值与意义;"宁为大雅罪人,勿儒冠而胡服"①的词体价值观,以及以"柔情曼声"②"艳冶宕逸"③为本色的词学审美观,令词体于诗教体系之外获得了自足、自由成长的动力。总而言之,晚明词学的复兴以及明词特色的最终呈现,固然是多重因素合力作用的结果,而晚明社会政治制控力的衰落也是其中的矢量之一。

第二节　"崇俗"世风笼罩下明词的俗化取向

崇雅黜俗、严雅俗之辨是文人文学的基本取向。就文学而言,所谓"雅",不仅意味着作品思想内容的"雅正",即合乎儒家道德规范及诗教传统,而且也代表着表现形式的含蓄典雅、蕴藉婉约;反之,则为"俗"。在古代中国,价值评判的话语权始终为文人士大夫所掌控,因而"雅"与"俗"作为一对相反相成的审美范畴,其本身即暗含褒贬判断。由俗趋雅、崇雅黜俗乃是中国各体文学演进的普遍规律。

然而,元明文学却形成一股逆流。俗文学来势汹汹,锐不可当,原本以高雅自命的一些文人士大夫也不得不放下身段,转而投入俗文学的欣赏或创作领域,"精英审美意识"与"大众审美意识"之间的鸿沟渐趋消弭。时至晚明,浩如烟海的文人拟话本小说、白话章回体小说、杂剧、传奇,以及文人对民歌时调的搜集与整理、模仿与创作,将俗文学的地位抬升至前所未有的高度,对"俗"的追求甚至成为一种时尚,由此构成极富时代性的文化氛围和审美趋尚。词体厕身其间,自然难以免"俗"。

一、文学雅俗之辨的历史性考察

"雅俗之辨"贯穿中国文化史的始终。雅者,正也,所谓"雅人深致""君子安雅","雅"是古代士人的身份标识与自觉追求,并以此区别于普通民众所代表的"俗"。从文化层面上讲,雅文化反映的是契合士大夫审美趣味的精英文化,俗文化则是符合普通民众欣赏口味的大众文化。雅、俗文化二者之间本无优劣、高下之分,但由于话语权长期为精英群体所掌控,故而原本仅代表知识分子欣赏趣味的雅文化俨然成为中国文化的"精英",高

---

① (明)王世贞:《艺苑卮言》,见唐圭璋:《词话丛编》,北京:中华书局2005年版,第385页。
② (明)何良俊:《草堂诗余序》,见《何翰林集》卷8,明嘉靖四十四年何氏香严精舍刻本,《四库全书存目丛书》集部第142册。
③ (明)刘凤:《词选序》,见《刘子威集》卷37,《丛书集成三编》第48册。

高在上,睥睨四野;而俗文化则如田间溪头的野花,虽生机勃勃,却终究难与牡丹争妍。因此,中国古代文化整体上遵循着由俗趋雅、弃俗崇雅的行进轨迹。

对"雅"的推崇至两宋已臻极致。陈寅恪先生曾云:"华夏民族之文化,历数千年之演进,造极于赵宋之世。"①随着前朝文化的积累、儒学的发展成熟以及文官制度的确立、完善,宋代文化呈"集大成"之势,展现出重文、崇雅、尚理的整体文化风尚,涵养着天水一朝文人士大夫雍容典雅的气度和崇雅尚韵的审美追求。与之相应,"黜俗",成为宋代文人的自觉行动。苏轼《于潜僧绿筠轩》曰:"人瘦尚可肥,士俗不可医";黄庭坚《书嵇叔夜诗与侄榎》亦谓:"士生于世,可以百为,唯不可俗,俗便不可医也";严羽《沧浪诗话》特别指出:"学诗先除五俗:一曰俗体,二曰俗意,三曰俗句,四曰俗字,五曰俗韵。"宋代文人之于"俗",如临深渊,如遇洪水猛兽,并严阵以待,防"俗"于未然。作为有宋"一代之文学"的词,正是在这种文化背景下步入生长发育的关键阶段。

词诞生于民间,最初是作为通俗文学,以最本然的生命样态在民众间传播。中晚唐时期,词开始转入文人之手,自此开启了"雅化"进程。北宋前期,柳永词虽在普通民众中备受欢迎,乃至"凡有井水饮处,皆能歌柳词",然柳永却因"针线慵拈伴伊坐"一词而在晏殊处碰壁的故事②,也从一个侧面证明,彼时词的创作及传播实分"雅"与"俗"两种路径,且二者之间畛域严明。南宋初期,王灼《碧鸡漫志》有言:"柳耆卿《乐章集》,世多爱赏该洽,序事闲暇,有首有尾,亦间出佳语,又能择声律谐美者用之。惟是浅近卑俗,自成一体,不知书者尤好之。予尝以比都下富儿,虽脱村野,而声态可憎。"③由此亦显见世俗情调与文人雅趣之间的隔阂,而称柳永词"浅近卑俗,自成一体",更可反证北宋文士崇"雅"趋尚之普遍性。至宋元之交,刘将孙《新城饶克明集词序》言及:"歌喉所为,喜于谐婉者,或玩辞者所不满;骚人墨客乐称道之者,又知音者有所不合"④,表明市井俗词与文人雅词不但大相径庭,而且早已分道扬镳,各成阵营。此后,蒙古铁骑踏平中原,元朝建立统一政权,原先的社会生态系统被打破,民间文化娱乐形式急遽转型。一方面,"新声"崛

---

① 陈寅恪:《金明馆丛稿二编》,上海:上海古籍出版社 1980 年版,第 245 页。
② (宋)张舜民《画墁录》:"柳三变既以词忤仁庙,吏部不放改官。三变不能堪,诣政府。晏公曰:'贤俊作曲子么?'三变曰:'只如相公,亦作曲子。'公曰:'殊虽作曲子,不曾道"彩线慵拈伴伊坐"。'柳遂退。"《景印文渊阁四库全书》第 1037 册。
③ (宋)王灼:《碧鸡漫志》,见唐圭璋《词话丛编》,北京:中华书局 2005 年版,第 84 页。
④ (宋)刘将孙:《新城饶克明集词序》,见陈良运主编:《中国历代词学论著选》,南昌:百花洲文艺出版社 1998 年版,第 238 页。

起,唱"词"被更富表现性、观赏性的杂剧、南戏所取代,市井俗词至此行至穷途末路。另一方面,文人雅词经由南宋"骚雅词派"的鼓吹与改造,特别是经过南宋遗民词人之手,或追求"古雅峭拔"的格调,"如野云孤飞,去留无迹",或"凝涩晦昧",如"七宝楼台,眩人眼目,碎拆下来,不成片段"①,总之都高视阔步而难接地气,故虽臻于"极雅",却亦丧失了生机,其向上的路途同样举步维艰。

由此观之,宋代既是传统文化"雅化"的巅峰期,又恰为词体发展壮大的黄金阶段,此之于词,幸哉?抑或不幸哉?"幸"之所在,乃在于词体最初作为新兴的民间文学样式,借助"雅化"的东风,实现了从内容到形式的全面提升与改造,终于成功跻身"经典文学"的行列;"不幸"之所在,则由于"雅化"之路令词体舍弃了其生命中最本真、最具个性的成分,而"雅化"的极致亦使得词体的生机与活力最终濒于枯竭。如此说来,词之"雅"与"俗",其实难分轩轾,实际上,这是特定文化语境下不同的审美期待或价值取向作用于词体的结果。南宋"骚雅"之词固然极雅,但沿着这条路走下去,终究遭遇"此路不通"的尴尬;柳永的市井俗词或"歌喉所为"之词虽然极俗,却占领了广阔的市场,赢得更多的"粉丝"。只不过一部中国文学史乃由文人写就,故而普通民众"尚俗"的声响微不可闻,而文人"崇雅"的呼声则总是分外嘹亮。

到了元代,雅文学与俗文学的攻守之势有所更替。随着元朝政权的巩固,社会阶级关系、生产关系都经历着调整。一方面,手工业与商业稳步发展,城市快速崛起,市民阶层日益壮大,适合其欣赏趣味的精神文化消费需求与日俱增;另一方面,大量以读书、科举为本业的知识分子被卷入社会底层,其精神上的优势既已荡然无存,物质上又缺乏足够的保障,他们中的大多数被迫委身于市井,身经或目睹着底层民众的悲欢离合,其创作视角也自然而然地从阳春白雪转向了下里巴人。与此同时,问鼎中原的北方民族裹挟而来的劲健质朴之风也在冲击着"温柔敦厚""含蓄蕴藉"以及"乐而不淫,哀而不伤"的传统审美观,自上而下地改变着社会的审美品味和价值取向。酣畅淋漓的杂剧、明快显豁的散曲,构成那个时代倍受关注的主流文化样态,由此形成跟典雅蕴藉的诗文风格迥异的美学价值取向,并进一步改造着时代文化浸润下作家的情感、态度和文学价值观。

朱明取代元朝,虽然政权更迭难免天翻地覆,但整个社会风俗习尚的变迁绝非一蹴而就,而是具有持续稳定的惯性以及相较于政治裂变的滞后性。

---

① (宋)张炎:《词源》卷下,见唐圭璋:《词话丛编》,北京:中华书局2005年版,第259页。

更何况明代商品经济空前活跃，市民阶层迅速崛起，加之文化教育的普及，以及晚明"人滞于官""曹署多空"及党争惨烈的政治现实对"学而优则仕"的人生价值观的冲击，孔子"闻韶乐，三月不知肉味"，亦或苏轼"宁可食无肉，不可居无竹"的时代已是明日黄花。当文人投身于世俗环境的染缸，当明词创作不仅要被世俗文化潮流所裹挟，而且还要遭受俗文学的渗透与干扰，明词之"俗"也就自在情理之中。

"雅俗之辨"原本无关乎是与非、优与劣，关键在于话语权的操控。当"雅"的代言人掌握了绝对的话语权，也就扼守住价值评判的要津。他们创造出一套话语体系，为"雅"打上"正统"的标识，同时宣判"俗"为非法，极力将其从艺术创作的自由王国中剥离。然而，人们不禁会问：这种长期垄断话语权的行为，其本身一定是合法的吗？退一步讲，即便认可了其合法性，那么又是否合情、合理呢？在市井文化勃兴的时代浪潮中，在普通民众日益成为文化消费主体的社会背景下，作为文学之一体的词，既承载着文学"形象化地反映客观现实"的使命，又被期待充当高雅艺术的傀儡，面对这种两难处境，词之发展终将何去何从？更退一步讲，就算人们承认对话语权的垄断是合法且又合情、合理的，但时过境迁，这种话语权的操纵者早已成了历史的过眼云烟，而当烟已消，云已散，今人又何必去模仿古人的声吻，重复前人的话语，或者因袭他们的思维路径呢？"俗"，实在不应作为衡量词体优劣之准绳；事实上，它正是明词"特色"的体现，甚至可以说是词体演进至明代显现出的一抹"亮色"。诚如金一平先生所论："严格地说来，这种变动本身并不一定注定是坏事。试图符合时代需求的艺术，自有它的合理性。"①所以，对于明词之"俗"的判断，我们无须过分纠结于前人的思路或经验，而应当采用一种相对客观的评判规则，即明词这一特质的生成究竟是推动还是阻碍了词体前进的步伐。

二、明代文学趋俗性对明词"俗"化特质的塑造

可以说，明代特异的文化语境是造成明词"俗"化的本源所在。然而，"文化"包罗万象，时代人群的生活方式、思维方式、风俗习惯、文学艺术等等，皆包蕴其中。明词，作为明代文学之一体，对它产生直接影响的，当数其上位概念——"文学"。一方面，明代文学的基本属性牵引并制约着明词的前进方向；另一方面，明词又加入到明代文学时代性格的塑造中来。而明代文学的"趋俗性"品格，无疑是其时代性格中最惹人瞩目的成分。

---

① 金一平：《论明词中衰》，《江海学刊》1997年第4期，第163页。

（一）明代文学"趋俗性"之表现

明代文人对文学"俗"性品格的认同与追求，首先表现为以通俗文体定位"时代文学"的坐标选择。

明人对"一代有一代之文学"观念情有独钟，其间亦可发现明人将"时代文学"乃至"一代之制"的殊荣赋予通俗文体的总体价值取向。例如，茅一相为王世贞《词评》《曲藻》作跋，称："夫一代之兴，必生妙才；一代之才，必有绝艺。春秋之辞命，战国之纵横，以至汉之文、晋之字、唐之诗、宋之词、元之曲，是皆独擅其美而不得相兼，垂之千古而不可泯灭者。"①钱允治《类编笺释国朝诗余序》谓："窃意汉人之文，晋人之字，唐人之诗，宋人之词，金元人之曲，各擅所能，各造其极，不相为用……嗟乎！有一代之兴，必有一代之制。"②二人皆摈弃了雅俗文学高低有别的观念，确认了作为通俗文学的"曲"所代表的"时代文学"的地位。

如果说，茅、钱二人是站在词、曲本位的立场作出宋之词、元之曲乃"一代之制"或"一代之绝艺"的判断，那么，更多时候，明人乃是从大文学或文化的视角来审视文体流变进程中明代所处的位置，且同样显现出弥合雅俗文学界域的集体性选择。如陆深《中和堂随笔》云："大抵事之始者，后必难过，岂气运然耶？故左氏、庄、列之后而文章莫及，屈原、宋玉之后而骚赋莫及，李斯、程邈之后而篆隶莫及，李陵、苏武之后而五言莫及，司马迁、班固之后而史书莫及，钟繇、王羲之之后而楷法莫及，沈佺期、宋之问之后而律诗莫及。宋人之小词，元人已不及；元人之曲调，百余年来，亦未有能及之者。但不知今世之所作，后来亦有不能及者果何事耶？"③再如曹安《谰言长语》曰："予尝私论之曰：汉之文，唐之诗，宋之性理，元之词曲。试以汉之文言之，果有出于董、贾之策乎？以唐之诗言之，果有出于李、杜之什乎？以宋之性理言之，果有出于濂、洛、关、闽之论乎？以元之词曲言之，果有出于《阳春白雪》之所载者乎？况四代人物又不止于此乎。"④他们同样不以雅俗为准绳来衡量文学的得失成败。即便若胡应麟，虽指出"汉文、唐诗、宋词、元曲"的演化过程乃"愈趋愈下"，却又不得不承认，"要为各极其工"⑤，以艺术价值论，

① （明）茅一相：《题词评曲藻后》，见中国戏曲研究院编：《中国古典戏曲论著集成》第4册，北京：中国戏剧出版社1959年版，第38页。
② （明）钱允治：《类编笺释国朝诗余序》，见（明）顾从敬、钱允治辑，钱允治、陈仁锡笺释：《类编笺释国朝诗余》卷首，明万历四十二年刻本，《续修四库全书》第1728册。
③ （明）陆深：《中和堂随笔》，见《俨山外集》卷27，《景印文渊阁四库全书》第885册。
④ （明）曹安：《谰言长语》，《景印文渊阁四库全书》第867册。
⑤ （明）胡应麟：《庄岳委谈》下，见《少室山房笔丛》卷41，上海：中华书局上海编辑所1958年校点本，第562页。

俗文学跟雅文学一样,亦是不容抹杀的。

　　遵循"一代有一代之文学"理念,明人进而勾勒出其心目中堪称时代文学之代表的文体样式。晚明徐士俊曾言:"夫诗让唐,词让宋,曲又让元,庶几吴歌《挂枝儿》《罗江怨》《打枣竿》《银铰丝》之类,为我明一绝耳。"①卓人月称:"语云:楚骚、汉赋、晋字、唐诗、宋词、元曲,皆言其一时独绝也。然则我明之可以超轶往代者,庶几其南曲乎?"②沈宠绥《度曲须知》认为:"粤征往代,各有专至之事以传世。文章矜秦汉,诗词美宋唐,曲剧侈胡元。至我明则八股文字姑无置喙,而名公所制南曲传奇,方今无虑充栋,将来未可穷量,是真雄绝一代,堪传不朽者也。"③王思任《唐诗纪事序》则提出:"一代之言,皆一代之精神所出。其精神不专,则言不传。汉之策,晋之玄,唐之诗,宋之学,元之曲,明之小题,皆必传之言也。"④不论是"吴歌""小题",或是"南曲传奇",原本都不登大雅之堂,明人不仅堂而皇之地将它们跟传统雅文学等量齐观,甚而将其抬升至代表时代文学成就的高度,由此可见明人的文学价值观及审美趣味已经发生了明显改变。这种变化作用于实践,则激发了明代后期通俗文学整理与创作的浪潮。

　　自明中叶始,通俗文学的创作、整理获得长足发展,顺应了社会不同阶层的文化消费需求。戏剧、小说乃至民歌、童谣,都成为民众追捧的对象。戏剧领域,杂剧、传奇两种艺术形式相映生辉,其合力足堪与元代戏剧双峰并峙。范濂《云间据目抄》有云:"倭乱后,每年乡镇二三月间,迎神赛会。地方恶少喜事之人,先期聚众,般演杂剧故事。……至万历庚寅,……郡中士庶,争挈家往观,游船马船,拥塞河道,正所谓举国若狂也。每镇或四日,或五日,乃止,日费千金。"⑤可见明代后期云间地区戏剧演出之盛况。小说方面,文人拟话本创作远迈前代,长篇章回体小说亦成就斐然。作家将关注的目光从帝王将相移至普通人的日常生活,刻画芸芸众生相和市井百态图,赢得了更普遍的读者。黄汝成《日知录集释》引钱大昕语曰:"古有儒释道三教,自明以来,又多一教曰小说。小说演义之书,士大夫

① 徐士俊于《古今词统》卷首黄河清《续草堂诗徐序》后评点语,见(明)卓人月、徐士俊:《古今词统》卷首,明崇祯刻本,《续修四库全书》第1728册。
② (明)卓人月:《盛明杂剧二集序》,见吴毓华:《中国古代戏曲序跋集》,北京:中国戏剧出版社1990年版,第299页。
③ (明)沈宠绥:《度曲须知》,见中国戏曲研究院编:《中国古典戏曲论著集成》第4册,北京:中国戏剧出版社1959年版,第197页。
④ (明)王思任:《王季重十种》,杭州:浙江古籍出版社1987年版,第75页。
⑤ (明)范濂:《记风俗》,见《云间据目抄》卷2,《笔记小说大观》本,扬州:江苏广陵古籍刻印社1983年版,第113页。

农工商贾无不习闻之,以至儿童妇女不识字者亦皆闻而如见之,是其教较之儒释道而更广也。"①民歌方面,成化年间,金台鲁氏编刊《新编题西厢记咏十二月赛驻云飞》《新编四季五更驻云飞》等俗曲选集;明末,冯梦龙编成《山歌》《挂枝儿》,"借男女之真情,发名教之伪药"②。即便是对童谣的搜集、整理,明代亦开先河。嘉靖至万历年间,吕德胜、吕坤父子意识到童谣"一儿习之,可为诸儿流布;童时习之,可为终身体认"的特性,编成《演小儿语》,成为我国现存第一部儿歌专集。明中叶以后,文人越发重视通俗文学、民间文学的价值,并且身体力行,进一步推动了明代后期通俗文艺的全面繁荣。

对通俗文学功勋卓著的冯梦龙,可谓生逢其时。经济的繁荣、思想的解放,为通俗文学开辟了广阔的市场,而印刷业的兴盛,又为普通民众文化需求的满足提供了技术和物质保证。冯梦龙的通俗文学事业,正是由此起步。他编撰拟话本小说集"三言",引发文人创作与整理白话小说的热潮。在其影响下,凌濛初编著了"二拍",与"三言"共同代表了明代白话短篇小说的最高成就。冯梦龙的长篇历史演义小说《平妖传》《东周列国志》等,亦获得较大的反响。他认为,"今虽季世,而但有假诗文,无假山歌"③,遂搜集、整理民歌集《挂枝儿》《山歌》等。此外,他还选辑散曲,编成《太霞新奏》十四卷,著有《宛转歌》(散曲集,已佚),撰写或修订戏曲作品若干种。客观地讲,冯梦龙在通俗文学领域的建树,恰是以当时通俗文学勃兴并备受关注的整体文化环境为奠基。

明代文学的"俗"化特质绝非仅仅作用于个别专注于通俗文学事业的文人,也不单纯反映为通俗文学自身的兴盛。事实上,通俗文学、文化在明代已渐成"气候"。笼罩在这种"气候"下的每一个文人都必然耳濡目染,进而调整自己的创作以适应环境。即便是潜心于诗文创作的传统文人,他们若想置身事外或视若无睹,恐怕也只能是想当然的掩耳盗铃罢了。

嘉靖初,复古派前七子领袖人物李梦阳借友人王叔武之口传达出"真诗在民间"的观点:"夫诗者,天地自然之音也。今途咢而巷讴,劳呻而康吟,一

---

① (清)顾炎武:《重厚》,见(清)顾炎武著、黄汝成集释:《日知录集释》卷13,上海:上海古籍出版社1985年版,第1044页。
② (明)冯梦龙:《叙山歌》,见《冯梦龙全集》第18册,南京:江苏古籍出版社1993年版,第1页。
③ (明)冯梦龙:《叙山歌》,见《冯梦龙全集》第18册,南京:江苏古籍出版社1993年版,第1页。

唱而群和者,其真也,斯之谓风也。孔子曰:'礼失而求之野。'今真诗乃在民间。"①当后学向李梦阳请教诗文之法时,他竟教以"若似得传唱'琐南枝',则诗文无以加矣"②。不仅如此,在自己的创作实践中,李梦阳也表现出积极向民间歌谣学习和模仿的姿态,如《童谣二首》是经过改写的民谣,《长歌行》《想象歌》《拟乌生八九子》《拟前缓声歌》等则带有鲜明的仿作痕迹。

随后,李开先《词谑》转述崔(后渠)铣、熊(南沙)过、唐(荆川)顺之、王(遵岩)慎中、陈(后冈)束等人言论:"《水浒传》委曲详尽,血脉贯通,《史记》而下,便是此书。"③崔、熊、唐、王、陈五人都是弘治至嘉靖年间进士,可谓正统文人的代表,而他们却以《水浒传》直承《史记》,对这部通俗小说的定位不可谓不高。在当时,文人士大夫对《水浒传》的热忱甚至成为一种时尚。胡应麟《庄岳委谈》谈及:"今世人耽嗜《水浒传》,至缙绅文士,亦间有好之者","嘉隆间一巨公,案头无他书,仅左置《南华经》,右置《水浒传》各一部。又近一名士,听人说《水浒》,作歌谓奄有丘明、太史之长。"④泰州学派一代宗师李贽则认为:"诗何必古《选》,文何必先秦。降而为六朝,变而为近体,又变而为传奇,变而为院本,为杂剧,为《西厢记》,为《水浒传》,为今之举子业。大贤言圣人之道皆古今至文,不可得而时势先后论也。"⑤

晚明公安派的文学立场尽管同前、后七子的拟古主张针锋相对,但他们对民间文学的推崇相比复古派却有过之而无不及。袁宏道十分欣赏《水浒传》,甚至语出惊人,赞誉它超越了六经及《史记》,其《听朱生说水浒传》诗曰:"少年工谐谑,颇溺《滑稽传》。后来读《水浒》,文字益奇变。《六经》非至文,马迁失组练。一雨快西风,听君酣舌战。"⑥在《叙小修诗》一文中,又言及:"吾谓今之诗文不传矣。其万一传者,或今闾阎妇人孺子所唱《擘破玉》《打草竿》之类,犹是无闻无识真人所作,故多真声,不效颦于汉魏,不学步于盛唐,任性而发,尚能通于人之喜怒哀乐嗜好情欲,是可喜也。"⑦袁宏道崇尚

① (明)李梦阳:《诗集自序》,见郭绍虞主编:《中国历代文论选》(中册),北京:中华书局1962年版,第283页。
② (明)李开先著,卜键笺校:《李开先全集》,上海:上海古籍出版社2014年版,第1552页。
③ (明)李开先著,卜键笺校:《李开先全集》,上海:上海古籍出版社2014年版,第1553页。
④ (明)胡应麟:《庄岳委谈》下,见《少室山房笔丛》卷41,上海:中华书局上海编辑所1958年校点本,第572~573页。
⑤ (明)李贽:《童心说》,见郭绍虞主编:《中国历代文论选》(中册),北京:中华书局1962年版,第333页。
⑥ (明)袁宏道著,钱伯城笺校:《袁宏道集笺校》卷9,上海:上海古籍出版社2008年版,第418页。
⑦ (明)袁宏道撰,钱伯城笺校:《袁宏道集笺校》卷4,上海:上海古籍出版社1981年版,第188页。

民歌的"真人""真声",认为其"任性而发",从而跟他所倡导的"独抒性灵,不拘格套"主张殊途而同归。其《答李子髯》诗曰:"当代无文字,闾巷有真诗。却沽一壶酒,携君听《竹枝》。"①他不仅在文学观念上重视并推崇民歌,而且更在创作实践中向民歌学习。他在写给兄长伯修的信中谈及:"近来诗学大进,诗集大饶,诗肠大宽,诗眼大阔。世人以诗为诗,未免为诗苦,弟以《打草竿》《劈破玉》为诗,故足乐也。"②在诗歌创作中,他大量援引民歌的题材、语言及体式,形成俚俗诙谐的格调,以及"不拘格套"的艺术表现技法。由此观之,重学问、重寄托的清代文人时常对袁宏道嗤之以鼻,讥其"惟恃聪明"③,嘲其诗文"迁流愈下,几同谐谑"④,而现代文学史家特别是新文化运动之巨擘却对公安派的文学思想及创作别有会心⑤,个中缘由,多半应是时代风会使然。

由此可见,明代文学对"俗"的肯定与张扬,不止停留于理论或思想层面,而是向实践创作领域延展;"俗"也不仅仅作用于个别作家、个别文体,而是实现了向广大作家、各类文学样式全方位的渗透与普及。词,作为明代文学之一种,厕身其间,自然难以免"俗"。

(二) 明代文学"趋俗性"之成因

明代文学"趋俗性"特质的成因是多方面的,概言之,主要有以下几个方面。

第一,从文学代际传承的角度而论,明代文学沿袭了元代文学"俗"化的基本走势,并作进一步发展。在中国文学发展历程中,元代是一个重要的转折点。在这一时期,文学赢得了更广泛的读者,扩大了在社会生活中的影响;传统抒情性文学独霸文坛的局面被打破,叙事性文学首次晋身为文坛的主角;通俗文学取代雅文学,成为元代文学的主力军;普通民众的文化需求不再被漠视,他们的审美趣味反而成为文人创作的"风向标"。

明代文学正是发轫于元末大众化、通俗化的文化语境,并在元代文学"俗"化基础上更进一步。王国维《宋元戏曲史》谓"元杂剧之为一代之绝作,

---

① (明)袁宏道撰,钱伯城笺校:《袁宏道集笺校》卷2,上海:上海古籍出版社1981年版,第81页。
② (明)袁宏道撰,钱伯城笺校:《袁宏道集笺校》卷11,上海:上海古籍出版社1981年版,第492页。
③ (清)永瑢等:《四库全书总目》,北京:中华书局1965年版,第1618页。
④ (清)李慈铭:《越缦堂读书记》,北京:中华书局1963年版,第701页。
⑤ 相关研究可参见黄仁生《论公安派在现代文坛的多重回响》(《复旦大学学报》社会科学版2006年第6期)、周荷初《胡适与公安派的文学史观比较》(《鲁迅研究月刊》2003年第1期)等。

元人未之知也。明之文人始激赏之,至有以关汉卿比司马子长者(韩文靖邦奇)"①,可为明证。

尽管明初统治者在政治、文化领域的高压制控在某种程度上减缓了文学传播的步伐,但民众对文化产品的需求以及文学大众化的趋势已然势不可挡。洪武年间,瞿佑撰成《剪灯新话》②,最初以抄本形式流传,宣德初得以刊行。该书在当时颇为流行,仿效之作亦层见叠出。永乐十八年(1420),进士出身、曾参与编纂《永乐大典》,且素有刚正方直、廉洁宽厚之名的李昌祺撰成《剪灯余话》;宣德年间,赵弼"效洪景庐、瞿宗吉编述传记"③而成《效颦集》三卷。这些传奇小说投合了不同人群的欣赏口味,反响热烈,以致英宗正统七年(1442),时任国子监祭酒的李时勉特意上呈奏议:"近年有俗儒假托怪异之事,饰以无根之言,如《剪灯新话》之类,不惟市井轻浮之徒,争相诵习,至于经生儒士,多舍正学不讲,日夜记意,以资谈论。"④尽管朝廷为此专门颁布禁毁诏令,然收效甚微,及至晚明万历年间,仍有邵景詹《觅灯因话》等作品层出不穷。

更有甚者,哪怕是一些恪守封建礼教的"腐儒"们,亦无法漠视戏曲、小说等通俗文学"人人观看,皆能通晓"⑤的优势,并借以充当宣扬伦理、劝化人心的工具,从而造成教化剧的泛滥。其间,最具代表性的,当数成化、弘治年间官至礼部尚书、文渊阁大学士的邱濬创作的《五伦全备忠孝记》。这部"一场戏里五伦全,备他时世曲,寓我圣贤言"⑥的传奇剧,其创作意图在于:"搬演出来,使世上为子的看了便孝,为臣的看了便忠,为弟的看了敬其兄,为兄的看了友其弟,为夫妇的看了相和顺,为朋友的看了相敬信,为继母的看了不管前子,为徒弟的看了必念其师,妻妾看了不相嫉妒,奴婢看了不相忌害,善者可以感发人之善心,恶者可以惩创人之逆志,劝化世人,使他有则改之,无则加勉。"⑦诸如此类作品,尽管以文学性、艺术性而论,并不成功,甚至可以说很是失败,但作为时代的产物,它们的盛行也从一个侧面佐证了俗文学

---

① 王国维:《宋元戏曲史》,上海:上海古籍出版社 2008 年版,第 87 页。
② 瞿佑《剪灯新话》大约成书于洪武十一年(1378)。
③ (明)赵弼:《效颦集后序》,见黄清泉主编:《中国历代小说序跋辑录》,武汉:华中师范大学出版社 1989 年版,第 296 页。
④ 《明实录·英宗实录》卷 90,台北:中央研究院历史语言研究所 1982 年校印版,第 1813 页。
⑤ (明)邱濬:《伍伦全备记·副末开场》,《古本戏曲丛刊初集》本,上海:商务印书馆 1954 年影印本。
⑥ (明)邱濬:《伍伦全备记·副末开场》,《古本戏曲丛刊初集》本,上海:商务印书馆 1954 年影印本。
⑦ (明)邱濬:《伍伦全备记·副末开场》,《古本戏曲丛刊初集》本,上海:商务印书馆 1954 年影印本。

取代雅文学崛起的客观趋势,以及俗文学自身所具备的超凡魅力。正如当时理学鸿儒薛瑄所言:"小学、四书、六经、濂洛关闽诸圣贤之书,雅也,嗜者常少,以其味之淡也;百家小说、淫词绮语、怪诞不经之书,郑也,莫不喜谈而乐道之,盖不待教督而好之矣,以其味之甘也。淡则人心平而天理存,甘则人心迷而人欲肆。"①从而于不经意间向世人透露出一个信号:雅文学固然可以凭借政治干预或所谓"天理"对人性的压制而得以扼守要塞,但俗文学却终是人心之所向;依靠外力营造的堤防一旦崩塌,俗文学势必会像洪水般倾泻而下。明代后期文学的"俗"化浪潮,就是对此最生动的注脚。

　　第二,就明代后期社会文化环境而言,文学的"俗"化,既是特异时代性格的具体表征,又是构成这种时代性格的重要成分。从明中叶开始,生产的发展带动了物质的积累,人们的生活方式、思维方式都在悄然发生着改变。顺应这些变化,"心学"横空出世,打破"天理"对"人欲"的制约,肯定"人欲"的合理性与必然性,由此吹响了个性自觉与思想解放的号角。"主情"思潮随之高潮迭起,并由对"情"的肯定逐渐过渡到对"欲"的张扬,最终将"人伦物理"落实到"吃饭穿衣"的日常层面,实现了"天理"与"人欲"的对接。普通民众的欲求成为"天理"之所在,他们伴随着物质富足而不断高涨的精神需求也获得了更多的关注与补偿,而代表他们审美趣味的俗文学也由此寻找到理论支撑,获得可与传统雅文学分庭抗礼的地位,加之封建王朝政治与思想控制的松弛,俗文学终于突破了最后一道防线,它不但可与传统雅文学平分秋色,更因其"味甘",从而赢得了更广泛、更众多的观众或读者。

　　应该说,明代文学的"俗"化取向,正是明代社会"主情"思潮、个性解放潮流在文学领域的外现与具化。对此,赵士林《心学与美学》一书有言:"如果说'从情到欲'在内在审美心理上表现了明人审美趣味蕴含时代转折性质的巨大变化,那么'从雅到俗'则在外在审美形态上表现了同一变化。"②"从雅到俗与从情到欲,二者一表一里,以平民大众所能接受理解的审美形式来表现平民大众久被压抑剥夺的情感欲求,如是形成了晚期封建社会独有的五光十色的市井艺术。"③

　　第三,从文学创作与接受之关系层面来看,知识权力的下移、文化教育的普及,最终拉近了文学的生产者与作为消费者的普通民众之间的距离,在很大程度上弥合了文学审美领域"雅"与"俗"之间的鸿沟。自隋唐以来推行

---

① 　(清)永瑢等:《〈读书录〉提要》,见《四库全书总目》卷 93,北京:中华书局 1965 年版,第 790 页。
② 　赵士林:《心学与美学》,北京:中国社会科学出版社 1992 年版,第 177 页。
③ 　赵士林:《心学与美学》,北京:中国社会科学出版社 1992 年版,第 195 页。

的科举制从根本上终结了魏晋六朝门阀制度,沉重打击了门阀士族在政治、经济、文化等领域的垄断特权。"万般皆下品,惟有读书高",逐渐成为群体性价值取向。"士"在社会职业等级中高居"四民"之首的传统定位,以及"学而优则仕"的进阶路径,令无数士人皓首于科举之途。明代继两宋之后,重建完备的文官制度,与之相配套的科举体系也更加成熟。由读书至科举进而入仕,或为修齐治平,或为光耀门楣,或为争名逐利,俨然成为众多年青士子的职业规划与人生理想。明清之际,顾炎武曾对晚明生员数量进行过估算,结论是"不下五十万人"①,如若属实,则不难推知,正在为获取生员身份而拼搏的读书人,或者受读书氛围熏陶而初步习染知识文化的有识阶层,其数目必然更为庞大。这无疑会为文学的创作与接受开辟广阔的市场,打破文化被极少数贵族所垄断的局面,推动"精英文化"逐步向"大众文化"过渡与转移。

然而,知识阶层的扩张却无法同官僚体系的需求构成正比例关系。实际上,在分子绝对值不变的情况下,分母总量增加将导致整体占比的降低。在如此庞大的生员队伍中,能够经由科举之门晋身仕途者,其比例反而大大缩减了。因而顾炎武进一步指出,在"不下五十万人"的生员之中,"可为天子用者,数千人不得一也"②。既然无法入仕,就只能是"布衣",在身份、思维方式以及社会关系上则混同于普通民众。而身为"布衣"的知识分子,同样具备从事文学创作、欣赏的能力及需求。由此,文学则开启了从"官方"转而向"平民化"推进的征程。明代文学权柄由"台阁"而至"郎署",最终落入"山林"的现象,即可作为知识权力下移最直观的注解。

与此同时,明中叶以来,随着社会经济的持续发展,民众的物质生活不断获得充实与提升,对精神产品的需求也水涨船高。文学与艺术不再仅仅是贵族阶层风雅生活的点缀,其在普通市民阶层的生活中也逐渐成为同衣食住行一样的"刚需",并且因为市民阶层人口基数庞大,反而令这种需求变得更加迫切。一边是文学的创作主体在社会身份以及生活与思维方式上的平民化、大众化;一边是作为文学接受对象的普通民众的审美趣味和文学欣赏、消费能力在逐步提升。从文化认知的层面上讲,文人作者与民众读者之间的天堑在逐渐缩小,他们在文学的审美风格与价值取向等方面达成了越来越普遍的共识。与此同时,这又造成一种广泛的社会文化语境,令那些身处官方文化体系之内的"精英"们再也不能置若罔闻或我行我素,而是必须

① (清)顾炎武:《生员论上》,见《亭林诗文集·文集》卷1,清康熙刻本,《四部丛刊》本。
② (清)顾炎武:《生员论上》,见《亭林诗文集·文集》卷1,清康熙刻本,《四部丛刊》本。

"接地气"，以达成跟时尚文学的对接。可以说，文学的创作主体与接受对象之间正是通过持续的磨合与互渗，推动着明代文学平民化、大众化的进程。

最后，就文学语言发展演进的客观事实而言，随着时间的推移，口头语言跟书面语言渐行渐远，时至明代，二者之间已大相径庭，传统"雅"文学的语言系统已然同社会生活相脱节。因此，明代文学的"趋俗化"特质，既是文学创作更好地表现现实生活的客观需要，又是文学语言自我调适以与时俱进的内在选择。从这个意义上讲，明代文学的"俗"化取向跟"五四"文学革命倡导"白话文运动"具有精神的相通性，只不过是在变革的程度及影响上有所区别。

明代"后七子"代表人物谢榛，号四溟山人，在其《四溟诗话》中曾对诗歌表现上"家常话"与"官话"的差异予以辨析，实则讨论的正是口头语言与书面语言矛盾性的问题：

> 《古诗十九首》，平平道出，且无用工字面，若秀才对朋友说家常话，略不作意。如"客从远方来，寄我双鲤鱼。呼童烹鲤鱼，中有尺素书"是也。及登甲科，学说官话，便作腔子，昂然非复在家之时。若陈思王"游鱼潜绿水，翔鸟薄天飞。始出严霜结，今来白露晞"是也。此作平仄妥帖，声调铿锵，诵之不免腔子出焉。魏晋诗家常话与官话相半，迨齐梁开口俱是官话。官话使力，家常话省力；官话勉然，家常话自然。夫学古不及，则流于浅俗矣。今之工于近体者，惟恐官话不专，腔子不大，此所以泥乎盛唐，卒不能超越魏进而追两汉也。①

谢榛认为，《古诗十九首》，当然也包括《诗经》、楚辞、汉乐府之流，皆顺口自然，任性而发，是用家常化的语言写入诗歌，故不仅"省力"，而且"自然"。魏晋以后，诗歌语言开始跟日常口语分道扬镳，走上雅驯化道路，虽然其间也产生过不少"平仄妥帖，声调铿锵"的作品，但总不免"腔子出焉"，既耗费心力，又显做作，故而当代诗歌终究难以超越盛唐、企及汉魏。实际上，在谢榛之前，"前七子"核心人物何景明就曾认为，俗调《锁南枝》有后世诗人墨客"操觚染翰，刻骨流血"所不能及之处②，观点亦约略相似。而在复古派之外，类似的呼声也同样高昂。如公安派领袖袁宏道指出："人事物态，有时而更，乡语方言，有时而易。事今日之事，则亦文今日之文而已矣。"③他将大

---

① （明）谢榛：《四溟诗话》卷3，北京：人民文学出版社1998年版，第66～67页。
② （明）李开先：《李开先集·词谑》引何景明语，北京：中华书局1959年版，第945页。
③ （明）袁宏道：《与江进之》，见（明）袁宏道著，钱伯城笺校：《袁宏道集笺校》卷11，上海：上海古籍出版社2008年版，第515～516页。

量俗语、流行语带入诗歌创作,亦是对自身理论主张的践行。可见,明中叶以后文人对于"真"的普遍追求,既体现在文学情感或内容层面,又带有对语言文字本身的诉求,而突破诗歌语言过度典雅化、书面化乃至脱离现实生活及实际表达需要的困境,使其重回"天地自然之音"①的轨道上来,也就成为明代文学"趋俗化"取向重要的现实基础和内在动机。

(三) 明代文学趋俗性向词学的渗透

明词作为明代文学之一体,其"俗"化特质亦是明代文学"趋俗性"的构成元素及其表现形式。就明词作者而言,一方面,他们生存环境中特定的审美趣味、价值取向等,必然潜移默化地规范着他们的文学价值观及其创作的实际走向,造成明词创作中时代性格不自觉的流露。从这个意义上讲,明词的"俗"化取向,放在词史坐标上考察,则可视为"特色",但若以同时代其他文体作为参照,则泯然于众矣;另一方面,明人作词,大多属于"玩票",对于多数作者而言,只是偶尔染指,专业词人屈指可数,这就使得明词在创作时缺少一种审慎的态度,以及以词体为本位的审美观照,故而很难令明词生成有别于同时代其他文类的独立自足的品性,反而更容易濡染时代文学共有的审美元素。此外,"兼职"作者所涉足的其他文体领域,也必然会对词体创作形成渗透或干扰,从而造成诗人作词而类诗、曲家作词而似曲、小说家作词而逼近小说的现象。且如前文所论,明中叶以来,通俗文学的创作、整理掀起股股热潮,时人更以"吴歌""小题""南曲传奇"等通俗文学作为"一代之制"。因此,在明代诗、词、曲、小说、民歌等各类文体并存共生的状态下,曲、小说、民歌这些处于强势地位的文体样式对相对弱势的词体的渗透、干扰效应是显而易见的;而它们同为通俗文学形式,其内在品格中最为明显的"俗"化成分,也就自然而然地加之于词体。

因此,对明词"趋俗性"特质的考察,必然要充分考量当时通俗文学对明词渗透、辐射的生态环境。而在彼时文学生态系统中,散曲乃至杂剧、传奇以及民歌时曲对明词"俗"化的改造最为显著,以致出现明词"曲化""民歌化"现象。

词在宋代,是"一代之文学",是众星捧月的焦点。虽然宋代亦有"以诗为词""以文为词"现象的出现,但总体而言,宋词是以自我为中心,他山攻错,为己所用,同时又在某种程度上对其他文体进行着渗透与辐射。时过境迁,文学这个大舞台的主角已由词体变成了南北曲,到了明代中后

---

① (明)李梦阳:《诗集自序》,见郭绍虞主编:《中国历代文论选》(中册),北京:中华书局1962年版,第283页。

期,民歌也加入到时尚文学的演出中来。作为歌韵文学,在明代,可唱的是南北曲和时调民歌,而词只能作为诉诸于文本的案头文学,供少数文人品味、揣摩。在"嘈杂凄紧"①的戏曲与"天机自动,触物发声"②以至"举世传诵,沁人心腑"③的时调小曲声中,词无可挽回地陷落了。处于弱势地位的词,必然要接受强势文体的渗透、改造,而这种作用又是潜移默化、润物细无声的。

词与曲、民歌同属歌韵文学的范畴,彼此间有诸多相似因素,界线本就不是那么分明。因此,它们彼此之间的融通、交流不但存在可能,而且不可避免。明词中的一些作品,融入南北曲、民歌的优长,别出心裁,自成一家,或彰显世俗的心态旨趣,或呈现直白浅切的语体风格,或体现滑稽诙谐的艺术趣味,有的还带上某种戏剧化的情境,如杨慎《天仙子》(忆共当年游冶乐)、叶盛《长相思·忆弟妹嫁娶》、王世贞《更漏子》(楚天低)、卓人月《如梦令·去问》等,匠心独运,表现了词人向戏曲、民歌的学习靠拢,展示出词体向原初真朴风调回归的态势,为晚明词坛涂抹上斑斓的色彩,也令后世读者耳目一新。从这个意义上讲,以曲入词、以民歌入词,应该说是晚明词坛对整个词史作出的积极贡献。

但另一方面,明词的曲化、民歌化变异应该存在一种"度"的把握。以这个"度"作为标杆,"不过"即为特点,"过"则为缺点。对于明词作者而言,这既是一种积极而有益的尝试,又是在词乐失传、南北曲取代词体成为歌韵文学的主体,以及俗文学兴盛的大背景下一种随波逐流的趋势,而关键就在于作者对"火候"的把握。其中个别把握不当者,致使明词中出现了一些似词而非词、似曲而非曲、文白相淆、不伦不类的"四不像"作品,消解了词的文体属性,这对词体自身的发展又是极为不利的。

当然,站在词体本位的立场,可以认为,明词呈现曲化、民歌化倾向是词体因地位下降从而遭受其他文体侵蚀的结果。但如果转换视角,从戏曲或民歌的角度观察,则似乎又是另一番光景。据李碧《明代戏曲中词的变体与词曲互动》一文统计,明代杂剧约有三分之一的作品羼入词作,且有六成以上的传奇文本中出现了词作,涉及曲家 110 位,词作 1805 首④。尽管没有对明代的民歌小曲进行专题调研,但其中掺入词体元素从而显现"词

---

① (明)王世贞:《曲藻》卷首自序,见中国戏曲研究院编:《中国古典戏曲论著集成》第 4 册,北京:中国戏剧出版社 1959 年版,第 25 页。
② (明)徐渭:《奉师季先生书》,见《徐渭集》,北京:中华书局 2008 年版,第 458 页。
③ (明)沈德符:《万历野获编》卷 25,北京:中华书局 1959 年版,第 647 页。
④ 李碧:《明代戏曲中词的变体与词曲的互动》,《文学遗产》2019 年第 6 期,第 120 页。

化"倾向亦是大势所趋。如此看来,明代戏曲、民歌,当然也包括小说在内的通俗文学,未尝不是援引词体以实现自身的雅化进程。实际上,"词亡于明"的判断,且不论成立与否,单是从立论角度而言,就可见鲜明的雅文学及文人本位立场。如果能够拓宽视野,反而可以看到明代词坛的蓬勃生机,只不过词体是以另一番样貌转移到通俗文学这另一块阵地而已。正如叶晔《论古典小说、戏曲中的词"别是一家"》一文所言:"对词乐衰亡之际的词体评价,不应停留在简单的是与否、优与劣上,更应去探究颓势之下的内在张力和复杂局面。文人词的发展固然是千年词史的大盘和主线,但词在步入低谷之后,有着多样的诉求和出路,另外一些隐性的表现和变化,对我们认识词史全貌来说,也是一种有益的补充。"①

一方面,南北曲与民歌渗入明词;另一方面,小说对明词特性的塑造同样"功不可没"。对于明词同曲、小说的融合,研究者已有充分关注,如叶晔《论古典小说、戏曲中的词"别是一家"》②、宋瑞芳《明代曲化词探析》③、胡元翎《词曲统观视角下明代词曲互动研究》④、张仲谋师《明代话本小说中的词作考论》⑤、梁冬丽《话本小说与诗词关系研究》⑥、李志艳《中国古典小说叙事话语的诗性特征——以四大名著叙事话语中的诗歌为例》⑦等已作专题性研讨,在此不必赘言。下文主要围绕明代盛行的时令小曲、山歌民谣对明词特质的塑造这一问题作进一步分析。

(四) 民歌对明词特质的塑造

民歌,相比文人诗歌,拥有更为悠久的传统。作为我国古典诗歌源头的《诗经》,其主体部分"国风",即可视作西周至春秋中叶流传于黄河流域及周边地区的民歌选辑。在古代文人心中,以《诗经》"国风"、汉乐府等为代表的民间歌谣,其地位不可谓不崇高,然个中缘由,往往是因其年代久远从而具备了中国古典诗歌肇端或必经阶段的属性,后世文人对它们的重视与推崇,也多半导源于此。在中国文学史上,民歌长期处于"诗坛不列,荐绅学士不

① 叶晔:《论古典小说、戏曲中的词"别是一家"》,《中国社会科学》2015 年第 11 期,第 182 页。
② 叶晔:《论古典小说、戏曲中的词"别是一家"》,《中国社会科学》2015 年第 11 期,第 163~183 页。
③ 宋瑞芳:《明代曲化词探析》,《内蒙古师范大学学报(哲社版)》2012 年第 3 期,第 133~136 页。
④ 胡元翎:《词曲统观视角下明代词曲互动研究》,《中国社会科学报》2019 年 7 月 2 日。
⑤ 张仲谋:《明代话本小说中的词作考论》,《明清小说研究》2008 年第 1 期,第 202~216 页。
⑥ 梁冬丽:《话本小说与诗词关系研究》,北京:中国社会科学出版社 2013 年版。
⑦ 李志艳:《中国古典小说叙事话语的诗性特征——以四大名著叙事话语中的诗歌为例》,成都:巴蜀书社 2009 年版。

道"①的尴尬境地,特别是当代民歌,更难获得文人学者的青睐。而将当代民歌与文艺批评建立起密切联系,或者说,文人自觉地从理论层面肯定当代民歌的存在及其价值,并积极付诸创作或传播实践的,明代尤其是明代中后期实属例外。

明代中期以后,文坛上,不论前七子、后七子,还是唐宋派、公安派、竟陵派,也无论他们对文学"拟古"持何种态度,以及他们各自的立场、主张存在多大的分歧,都一反以往"正统"文人鄙视民间文学的常态,不仅异口同声地表达对民歌的关切与肯定,并且主动调整姿态,有意识地将自己的创作向民歌靠拢,汲取民歌热情奔放、素朴自然的风格元素,令这一时期的诗坛不仅别开生面,更兼意趣盎然。

明代文人对当代民歌的热衷及高度认同,既植根于彼时民歌创作与传播盛况空前的客观环境,又发源于文人对诗歌流变进程中现状与困境的深度体认。

一方面,明中叶以来,随着社会生产方式的调整以及经济实力的提升,人们的生活方式、价值观念都经历着重大变革,逐渐生成晚明"主情""尚俗""好色"的风俗民情及整体文化语境。民歌,风格上率真自然,形式上尖新小巧,所谓"天机自动,触物发声,以启其下段欲写之情,默会亦自有妙处"②;而在题材内容上,又常常表现市井巷陌、桑间濮上的两情相悦,呈现浓郁的市井风情,是"民间性情之响"③。它契合了晚明社会的风土民情,顺应了普通民众的审美需求,因而备受市民阶层追捧。沈德符《万历野获编》关于"时尚小令"有言:

> 元人小令,行于燕赵,后浸淫日盛。自宣、正至成、弘后,中原又行《锁南枝》《傍妆台》《山坡羊》之属。李崆峒先生初从庆阳徙居汴梁,闻之,以为可继国风之后。何大复继至,亦酷爱之。今所传《泥捏人》及《鞋打卦》《熬狄髻》三阕,为三牌名之冠,故不虚也。自兹以后,又有《耍孩儿》《驻云飞》《醉太平》诸曲,然不如三曲之盛。嘉、隆间,乃兴《闹五更》《寄生草》《罗江怨》《哭皇天》《乾荷叶》《粉红莲》《桐城歌》《银纽丝》

---

① (明)冯梦龙:《叙山歌》,见《冯梦龙全集》第18册,南京:江苏古籍出版社1993年版,第1页。
② (明)徐渭:《奉师季先生书》,见《徐渭集·徐文长三集》卷15,北京:中华书局1983年版,第458页。
③ (明)冯梦龙:《叙山歌》,见《冯梦龙全集》第18册,南京:江苏古籍出版社1993年版,第1页。

之属,自两淮以至江南,渐与词曲相远,不过写淫媒情态,略具抑扬而已。比年以来,又有《打枣竿》《挂枝儿》二曲,其腔调约略相似。则不问南北,不问男女,不问老幼良贱,人人习之,亦人人喜听之,以至刊布成帙,举世传诵,沁人心腑。其谱不知从何来,真可骇叹!①

尽管沈德符乃站在传统士大夫的立场,讥诮民歌"写淫媒情态,略具抑扬而已",但他却无法漠视其"举世传诵"的风靡程度,及其"沁人心腑"的艺术魅力。民歌小调紧跟时代脚步,对人心与时尚的把握是相当精准的,而其传播速度、普及程度则是相当惊人的。文人耳濡目染于此,若要无动于衷,几乎是不可能的。

另一方面,明代文人浸润于这种社会文化格局之中,对民歌的习染与接纳看似被动,实则却带有较多主观价值选择的成分。或者可以说,明代民歌之所以令后人瞩目,很大程度上就在于明人对民歌的赞誉、褒扬,使其从不登大雅之堂甚至自生自灭的境遇中拔离出来,成为可供文人文学汲取、借鉴的"源头活水"。当然,明代文人对民歌的高度认同,并非出于推广或弘扬民间文化的目的,实际上,他们仍是站在文人文学本位的立场,试图汲取民歌自然、真切、有情的优势,来破解文人诗歌日趋僵化的危局。因此,从这个意义上讲,明代文人对民歌的看重,更体现出他们对诗歌流变进程中所具矛盾性以及诗歌创作现状的深层次体认与思考。

明代前期文坛在朱元璋、朱棣父子棍棒、屠刀政策的直接作用或间接干预下渐趋凋敝。"台阁"之风长期主导文坛,即便是在"盛世"梦想已成泡影、社会矛盾日趋尖锐的现实形势下,也未能适时地退出历史的舞台,而是苟延残喘,以夸张、做作的形式表现枯槁、僵化的内容,以致"愈久愈弊,陈陈相因,遂至啴缓冗沓,千篇一律"②。到了明代中期,文坛迫切需要打破僵局,为文学创作注入新鲜的血液。在这种现实背景下,以李梦阳、何景明为核心的"七子派"文学复古运动应运而生。

尽管"七子派"高举"复古"大旗,但"复古"不过是手段或媒介,而实现当代文学的复兴,乃至重现"汉唐盛世"的政治辉煌,这才是他们终极的价值追求。然而,若想在文坛施展拳脚,就必须首先突破长期以来受"存天理,灭人欲"的程朱理学所掌控的文学价值观,肃清当代文坛"啴缓冗沓,

---

① (明)沈德符:《万历野获编》卷25,北京:中华书局1959年版,第647页。
② (清)永瑢等:《〈空同集〉提要》,见《四库全书总目》卷171,北京:中华书局1965年版,第1497页。

千篇一律"的台阁风气。因此,"七子派"在文学理论上倡导情与理的统一,实则是以"情"抗"理",大大提升了"情"的地位与价值。正是以此为背景,李梦阳在《诗集自序》中借友人王叔武之口,提出"今途咢而巷讴,劳呻而康吟,一唱而群和者,其真也,斯之谓风也",进而得出"真诗乃在民间"的论断①。陈文新《明代诗学的逻辑进程与主要理论问题》一书指出:"李梦阳提出'真诗乃在民间',包含了多方面的意蕴。首先,'真诗乃在民间'的理论前提是诗、乐一体说。在这样的理论基点上,《诗集自序》对'真'的定义是:'真者,音之发而情之原也,非雅俗之辨也。'判断是不是真诗,关键不在于雅俗,而在于,其具有特定风格的音调节奏是否真切地传达出了某些情绪、情感或情思。真情经由自然和谐的音乐表达出来,才具动人心魄的魅力。"②事实上,李梦阳倡"真诗乃在民间"之说,根源于他对诗歌"音"与"情"两重因素的重视,而民歌的体性特征,恰好完美印证了这两条标准,所以李梦阳才会对它青眼有加。无独有偶,复古派另一领袖人物何景明同样也对民歌推崇备至。他曾称誉俗调《锁南枝》是"时调中状元也",并以《诗经》"国风"作类比,谓:"如十五'国风',出诸里巷妇女之口者,情词婉曲,有非后世诗人墨客,操觚染翰,刻骨流血所能及者,以其真也。"③

李、何二人的民歌观念对此后的文学思想及创作影响深远。"嘉靖八才子"之一李开先曾取《锁南枝》与《山坡羊》二调仿作或自撰俗曲集《市井艳词》,并在自序中指出,二调"语意则直出肺腑,不加雕刻。……故风出谣口,真诗只在民间"④,约略得见李、何之论的痕迹。不难发现,明中叶以后,民歌之所以能够博取文人的好感,很大程度上在于其"真"——以任真自然的艺术形式传达质朴真率的情感,所谓"直出肺腑,不加雕刻"是也;而在"真"的统领下,又包含了诗歌文学最重要的两重内质——"音"与"情"。这无疑是为当时日趋僵化的文坛开出一剂猛药,也为明代后期诗歌的多元化进程指引了方向。

晚明文人在此基础上更进一步,将对诗歌"真"与"情"的呼唤同彼时的"主情"思潮相绾合。譬如冯梦龙搜集整理山歌,正是欲"借男女之真情,发

① (明)李梦阳:《诗集自序》,见郭绍虞主编:《中国历代文论选》(中册),北京:中华书局 1962 年版,第 283 页。
② 陈文新:《明代诗学的逻辑进程与主要理论问题》,武汉:武汉大学出版社 2007 年版,第 123 页。
③ (明)李开先:《词谑》,见《李开先集》,北京:中华书局 1959 年版,第 945 页。
④ (明)李开先:《市井艳词序》,见《李中麓闲居集》卷 6,明刻本,《续修四库全书》第 1341 册。

名教之伪药"①。这就使得文人对民歌的推崇绝非止步于文学改良的层面，而是具备了更为普遍的社会性内涵。即便是处于前、后七子复古派对立阵营的公安派和竟陵派，在对待民歌的态度上，亦显现出极大的热情。袁宏道《叙小修诗》认为，市井俗曲《擘破玉》《打草竿》之流之所以比正统诗文更具传播潜力，就在于它们乃是"无闻无识真人所作，故多真声，不效颦于汉魏，不学步于盛唐，任性而发，尚能通于人之喜怒哀乐嗜好情欲"②；竟陵派核心人物钟惺，不仅自己创作了《前懊曲》《秣陵桃叶歌》一类"俚而真，质而谐"③、颇具民歌风味的小诗，而且在同谭元春合编的诗歌选本《诗归》中，亦收录了不少活泼自然的民歌，并给予高度认可。

　　在民歌勃兴的整体文化氛围对文人潜移默化地熏陶以及文人对民歌自觉进行价值体认这双重因素的合力作用下，明代诗歌显现出鲜明的"民歌化"倾向。一方面，文人模仿民歌声吻，创作了大量极富民歌情调的作品，如李梦阳《子夜四时歌》《拟前缓声歌》，王廷相《江南曲》《巴人竹枝歌》，李攀龙《子夜歌》《懊侬歌》，袁宏道《采桑度》《艳歌》《横塘渡》，诸此种种，掀起文人拟民歌创作的时代浪潮。另一方面，民歌俗白直露的语言，尖新活泼的体式，热情奔放的个性，以及聚焦市井百态、男欢女爱的世俗化题材，都在悄无声息地侵蚀着文人诗歌的领地，参与着明诗特色的塑造和最终定型。若以广义诗歌而论，则明词的"民歌化"倾向正是明诗"民歌化"之一端；若取诗歌之狭义，那么明词"民歌化"则跟明诗有异曲同工之处。

　　相比一般诗歌，词跟民歌具有更紧密的"亲缘"关系。甚至可以说，在唐、五代、北宋时期，传播于檀板歌喉、倍受民众喜爱的长短句歌词，原本就是那些时代的民歌。只是时过境迁，随着词体雅化进程的推进以及音乐体系的更迭，词逐渐丧失了在民众间广泛传唱的属性，而是尘封于文人的书斋、案头，成为供文人自我消遣或彼此间交际应酬的工具。然而，就词体本性而言，曾经可以配合歌唱的"音乐性"，及其以情感传达为职志的"抒情性"，使得词跟任何时代的民歌都具有了内在的相通性。因此，当明代诗歌开启"民歌化"进程之时，明词的"民歌化"更是身先士卒地走在了最前面。

　　明词的"民歌化"首先表现为，将民歌改写为词，或以演唱民歌作为词作

---

① （明）冯梦龙：《叙山歌》，见《冯梦龙全集》第 18 册，南京：江苏古籍出版社 1993 年版，第 1 页。

② （明）袁宏道撰，钱伯城笺校：《袁宏道集笺校》卷 4，上海：上海古籍出版社 1981 年版，第 188 页。

③ （明）钟惺：《秣陵桃叶歌》诗前小序，见（明）钟惺著，李先耕、崔重庆标校：《隐秀轩集》卷 14，上海：上海古籍出版社 1992 年版，第 209 页。

表现的内容。这是明词与民歌最直接的碰撞。明词创作有直接翻唱民歌的现象,田汝成《西湖游览志余》卷二十五就曾记载:

> 吴歌惟苏州为佳,杭人近有作者,往往得诗人之体,如云:"月子弯弯照几州,几人欢乐几人愁。几人高楼行好酒,几人飘蓬在外头。"此赋体也。而瞿宗吉往嘉兴,听故妓歌之,遂翻以为词云:"帘卷水西楼,一曲新腔唱打油。宿雨眠云年少梦,休讴,且尽生前酒一瓯。　明日又登舟,却指今宵是旧游。同是他乡沦落客,休愁,月子弯弯照几州。"①

明初,瞿佑将歌妓所唱民歌翻以为词,实际着眼于这首民歌能够"得诗人之体",而并非属意于民歌自身的风格特点;同时,这一行为也并不具有普遍性。所以,在当时,词与民歌的结合只是随机的、偶然的。时至晚明,民歌在词中出场的频率大大增加了。比如,唐世济《少年游·席上作》一词表现了俗曲《打枣竿》在筵席上演唱的情形及其所具有的艺术魅力:

> 未尝滋味,先饶韵致,灯底擘香橙。打枣新词,一声娇啭,从此罢听莺。　酒情刚得将酣畅,不信已三更。便做三更,犹余半夜,遮莫到天明。

除《打枣竿》之外,俗曲《挂枝儿》在明词中亦屡屡出现,如易震吉《竹枝》云:"三条弦子挂真儿,淮水生时乐不疲。"晚明文人对民歌俗曲的痴迷程度于此可见一斑。如果说,易震吉乃是站在欣赏者的客观角度,那么,江宁教坊司女艺人朱澜则是从表演者的主观视角出发,其《柳枝》写道:"三条弦上合新词,挂枝儿。"②可见,晚明时期,民歌不仅风行于民间,而且亦被文人搬上了酒宴歌席,并成为一时风尚。明词创作就在不经意间透露了这一讯息。

明词的"民歌化"还表现为,某些富含民歌风味的词调被更频繁地加以运用。这是明词"民歌化"最常见的形式。词最初诞生于民间,市井百态、饮食男女是早期词创作重要的题材和内容。因此,早期词惯常使用的某些词调,也就自然而然地带上了民歌的情致和韵味。例如《望江南》,它原本就是唐代在民间传唱的曲子,敦煌曲子词即保存下不少《望江南》歌词,其中有描写妓女悲怨心曲的("莫攀我"),有抒发弃妇对负心汉怨愤之情的("天上

---

①　(明)田汝成:《西湖游览志余》卷25,上海:上海古籍出版社1980年版,第447页。
②　见《全明词》,第3083页。

月"),有反映边地人民翘首企盼圣朝天威的("敦煌郡"),诸如此类,皆表现出当时普通民众真实的生活与诉求。又如《菩萨蛮》,敦煌曲子中也所在多有,其中如"枕前发尽千般愿。要休且待青山烂。水面上秤锤浮。直待黄河彻底枯。　　白日参辰现。北斗回南面。休即未能休。且待三更见日头",跟汉乐府民歌《上邪》在情感内蕴与表达方式上如出一辙。此后,随着文人创作的加入,词体虽然羼入了越来越浓重的人文气息,但这些源于民间的词调与生俱来的质朴自然、长于言情的特质依然被保留了下来,故而民歌韵味也就总是或多或少地显现于不同作家的创作之中。再如《竹枝》,"肇于唐人,自述其山川民俗"[①],尽管中唐刘禹锡、白居易等文人的仿作一定程度上遮掩了它"俚歌鄙陋"[②]或"伧宁"[③]的原始面貌,但在之后的创作中,也始终保持着以民俗、节序、风情为主题内容且活泼明快、质朴自然的风格特点。其他如《调笑令》《长相思》《如梦令》等,借鉴民歌常用的复沓手法,灵活跳跃,短小轻快,本身就极富民歌韵味。明代词坛,这些词调在使用频率上皆有大幅度的攀升[④]。当然,这一现象植根于明代后期"复古""主情"的文化语境,但不可否认的是,明代中后期文人有意识地向民歌取经的创作态度,也是导致这些词调被频繁择取的一个重要原因。事实上,"复古"也好,"主情"也罢,说到底,都是对诗歌"音"与"情"两重因素的强调,这就从源头上跟倡导民歌的初衷不谋而合。

明词"民歌化"亦表现为晚明颇富民歌情调的词作的大量涌现。这是明词"民歌化"的高级形态,也是民歌对明词所施加的深层次影响。尽管词体在其发轫期便同民歌形成了较为密切的亲缘关系,然而一旦转入文人之手,尤其是在唱法失传以后,词已然成为"古典文学"或文人的"案头文学",早就跟民歌分道扬镳了。作为"别是一家"的词体,其自身所拥有的文体属性本是词人们努力恪守的"底线"。然而当晚明时期,在词体地位下滑、民歌备受关注的背景下,文人模仿、推重民间文学已成普遍时尚,再加上明人不拘一格、率性而为的创作态度,使得这条"底线"频频被突破,"合体"而为,乃至"破体"而出,俨然构成明代词坛一道靓丽的"风景"。词与民歌两种文体在晚明众多词人的手中暗通款曲,颇富民歌情调的词作批量涌现,"民歌化"成

① (明)沈谦:《东江集钞》卷6,清康熙十五年沈圣昭沈圣晖刻本,《四库全书存目丛书》集部第195册。
② (宋)郭茂倩:《乐府诗集》卷81,北京:中华书局1979年版,第1140页。
③ (唐)刘禹锡:《竹枝词》自序,见(唐)刘禹锡著,瞿蜕园笺证:《刘禹锡集笺证》,上海:上海古籍出版社1989年版,第852页。
④ 具体分析见本书第三章第二节《文化生态视域下明词特殊词调考论》。

为晚明词坛大势之所趋。来看下列作品：

> 东陌头，西陌头，陌上香尘粘碧油。见花花自羞。　　南高峰，北高峰，两处峰高愁杀侬。行云无定踪。（王世贞《长相思·闲情》）
>
> 得郎一字千金宝，揾向腮边无限好。囊着伴香肌，襞成方胜儿。
>
> 耕来红豆垄，历历相思种。为问玉厄娘，蓝桥事久长。（朱翊𬭚《叠叠金·风情》）
>
> 谁能消受，恰带三分红杏瘦。似笑还嚬，对面无非两个人。　　檀郎须记，要数佳人他第二。除我除他，此外如何见得些。（董斯张《减字木兰花·对镜》）
>
> 别时月晕梨花夜，如今芍药和烟谢。好是忆成痴，伊家全不知。
>
> 犹将身份做，恰像生疏个。停会始低声，多时郎瘦生。（单恂《菩萨蛮·重见》）
>
> 玉韵花情描不成，琐窗小语杂流莺。鬓残襟𧝐也娉婷。　　曾戏嘱卿卿莫忆，忆侬侬不忆卿卿。卿言奴只是关情。（顾同应《浣溪沙·所欢》）
>
> 娘问为何不去？爷问为何不去？背地问檀郎：难道今朝真去？郎去，郎去，打叠离魂随去。（卓人月《如梦令·去问》）

张仲谋师《明词史》对明词"民歌化"现象着墨颇多，并给予了正面的评价。如在论及沈周等吴门词派题画词"清浅"风格时，谓"明词那种清浅如话、追求真朴自然的作风"，"和散曲、民歌的影响不无关系"[1]；在总论明代后期词坛时，称卓人月"那种介乎民歌与新体诗之间的小词，虽未足称散仙入圣，却自是别具一格，过誉则未可，否定亦不必，或者亦可视为革新词风的一种祈向"[2]，并赞誉他"于宋人蕴藉处，或不无快意欲尽之病，然求之于宋元后，实可谓独辟生面"[3]。

由此观之，"民歌化"对明词特色的生成厥功甚伟。明代特别是晚明词人自觉或不自觉地向民歌靠拢并加以学习、借鉴，不仅造就了明词清新自然、活泼率真的个性气质，推动着"明体词"的最终形成，而且也为词体文学突破常规、推陈出新另辟了蹊径，即便算不上"指出向上一路"，但至少也是

---

① 张仲谋：《明词史》（增订版），北京：人民文学出版社 2020 年版，第 181 页。
② 张仲谋：《明词史》（增订版），北京：人民文学出版社 2020 年版，第 215 页。
③ 张仲谋：《明词史》（增订版），北京：人民文学出版社 2020 年版，第 261 页。

一种有益的尝试。

三、明词俗化的具体表现

古人常就作词避俗趋雅之法发表论议。概言之，流连于物质层面的近"俗"，而能提升至精神、理想境界的则趋"雅"；喜用质实平直之语者近"俗"，而能以清空语出之者则趋"雅"；一味摹情、纯以情感铺叙者近"俗"，而能以景语烘托、情景相生者则趋"雅"；沉湎风月温柔之乡、拘泥情事现场者近"俗"，而追慕柏拉图式精神爱恋、甚而生发身世感怀乃至更宏大的宇宙人生旨趣的则趋"雅"。总之，雅俗之判，既关乎语言表达是否温婉典雅、情感呈现是否蕴藉含蓄，又在于所抒发的情性是否合乎规范。只有将自然生发的性情经由道德、理想的陶冶，将感性上升至理性层面，才能契合传统文士的高情雅趣，获得文人之为文人的身份证明。

然而，明词却反其道而行，显现出与"避俗趋雅"的美学观迥异的审美追求。概言之，明词之"俗"，既彰显于形式，又存在于内容；既外现于形貌，又内化为风神。

（一）语言的直白浅易

商品经济环境下，消费决定生产的目的及规模。在文化产品日趋商品化的明代，文学创作亦遵循这一规律。

古代中国在较长时段内，文化始终为少数人所掌控。特别是中古时期士族制度的存续，文化被世家大族垄断，享有文化仅是少数人的特权，是贵族身份的象征。随着隋唐科举制的建立与完善，造纸术、印刷术的持续改进，以及社会生产力发展所导致的社会经济的分化及生产关系的变革，文化垄断逐渐被打破，越来越多的寒门士子乃至平民百姓拥有了受教育的权利。"朝为田舍郎，暮登天子堂"，不再是痴人说梦；"十年寒窗苦读，一朝金榜题名"，成为众多读书人的精神寄托。文化，就像那"王谢堂前燕"，终于"飞入寻常百姓家"。文化的普及带动文化生产与消费从内容到形式的变革，而生产与消费又相辅相成。文化消费者的队伍不断壮大，消费需求日益膨胀，推动文化生产逐渐商品化。部分文人的创作不再单纯满足于吟咏性情，而是开始兼顾甚至主要面向广阔的消费市场，以消费者的审美趣味和需求来调整产出。此外，更有不少来自社会底层的下层士子乃至普通民众也加入到文化生产的行列中来，共同推动着文化平民化的进程。

就文学而言，从唐代的传奇、俗讲、变文，到宋元杂剧、南戏、话本、散曲，再到明代的白话章回体小说、传奇剧、文人拟话本小说、民歌小调等等，俗文学浪潮汹涌，势不可挡，最终汇聚成明代后期趋俗的整体文化语境，进而渗入每个作家的创作细胞,构成一种"集体无意识"的审美与价值取向。俗文学既然以普通民众作为主要消费群体,就必然要采用民众喜闻乐见的语言和形式表现其感兴趣的内容,所以,俗文学在形式层面最显著的特征就是语言的直白浅易。

受词体地位下降及其"言情"属性的制约,明词商品化、市场化程度远逊于当时流行的各类通俗文艺,但其置身俗文化勃兴的现实环境,且不少作家兼擅通俗文学多个领域,加之明人词曲观念淆乱,经常将曲的语言、句式套用于词的创作,将曲所追求的"俗"与"趣"移植到词学审美中来,遂使明词的语言愈发直白浅易。譬如,"古今几个英雄,一筋斗、跳出樊笼"(吴鼎芳《柳梢青》);"牛山高处,今日呵、多少深秋景物"(费寀《大江东去·游牛首归答和白川》);"如今正想重游,却恨同心,不与人同发。只凭诗来夸景致,教俺好怀怎灭"(费寀《大江东去·登牛首山约白川不至》);"我一钱不费,坐邀明月,千峰相对,酣卧闲云"(易震吉《沁园春·幽居》)。俗字、俗语、俗物,触目皆是;俚谐化、口语化,彰明较著。如此这般,着实不似"要眇宜修"的小词,更没了"别是一家"的矜持,不知李易安若能得见,又将作何感慨!

再来看以下诸词:

> 莲花骨子黄泥作,金边粉瓣观音座。莲性拔泥生,观音不惹尘。
> 大风吹落果,莲花没处躲。语风莫卖乖,观音站起来。(徐渭《菩萨蛮·观音大士莲座既为风所坏,观音自然站立,风无奈观音何也。此戏谑三昧语尔》)

> 会得安心诀,寻常不肯说。万法总丢开,何须更学呆。　　随高随下路。一味挨排过。无事坐清清,谁来剥啄声。(吴鼎芳《醉公子》)

> 止观何如食观,心口此时相唤。颗颗十方来,一碗佛前分半。劝饭,劝饭。吃到百年总算。(曾异撰《如梦令》)

> 竟同赴壑蛇,没个遮拦处。惟母插山茶,苦勒年回去。　　踢翻泰岳峰,塞却年归路。烂醉是前程,不向苇姑诉。(周拱辰《生查子·除夕》)

它们颇似诗中"打油"体,带有俳谐、俚俗风味,多为谐谑、游戏之作。实际上,早在明代前期永乐至成化词坛,在邱濬、李祯等人笔下,即已初现"打油"端倪,故《明词史》曾以词中"台阁""打油""理学"三体概括此期词坛,并指出:"明代打油体词风的形成,十足地反映了明人不把词当一回事的游戏态度。"①晚明词坛重现打油体词,可以说就是对此种创作态度、创作风格的承袭与发展,只不过在"率意涂抹"的态度之外,更跟当时社会"媚俗"的整体文化环境相投契,所以不惟词体沾染"打油"气息,各体艺术形式皆罹患此症;不是个别作家偶尔染指,而是集体无意识的普遍选择。

　　明词"打油"风格的形成,主要在于选词造句不避俚俗,从而跟宋词"趋雅"追求背道而驰。南宋沈义父曾论作词心得:"下字欲其雅,不雅则近乎缠令之体。"②又谓:"吾辈只当以古雅为主,如有嘌唱之腔不必作。"③据蔡嵩云《乐府指迷笺释》:"缠令为当时通行之一种俚曲,其辞不雅驯,而体格亦卑,故学词者宜以为戒。"④沈义父认为,作词当奉"古雅"为圭臬,而欲求"古雅",就必得在炼字择语、遣词造句上下功夫,否则将会令词体混同于缠令、嘌唱之流,而这些市井俗文学正是学词者务必警惕的。关于作词的语言,他进而分析道:"炼句下语,最是紧要,如说桃,不可直说破桃,须用'红雨'、'刘郎'等字。如咏柳,不可直说破柳,须用'章台'、'灞岸'等字。又咏书,如曰'银钩空满',便是书字了,不必更说书字。'玉箸双垂',便是泪了,不必更说泪。如'绿云缭绕',隐然鬒发,'困便湘竹',分明是簟。正不必分晓,如教初学小儿,说破这是甚物事,方见妙处。往往浅学俗流,多不晓此妙用,指为不分晓,乃欲直捷说破,却是赚人与耍曲矣。如说情,不可太露。"⑤在沈义父看来,若要遵循"雅"的审美准则,词中所涉物类名词就不可"太露",而贵在"不说破",一旦"直捷说破",就成了"赚人与耍曲",也就丧失了词体所应具备的美感质素。

　　"章台""灞岸""银钩空满""玉箸双垂"之类借代语的加入,固然能令语言更显雅驯,增强了作品的生动性与古典美,并使作品更富于启人联想、感发的力量。但是,一方面,借代手法的过度使用,会令词意显得艰深隐晦,似吴文英《声声慢》"檀栾金碧,婀娜蓬莱,游云不蘸芳洲"这般,令人费解⑥;另一方面,此种修辞手法虽是作词策略之一种,却绝非不二法门。若循沈义父之说,凡可用者就务必使用,视偶然为必然,则不免有画地成牢之嫌。故而《四库全书总目》之《沈氏乐府指迷》提要指出:"又谓说桃须用'红雨'、'刘

①　张仲谋:《明词史》(增订版),北京:人民文学出版社 2020 年版,第 114 页。
②　(宋)沈义父:《乐府指迷》,见唐圭璋:《词话丛编》,北京:中华书局 2005 年版,第 277 页。
③　(宋)沈义父:《乐府指迷》,见唐圭璋:《词话丛编》,北京:中华书局 2005 年版,第 283 页。
④　(宋)沈义父撰,蔡嵩云笺释:《乐府指迷笺释》,北京:人民文学出版社 1963 年版,第 44 页。
⑤　(宋)沈义父:《乐府指迷》,见唐圭璋:《词话丛编》,北京:中华书局 2005 年版,第 280 页。
⑥　张炎便认为前八字"恐亦太涩",进而对梦窗词作出"如七宝楼台,眩人眼目,碎拆下来,不成片段"的评价。(宋)张炎:《词源》卷下,见唐圭璋:《词话丛编》,北京:中华书局 2005 年版,第 259 页。

郎'等字,说柳须用'章台'、'灞岸'等字,说书须用'银钩'等字,说泪须用'玉箸'等字,说发须用'绿云'等字,说簟须用'湘竹'等字,不可直说破,其意欲避鄙俗,而不知转成涂饰,亦非确论。"①

总而言之,创作中语言文字的雅化,既是才气的比拼,又是学问的较量,不是所有作者皆精擅此道,亦非全部读者都有能力或兴趣品鉴欣赏。诚如胡适《白话文学史》所言:"庙堂的文学可以取功名富贵,但达不出小百姓的悲欢哀怨:不但不能引起小百姓的一滴眼泪,竟不能引起普通人的开口一笑。因此,庙堂的文学尽管时髦,尽管胜利,终究没有'生气',终究没有'人的意味'。"②更何况,自明中叶以来,高高在上的精英文学、庙堂文学的阵地不断失守,已无法满足日益壮大的市民阶层有增无已的精神文化需求;而大众文化俨然成长为一种潮流或时尚。在这种时代背景下,明词语言的直白浅易就不仅仅是对传统文学雅化之路的背离,更是积极调适以顺时随俗的必然趋势。

(二)情感的明朗直露

明词情感的明朗直露与语言的直白浅易互为表里。中国传统文化向来严"雅乐"与"郑声"之别。《论语·卫灵公》曰:"放郑声,远佞人。郑声淫,佞人殆。"《吕氏春秋·季夏纪》谓:"郑卫之声,桑间之音,此乱国之所好,衰德之所说。"扬雄《法言·吾子》云:"中正则雅,多哇则郑。"可见,"雅乐"与"郑声"亦即中国早期审美意识中"雅"与"俗"的对立由来已久,它不仅表现为风格类型的差异,更强调表现内容以及表现形式的区分。而传统文化"崇雅黜俗"的普遍价值追求必然造成对合乎"中庸"之道的"含蓄蕴藉""温柔敦厚""乐而不淫,哀而不伤"等审美风格的认同与张扬;相应地,情感表现上的直截袒露、不加节制则被判定为"俗"。此外,所抒发的情感如若停留于自然的生理本能而未经过理性的陶铸以上升到具有普泛意义的哲理、人生境界,通常亦被归入"俗"的范畴。于是,在古代文化观念中,"俗"往往跟庸俗、鄙俗、恶俗等字眼相关联,其中所包含的贬斥意味亦渐趋浓厚。

词发源于民间,贩夫走卒之情思,桑间濮上之爱恋,这些普通人的日常生活与情感正是早期词作的基本素材。但很快,词就转入文人之手,受到文人情趣的统摄,特别是由于北宋文人对"雅"与"韵"的执守,词体被注入更多的人文元素,透射出深沉的理性光芒。南渡之后,"骚雅词派"独领风骚,将比兴、寄托、借代、用典、隐喻等手法融入词体创作,在强化其优雅韵度的同

---

① (清)永瑢等:《四库全书总目》卷199,北京:中华书局1965年版,第1826页。
② 胡适:《白话文学史》,长沙:岳麓书社2010年版,第15页。

时,亦令词体越发隐晦艰涩、不接地气。在宋代,柳永因"针线闲拈伴伊坐"一词而遭晏殊鄙夷①,黄庭坚则因作艳词而获"笔墨劝淫,乃欲堕泥犁中"的讥讽②,甚至就连作为宋人韵致之代表的苏轼,其横放杰出之词虽"极天下之工",却终究难逃"要非本色"的评判③。故宋人之于词,在表现内容上追求"浑厚和雅"④,在艺术手法上讲究"宛转回互"⑤,强调"屏去浮艳,乐而不淫"⑥。由此,词体"若隐若见,欲露不露,反复缠绵,终不许一语道破"⑦,以及"曲折三致意"⑧的美感质素遂深入人心,"意内而言外"⑨,"意在笔先,神余言外,写怨夫思妇之怀,寓孽子孤臣之感"⑩的意蕴内涵也为后人的比附索隐留下了充分的空间。

　　时移世界,明词却整体上显现出对这些美感质素与审美期待的背离。

　　一方面,明代词学是以元代俗文化勃兴的时代浪潮作为源头活水。既然酣畅淋漓的杂剧、散曲已成元代文学的主流,那么,低徊要眇、欲说还休的词学氛围早就已是过眼云烟。而明代文化之"俗"更是变本加厉,"途咢而巷讴,劳呻而康吟"⑪成为文人极力推崇与热情讴歌的对象,通俗小说、民歌时调、杂剧传奇的创作、整理形成一时风尚。"俗",不再令人羞于启齿,因为"穿衣吃饭即是人伦物理"⑫,"俗",就是最本真的"道"。中国文人千百年来孜孜不倦、上下求索的"道",竟然就匿身"百姓日用"之中!既然如此,那么,词的创作面向世俗、表现世俗自然也就顺理成章了。

　　另一方面,晚明"主情"思潮的张扬,使"情"成为宇宙人间至真、至善、至美的化身。喜、怒、哀、乐、爱、恶、欲,爱情、亲情、友情,它们堂而皇之,自成

---

① (宋)张舜民:《画墁录》,北京:中华书局1991年版,第20页。

② (清)沈雄:《柳塘词话》卷4,见屈兴国:《词话丛编二编》,杭州:浙江古籍出版社2013年版,第537页。

③ (宋)陈师道:《后山居士诗话》,北京:中华书局1985年版,第6页。

④ (宋)张炎:《词源》卷下,见唐圭璋:《词话丛编》,北京:中华书局2005年版,第255页。

⑤ (宋)沈义父:《乐府指迷》,见唐圭璋:《词话丛编》,北京:中华书局2005年版,第281页。

⑥ (宋)张炎:《词源》卷下,见唐圭璋:《词话丛编》,北京:中华书局2005年版,第264页。

⑦ (清)陈廷焯:《白雨斋词话》卷1,见唐圭璋:《词话丛编》,北京:中华书局2005年版,第3777页。

⑧ (清)邹祗谟:《远志斋词衷》引朱承爵《存余堂诗话》语,见唐圭璋:《词话丛编》,北京:中华书局2005年版,第650页。

⑨ (清)张惠言:《词选序》,见唐圭璋:《词话丛编》,北京:中华书局2005年版,第1617页。

⑩ (清)陈廷焯:《白雨斋词话》卷1,见唐圭璋:《词话丛编》,北京:中华书局2005年版,第3777页。

⑪ (明)李梦阳:《诗集自序》,见郭绍虞主编:《中国历代文论选》(中册),北京:中华书局1962年版,第283页。

⑫ (明)李贽:《答邓石阳》,见《李贽文集》第1卷《焚书》卷1,北京:社会科学文献出版社2000年版,第4页。

方圆,再也不必"琵琶掩面"欲诉还休。既然香草、美人本身即是可歌可泣的对象,那么又何必再多此一举地去做忠君爱国之比附? 在"主情"思潮的煽动下,自我意识的觉醒及对真情的执着构成明代文化最显时代特征的底色,词的创作也在某种程度上挣脱了"含蓄蕴藉""温柔敦厚"的枷锁,变得更为劲健、奔放、坦率、直截。

来看董斯张的《减字木兰花·对镜》:

> 谁能消受,恰带三分红杏瘦。似笑还颦,对面无非两个人。　　檀郎须记,要数佳人他第二。除我除他,此外如何见得些。

词中主人公是个娇俏女子,无理而有情。她内心的情愫无须遮掩隐藏,颇有点"我的爱情我做主"的直白与霸气。我们似乎又嗅到一丝敦煌民间词的气息,仿佛是当见惯了众多孱弱、端方的林黛玉、薛宝钗之际,蓦然邂逅尤三姐或晴雯的身影。

当然,明词情感表现上的坦白直露所带来的并非全是惊喜。毋庸讳言,明词中的确存在一些淡而寡味、瘦而少情从而让人一览无遗的作品,令文学的艺术魅力及情感意蕴大打折扣,比如曾异撰的这首悼亡词《一剪梅》:

> 少时三友一书堂。赵氏三郎,薛氏三郎。问年上下共排行。伊也三郎,我也三郎。　　有时佳夕未联床。我挽三郎,去觅三郎。街头拍板闹俳场。正觅三郎,遇着三郎。

词前小序云:"中夜无眠,忆亡友赵懋叔、薛元素,皆予垂髫同学之伴也。二君与予皆行三。"此词为追悼亡友而作,本应沉痛哀婉,但作者却择取了颇具俳谐韵味的"俗调"《一剪梅》[①]。该词调"七四四、七四四"的句式与双调反复的结构,以及叠字、叠韵的频繁出现,极易造成一种顺口、滑溜的表达效果,用作悼亡,不仅难以让人"心有戚戚焉",反而容易萌生一种嬉皮、戏谑的味道,无疑冲淡了深婉庄重的哀悼意味。若从游戏笔墨的意图观之,它或许机警有余,但以悼亡文学的标准来衡量,则实在算不上成功之作。明词对《一剪梅》《西江月》等顺口妥帖、滑溜俚俗的词调的频繁使用,既是明词"俗"化特征的具体表现,又从形式上强化了明词俗白直露的风格特质。

---

① (清)吴衡照《莲子居词话》卷3有云:"词有俗调,如《西江月》《一剪梅》之类,最难得佳。"见唐圭璋:《词话丛编》,北京:中华书局2005年版,第2454页。

尽管古人对于词体属性的评判并非全然公允,但不可否认的是,词之为词,自有其"上不似诗,下不类曲"且区别于其他一切艺术样式的本体特质,"要眇宜修"也好,"含思宛转"也罢,总之都意味着以情感表现上的幽约绵邈达成一种"言有尽而意无穷"的美感效应,从而启人联想、发人遐思。就艺术创造而言,一味地踔突叫嚣算不得坦白直率,一览无遗而乏情韵终究是一种缺憾。求真、向善固然是文学的本义,然而它也绝不能放弃对于"美"的执守,以及启迪智慧、净化心灵的职能担当。

(三) 表现内容的世俗生活化

清人对明词之"俗"的批评,既着眼于语言或形式层面,又关乎内容与题材。对此,可从清人对马洪词的评价上窥知一二。朱彝尊称马洪词"陈言秽语,俗气薰入骨髓,殆不可医"①,厉鹗则谓其"阑入俗调,一如市侩语,而清真之派微矣"②。陈廷焯亦屡屡讥诮马洪词,如《云韶集序》曰:"明初如伯温、孟载辈,去古已远,尚有可观;至马浩澜辈出,陈言秽语,蒸染词坛,是不为诗之援而为诗之贼也;词之不幸,莫此为甚。"③又《白雨斋词话》卷六"明代两《花影词》"曰:"明代施浪仙《花影词》四卷,卑卑不足道。求其稍近于雅者,不获三五阕。同时马浩澜亦有《花影词》三卷。陈言秽语,又出浪仙之下。而当时并负词名,即后世犹有称述之者。真不可解。"④又《白雨斋词话》卷八"论历代词",将词划分为"表里俱佳,文质适中者""质过于文者""文过于质者""有文无质者"以及"质亡而并无文者"五类,不仅将马洪词归入最末一类,而且称此类"并不得谓之词也"⑤。笔者以为,陈廷焯"陈言秽语,薰染词坛"之说,与朱彝尊如出一辙,但似乎不是"英雄所见略同",而更像是拾朱氏之"牙慧"。至于谓马洪有《花影词》"三卷",恐怕亦是想当然的臆测之辞。马洪《花影集》久佚,清初黄虞稷撰《千顷堂书目》,著录作"马洪《花影集》□卷"⑥,卷数不明,应是辗转誊录而未经目验。《全明词》及《全明词补编》所辑马洪词29首,乃是从《词品》《西湖游览志余》等抄撮而来。可见,陈廷焯对马洪

① (清)朱彝尊:《词综·发凡》,见(清)朱彝尊、汪森:《词综》卷首,上海,上海古籍出版社1978年版,第15页。
② (清)厉鹗:《吴尺凫玲珑帘词序》,见施蛰存:《词籍序跋萃编》,北京:中国社会科学出版社1994年版,第556页。
③ (清)陈廷焯:《白雨斋论词·云韶集》,见(清)陈廷焯著,屈兴国校注:《白雨斋词话足本校注》附录二,济南:齐鲁书社1983年版,第805页。
④ (清)陈廷焯:《白雨斋词话》卷6,见唐圭璋:《词话丛编》,北京:中华书局2005年版,第3923页。
⑤ (清)陈廷焯:《白雨斋词话》卷8,见唐圭璋:《词话丛编》,北京:中华书局2005年版,第3968～3969页。
⑥ (清)黄虞稷:《千顷堂书目》卷32,上海:上海古籍出版社2001年版,第787页。

词的印象,应是辗转沿袭的比重多,而目验心感的成分少。尽管如此,亦足证马洪词在清人心目中是"陈言秽语"之"俗词"的典型代表。然而,位列明代三才子之首的杨慎,虽眼光极高,却对马洪词青睐有加,在《词品》中不仅誉其"词调尤工","含吐珠玉,锦绣胸肠,褒然若贵介王孙"①,且称引其词达 16 首之多;清人陈田《明诗纪事》乙签二十二"刘英"条后加按语曰:"钱塘马浩澜、刘邦彦诗词妍丽。"又,同卷"马洪"条按语谓:"王元美评其词学有出蓝之美。"②不难看出,明人对马洪词却是推崇备至。

关于马洪词的评价问题,张仲谋师《明词史》已作精辟论析③。此处值得一探究竟的是,朱彝尊、厉鹗、陈廷焯等人对马洪词"俗"的定位,出发点何在? 事实上,在马洪为数不多的 29 首存词中,亦不乏"清气逸发,莹无尘想"④乃至"意婉句新"⑤的成果,认定其词"质亡而并无文",实在有失公允,以"陈言秽语""市侩语"评之,亦不免偏颇。其实,从陈廷焯《白雨斋词话》卷三"吴梅村词有身世之感"一则即可参透玄机:"吴梅村词,虽非专长,然其高处,有令人不可捉摸者。此亦身世之感使然。否则徒为'难得今宵是乍凉'等语,乃又一马浩澜耳。"⑥可见,陈廷焯认定马洪词之缺陷,主要在于缺少"身世之感"。陈氏另于《词坛丛话》论及:"言情之作,易流于秽。宋人选词,以雅为主。法秀道人语涪翁曰:作艳词当堕犁舌地狱,正指涪翁一等体制而言耳。是集于马浩澜辈所作,去取特严,宁隘毋滥。未始非挽扶风教之一助云。"⑦在这番议论中,他对马洪词的责难则转向其不合于"雅",从而将矛头对准"俗",而"俗"的具体表现,正在于其所作多是以爱恋、感性为主题的"艳词"。不难发现,以一己私情为表现内容,却不能寄寓"身世之感",这正是以陈廷焯为代表的清人所认定的马洪词乃至整个明词的症结所在。然而,马洪自己既无"堕犁舌地狱"之担忧,更欲以黄山谷自我开脱之辞"空中语"来命名个人词集⑧,于此亦可见明清两代词人在审美观念上的反差。

概言之,清人对包括马洪词在内的明词之"俗"的非议,既在于其缺乏

---

① (明)杨慎:《词品》卷 6,见唐圭璋:《词话丛编》,北京:中华书局 2005 年版,第 532 页。
② (清)陈田:《明诗纪事》,上海:上海古籍出版社 1993 年版,第 922 页。
③ 张仲谋:《明词史》(增订版),北京:人民文学出版社 2020 年版,第 125～129 页。
④ (明)杨慎:《词品》卷 6,见唐圭璋:《词话丛编》,北京:中华书局 2005 年版,第 532 页。
⑤ 《嘉靖仁和县志》卷 9,转引自尤振中、尤以丁:《明词纪事汇评》,合肥:黄山书社 1995 年版,第 204 页。
⑥ (清)陈廷焯:《白雨斋词话》卷 3,见唐圭璋:《词话丛编》,北京:中华书局 2005 年版,第 3826 页。
⑦ (清)陈廷焯:《词坛丛话》,见唐圭璋:《词话丛编》,北京:中华书局 2005 年版,第 3740 页。
⑧ (明)杨慎:《词品》卷 6 所录马洪《花影集自序》,见唐圭璋:《词话丛编》,北京:中华书局 2005 年版,第 530 页。

"寄托"或"身世之感",又在于爱情题材的泛滥,而不蕴涵"寄托"和"身世之感"的"艳词",则令他们更不能容忍。

明代特别是明代后期爱情词的激增是不争的事实。当然,亦不可否认,既少"寄托"又无"身世之感"的爱情词的确容易滑向鄙俗、亵媟乃至恶俗的深渊,或格调不高,或艺术性不强,更有甚者,不但不能给人以审美的享受,甚至连最起码的艺术品性都荡然无存。不得不说,这是"俗"带给明词的负面影响。且看这首词:

> 哎哟走珊珊,拜拜先欢。嫦娥脸冷怪他寒。醉后相偎才摸着,雪乳团团。 遇便且顽顽,天上人间。想时容易见时难。十二屏风围着也,就是巫山。

这是明末著名文学家王思任之作。王思任(1574—1646),字季重,号谑庵,山阴(今浙江绍兴)人,万历二十三年(1595)进士。甲申鼎革之际,季重以气节卓荦著称。南明弘光政权覆灭后,曾任弘光朝内阁首辅的马士英欲投绍兴避难,季重作《让马瑶草》拒之。这是一篇书信体讽刺文,堪与嵇康《与山巨源绝交书》并载史册,其中"吾越乃报仇雪耻之国,非藏垢纳污之区"等句,足见作者刚正不阿的气节和坚贞不屈的风骨。顺治三年(1646),绍兴城为清兵所破,季重绝食而死。然易代之前,季重为文却以善谑著称,笔调诙谐洒脱,由此亦可见明末风流骀荡的文化语境对文人及其文学创作的浸染。此词寄调"卖花声",题名《嬲伎》,"嬲"者,有戏弄、调谑之意,在作者所处的吴方言区,又可表示"玩"。调下自注"步李后主韵",乃步韵李煜名篇"帘外雨潺潺"。然以李煜之作与此篇相较,前者内敛,后者外露;前者深沉悲怆,后者清浅欢谑;前者情真意切,后者浅薄媟亵;前者蕴不尽之思溢于言表,启人遐思,后者止步于感官的挑逗,令人一览无余。相形之下,格调之高低,意蕴之深浅,真有天壤之别!

一方面,不含"寄托"或"身世之感"的艳词往往被划入"俗"词之列;另一方面,表现世俗化的生活情趣,或者在对日常生活情境的描摹中缺少高远的志趣、淡泊的意绪或深邃的哲思,亦常常被视作"俗"的表征。

再来看易震吉的《雨中花慢·夏日》:

> 空阔双眉,集月招风,由来不挂纤愁。看山横屋角,日在帘钩。懒向龙门御李,喜从蝶梦寻周。这闲情闲绪,旧管无人,合我新收。
> 蕉梧罗立,霎时传响,小窗天气如秋。萤火度、扑将纨扇,飞上画楼。盘

剥荷房嫩茁,茶餐茉莉芳瓯。自从逃暑,算刚一月,都未梳头。

　　这是一首表现夏日消闲意绪的闲适词。"闲适"是中国古典诗歌一大题材类型,它在"兼济"与"独善"两种生存模式之间选择了"独善",追求精神的超脱与心灵的愉悦,笔调纡徐洒脱,往往于"知足保和,吟玩性情"的表象之下,注入一种形而上的人生思考,从而令作品拔离纯粹物质享乐的境界,获得更普遍的精神共鸣。因此,闲适诗歌虽具尚俗、尚趣的特质,但高明的作者善于将瞬间的恬淡意绪定格为艺术的永恒,使读者在品鉴之际,无形中拓展了自我的审美与心灵空间。从陶渊明的"采菊东篱下,悠然见南山",到李白的"相看两不厌,只有敬亭山",看似写"闲",实则摹"心",是对文人心曲的撩拨。即便是以"俗病"①著称的白居易,其闲适诗所展露的乐天保和、淡泊闲逸的意趣,亦足令后世汲汲功名者警醒。相较而言,明代后期层出叠现的闲适词则未免过于"俗陋",显得描写有余而气韵不逮,或者说是意随言止,甚至给人一种"意已尽而言未穷"的感觉。

　　易震吉是晚明闲适词领域之巨擘,其创作表现出鲜明的"世俗化"取向——既关乎形式,又在于内容。这首《雨中花慢》仅是其近六百首闲适词之一斑,然而其中透露出的对日常生活俗事、俗趣、俗景、俗物的关注,以及对自我散漫、慵懒意绪的津津乐道,却极具代表性。"布被裹身冬暖,养就骚人兴懒"(《百媚娘·冬日即事》);"昼莫虚过,梦须勤做,酣卧六朝烟草间"(《沁园春·春游》);"况胡床稳据,偎花靠竹,角巾斜戴,热耳醺腮"(《沁园春·与友人酌》);"一枕黑甜,直须烂熟,山窗才罢"(《水龙吟·漫兴》);"赏心到晓要如泥,须吸尽、一千余斝"(《鹊桥仙·中秋》);"下匡床、馋吻又流涎,香醪美"(《满江红·初春》);"先生无事,闭门高枕,巾长不裹。晚凉新宁复、择佳醪,但醺然便可"(《连理枝·病仆》)。这些情境,在易震吉笔下可谓触目皆是。即便是象征文人雅趣的竹、月、菊、茗等,也被打上了世俗的烙印:"先生吃饱更何为,敲门去看邻家竹"(《归朝欢·山中即事》);"最爱山头明月,不须钱、老天施舍"(《水龙吟》);"我一钱不费,坐邀明月,千峰相对,酣卧闲云"(《沁园春·幽居》);"谁采东篱菊,南山刚在目。想起那先生,壶觞只管倾"(《醉公子·登高》);"无些暑气清风,一榻卧闲身。又听解酲汤响,莫卸笼头纱帽,烹法手须亲"(《水调歌头·试茗》)。而如此这般以世俗的手法展示世俗化的生活,却不单出现于易震

---

① 　(宋)张表臣:《珊瑚钩诗话》卷1:"以气韵清高深眇者绝,以格力雅健雄豪者胜。元轻白俗,郊寒岛瘦,皆其病也。"见(清)何文焕:《历代诗话》,北京:中华书局1981年版,第455页。

吉笔下,而是遍布于明代尤其是晚明词人的创作中,构成明词由内而外、从内容到形式的全面俗化取向。

以上所论主要是针对明词之"俗"的负面表现。不得不说,文学作品一旦沾染过多的"俗"气,必然容易流于庸俗、鄙俚。但是,不难发现,明词之"俗"在暴露弊端的同时,又独辟蹊径,令明词在整个词史中别开生面,从而彰显出自身独特的个性与魅力。

与明代前期率意而为的"打油"词不同的是,晚明词坛的"俗化"更显现出一种调整姿态以因势利导、相时而动的积极态度。或许词人未必刻意为之,只是在时代大潮中随波逐流,但却足以激发出词体内在的潜能,使明词紧跟时代文学的步伐,奏响文学时代变革的主旋律。从这个层面上讲,笔者更愿意将明词之"俗"聚焦于那些突显世俗生活情趣的作品,尤其是一些颇具民歌情调又不失词体韵味的短章小令。它们以平实如话的语言剖白热情直率的心迹,让词体在走过艰深的"雅化"之路后,重又寻回生命原初的活泼率真,亦令读者不经意间获得一种"蓦然回首,那人却在灯火阑珊处"的感动,这不能不说是明词最打动人心的所在。

不妨读一读下列作品:

谁能消受,恰带三分红杏瘦。似笑还颦,对面无非两个人。　　檀郎须记,要数佳人他第二。除我除他,此外如何见得些。(董斯张《减字木兰花·对镜》)

蜂欲分衙燕补巢,清和天气绿荫娇。一阵窗前风雨到,打芭蕉。

惊起先生初睡觉,茶烟缭绕出花梢。有个客来琴在背,度红桥。(陈继儒《摊破浣溪沙·山居》)

有恨不随流水,闲愁惯逐飞花。梦魂无日不天涯,醒处孤灯残夜。

恩在难忘销骨,情含空自酸牙。重重叠叠剩还他,都在淋漓罗帕。(高濂《西江月·题情》)

别时月晕梨花夜,如今芍药和烟谢。好是忆成痴,伊家全不知。

犹将身分做,恰像生疏个。停会始低声,多时郎瘦生。(单恂《菩萨蛮·重见》)

娘问为何不去。爷问为何不去。背地问檀郎:难道今朝真去?郎去,郎去,打叠离魂随去。(卓人月《如梦令·去问》)

花影荡新妆,摇乱红光。纤纤手摘并头芳。眉淡不堪临水照,惊起鸳鸯。　　偷自结罗裳,半颗螺黄。归来含笑掷檀郎。试问可知心内苦,又道空房。(吴晋昼《浪淘沙·采莲》)

它们涌现于晚明词坛,应该说是晚明文学思潮、时代风尚作用于词坛的产物,也代表着词人自觉或不自觉的词学价值取向和审美追求。它们语不甚深,却明白晓畅;情不甚浓,却清爽真切;既凝聚着生命的热度,又常以情思的宛转颖异令人别有会心,也让某些习惯了探赜索隐、钩深致远的读者一时间失去了用武之地,故其难入重学问、重寄托的清人之法眼,也就在所难免。

因此,明词之"俗",的确生发出上不同于宋词、下有别于清词的独特气格。当然,导致明词"俗"化的因素是多方面的,而其中最直接的,要数明代文学"趋俗"的审美趣味、价值取向对词体的熏陶与塑造。

第三节　明词变异性的动因考察

词体自诞生以来,其命运沉浮就跟音乐形式之变迁息息相关。词所依赖的"燕乐"系统逐渐分化、瓦解,最终脱离了红牙檀口,也消逝于人们的耳畔心田。元、明时期,词已不复可歌,成为文人案头的文学样式。主流音乐形式的转换继而引发文学受众尤其是市民阶层审美趣味和文化消费需求的转变,杂剧、散曲、传奇取代词而成为元、明娱乐性音乐文学的主体,时曲、民歌则成为明代新兴的时尚潮流。这些构成了明词"不得不变"的内在契机,亦体现出明词自我调适以顺应时代的张力与弹性。

一、音乐形式的演进是明词变异的决定因素

配合燕乐而生的词,"始于唐,衍于五代,盛于宋,沿于元,而榛芜于明"[1]。尽管我们对词体"榛芜于明"的说法持保留态度,但不可否认,在历经两宋的鼎盛与辉煌后,词体已褪去了往日的荣光,成为一种"失落的文明"或"过气的时尚",无可挽回地走上了下坡路。对此,明万历年间李蓘所作《花草粹编叙》中有一段精辟的论析:

> 常见古之执一艺、效一术者,其创始之人,殚其聪明智虑,而艺术所就,精美莫逾,遂称作者之圣。次有相观起者,亦殚聪明智虑,淫巧变态,日新日盛,若鬼工神手,不可摹拟,于是称述者之明,而其道大行于

---

① （清）高佑釲:《湖海楼词序》,见陈乃乾:《清名家词》,上海:上海书店 1982 年影印本。

世。及久而传习者众,则人狃于恒所见闻,若以为易辨,了不复颙颙措意,率以烂恶相尚,而其法浸衰。又久则法遂蔑,不可追矣。此不独为艺术者有然。而至为文、为字、为词赋、为诗与曲,靡不尔尔,兹岂非风会之流,而忘于复古者之一大慨耶?盖自诗变而为诗余,又曰雅调,又曰填词,又变而为金元之北曲矣。当其变词也,彼唐末宋初诸公,竭其聪明智巧,抵于精美,所谓曹刘降格为之未必能胜者,亦诚然矣。北曲起,而诗余渐不逮前,其在于今,则益泯泯也。盖士大夫既不素娴弦索,又不概谙腔谱,谩焉随人后,而造次涂抹,浅易生硬,读之不可解,笔之冗于简册,不知回视古法,犹有毫末存焉否也?无怪乎其词湮,而书之存者稀也。①

在此,李蓘将各类艺术的盛衰、更替皆归因于"风会",实际已揭示出文体演进的内在规律。此外,明清之际徐世溥在《悦安轩诗余序》中也表达了类似的见解,差异处则在于,他是将此种规律性之所在归结为"势"或"势数":

> 诗之变,至于晚唐,其势有不得不为诗余者,斯岂时尚使然,抑亦有势数存焉。譬之草木,太白其荄萌也,孙、韦、温、毛,其蓓蕾也,庆历、熙、丰诸贤,其盛华也。物有其开端相继者,必推而精之以至极盛,犹之行草起于汉而盛于晋,小说广于齐梁而盛于唐。是故宋非无诗,宋之诗余,宋人之诗也;元虽无文,元之词曲,元人之文也。调有阕,字句有数,声有宜平宜仄,律有宜阴宜阳,有宜韵不宜韵。非多情好习,而才近之,则不能以成。近者用制义取士,白首伏习章句,无暇及斯,而逸才淹滞宦途者,则又往往演古事稗说为大曲,被之歌舞,用以适意而取名,故诗余之道微矣。②

虽然徐世溥只是针对诗之变为诗余,指出"其势有不得不为"者,但实际上,他也暗示了诗余之变为曲,亦是"有势数存焉"。

上面这两段引文,或强调明人"既不素娴弦索,又不概谙腔谱",或指出当时"往往演古事稗说为大曲,被之歌舞,用以适意而取名",显然都已意识

---

① (明)李蓘:《花草粹编叙》,见(明)陈耀文辑,龙建国、杨有山点校:《花草粹编》卷首,保定:河北大学出版社 2007 年版,第 2 页。
② (清)王士禛、邹祇谟:《倚声初集》前编卷 2,清顺治十七年刻本,《续修四库全书》第 1729 册。

到,词体音乐性的丧失乃是导致其走向衰落的决定性因素。

在唐、五代及北宋,词是配合歌唱的音乐文学,音乐性是其生命之所在,所以才有了"风暖繁弦脆管,万家竞奏新声"①的繁荣景象。但最迟至南宋末年,词已鲜有能"协律腔"而"可歌可诵"②的了。音乐性的削弱、演唱环境的消亡,令词体得以散播的群众基础土崩瓦解,加之南宋"骚雅词派"对词体的雅化改造,词与民众的审美、兴趣乃至日常生活渐行渐远,其更生、向上的道路已然走到了尽头。宋元及元明之际,两次改朝换代的社会剧变对传统文化带来猛烈的冲击,不仅直接造成大量词籍、文献在战火硝烟中散佚消亡,更导致民众生存环境、思维方式、价值观念、审美趣味等不断更易。金元时,刘祁《归潜志》已发感慨:"唐以前诗在诗,至宋则多在长短句,今之诗在俗间俚曲也。"③元代将北曲作为"正声",及至明初,朱权《太和正音谱》仍视北曲为"太和正音"。总而言之,音乐形式的变迁是推动词体盛衰乃至整个中国古典诗歌演进的重要原动力;而音乐形式的更替、转换则是水到渠成、不可逆转的。对此,明人已有清醒的认识,如朱曰藩《南湖诗余序》曰:"三百篇以来,声音之道变也极矣。是故国风散而《离骚》兴,《离骚》歇而五言作,五言极而六朝丽,六朝工而唐律盛,唐律慢而宋词填,宋词度而元曲靡。"④黄河清《续草堂诗余序》云:"诗工于唐,词盛于宋,至我明,诗道振而词道阙。盖唐、宋以诗词为讴歌,往往牧夫山伎,借才人之吟咏以成宫商。今纵秦青复出,所歌者卑卑南北词,不值周郎一顾矣。"⑤此外,王世贞在论乐府嬗变时强调:"三百篇亡而后有骚、赋,骚、赋难入乐而后有古乐府,古乐府不入俗而后以唐绝句为乐府,绝句少宛转而后有词,词不快北耳而后有北曲,北曲不谐南耳而后有南曲。"⑥他在《曲藻序》中又指出,"自金、元人主中国,所用胡乐,嘈杂凄紧,缓急之间,词不能按,乃更为新声以媚之"⑦,即已点明词律让位于曲律的客观必然。

①　(宋)柳永:《木兰花慢》,见唐圭璋编纂,王仲闻参订,孔凡礼补辑:《全宋词》,北京:中华书局1999年版,第60页。
②　(宋)张炎《词源》卷下:"旧有刊本《六十家词》,可歌可诵者,指不多屈。"(宋)沈义父《乐府指迷》:"前辈好词甚多,往往不协律腔,所以无人唱。"(宋)刘将孙《新城饶克明集词序》:"歌喉所为,喜于谐婉者,或玩辞者所不满,骚人墨客乐称道之者,又知音者有所不合。"
③　(金)刘祁:《归潜志》卷13,北京:中华书局1983年版,第145页。
④　赵尊岳:《明词汇刊》,上海:上海古籍出版社1992年版,第84页。
⑤　(明)黄河清:《续草堂诗余序》,见(明)沈际飞评:《草堂诗余续集》卷首,明刻本。
⑥　(明)王世贞:《曲藻》,见中国戏曲研究院编:《中国古典戏曲论著集成》第4册,北京:中国戏剧出版社1959年版,第27页。
⑦　(明)王世贞:《曲藻序》,见中国戏曲研究院编:《中国古典戏曲论著集成》第4册《曲藻》卷首,北京:中国戏剧出版社1959年版,第25页。

二、民众审美趣味的迁移是明词变异的内在驱动

音乐形式更易所引发的连锁反应,是文学受众尤其是市民阶层欣赏趣味和审美需求的迁移。在宋代,"是处楼台,朱门院落,弦管新声腾沸"①,词是一种流行文学、时尚元素,故而"新声巧笑于柳陌花衢,按管调弦于茶坊酒肆"②。两宋词坛,既是众星云集的舞台,也是万众瞩目的焦点,一代通儒、巨手皆不惜抛掷心力于此,宋词创作自然如日中天。

时至明代,小说、戏曲方兴未艾,民歌、时曲风头正盛,普通民众对词兴味索然,其欣赏趣味和审美需求已不可避免地转移到时新的文学形式上来。所谓"一代有一代之文学",不妨可以这样理解:每一时代文学的接受对象都具有跟时代风格相匹配的性情怀抱,具有对不同样式的文体或文学风貌各异的审美选择与偏好。

一方面,杂剧、传奇取代词成为明代通俗性音乐文学的主体。王骥德《曲律》曰:"宋词句有长短,声有次第矣,亦尚限边幅,未畅人情。至金、元之南北曲,而极之长套,敛之小令,能令听者色飞,触者肠靡,洋洋纚纚,声蔑以加矣!此岂人事,抑天运之使然哉。"③可见,早在金、元时期,南北曲就已呈现取代词体的态势,更遑论词乐久已失传的明代;而王骥德所谓"天运",则是在强调文体形式吐故纳新的客观规律性。在此基础上,他又从"渐进人情"的角度讨论曲体所具有的优势:"晋人言:'丝不如竹,竹不如肉'。以为渐近自然。吾谓:诗不如词,词不如曲,故是渐近人情。夫诗之限于律与绝也,即不尽于意,欲为一字之益,不可得也。词之限于调也,即不尽于吻,欲为一语之益,不可得也。若曲,则调可累用,字可衬增。诗与词,不得以谐语方言入,而曲则惟吾意之欲至,口之欲宣,纵横出入,无之而无不可。故吾谓:快人情者,要毋过于曲也。"④无独有偶,陈子龙在《幽兰草词序》中也陈述了类似的观点:"且南北九宫既盛,而绮袖红牙不复按度。其用既少,作者自希,宜其鲜工也。"⑤于

① (宋)柳永:《长寿乐》,见唐圭璋编纂,王仲闻参订,孔凡礼补辑:《全宋词》,北京:中华书局1999年版,第50页。
② (宋)孟元老:《东京梦华录序》,见(宋)孟元老著,邓之诚注:《东京梦华录注》,北京:中华书局1982年版,第4页。
③ (明)王骥德:《曲律》卷4,见中国戏曲研究院编:《中国古典戏曲论著集成》第4册,北京:中国戏剧出版社1959年版,第156页。
④ (明)王骥德:《曲律》卷4,见中国戏曲研究院编:《中国古典戏曲论著集成》第4册,北京:中国戏剧出版社1959年版,第160页。
⑤ (明)陈子龙:《幽兰草词序》,见(明)陈子龙撰,孙启治校点:《安雅堂稿》卷5,沈阳:辽宁教育出版社2003年版,第73页。

是，"家歌户唱寻常事，三岁孩童识戏文"①，在杂剧、传奇日益赢得民众青睐与同情的时代氛围中，词体受冷落、被抛弃的下场也就可想而知了。

另一方面，民歌、小调则成为明代时兴的流行时尚。沈德符《万历野获篇》云："自宣正至成弘后，中原又行《锁南枝》《傍妆台》《山坡羊》之属。……自兹以后，又有《耍孩儿》《驻云飞》《醉太平》诸曲。……比年以来，又有《打枣竿》《挂枝儿》二曲，其腔调约略相似，则不问南北，不问男女，不问老幼良贱，人人习之，亦人人喜听之，以至刊布成帙，举世传诵，沁人心腑，其谱不知从何而来，真可骇叹！"②在此背景下，词逐渐由市井巷陌、酒宴歌席隐遁到文人的书斋案头，词体最富生机和更新能力的活化细胞几近消亡。

由此，在明代各类文献著述中，我们鲜少读到似宋代文献中那样俯拾皆是的精彩的词坛掌故，也几乎寻不着一首家喻户晓、脍炙人口的词作，即便是杨慎的那首《临江仙》（滚滚长江东逝水），它之所以能被今天的读者所熟识，也主要得力于电视剧《三国演义》以之作为片头曲词的现代传播效应。因此，明词之"变"，必然取决于其自身地位的改变，以及由此所引发的审美趣味、传播方式、创作心态等方面的变迁。

可以说，明词的处境着实有些尴尬。一方面，它既不像南北曲、民歌那样拥有万众追捧的光圈，又缺少如诗、文那般悠久的传统、深厚的根基，正像黄河清《续草堂诗余序》在论及"至我明，诗道振而词道阙"时所指出的："唐、宋以诗词为讴歌，往往牧夫山伎，借才人之吟咏以成宫商。今纵秦青复出，所歌者卑卑南北词，不值周郎一顾矣。诗则骚人迁客之所抒情倡酬，兰台石室之彦，所藉以献至尊者，以故得不与词而俱废。"③另一方面，词体还要受制于自身的体制，并接受长期以来形成的词学观念的制约。总之，明词生存的空间本就狭小，还要遭受同时代其他文体的挤压，可谓举步维艰。假如明词仅仅依靠宋词余绪以维持惯性状态的话，那么，这种惯性能量终有一天会被耗尽。于明词而言，耗尽词体所残存的最后一丝动能进而冰消冻释，似乎也并非无稽之谈，事实上，明代前期词的发展态势即已暗合着这种走向。然而，令人惊诧的是，一脉仅存、几成绝响的明词，在嘉靖至万历年间重又呈现星火燎原之势，并最终酝酿出清词的中兴。恰如《兰皋明词汇选》胡应宸"叙"所论："若夫寻坠绪于茫茫，溯孤音而远绍，上承古乐，下启新声，不得不

---

① 苏州市文化局编：《姑苏竹枝词》，上海：百家出版社 2002 年版，第 37 页。
② （明）沈德符：《时尚小令》，见《万历野获编》卷 25，北京：中华书局 1959 年版，第 647 页。
③ （明）黄河清：《续草堂诗余序》，见（明）沈际飞评：《草堂诗余续集》卷首，明刻本。

属之有明矣。"①因此,对于明词而言,发展尚且勿论,哪怕单纯维持生存的基本状态,仅靠惯性能量就已难以为继,这就必须人为地打破僵局,改变明词自在、自为的存在状态,为其注入新鲜的血液和动能,使其更好地顺应时代的步伐以及受众的审美需求。而新鲜能量的注入,本已包含着变化的因子;而所谓"打破僵局",则代表着一种有所作为的行动。由此观之,明词为适应民众欣赏趣味和审美需求所作出的调整,既是词体演进的内在规律与明词谋求生存空间的外在张力之间矛盾调和的过程,又是明词新陈代谢、推陈出新乃至酝酿出清词中兴的内在驱动力。

三、词体的自我调适是明词变异的客观规律

明词之所以不得不"变",亦遵循包括词体在内的一切文体自我调适的普遍规律。前人对文体在存续过程中进行自我调适,从而不得不变的规律多有阐发,例如,屠隆《论诗文》曰:

> 诗之变随世递迁。天地有劫,沧桑有改,而况诗乎? ……至我明之诗,则不患其不雅,而患其太袭;不患其无辞采,而患其鲜自得也。夫鲜自得,则不至也。②

顾炎武《日知录》指出:

> 诗文之所以代变,有不得不变者。一代之文沿袭已久,不容人人皆道此语。今且千数百年矣,而犹取古人之陈言一一而摹仿之,以是为诗,可乎? 故不似则失其所以为诗,似则失其所以为我。李、杜之诗所以独高于唐人者,以其未尝不似,而未尝似也。知此者,可与言诗也已矣。③

此外,袁中道《阮集之诗序》所谓"有作始,自宜有末流;有末流,自宜有鼎革"④、沈雄《古今词话》引王岱语,谓"是时代升降,学力短长各殊,气运至

---

① (清)顾璟芳等:《兰皋明词汇选·附兰皋诗余近选》,沈阳:辽宁教育出版社1998年版,第3页。

② (明)屠隆:《鸿苞》卷17,明万历三十八年刻本,《四库全书存目丛书》子部第89册。

③ (清)顾炎武著、黄汝成集释:《日知录集释》卷21,长沙:岳麓书社1994年版,第748页。

④ (明)袁中道:《阮集之诗序》,见《珂雪斋集》卷10,上海:上海古籍出版社1989年版,第462页。

此,不容不变动,人心之巧,不容不剖露,即作者当亦不自知其何故"①,诸此种种,皆指出文体"随世递迁"的自我调适能力是谋求自身存在及发展的必要条件。在这一点上,词体同样也不例外。

词在两宋,是"一代之文学",在当时各类文体中占据主流位置,主要对其他文体进行辐射与渗透,而较少接受其他文体的反向作用。时移势迁,词的主流文学地位逐渐被南北曲所取代。元明时期,词已是明日黄花,再也无法重现昔日的荣光。及至明代中后期,民歌小曲也加入到时尚文学的行列中来。主流性时尚文学地位的丧失、音乐性的消亡,使词体失去了持续前进的内在动力。明人普遍视词为小道、末技,既无关功名,又难图显利,故徐复祚有言:"词曲,金、元小技耳,上之不能博高名,次复不能图显利,拾文人唾弃之余,供酒间谑浪之具,不过无聊之计,假此以磨岁耳,何关世事!"②从文学接受的角度来讲,明词的受众微乎其微,尽管明清之际的词坛表现出重振旗鼓的迹象,但也绝难与宋词传播之盛况相提并论;从文学创作的层面而言,词学受众数量的剧减、受关注程度的下降,必然导致作家对词的价值定位、审美期待、创作方式、创作心态等进行相应的调整,明词创作因此无法超然于现实环境之外,从而呈现出某些有别于宋词的异质元素。

综上,受制于词体自我调适的客观规律,明词之"变"自有其不得不变的合理性与必然性。在此,有两点问题需要特别强调:其一,任何文体进行自我调适的形式大体可分为两类,一类是在体制限度内进行局部的调整、改良,在保证其质的稳定性的前提下拓展生存的空间;另一类则是突破体制的制约,达成不同文类间的嬗变或新文体的生成。这两种调适类型双管齐下地作用于任何时代的任何文体,明词也不例外。尽管第二种调适形式对中国文学的整体演进功不可没,但单就明词而言,前者是我们重点关注的内容,而后者最终"破体出位"的结果已超出了词学研究的范畴。其二,通过前文考察,并结合对中国古代文论的整体性观照,不难发现,明代嘉靖以后至易代之际,文学革新、求变的呼声异常响亮,而这恰是明代包括词体在内的各体文学变革势头最为强劲的时期,并且也是中国封建社会各种社会关系急遽转型的时期。可见,社会的变革——意识形态的调整——文学的自我调适,这三者之间存在着循序渐进的因果关系。因此,明词之"变",虽然在

---

① (清)沈雄《古今词话》词品上卷,见唐圭璋:《词话丛编》,北京:中华书局 2005 年版,第 826 页。

② (明)徐复祚:《曲论·附录》,中国戏曲研究院编:《中国古典戏曲论著集成》第 4 册,北京:中国戏剧出版社 1959 年版,第 244 页。

很大程度上是词体自我调适的内在规律性使然,但是这种规律的存在并发挥作用,又是以明代社会经济、政治及文化语境作为外部背景。造成明词之"变"的这内、外两重因素,彼此制约,相互影响,共同规定着明词变异的过程及其最终走向。

第二章　明代词学审美理想之演进

　　无论哪个时代,也不管是创作主体还是接受对象,都会经由个体的审美体验和人格境界形成关于美的观念判断和范式模型,亦即审美理想。审美理想是相对的,具有可变性。它是在一定历史条件下,在社会实践的基础上生成,并随着社会的发展而变化。它所体现的不仅是个体的直觉或趣味,更鲜明地代表着一定时代、一定阶层具备某些相似质素的理性要求。各时代、各阶层都有自身特定的审美理想,合而观之则构成一定时代整体的审美趣味与风尚。

　　词之为体,自有其体制内的美感特质,其核心成分固然相对稳定,然其具象以及外围部分却并非一成不变。在词人或词论家面前始终存在这样一个问题:词究竟应该是怎样的? 而实际上,每个人、每个时代给出的答案都不尽相同。那么,在明词作者、读者以及明代词论家心目中,词到底应该是什么样子的呢? 这一问题其实指向明代词学的审美理想,它决定着明词创作的实际走向及其风格特征的最终呈现。

　　明代词学审美理想是在借鉴、吸收前代词学成果的基础上,融合时代文化元素而形成,包含“明代”与“词学”双重属性。一方面,它既区别于其他任何时代,也不同于明代其他任何文体的审美追求;另一方面,它又跟词学传统以及明代文化整体的审美理想有着千丝万缕的联系。在具体内容上,明代词学审美理想既包括明人对唐宋金元词以及当代词的体认与价值定位,即“词史观”;又表现为对词之功能、个性、气质类型等的判断,亦即“词体观”;此外,明人对词体“雅”与“俗”两极的鉴识与选择,也代表着明人对词之本体属性的审美取向。

第一节　词史观建构下的明代词学审美定位

　　较之以往,明代词论展现出更为明确的词史意识。无论是词话专著,还是数量甚夥的散见词论、词籍序跋,明代尤其是弘治以后的词论,有些已不再单纯满足于讨论作词技巧或对词作、词人以及词籍本身进行评价,而是表现出从宏观层面建构词史、勾勒词体之渊源流变过程的鲜明动机。

明代词论之所以会具有强烈的词史意识,一方面是由于词至明代已纳入古典文学的范畴,近千年的沉淀积累使得总结词体特性、勾勒词史脉络不但具有了可能性,而且更具必要性。另一方面,这也是明代诗学辨体理论与实践作用于词学的结果。明代是中国古代诗学辨体理论发展的集大成阶段,而"辨体"的首要任务,就是要明辨各体诗歌之渊源,并树立审美典范以作为取法的对象。对此,邓新跃《明代前中期诗学辨体理论研究》一书所论甚详:"我国古代诗学批评中的尊体意识并不停留在辨析各种诗体渊流及体制规范,而更侧重于强调某种凌驾于具体创作之上的具有普遍意义的标准与典范,这种标准与典范首先建立在一个理论的假设上,即任何一种文学体裁都有过某种最典型的创作阶段,这一阶段该体裁的创作具有整齐划一的时代风格,而这一风格则是超越时代的典型范本,成为后世创作必须师法遵循的楷模。"[①]

词在明代既为古典诗歌之一种,那么就理所当然地需要梳理辨析其渊源流变的脉络,同时评定出词体演进过程中最具典范意义的"楷模"。因此,明代词论中的词史意识跟"宗宋"词学观或"推尊宋词"论息息相关。然而,无论是"宗宋"词学观还是"推尊宋词"论,明人所尊崇的其实并非宋词之本体,而是经过明人过滤、改造之后的"宋词"。因此,明代"宗宋"的词学观实则蕴含着"反宋"的元素。

一、从"宗宋"到"反宋":明代词学审美的迁移流变

明代词论主体上推尊宋词作为词史发展的鼎盛阶段。如林俊曰:"词始于汉,盛于魏晋、隋唐,而又盛于宋,即所谓白雪体者。"[②]夏树芳言:"夫词至宋人,而词始霸。曼衍繁昌,至宋而词之名始大备。"[③]王祖嫡云:"诗变而为诗余,惟宋人最工。"[④]万惟檀称:"词之盛至宋,极矣。"[⑤]其他如吴宽所谓"长

---

① 邓新跃:《明代前中期诗学辨体理论研究》,上海:上海古籍出版社 2007 年版,第 2 页。
② (明)林俊:《词学筌蹄序》,见(明)周瑛:《词学筌蹄》卷首,清初抄本,《续修四库全书》第 1735 册。
③ (明)夏树芳:《刻宋名家词序》,见(明)毛晋:《宋名家词》卷首,明崇祯毛氏汲古阁刻本,《四库全书存目丛书》集部第 422 册。
④ (明)王祖嫡:《奉旨拟撰词曲序》,见《师竹堂集》卷 6,明天启间刻本,《四库未收书辑刊》第 5 辑第 23 册。
⑤ (明)万惟檀:《诗余图谱自序》,见赵尊岳:《明词汇刊》,上海:上海古籍出版社 1992 年版,第 886 页。

短句莫盛于宋人"①,杨慎所谓"宋之填词为一代独艺"②,王象晋所谓"诗余盛于赵宋"③,等等,皆以宋词作为词体文学最典型的阶段和最高成就的象征。当然,明人所谓"宋词",通常是特指北宋之词,因而所谓"推尊宋词",实则是对北宋词的情有独钟。如黄河清论"诗工于唐,词盛于宋",其实是在"诗自大历以下,作者几绝,吾不知其余也;诗余自元祐以下,作者又几绝,吾不知其续也"的前提下,对盛唐诗、北宋词的泛称。在明人当中,北宋词最忠实的拥趸当数陈子龙。以北宋词为词体正宗是陈子龙词学复古思想的根本出发点,被其视为词体创作最高境界的"境由情生,辞随意启,天机偶发,元音自成,繁促之中尚存高浑",只存在于"金陵二主以至靖康"这一时段,而"南渡以还,此声遂渺"④。在《三子诗余序》中,他又进一步将这种观点提炼为:"诗余始于唐末,而婉畅秾逸极于北宋。"⑤放眼整个明代,似俞彦所论,"唐诗三变愈下,宋词殊不然。欧、苏、秦、黄,足当高、岑、王、李。南渡以后,矫矫陡健,即不得称中宋、晚宋也"⑥,这种平视南宋与北宋词的论调,在明代词论中实在可以算作另类了。

明人之所以推尊宋词,一方面在于宋词作为"一代文学"的独尊地位,以及其自身体制的完备。如认为"迄宋崇宁立大晟府,命周美成诸人讨论古音,少得存者。由此八十四声稍传,后增演慢曲、引、近,为三犯、四犯,领乐创调之繁,有六十四家,词至二百余调"⑦,"宋有十二律,篇目增至二百余调,为一盛"⑧;论词"至于宋,文章之士竞为之,则创为格调,殊体分曹,一代争鸣,互矜绝唱"⑨。而另一方面,亦是明人推尊宋词最主要的原因,则是立足于对宋词美学特质的偏爱。如论"词至宋,纤丽极矣"⑩;"词至于宋,无论欧、

① (明)吴宽:《跋天全翁词翰后》,见《家藏集》,《景印文渊阁四库全书》第1255册。
② (明)杨慎:《词品》卷2,见唐圭璋《词话丛编》,北京:中华书局2005年版,第462页。
③ (明)王象晋:《秦张两先生诗余合璧序》,见(明)张綖:《诗余图谱》3卷附王象晋编《秦张两先生诗余合璧》2卷,明末毛氏汲古阁刻词苑英华本,《四库全书存目丛书》集部第425册。
④ (明)陈子龙:《幽兰草词序》,见(明)陈子龙撰,孙启治校点:《安雅堂稿》卷5,沈阳:辽宁教育出版社2003年版,第73页。
⑤ (明)陈子龙:《三子诗余序》,见(明)陈子龙撰,孙启治校点:《安雅堂稿》卷3,沈阳:辽宁教育出版社2003年版,第47页。
⑥ (明)俞彦:《爰园词话》,见唐圭璋《词话丛编》,北京:中华书局2005年版,第401页。
⑦ (明)秦士奇:《草堂诗余序》,见(明)顾从敬类选、沈际飞评正:《草堂诗余正集》卷首,明刻本。
⑧ (明)陈仁锡:《类选笺释草堂诗余叙》,见(明)顾从敬、钱允治辑,钱允治、陈仁锡笺释:《类编笺释草堂诗余》卷首,明万历四十二年刻本,《续修四库全书》第1728册。
⑨ (明)陶汝鼐:《陈长公选刻名家诗余序》,见《荣木堂合集》卷35,清康熙刻世彩堂汇印本,《四库禁毁书丛刊》集部第85册。
⑩ (明)周瑛:《词学筌蹄序》,见《词学筌蹄》卷首,清初抄本,《续修四库全书》第1735册。

晁、苏、黄,即方外、闺阁,罔不消魂惊魄,流丽动人"①;"其人韶令秀世,其词复鲜艳殢人,有新脱而无因陈,有圆情而无沾滞,有纤丽而无冗长,有峭拔而无钩棘"②;"多托意闺闱,寄情花鸟,雅致俊才,得以自运,故凄婉流丽,能动人耳"③;"凡转诗入词,其经有三:一曰妖媚,二曰软熟,三曰猥媟,有此三者,是为宋人之词"④;"大抵婉丽风色,清新隽永,被之管弦,宣之影响,可以醒人耳目而养人性情者也"⑤;"或秾纤婉丽,极哀艳之情,或流畅澹逸,穷盼倩之趣。然皆境由情生,辞随意启,天机偶发,元音自成,繁促之中尚存高浑,斯为最盛也"⑥;"盖以沉至之思,而出之必浅近,使读之者骤遇如在耳目之表,久诵而得沉永之趣,则用意难也。以嬛利之词,而制之实工练,使篇无累句,句无累字,圆润明密,言如贯珠,则铸调难也。其为体也纤弱,所谓明珠翠羽,尚嫌其重,何况龙鸾。必有鲜妍之姿,而不藉粉泽,则设色难也。其为境也婉媚,虽以警露取妍,实贵含蓄,有余不尽,时在低回唱叹之际,则命篇难也。惟宋人专力事之,篇什既多,触景皆会,天机所启,若出自然"⑦,诸如此类,皆心有戚戚焉,从中亦可推知明人心目中作为典范的宋词形象以及明人自我的词学审美理想。

那么,明人心目中的宋词究竟是何模样呢?从明代词论上述典型话语中,可归纳出这样一些代表性语汇:"纤丽""消魂惊魄""流丽动人""鲜艳殢人""凄婉流丽""妖媚""软熟""猥媟""婉丽风色""清新隽永""秾纤婉丽""流畅澹逸""高浑""浅近""嬛利""纤弱""鲜妍""警露""自然"……此外,如评价《草堂诗余》"篇篇奇丽,字字俊逸","柔情曼声,摹写殆尽"⑧,"风流酝藉,清楚流丽,绮靡凄婉"⑨,等等,均能看出明人对宋词的推崇实

① (明)钱允治:《类编笺释国朝诗余序》,见(明)顾从敬、钱允治辑,钱允治、陈仁锡笺释:《类编笺释国朝诗余》卷首,明万历四十二年刻本,《续修四库全书》第 1728 册。
② (明)夏树芳:《刻宋名家词序》,见(明)毛晋:《宋名家词》卷首,明崇祯毛氏汲古阁刻本,《四库全书存目丛书》集部第 422 册。
③ (明)王祖嫡:《奉旨拟撰词曲序》,见《师竹堂集》卷 6,明天启间刻本,《四库未收书辑刊》第 5 辑第 23 册。
④ (明)陆时雍:《古诗镜》卷 28,《景印文渊阁四库全书》第 1411 册。
⑤ (明)张东川:《草堂诗余后跋》,见(明)顾从敬编:《类编草堂诗余》卷尾,万历甲申孟秋重刻本。
⑥ (明)陈子龙:《幽兰草词序》,见(明)陈子龙撰,孙启治校点《安雅堂稿》卷 5,沈阳:辽宁教育出版社 2003 年版,第 73 页。
⑦ (明)陈子龙:《王介人诗余序》,见(明)陈子龙撰,孙启治校点《安雅堂稿》卷 3,沈阳:辽宁教育出版社 2003 年版,第 48 页。
⑧ (明)何良俊:《草堂诗余序》,见《何翰林集》卷 8,明嘉靖四十四年何氏香严精舍刻本,《四库全书存目丛书》集部第 142 册。
⑨ (明)陈霆:《水南稿·诗话》,《四库全书存目丛书》集部第 54 册。

际是建立在对宋词美学特质带有目的性地选择和重组的基础之上。宋词固然生成了具有自身时代特色的审美风格,然其审美风格却绝非上述语辞所能完全对应和涵盖。明人过滤出宋词之纤、柔、婉、丽、媚、俊、浅、逸,而对部分宋词所蕴含的醇雅、深沉、浑厚、悲壮等特质则有意或无意地予以屏蔽。因此,明人眼中的宋词经过了明人的筛选和重构,实则代表了明代词学观从"宗宋"向"反宋"的转型,尤其是诸如妖媚、软熟、猥媟、嬛利、澹逸、浅近等表述,与其说是对宋词特征的撷取提炼,不如说是明人自身对词体的风格定位和审美期待。由此可见,明人"宗宋"的词学观绝非是对宋词美学特质无条件的接纳,而是经过过滤和改造,并往其中加入了自身对词之本体属性的理解或所谓词学审美理想。因此,从本质上说,明代词论由"宗宋"向"反宋"的迁移流变,乃至最终生成本时代独立自足的词学审美理想,这既是明词特色生成的理论基础,同时又是明词特色的具体表现。

明代词学观由"宗宋"向"反宋"的转型大致经历了三个阶段:

第一阶段,对宋词典范性的全面认同。这种观念虽然在明代前中期尤为普遍,但实际上,它亦绵延不绝地蔓延至整个明代。例如陈霆《渚山堂词话》习惯以宋词作为衡量明代词人地位或成就的标尺;王世贞《艺苑卮言》谓:"我明以词名家者,刘诚意伯温,秾纤有致,去宋尚隔一尘。杨状元用修,好入六朝丽事,近似而远。夏文愍公谨最号雄爽,比之辛稼轩,觉少精思。"[①]亦是以宋词作为参照;黄溥编著《诗学权舆》,旨在为时人树立学诗典范,其卷12所列词作除李白《菩萨蛮》一首外,其余皆是宋词;明代词籍序跋中所谓"论比兴则月下秦淮海,花前晏小山;较筋节则妥帖坡老,排奡稼轩"[②],"秦之于词,犹骚之屈,诗之杜,千载绝唱"[③],"相沿莫妙淮海、眉山、周洞霄、康大晟"[④],"昔人评词,盛称李氏、晏氏父子,及耆卿、子野、少游、子瞻、美成、尧章止矣"[⑤],诸此种种,皆以宋词作为词体文学的最高典范。

第二阶段,基于唐五代词与宋词差异性比较基础上的平行接受或选择性接受。这跟文学复古热潮及《花间集》的复兴基本保持同步。如李开先《歇指调古今词序》曰:"唐宋以词专门名家,言简意深者唐也,宋则语俊而意

---

① (明)王世贞:《艺苑卮言》,见唐圭璋:《词话丛编》,北京:中华书局2005年版,第393页。

② (明)王廷表:《升庵长短句跋》,见(明)杨慎:《升庵长短句》卷尾,明嘉靖刻本。

③ (明)蒋芝:《诗余图谱序》,见(明)张綖撰、谢天瑞补遗:《诗余图谱》卷首,明万历二十七年谢天瑞刻本,《续修四库全书》第1735册。

④ (明)陆云龙:《词菁序》,见《词菁》卷首,明崇祯四年刊翠娱阁行笈必携本。

⑤ (明)毛晋:《竹山词跋》,见陈良运主编:《中国历代词学论著选》,南昌:百花洲文艺出版社1998年版,第333页。

足。"①钟人杰《叙刻花间草堂合集》称:"盖宋人之词,语浅而遥;唐人之词,才秾而近,各有深致,不可优劣。"②顾梧芳《尊前集引》谓:"若玄宗之《好时光》、李太白之《菩萨蛮》、张志和之《渔父》、韦应物之《三台》,音婉旨远,妙绝千古。"③唐五代词跟宋词一样,同是摆在明人面前可供选择的古典文学遗产。在明人看来,唐五代词虽不像宋词那样至善至美,但作为词体文学的源头,它却独具原始纯真的"本色"之美,并且又能在一定程度上补救宋词(主要是南宋词)乃至明词的种种"弊病"。于是,唐五代词度过了漫长的沉寂期,重又在晚明焕发出生机。不仅是在词调的选择上,晚明词坛呈现向唐五代词调回归的态势,而且在追和词创作上,也有为数不少的作家选择将以《花间集》为代表的唐五代词作为比附或模仿的对象。《古今词统》对张杞遍和《花间》词的行为评价甚高:"西蜀南唐而下,独开北宋之垒,又转为南宋之派,《花间》致语,几于尽矣。黄陂张迂公,得起而全和之,使人不流于庸滥之句,谓非其大力与?"④实际上,这正是从引入唐五代词以救宋词之弊的立场作出的价值评判。

第三阶段,立足于对宋词典范性的认同而最终超越宋词的自立的词史观。明代后期,随着词学的复苏和当代词学成果的积累,明人逐渐生发出自足自立的意识,表现出"历朝近代,皆有一种古隽不可磨灭处"⑤的融通大度的胸襟,以及"词盛于宋,亦不止于宋,故称古今"⑥的宏观开放的视野。如此看来,孟称舜为《古今词统》作序,称该书"自隋、唐、宋、元,以迄于我明,妙词无不毕具"⑦,或许正是心有戚戚焉,而非浮泛的应酬之语;而钱允治《类编笺释国朝诗余序》所谓"我朝监于二代,郁郁之文,炳焕宇内,即填词小技,遂出宋元而上,几欲篡其位"⑧,似乎也不应简单判作大言不惭的浮夸之辞。除了

---

① (明)李开先:《歇指调古今词序》,见《李中麓闲居集》卷5,明刻本,《续修四库全书》第1341册。

② (明)钟人杰:《叙刻花间草堂合集》,见(明)杨慎评、钟人杰笺:《花间集》卷首,明天启四年读书堂花间草堂合刻本。

③ (明)顾梧芳:《尊前集引》,见唱春莲校点:《尊前集》卷首,沈阳:辽宁教育出版社1998年版,第64页。

④ (清)沈雄:《古今词话》词评下卷,见唐圭璋:《词话丛编》,北京:中华书局2005年版,第1029页。

⑤ (明)秦士奇:《草堂诗余序》,见(明)顾从敬类选、沈际飞评正:《草堂诗余正集》卷首,明刻本。

⑥ (明)徐士俊:《古今词统序》,见(明)卓人月、徐士俊:《古今词统》卷首,明崇祯刻本,《续修四库全书》第1728册。

⑦ (明)孟称舜:《古今词统序》,见(明)卓人月、徐士俊:《古今词统》卷首,明崇祯刻本,《续修四库全书》第1728册。

⑧ (明)钱允治:《类编笺释国朝诗余序》,见(明)顾从敬、钱允治辑,钱允治、陈仁锡笺释:《类编笺释国朝诗余》卷首,明万历四十二年刻本,《续修四库全书》第1728册。

直接言说的词论以外,该时期问世的当代词选以及通代词选中明词的大量入选,亦可作为晚明词学自立意识的具化表现。明代词学自立意识乃是建立在对当代词学成果的接纳以及对明词审美风貌自信、自觉并有所体认的基础之上,其衍生物则为词学创新意识,从而令明代后期词学呈现开放性和多元化姿态。可以说,这正是明词最富生机和活力的时期,也是明词特色凝结汇聚的时期。至于明末词学复古浪潮涌起,虽淘洗出被誉为有明以来词家第一的湘真词①,"为有明一代生色"②,然其美则美矣,但若从明词特色的角度而论,则已超出重点关注的范畴之外了。

二、六朝风华论与唐五代最高论:明代词学审美的时代元素

当然,明代词论在推尊宋词的主流话语声外,还奏出了某些另类的音响。

一是"六朝风华论"。明代词论对"六朝风华"的企慕实则导源于词源学上的"六朝起源论"或"诗词同源论"。其中较具代表性的如《艺苑卮言》:"词者,乐府之变也。昔人谓李太白菩萨蛮、忆秦娥,杨用修又传其清平乐二首,以为词祖。不知隋炀帝已有望江南词。盖六朝诸君臣,颂酒赓色,务裁艳语,默启词端,实为滥觞之始。"③在追溯词体流变的同时,又明确了词体的源头与发端,实则将词源论辩中的"古乐府说"与"六朝说"合而为一了。由此可见,明人在词学理论乃至词的创作上向"六朝"的回归,其实并不代表是对六朝之"词"的认同,而是在对词体美学特质进行权衡考量之后,确认词体理想的审美品性恰与六朝诗歌具有某些共通的元素。"诗缘情而绮靡",这是西晋陆机《文赋》中倡导的诗歌美学观,反映出六朝文人对诗歌的审美定位,极具代表性。而明人周永年则提出:"夫情则上溯风雅,下沿词曲,莫不缘以为准。若'绮靡'两字,用以为诗法,则其病必至巧累于理,僭以为诗余法,则其妙更在情生于文。故诗余之为物,本缘情之旨,而极绮靡之变者也。"④这跟六朝审美观可谓一脉相承。其他如汤显祖评《花间集》中孙光宪《生查子》词,言及"六朝风华而稍参差之,即是词也",秦士奇论《草堂》以绵丽取妍六

---

① (清)谭献:《复堂词话》:"有明以来,词家断推湘真第一,饮水次之。"见唐圭璋:《词话丛编》,北京:中华书局 2005 年版,第 3996 页。
② 沈惟贤:《片玉山庄词存序略序》,《青鹤》1936 年第 7 期。
③ (明)王世贞:《艺苑卮言》,见唐圭璋:《词话丛编》,北京:中华书局 2005 年版,第 385 页。
④ (明)周永年:《艳雪集原序》,见赵尊岳:《明词汇刊》,上海:上海古籍出版社 1992 年版,第 1779 页。

朝"①,亦有异曲同工之妙。诚如彭志博士所论:"通览明人词源论,突显出了两个很明显的特征:其一是以诗释词,诗歌在士大夫生活中举足轻重,因此在追溯词体源头上尝试建立和诗体的联系,认为词是诗歌的后裔、余绪,在拉近诗、词二体的关系中谋求词在文体世界中的地位;其二是以古为尊,尊古是古人的共通心理,在他们的认知中,愈古朴则愈能够代表文学的本质,讨论词源时,一步步上溯便是明证,当然,这和明代高涨的复古运动也有一定关系。"②

客观地讲,"六朝风华论"与"推尊宋词论"并无抵牾,因为二者实际分属两种价值体系。"六朝风华论"更倾向于对词之体性的评判,是从词体美学的层面加以把握;而"推尊宋词论"则是对词体文学典型阶段或鼎盛时期的定位。正像杨慎虽宣称"大率六朝人诗,风华情致,若作长短句,即是词也。宋人长短句虽盛,而其下者,有曲诗、曲论之弊,终非词之本色。予论填词必溯六朝,亦昔人穷探黄河源之意也"③,指出宋词"终非词之本色",但终究无法撼动其"宋之填词为一代独艺,亦犹晋之字、唐之诗,不必名家而皆奇"④的判断。胡应麟之所见亦约略相同。他在同一篇文字中,先阐述了六朝诗歌与"词中语"互通:"盖齐、梁月露之体,矜华角丽,固已兆端,至陈、隋二主,并富才情,俱涵声色,所为长短歌行,率宋人词中语也。"既而论及"有唐三百年之诗,遂屹然羽翼商、周,驱驾汉魏",倘若不是"数君子砥柱其间,则《花间》《草堂》,将踵接于武德、开元之世,讵宋元而后显哉",认为唐诗的崛起打断了词体发展的自然进程,尽管宋词"诸君自秦外,不称当行",但"六朝、五代一也,障其澜而上,则诗盛而为唐;袭其流而下,则词盛而为宋"⑤,仍视宋词为词体文学的最高形态。

二是"唐五代最高论"。明代中后期,文学复古思潮风起云涌,词学领域也掀起一股"驯溯诸古"⑥"循流溯源"⑦的潮流,随即触发了唐五代词研究的

① (明)秦士奇:《草堂诗余序》,见(明)顾从敬类选、沈际飞评正:《草堂诗余正集》卷首,明刻本。
② 彭志:《明词学的尊体策略与身份重构》,《文学遗产》2020年第3期,第131~132页。
③ (明)杨慎:《词品》卷1,见唐圭璋:《词话丛编》,北京:中华书局2005年版,第425页。
④ (明)杨慎:《词品》卷2,见唐圭璋:《词话丛编》,北京:中华书局2005年版,第462页。
⑤ (明)胡应麟:《庄岳委谈》下,见《少室山房笔丛》卷41,上海:中华书局上海编辑所1958年校点本,第553页。
⑥ (明)张綖《诗余图谱自序》:"程子谓古人之诗如今人之歌曲,当是时,金元度曲未出,所谓歌曲者,正谓词调耳。是则虽非古声,其去今人之曲不有间耶? 由是而驯溯诸古,非其阶梯也乎!"见《诗余图谱》卷首,明嘉靖丙申刻本。
⑦ (明)顾梧芳《尊前集引》:"尝慨古乐之不复也,将非华声不振,金趋夷习,展转失真而无已耶? 何则,循流溯源,虽钧天犹可想像;迷沿瞀袭,即咫尺玄白罔鉴。"见唱春莲校点:《尊前集》卷首,沈阳:辽宁教育出版社1998年版,第64页。

热潮。《花间集》成为词学传播与接受的热点,《尊前集》《南唐二主词》《唐词纪》等词集陆续刊行。于是,以唐五代词作为词体最高阶段的论调也应运而生。如:

> 诗盛于唐,衰于晚叶。至夫词调,独妙绝无伦,宋虽名家,间犹未逮也。①

> 晚唐、五代,填词最高,宋人不及。何也? 词须浅近。晚唐诗文最浅,邻于词调,故臻上品;宋人开口便学杜诗,格高气粗,出语便自生硬,终是不合格。②

> 若玄宗之《好时光》、李太白之《菩萨蛮》、张志和之《渔父》、韦应物之《三台》,音婉旨远,妙绝千古。……纵之古乐府自然浑厚,往往婉丽相承,比物连类,谐畅中节,未改唐音,尚有风人雅致。非如曲家假饰乱真,千妍万态,不越倡优行径。盖其失在于宣和已还。方厥初新翻小令,犹为警策,渐绎中调,即已费辞,奈何殚曳茧丝,牵押长调。③

不难发现,明人推出唐五代词,正是基于宋词以至明词暴露出的疲软状态所进行的反思与补救。出语生硬,牵押长调,缺乏含蓄之思、浑厚之旨,诸此种种,既是明人在溯古思潮下对词之本体属性的深度探求,又是对北宋宣和以后之词跟早期词殊途异调现象的反拨。因此,上述观点同“推尊宋词论”仍可并行而不悖。至于后来“专意小令,冀复古音”④,乃至将北宋词隔绝于词体正宗之外的论调,只能视作云间末流中“复古”之毒太甚而走向极端的表现。

可见,推尊宋词(尤以北宋词为主体)是明代词论的主流。明代词学审美理想在筛选与重构北宋词审美特质的基础上,又融入“六朝风华”及唐五代词的美学元素。遵循这一路径,明人在择取词体典范时表现出明确的倾向性。《草堂诗余》和《花间集》这两种词选在明代最为流行,而《草堂诗余》尤盛,对它的追捧几乎延续了有明一代,以致明末毛晋不无感慨:“宋元间词

---

① (明)吴承恩:《花草新编序》,见刘修业辑校、刘怀玉笺校:《吴承恩诗文集笺注》,上海:上海古籍出版社1991年版,第118页。

② (明)徐渭:《南词叙录》,见中国戏曲研究院编:《中国古典戏曲论著集成》第3册,北京:中国戏剧出版社1959年版,第244页。

③ (明)顾梧芳:《尊前集引》,见唱春莲校点:《尊前集》卷首,沈阳:辽宁教育出版社1998年版,第64页。

④ (明)蒋平阶:《支机集·凡例》,见赵尊岳:《明词汇刊》,上海古籍出版社1992年版,第556页。

林选本几届百指,惟《草堂》一编,飞驰几百年来,凡歌栏酒榭,丝而竹之者,无不拊髀雀跃。及至寒窗腐儒,挑灯闲看,亦未尝欠伸鱼睨,不知何以动人一至此也。"①相对而言,《花间集》的流行则呈阶段性。汤显祖曾言及:"《花间集》久失其传。正德初,杨用修游昭觉寺,寺故孟氏宣华宫故址,始得其本,行于南方。《诗余》流遍人间,枣梨充栋,而讥评赏誉之者亦复称是,不若留心《花间集》者之寥寥也。"②此后,《花间集》时隐时现,虽有正德十六年(1521)陆元大影刊宋本、嘉靖本、万历八年(1580)茅氏凌霞山房刻本及万历四十年(1612)重修本、万历三十年(1602)玄览斋刻本,以及万历四十八年(1620)闵暎璧刻朱墨套印《词坛合璧》本等诸多版本的刊印流传,但是到天启四年(1624),钟人杰在为读书堂《花间》《草堂》合刻本作"叙"时仍指出:"今《草堂》集中祝寿咏桂诸恶道语皆得广传,而《花间》刻无嗣响。"③由此可见,一方面,《草堂诗余》在明代是最受欢迎的一部词选,其他词集远不能与之相提并论;另一方面,《花间集》又是在明代反响程度仅次于《草堂诗余》的一部前代词选,特别是明代中后期众多《花间集》系列版本的面世以及追和"花间"词作的批量涌现,不仅从中可观时代词学审美风尚之变迁,而且也证明了"六朝风华"及唐五代词的美学特质在明代中期以后愈加引人瞩目这一客观事实。

明人习惯以《花间集》和《草堂诗余》分别作为唐五代与宋词的典型代表。吴承恩《花草新编序》曰:"选词众矣,唐则称《花间集》,宋则《草堂诗余》。"④顾梧芳《尊前集引》谈及:"先是唐有《花间集》,及宋人《草堂诗余》行,而《花间集》鲜有闻者久之。"⑤陈耀文《花草粹编叙》也发表了类似的见解:"自昔选次者众矣,唐则有《花间集》,宋则《草堂诗余》。"⑥在明人看来,这两部词选其实象征着唐五代词与宋词各自的典型风格与审美趋尚。因此,明代《花间集》和《草堂诗余》的显隐升沉,也就暗合了明代词学接受视野的转

---

① (明)毛晋:《草堂诗余跋》,见施蛰存:《词籍序跋萃编》,北京:中国社会科学出版社1994年版,第670~671页。
② (明)汤显祖:《花间集叙》,见李一氓校:《花间集校》,北京:人民文学出版社1958年版,第241页。
③ (明)钟人杰:《叙刻花间草堂合集》,见(明)杨慎评、钟人杰笺:《花间集》卷首,明天启四年读书堂花间草堂合刻本。
④ (明)吴承恩:《花草新编序》,见刘修业辑校、刘怀玉笺校:《吴承恩诗文集笺注》,上海:上海古籍出版社1991年版,第118页。
⑤ (明)顾梧芳:《尊前集引》,见唐春莲校点:《尊前集》卷首,沈阳:辽宁教育出版社1998年版,第64页。
⑥ (明)陈耀文:《花草粹编叙》,见《花草粹编》卷首,民国二十二年陶风楼据明万历刻本影印本。

移变化,以及明人对词之本体属性的审美期待与价值定位。

进言之,所谓"六朝风华",或者说以《花间集》为代表的晚唐五代词,究竟蕴含着怎样的美学特质呢? 概括地说,就是题材内容的纤与艳,表现形式的柔与婉,音调和谐流畅,感情驰荡浓烈,以及去"道德性"、去"理性"。以这种审美理想为先导,晚明词在审美取向上跟宋词分道扬镳,并最终形成"自家面目"或"异量之美",也就自在情理之中。

第二节　词体观流变中的明代词学审美判断

词体观,是对词之为词所具有的质的规定性的认知与判断,它不仅是特定时期对词体审美属性、功能、价值等观念的理论概括,而且直接作用于该时期的词学活动,尤其是词的创作,对时代词学风貌的形成具有决定性影响。

明人的词体观不是一成不变的,而是接受社会文化思潮与词学观念的合力作用而不断推移衍变。

笔者目前辑录明人词籍序跋共计 260 余篇,除去毛晋汲古阁刊行词集跋文 69 篇,尚余 190 余篇。如若将这些序跋以时间先后顺序排列,恰能直观地呈现明代词学观念流变的轨迹,同时也为探求明人词体观提供了原始材料。在此,即以明代词籍序跋作为主要考察对象,兼顾部分词话或散见词话,以对明代词体观流变线索进行梳理。

一、依附于诗教传统的词体观及其审美取向

嘉靖中期以前的词论承接宋元余绪,在对词之本体属性的体察上,习惯以诗教传统比附词学,常常将"发愤"说、"感物"说、"兴观群怨"说、"有补于世"说等诗学理论移植到对词体的评价上来。其中最典型的要数叶蕃作于洪武十三年(1380)的《写情集序》:

> 风流文采英余,阳春白雪雅调,则发泄于长短句也。或愤其言之不听,或郁乎志之弗舒,感四时景物,托风月情怀,皆所以写其忧世拯民之心……其词藻绚烂,慷慨激烈,盎然而春温,肃然而秋清,靡不得其性情之正焉。①

---

① (明)叶蕃:《写情集序》,见赵尊岳:《明词汇刊》,上海:上海古籍出版社 1992 年版,第 1456 页。

　　叶蕃在对刘基词集《写情集》的评价上,以"愤其言之不听""郁乎志之弗舒"作为创作的深层动机,以"感四时景物,托风月情怀"为创作的直接诱因,以"词藻绚烂,慷慨激烈,盎然而春温,肃然而秋清"为作品风格的外观呈现,而以"写其忧世拯民之心","得其性情之正"作为创作的终极追求。可见,"得性情之正"是叶蕃对词体最基本、也是最首要的定位。而这种诉求在明代前中期词论中不绝于耳。

　　明初洪武年间,史迁《和元遗山乐府序》借"客"之口,阐述了"古人歌诗,犹今之歌曲,使人优游涵咏,而得其性情之正,乐府又诗之余也"[1]的观点。天顺七年(1463),陈敏政作《乐府遗音序》,言称:"非独词调高古,而其间寓意讽刺,所以劝善而惩恶者,又往往得古诗人之遗意焉。"[2]弘治九年(1496)林俊《词学筌蹄序》谓:"第幸出大家言,造意命词,竟弗爽于正。"[3]毛凤韶作于嘉靖十五年(1536)的《中州乐府后序》曰:"声音之道与政通……《中州乐府》作于金人吴彦高辈,虽当衰乱之极,今味其辞意,变而不移,悯而不困,婉而不迫,达而不放,正而不随,盖古诗之余响也。"[4]张綖作于嘉靖十七年(1538)的《草堂诗余别录跋》云:"歌咏以养性情,故歌声之词,有不得而废者。诗余者,唐宋以来之慢调也……今观老先生朱笔点取,皆和平高丽之调,诚可则而可歌。"[5]石迁高作于嘉靖十九年(1540)的《桂洲词识语》谓:"其言指而远,其事肆而隐,其理典而则,沨沨乎大雅之稀音也。有裨世教多矣。"[6]同为嘉靖十九年,唐锜作《升庵长短句序》云:"其思冲冲,其情隐隐,其调闲远悲壮,而使人有奋厉沉窨之心;其寄意于花鸟江山,烟云景候,旅况闺情,无怨怒不平,而有拳拳恋阙之念。将平其气,敛其材,忘于兴,而出于自然者,亦不知其所以然矣。"[7]成书于嘉靖二十四年(1545)的梁桥《冰川诗式》称:"诗余,即《香奁》《玉台》之遗体,言闺阁之情,乃艳词

① (明)史迁:《和元遗山乐府序》,见《青金集》卷6,清抄本,《北京图书馆古籍珍本丛刊》第97册。
② (明)陈敏政:《乐府遗音序》,见(明)瞿佑:《乐府遗音》卷首,明抄本,《续修四库全书》第1723册。
③ (明)林俊:《词学筌蹄序》,见(明)周瑛:《词学筌蹄》卷首,清初抄本,《续修四库全书》第1735册。
④ (明)毛凤韶:《中州乐府后序》,见施蛰存:《词籍序跋萃编》,北京:中国社会科学出版社1994年版,第694页。
⑤ (明)张綖:《草堂诗余别录跋》,见《词学季刊》1936年第3卷第1号,第52页。
⑥ (明)石迁高:《桂洲词识语》,见赵尊岳:《明词汇刊》,上海:上海古籍出版社1992年版,第843页。
⑦ (明)唐锜:《升庵长短句序》,见(明)杨慎:《升庵长短句》卷首,明嘉靖刻本。

也。作者虽多,要之贵发乎性情,止乎礼义。"①诸此种种,皆可显见明代前中期词论主体上植根于诗教传统,尚未生成独立自足的词学批评话语系统。

从"得性情之正"的词体品性观、"兴观群怨""有补于世"的词体价值观出发,嘉靖中期之前的词论对词体审美特征的把握,通常以"圆融""流丽""蕴藉""丰润""和平""圆妙"作为取法标准。例如,徐伯龄《蟫精隽》在品评词作时经常采用这样的话语方式:

> 国初有词人俞行之,作"窗外折花美人影"词,名《霜天角》,甚圆滑。
> (卷3)
> 元贤作南词,极韫藉,往往过宋之作者。(卷4)
> 瞿存斋宗吉题菊作《点绛唇》,极韫藉,令人悦妙。……尤纤丽圆融
> 可爱。……更一气流出。(卷5)
> 予内弟马浩阆名洪,号鹤窗,杭之仁和人。善诗词,极工巧。……
> 清气逸发,莹无尘想。……言有尽而意无穷,方是作者之词。(卷11)

李濂《碧云清啸序》品评宋代词人,直以"酝藉婉约"者为"入格"②,亦跟张綖《诗余图谱凡例》所论"词体大略有二,一体婉约,一体豪放。婉约者欲其辞情蕴藉,豪放者欲其气象恢弘",而以"婉约为正"③的论调不谋而合。此外,张綖编《草堂诗余别录》,偏嗜"和平高丽之调"④;吴一鹏褒扬夏言词"华而有则,乐而不淫"⑤;陈霆评当代词人"鲜工南词,间有作者,病其赋情遣思、殊乏圆妙。甚则音律失谐,又甚则语句尘俗。求所谓清楚流丽,绮靡酝藉,不多见也"⑥。由此可见明代前中期词论在品评词人、词作时的价值取向,而此种取向又直接指向词学接受以及词体创作过程中的审美理想。

---

① (明)梁桥:《冰川诗式》卷2,明隆庆四年朱睦桔梁梦龙刻本,《四库全书存目丛书》集部第
　417册。
② (明)李濂:《碧云清啸序》,见《嵩渚文集》卷56,明嘉靖刻本,《北京图书馆古籍珍本丛刊》第
　101册。
③ (明)张綖:《诗余图谱凡例》,见(明)张綖撰、谢天瑞补遗:《诗余图谱》卷首,明万历二十七年
　谢天瑞刻本,《续修四库全书》第1735册。
④ (明)张綖:《草堂诗余别录跋》,见《词学季刊》1936年第3卷第1号,第52页。
⑤ (明)吴一鹏:《少傅桂洲公诗余序》,见赵尊岳:《明词汇刊》,上海:上海古籍出版社1992年
　版,第808页。
⑥ (明)陈霆:《渚山堂词话》卷3,见唐圭璋:《词话丛编》,北京:中华书局2005年版,第378
　页。

二、向"言情"观过渡时期的词学审美追求

嘉靖中期,随着心学的兴起与普及,包括文学思潮在内的思想界掀起了轩然大波。左东岭先生在《王学与中晚明士人心态》一书中论及:"阳明心学的出现,是主观对客观的吞没,是内容对形式的颠覆,而从文学发生上来说,则是性灵说对感物说的取代。"①这一论断在词学领域也得以充分验证。

嘉靖二十九年(1550),何良俊在《草堂诗余序》中指出:"盖乐者,由人心生者也。"②翌年,王九思《碧山诗余序》又提出:"乃若情之所发,随人而施,与题意漫不相涉,故亦谓之填词云。"③周逊《刻词品序》与杨金《重刻草堂诗余序》都作于嘉靖三十三年(1554),皆显现出传统诗学理论向"言情"词学观转移的迹象。周逊《刻词品序》曰:

> 大较词人之体,多属揣摩不置,思致神遇,然率于人情之所必不免者,以敷言又必有妙才巧思以将之,然后足以尽属辞之蕴。故夫词成而读之,使人恍若身遇其事,怵然兴感者,神品也。意思流通,无所乖逆者,妙品也。能品不与焉。宛丽成章,非辞也。是故山林之词清以激,感遇之词凄以哀,闺阁之词悦以解,登览之词悲以壮,讽谕之词宛以切。之数者,人之情也。属辞者,皆当有以体之,夫然后足以得人之性情,而起人之咏叹。不然,补织牵合,以求伦其辞、成其数,风斯乎下矣。然何以知之? 诗之有风,犹今之有词也。语曰:动物谓之风,由是以知,不动物,非风也,不感人,非词也。④

周逊所论"山林之词清以激,感遇之词凄以哀,闺阁之词悦以解,登览之词悲以壮,讽谕之词宛以切",以及"动物谓之风,由是以知,不动物,非风也",尽管还残存着"感物说"的痕迹,但实际上,他以"感物说"作为依托,最终想强调的却是"人情"或"人之性情"对词体创作境界的提升。故而被他尊为"神品"的词作,往往是在"揣摩不置,思致神遇"的创作状态下达成"使人恍若身遇其事,怵然兴感者"的艺术效果,是一种"蓦然回首,那人却在灯火阑珊处"般心与意会、情与景合的妙悟感动。而若要达到此种艺术境界,就

---

① 左东岭:《王学与中晚明士人心态》,北京:人民文学出版社 2000 年版,第 452 页。
② (明)何良俊:《草堂诗余序》,见《何翰林集》卷 8,明嘉靖四十四年何氏香严精舍刻本,《四库全书存目丛书》集部第 142 册。
③ (明)王九思:《碧山诗余序》,见《碧山诗余》卷首,明嘉靖刻本,《续修四库全书》第 1723 册。
④ (明)周逊:《刻词品序》,见唐圭璋:《词话丛编》,北京:中华书局 2005 年版,第 407 页。

必须体察人情，"然后足以得人之性情，而起人之咏叹"，进而达到"感人"的创作效果。可见，周逊虽然借鉴了传统诗学"气之动物，物之感人"的感物说，却并未止步于对"气""物"关系及其影响的被动接受，而是强调要发挥主观能动性去体察人情，并以"妙才巧思以将之"，然后方能"足以尽属辞之蕴"。

杨金《重刻草堂诗余序》在梳理诗歌渊源流变线索后，继而指出：

> 诗余曲而尽，婉而成章，其亦调成而曲备者乎。好古者可以考风而知化，□唐多□宋多典，亦多词人学士之所操弄，而怀君忧困之意，又每托于妇人女子之词，则其不能自已，亦情真有足以感动人者，其志亦可采，□其大约皆本《诗》之六义，岂曰取其辞而已乎？①

作者虽然承认词体具有"考风而知化"的社会功能，并以"比兴寄托"说论词，但同时也充分肯定了"不能自已"且"足以感动人"的"情真"之作的价值，并将其提升到《诗》之"六义"的高度。

此外如温博为万历八年(1580)茅氏凌霞山房《花间集》刻本作序，以"众女蛾眉，芳兰杜若，骚人之意，各有所托"论词之创作缘起，并借茅贞叔之口阐述长短句"情真而调逸，思深而言婉"的体性特征②；张东川为万历十二年(1584)重刻本《类编草堂诗余》作"跋"，称词"婉丽风色，清新隽永，被之管弦，宣之影响，可以醒人耳目而养人性情"，并谓范仲淹、欧阳修、黄庭坚、苏东坡等人"有所感触则唱和以适其情，模写以泄其趣耳，虽其春闺秋怨离别等篇大率居其大半，要亦诗中卷耳之遗音"③；万历二十七年(1599)，谢天瑞作《新镌补遗诗余图谱序》，指出词体具有"寓物适情"的功能和作用④；万历三十五年(1607)，胡桂芳为《类编草堂诗余》作序，既以"思无邪"之旨评说轻艳之词，又充分肯定了词体适情任性的价值功用："若顾子所辑诗余约二百调，大率指咏时物，发抒性怀，平居讽诵，可以自乐，而尤宜于行迈，故足取也。抑余闻之，凡诗之作，由心而发，夫人之心岂不贵于适乎？天之适人以时，地之适人以境，人之自适以情，情适，而时与境皆适已。诗余诸调，或雅

① （明）杨金：《重刻草堂诗余序》，明嘉靖三十三年杨金刻本。
② （明）温博：《花间集补序》，见（明）温博辑，陈红彦校点：《花间集补》卷首，沈阳：辽宁教育出版社1998年版，第91页。
③ （明）张东川：《草堂诗余后跋》，见（明）顾从敬：《类编草堂诗余》，万历甲申孟秋重刻本。
④ （明）谢天瑞：《新镌补遗诗余图谱序》，见（明）张綖撰、谢天瑞补遗：《诗余图谱》卷首，明万历二十七年谢天瑞刻本，《续修四库全书》第1735册。

或俗,虽非一体,要皆随时与境,逞其才情,发为歌咏。"①

总而言之,此期词论既带有传统诗教理论的深刻烙印,又展现出"主情"思潮向词学渗透的鲜明痕迹。然而,处于过渡状态的此期词论尚未显现出卓荦的时代个性,故而在词之体性判断上,仍倾向于以"婉转妩媚"为美②,以"绸缪婉娈、怀思绵邈、蕴藉风流、感结凄怨、艳冶宕逸"为工③,以跟言情特质相吻合的"婉丽流畅""柔情曼声"为当行本色④,"贵情语不贵雅歌,贵婉声不贵劲气"⑤,追求"风月烟花之间,一语一调,能令人酸鼻而刺心,神飞而魄绝"的境界,这也是"情真而调逸,思深而言婉"⑥以至"纤纤而刺人骨,偏颇而令人舞,靡靡而使人忘倦"⑦的《花间集》之所以会在这一时期备受关注的主要原因,同时也成为该时期爱情词呈现"回潮"现象的重要理论背景。

三、"主情"词学观的张扬与明词美学特质的生成

明代后期,在思想解放和"主情"思潮影响下,词学也被打上了鲜明的时代印记,其中最显著的就是将"主情"词论引入对词体本质与功能的探讨,由此构建起具有晚明卓荦时代特色的词学体性观。

由沈际飞汇编的《古香岑草堂诗余四集》成书于崇祯元年(1628)以前。沈氏曾为此书作序,在历数"以风气贬词者""以体裁贬词者""为词解嘲者"诸种词体观之后,肯定了"通乎词者,言诗则真诗,言曲则真曲"的认识为"平等观",并作进一步阐述:

> 于戏!文章殆莫备于是矣。非体备也,情至也。情生文,文生情,何文非情?而以参差不齐之句,写郁勃难状之情,则尤至也。……故诗余之传,非传诗也,传情也。⑧

---

① (明)胡桂芳:《类编草堂诗余序》,见《类编草堂诗余》卷首,明万历三十五年黄作霖等刻本。
② (明)鳙溪逸史:《历代名贤词府叙略凡例》,见(明)鳙溪逸史编选、一得山人点校:《汇选历代名贤词府全集》9卷,元周德清《中原音韵》1卷,明嘉靖刻本。
③ (明)刘凤:《词选序》,见《刘子威集》卷37,《丛书集成三编》第48册。
④ (明)何良俊:《草堂诗余序》,见《何翰林集》卷8,明嘉靖四十四年何氏香严精舍刻本,《四库全书存目丛书》集部第142册。
⑤ (明)茅一相:《题词评曲藻后》,见(明)王世贞《曲藻》卷末,中国戏曲研究院编:《中国古典戏曲论著集成》第4册,北京:中国戏剧出版社1959年版,第38页。
⑥ (明)温博:《花间集补序》,见(明)温博辑,陈红彦校点:《花间集补》卷首,沈阳:辽宁教育出版社1998年版,第91页。
⑦ (明)姚舜牧:《题花间集》,见《来恩堂草》卷3,明刻本,《四库禁毁书丛刊》集部第107册。
⑧ (明)沈际飞:《序草堂诗余四集》,见(明)顾从敬类选、沈际飞评正:《草堂诗余正集》卷首,明刻本。

　　可以说,对词之言情属性及其优势的体认,汇聚成这一时期词体观的主流。如钟人杰《叙刻花间草堂合集》所谓"迩来风流日永,人士动称才情,才情之美,无过诗余"①,管贞乾《诗余醉附言》所谓"诗自三百篇递创格诗余,可谓情文之至矣"②,周永年《艳雪集原序》所谓"若'绮靡'两字,用以为诗法,则其病必至巧累于理,僭以为诗余法,则其妙更在情生于文"③,陈继儒《万子馨诗余图谱序》所谓"诗文发乎情,止乎礼义,若旁溢而为词,所谓提不定、撩不住,谑浪游戏,几不知其所终"④,无不彰显出对"情"的认同以及诗余乃"情至之文"观点的肯定。尤其是潘游龙辑《精选古今诗余醉》,明确提出以"真理""至情"作为选词标准,倡言"词则自极其意之所之,凡道学之所会通,方外之所静悟,闺帏之所体察,理为真理,情为至情,……则诗余之兴起人,岂在三百篇之下乎"⑤,甚至将饱含"真理""至情"之词的功能价值抬升至《诗经》之上。

　　不难发现,上引诸论皆以"情"为突破口,为词学尊体论打开了全新的局面。"尊体"与"辨体"是词学发展史上的两个核心命题。所谓"尊体",通常表现为打破词为"小道"的层次限定及其婉媚香软的风格定位,意欲攀附风骚而将词体纳入传统诗教的范畴,以提升词体地位;所谓"辨体",大多表现为对词"别是一家"的刻意强调,明辨词体"本色",严守诗词之界,谋求词体有别于诗歌的独立自足的发展路径。"尊体"论与"辨体"论的拥护者,分别处于对立的阵营,其中一方只有努力压倒另外一方,才能守住自己的领地,赢得充分的话语权。

　　对于持"尊体"论者而言,以传统诗教观作为推尊词体的出发点与立论依据难免捉襟见肘,甚至一不小心就容易陷入"欲尊而实贬"的尴尬境地。同时,词之"言情"特质似乎又成了其理论中的"软肋",于是总得委蛇遮掩,却往往欲盖而弥彰。心学的兴起与盛行,使"情"堂而皇之地走进大众的视野。具体到词学领域,论词者无需再作比附依托,而是可以公然以"情"作为词体价值评判的准绳。因此,主情论的提出,恰从理论层面证明了"缘情而

<hr>

① （明）钟人杰:《叙刻花间草堂合集》,见（明）杨慎评、钟人杰笺:《花间集》卷首,明天启四年读书堂花间草堂合刻本。

② （明）管贞乾:《诗余醉附言》,见（明）潘游龙:《精选古今诗余醉》卷首,沈阳:辽宁教育出版社2003年版。

③ （明）周永年:《艳雪集原序》,见赵尊岳:《明词汇刊》,上海:上海古籍出版社1992年版,第1779页。

④ （明）陈继儒:《万子馨诗余图谱序》,见赵尊岳:《明词汇刊》,上海:上海古籍出版社1992年版,第886页。

⑤ （明）潘游龙:《精选古今诗余醉序》,见《精选古今诗余醉》卷首,沈阳:辽宁教育出版社2003年版。

绮靡"的词体存在的合理性,为其发展壮大铺平了道路,也为推尊词体提供了强有力的理论支撑。词学"本色论"与"尊体论"这一对在多数情况下都呈现矛盾对立状态的观念,终于在晚明以"主情"为枢纽,难能可贵地实现了沟通与兼容。

客观地讲,晚明词论家实在很幸运,他们在"主情"的社会语境中无需琵琶掩面、欲吐还休,也不必苦心孤诣地比拟攀附。后人或许会讥诮明代词论随性而缺乏思辨的深度,然而正是这种随性而发、畅所欲言,有时却比别人更能深戳要害,直指词体的本质特征。

晚明词体观的更新势必波及词的创作。具体表现在:在词调的择用上,"备极情文,而饶余致"①的小令备受欢迎;擅长言情的词调,如《长相思》《如梦令》《望江南》《调笑令》《忆王孙》《眼儿媚》等,获得更广泛的运用。在题材表现上,爱情词数量大幅度攀升;咏物与写景词不同程度地抛开"比德""寄托"传统,而普遍带上了"艳逸"的体貌特征;咏怀词"寄怀""言志"性作品少了,而抒发乐逸情趣的闲适词大量增加。在追和词创作领域,"情真而调逸,思深而言婉"②的《花间集》更频繁地成为文人模仿或较量的对象。

"主情"词论在抬升词体地位的同时,也破除了词当以柔媚婉约为"本色"的执念,拓展了胸襟与眼界,体现出对前代词学成果接受上的极大包容性,也令晚明词的创作别开生面。

自嘉靖十五年(1536)张綖在《诗余图谱》"凡例"中提出"婉约""豪放"二体说并以婉约为正之后,婉约本色论渐成共识。嘉靖二十九年(1550)何良俊《草堂诗余序》称:"乐府以曒径扬厉为工,诗余以婉丽流畅为美。即《草堂诗余》所载,如周清真、张子野、秦少游、晁叔原诸人之作,柔情曼声,摹写殆尽,正词家所谓当行、所谓本色者也。"③此后又有成书于嘉靖三十七年(1558)的王世贞《艺苑卮言》以及成书于隆庆四年(1570)的徐师曾《文体明辨》的推波助澜,词以婉约为本色之说遂成定论。尽管王世贞《艺苑卮言》从词中拈出"快语""壮语""爽语""致语""情语""淡语",以及"恒语之有情者""浅语之有情者",且并不排斥苏轼"雄壮"的《大江东去》词,肯定南宋曾觌、

---

① (明)潘游龙:《精选古今诗余醉序》,见《精选古今诗余醉》卷首,沈阳:辽宁教育出版社 2003 年版。

② (明)温博:《花间集补序》,见(明)温博辑,陈红彦校点:《花间集补》卷首,沈阳:辽宁教育出版社 1998 年版,第 91 页。

③ (明)何良俊:《草堂诗余序》,见《何翰林集》卷 8,明嘉靖四十四年何氏香严精舍刻本,《四库全书存目丛书》集部第 142 册。

张抡辈应别之作、稼轩辈抚时之作"秾情致语,几于尽矣",已初步显见对"情"的肯定与张扬,但其对词体"婉娈而近情"的"言情"特质的界定乃是建立在"词须宛转绵丽,浅至儇俏"以及"宁为大雅罪人,勿儒冠而胡服"的体性判断基础之上的,故而仍以李氏、晏氏父子、耆卿、子野、少游、易安、美成之词为正宗,而认为"温韦艳而促,黄九精而险,长公丽而壮,幼安辨而奇",是"词之变体"。

然而,及至沈际飞汇编《古香岑草堂诗余四集》,专辟《草堂诗余别集》四卷,突破了以婉约、豪放论正变的传统词体观,"于致取别","于时取别","于体取别","于风取别","于材取别",在择取词作时,标新立异,刻意跟传统或主流观念拉开距离。同时,他又进一步指出,有"别"之词,又"有不可别者",即"人流转于七情,而别集中忤合万状,触目生芽,怃然而思,悚然而惊,哑然而笑,澜然而泣,嗷然而哭,捶击肺肠,镂刻心肾,年千世百,无智愚皆知。有别欤?无别欤?夫然而正犹之续,续犹之别,咸诗之余,非别有所谓余也"①。在他看来,所谓"正"与"别",其实只是词体外在形式上的标识,而流转于词中的人之七情却是一切词作所共通的。

这种以"情"为准绳而不以婉约、豪放分优劣的融通的词学观在《古今词统》诸序中被进一步强化。孟称舜为《古今词统》作序,首先抛出"乐府以曒径扬厉为工,诗余以宛丽流畅为美。故作词者率取柔音曼声,如张三影、柳三变之属。而苏子瞻、辛稼轩之清俊雄放,皆以为豪而不入于格"的传统论调,随即以"予窃以为不然"作为转折,发表了自己的词学见解:"盖词与诗、曲,体格虽异,而同本于作者之情。古来才人豪客,淑姝名媛,悲者喜者,怨者慕者,怀者想者,寄兴不一。或言之而低徊焉,宛恋焉;或言之而缠绵焉,凄怆焉;又或言之而嘲笑焉,愤怅焉,淋漓痛快焉。作者极情尽态,而听者洞心耸耳,如是者皆为当行,皆为本色,宁必姝姝媛媛,学儿女子语,而后为词哉?"最后,作者辨析婉约、豪放二派之得与失,进而得出结论:"两家各有其美,亦各有其病,然达其情而不以词掩,则皆填词者之所宗,不可以优劣言也。"②如果说,孟称舜对词体属性的判断很可能是受先已成书的《古今词统》的影响,那么这部词选的编著者卓人月的词体观则应更具自觉性:"昔人论词曲,必以委曲为体,雄肆其下乎。然晏同叔云:'先君生平不作妇人语。'夫委曲之弊,入于妇人,与雄肆之弊入于村汉等耳。余兹选并存委曲雄肆二

---

① (明)沈际飞:《草堂诗余别集小序》,见《草堂诗余别集》卷首,明刻本。
② (明)孟称舜:《古今词统序》,见(明)卓人月、徐士俊《古今词统》卷首,明崇祯刻本,《续修四库全书》第 1728 册。

种,使之各相救也。……选辛词独多,以救靡靡之音,以升雄词之位置,而词场之上,遂荡荡乎辟两径矣。"①《古今词统》参评者徐士俊也曾谈及该选本的选录及评论取向:"曰幽曰奇,曰淡曰艳,曰敛曰放,曰秾曰纤,种种毕具,不使子瞻受'词诗'之号,稼轩居'词论'之名。"②

不惟《古今词统》,晚明另一部重要词选《古今诗余醉》在对待词体婉约、豪放之正变观上,也表现出类似的通融态度。其编选者潘游龙在《自序》中称:"词则自极其意之所之,凡道学之所会通,方外之所静悟,闺帏之所体察,理为真理,情为至情,语不必芜,而单言只句,余于清远者有焉,余于挚刻者有焉,余于庄丽者有焉,余于凄惋悲壮、沈痛慷慨者有焉。"③他以"真理""至情"作为选词及评论的标准,并将"清远""挚刻""庄丽""凄惋悲壮""沈痛慷慨"等各类风格并录于该选本之中。

词学观的转向势必会影响词学遗产在当代的传播与接受,尤其是词选,作为大众便览的传播媒介,具有鲜明的导向性。张仲谋师《明代词学通论》下卷《明代词选研究》曾对晚明词选选词情况进行统计,《古今词统》选录词作数量排在前十位的宋词作家依次为:辛弃疾141首,蒋捷50首,吴文英49首,苏轼47首,刘克庄46首,陆游45首,周邦彦43首,秦观38首,高观国34首,黄庭坚33首;《古今诗余醉》名列前十位的宋词作家及入选篇数依次为:苏轼53首,周邦彦45首,欧阳修40首,秦观36首,蒋捷34首,辛弃疾32首,黄庭坚21首,柳永、陆游、黄昇各15首。④ 就上述两种词选的选阵而言,习惯上被作为豪放风格代表的词人不仅可与所谓"婉约派"平分秋色,甚至略胜一筹。由此不禁生发联想:明清之际吹刮大江南北的"稼轩风",不仅是渊源有自,而且早已如箭在弦,只不过更由易代之际山河剧变的现实催化了这一过程并放大了其影响。

综上所述,明代词体观并非一成不变,而是呈现阶段性、变异性。执守一端难免断章取义,管中窥豹往往只见一斑。在探讨明代词论的时候,我们既要运用宏观的视野,又要善于梳理源流、辨清阶段。同时,更需特别留意,明代词体观自嘉靖中期以后逐渐显现不同以往的鲜明个性,它既受到词学自身发展规律的制约,又浸润于晚明社会文化环境;既是该时期

---

① (明)卓人月:《古今诗余选序》,见(明)卓人月:《卓珂月先生全集》之《蟾台集》卷2,明崇祯十年传经堂刻本。

② (明)徐士俊:《古今词统序》,见(明)卓人月、徐士俊:《古今词统》卷首,明崇祯刻本,《续修四库全书》第1728册。

③ (明)潘游龙:《精选古今诗余醉序》,见《精选古今诗余醉》卷首,沈阳:辽宁教育出版社2003年版。

④ 张仲谋:《明代词学通论》,北京:中华书局2013年版,第391页。

词的创作出现转型的理论基础,更为晚明词的蓬勃发展及其最终走向指引了道路。

第三节　雅俗观辩证下的明代词学审美取向

在中国传统美学领域,"雅俗观"始终是重要的审美范畴,亦是文人审美趣味最具标识性的体现。"就价值体系的差异而言,'雅'与'俗'的区别首先表现为主流文化与精英审美意识和大众审美意识之间的疏离与对抗。在中国古代,长时期之内,'雅'都是士大夫阶层的审美追求,而'俗'则属于平民百姓的、下层的。因此,'雅'的审美追求与审美意趣包含着对'俗'的审美情趣的批判,和'俗'对'雅'的抗拒。"①中国文学史与文学批评史毕竟是由文化精英写就,故其思维与话语体系理所当然地体现着主流文化与精英审美意识对"雅"的追求。

故而明词之"俗",始终是遭后人诟病的重要口实。自清初朱彝尊痛诋马洪词"陈言秽语,俗气薰入骨髓,殆不可医"②,厉鹗亦循其语,称马洪"阑入俗调,一如市侩语,而清真之派微矣"③。高佑釲在提出"词始于唐,衍于五代,盛于宋,沿于元,而榛芜于明"的观点后,进言之:"明词佳者不数家,余悉踵《草堂》之习,鄙俚亵狎,风雅荡然矣。"④近代吴梅指出明词中衰的根源之一在于:"美谈极于利禄,雅情拟诸桑濮。以优孟缠达之言,作乐府风雅之什。"⑤直至当代,肖鹏将"明体词"的基本特征概括为"浅、小、艳、俗",所谓"俗"者,乃指"词体混淆于曲体、情调鄙俗、语言烂熟、文人俗气"⑥,仍将"俗"视为明词缺陷而立论。

然而明词之"俗",虽后人以之为"丑",但明人自己却引以为"荣"、为"美"。明人这种"另类"的审美眼光是以其"黜雅崇俗"的审美取向为背景的。这种有悖传统的"雅俗观"在明代词论中有着鲜明的表现和集中的

---

① 李天道:《中国美学之雅俗精神》,北京:中华书局2004年版,第224页。
② (清)朱彝尊:《词综·发凡》,见(清)朱彝尊、汪森:《词综》卷首,上海,上海古籍出版社1978年版,第15页。
③ (清)厉鹗:《吴尺凫玲珑帘词序》,见施蛰存:《词籍序跋萃编》,北京:中国社会科学出版社1994年版,第556页。
④ (清)高佑釲:《湖海楼词序》,见陈乃乾:《清名家词》,上海:上海书店1982年影印本。
⑤ 吴梅:《词学通论》,上海:华东师范大学出版社1996年版,第140页。
⑥ 肖鹏:《群体的选择——唐宋人词选与词人群通论》,南京:凤凰出版社2009年版,第399页。

论说。

一、明代词论"黜雅崇俗"的审美取向

明词之"俗",既作用于题材内容,又展现于遣词造句、艺术技法等诸多方面,它是时代风气浸染下词人创作自觉或不自觉地显露,同时又源自作者或词论家有意识的理论追求。因而在明代词学理论中,时常可见对词体雅俗之别的理解与评判。

词人作词、词论家评词,首先要面对一个基础性问题,即词之为词,究竟应该是什么样的。具体到"雅"与"俗"二元选择的层面,必然会执守一端而抛弃另一端。对词体雅俗样态的认知与选择,既宣示着明人的词学审美理想,同时也显现出明代词论乃至整个明代社会文化思潮特异的气质与风貌。

明代词论在对词体的审美取向上,往往倾向于跟"雅"的对立,以此彰显词之为词的鲜明个性。早在嘉靖初,陈霆在《渚山堂词话》自序中指出:"嗟乎!词曲于道末矣!纤言丽语,大雅是病。"①他虽将"纤言丽语"视作词体因有悖"大雅"而显现的缺陷或不足,且随即又以"然以东坡、六一之贤,累篇有作。晦庵朱子,世大儒也,'江水浸云'、'晚朝飞画'等调,曾不讳言。用是而观,大贤君子,类亦不浅矣"②作为掩饰,暴露出他论词背离风雅的不自信心态,但至少已经迈出了将词体剥离出"大雅"的关键一步。等到嘉靖后期,刘凤(嘉靖二十年进士)在为其门人所辑《词选》作序时称:

> 夫词发于情,然律之风雅,则罪也。以绸缪婉娈、怀思绵邈、蕴藉风流、感结凄怨、艳冶宕逸为工,虽有以激枭挢健、雄举典雅为者,不皆然也。元人概名之乐府,非也。乐府,雅也,古也;词,郑也,今也,何得同特就而取裁焉,亦不废夷昧之意也。③

刘凤用"绸缪婉娈、怀思绵邈、蕴藉风流、感结凄怨、艳冶宕逸"界定词体本色,并将词体之"郑""今",亦即俚俗淫逸,区别于乐府之古雅,已然表现出将词体别立于风雅之外的决绝态度。

更有甚者,跟刘凤大略同时的王世贞(1526—1590)在《艺苑卮言》中高

---

① (明)陈霆:《渚山堂词话自序》,见(明)陈霆著,王幼安校点:《渚山堂词话》,北京:人民文学出版社 1960 年版,第 3 页。
② (明)陈霆:《渚山堂词话自序》,见(明)陈霆著,王幼安校点:《渚山堂词话》,北京:人民文学出版社 1960 年版,第 3 页。
③ (明)刘凤:《词选序》,见《刘子威集》卷 37,《丛书集成三编》第 48 册。

倡"大雅罪人"之说,将词体同"大雅"之间的对立推向极致,显现出对儒家传统诗论的背离与反叛:

> 词者,乐府之变也。昔人谓李太白菩萨蛮、忆秦娥,杨用修又传其清平乐二首,以为词祖。不知隋炀帝已有望江南词。盖六朝诸君臣,颂酒赓色,务裁艳语,默启词端,实为滥觞之始。故词须宛转绵丽,浅至儇俏,挟春月烟花于闺幨内奏之,一语之艳,令人魂绝,一字之工,令人色飞,乃为贵耳。至于慷慨磊落,纵横豪爽,抑亦其次,不作可耳。作则宁为大雅罪人,勿儒冠而胡服也。①

这段文字被后人征引的频率极高,可谓明代词论中最富时代个性的宣言。它同刘凤《词选序》之论有诸多相通之处。王世贞《艺苑卮言》成书于嘉靖四十四年(1565);而刘凤是嘉靖二十年进士,且《词选序》乃为其门人而作,则此序应当作于作者晚年。如此说来,刘凤此论完全有可能是受到《艺苑卮言》的启发和影响。当然,也有可能是刘凤之论在先,抑或其虽在王世贞"大雅罪人"成说之后,二者却并无干系,倘若如此,就真可谓英雄所见略同了。

"大雅罪人"之说,主动将词体从雅文学的阵营中抽离,强化了词体独立自足的个性,为词体"言情"特质构筑起坚实的理论支撑,也为"言情"之词的纵横驰骋扫除了障碍,对晚明词学影响深远。万历八年(1580),茅一相辑《欣赏续编》,收录王世贞《艺苑卮言》中论词文字一卷,名曰《词评》,论曲文字一卷,名曰《曲藻》,因作《题词评曲藻后》,论及词曲之品,谓"风月烟花之间,一语一调,能令人酸鼻而刺心,神飞而魄绝","贵情语不贵雅歌,贵婉声不贵劲气"②。万历四十八年(1620),由朱之蕃辑录的丛书《词坛合璧》刊行,收入茅暎编选的《词的》四卷。《词的》标举"幽俊香艳"词风,选录由唐至明历代词作391首,入选者多俗艳之作,卷首有茅暎自序,称:"盖旨本淫靡,宁亏大雅;意非训诂,何事庄严。"③万历年间,虞淳熙曾作《刘伯坚诗余序》,谓诗余乃"诗之余音,浅至而儇俏,其调仿隋唐流响。锦帷绮席,为《金荃》《兰畹》《花间》《草堂》之属,第堪使李令伯家雪儿歌之耳,去风骚犹逊,安问雅

① (明)王世贞:《艺苑卮言》,见唐圭璋:《词话丛编》,北京:中华书局2005年版,第385页。
② (明)茅一相:《题词评曲藻后》,见(明)王世贞:《曲藻》卷末,中国戏曲研究院编:《中国古典戏曲论著集成》第4册,北京:中国戏剧出版社1959年版,第38页。
③ (明)茅暎:《词的序》,见《词的》卷首,清萃闵堂钞本,《四库未收书辑刊》捌辑第30册。

颂"①。天启五年进士秦士奇曾作《草堂诗余序》,指出:"唐则有《尊前》《花间》而成调,至集名《兰畹》《金荃》,取其逆风闻薰芳而弱也。则词宁为大雅罪人,必不尚豪爽磊落明矣。"②崇祯十年(1637),文震亨为俞彦《近体乐府》作序,言词"其旨不专风雅,其材不纯书史,其法不本俳偶,而又不避巧令,言将焰发,而谱调以束之,思欲泉溢,而平仄以范之"③。故而清初朱彝尊痛诋明词,"大雅罪人"说即成为其立论的重要口实:"自词以香艳为主,宁为风雅罪人之说兴,而诗人忠厚之意微矣。"④

上引诸论之所谓"雅",无论是特指《诗经》"六义"之一的"雅",还是指向儒家传统诗学以雅为"正"、为"准则"、为"规范"的认知模式,总之都代表着儒家正统诗教观对诗歌社会性、道德感的强调,相应地,也就贬低了诗歌对于个体发抒性情、愉悦精神、提升审美的价值。因此,明代后期词论对"雅"的背离,必然寄寓着对词体创作指向个人价值、审美价值的伸张与肯定。这既是明人对"别是一家"之词的独特个性所给予的集体无意识判断,又是晚明"以情反理"的社会思潮向词坛的弥漫与渗透。对此,施绍莘在为其词曲集《秋水庵花影集》所作自序中进行了生动而详尽的描述,他自言其文笔"不用之于名场呫哗,而用之于韵事风流;不用之于诘语酸言,而用之于雄词藻句;不用之于雌黄恩怨,而用之于啸咏吟谐;不用之于政牍刑书,而用之于花评艳史;不用之于歌功佞德,而用之于惜粉怜红;不用之于书算持筹,而用之于风人骚雅;不用之于北阙封章,而用之于东皋著述;不用之于青史编年,而用之于春衫记泪;不用之于诔辞表墓,而用之于艳句酬香;不用之于枉驾高轩,而用之于过溪枯衲"⑤。词曲创作虽被其称为"绮语之业",但却使人"欣然自喜",既能"极风情之致,享文字之乐",又能令听者"耳根快矣",令观者"眼根亦受用",这无疑是在向正统的文学价值观、审美观发出挑战,同时也是意欲将词曲定位为个体文学、性情文学而作出的宣言。

既然视"雅"为词体文学的毒蛇猛兽,晚明词论便义无反顾地走上了"崇俗"的道路。嘉靖后期至明末,"崇俗"声浪几乎淹没了词坛,除上引诸家对

① (明)虞淳熙:《刘伯坚诗余序》,见《虞德园先生集》卷5,明末刻本,《四库禁毁书丛刊》集部第43册。
② (明)秦士奇:《草堂诗余序》,见(明)顾从敬类选、沈际飞评正:《草堂诗余正集》卷首,明刻本。
③ (明)文震亨:《俞光禄先生近体乐府小引》,见(明)俞彦:《俞少卿集》卷首,明崇祯刻本,《四库未收书辑刊》6辑第23册。
④ (清)朱彝尊:《艺香词》评,见(清)聂先、曾王孙:《百名家词钞》,清康熙绿荫堂刻本,《续修四库全书》第1721册。
⑤ (明)施绍莘:《秋水庵花影集序》,见《秋水庵花影集》卷首,明末刻本,《续修四库全书》第1739册。

"雅"的反叛外,更有不少大张旗鼓地求"俗"者。嘉靖三十八年(1559),徐渭作《南词叙录》,倡言"词须浅近":"晚唐、五代,填词最高,宋人不及。何也?词须浅近。晚唐诗文最浅,邻于词调,故臻上品。宋人开口便学杜诗,格高气粗,出语便自生硬,终是不合格。其间若淮海、耆卿、叔原辈,一二语入唐者有之,通篇则无有。元人学唐诗,亦浅近婉媚,去词不甚远,故曲子绝妙。"①王世贞在《艺苑卮言》中指出:"花间以小语致巧,世说靡也。草堂以丽字取妍,六朝陋也。即词号称诗余,然而诗人不为也。何者,其婉娈而近情也,足以移情而夺嗜。其柔靡而近俗也,诗啴缓而就之,而不知其下也。"②他以"婉娈而近情""柔靡而近俗"作为词的审美定位,并且拈出"淡语""恒语""浅语"之有情、有致者③,以为诗余之法。崇祯十年(1637),张慎言为万惟檀词集《诗余图谱》作序,谓:"三百篇,多柔情菁语;暨古乐府,率用方言巷谣,而传之至今、脍矣不厌者,何也? 故余以为填词者,用俚用俗,若杂若谐。"④他将词体俚俗、杂谐的秉性直承古乐府乃至《诗经》,以为词体俗化特质张目。

二、明代词论"崇俗"取向的历史性考察

　　民间文化是词体文学诞生的土壤。20世纪初面世的敦煌曲子词以俚俗质朴的风貌展现了词体文学生命初期的原始样态,印证了词植根于民间俗文学的本质属性。然而,随着文人的介入,词逐渐转入文人之手。文人群体将自身的风雅趣味付诸词的创作,尤其是南宋词人施加的"骚雅化"改造,终于将词体的雅化之路推至巅峰,阳春白雪、醇雅清空的高雅词成为词坛圭臬。与此同时,"黜俗崇雅"的论调也压倒性地覆盖了早期词论的领地。南渡前后,李清照在《词论》中已发词体雅俗论之先声。她虽极重视词体音律,但对"协音律"的柳永词,仍毫不留情地指摘其"词语尘下"的"俗"病;南宋初年,鲖阳居士编著大型词集《复雅歌词》五十卷,直以"复雅"二字命名,可谓旗帜鲜明;南宋沈义父《乐府指迷》论"作词之法",强调作词"下字欲其雅,不雅则近乎缠令之体"⑤;宋元之际,张炎的词论专著《词源》力倡雅词,高举"词欲雅而正,志之所之,一为情所役,则失其雅正之音"⑥的词体"雅正"观;元代

---

①　(明)徐渭:《南词叙录》,见中国戏曲研究院编:《中国古典戏曲论著集成》第3册,北京:中国戏剧出版社1959年版,第244页。

②　(明)王世贞:《艺苑卮言》,见唐圭璋:《词话丛编》,北京:中华书局2005年版,第385页。

③　(明)王世贞:《艺苑卮言》,见唐圭璋:《词话丛编》,北京:中华书局2005年版,第388页。

④　(明)张慎言:《万子馨填词序》,见赵尊岳:《明词汇刊》,上海:上海古籍出版社1992年版,第888页。

⑤　(宋)沈义父:《乐府指迷》,见唐圭璋:《词话丛编》,北京:中华书局2005年版,第277页。

⑥　(宋)张炎:《词源》卷下,见唐圭璋:《词话丛编》,北京:中华书局2005年版,第266页。

陆辅之《词旨》强调:"凡观词须先识古今体制雅俗。脱出宿生尘腐气,然后知此语,咀嚼有味。"①可以说,"崇雅"的呼声构成宋南渡前后以至明前词论的主旋律,直至明代前中期词论,对"雅"的追求仍是锲而不舍。

例如,洪武十三年(1380),诚意伯刘基之子仲璟刊刘基词集《写情集》四卷,叶蕃为之作序,称"风流文采英余,阳春白雪雅调,则发泄于长短句","或愤其言之不听,或郁乎志之弗舒,感四时景物,托风月情怀,皆所以写其忧世拯民之心","靡不得其性情之正焉"②。嘉靖十七年(1538),张綖辑、黎仪校录《草堂诗余别录》刊行,它从《草堂诗余》中选出格调高雅的78首词作加以评笺,张綖为之作"跋",称:"诗余者,唐宋以来之慢调也。吴文节公于《文章辨体》,亦有取焉。虽亦艳歌之声,比以今曲,犹为古雅,故君子尚之。当时集本亦多,惟《草堂》诗话流行于世,其间复猥杂不粹。今观老先生朱笔点取,皆和平高丽之调,诚可则而可歌。"③认为"古雅"之词方可配"君子",而以"和平高丽之调"作为选录标准。嘉靖十九年(1540),石迁高重刊夏言词集《玉堂余兴》,并作"识语",借"侍御樊公"之口称赞夏言词"其言指而远,其事肆而隐,其理典而则,飒飒乎大雅之稀音也"④;翌年,薛应旂代费寀为《玉堂余兴》作"引",赞其"和平慷慨,蕴藉敷扬,其诸忠爱恳恻之诚,协恭规谕之义,盖飒飒乎溢于言表,而该物著伦,考衷协度,又非特寄兴焉尔也",并推许其"能引括风雅,以不失乎古之遗音"⑤。嘉靖二十二年(1543),任良幹为杨慎《词林万选》作序,称:"古之诗,今之词也。二雅二颂,有义理之词也。填词小令,无义理之词也。在古曰诗,在今曰词,其分以此。故曰:'诗人之赋丽以则,词人之赋丽以淫',盖自汉已然,况唐以降乎。然其比于律吕,叶于乐府,则无古今一也。虽然,邪正在人,不在世代,于心,不于诗词。若《诗》之《溱洧》《桑中》《鹑奔》《雉鸣》,虽谓之今之淫曲可也。张于湖、李冠之《六州歌头》、辛稼轩之《永遇乐》、岳忠武之《小重山》,虽谓之古之雅诗可也。填词之不可废者以此。"⑥他虽坦言填词小令乃"无义理之词",然以张孝祥、李冠的《六州歌头》、辛弃疾的《永遇乐》、岳飞的《小重山》上攀"古之雅诗",仍

---

① (元)陆辅之:《词旨》,见唐圭璋:《词话丛编》,北京:中华书局2005年版,第302页。
② (明)叶蕃:《写情集序》,见赵尊岳:《明词汇刊》,上海:上海古籍出版社1992年版,第1456页。
③ (明)张綖:《草堂诗余别录跋》,见《词学季刊》1936年第3卷第1号,第52页。
④ (明)石迁高:《桂洲词识语》,见赵尊岳:《明词汇刊》,上海:上海古籍出版社1992年版,第843页。
⑤ (明)薛应旂:《玉堂余兴引》,见《方山薛先生全集》卷3,明嘉靖刻本,《续修四库全书》第1343册。另见赵尊岳:《明词汇刊》,上海:上海古籍出版社1992年版,第807页。
⑥ (明)任良幹:《词林万选序》,见(明)杨慎:《词林万选》卷首,清乾隆十七年曲溪洪振珂重印明末毛氏汲古阁刻词苑英华本,《四库全书存目丛书》集部第422册。

可见其意欲从诗余中求"雅"趣的良苦用心。

总而言之,明代前中期词论习惯以"雅"衡词,既是南宋骚雅词论的惯性推进,又是儒家传统诗教观对词学的渗透。

然而,从嘉靖中期以后,"崇俗黜雅"的呼声以明显的优势成为词学批评的主流,这不得不让人惊诧于时代风尚变换之急遽,及其改造人心力量之强大。

当然,时过境迁,待到晚明文学复古运动的浪潮波及词坛,倡导词学复古的作家和理论家们又开始重新思考和定位词体的美学特质,并以恢复古典审美理想为职志,"雅俗之辨"再次成为必须审慎对待的核心命题,而对"雅"的呼吁也就成为力矫晚明词坛之弊、重振词学旗鼓并以此开辟一代词学之盛的最强有力的思想武器。

在此过程中,俞彦(1572—1641 后)发挥了词学风向标的作用。《爱园词话》论"词得与诗并存之故",称:"词于不朽之业,最为小乘。然溯其源流,咸自鸿濛上古而来。如亿兆黔首,固皆神圣裔矣。惟闾巷歌谣,即古歌谣。古可入乐府,而今不可入诗余者,古拙而今佻,古朴而今俚,古浑涵而今率露也。然今世之便俗耳者,止于南北曲。即以诗余,比之管弦,听者端冕卧矣。其得与诗并存天壤,则文人学士赏识欣艳之力也。"[1]尽管俞彦承认词在"不朽之业"中地位最低,但仍将它归入"不朽之业"的行列,进而指出其血脉的古老与正统,实为尊体之举。在此基础上,他进一步比较了词与闾巷歌谣、南北曲之间的差别,认为当今闾巷歌谣既"佻"且"俚"又"率露",故而只适合南北曲而不可入诗余。他认为,虽然词的音乐性已经丧失,但若为其配上音乐用于演奏,则必能让听者"端冕卧"[2];而词之所以能与诗并存天地间,正是由于文人学士赏识并参与创作的缘故。这就立场鲜明地将词同闾巷歌谣、南北曲等俗文学区分开来,并肯定了文人在雅化词体以提升词体地位方面所发挥的关键性作用。他虽然并未明言倡"雅",但显然已将"雅"视作词体文学的根基与生命,这其实跟他论宋词"南渡以后,矫矫陡健,即不得称中宋、晚宋"的"宋词非愈变愈下"[3]结论具有一脉相通之处,实则已启清代词论倡醇雅、崇南宋的先声。

此后,云间派如日中天。其领军人物陈子龙推崇北宋词"高浑""含蓄""婉畅秾逸"之境界,对"寄慨者亢率而近于伧武,谐俗者鄙浅而入于优伶"的南宋词以及"时堕吴歌"[4]的当代词深感不满,而对"托贞心于妍貌,隐挚念于

---

① （明）俞彦：《爱园词话》,见唐圭璋：《词话丛编》,北京：中华书局 2005 年版,第 399 页。

② 语出《礼记·乐记》："文侯问于子夏曰：'吾端冕而听古乐,则唯恐卧。'"

③ （明）俞彦：《爱园词话》,见唐圭璋：《词话丛编》,北京：中华书局 2005 年版,第 401 页。

④ （明）陈子龙：《幽兰草词序》,见（明）陈子龙撰,孙启治校点：《安雅堂稿》卷 5,沈阳：辽宁教育出版社 2003 年版,第 73 页。

佻言"①以及"有俊逸之韵,深刻之思,流畅之调,秾丽之态"②的友人之词则大加赏赞。明清鼎革之际,贺裳《皱水轩词筌》刊行,直言"词有三忌",即:"一不可入渔鼓中语言,二不可涉演义家腔调,三不可像优伶开场时叙述。偶类一端,即成俗劣。"③所发之论正是以明词之"俗"弊作为鹄的。王又华《古今词论》引"西泠十子"之一张丹(字祖望)词论:"词虽小道,第一要辨雅俗,结构天成",并举"密约偷期,把灯扑灭,巫山云雨,好梦惊散"句,谓"字面恶俗,不特见者欲呕,亦且伤风败俗,大雅君子所不道也"④。同样列名"西泠十子"的沈谦,在《填词杂说》中论"作词要诀",称:"词要不亢不卑,不触不悖,蓦然而来,悠然而逝。立意贵新,设色贵雅,构局贵变,言情贵含蓄,如骄马弄衔而欲行,粲女窥帘而未出,得之矣。"⑤从中不难发现明清之际词坛审美风尚之转向。循此思路,清代词学在"崇雅"的道路上高歌猛进。先是经由浙西词派"必崇尔雅,斥淫哇"的理论倡导与创作实践,已达到"家白石而户玉田,春容大雅"⑥的程度;后有常州词派再掀狂潮,在论词主张上标举南宋,推崇姜张,追求醇雅清空。可以说,"崇雅"词论贯穿了整个清代。甚至可以认为,清代词学正是建立在对明词及明代词论"俗化"取向不遗余力地批判与矫正的基础之上。

纵览词学发展史程,"崇雅"观占据了绝对主流的位置,因而处于两宋与清代夹缝中的明代词论,其"黜雅崇俗"的主张就不免显得突兀和"另类"。也正因如此,它那有别于词学传统的审美取向和价值期待必然饱受讥弹。然而,当晚明词学家置身于俗文化勃兴的时代大潮,对传奇小说、时令小曲等通俗文学耳濡目染,亲身感受其直出肺腑、沁人心脾,以至举世传诵、令人目眩神迷的传播效应,他们发出"黜雅崇俗"的呼声,就不仅是情有可原,而且更是理所必然。时至今日,当古典审美理想早已成了明日黄花,而普通民众业已成为文化消费的主力军,倘若我们仍要承续古代文人的话头,人云亦云,抑或延续封建精英人士的思维模式,一味恪守"崇雅卑俗"的教条,对特

---

① (明)陈子龙:《三子诗余序》,见(明)陈子龙撰,孙启治校点《安雅堂稿》卷3,沈阳:辽宁教育出版社2003年版,第48页。
② (明)陈子龙:《王介人诗余序》,见(明)陈子龙撰,孙启治校点《安雅堂稿》卷3,沈阳:辽宁教育出版社2003年版,第48页。
③ (明)贺裳:《皱水轩词筌》,见唐圭璋:《词话丛编》,北京:中华书局2005年版,第711页。
④ (清)王又华:《古今词论》引张祖望词论,见唐圭璋:《词话丛编》,北京:中华书局2005年版,第605～606页。
⑤ (清)沈谦:《填词杂说》,见唐圭璋:《词话丛编》,北京:中华书局2005年版,第635页。
⑥ (清)朱彝尊:《静惕堂词序》,见施蛰存:《词籍序跋萃编》,北京:中国社会科学出版社1994年版,第543页。

定时期文学的"俗化"取向妄加非议,则无异于刻舟求剑,亦难免有掩耳盗铃之嫌。

　　对明代词论"雅俗观"的考察,有助于我们理解,明词特色所呈现的俗化元素,一方面是时代环境对词体创作潜移默化的熏陶,另一方面也是"崇俗黜雅"的审美取向向创作实践转化的产物。当然,这种审美取向本身也是时代风尚作用的结果。

第三章　明词词调研究

　　词调,即词的腔调,原指填词时所依据的乐谱。它源于曲调,是曲调的音声与搭配该曲调的文词相融合而定型的律调格式。在词可以付诸管弦并用以歌唱的唐宋时期,词调的韵律、节奏、长短、声情等,主要取决于曲调。但随着词乐演唱(演奏)方式的失传,各个词调就只是作为文字、音韵结构的定式了。然而,词经过长期的创作、传播,由宫调所赋予的音乐上的急或缓、哀或乐、柔媚或刚健、婉约或豪放,以及填词制曲的本事和习惯用法,使得很多词调在使用上具有了承袭性与选择性。

　　南宋杨缵曰:"作词之要有五:第一要择腔。腔不韵则勿作。"[1]词人创作,首先面临的问题就是"择调"。清代沈祥龙亦指出:"词调不下数百,有豪放,有婉约,相题选调,贵得其宜,调合,则词之声情始合。"[2]词人选择何种词调进行创作,一方面在于选题命意是否跟词调的声情相吻合,即所谓"腔韵""调合";另一方面也取决于词人对各种词调的熟悉程度。因此,通过填词择调情况来探求词人的创作风格、音乐素养、词学观念等,是词人个体研究的途径之一。同时,通过考察某一时段内词调使用情况以整体把握该时期词体创作状貌,这也成为词学研究的一种视角,并涌现出一些成功的研究范例。

　　王兆鹏教授曾据南京师范大学研制的《全宋词》计算机检索系统对宋词词调进行定量分析,借助客观数据论证"新调竞繁,词体大备,是宋词繁荣的另一标志"[3]这一观点,为我们从事金元明清词研究提供了方法论指导。鉴于明词研究已有《全明词》及《全明词补编》作为文献基础但至今尚无可供检索的电子资源,笔者将《全明词》及《全明词补编》中的 24373 首词作的词调、词题逐一录入计算机 excel 文档,继而归纳整合,对明词用调情况进行数据

---

①　(宋)张炎:《词源》卷下,见唐圭璋:《词话丛编》,北京:中华书局 2005 年版,第 267 页。
②　(清)沈祥龙:《论词随笔》,见唐圭璋:《词话丛编》,北京:中华书局 2005 年版,第 4060 页。
③　王兆鹏:《唐宋词史论》,北京:人民文学出版社 2000 年版,第 106 页。

分析,通过与唐宋词用调情况的比照,探讨明词选声择调的特点及其对唐宋词调的承袭与变异;通过对明词创作中几种常用且独具个性的词调的具体考察,以及对明代新增词调(自创调)的初步整理、辨析,探索明词在词调选用上的某些规律或特点,进而揭示明词由此显现的风格特色以及明人词学创作的主观意识和审美趋尚。

第一节　明词用调的承袭与新变

唐至北宋,是词体最富生机与活力的时期,表征之一就是词调的不断创制与翻新。南宋以降,词调创生的速度趋缓,词人创作主要承袭唐宋已有词调。而词人对词调的择取,既代表着词人个体的性情与偏好,合而观之,又可见时代词学风尚的因循与变化。明词用调必然是在沿用唐宋词调的基础上融入时代元素。参较唐宋词用调,明词用调的沿袭与变异皆可作为明代词学之风标,由此可见明代社会文化风尚以及明词特色之一斑。

一、明词词调统计与分析

《全明词》及《全明词补编》总共收录词作 24373 首,所用词调计 936 种,合并同调异名者后,尚余 668 种。这 668 种词调大部分创制于唐宋时期,但有 102 种未见于前代词作,是明人自创的词调。若以使用频率在 100 次及以上者为常用词调,那么,明词常用词调共计 57 种,按使用频率由高到低列表如下:

表 1　明词词调使用频率排行表

名次	词调(异名)	明词使用次数
1	蝶恋花(凤栖梧、黄金缕、卷珠帘、明月生南浦、菩提子、一箩金、鹊踏枝)	891
2	浣溪沙(小庭花、江南词)	783
3	菩萨蛮(花间意、联环结、菩萨鬘、巫山一片云、重叠金、叠叠金、飞仙曲)	669
4	念奴娇(百字令、酹江月、百字谣、赤壁词、大江东去、壶中天、壶中天慢、庆长春、赛天香、无俗念、湘月)	663
5	满江红	617
6	西江月(江月令、壶天晓)	585

(续 表)

名次	词调（异名）	明词使用次数
7	临江仙（庭院深深、谢新恩、雁后归）	573
8	满庭芳（潇湘夜雨）	541
9	望江南（滇春好、江南好、梦江口、梦江南、梦游仙、望江梅、忆江南、谢秋娘、忆江南曲、忆长安、灯市词）	525
10	鹧鸪天（归去好、华表鹤、锦鹧鸪、七花蚪、瑞鹧鸪、思归引、思佳客、玉鹧鸪）	515
11	如梦令（忆仙姿、宴桃源）	504
12	浪淘沙（卖花声）	471
13	踏莎行（柳长春）	441
14	沁园春（洞庭春色、寿星明）	435
15	清平乐（青年乐、忆萝月、醉东风）	398
16	南乡子（蕉叶怨、减字南乡子）	375
17	渔家傲（浣花溪、醉薰风）	372
18	减字木兰花	368
19	水调歌头（花犯念奴）	355
20	点绛唇（十八香）	352
21	长相思（青山相送迎、山渐青、长思令）	349
22	竹枝（西湖竹枝、蜀中竹枝词、秦淮竹枝、东吴竹枝、苏台竹枝、仙家竹枝、渔家竹枝、鸳湖竹枝、竹枝词）	318
23	忆秦娥（秦娥怨、秦楼月、山中乐、中秋月）	309
24	虞美人（一江春水、增字木兰花）	287
25	贺新郎（贺新凉、金缕曲、风瀑竹、金缕衣）	278
26	风入松（松风慢）	265
27	卜算子	258
28	选冠子（苏武慢、惜余春慢）	252
29	水龙吟（鼓笛慢、小楼连苑、庄椿岁）	247
30	玉楼春（江南弄、惜春容）	237
31	鹊桥仙	236
32	谒金门（垂杨碧）	222
33	阮郎归（碧桃春、醉桃源）	218
34	渔歌子（渔歌、渔父、渔父词）	218

（续　表）

名次	词调（异名）	明词使用次数
35	青玉案（一年春）	186
36	调笑令（调笑、调笑词、古调笑、宫中调笑、古调笑令、转应曲、转应词、三台令、古调转应曲）	166
37	生查子	164
38	喜迁莺（鹤冲天）	164
39	南歌子（风蝶令、南柯子、碧空月）	162
40	千秋岁	162
41	忆王孙（豆叶黄、锦缠带、怨王孙）	153
42	江城子（江神子）	152
43	行香子	149
44	一剪梅（玉簟秋）	144
45	柳梢青	143
46	采桑子（丑奴儿、丑奴儿令、罗敷令、罗敷媚）	141
47	桃源忆故人（虞美人影）	138
48	小重山	132
49	摸鱼儿（买陂塘、摸鱼子）	129
50	醉花阴	124
51	眼儿媚（秋波媚）	116
52	天仙子（万斯年）	116
53	木兰花慢	115
54	江南春	115
55	捣练子（深院月）	111
56	归朝欢	103
57	昭君怨（一痕沙、明妃怨、添字昭君怨）	100

对明词词调进行初步统计与分析，可得出如下结论：

第一，明代词坛并非似人们想象的那般贫瘠，九百余种词调虽无法与宋词相媲美（宋词计入同调异名者共计 1490 调[①]），却也足以呈现百花齐放、万紫千红的多彩风姿。假如以词调为着眼点，检视明词对前代词学遗产的承

---

① 据刘尊明、王兆鹏：《唐宋词的定量分析》，北京：北京大学出版社 2012 年版，第 117 页。

袭情况,则所谓"永乐以后,两宋诸名家词,皆不显于世,惟《花间》、《草堂》诸集,独盛一时"[1],或称明代"二百余年之天下,所为词,舍诚意伯、高青邱一二人外,皆《花间》、《草堂》之残渣余沥耳"[2]等论断显然有失公允。《花间集》包含词调75种,《草堂诗余》177种,其中23种为二集所共用,则《花》《草》共涉词调229种,而明词词调合并同调异名者后尚有668种。可见,明人所汲取的前代词学资源虽不及清人丰厚,但也绝非全然为《花》《草》这两部词选所笼罩。

第二,明词中,使用上述57种常用词调的词作共计17312首,占明词总数的71.03%;作品数量超过20首的词调共计158种,词作总量为22082首,占明词总数的90.60%;而全部668种词调中,使用次数在三次及以下者有320种,占比将近一半。其中,仅出现一次的"孤调"竟有206种。概言之,明人在词调的选择上趋于集中,一些声韵谐美、流传广泛的常用词调更容易获得词人的青睐。而一些"僻调"虽为个别作家偶尔染指,但已基本淡出了明人的词学视野。

第三,明词自创调虽在明代词调总量中占据不小的比重(102/668=15.27%),但若论词作比例,以自创调填写的词作仅160首,在明词中所占比重其实微乎其微(160/24373=0.66%)。以自创调填词,往往因传播范围有限、难以获得广泛认可而成为绝唱,传世作品不过一两篇。有时虽有可能在小范围内引发共鸣,如高濂《醉芦花》当为咏本题(芦花)之作,尔后,周履靖、陈孝逸复用该调,或如《支机集》词人以新创词调展开唱和,但多数情况下亦不过三四篇。至于杨慎首创《误佳期》一调,却能得到王屋、易震吉、彭孙贻、李渔、毛莹、沈谦等人的应和,调下词作达十首之多,这在明人自创调中实属一枝独秀。

第四,上述57种明代常用词调中,小令38种,占66.67%。其中《临江仙》有56字、58字、60字、62字等多种体式,故以小令、中调两计之;《江城子》《天仙子》皆有小令、中调二体;《喜迁莺》有小令、长调二体。即便除去这四种词调,则明代常用词调之中,小令尚余34种,仍然占到59.65%。而长调仅13种(且将《喜迁莺》计算在内),占22.81%。由此可见,明人作词更偏爱小令。倘若考虑到每种词调下的词作数量,则相比长调、中调,明词中的小令总量更是占有绝对的优势。

---

① 吴梅:《词学通论》,上海:复旦大学出版社2006年版,第107页。
② 陈声聪:《读词枝语》68,见孙克强、岳淑珍:《金元明人词话》,天津:南开大学出版社2012年版,第331页。

二、明词词调与唐宋词的比照

对于唐五代与宋词词调使用情况,谢桃坊《唐宋词调考实》一文结论如下:"宋词817调,其中沿用唐五代81调,宋人创调736调。宋词加上唐五代独用之34调,则唐宋词调总数为851调。"①刘尊明、王兆鹏《唐宋词的定量分析》一书②于第一章《唐五代词坛基本风貌的定量分析》专列《唐五代词集、词调的定量分析》一节,第三章《宋词繁荣昌盛气象的定量分析》专列《词调词体的成熟完备》一节,对唐五代和宋词用调情况予以细致剖析。这些研究都为我们了解唐宋词调提供了客观而详实的参考。鉴于《唐宋词的定量分析》作为专著,对唐宋词调所作统计更为详尽,不仅呈现了唐宋词用调的总量、调名,而且提供了每种词调的创作数量,因而本章在涉及明词用调与唐宋词的数据比照时,以该书作为依据,同时借鉴《唐宋词调考实》关于唐五代实用词调的研究成果。

据《唐宋词的定量分析》一书统计,中华书局版曾昭岷等新编本《全唐五代词》"正编"部分共收录性质确定的唐五代词1961首,所用词调总计176种(合并同调异名则为150种)③;以中华书局"增订本"《全宋词》为主体,辅以辑佚成果,共得宋词21126首,所用词调共计1490种(合并同调异名则为844种)④。这些统计成果的得出,为我们进行明代词调研究以及对明词与唐宋词用调情况的比对提供了依据。兹将表1所列明词使用率最高的57种词调在宋词以及唐五代词中的使用次数与排名进行对照,列表如下:

表2 明词常用词调与宋词、唐五代词使用情况对照表⑤

词调名	《全明词》及《补编》		《全宋词》		《全唐五代词·正编》		词调体式
	使用次数	使用频率排名	使用次数	使用频率排名	使用次数	使用频率排名	
蝶恋花	891	1	508	7	17	18	中调
浣溪沙	783	2	847	1	96	2	小令
菩萨蛮	669	3	606	5	86	3	小令

---

① 谢桃坊:《唐宋词调考实》,《文学遗产》2012年第1期,第68页。
② 刘尊明、王兆鹏:《唐宋词的定量分析》,北京:北京大学出版社2012年版。
③ 刘尊明、王兆鹏:《唐宋词的定量分析》,北京:北京大学出版社2012年版,第35、59页。
④ 刘尊明、王兆鹏:《唐宋词的定量分析》,北京:北京大学出版社2012年版,第104、117页。
⑤ 该表中关于宋词的数据来源于刘尊明、王兆鹏:《唐宋词的定量分析》,北京:北京大学出版社2012年版,第118~122页;有关唐五代词的数据见同书第52~59页。

（续　表）

词调名	《全明词》及《补编》		《全宋词》		《全唐五代词·正编》		词调体式
	使用次数	使用频率排名	使用次数	使用频率排名	使用次数	使用频率排名	
念奴娇	663	4	620	4	0		长调
满江红	617	5	549	6	0		长调
西江月	585	6	499	8	5	49	小令
临江仙	573	7	486	9	34	8	小令/中调
满庭芳	541	8	352	15	0		长调
望江南	525	9	233	25	753	1	小令
鹧鸪天	515	10	703	3	1	107	小令
如梦令	504	11	196	28	5	49	小令
浪淘沙	471	12	187	32	19	17	小令
踏莎行	441	13	218	26	0		小令
沁园春	435	14	444	10	0		长调
清平乐	398	15	361	14	23	13	小令
南乡子	375	16	205	27	28	9	小令
渔家傲	372	17	309	18	1	107	中调
减字木兰花	368	18	442	11	0		小令
水调歌头	355	19	771	2	0		长调
点绛唇	352	20	391	13	1	107	小令
长相思	349	21	113	48	8	38	小令
竹枝	318	22	0		25	12	小令
忆秦娥	309	23	139	41	2	79	小令
虞美人	287	24	308	19	23	13	小令
贺新郎	278	25	439	12	0		长调
风入松	265	26	66	64	0		中调
卜算子	258	27	239	23	0		小令
选冠子	252	28	33	93	0		长调
水龙吟	247	29	312	17	0		长调
玉楼春	237	30	328	16	11	31	小令
鹊桥仙	236	31	184	33	0		小令

（续　表）

词调名	《全明词》及《补编》		《全宋词》		《全唐五代词·正编》		词调体式
	使用次数	使用频率排名	使用次数	使用频率排名	使用次数	使用频率排名	
谒金门	222	32	234	24	17	18	小令
阮郎归	218	33	183	34	4	60	小令
渔歌子①	218	33	100	53	41	5	小令
青玉案	186	35	138	43	0		中调
调笑令	166	36	74	62	10	34	小令
生查子	164	37	181	35	17	18	小令
喜迁莺	164	37	109	50	11	31	小令/长调
南歌子	162	39	260	21	27	10	小令
千秋岁	162	39	71	63	0		中调
忆王孙	153	41	43	76	0		小令
江城子	152	42	191	29	14	23	小令/中调
行香子	149	43	60	68	0		中调
一剪梅	144	44	62	66	0		中调
柳梢青	143	45	188	31	0		小令
采桑子	141	46	175	36	17	18	小令
桃源忆故人	138	47	56	69	0		小令
小重山	132	48	116	46	6	45	小令
摸鱼儿	129	49	139	42	0		长调
醉花阴	124	50	35	83	0		小令
眼儿媚	116	51	91	55	0		小令
天仙子	116	51	29	100	11	31	小令/中调
木兰花慢	115	53	160	37	0		长调

---

① 关于此调,《唐宋词的定量分析》一书第 52 页《唐五代词调各调创作数量一览表》分列《渔父》(29 首)、《渔歌子》(12 首)两调,第 118 页《宋代常用词调的名称、体式及词作数量一览表》则列词调正名为《渔父》(100 首)。万树《词律》则以《渔歌子》作为词调正名,以《渔父》为异名。卷一所列《渔歌子》词调下注曰:"二十七字　又名渔父",以张志和"西塞山前白鹭飞"一首为正体,举孙光宪双调五十字"泛流萤"一首为"又一体"(上海古籍出版社 1984 年版,第 69 页);《康熙词谱》亦将二词作为同一调看待。宋词延续了张志和单调体体式,而摈弃了双调体;明代使用该调则两体兼而有之,且在调名的使用上,《渔歌子》《渔歌》《渔父》《渔父词》等混用,故本书仍《词律》《康熙词谱》之例,视《渔歌子》《渔父》为同调异体。

（续　表）

词调名	《全明词》及《补编》		《全宋词》		《全唐五代词·正编》		词调体式
	使用次数	使用频率排名	使用次数	使用频率排名	使用次数	使用频率排名	
江南春	115	53	0		0		长调
捣练子	111	55	32	94	12	27	小令
归朝欢	103	56	16	151	0		长调
昭君怨	100	57	33	91	0		小令

由上表可知，明词常用的 57 种词调，除《江南春》之外，其余皆是承袭唐五代或宋代创制的词调，且以宋词词调为主。再除去《竹枝》，另外 55 种词调俱可见于宋词，且大部分亦为宋词常用词调。《全宋词》未收《竹枝》，并不代表宋代没有《竹枝》作品存在，实际上，《全宋词》的编者根本就没将《竹枝》视作词调。至于《江南春》是否当属词调，亦存有争议。所以，《竹枝》《江南春》不见于宋词却在明代大放异彩的现象，并不意味着明代词调的创新，而是代表了不同时代的词人或词学家个体对词与词调所持观念、态度以及评判标准的差异。相比宋词，唐五代词调一方面数量有限，另一方面，它对后世的影响也相对微弱。据谢桃坊先生统计，创自唐五代而至宋代失传的词调共有 34 种①。它们中的绝大部分在明代也未能起死回生。可见，明代词人在作词择调方面主要是沿袭宋词谱系，但对唐五代词也在一定程度上有所回归。

三、明词择调对宋词的承袭

北宋时期，"新声竞繁"，词调的创制进入鼎盛阶段。此后，词调更新的脚步渐趋缓慢。南宋以后，由于词乐失传，词的创作与传播场域发生巨大改变，从理论上讲，词调的创制已失去了依据，所谓"新翻曲""自度曲"，往往很难获得后人的认可与共鸣。唐宋时期所创词调是词体文学最重要的资料渊薮，明词 24373 首，除去使用自创调填写的 160 首以外，其余 24213 首基本上都是对唐宋词调的承袭。如若对宋、明两代常用词调进行对比分析，不难发现，明人在词调选择的倾向性上与宋人极为相似。

首先，从词调使用频率排名来看，明词排在前 57 位的词调有 42 种在宋词中亦居于前 57 名之列。宋人使用次数最多的 10 种词调依次为《浣溪沙》

---

① 谢桃坊：《唐宋词调考实》，《文学遗产》2012 年第 1 期，第 66 页。

《水调歌头》《鹧鸪天》《念奴娇》《菩萨蛮》《满江红》《蝶恋花》《西江月》《临江仙》《沁园春》，它们在明代依然保持了较高的出场频次，均位列前 20 名，且仅有《水调歌头》《沁园春》二种跌出了明词前十的阵列。不少词调在明代的使用率排名跟在宋代的位次非常接近，如《浣溪沙》《菩萨蛮》《念奴娇》《满江红》《西江月》《临江仙》《清平乐》《渔家傲》《鹊桥仙》《阮郎归》《生查子》《小重山》几种，名次波动不大，均在 ±2 范围内，而《念奴娇》在明代的位次甚至跟宋词分毫不差。假如将考察范围进一步扩大，就会发现，明词中，作品数量超过 20 首的 158 种词调，除《江南春》《竹枝》存在特殊性、《天净沙》是将曲牌误作词调以外，其余 155 种都是承袭宋词使用过的词调。而明词自创调中，知名度最高的莫过于杨慎《误佳期》，但也仅有 10 篇作品传世。明人跨越宋词，接续唐五代创制而未被宋词沿用的词调虽达 22 种之多[①]，但创作数量有限，其中《思帝乡》一调最受追捧，然词作数亦不过 16 首。

　　当然，从表 2 中不难看出，明词使用频率最高的《蝶恋花》词调，其位次波动较大。而实际上，《蝶恋花》在明代的异军突起存在极大的偶然性，因为其中仅题咏"寓山十六景"之作即多达 273 篇。崇祯十年（1637）前后，祁彪佳在故乡山阴构筑私家别墅寓山园，于园中拟定十六处景观，广征天下名士题咏之作，并将其中词作衷辑为《寓山十六景诗余》，有崇祯间稿本，《全明词补编》即据该本辑录了大量未见诸各家别集的词作。可以说，以诗余形式题咏寓山园十六处景观，这是一次有计划、成规模的词坛唱和行为，因为不仅主题内容具有明确的指向性，而且还规定了基本形式，即以《蝶恋花》为调。这种带有文人交游、竞技性质的集体唱酬，虽然首唱时对词调的选择具有较大的主观能动性，但形式一定确定，后续的大量作品，往往因袭性超过独创性，游戏竞技的成分多过真情实感的流露，于是，后继者虽以《蝶恋花》为调，却并非出于自主选择的结果。因此，对这二百余首《蝶恋花》题咏寓山十六景词，与其从词调的角度加以考察，不如从社会文化层面进行分析更为恰当。如果去掉这 273 篇作品，那么，《蝶恋花》在明词中无论是使用次数还是排名，就都跟宋词相差无几了；而《浣溪沙》不管是在宋代还是明代，都当之无愧地成为最受词人欢迎的词调。

　　《浣溪沙》在宋明两代词坛皆能独占鳌头，绝非纯粹出于巧合，因为它在唐五代词调使用率排行榜上一样高居榜首[②]。我们不禁惊诧：某些看似巧合

---

① 具体分析见下文。

② 据白静、刘尊明《唐宋词调之冠——〈浣溪沙〉初探》一文，见《湖北大学学报（哲学社会科学版）》2004 年第 2 期，第 200～202 页。

或偶然的背后,实则隐藏着一些规律或必然的存在,正等待着我们别辟蹊径,从而得以探幽揽胜。《浣溪沙》之所以能成为唐五代、宋、明词调之冠,自有其独特的体性特征和艺术魅力,《唐宋词调之冠——〈浣溪沙〉初探》一文归结为:曲调曲体所体现的轻灵与婉转之美;形体结构所呈现的整饬与变化之美;对偶句式所代表的画龙点睛之美①。而《浣溪沙》所具有的这些优势与魅力是否还会继续在清词中发挥作用呢? 这似乎也是一个值得我们去探赜索隐的问题。

其次,从词调的使用次数来看。考虑到计入统计的明词共计 24373 首,是宋词 21126 首的 1.154 倍,则同一词调在明词与宋词中使用次数基本相当的有:《菩萨蛮》《念奴娇》《满江红》《西江月》《临江仙》《清平乐》《渔家傲》《卜算子》《鹊桥仙》《阮郎归》《小重山》《眼儿媚》。这几种词调在明词中的使用次数相比其在宋词中的次数乘以系数(1.154),增减幅度都在 10% 以内。而这些词调在明词和宋词中各自的使用率排名同样波动不大。

综上所述,宋人偏爱的一些词调同样获得了明人的青睐。尽管词人个体在选声择调方面可能存在偏嗜,或者在短时期内词调的运用会出现较大偏差,但从长远来看,一个时代词人的群体选择具有极大的承袭性与连贯性。明人在填词择调之际,自然不会刻意去考证宋人对待每一种词调的态度,而只是凭主观感觉选取一个既方便传情达意又能得心应手的词调。然而这种"集体无意识"却构成一种"群体的选择",无意间已触动了词学发展过程中的某些规律与法则。这种承袭性或连贯性使得词学演进脉络清晰而又有迹可循,虽个性卓荦却不偏离共性,量变的同时又维系着质的稳定性,由此构成代际传承过程中相对稳固的词学系统。

四、明词用调所呈现的新变

明人对词调的择取在继承的基础上又有所翻新,主要表现为两种形式:一是明人在沿用唐宋已有词调时,在创作数量、体式取舍、应用范围等领域多有更张;二是明人的自创调。此处主要针对前者,且仍以宋词为参照系。至于第二种形式,本章第三节再作研讨。

(一) 此消彼长——词调使用率排名的波动

一方面,跟明人擅作小令的气质类型、词学复古思潮以及俗文化勃兴的时代大潮相对应,不少词调无论是使用次数还是使用率排名都有明显起伏,

---

① 白静、刘尊明:《唐宋词调之冠——〈浣溪沙〉初探》,《湖北大学学报(哲学社会科学版)》2004 年第 2 期,第 201～202 页。

主要表现为长调式微、小令攀升以及包含民歌元素的短章小调大量涌现等情况。

　　如表 2 所示,《望江南》《如梦令》《浪淘沙》《踏莎行》《南乡子》《水调歌头》《长相思》《忆秦娥》《贺新郎》《风入松》《选冠子》《水龙吟》《玉楼春》《渔歌子》《调笑令》《喜迁莺》《南歌子》《千秋岁》《忆王孙》《江城子》《行香子》《一剪梅》《柳梢青》《桃源忆故人》《醉花阴》《天仙子》《木兰花慢》《捣练子》《归朝欢》《昭君怨》这 30 种词调使用率位次的波动均在十位以上。在上述起伏较大的 30 种词调中,明词位次相较宋词呈上升趋势的有 22 种,其中小令 16 种,中调 5 种,而长调仅 3 种[①],即《选冠子》《喜迁莺》《归朝欢》。然而这三种词调使用频次的激增,并不意味着明人对其内在体式更感兴趣,而仅仅在于调名本身的字面意义或者前代创作传统的惯性延展使其成为专调专用的特殊形式,对此,下文将作进一步辨析。明词位次相比宋词呈下降趋势的有 8 种,其中《水调歌头》《贺新郎》《水龙吟》《木兰花慢》四种皆为长调,且《水调歌头》由宋词使用 771 次跌至明词 355 次,《贺新郎》由 439 次跌至 278 次,起伏变化尤为显著。

　　假如以宋词常用词调作为着眼点,似乎更能说明问题。宋词使用 100 次及以上的常用词调共 54 种,其中《好事近》(宋词数量:明词数量＝301:86,下同)、《朝中措》(259:69)、《蓦山溪》(189:67)、《洞仙歌》(155:68)、《诉衷情》(154:66)、《一斛珠》(141:71)、《八声甘州》(126:51)、《瑞鹤仙》(120:45)、《齐天乐》(116:78)、《感皇恩》(111:45)、《醉蓬莱》(107:79)、《霜天晓角》(100:56)这几种词调都已跌出明代常用词调的行列[②]。其中《洞仙歌》《八声甘州》《瑞鹤仙》《齐天乐》《醉蓬莱》五种俱属长调。此外,前文已指出,表 1 所示明代 57 种常用词调中,小令 38 种,占 66.67%,且明代使用频次增幅明显(200 首以上)的《望江南》《如梦令》《浪淘沙》《踏莎行》《长相思》五种词调,包括宋词未选而明词中列 22 位的《竹枝》,以及宋代较少运用但却跻身明代常用词调榜单的《渔歌子》《调笑令》《忆王孙》《桃源忆故人》《醉花阴》《眼儿媚》《天仙子》《捣练子》《昭君怨》等,皆为短歌小令,且其中有不少都带有古调、民歌色彩。

　　此种现象首先印证了某些学者提出的明人长于小令而长调式微的论

---

　　①　其中《喜迁莺》分别以小令、长调两计之,《天仙子》分别以小令、中调两计之。
　　②　此外,宋词中还有《导引》一类,据《唐宋词的定量分析》一书,列其作品数量为 102 首,又另列《法驾导引》一调,作品数量为 17 首(见第 119、121 页)。明词因体制的差异,只沿袭了其中的《法驾导引》,故此处未将《导引》计算在内。

断,表现出明人对小令的偏嗜。由于"长调尤为聱牙,染指较难"①,故而"今人既不解歌,而词调染指,不过小令中调"②,对于并不精通词体格律且崇尚"才情"的明人而言,较多地选择更易上手且"备极情文,而饶余致"的小令,实为扬长避短的明智之举;其次,这正符合明人以"柔情曼声"为词体当行本色③的审美定位与价值追求。沈雄《古今词话》引《梅墩词话》曰:"词贵柔情曼声,第宜于小令。若长调而亦喁喁细语,失之约矣,惟沉雄悲壮,情致聱牙,方为合作。"④"柔情曼声"固然适宜用小令表达,而明人偏爱小令的创作习惯更在一定程度上强化了明词的"柔情曼声",这跟清初词坛唱和多用长调并呈现"沉雄悲壮"的风格恰好构成鲜明的对比;再者,它也契合了明代词论视北宋词为正则的理论诉求。正像晚明顾梧芳所认为的,词体之失之所以"在于宣和已还",是由于"方厥初新翻小令,犹为警策,渐绎中调,即已费辞,奈何殚曳茧丝,牵押长调"⑤;最后,它还反映出明代词人置身于民歌时曲等俗文化勃兴的时代浪潮中,在甄选创作内容与形式时所受到的潜移默化的影响。

例如《竹枝》,本为唐声诗之名。郭茂倩《乐府诗集》云:"《竹枝》本出于巴渝。唐贞元中,刘禹锡在沅湘,以俚歌鄙陋,乃依骚人《九歌》作《竹枝》新辞九章,教里中儿歌之,由是盛于贞元、元和之间。"⑥《花间集》录孙光宪所作二首,《尊前集》录刘禹锡、皇甫松等人之作。《全宋词》不以其为词调而未收。到了明代,《竹枝》风靡大江南北,且为众多词别集、选本所收录。明人借用《竹枝》的民歌体式,变凄苦怨咽之音⑦为清新活泼的时曲小调,并抹去其起于巴渝、盛于沅湘的地域特征,有些干脆在"竹枝"二字前加上"西湖""秦淮""苏台""东吴"等区域定语,使其成为放之四海而皆准的诗体模式;或者于"竹枝"前加上"渔家""仙家"等,使之更贴合作品的题材与内容。其他

---

① (明)俞彦:《爱园词话》,见唐圭璋:《词话丛编》,北京:中华书局2005年版,第401页。
② (清)王又华:《古今词论》引俞仲茅语,见唐圭璋:《词话丛编》,北京:中华书局2005年版,第598页。
③ (明)何良俊《草堂诗余序》:"然乐府以皦劲扬厉为工,诗余以婉丽流畅为美。即《草堂诗余》所载,如周清真、张子野、秦少游、晁叔原诸人之作,柔情曼声,摹写殆尽,正辞家所谓当行、所谓本色者也。"见《何翰林集》卷8,明嘉靖四十四年何氏香严精舍刻本,《四库全书存目丛书》集部第142册。
④ (清)沈雄:《古今词话》词品上卷,见唐圭璋:《词话丛编》,北京:中华书局2005年版,第837页。
⑤ (明)顾梧芳:《尊前集引》,见唱春莲校点:《尊前集》卷首,沈阳:辽宁教育出版社1998年版,第64页。
⑥ (宋)郭茂倩:《乐府诗集》卷81,北京:中华书局1979年版,第1140页。
⑦ 吴熊和:《吴熊和词学论集·选声择调与词调声情》,杭州:杭州大学出版社1999年版,第21页。

如《望江南》《长相思》《如梦令》《调笑令》《渔歌子》《忆王孙》等,亦多为二三十字的短章小令,思致流转,轻盈灵活,特别适合表现伤春、怨别、相思、闺绪等主题。形式服务于内容,配合明代后期"主情"的词学思潮以及"宛转绵丽,浅至儇俏"[1]的词学审美定位,明人运用这些词调也就尤为得心应手。[2]

另一方面,在明词长调、中调式微而小令攀升的总体趋势下,也有某些"特例"的存在。如长调《念奴娇》使用频率的稳定、《满江红》《满庭芳》位次的提升,以及《风入松》《选冠子》《喜迁莺》《千秋岁》《行香子》《一剪梅》《归朝欢》这几种中调、长调的频繁使用。而这些"例外"也恰恰是明词特色与新变的具体表征。

《念奴娇》获得明人的追捧很大程度上要归功于苏轼《念奴娇·赤壁怀古》一词所产生的品牌效应。据本书第五章针对明代追和词存在状态的考察,该词在明代共获得 49 人、153 次追和,居明词追和的"热点"词作之首。尤其值得关注的是嘉靖年间以夏言为核心的台阁词人群体的赓酬唱和。曾为内阁首辅的夏言对《念奴娇·赤壁怀古》一词极为推崇,仅见存于《夏桂洲先生文集》或《赐闲堂词》中的次韵篇什就多达 36 首。一时间,《念奴娇》词调在该群体之中被赓和叠咏,从而形成一种"气场",并反作用于原作,进一步提升了原作的知名度,强化了后人对该词调的熟悉程度。可见,"经典"不仅具备传播或接受学价值,而且对各个时期的当下文学同样具有引领或激励的功能。说到这里,我们不禁生发联想:苏轼的另一经典名篇《水调歌头》(明月几时有)在"唐宋词知名度排行榜"中位列第三,仅次于《念奴娇·赤壁怀古》及秦观《满庭芳》(山抹微云),并且在 43 种古今词选中入选频率甚至超过《念奴娇·赤壁怀古》[3],那么,为何该词在明代未能形成广泛的追和效应进而提升《水调歌头》一调的地位呢?个中原因其实是多方面的。首先,词人与词学家手中的"尺子"往往并不统一,文学创作与文学鉴赏本就"殊途"却不见得总能"同归"。其次,《念奴娇·赤壁怀古》自宋南渡前后就被叶梦得、胡世将次韵追和,随后,蔡松年、辛弃疾、元好问、刘辰翁、文天祥、白朴等人不断以追和之作强化了原唱的品牌效应,和作与原作相映生辉,彼此叠加并相互增重,进而形成一种传统、惯例,或者说是一种思维定势,当后世作者意欲借鉴古人词作以抒怀达意或一较高下之时,首先想到的或许就是苏轼及其《念奴娇·赤壁怀古》。再者,尽管词学发展具有客观性与规律性,但

---

① 　(明)王世贞:《艺苑卮言》,见唐圭璋:《词话丛编》,北京:中华书局 2005 年版,第 385 页。
② 　关于《竹枝》《长相思》《调笑令》等词调的具体统计分析,可参见本章第二节"文化生态视域下明词特殊词调考论"。
③ 　王兆鹏:《唐宋词史论》,北京:人民文学出版社 2000 年版,第 110 页。

个别偶然性人物或事件的出现亦能局部地改造词坛风貌,甚至在一定程度上扭转词学前进的方向,比如苏轼对整个词史的影响,夏言对明嘉靖词坛面貌的塑造。

而《满庭芳》《喜迁莺》《归朝欢》等词调在明代的流行,很大程度上得力于明词的功能化取向,尤其是明代中后期帐词的兴盛,而这些词调名称字面上的喜庆吉祥元素恰恰迎合了此种趋势。在明代,词体挣脱了"艳科"的功能定位,题材内容被无限泛化,特别是弘治至嘉靖词坛,充斥着大量世俗、应酬之作,举凡寿诞、婚姻、入觐、膺奖、科举高中、官职升迁等等,皆可用词作为贺赠工具,甚至直接以帐词形式呈现。应对这些场合,作家在择取词调时自然更倾心于那些好听并且寓意吉祥的调名,至于词调内在的声情属性反倒无关紧要。于是,以上这些词调也就脱颖而出了。①

至于长调《苏武慢》、中调《千秋岁》使用频次的激增,则是由明词"专调专用"的特点所决定的。

(二) 专调专用——部分词调应用领域的模式化

词在晚唐五代,取材通常围绕酒筵歌席、绣帏闺房。此后,堂庑渐大,表现内容也日趋丰富,最终达到无事无意不可入词的地步。同时,多数词调在题材表现上也并非墨守本义或拘泥于一隅,而是呈现使用范围泛化的趋势。然而时至明代,在历史积淀与时代熏陶的双重作用下,部分词调的应用领域逐渐定型,出现了某些尤能体现明词特色、专调专用的特殊情况。

例如《苏武慢》,亦名《选冠子》,双调 111 字。宋词中,《苏武慢》仅见朱敦儒、蔡伸、侯寘、陆游、辛弃疾之作各一首。金元时,全真冯尊师作《苏武慢》二十篇,前十篇道遗世之乐,后十篇论修仙之事②,元代虞集曾追和十二首,同被彭致中收入《鸣鹤余音》。元末凌云翰又追和虞集词作,明代再有姚绶、林俊、祝允明、陈霆、夏言、刘节、王屋等人的追和之作,且大多是以追和虞集十二首组词的形式出现。《苏武慢》俨然成为言心性、明禅理的专用词调,乃至冯尊师"试问禅关"一词直接被吴承恩借用,作为《西游记》第八回《我佛造经传极乐　观音奉旨上长安》的开场词。可以说,《鸣鹤余音》及随后的追和之作推广并逐渐定型了《苏武慢》的调式,使之成为明人发抒性理的习用词调。明词中以《苏武慢》为调名的词作就达 222 首之多。③

---

① 关于这几个词调的具体统计分析,可参见本章第二节"文化生态视域下明词特殊词调考论"。

② (元)虞集:《鸣鹤余音序》,见唐圭璋编《全金元词》,北京:中华书局 1979 年版,第 864 页。

③ 关于《苏武慢》词调的具体统计分析,可参见本章第二节"文化生态视域下明词特殊词调考论"。

又如《西江月》。据张仲谋师《明代话本小说中的词作考论》一文,明代话本小说集"三言""二拍"中总共出现词作 182 首,其中寄调《西江月》的有 43 首。而在话本小说中,除去以小说中人物名义所写的"人物之词"以外,用于卷首卷尾敷衍大义或描写中"有词为证"的 60 首"客观之词",寄调《西江月》者共 31 首,占到一半以上。《西江月》一调在明代话本小说中的普遍应用,一来取决于该词调自宋代至明代词人逐渐建立起来的感慨说理的创作范式,二来也受到明代杨慎通俗文学《廿一史弹词》创作实践的直接影响,此外,也跟该词调的节奏类型有关。《西江月》在明代话本小说以及"自在自为"的明词中用以表达世俗化的人生哲理,此种用法业已成为明人约定俗成的思维定势。①

再如《千秋岁》。《能改斋漫录》云:"京师僧念《梁州》、《八相》、《太常引》、《三皈依》、《柳含烟》等,号'唐赞',而南方释子作《渔父》、《拨棹子》、《渔家傲》、《千秋岁》唱道之辞。"②可见,《千秋岁》原本是作为传教佛曲。北宋时,该词调常抒写伤春、闺怨之情,典范作品如张先"数声鶗鴂"、秦观"水边沙外"等。直至南渡前后,朱敦儒、周紫芝始将其用于贺寿。而在明代 162 首《千秋岁》词中,贺寿篇什占到一半以上,俨然形成专调专用的固定模式。③

(三)隔代继承——对唐五代"古调"的回归

词虽"始于唐,衍于五代",却"盛于宋"④,两宋是词体文学生命力最旺盛、创作最活跃、体制最完备的黄金时期。宋人尽管在一定程度上借鉴了唐五代词的律调格式,但其主要还是将词作为最富魅力的"当代文学",进取多于因循,创新多于承袭。具体到词调的创制上,两宋也是词调更生最活跃的时期。词体所依之乐的流行是词调创新的源头活水。"是处楼台,朱门院落,弦管新声腾沸"⑤,"风暖繁弦脆管,万家竞奏新声"⑥,"新声巧笑于柳陌花衢,按管调弦于茶坊酒肆"⑦,"新声"的魅力无疑是巨大的,而宋人对"新

---

① 张仲谋:《明代话本小说中的词作考论》,《明清小说研究》2008 年第 1 期,第 202 页。另,关于《西江月》词调的具体统计分析,可参见本章第二节"文化生态视域下明词特殊词调考论"。

② (宋)吴曾:《能改斋漫录》卷 2,《丛书集成初编》本,北京:中华书局 1985 年版,第 33 页。

③ 关于《千秋岁》词调的具体统计分析,可参见本章第二节"文化生态视域下明词特殊词调考论"。

④ (清)高佑釲:《湖海楼词序》,见陈乃乾:《清名家词》,上海:上海书店 1982 年影印本。

⑤ (宋)柳永:《长寿乐》,见唐圭璋编纂,王仲闻参订,孔凡礼补辑:《全宋词》,北京:中华书局 1999 年版,第 50 页。

⑥ (宋)柳永:《木兰花慢》,见唐圭璋编纂,王仲闻参订,孔凡礼补辑:《全宋词》,北京:中华书局 1999 年版,第 60 页。

⑦ (宋)孟元老:《东京梦华录序》,见(宋)孟元老著,邓之诚注:《东京梦华录注》,北京:中华书局 1982 年版,第 4 页。

声"的热情则成为新的词调生生不息的源动力。所以在宋词所使用的817种词调中,沿用唐五代词的仅81调,而新创之调竟达739种之多①。

时至明代,戏曲小说的勃兴以及民歌小曲的风行转移了文学受众尤其是市民阶层的审美趣味和文化需求。时移俗易,词乐已杳不可寻,词被排挤出时尚文学的舞台,纳入"古典文学"范畴,成为供文人书斋消遣的案头文学形式。因此,明代前中期词人只能亦步亦趋地承接着宋词余绪,"守成"尚且不易,遑论"突破"与"创造"。

但至嘉靖时期,词学经由前期的酝酿,终于萌生出相对明确的意识和主动选择的态度。词人不再止步于词体惯性运动的自发状态,而是将词学接受的视野跨过宋词,投向更遥远的年代,将作为词体发源地的唐五代也一同纳入词学传统,跟宋词等量齐观。其具体做法之一,就是在词调的择取上,明词呈现出向唐五代词"古调"回归的"隔代继承"趋势。

明词用调的"隔代继承"又可分为两种情况:一是使用创制于唐五代而在宋代失传的词调;二是在沿用唐五代与宋代通用的某些词调时,选择了唐五代所用而宋代未用的特殊体式。

据谢桃坊先生统计,唐五代实用词调115种,其中被宋人沿用的有81种,唐五代独用者34种②。当然,所谓"独用",置于唐宋词研究范畴是成立的,但倘若拓展至整个词史就不确切了,因为单是在明代,这34种未被宋词采纳的唐五代词调中就有22种经由明人之手而重获新生。它们在明词中创作情况如下:

思帝乡16(杨仪、郭琦、万寿祺、于范、调御、商景兰、钱肃乐3、李渔2、史可程、沈亿年、曹元方、赵炳龙、王昙影)③

渔歌子13(方凤、周履靖5、李日华、吴鼎芳、王屋、方以智、万惟檀、屈大均、王昙影)

满宫花12(杨徵、莫秉清、归淑芬、沈静筠、杨宛2、徐士俊、叶小鸾、陆宏定、屈大均、黄媛贞2)

摘得新12(唐世济2、彭孙贻、吕福生、金堡3、蒋平阶2、沈亿年、沈英节、孙蕙媛)

醉花间11(方凤、杨仪2、周履靖、商景兰、周积贤2、吴景旭、屈大均、张学仪、翁吉爝)

---

① 谢桃坊:《唐宋词调考实》,《文学遗产》2012年第1期,第68页。
② 谢桃坊:《唐宋词调考实》,《文学遗产》2012年第1期,第66页。
③ 首列词调名,随后数字为使用该词调的明词总数,括号内的人名和数字分别代表使用该调进行创作的明代词人及创作数量,不标数字则表示只有一首。下同。

遐方怨 10（高濂、唐世济 2、吴熙、潘炳孚、薛敬孟、沈亿年、曹元方、石庞、沈贞永）

恋情深 8（朱翊钲、周履靖、彭孙贻、陆宏定、万惟檀、蒋平阶、沈亿年、翁吉燝）

甘草子 7（王世贞 4、黄承圣、屈大均、吴棠祯）

望江怨 7（范沨、杨宛、吕福生、潘炳孚、薛敬孟、曹元方、孙蕙媛）

蕃女怨 7（潘炳孚 2、蒋平阶 2、沈亿年、蒋无逸、何月儿）

薄命女 7（陈霆、周履靖、吴鼎芳、曹元方、顾之琼、孙兰媛、杨琇）

柳含烟 4（徐士俊、朱一是、屈大均、王潞卿）

上行杯 3（周积贤 3）

西溪子 3（杨宛、沈亿年、钟青）

后庭宴 3（李渔、沈谦、曹元方）

黄钟乐 3（朱翊钲、潘炳孚、万惟檀）

凤楼春 3（程有学、李达、屈大均）

杏园芳 2（李渔、金是瀛）

金浮图 2（恽格、王翃）

金错刀 2（杨仪、丁焊）

纱窗恨 1（屈大均）

麦秀两歧 1（俞彦）

以上 22 种词调，有些即便是在唐五代也属孤调，如《望江怨》《后庭宴》《黄钟乐》《凤楼春》《杏园芳》《金浮图》《麦秀两歧》，它们各自仅以单篇作品传世，且久已被宋人遗忘，倘若遵循词史发展的自然进程，成为一代"绝唱"的命运似乎在所难免。然而明人却暂时偏离了词史行进的正常轨迹，回顾并尝试性踏入更偏僻且几近荒芜的词学园囿。而且不难发现，上述择取古调进行创作的词人，虽有偶然涉足的情况，但亦不乏频繁出场者，如蒋平阶、周积贤、沈亿年等《支机集》词人，以及杨仪、曹元方、周履靖、屈大均、李渔、潘炳孚等，这不得不说是一种有意识的模仿行为或主观的价值选择。

除了择取创制于唐五代而在宋代失传的词调，明代尤其是明代后期词人，在选用唐五代与宋代通用的某些词调时，也出现了"隔代继承"的现象，即在一定程度上越过两宋，远挑词调在唐五代时的初始形态，从而显现出在词调运用方面相对于宋词的某些新变。而这一现象实际展现的是明人对待词体观念上的复古心态。试以下列词调简论之。

1.《江城子》　《花间集》中，《江城子》调下存韦庄、张泌词各二首，均为 35 字体，牛峤词二首，35 字、37 字体各一，欧阳炯词一首，36 字体，皆是单调小令。万树《词律》卷二《江城子》35 字体引牛峤词后注:"此唐调也,宋词俱加后叠……而宋词俱依后所载谢无逸体矣,作双调者,勿误。"①万树所言基本属实,却也并非不刊之论,因为北宋张先《江城子》二首即为 35 字单调体②,除此以外,现存宋词中《江城子》俱为"加后叠"的双调体。明人所作 152 首《江城子》《江神子》亦多用宋人双调体,但杨宛(5)③、朱翊𨯏(3)、冯弦(2)、静照、曾灿之作却采用了 35 字单调小令体。

2.《喜迁莺》 此调分小令、长调二体。《花间集》中,薛昭蕴(3)、韦庄(2)、毛文锡之作皆为 47 字小令体。宋初夏竦、晏殊、杜安世使用该调亦作小令体,但自蔡挺(1014—1079)以后,宋人基本用作长调体。《草堂诗余》所录康伯可、吴子和、胡浩然、无名氏四作皆为长调体。明人使用该调亦分二体,有趣的是,用作酬赠之词多采用长调体,而小令体则多用于闺情、摹景之类题材。如夏言曾作五首《喜迁莺》词,其中四首为长调,皆属应酬之作,分别题作"赠汪东峰中丞巡抚江西","次康伯可贺费清湖初度","题一品当朝图寄贺张静峰","贺吴太府华诞";另余一首为小令体,题名"初夏"。此外,夏言又有《鹤冲天·初夏二阕》(《鹤冲天》乃《喜迁莺》别名,因韦庄《喜迁莺》词有"争看鹤冲天"句而得名),亦为小令体。朱翊𨯏有《喜迁莺》二首,小令与长调各一,小令题名"春霁",并于题后标注"此系《花间集》体";长调题作"为德安氏仲侄二月十五日五旬寿诞作"。看来,明人填写《喜迁莺》一调,对于小令或长调体式还是有所区分的:摹写艳情常用小令体,很大程度上是受《花间集》的影响;酬赠社交题材则采用宋人长调体,似乎更适应内容表达的需要,而《草堂诗余》所录康与之(字伯可)一词则成为直接的榜样示范。④

3.《诉衷情》 《花间集》中该词调有三体:前二体皆为单调,一为 33 字体,一为 37 字体,或间入一仄韵,或间入两仄韵,温庭筠、韦庄、顾夐(2)为 33 字体,顾夐另有一作为 37 字体;另一体为双调 41 字,全押平韵,毛文锡(2)、魏承班(5)全用此体。宋词《诉衷情》通常为双调 44 字(亦有欧阳修、张元干作 45 字体),上阕四句,三平韵,下阕六句,三平韵,而极少采用"花间"诸体。事实上,宋词《诉衷情》当为《诉衷情令》,乃宋初所制新调,《康熙词谱》即分列《诉衷情》与《诉衷情令》两种词调⑤。柳永《乐章集》(彊村丛书本)、晏殊

---

① (清)万树:《词律》,上海:上海古籍出版社 1984 年版,第 92 页。
② 唐圭璋编纂、王仲闻参订、孔凡礼补辑:《全宋词》,北京:中华书局 1999 年版,第 90、105 页。
③ 括号内为该作家用此词调或此体式作篇数,未加标注的则为一首,下同。
④ 关于《喜迁莺》词调的具体统计分析,可参见本章第二节"文化生态视域下明词特殊词调考论"。
⑤ (清)陈廷敬、王奕清等编:《康熙词谱》,长沙:岳麓书社 2000 年版,第 52、136 页。

《珠玉词》(汲古阁本)仍沿用《诉衷情》之名,故而尔后词人往往不作区分,混为一谈。宋人在填写《诉衷情》时,不约而同地选择了"新调",由此可见时调新曲对宋人吸引力之巨大,同时也暗示着《花间集》在宋代并不显赫。而到了明代,情况有所改变。明人虽在调名上依然不加区分,统统归为《诉衷情》,但在体式上却有所选择:邵亨贞(3)、俞彦、孟称舜、屈大均、孙兰媛采用33字单调体;张积润使用顾夐37字单调体;朱翊钰、俞彦、沈自炳、曹元方(3)则为41字双调体。这14首词作都沿用了"花间"体式,邵亨贞三作甚至径以"花间诉衷情"命调。其余51首《诉衷情》则基本都是沿用宋词44字或45字体式。

4.《天仙子》　此调分单调34字体和双调68字体两种。单调体主要见于唐五代,皇甫松(2)、韦庄(5)、和凝(2)俱属单调体。《云谣集杂曲子》收录该调词二首,前者为双调,乃单调六句五仄韵体之复叠;后者虽句式跟前首相同,然下片换韵,故或可析作单调体两首[1]。双调体则主要见于宋词。宋代此调始作于张先,那首著名的"云破月来花弄影"词即采用了该词调。张先《天仙子》词共五首,皆为双调。此后宋词凡用此调,俱为双调体。可见,《天仙子》两种体式在唐五代词与宋词中畛域分明。今检明词,该调多数作双调宋词体,但高濂曾作单调体《闲居十事》十首,此外如苏志皋、周履靖、汪廷讷、刘然、薛敬孟、屈大均(3)、黄德贞、钱贞嘉等,皆有单调小令体。他们之中,苏志皋年代最早,是嘉靖十一年(1532)进士,其他均为嘉靖以后人。

5.《渔歌子》　万树《词律》于调名下注曰:"二十七字　又名渔父",以张志和"西塞山前白鹭飞"一作为正体,举孙光宪双调50字"泛流萤"为"又一体"[2]。关于该调调名,历来称法不一,仅如张志和"西塞山前白鹭飞"一词,《李文饶文集》别集卷七《玄真子渔歌记》作"渔歌",《尊前集》作"渔父",《唐宋诸贤绝妙词选》作"渔歌子",《唐诗纪事》《乐府诗集》作"渔父歌",《诗人玉屑》《诗话总龟》等作"渔父词"[3],万树则将其归入"渔歌子"名下,并以词调正体视之,《康熙词谱》亦然。27字单调体自张志和五作问世,即在后世引发较大反响[4]。而双调50字体主要见于《花间集》,收孙光宪(2)、李珣(4)、魏承班、顾夐词作共8首。宋词承袭的基本是张志和单调体式,而摈弃

---

① 曾昭岷、曹济平、王兆鹏、刘尊明编著:《全唐五代词》,北京:中华书局1999年版,第803～804页。

② (清)万树:《词律》,上海:上海古籍出版社1984年版,第69页

③ 曾昭岷、曹济平、王兆鹏、刘尊明编著:《全唐五代词》,北京:中华书局1999年版,第25页。

④ (宋)吴曾:《能改斋词话》卷1《水光山色渔父家风》条引徐师川语,见唐圭璋:《词话丛编》,北京:中华书局2005年版,第129页。另可参见宋高宗赵构《渔父词》十五首词前小序,见唐圭璋编纂、王仲闻参订、孔凡礼补辑:《全宋词》,北京:中华书局1999年版,第1671页。

了"花间"双调体,所以谢桃坊先生在整理唐五代实用词调时,将《渔歌子》视作未被宋人沿用的词调[1],主要也是就双调50字体而言。明人于该调则两体兼用,虽大多采用的亦是单调27字体式,然另有9名作家的13首词作沿用了"花间"双调体式。

6.《女冠子》 该调小令始于温庭筠,长调出自柳永。在《花间集》中均作小令,于宋词皆为长调。明词中,包梧、顾起纶、周履靖、高濂、夏树芳、姚青娥、花梦月、李达、王屋、张杞、易震吉、李渔(2)、金堡(2)、王夫之(2)、朱一是(2)、周积贤、黄德贞、屈大均、叶芳蔼之作共23首均用"花间"小令体,而作宋人长调体者仅6首。

不难发现,明人无论是重拾创制于唐五代而未被宋词沿用的词调,还是在承袭唐五代与宋代通用词调时,选择了唐五代所用而宋词不用的特殊体式,都展现出跨越宋词而远祧"花间"的姿态。实际上,这一现象跟正德年间《花间集》的复现及此后的推广、普及有着密切的因果关系,对此,明末刊刻"花间"系列版本的繁多可为佐证,而张杞"和《花间集》,凡四百八十七首,篇篇押韵"[2],则可视作极端的个案。明前词学资源的存续是明词创作得以延展的重要物质基础,《花间集》在明代中后期强势闯入明人词学接受的视野,必定会激起审美接受与创作模仿的热潮,进而在填词选声择调上留下鲜明的痕迹。当然,《花间集》之所以能在明代中后期重获新生,绝非机缘巧合,事实上,正德年间《花间集》被"发现"这一事件本身就已带有明显的主动选择的成分。正因为《花间集》所彰显的人文意趣及其作为文人词鼻祖的特殊身份,契合了晚明"主情""儇佻"的时代文化精神以及"循流溯源"[3]"驯溯诸古"[4]的词学复古思潮,顺应着晚明词人的审美期待与创作需求,故而掀起一股看似偶然实则必然的词学接受风潮。在这种时代氛围中,哪怕出现如《支机集·凡例》所谓"五季犹有唐风,入宋便开元曲,故专意小令,冀复古音,屏去宋调,庶防流失"[5]这样极端的论调,也不会因突兀而令人惊诧。

---

① 谢桃坊:《唐宋词调考实》,《文学遗产》2012年第1期,第66页。

② (清)沈雄:《古今词话》词品上卷,见唐圭璋:《词话丛编》,北京:中华书局2005年版,第845～846页。

③ (明)顾梧芳《尊前集引》:"尝慨古乐之不复也,将非华声不振,金趋夷灭,展转失真而无已耶?何则,循流溯源,虽钧天犹可想像,迷沿瞽袭,即咫尺玄白罔鉴。"见唱春莲校点:《尊前集》卷首,沈阳:辽宁教育出版社1998年版,第64页。

④ (明)张綖《诗余图谱自序》:"程子谓古人之诗如今人之歌曲,当是时,金元度曲未出,所谓歌曲者,正谓词调耳。是则虽非古声,其去今人之曲有不间耶?由是而驯溯诸古,非其阶梯也乎!"见(明)张綖:《诗余图谱》卷首,明嘉靖丙申刻本。

⑤ (明)沈亿年:《支机集·凡例》,见赵尊岳:《明词汇刊》,上海:上海古籍出版社1992年版,第556页。

概言之,明词用调对宋词的承袭保证了词这一文学样式在代际传承过程中质的稳定性,而它相比宋词的新变则更能反映明词自身的特点。当然,词调的择用只是显现这些特点的其中一个方面。

第二节　文化生态视域下明词特殊词调考论

一、明代文化思潮与《竹枝》创作——兼论《长相思》《调笑令》

《全明词》收录《竹枝》(或名《竹枝词》《西湖竹枝》《秦淮竹枝》《苏台竹枝》《蜀中竹枝词》《仙家竹枝》《渔家竹枝》等)308 首,《全明词补编》另从俞彦《俞少卿集》"近体乐府"部分辑得仿孙光宪、皇甫松之作 10 首,这样,《竹枝》便以 318 篇作品量在明代词调使用率排行榜上名列第 22 位,比照宋词,似乎实现了"从无到有",成为明词中"变化"最显著的词调。事实上,《竹枝》之所以能够"逆袭"成功,主要是由于在其文体属性的认定上,存在着明显的观念分歧。

关于《竹枝》的文体属性,历来说法不一。作为首部文人词总集的《花间集》,选录孙光宪之作二首,乃七言四句,间杂和声歌辞,可见,《花间集》编纂者乃以词体视之。宋人一般并不将它当作词体看待,当时词选如曾慥《乐府雅词》、黄昇《绝妙词选》、周密《绝妙好词》等,均未收录,故而唐圭璋先生编纂《全宋词》《全金元词》,亦将其摒除在外。然至明清易代之际,《竹枝》重新被词学界所接纳。万树《词律》将其收入,虽在《发凡》中特别指出:"词上承于诗,下沿为曲。虽源流相绍,而界域判然。……若《清平调》《小秦王》《竹枝》《柳枝》等,竟无异于七言绝句,与《菩萨蛮》等不同,如专论词体,自当舍而弗录,故诸家词集不载此等调,而《花庵》《草堂》等选亦不收也。"直言《竹枝》是诗而非词,但随即补充道:"盖等而上之,如乐府诸作为长短句者颇多,何可胜收乎? 后人则以此等调为词嚆矢,遂取入谱,今已盛传,不便裁去。"①《词律》成书时间在康熙二十六年前后②,从"今已盛传"等话语可知,明清之际视《竹枝》为词调似乎已成共识,故万树对《竹枝》的态度,是明知其不是词调,却因约定俗成而将其纳入词调研究的范畴。

明人对《竹枝》的态度颇堪玩味。明代词论通常对其持较为宽容的态

---

① (清)万树:《词律》,上海:上海古籍出版社 1984 年影印版,第 17 页。

② 卷首有康熙二十六年上元夕所作《自叙》。

度,不刻意分辨其诗词属性,有时甚至故意掩盖其文体属性上的分裂性、矛盾性。如吴讷《文章辨体》在论近代词曲时,倡言:"《竹枝》《杨柳》亦不弃焉。"①杨慎《词品序》谓:"若韦应物之《三台曲》《调笑令》,刘禹锡之《竹枝词》《浪淘沙》,新声迭出。孟蜀之《花间》,南唐之《兰畹》,则其体大备矣。"②温博《花间集补序》称:"如《清平调》《欸乃曲》《杨柳枝》《竹枝词》即七言绝,而实古词。"③冯复京《说诗补遗》指出:"中晚七言绝句有《杨柳枝》《竹枝》《渔父》,本词曲,非诗也。以为词则佳,以为诗则丑。"④皆以《竹枝》作为词体的早期样态。在明编词总集或选本中,如《唐词纪》《古今词统》等,《竹枝》亦大量选入。

然而有趣的是,杨慎虽声称《竹枝词》是唐词之"新声",并于《词品》卷二专论元代杨维桢《西湖竹枝》唱和,但其《竹枝词·滇海二首》与《蜀中竹枝词》(九首)却未见诸词别集《升庵长短句》及《续集》;卓人月编选、徐士俊参评《古今词统》中收录大量《竹枝》,成为《全明词》所录《竹枝》的重要来源,然徐、卓二人虽各自有别集《雁楼集》及《蕊渊集》,并皆单列"诗余"部分,但其中并无《竹枝》,而《全明词》所收二人《竹枝》作品共计 17 首,则是采录自《徐卓晤歌》或《古今词统》。

在明人别集中,对待《竹枝》态度上的分歧则更为显著。王洪《毅斋集》卷四末为"诗余",收入《舟人竹枝词》5 首;易震吉词别集《秋佳轩诗余》存录《竹枝》多达 130 首。但如朱茋煌、王永积、沈谦等人的别集,虽单列"诗余",然皆未收《竹枝》,而是将其归入"七言绝句"类别之中。

据王辉斌统计,"明代参与《竹枝词》创作的诗人共有 307 人,其《竹枝词》总量则为 1858 首"⑤,而这只是针对《历代竹枝词》⑥检索与统计的结果,并非明代《竹枝》创作之全貌,但即便如此,也大大超出《全明词》及《全明词补编》收录 318 首的范围。《全明词》所收《竹枝》,大多辑自《古今词统》《词觏》《四明近体乐府》《古今词汇》《众香词》等明清词选,或明词别集以及明人别集之"诗余"部分,而明人将其作为"七言绝句"或"乐府诗"处理的那部分则基本未加收录,这一方面表现出《全明词》编选时对待《竹枝》

① (明)吴讷:《文章辨体》外集目录,明天顺八年刻本,《四库全书存目丛书》集部第 291 册。
② (明)杨慎:《词品序》,见唐圭璋:《词话丛编》,北京:中华书局 2005 年版,第 408 页。
③ (明)温博:《花间集补序》,见(明)温博辑,陈红彦校点:《花间集补》卷首,沈阳:辽宁教育出版社 1998 年版,第 91 页。
④ (明)冯复京:《说诗补遗》卷 8,见周维德:《全明诗话》,济南:齐鲁书社 2005 年版,第 3961 页。
⑤ 王辉斌:《前无古人的明代竹枝词创作》,《天府新论》2010 年第 5 期。
⑥ 王利器等编:《历代竹枝词》,西安:陕西人民出版社 2003 年版。

的"双标"行为,另一方面更反映出,明代大部分作家还是将《竹枝》当作诗歌看待的。

此外,必须指出,作为《全明词》中《竹枝》重要来源的《古今词统》,虽收录了众多《竹枝》作品,但这主要取决于编选者徐、卓二人对《竹枝》的态度,而并不代表创作者的初衷。最典型的是,《全明词》据《古今词统》卷二录入宋濂七言绝句体《竹枝》6 首,如此一来,宋濂就以 6 首词作量而跻身明代词人的行列。但实际上,宋濂本人是将这 6 首作品当作七言绝句看待的,除此以外,他再无任何词作存世,如此说来,宋濂的"词人"身份着实勉强。此外,袁宏道的情况也相类似。《全明词》收录袁宏道"词作"13 首,实际包括《竹枝》12 首及《柳枝》1 首,纯为七言绝句,全是据《古今词统》录入。《全明词补编》另据《西湖览胜诗志》补录的《鹧鸪天》亦颇可疑,其下片不同韵,疑为两首七绝经人改窜嫁接而成。

因此,若要从词调的角度对明代《竹枝》展开研讨,难免会遭遇两难的处境:假如以《全明词》及《全明词补编》所录内容作为着眼点,而其中半数以上又取自《古今词统》等词选,则词选编选者个人的偏好必定会对作品的采择造成影响,带有主观性、片面性,从而无法全面获知明代《竹枝》之"庐山面目";倘若以明代全部《竹枝》作品作为考察对象,则又偏离了"词学"的轨道,且所涉内容之庞杂,亦非笔者能力所及。然而,明代《竹枝》创作的繁荣的确是不争的事实,"明代参与创作《竹枝词》的诗人不仅多,而且诗作数量还为唐、宋、元三朝总数的数倍"①,尤其是在明代后期,《竹枝》创作甚至成为一种时尚,以致《古今词统》等选本无法对其视而不见。因而在此不妨以《竹枝》作为切入点,将与之相关联的明代尤其是明代后期的词学现象加以汇聚、审视,旨在发现明词创作某些具有时代特征的规律性所在。

明代《竹枝》创作的繁荣,一方面导源于明前《竹枝》创作的优良传统,另一方面则植根于明代后期主情、复古以及俗文学勃兴的时代文化土壤。

《竹枝》发源于何时、何地,历来不乏争议,但可以确定的是,唐宋时期,它已成为巴楚地域性民间文化的重要载体,并从中唐开始,经由刘禹锡、白居易等文士之手,逐渐显现出"文"与"野"的分化,其中文人仿作的部分渐渐蜕去俚俗、"伧宁"②的外壳,步入文人诗歌的殿堂,并成功激发起历代文人经

---

① 王辉斌:《前无古人的明代竹枝词创作》,《天府新论》2010 年第 5 期。
② 刘禹锡《竹枝词》九首,序中言及"岁正月,余来建平,里中儿联歌《竹枝》,……虽伧宁不可分,而含思宛转,有淇澳之艳音"。见(唐)刘禹锡著,瞿蜕园笺证:《刘禹锡集笺证》,上海:上海古籍出版社 1989 年版,第 852 页。

久不息的创作热情。据王利器等编《历代竹枝词》统计,唐代留存《竹枝》作品共30首,宋代至129首,元代则达483首①,呈几何倍数递增。更有甚者,元至正初,杨维桢寓居杭州西湖,首倡《西湖竹枝词》,进而掀起一场声势浩大的"西湖竹枝酬唱"活动,"好事者流布南北,名人韵士属和者无虑百家"②。至正八年(1348),杨维桢将数年间的唱和作品汇编而成《西湖竹枝集》,"集成,维桢既加评点,仍于诸家姓氏之下,注其平昔出处之详,版行海内"③。该集在明代反响热烈,于天顺三年(1459)以及万历年间两度重刻,不仅直接刺激了明代的《竹枝》创作,而且也在题材、风格等方面对明代《竹枝》创作发挥了导夫先路的作用。

作为发源于巴楚的地域文学形式,《竹枝》先天地带上了巴楚文化的某种特质——幽怨哀伤。白居易《听竹枝赠李侍御》谓"巴童巫女竹枝歌,懊恼何人怨咽多"④,即已点明其"怨咽"特征。苏轼作于忠州(今重庆市忠县)的《竹枝歌》,其"引"曰:"《竹枝歌》本楚声,幽怨恻怛,若有所深悲者。岂亦往者之所见有足怨者与?"⑤至明清之际,屈大均《湘中闻竹枝》仍言:"竹枝本是三巴曲,流入湖湘调更悲。"⑥然《竹枝》虽生于巴楚,却在江南扎根、发芽,进而枝繁叶茂,尤其是杨维桢"西湖竹枝酬唱"的推波助澜,为其注入了大量吴越文化的因子。西湖之水过滤掉楚调《竹枝》的幽怨,沉淀下温婉的风土和缱绻的爱情,加之《西湖竹枝集》在明代的散播,"西湖竹枝"渐次凝固成为一种文学传统,将《竹枝》创作浸润于西湖的潋滟柔波之中。同时,它既为文人模拟创作的民间乐歌,语言俚俗、宛转有情、多咏风土又构成其文体特质的内在元素。刘禹锡《竹枝词》(九首)"引"中称"虽伧宁不可分,而含思宛转,有淇澳之艳音",其《杨柳枝词》亦言"巫峡巫山杨柳多,朝云暮雨远相和。因想阳台无限事,为君回唱竹枝歌"⑦,即已道出民间《竹枝》"含思宛转"、言辞鄙俚、包蕴风土民情、多写男欢女爱等特点。虽后世文人不断对其进行着"文学化"改造,然"惟《竹枝词》一格,描写方言谚语、风土人情,于天趣性灵,

① 参见王辉斌:《前无古人的明代竹枝词创作》,《天府新论》2010年第5期。

② (元)杨维桢:《西湖竹枝集序》,见王利器等编:《历代竹枝词》,西安:陕西人民出版社2003年版,第67页。

③ (明)和维:《西湖竹枝集序》,见王利器等编:《历代竹枝词》,西安:陕西人民出版社2003年版,第66页。

④ (唐)白居易:《白氏长庆集》卷18,四部丛刊本。

⑤ (宋)苏轼撰,孔凡礼点校:《苏轼诗集》,北京:中华书局1982年版,第24页。

⑥ (清)屈大均撰,陈永正笺校:《屈大均诗词编年笺校》,广州:中山大学出版社2000年版,第411页。

⑦ (唐)刘禹锡著,瞿蜕园笺证:《刘禹锡集笺证》,上海:上海古籍出版社1989年版,第852、867页。

兼而有之,洵足别开生面"①,仍在很大程度上保留了民间《竹枝》的本色,这也正是《竹枝》一体千年不衰、历久弥新的魅力源泉。

《竹枝》的独特魅力,以及前人对其投注的创作热情,无疑会为明代《竹枝》创作赋予动能。但更重要的是,明代后期的社会文化语境更为《竹枝》创作提供了广袤而肥沃的土壤。

一方面,"主情"思潮笼罩文坛,个体情感的地位和价值被抬升到前所未有的高度,"才情"愈发惹人瞩目。从前后"七子"到公安派、临川派,以至李贽"童心说",无不将"才情"视作文艺创作与批评的重要标尺,"重才情"俨然成为晚明文艺思潮中最活跃的时代音符。与之对应,那些更擅长发抒"才情"的文体,如传奇、小说、小品文等,一跃而成为该时期时代精神的主要载体。而在诗歌创作领域,同样要为性情的发抒、才情的张扬寻找突破口,故而"一以才情为主"②的七绝体备受推崇。《竹枝》是否当属七绝虽存有争议③,然其七言四句的体式、"天机自动,触物发声"④的风格,尤为胜任"才情"表现的职责,所以晚明士人如徐渭、沈明臣、袁宏道、屠隆、徐士俊等,都对《竹枝》创作情有独钟。

另一方面,为了顺应情感表达的需要,明代中后期文人主动向民歌靠拢,提出"真诗在民间"。李梦阳《诗集自序》借王叔武之口云:"夫诗者,天地自然之音也。今途咢而巷讴,劳呻而康吟,一唱而群和者,其真也,斯之谓风也。孔子曰:'礼失而求之野。'今真诗乃在民间。"⑤李开先《市井艳词序》当言及时下流行的民歌《山坡羊》《锁南枝》时,称其"语意则直出肺肝,不加雕刻,俱男女相与之情,虽君臣友朋,亦多有托此者,以其情尤足感人也",进而指出:"风出谣口,真诗只在民间。"⑥在这种文化氛围中,自明代中期以至明末,《锁南枝》《傍妆台》《驻云飞》《挂枝儿》《闹五更》《耍孩儿》《打枣竿》等时

① (清)冯雨田:《佛山竹枝词序》,见王利器等编:《历代竹枝词》,西安:陕西人民出版社2003年版,第3608页。
② 王夫之《夕堂永日绪论内编》曰:"此体一以才情为主。言简者最忌局促,局促则必有滞累;苟无滞累,又萧索无余。非有红炉点雪之襟宇,则方欲驰骋,忽尔蹇踬;意在矜庄,只成疲苶。以此求之,知率笔口占之难,倍于按律合辙也。梦得而后,唯天分高朗者,能步其芳尘,白乐天、苏子瞻皆有合作,近则汤义仍、徐文长、袁中郎往往能居胜地,无不以梦得为活谱。才与无才,情与无情,唯此体可以验之。"见(清)王夫之著,戴鸿森笺注:《姜斋诗话笺注》卷2,北京:人民文学出版社1981年版,第131页。
③ 如任半塘先生认为:"竹枝之特点在拗体,去七绝较远。"见任半塘:《唐声诗》,上海:上海古籍出版社2006年版,第391页。
④ (明)徐渭:《奉师季先生书》,见《徐渭集》,北京:中华书局2008年版,第458页。
⑤ (明)李梦阳:《空同集》卷首自序,《景印文渊阁四库全书》第422册。
⑥ (明)李开先:《市井艳词序》,见《李中麓闲居集》卷6,明刻本,《续修四库全书》第1341册。

尚小曲层出叠见,风靡一时,"不问南北,不问男女,不问老幼良贱,人人习之,亦人人喜听之,以至刊布成帙,举世传诵,沁人心腑"①。乘民歌小曲盛行的东风,同属民间歌谣的《竹枝》亦成为时尚的宠儿,加之"循流溯源"②"驯溯诸古"③的文学复古潮流,《竹枝》这种源远流长、古朴幽韵并兼具流行元素的诗歌样式自然成为文人竞相涉猎的对象。徐渭《奉师季先生书》云:"今之南北东西虽殊方,而妇女儿童,耕夫舟子,塞曲征吟,市歌巷引,若所谓竹枝词,无不皆然。此真天机自动,触物发声,以启其下段欲写之情,默会亦自有妙处,决不可以意义说者。"④袁宏道《答李子髯》一诗曰:"当代无文字,闾巷有真诗。却沽一壶酒,携君听《竹枝》。"⑤都揭示出《竹枝》集音乐文学、市井文学及流行性文学于一体的典型特征。

由此可见,《竹枝》的文体特点契合了明代后期"主情""复古"的文化潮流。正如沈谦《北墅竹枝词序》所言:"竹枝之体,肇于唐人,自述其山川民俗,然词必近情,调必近古,巴蜀秦淮及吾郡西湖皆有之,比于四诗,有风之义焉。"⑥"词必近情,调必近古",这既是明人对《竹枝》特性的体认,又是彰显时代色彩的审美定位。换言之,《竹枝》在明代后期的流行,正顺应了当时"情以独至为真,文以范古为美"⑦的文化语境,进而成为时代文学风貌的有效载体。

当然,除去时代元素的激发作用,明代文学的地域性特点也是促成《竹枝》盛行的重要因素。《竹枝》发源于巴楚,又经过吴越文化的浸染,风靡于江南地区,因而带有鲜明的南方地域性文学特征。尽管明清之际朱嘉徵《迎春竹枝词》言及"江北江南唱竹枝",表明《竹枝》在当时已挣脱了地域束缚,在北方也有流传,但正如王象春《济南百咏》所言:"休唱柳枝兼竹枝,柔音不是北方词。长声硬字攀松柏,歌向霜天济水湄。"诗后又有自注:"五方之民,

---

① (明)沈德符:《万历野获编》卷25,北京:中华书局1959年版,第647页。

② (明)顾梧芳《尊前集引》:"尝慨古乐之不复也,将非华声不振,金趋夷习,展转失真而无已耶?何则,循流溯源,虽钧天犹可想像;迷沿蹈袭,即咫尺玄白罔鉴。"见唐春莲校点:《尊前集》卷首,沈阳:辽宁教育出版社1998年版,第64页。

③ (明)张綖《诗余图谱自序》:"程子谓古人之诗如今人之歌曲,当是时,金元度曲未出,所谓歌曲者,正谓词调耳。是则虽非古声,其去今人之曲不有间耶?由是而驯溯诸古,非其阶梯也乎!"见(明)张綖:《诗余图谱》卷首,明嘉靖丙申刻本。

④ (明)徐渭:《奉师季先生书》,见《徐渭集》,北京:中华书局2008年版,第458页。

⑤ (明)袁宏道撰,钱伯城笺校:《袁宏道集笺校》,上海:上海古籍出版社1981年版,第81页。

⑥ (明)沈谦:《北墅竹枝词序》,见《东江集钞》卷6,清康熙十五年沈圣昭沈圣晖刻本,《四库全书存目丛书》集部第195册。

⑦ (明)陈子龙:《佩月堂诗稿序》,见《陈子龙文集》,上海:华东师范大学出版社1988年版,第381页。

言语不通。余谓：一地有一地之音，何必矫舌相效！近世习尚靡靡，在江南风土冲柔，固其所宜，而北方轩轾鬐鬣之夫，亦勉尔降气以为南弄，岂不可耻！余本声气之自然，矢为齐音，宁仍吾伧耳！"①作者坦言，无论《柳枝》还是《竹枝》，自有其区域性文化特质，其"柔音"固然适合江南"冲柔"的风土民情，而与北方"轩轾鬐鬣之夫"相龃龉。在"近世习尚靡靡"的时代背景下，王象春《济南百咏》刻意以"长声硬字"的"齐音"为之，虽有拨乱反正的用意，却又难免与整体时代氛围扞格不入。

　　明代文学包蕴着浓郁的南方文化气质，词尤如此。早在上世纪 90 年代，吴熊和先生就词的创作与研究即已提出"环太湖文化区"的概念②；余意博士《明代词学之建构》甚至指出："明代词学的发展是和明代吴中地区词人的文化性格密切相关的，可以说是吴地词人的文化性格铸就了明代词学的审美品格"③，进而倡"词萃吴中"之说。江南，作为明代经济、文化之核心，源源不断地为明代文化注入精神的给养，并为其烙上鲜明的地域性印记。《竹枝》不但早已在江南大地生根、发芽，而且遍地开花，更重要的是，其风流骀荡、宛转有情、俚俗古拙、自由通脱等特点，恰恰成为江南文化精神的缩影。可以说，明代《竹枝》创作的繁荣，既反映出其自身的气质特征跟明代后期社会文化风潮的契合，又代表着江南地域文化的强势来袭。

　　《竹枝》而外，明代《长相思》《调笑令》《如梦令》《望江南》《忆王孙》等词调的盛行，也跟晚明"主情""复古"思潮有着千丝万缕的联系。以下试以《长相思》《调笑令》二调略论之。

　　《长相思》，又名《长相思令》《长思令》《吴山青》《青山相送迎》《山渐青》等，本是唐教坊曲名，调见《唐宋以来绝妙词选》卷一白居易词，《词律》《康熙词谱》皆以白居易"汴水流"一词为正体。明词《长相思》共 349 首，在明代词调使用率排名中列 21 位，相比宋词 113 首、居 48 位，增幅明显。其中，闺情、艳情题材几近半数，远高于这两类题材在全部明词中所占的比重。

　　沈雄《古今词话》引《乐府解题》曰：

　　　　长相思，古怨思二十五曲之一。本古诗"上言长相思，下言久离别"。又"着以长相思，缘以结不解"。以致缠绵之意。《玉台新咏》载徐陵、萧淳各有长短句，而非词也。《唐词纪》载令狐楚五言："君行登陇

---

① 雷梦水、潘超等编：《中华竹枝词》，北京：北京古籍出版社 1997 年版，第 2405 页。
② 1995 年 4 月，在上海召开的海峡两岸词学研讨会上，吴熊和先生在发言中就词的创作与研究问题，提出"环太湖文化区"的概念。
③ 余意：《明代词学之建构》，上海：上海古籍出版社 2009 年版，第 23 页。

上,妾梦在闺中。玉箸千行落,银床一夕空。"张继五言:"辽阳望河县。白首无由见。海上珊瑚枝,年年寄春燕。"皆非词也。止收双调三十六字,如:"深画眉,浅画眉。蝉鬓鬖松云满衣。阳台行雨回。　　巫山高、巫山低。暮雨潇潇郎不归。空房独守时。"此白居易作。花庵词客,称为世人莫及。①

可见,《长相思》无论是调名缘起、调名字面义,还是后世津津乐道的典范作品,基本都关乎男女相思之情的抒写。此外,该调"三三七五,三三七五"的句式,长短错落有致,极适合传达缠绵悱恻的情致。杨慎《词品》在论及林逋"吴山青"一词时,即谓其"甚有情致"②,而"情致"又恰是晚明词论情之所钟③。实际上,《长相思》自内容至形式,均与晚明词论"贵情语不贵雅歌,贵婉声不贵劲气"④,以"绸缪婉娈、怀思绵邈、蕴藉风流、感结凄怨、艳冶宕逸"为工⑤,以"婉丽流畅""柔情曼声"为当行本色⑥的审美理想相投契,亦跟晚明爱情词的复兴相同步,因而其在明代的繁盛也自在情理之中。

《调笑令》,又名《古调笑令》《古调笑》《宫中调笑》《转应曲》《三台令》等,单调32字,八句,首尾六句仄韵,中间两句平韵,一二句、六七句均为二字叠句,其中六、七两句乃第五句末二字之颠倒。《词律》以冯延巳"明月"一作为正体,《康熙词谱》则以王建"蝴蝶"词为正体。胡适论词的起原,曰:"《调笑》之名可见此调原本是一种游戏的歌词;《转应》之名可见此调的转折似是起于和答的歌词。"⑦该调的这些形式特点,容易造成笔意回环、音调宛转、活泼跳跃的效果,同时也提升了创作的难度与趣味性,极易激起文人的创作兴趣。另外,该调起源于中唐,古意盎然,韵味隽永,且"古词作《调笑令》,多用

---

① (清)沈雄:《古今词话》词辨上卷,见唐圭璋:《词话丛编》,北京:中华书局2005年版,第897～898页。
② (明)杨慎:《词品》卷3,见唐圭璋:《词话丛编》,北京:中华书局2005年版,第469页。
③ 如管贞乾《诗余醉附言》称:"今人庄语、雄语、经济语、金华殿中语,毕竟不如情致语为流畅。"见(明)潘游龙:《精选古今诗余醉》卷首,沈阳:辽宁教育出版社2003年版;又胡应麟《题陈同父水龙吟后》云:"此怀所欢,作者殊足情致,与同父他词不类。"见(明)胡应麟:《少室山房类稿》卷106,《丛书集成续编》第146册。
④ (明)茅一相:《题词评曲藻后》,见(明)王世贞:《曲藻》卷末,中国戏曲研究院编:《中国古典戏曲论著集成》第4册,北京:中国戏剧出版社1959年版,第38页。
⑤ (明)刘凤:《词选序》,见《刘子威集》卷37,《丛书集成三编》第48册。
⑥ (明)何良俊:《草堂诗余序》,见《何翰林集》卷8,明嘉靖四十四年何氏香严精舍刻本,《四库全书存目丛书》集部第142册。
⑦ 胡适:《词的起原》,见胡适选注:《词选》附录,石家庄:河北人民出版社1999年版,第331页。

诸美人事隐括成调"①,原本便跟艳情打成一片,这些无疑都对明人具有极大的吸引力。明代词人创作该调词共计 166 首,在词调使用率排名中处于第 36 位,而其在宋词中仅出现 74 次,列 62 位,变化幅度同样明显。

　　实际上,宋人使用该调,虽亦有对唐五代词的承袭,但多数情况下是采用新创 38 字体式,即七句,七仄韵,常见格式为:以一首七言八句诗打头,诗尾二字顺延为词首二字句,又常以"转踏"联章体式分咏古代美人或爱情传说,前缀"勾队词",尾附"放队词"或"遣队词",实为一种歌舞表演形式。宋代秦观、晁补之、郑仅、毛滂等都写过这类作品。万树《词律》卷二将 38 字宋词体作为《调笑令》之"又一体",举毛滂"香歇"一词②,可见是将宋体《调笑令》与唐五代体视作同一词调。《康熙词谱》卷二收入《古调笑》,调名后附注,明言此调"与宋《调笑令》不同"③,且于卷四十另列《调笑令》一调,将宋调《调笑令》与唐五代《古调笑》区分开来。其实,宋人作该调而沿用唐五代体的仅苏轼、吕南公等寥寥数人,由此而论,该词调在明代的增幅无疑更为明显。

　　在明词这 166 首作品中,仅潘炳孚 2 首以及陈孝逸、胡介、黄德贞、无名氏各 1 首采用了宋格,但无配诗和转踏,其余皆沿用了唐五代体式④。这既表明宋体《调笑转踏》作为一种歌舞表演形式在明代已近乎绝迹,同时也显现出,唐五代体《调笑令》在明代重又焕发出蓬勃生机,而其背后原因,很大程度上在于该调形式上的特殊性,尤其是游戏性成分的加入,使创作带上了一定的游戏或竞技色彩。这种现象于《菩萨蛮》创作亦有所体现。明代"回文"词共计 71 首,相比唐五代及宋词,创作势头可谓强劲,其中以《菩萨蛮》为调的即有 68 首,这也在无形中抬升了《菩萨蛮》在明词中的地位,令其跻身明代常用词调前三名之列。

　　当然,《调笑令》形式上的特点虽能点燃词人的创作热情,提升该调的使用频率,但也不能否认,该调短小轻盈、跳跃流转的小令体式,以及擅长描摹爱情的题材传统,亦足以为其在明词中的地位增重。同时,它古老的身份、古朴的格调又契合了晚明士人的复古追求,从而为其在明代的传播与接受锦上添花。

二、明代应酬之风与《喜迁莺》创作——兼论《千秋岁》等

　　《喜迁莺》又名《喜迁莺令》《喜迁莺慢》《鹤冲天》《早梅芳》《春光好》《万

---

① （明）朱芾煌:《调笑令·序》,见《全明词补编》,第 828 页。
② （清）万树:《词律》,上海:上海古籍出版社 1984 年版,第 83 页。
③ （清）陈廷敬、王奕清等编:《康熙词谱》,长沙:岳麓书社 2000 年版,第 47 页。
④ 另有无名氏二首与以上两种格式均不同。

年枝》等,分小令、长调二体。《词谱》小令体以韦庄"街鼓动"一词为正体,长调则以康与之"秋寒初劲"及蒋捷"游丝纤弱"为正体。唐五代《喜迁莺》共10首,皆为小令体,宋词则小令、长调体兼而有之。

吴熊和先生在论唐宋词选声择调问题时,曾以《花间集》中韦庄、薛昭蕴《喜迁莺》创作作为内容与调名相契合的例证,谓:"《喜迁莺》又名《鹤冲天》,是个贺人及第的曲调,韦庄词二首,薛昭蕴词三首,就都咏新进士。"①以"迁莺"咏新进士,实乃渊源有自。据宋代黄朝英《靖康缃素杂记》引"刘梦得《嘉话》"云:"今谓进士登第为迁莺者久矣。盖自《毛诗·伐木》篇云:'伐木丁丁,鸟鸣嘤嘤,出自幽谷,迁于乔木。'又曰:'嘤其鸣矣,求其友矣',并无莺字。倾岁省试《早莺求友诗》,又《莺出谷诗》,别书固无证据,斯大误也。"黄朝英进一步论曰:"余谓今人吟咏,多用迁莺出谷之事,又曲名《喜迁莺》者,皆循袭唐人之误也。"②虽存误解,但已然约定俗成。可见,唐五代以《喜迁莺》令词咏进士登第,当是用词调本意。

《喜迁莺》长调起于宋人,最早可见北宋蔡挺(1014—1079)所作"霜天清晓"一词,《宋史》本传言其"在渭久,郁郁不自聊,寓意词曲,有'玉关人老'之叹"③,即指该词。宋代王明清《挥麈余话》载,此词"达于禁中,宫女辈但见'太平也'三字,争相传授,歌声遍掖庭,遂达于宸听。诘其从来,乃知敏肃所制。裕陵即索纸批出云:'玉关人老,朕甚念之;枢管有缺,留以待汝。'"④蔡挺(谥敏肃)因该词赢得宋神宗(葬于永裕陵)的垂怜,并获升迁,亦可谓词坛佳话。蔡挺以后,宋人作此调多用长调体,且时常包蕴祝福或颂赞意味。据蔡絛《铁围山丛谈》载:

> 政和初,有江汉朝宗者,亦有声,献鲁公词曰:"升平无际,庆八载相业,君臣鱼水。镇抚风棱,调燮精神,合是圣朝房魏。凤山政好,还被画毂朱轮催起。按锦辔,映玉带金鱼,都人争指。丹陛,常注意,追念裕陵,元佐今无几。绣衮香浓,鼎槐风细,荣耀满门朱紫。四方具瞻师表,尽道一夔足矣。运化笔,又管领年年,烘春桃李。"时两学盛讴,播诸海内。鲁公喜,为将上进呈,命之以官,为大晟府制撰使,遇祥瑞时时作为

---

① 吴熊和:《唐宋词通论》,上海:上海古籍出版社2010年版,第134页。
② (宋)黄朝英:《靖康缃素杂记》,见施蛰存、陈如江辑录:《宋元词话》,上海:上海书店1999年版,第18页。
③ (元)脱脱等撰:《宋史》,北京:中华书局2000年版,第8485页。
④ (宋)王明清:《挥麈余话》卷1,《四库全书精品文存》本,北京:团结出版社1997年版,第214页。

歌曲焉。①

　　按：江汉，字朝宗，其所献之词即寄调《喜迁莺》。《词谱》录该词，谓："此亦康、蒋二词体，惟前段第七句四字、第八句八字异。"并于其后所录蔡伸词末加按语云："江词、蔡词句读参差，不足为法，谱中采入，聊以备体。"②事实上，康与之生活在南渡前后，生年虽不可考，然其《喜迁莺》调下之《丞相生日》《秋夜闻雁》二作，皆当作于南渡以后。前者据《中兴以来绝妙词选》所加按语："此词虽佳，惜皆媚灶之语，盖为桧相作耳。"③它甚至成为康与之人生最大的污点，李调元《雨村词话》即谓："词至南宋而极，然词人之无行亦至南宋而极，而南宋之无行至康与之尤极。与之有声乐府，受知秦桧，桧生日，献《喜迁莺》词，中有'总道是文章孔孟，勋庸周召'，显为媚灶，不顾非笑，可谓丧心病狂。人即谄谀，何语不可贡媚，未有敢于亵孔、孟、周、召者，无耻至此，留为百世唾骂。"④对于其人其词可谓深恶痛绝。后者《秋夜闻雁》，即《词谱》以为正体的"秋寒初劲"一作，据词中"故国关河"等语，亦当为南渡后所作。至于蒋捷之词，更是迟至南宋后期。而江汉此词作于北宋政和初，若以时间先后论，江汉词在前，康、蒋词在后。故《词谱》谓江汉词"亦康、蒋二词体"，实属本末倒置。

　　蔡挺因该调词而获升迁的词坛掌故，江汉词所流露的颂圣贡谀气息，及其"两学盛讴，播诸海内"的传播盛况，康与之《丞相生日》寿词被黄昇"花庵词取为压卷"⑤的特殊待遇，加之调名字面上所带有的吉祥、喜庆意味，使其在之后的创作中渐趋定型，呈现明显的程式化倾向。明词运用该词调，不仅延续了这一传统，而且变本加厉。

　　《全明词》及《全明词补编》中，调寄《喜迁莺》者共计 164 首，列明代词调使用率排行榜第 37 位，较之宋词，无论作品数量还是排名，均有较大幅度的提升。其中，138 首为长调，小令仅 26 首，这对于擅长小令而窘于长调的明词创作来说，似乎有些反常。

　　而进一步考察这 164 首词作，竟发现，其间以祝颂为题材的多达 104

①　（宋）蔡絛：《铁围山丛谈》卷 2，《宋元笔记小说大观》本，上海：上海古籍出版社 2001 年版，第 3055 页。
②　（清）陈廷敬、王奕清等编：《康熙词谱》，长沙：岳麓书社 2000 年版，第 177 页。
③　（宋）黄昇：《中兴以来绝妙词选》卷 1，沈阳：辽宁教育出版社 1997 年版，第 153 页。
④　（清）李调元：《雨村词话》卷 2，见唐圭璋：《词话丛编》，北京：中华书局 2005 年版，第 1412 页。
⑤　（清）李调元：《雨村词话》卷 2，见唐圭璋：《词话丛编》，北京：中华书局 2005 年版，第 1412 页。

首。尤其是成化至万历年间,该调词作几乎清一色全是祝颂题材,实在让人大跌眼镜。

唐宋词运用该调,虽亦带有一定的倾向性,但绝不至这般显著。唐五代《喜迁莺》10 首,除去韦庄、薛昭蕴咏新进士的 5 首,毛文锡"芳春景"作闺情,和凝"晓月坠"为宫体,冯延巳"雾濛濛"写景咏怀,"宿莺啼"抒羁旅乡愁,李煜"晓月坠"则写艳情,所咏皆非词调本意。《词谱》所举《喜迁莺》长调诸作,除江汉"生平无际"、赵长卿"商飙轻透"、姜夔"玉珂朱组"三作为祝颂主题之外,康与之"秋寒初劲"既为咏雁又写闺情,蒋捷"游丝纤弱"抒暮春时节闲逸情致,吴文英"凡尘流水"咏牡丹,史达祖"月波凝滴"叙元宵访旧,蔡伸"素娥呈瑞"写艳情,无名氏"南枝向暖""腊残春未""琼姿冰体"三首俱为咏梅,题材取向其实并不单一。就算是到明初,刘基《残夜》及《梅花》二作,前者写景,后者咏物;杨基《旅中感旧》抒羁旅思乡之情;瞿佑《秋望》借写景寓沧桑之慨;王达《雪中梅》咏雪梅之孤傲;史鉴《观舞料峭》描摹舞女之婀娜;吴宽《又答贺其厚》虽为交游应酬而作,却亦有叙述、有感慨,绝非泛泛之言。在明代前期词坛,该词调不仅出现频率较低,而且题材取向不拘一格,并未形成固定模式。

《喜迁莺》在用法上发生显著变化实始自明成化、弘治年间。正德十五年(1521)进士黄佐(1490—1566)所撰《翰林记》有言:"本院官凡奉使、给假、侍亲、养疾、致事、迁官、贺寿暨之任南京,馆阁中推一人相厚者为序,余皆赋诗赠之,谓之例赠。"①"例赠"传统实际并非起于黄佐供职翰林之际,早在成化八年(1472),吴宽《送陈编修师召南归展墓序》就曾言及:"凡官于翰林者,其人或省亲、或展墓,自阁老院长而下咸作诗以赠其行。至序所以作者之意,则以次为而。其年之先后,秩之崇卑,皆不之计。盖翰林故事也。"②既然"例赠"在成化年间就已成为"故事",则其发端仍有上溯的空间。同时,"作诗以赠其行"的传统也并非仅限于翰林,而是由翰林推广至郎署乃至下达地方官员、民间百姓,成为风行上百年的社交习俗,并在某种程度上导引着明代文学的基本走向。

当然,所谓"作诗以赠其行",以"词"赠行自然包含在内。成化至万历年间,以社交应酬为目的的祝寿词、赠行词、贺喜词风靡一时,乃至泛滥成灾。具体到词调的择用上,那些调名本身包含吉祥喜庆意味的词调倍受青睐,

① (明)黄佐:《例赠》,见《翰林记》卷19,《丛书集成初编》本,北京:中华书局1985年版,第343页。
② 参见叶晔:《明代中央文官制度与文学》,杭州:浙江大学出版社2011年版,第219页。

《喜迁莺》即是其中之一，尤其是在祝贺官员升迁的场合，它甚至成为词人的首选，从众多词调中脱颖而出。例如，王九思《喜迁莺》3 首，分别是《送鳌屋黄公近江奖励》《送邑侯康太行述职》《贺边副使亿》；符锡《喜迁莺》2 首，分别为《庆江明府先生荣膺奖擢》《贺明府谢君荣膺旌奖》；张綖交际应酬词屈指可数，然《喜迁莺》即占 4 首，且全为祝颂题材；王从善词仅存 6 首，皆为帐词，其中有《喜迁莺》3 首，都用于官场送迎；韩应嵩仅存词 2 首，皆寄调《喜迁莺》，分别为《贺杨明府帐词》《贺余明府帐词》。在时代，仅存词一首而选用该调的也大有人在，如穆孔晖《旌异赠言，嘉靖庚寅救荒，台省交荐，赋此》，邹守愚《贺屠东洲擢福建方伯》，张问行《赠黄文岩乡捷》，朱孟震《贺罗中丞寿帐》，葛守礼《送中丞李公帐词》等。这些孤篇词的作者，实不得称"词人"，他们偶尔染指词的创作就选择了《喜迁莺》，其实并非出于对词调声情或格律方面的考量，而主要是属意于调名字面寓意的喜庆吉祥。此外，明人多数情况下选用该调的长调体式，乃是因为长调便于铺展曼衍、曲折三致意，更适合表现祝福、颂赞之类题材。所以，对于《喜迁莺》在明代的走红，倘若从词调内在属性的层面加以考量，则无异于缘木求鱼。事实上，这一现象正是明代中后期应酬之风弥漫词坛的生动注脚。

除《喜迁莺》外，《千秋岁》《满庭芳》《归朝欢》等词调也存在类似情形。通过对明词题材进行统计，可以得出：明代祝颂词（不含寿词）共计 1546 首，其间使用频率最高的词调依次为《喜迁莺》（95 首）、《沁园春》（85 首）、《满庭芳》（84 首）、《满江红》（76 首）、《念奴娇》（64 首）、《归朝欢》（61 首）、《谒金门》（55 首）、《贺新郎》（50 首）、《水调歌头》（50 首）、《玉楼春》（37 首）；寿词共计 788 首，最受欢迎的词调依次为《千秋岁》（77 首）、《念奴娇》（48 首）、《满庭芳》（43 首）、《沁园春》（39 首）、《临江仙》（30 首）、《醉蓬莱》（25 首）、《万年欢》（21 首）、《满江红》（21 首）、《鹧鸪天》（21 首）、《瑞鹤仙》（20 首）、《千秋岁引》（20 首）。可见，明代仅以祝颂或祝寿为目的的应酬词即达 2334 首之多，占明词总量近十分之一的份额。而在这些应酬词中，《满庭芳》《千秋岁》《喜迁莺》《沁园春》《满江红》《念奴娇》等词调出现频率尤高，除去《千秋岁》为中调外，其余皆为长调。

《千秋岁》，《词谱》以秦观"水边沙外"一词为正体。唐教坊大曲有《千秋乐》，据宋郭茂倩《乐府诗集》："《唐书》曰：'开元十七年八月癸亥，玄宗以降诞日，宴百僚于花萼楼下。百僚表请以每年八月五日为千秋节，王公已下献镜及承露囊，天下请咸令宴乐，仍著于令，从之。'《千秋乐》盖起于此。"[1]而在

---

[1]　（宋）郭茂倩：《乐府诗集》卷 80，北京：中华书局 1979 年版，第 1136 页。

日本,表演或比赛的最后一场通常亦作"千秋乐",日文辞典网站认为,《千秋乐》是一千两百年前从唐朝东传的一首"雅乐",且谓:"千秋乐は、当时佛法を说き闻かせる法会のときに、最后に演奏した曲(千秋乐是当时弘法的法会上最后演奏的乐曲)。"①假如此言不虚,那么《千秋乐》调名缘起应跟唐玄宗生辰无关,而更接近唐代法会上的佛曲。另据《能改斋漫录》:"京师僧念《梁州》《八相》《太常引》《三皈依》《柳含烟》等,号'唐讃',而南方释子作《渔父》《拨棹子》《渔家傲》《千秋岁》唱道之辞。"②亦将《千秋岁》视为传道佛曲。现存唐五代词未见此调,宋人则依据旧曲另制新调。宋词该调首见于张先《张子野词》,即那首著名的"数声鶗鴂",写极伤春怨别、相思依恋之苦。尔后,秦观"水边沙外"一词"将身世之感打并入艳情",黄庭坚"苑边花外"乃为悼念亡友秦观,俱是北宋《千秋岁》名篇。该调词在北宋往往深情绵邈,多诉哀怨情怀,故而夏承焘先生在论"词的形式"时说:"也不能用《千秋岁》这个调子来作祝贺生日的词,因为这个调子是适宜于表达悲哀、忧郁的情感的。"③在论"填词怎样选调"时,更进一步指出:

> 如《千秋岁》这个调子,欧阳修、秦观、李之仪诸人的作品都带着凄凉幽怨的声情(秦观填这个调,有"落红万点愁如海"的名句)。我们看这个调子的声韵组织:它的用韵很密,并且不押韵的各句,句脚都用仄声字,没有一句用平声字来作调剂的,所以读来声情幽咽,黄庭坚就用这个调来吊秦观,后人便多拿它作哀悼吊唁之词。可是宋代的周紫芝、黄公度等人因调名《千秋岁》却用它填写祝寿之词,那就大大不合它的声情了。④

用此调写寿词始于南渡前后,至南宋已比较普遍。朱敦儒、陈克、周紫芝、张元干、王之道、史浩、胡适、黄公度、辛弃疾等都曾创作过该调寿词,但毕竟范围有限。全宋词中,调寄《千秋岁》者共71首,寿词未及半数。可见,《千秋岁》创作虽在南宋已显现出脱离腔调声情而趋于模式化的倾向,但以此作为寿词专用词调的格局尚未形成。

明代《千秋岁》词共计162首,词调使用率排名已从宋代63位攀升至39位。其中寿词77首,另有祝颂词13首,应酬题材占据大半。此外,《千秋岁

---

① http://baike.baidu.com/view/1432931.htm.
② (宋)吴曾:《能改斋漫录》卷2,《丛书集成初编》本,北京:中华书局1985年版,第33页。
③ 夏承焘:《唐宋词欣赏》,北京:北京出版社2011年版,第2页。
④ 夏承焘:《唐宋词欣赏》,北京:北京出版社2011年版,第150页。

引》调下有寿词 20 首,祝颂词 5 首,亦占明代全部 49 首《千秋岁引》的二分之一强。《千秋岁引》固然有别于《千秋岁》,然而明人之所以选择它们创作寿词,其实看中的都是调名的字面含义,至于词调的声情特点、声韵结构等,统统可以置之度外。因此,《千秋岁》在明词中地位的提升很大程度上要归功于寿词的贡献,而明代中后期应酬之风的盛行,以及明人对词调本意与内在声情的生疏、漠视,则起到了推波助澜的作用。

顺便指出,《全宋词》柳永名下收录《千秋岁》"泰阶平了"一词。实际上,该词见于明冯梦龙拟话本小说集《喻世明言》卷十二《众名姬春风吊柳七》,写宰相吕夷简六十诞辰,邀柳永为作新词,"着卿磨得墨浓,蘸得笔饱,拂开一幅笺纸,不打草儿,写下《千秋岁》一阕云:'泰阶平了,又见三台耀。烽火静,搀枪扫。朝堂着硕辅,樽俎英雄表。福无艾,山河带砺人难老。渭水当年钓,晚应飞熊兆;同一吕,今偏早。乌纱头未白,笑把金樽倒。人争羡,二十四遍中书考。'"①然该词既未见于柳永《乐章集》,更跟北宋《千秋岁》整体创作环境不合,因而将其归于柳永名下似乎不妥,或可收入《元明小说中依托宋人词》部分。

词调《瑞鹤仙》情况跟《千秋岁》相似。明词调寄《瑞鹤仙》者共 45 首,其中应酬题材 24 首,且绝大部分是寿词。可见,明人择用该词调多半也是基于调名因素。

再如《满庭芳》,无论是在明代祝颂词还是寿词创作领域,它都是当之无愧的宠儿。两类题材合计贡献了 127 首作品,对明词中该词调位次的提升同样功不可没。

此外,《归朝欢》在明词中出现 103 次,使用率排名居第 56 位,对比宋代创作该调词 16 首、居 151 位,增幅十分显著。在这 103 首明词中,祝颂词共计 61 首,且以祝贺官员入觐居多。如此一来,《归朝欢》在词调体式上的内在属性愈趋含糊,其创作反而类似命题作文的书写样式。

通过对上述词调进行考察,不难发现,从早期词"调名多属本意",到后来"声与意不相谐",再到明代,部分词调在使用中出现了向调名之意回归的"返古"现象,只不过,回归的并非词调本意,而仅仅是调名的字面意。这一现象在很大程度上要归因于明词的社交化、功能化倾向。明代中后期,词体置身于应酬之风盛行、社交礼节繁缛、文学沦为交往工具的社会大环境中,自然难以免俗。于是当时词的创作,暂时遮挡起"别是一家""要眇宜修"的

---

① (明)冯梦龙:《众名姬春风吊柳七》,见《喻世明言》卷 12,北京:中华书局 2009 年版,第 115～116 页。

自家面目,同诗文一道充当起实用性角色,发挥着社会交际的功用。然而,词一旦脱离了"言情"的主体轨迹,其自身的个性魅力也将消耗殆尽。溜须拍马、阿谀奉承之作触目皆是,逶迤应酬的多,性情发抒的少,虚伪做作的多,真挚坦荡的少。词体被斫伤得面目全非,有的甚至令人不忍卒读,这也成为后人诟病明词的一条重要口实。放眼整个词史,词体功能化在此期被发挥到极致,以至有帐词——这一纯粹应用性文体的诞生。

帐词,亦作幛(障)词,是书于布帛之上用作祝颂功能的文词,在明代十分盛行,通常采用四六文附词的结构模式,主要用在庆贺升迁、婚嫁、生辰、膺奖以及官场送迎等场合,多作祝福、颂赞之辞。《全明词》及《全明词补编》仅是于词题中明示"帐词"的即达 190 首之多,此外,更有大量虽未作标示却实为帐词的作品。比如,《全明词》收录吴承恩词作 91 首,皆无"帐词"二字标识,然其中有 39 首在万历间李维桢序刻本《射阳先生存稿》卷四中呈现了其作为帐词存在的原始样貌。另据《万历野获编·汪南溟文》:"江陵封公名文明者七十诞辰,弇州、太函,俱有幛词,谀语太过,不无陈咸之憾。弇州刻其文集中,行世六七年,而江陵败,遂削去此文,然已家传户颂矣。太函垂殁,自刻全集,在江陵身后十年,却全载此文,亦不窜易一字,稍存雅道云。"① 弇州,即王世贞,太函,即汪道昆,现存明代帐词未见二人作品。可见,明代的帐词创作,作者自掩其迹或被后人遗漏的情况也所在多有。

帐词始于何时,虽无定论,但可以肯定的是,明代前期就已有作品存在。瞿佑(1347—1433)《乐府遗音》即保留下《满庭芳·送保安州王福同知满帐词》《蝶恋花·代人贺王同知满帐词》以及《满江红·送冯知州满帐词》三篇词作,朱有燉(1379—1439)有《满庭芳·题幛子送余纪善致政》,兰茂(1397—1476)曾作《满庭芳·贺龙太守朝京金旗帐》。然而,此时帐词创作并不普遍,尚不成气候。正德以后,帐词才日渐盛行,至嘉靖、万历年间而臻于顶峰。王鸿儒(1459—1519)《王文庄公集》总共存词 23 首,其中帐词有 10 首;毛纪(1463—1545)《鳌峰类稿》存词 7 首,全为帐词;钟芳(1476—1544)《筠溪文集》录词 13 首,帐词占了 8 首;王从善(1523 进士)存词 6 首,俱为帐词。此期重要词人,亦不乏帐词创作。如杨慎作《朝中措·安宁太守吴密斋帐词》《贺新郎·沐上公生子晬帐词》,张綖作《醉蓬莱·并致语赠周履庄擢北工部》《喜迁莺·并致语赠梁寒泉擢东平守》,杨仪作《望海潮·白茆功成赠万别驾幛语》。

假如从词调角度对帐词加以分析,则可更直观地显现明代社交应酬词

① (明)沈德符:《万历野获编》卷 25,北京:中华书局 1959 年版,第 630 页。

的微缩景观。兹以《全明词》及《全明词补编》中题目有明确标识的 190 首帐词作为统计对象,所用词调使用频率较高的依次为:《喜迁莺》(23 首),《归朝欢》(13 首)、《满庭芳》(11 首)、《谒金门》(10 首)、《满江红》(8 首)、《帝台春》(8 首)、《沁园春》(8 首)、《千秋岁》(7 首),词调运用的模式化倾向更趋显著。同时也进一步印证,应酬之风的盛行对明词部分词调发挥了明显的刺激功用。

如果说,明词应酬化、功能化倾向是导致明词衰敝的重要原因之一①,那么,帐词的出现则是令明词滑入谷底的致命一击,赵尊岳《惜阴堂明词丛书叙录》即特别强调:"明人习于酬酢,好为谀莫,宦途升转,必有幛词,申以骈文,贻为致语,系之小令,比诸铭勋,而惟务陈言,徒充滥竽,附之金荃之列,允为白璧之玷。"②明代帐词大多内容空洞、情感匮乏,吉祥词藻堆积,阿谀之辞泛滥,从艺术角度观之,可谓乏善可陈,但不可否认的是,帐词的流行为明词发展乃至复兴创造了潜在的契机。帐词通常书于锦帛之上,制作华丽精美,在热闹喜庆的场合张挂于醒目位置,供人瞻仰、点评,无论是对作者还是主人而言,都是装点门脸的体面事。这就推动着词体从冷清、逼仄的书斋、案头重新登上热闹的社交舞台,一时间身价倍增。同时,它在官场的流行,也令其成功跻身官方文化体系,由此带动更多士人关注并投身词学事业,进一步推动了词学的普及及其社会地位的提升。是否会写词,能否写出应景的帐词,不再无关紧要,而是直接关乎个人的颜面乃至前途。明词正是以应酬词(包括帐词)的勃兴为契机,赢得了广阔的发展前景。进而言之,明嘉靖年间,词的复兴跟帐词的繁盛几乎保持同步,这应该不是纯粹的偶然。当然,词体自身艺术性的沦丧则是不得不付出的沉重代价。

三、明代文学"俗"化取向与《西江月》创作——兼论《一剪梅》

张仲谋师《明代话本小说中的词作考论》曾对"三言""二拍"中所包含的182 首词作使用词调情况进行统计,结果显示,使用 5 次以上的词调依次为:《西江月》(43 首),《鹧鸪天》(11 首)、《望江南》(9 首)、《临江仙》(8 首),《如梦令》(6 首)。更有甚者,在这 182 首词作中,用于卷首卷尾敷演大义或描写中"有词为证"的"客观之词"总共 60 首,而其中《西江月》有 31 首,占了

---

① 如吴梅先生论明词衰落的根源,言及"花鸟托其精神,赠答不出台阁。庚寅揽揆,或献以谀词。俳优登场,亦宠以华藻。连章累篇,不外酬应"。吴梅:《词学通论》,上海:华东师范大学出版社 1996 年版,第 139 页。

② 赵尊岳:《惜阴堂明词丛书叙录》,见《明词汇刊》附录二,上海:上海古籍出版社 1992 年版,第 4 页。

一半还多①。事实上,不仅是"三言""二拍"所代表的明代拟话本小说,在明清长篇章回体小说如《水浒传》《西游记》《红楼梦》等作品中,《西江月》出现频率亦颇为可观;而且不仅是小说,在明代戏曲、讲唱等通俗文类中,该词调同样备受青睐。据李碧《明代戏曲中词的变体与词曲互动》一文统计,明代杂剧和传奇中共收录明代曲家所作《西江月》192 首,且有不少变双调为单调②。此外,明代大才子杨慎曾作《历代史略十段锦词话》(亦称《廿一史弹词》),以弹词讲唱的形式先总论,再分说三代、秦汉、三国两晋、南北朝、十六国、隋唐、五代十国、宋辽金夏、元这九段历史,每段有开场词、下场词各一篇,合计有弹词 20 篇,其中调寄《西江月》者竟至 13 篇。那么,明代通俗文学缘何对《西江月》情有独钟? 该调在整个明词中地位如何? 它在明代又呈现哪些特点及变化? 让我们带着这些问题去一探究竟。

《全明词》及《全明词补编》共收录《西江月》585 首,居明代词调使用率排行榜第 6 位,而在宋代,该调词存 499 首,位列第八,相较而言,其在明代地位略有抬升。如若考虑到这两部明词总集对明代小说、戏曲中的词作多有遗漏这一事实,则明代《西江月》数量仍有提升的空间。

明代这 585 首《西江月》的题材取向并不单一。许伯卿《宋词题材研究》③曾将全部宋词划分为 36 种题材类型,明词《西江月》除科举、寓言等个别类型未能涉足,其余皆有所涵盖。当然,最值得关注的还是哲理、宗教这两大题材类别。《西江月》用作宗教歌曲,既不乏悠久的传统,同时又跟其自身的声情特点有着内在的联系。"古诗的六言句,是四言句的延长,本来就有一种鸭行步的憨呆节奏,再加上七言句的垫步和连句的押韵,这就使得《西江月》这一词调形成了一种谐谑曲的情调。《西江月》一调有很多的佛道歌曲,佛道是笑傲世俗的,而世俗也总是看着佛道有些滑稽可笑,这一契机使得《西江月》被选中为宗教歌曲,形成了道情的风格和情调。"④有别于金元僧、道词热衷于炼形服气或弘扬教义,明代宗教词鲜少出自真正的僧人或道士之手,大多是文人从佛、道教义中引申出对人情事理的论辩解说,故而可与哲理词归并为论道说理词。明代《西江月》创作,以论道说理为主旨的共计 241 首,占明代全部《西江月》词作的 41.2%,占明代 883 首论道说理词的四分之一强。可见,该词调在明代的确表现出较为鲜明的个性特征。

---

① 张仲谋:《明代话本小说中的词作考论》,《明清小说研究》2008 年第 1 期,第 205 页。
② 李碧:《明代戏曲中词的变体与词曲的互动》,《文学遗产》2019 年第 6 期,第 124 页。
③ 许伯卿:《宋词题材研究》,北京:中华书局 2007 年版。
④ 王延龄、周致一评注:《中国历代词分调评注——〈西江月〉》,成都:四川文艺出版社 1998 年版,前言第 4~5 页。

《西江月》之所以常用来论道说理,其原因诚如张仲谋师所言,一方面,"是由宋代至明代词人建立起来的感慨说理的创作范式所决定的。这种范式,滥觞于北宋的道家词人张伯端,形成于南北宋之交的著名词人朱敦儒,而明代中期的大词人杨慎,则进一步扩展了这种范式对通俗文学的影响";另一方面,"《西江月》那种六六七六的句组形式,骈散交错、单双音节交错的节奏类型,既与散体叙事构成对比,又不像齐言之诗那么远离口语化。它给人抑扬中节、从容舒缓、不温不火而又胸有成竹的感觉。既不像《浣溪沙》那么宛转流丽,也不像《六州歌头》那样拗怒慷慨。它适于说理,而且是阅历丰富之人侃侃道来的从容分说"①,这既是明代拟话本小说大量采用《西江月》词调的根本性因素,又是《西江月》一调常用作论道说理的关键所在。

实际上,明代《西江月》论道说理词的 241 个席位,程公远一人即占去 206 席,对提升该词调的地位及其题材取向的集中度,厥功甚伟。程公远(生卒年不详),字坦然,崇祯二年(1629)参郡司兵曹执事,崇祯五年(1632)役满,向上司陈情,乞银助梓其词集《醒心谚》二卷。这部词集旨在"劝善",共计 210 题,上卷多属忠、孝、节、义类,从正面论说;下卷多属戒嫖、戒赌类,从反面劝诫。上下卷各含《西江月》103 首、《鹧鸪天》2 首。也就是说,程公远词见存 210 首,全为论道说理而作,除 4 首调寄《鹧鸪天》外,其余 206 首都是采用《西江月》词调。尽管程公远乃凭一己之力大大扩充了明代《西江月》论道说理词的阵容,带有一定的偶然性,但毫无疑问的是,他为"醒心"、劝善而作的 206 首词为何全用《西江月》词调,就绝非"偶然"二字可以解释。他之所以对该词调如此执着,应该正是看中了其抑扬中节、从容舒缓,既便于感慨说理又适合侃侃而谈的形式特点。

需要特别指出的是,《西江月》因适合论道说理从而被明代戏曲、小说、讲唱等通俗文学大量援用,以及明代词人偏爱以《西江月》论理并由此带来《西江月》创作的兴盛,二者虽分属于不同的文体语境,但在明代文学"俗"化的整体氛围中,二者最终实现了殊途同归,并使《西江月》创作表现出明显的"俗"化取向。

一方面,明代论道说理词通常并不着意从宏观层面阐发宇宙人生的哲理,很少着眼于高远的理想或深邃的哲思,而往往是透过日常生活传达出世俗化的道理,这跟词体"骚雅清空""典雅蕴藉"的境界是背道而驰的,因而显现出世俗化、浅易化的倾向。例如,夏言有《西江月·次朱希真三阕》,前二首曰:

---

① 张仲谋:《明代话本小说中的词作考论》,《明清小说研究》2008 年第 1 期,第 206、208 页。

岁月急如流水,功名虚似浮云。何须劳苦百年心,行止尤来是命。岂得人情胜旧,从教世事更新。笑谈且与俗相亲,好恶胸中自定。对景不妨头白,逢春且放眉开。莫教闲事恼心怀,容忍些儿何碍。尘土难寻道侣,山林应属奇才。朱衣翠袖两边排,不似柴门自在。

这是次韵朱敦儒之作,原词为:

世事短如春梦,人情薄似秋云。不须计较苦劳心,万事原来有命。幸遇三杯酒好,况逢一朵花新。片时欢笑且相亲,明日阴晴未定。日日深杯酒满,朝朝小圃花开。自歌自舞自开怀,且喜无拘无碍。青史几番春梦,黄泉多少奇才。不须计较与安排,领取而今现在。

宋人汪莘曾评价朱敦儒词"多尘外之想,虽杂以微尘,而其清气自不可没"①,此二词当属其发"尘外之想"而具"清气"的典范之作;又黄昇《中兴以来绝妙词选》评此二作"辞浅意深,可以警世之役役于非望之福者"②。相较而言,夏言二词虽有刻意模仿的痕迹,然境界之高下,立见云泥之别。另如施绍莘《西江月·警悟》:

个个难抛紫绶,人人怕老头巾。与谁两个挣输赢,怎地不知安分。卜算从来不准,凭天自有前程。算来蒙懂胜聪明,落得无愁无闷。

唐世济《西江月·醉后》:

醉后何知世界,顽来始近神仙。君看今古几英贤,不及淮南鸡犬。绿树阴中白发,乌纱巾上青天。从他沧海变为田,谁问蓬莱水浅。

不仅语俗,更兼意俗。另外像程公远劝善词集《醒心谚》中的 206 首《西江月》,在开篇《调引》中作者自述:"俗语从心发出,俚词信口追来。百般世务逐条开,一览人人可解。"预设的读者对象是普通民众,乃为有助于世道教化

---

① (宋)汪莘:《方壶诗余自序》,见施蛰存:《词籍序跋萃编》,北京:中国社会科学出版社 1994 年版,第 270 页。

② (宋)黄昇:《中兴以来绝妙词选》卷 1,沈阳:辽宁教育出版社 1997 年版,第 171 页。

而作,故其外形体式虽然像词,但假如以词体艺术性作为评价指标,则实在是乏善可陈,或许从民间俗谚的角度,方能读出一点味道来。

另一方面,以"三言""二拍"为代表的明代通俗文学之所以大量援引《西江月》词,固然是因该词调常用作论道说理的创作传统发挥着诱导作用,然而说到底,该词调内在的通俗浅易的声情特征恰能跟通俗文学的整体语境浑化为一,这正是《西江月》突破词学畛域、实现文体"跨界"的重要先决条件。

每一种词调都隶属于某一宫调。在词可以付诸管弦、播之檀口的时代,词调的韵律、节奏、声情等特征很大程度上都取决于它所隶属的宫调。据周德清《中原音韵》,"六宫"之中,仙吕调清新绵邈,南吕宫感叹悲伤,中吕宫高下闪赚,黄钟宫富贵缠绵,正宫惆怅雄壮,道宫飘逸清幽;"十一调"中,大石风流蕴藉,小石旖旎妩媚,高平条拘滉漾,般涉拾掇坑堑,歇指急并虚歇,商角悲伤宛转,双调健捷激袅,商调凄怆怨慕,角调呜咽悠扬,宫调典雅沉重,越调陶写冷笑。① 此论虽是针对曲调而发,然词调本就跟曲调具有相通之处。

《西江月》,柳永《乐章集》注"中吕宫",张先《张子野词》注"中吕宫",又注"道调宫",故其最初的乐曲风格或包含"高下闪赚",亦即抑扬顿挫、腾挪跌宕或"飘逸清幽"等元素,具有较强的表现力,即便是在词的音乐性削弱以后,它仍然适宜口头文学样式的艺术呈现。同时,该词调仅 50 字的小令体式、双调上下阕完全重复的结构格局,既便于模仿、容易上手,又极易造成一种顺口自然、滑溜俚谐的韵味,贴近通俗文学的创作及其整体语言环境,因而后世词人常以"俗调"视之。如吴衡照《莲子居词话》谓:"词有俗调,如《西江月》《一剪梅》之类,最难得佳。"②谢章铤《赌棋山庄词话》论及"词宜典雅"亦云:"或曰,词者诗之余,然自有诗即有长短句,特全体未备耳。后人不究其源,辄复易视,而道录佛偈,巷说街谈,开卷每有《如梦令》《西江月》诸调,此诚风雅之蟊贼,声律之狐鬼也。乃近日词坛哲匠,亦复不嫌鄙倍,唱道情鼓子词之类,张皇楮墨。"③此论虽是站在反对词体俗化的立场,却也客观地反映出,《西江月》以及《如梦令》等词调更适宜通俗文学的情境氛围。概言之,《西江月》自身的体式特征使它具备了俗化的先决条件,而其大量羼入通

---

① (元)周德清:《中原音韵》卷下,《景印文渊阁四库全书》第 1496 册。
② (清)吴衡照:《莲子居词话》卷 3,见唐圭璋:《词话丛编》,北京:中华书局 2005 年版,第 2454 页。
③ (清)谢章铤:《赌棋山庄词话》卷 2,见唐圭璋:《词话丛编》,北京:中华书局 2005 年版,第 3346 页。

俗文学的传统，又进一步强化了人们视其为俗调的思维定势。

正因为《西江月》顺应了明代文学世俗化、通俗化的趋势，故而它在以拟话本小说为代表的通俗文学中如鱼得水。当然，明代《西江月》的俗化取向并不局限于论道说理题材，而是在明词其他题材类型中亦有所表现。咏怀词如施绍莘《感旧》：

> 渐渐流光换也，些些髭鬓添时。当初判做一番痴，痴到而今何似。
> 不悔怎生不悔，不思终费寻思。今朝且莫更攒眉，越越不胜愁矣。

艳情词如高濂《题情，代作》：

> 有恨不随流水，闲愁惯逐飞花。梦魂无日不天涯，醒处孤灯残夜。
> 恩在难忘销骨，情含空自算牙。重重叠叠剩还他，都在淋漓罗帕。

咏物词如王慎中《咏芙蓉·雾中芙蓉》：

> 欲拟乌纱则淡，将模翠縠尤深。重重袅袅罩清真，别是一般风韵。
> 远睇其如不的，迫看又恐逢嗔。盈盈脉脉好愁人，只隔些儿难近。

闲适词如吴承恩此作：

> 古岸垂杨钓艇，小桥流水疏篱。杏花茅屋舞青旗，人道他家好醉。
> 日暖黄鹂共劝，雨余紫蟹偏肥。归时拼个典春衣，抱着瑶琴且睡。

交游词如施绍莘《忆朗公归山》：

> 供佛灯前放榻，炙香炉畔烹茶。忽思人去及梅花，几度霜天雪夜。
> 记得那人说道，水云深处为家。推窗极目望归霞，约摸结庐其下。

写景词如易震吉《小园》：

> 嫩蕊香迷戏蝶，垂藤影捕憨猫。小园只当一枝巢，留住寻芳山轿。
> 石点南宫块块，筠图与可梢梢。柴门日落有人敲，为说花枝妨帽。

节序词如易震吉《九日》：

> 要识西风面目，须看满地黄花。登山莫晒帽夭斜，自古重阳风大。
> 佳味初尝螃蟹，小腰频拨琵琶。满拚沉醉不归家，那问夕阳西下。

可以说，《西江月》自身的体式特点与明代文学"俗"化取向的合流，最终成就了明代《西江月》创作的繁荣；而《西江月》创作为明词所赋予的俗化内质，则是明词特色的具体表征。

被吴衡照《莲子居词话》视作"俗调"的，除《西江月》之外，还有《一剪梅》[①]。

《一剪梅》，调见周邦彦《清真集》。《康熙词谱》取周邦彦"一剪梅花万样娇"及吴文英"远目伤心楼上山"为正体。该调通常为双调60字，上下阕各6句，744744/744744句式，周词三平韵，吴词四平韵。然而有趣的是，该词调最具特色也最为明人所钟爱的，却非《词谱》所列之"正体"，而是张炎"剩蕊惊寒减艳痕"词之四平韵、两叠韵体，即上阕二三句、下阕五六句俱叠韵，或蒋捷"一片春愁带酒浇"词之六平韵体，即上下阕12句，句句押韵。

押韵，这是韵文区别于散文的根本标识。近体诗对押韵的要求尤为严格，不但押韵位置固定，而且所押之字应属同一韵部，但又不能使用同一字。此外，近体诗在对仗时，也要尽量避免上下句同字相对。词之体式要求虽不似近体诗那般严格，但其押韵、对仗等也需遵循一定规则，而《一剪梅》则是打破这些规则的极端个例。

《一剪梅》形式上最显著的特点就是不避用同字。其二、三两句以及五、六两句，无论韵脚或非韵脚处，都可同字相对，既可一字相同，也允许二字、三字相同。更有甚者，明词中出现了如王世贞《登道场山望何山作》、卓人月《读三国志》这类"福唐独木桥体"或"半独木桥体"的特殊格式。王世贞词曰：

> 小篮舆踏道场山。坐里青山，望里青山。渐看红日欲衔山。湖上青山，湖底青山。　　一湾斜抹是何山。道是何山，又问何山。姓何高士住何山。除却何山，更有何山。

---

① （清）吴衡照：《莲子居词话》卷3，见唐圭璋：《词话丛编》，北京：中华书局2005年版，第2454页。

此词通篇以"山"字落脚,尤其是下片,借"何山"之歧义而显谐趣,虽是游戏之作,却也别有风味。卓人月词云:

> 闲看人物似看花。少似春花,老似秋花。少年英俊属谁家。表在刘家,策在孙家。　　我今四海就无家。空读儒家,空羡兵家。悠悠二十未舒花。不是春花,难道秋花。

该词韵脚只使用了同韵的两个字——"花"与"家",且首尾押"花",中段押"家",同中取异,异中求同,呈现首尾贯通的圆融之美。

这两首词虽然都是偶一为之的游戏之作,但明人填写《一剪梅》词调,叠字、叠韵现象却是普遍存在的。这就打破了诗词创作的基本属对原则,造成一种紧凑急促、回环往复的风格特征,增强了韵律感与节奏感。同时,这种突破诗词传统模式的创作样态,又带有一定的游戏色彩,因而更能激发词人的创作兴趣。《一剪梅》在明词中总共出现 144 次,在明代词调使用率排行榜上居第 44 位,较之宋词,上升幅度颇为明显。个中缘由,固然跟该调创调时间较晚有关[①],然其体式上同字重复的特点亦当是其得获明人青眼的重要因素。对此,从明代《一剪梅》词不常采用周邦彦、吴文英体,而较多选用二三句、五六句叠字体这一现象上即可获得印证。

《一剪梅》体式上的这些特点,容易造成韵多而急促的风格。该调通篇 12 句,如果句句押韵,就会在短短 60 字之中出现 12 个韵位,平均每 5 字一韵。加之 12 句中,有 8 句频繁使用叠字、叠韵,从而极易造成顺口、打油的格调,虽富韵律和节奏美感,但缺乏典雅舒缓的韵致,难免流于平易浅熟。恰如清代焦循《雕菰楼词话》所论:"词调愈平熟,则其音急,愈生拗,则其音缓。急则繁,其声易淫,缓则庶乎雅耳。"[②]即便是本应哀思绵邈的悼亡之作,亦不免带上抹不掉的俳谐味道。如明末曾异撰曾为悼念亡友而作《一剪梅》,词前小序曰:"中夜无眠,忆亡友赵懋淑、薛元素,皆予垂髫同学之伴也。二君与予皆行三。"其情还算恳挚,然观其词:

> 少时三友一书堂。赵氏三郎,薛氏三郎。问年上下共排行。伊也三郎,我也三郎。　　有时佳夕未联床。我挽三郎,去觅三郎。街头拍板哄俳场。正觅三郎,遇着三郎。

---

① 《一剪梅》词调,首见于周邦彦《清真集》,因其首句"一剪梅花万样娇"而得名。

② (清)焦循:《雕菰楼词话》,见唐圭璋:《词话丛编》,北京:中华书局 2005 年版,第 1491 页。

虽为祭悼,却因俚俗诙谐的格调冲淡了沉痛哀婉的情思,很难令读者入情入境,生发共鸣。故而清人论词,往往将《一剪梅》一并打入俗调,如陈廷焯《白雨斋词话》称:"词中如《西江月》《一剪梅》《钗头凤》《江城梅花引》等调,或病纤巧,或类曲唱,最不易工。(难得大雅)善为词者,此类以不填为贵。"①明人面对《西江月》《一剪梅》等词调,非但未能做到"不填",反而填之尤勤,由此亦可见明人较之清人在词体雅俗观及审美取向上的反差。事实上,《西江月》《一剪梅》等"俗调"以明代文学"俗"化取向为背景,在明词创作中如鱼得水,既在一定程度上推动着明词的俗化进程,又成为展示明词俗化特质的生动样板,有助于我们从一个侧面去探求明词特色之所在。

四、词学传统的承袭与明代《苏武慢》创作

明词用调的特点之一是小令繁盛、长调式微,然而在这一总体趋势下,也有个别例外情况的出现。其中,长调《选冠子》使用频率的激增及其位次的提升无疑最引人瞩目。

《选冠子》,又名《苏武慢》《惜余春》《惜余春慢》,调见《乐府雅词·拾遗》所录北宋张景修词。它在宋词中仅出现33次,并不常用。而使用《苏武慢》之名,则首见于蔡伸《友古居士词》。该词虽写羁旅之愁、相思之怨,然首句"雁落平沙,烟笼寒水,古垒鸣笳声断",写极边地苍凉景致,或以此而定调名。除去蔡伸此作,宋词以《苏武慢》为调名的,仅见朱敦儒、侯寘、陆游、辛弃疾各一作。这5首《苏武慢》创作时间自南渡前后延续至南宋中期,到了南宋后期,以《苏武慢》填词已近乎绝迹。然而时至明代,《选冠子》一调扭转乾坤,逆袭成功,并一跃而成为明代常用词调,以252篇作品量荣登明代词调使用率排行榜的第28位,其中以《苏武慢》为调名的就有222篇。从5篇到222篇,跨越幅度如此巨大,令人匪夷所思。其实,如若将宋词与明词的过渡环节——元词——也纳入考察范畴,那么,个中缘由也就水落石出了。

元至正七年(1347),仙游山道士彭致中采集古今仙真歌辞,梓行《鸣鹤余音》九卷。因传言道教仙人常驾鹤飞升,故往往以"鹤"喻指道士或仙人,而"鸣鹤"则借喻仙真道人之诗歌;"余音"乃取"余音绕梁"之意,喻声音美妙动听。《鸣鹤余音》所录作品以词为主,有近五百首,另存诗、歌、赋、杂文等计二十余篇,主论理气养性、治身延命、清静无为之道。其中卷二录全真道士冯尊师《苏武慢》词20首,亦以内丹修炼为旨要,同时收录的还有道园道

---

① (清)陈廷焯:《白雨斋词话》卷7,见唐圭璋:《词话丛编》,北京:中华书局2005年版,第3943页。

人虞集追和之作 12 阕并《无俗念》1 阕。

《鸣鹤余音》在明代前中期比较流行，有正统年间《道藏》本。又曾以钞本形式流传，卷首有虞集"叙"，清人黄丕烈即以明钞本为底本加以补校，后收入《四库全书存目丛书》。然而，真正令《苏武慢》广为流传乃至风靡一时的，并非《鸣鹤余音》中冯尊师的原创，而主要得力于虞集追和词创作及其对冯尊师原作的推广。虞集（1272—1348），字伯生，号道园，元代著名诗人，与杨载、范梈、揭傒斯并称"元诗四家"；其学亦冠当时，与揭傒斯、柳贯、黄溍并称"元儒四家"。他虽不以词鸣世，词作仅存 31 首，然小令与长调兼善，亦可称元词之一家。明钞本《鸣鹤余音》虞集"叙"曰：

> 会稽冯尊师，本燕赵书生，游汴，遇异人，得仙学。所赋歌曲，高洁雄畅，最传者《苏武慢》二十篇。前十篇道遗世之乐，后十篇论修仙之事。会稽费无隐独善歌之，闻者有凌云之思，无复留连光景者矣。予山居，每登高望远，则与无隐歌而和之。无隐曰："公当为我更作十篇。"居两年，得两篇半，殊未快意也。昭阳协洽之年，嘉平之月，长儿冈之官罗浮。予与清江赵伯友，临川黄观我、陈可立、吴文明，平阳李平幼子翁归，泛舟送之。水涸，转鄱阳湖上，豫章遇风雪，十五六日不能达三百里。清夜秉烛，危坐高唱，二三夕得七篇半。每一篇成，无隐辄歌之。冯尊师天外有闻，必能乘风为我一来听耶。明年，舟中又得一篇，并《无俗念》二首。后三年，仙游山道士彭致中采集古今仙真歌辞梓而刻之，与瓢笠高明共一笑之乐也。道园道人虞集伯生叙。[①]

"昭阳协洽"系采用干支（岁阳、岁阴）纪年法，即"癸未"，也就是元至正三年（1343）。可见，虞集这 12 阕《苏武慢》及《无俗念》1 阕，成于作者晚年，又兼得意之作，更因费无隐之歌而增色，文人雅事，相得益彰。较之彭致中《鸣鹤余音》"多方外之言，不以文字工拙论"[②]，虞集词作在艺术层次上无疑更胜一筹。且看其中第五首：

> 放棹沧浪，落霞残照，聊倚岸回山转。乘雁双凫，断芦漂苇，身在画图秋晚。雨送滩声，风摇烛影，深夜尚披吟卷。算离情、何必天涯，咫尺

---

① （元）虞集：《〈鸣鹤余音〉叙》，见（元）彭致中：《鸣鹤余音》卷首，明钞本，《四库全书存目丛书》集部第 422 册。

② （清）永瑢等：《〈鸣鹤余音〉提要》，见《四库全书总目》卷 200，北京：中华书局 1965 年版，第 1832 页。

路遥人远。　　空自笑、洛下书生,襄阳耆旧,梦底几时曾见。老矣浮丘,赋诗明月,千仞碧天长剑。雪霁琼楼,春生瑶席,容我故山高宴。待鸡鸣、日出罗浮,飞渡海波清浅。

此作被朱彝尊《词综》选录,更被陈廷焯誉为"词骨颇高,似出仲举之右"①。词中流露出高风绝尘的卓荦气质以及对道家仙境的遥想,的确令其超拔于尘俗之上。

虞集和作在其生前即已被彭致中《鸣鹤余音》收录;虞集卒后,金伯祥(名天瑞,以字行)刊刻《道园遗稿》六卷,卷六载词 4 阕,并附从《鸣鹤余音》整体移植的 13 首。故而凌云翰《鸣鹤余音》小序言及,"著雍阉茂之岁,灯夕后三日,偶阅《道园遗稿》,欲尽和之"②,"偶阅"之书,即当指此本。《全明词》收录了凌云翰"欲尽和之"的这 13 首词作,而实际上,"著雍阉茂之岁"乃元至正十八年戊戌(1358),所以它们并非严格意义上的"明词"。可见,在元末词坛,"鸣鹤余音"亦可用作虞集追和词 13 首的专称。至正二十四年(1364),金伯祥重刊《道园遗稿》,所附"鸣鹤余音"除保留虞集 13 作之外,另附冯尊师《苏武慢》20 篇。金伯祥跋曰:

> 右《苏武慢》三十二首、《无俗念》一首,全真冯尊师、道园虞先生所共作也。昔刊《道园遗稿》,而先生所作,已附于编。然其所谓冯尊师最传者廿篇,世莫全睹。今复并类编次,以刻诸梓,庶方外高人,便于通览。惟先生道学文章著天下,冯尊师仙证异论,超迥卓绝,其自有《洞源集》行于世,可考见云。至正二十四年,岁次甲辰,秋八月二日癸巳,渤海金天瑞谨识。③

至此,"鸣鹤余音"又成为冯、虞二人《苏武慢》32 首、《无俗念》1 首合集的代称。而在明代前中期,"鸣鹤余音"俨然化身为虞集词之别集,如正统六年(1441),吴讷汇辑唐宋金元明人词集 100 种而成《百家词》,其间即包括虞集《鸣鹤余音》一卷;天顺六年(1462),西涯主人辑录《南词》64 种 87 卷,其中亦收录虞集《鸣鹤余音》一卷。《鸣鹤余音》作为彭致中所辑仙真歌辞的本初形态反而逐渐被人们遗忘了。

---

① (清)陈廷焯:《词则·别调集》卷 2,上海:上海古籍出版社 1984 年版,第 666 页。
② (元)凌云翰:《柘轩词》,见朱孝臧:《彊村丛书》,上海:上海书店;扬州:江苏广陵古籍刻印社 1989 年版,第 1690 页。
③ 赵尊岳:《词籍提要·鸣鹤余音九卷》附录金天瑞跋,见《词学季刊》第 3 卷第 1 号,第 44 页。

虞集和作问世后不久就引发了时人模仿的热潮。李日华《六研斋笔记》载:"虞道园叠《苏武慢》词十二首,张伯雨闻而和之。余见其手录稿,作细行楷,词翰俱入清玩。"①张伯雨,即元代书画兼诗文词曲家张雨,字伯雨,卒于元至正十年(1350),故其创作时间实距虞集未远。随后又有至正十八年(1358)凌云翰追和之作。入明,唐文凤(约1414年前后在世)曾作《跋杨彦华书虞文靖公苏武慢词后》,在介绍虞集及其《苏武慢》组词之后,称:"余僚友杨春庵酷嗜此词,喜而书之,联为巨轴,字体萧散,俊逸有晋唐人气,或遇风清月霁之夕,冯、虞二公有知,当乘云御风而来,寻歌审音,玩书留迹,亦复绝倒也。故跋以归之。"②另,弘治年间,朱存理将虞集《苏武慢》12阕及后人和韵之作汇编成一册③,并作《跋鸣鹤余音后》,曰:"右《鸣鹤余音》一卷,所刻冯尊师、虞学士《苏武慢》二家词也。学士从孙字胜伯者,居吴中,有文称于时,里人金伯祥与其子镠从游。胜伯尝刻学士《道园遗稿》,复刊此词,皆镠手书也。镠字南仲,别有巾箱小板之刻,与此无异。胜伯装嵌成册,手书跋后。成化间予从其家得之,求题于匏庵吴公。公出示项秋官所作,喜为书一过于此册后。他日又得凌云翰之作,附书之。吾友沈润卿购藏金氏刻板,今并二家以寄润卿,俾续刻之……"④从而令《苏武慢》"像汉代由《七发》而成'七体'一样,俨然成为一种独特的文体或文学现象了"⑤。

由此可见,《苏武慢》在明代的流行,实际得力于自元代以来由冯尊师开其源、虞集导其流,再经张雨、凌云翰、唐文凤、朱存理等人推波助澜的叠加效应,是宗教、文学、音乐、书法等领域合流互通的产物。尤其是在明代前期词坛,乘理学体词繁衍之东风,冯、虞二人以至凌云翰词中所裹挟的道教气息以及对人生的内省体悟,无疑为明人发抒性理作出了良好的示范;而长调组词的结构模式,一方面极大地扩充了词体的篇幅容量,以便于将议论引向深入,另一方面,也因其系统性、规模化而更容易引人瞩目,进而激起模仿创作的欲望。故而一时之间,次韵之作层见迭出,林鸿创作8首、姚绶"追和虞

① (明)李日华:《六研斋笔记》,南京:凤凰出版社2010年版,第16页。
② (明)唐文凤:《跋杨彦华书虞文靖公苏武慢词后》,见《梧冈集》卷7,《景印文渊阁四库全书》第1242册。
③ 参见祝允明《苏武慢》组词小序,谓:"初,元人冯尊师作二十篇,虞学士和十二篇。继虞韵者,今凡三五家,朱性父集一册。予阅之,复得此,亦用虞韵以附朱册之末,惜不称前赏耳。"见《全明词》,第417页。
④ (明)朱存理:《跋鸣鹤余音后》,见《楼居杂著》,《景印文渊阁四库全书》第1251册。
⑤ 张仲谋:《明词史》(增订版),北京:人民文学出版社2020年版,第119页。

道园"①8 首、林俊"鸣鹤余音,次虞邵庵韵"②14 首、祝允明"亦用虞韵"③12
首,以及李汛《寄白岳山人六首》,陈霆《悟俗,用虞邵庵韵》《下第时作。以下
共四首,俱用虞邵庵韵》,夏言《次虞伯生韵,咏白鸥图》《次虞韵,题明月榭》
《次虞韵,写怀一十二首》,刘节《和答桂洲阁老》2 首、《自述,用桂洲阁老韵》
12 首④等,延续着玄言性理的传统,既为虞集《鸣鹤余音》的传播造势,又从
客观上对《苏武慢》一调在明代的推广与普及踵事增华。成化、弘治年间,顾
恂创作《苏武慢》词 61 阕,咏物、论道、祝寿、咏怀、交游、写景等各类题材不
一而足,占其词别集《昆山顾桂轩先生啖蔗余甘词》138 首的将近一半。顾
恂之作虽然大大拓展了该词调的题材领域,而不限于发抒性理这一端,但说
到底,他对该词调的偏爱及熟练驾驭,必然离不开当时广泛的"群众基础"。
这一现象在桑悦、蒋冕、黄玺等人的创作中同样有所体现。

因此可以说,明词创作既具时代性,是明代社会文化环境作用于词人的
结果,并以创作成果反作用于时代的精神风貌;同时又具传承性,是词学传
统在明代的延续与发展。任何一种词学现象通常都不会横空出世,往往都
是前有因、后有果,前有源、后有流。《苏武慢》一调在明代的走红即鲜明地
印证了这一点。

五、江南地域文化的集结与《江南春》创作

《全明词》及《全明词补编》共辑录《江南春》115 首,其中包括 64 位作家
追和倪瓒原唱的 99 篇作品,令《江南春》一跃而成为明代常用词调。

关于《江南春》的文体属性,《四库全书总目》之《江南春词》"提要"已作
辨证:"今考云林诗集,惟'春风颠'一首载入七言古体,题作《江南曲》,而无
'汀州夜雨'一首,则后一首是七言诗,而前一首是词耳,然文征明《甫田集》
云'追和倪元镇《江南春》',亦载入诗内,则当时实皆以诗和之。盖唐人乐府
被诸管弦者,往往收入诗集,自古而然,固非周之创例矣。"⑤对此,当代学者
亦多有辨析⑥,故毋庸赘言。在此需要特别指出的是,如果说,明代《苏武慢》
创作的盛行很大程度上归功于一部词籍——《鸣鹤余音》,一个人物——虞

---

① 见《全明词》,第 304 页。
② 见《全明词》,第 397 页。
③ 见《全明词》,第 417 页。
④ 刘节的这 14 首《苏武慢》,虽自称乃和夏言词韵,但实际上仍是用虞集词韵。
⑤ (清)永瑢等:《四库全书总目》卷 190,北京:中华书局 1965 年版,第 1741 页。
⑥ 如张仲谋《〈全明词〉中词学资料考释》一文,载《词学》第 23 辑,上海:华东师范大学出版社
2010 年版,第 172 页。另如张若兰《明代中后期词坛研究》之《吴中〈江南春词〉唱和考》,见
《明代中后期词坛研究》,北京:中国社会科学出版社 2010 年版,第 48 页。

集，一种社会文化环境——崇道教、扬性理，以文学作为明心见性的工具，那么，明代《江南春》创作的蔚然成风则与之不谋而合。同时，它更彰显着江南士人以地域文化为纽带所展开的跨越时空的精神交流。

明代《江南春》创作的繁荣首先得益于首倡者倪瓒的感召力。倪瓒（1306—1374），字元镇，号云林，又署云林子、云林散人，江苏无锡人。他家境富饶，多聚古器珍玩。元至正间，忽散其财，遁迹于五湖三泖间，自称"懒瓒"，又谓"倪迂"。元末兵戈扰攘之际，仍"扁舟箬笠，往来震泽、三泖间，独不罹患"①，张士诚召之亦不出。他书画兼善，绘画与黄公望、吴镇、王蒙并称"元四家"；亦善诗文词，陈廷焯评其词"风流悲壮，南宋诸巨手为之亦无以过"②。曾作《江南春》三首，"录上，求元举先生、元用文学、克用征君教之"③，并有同题书法、绘画创作传世。诗、书、画三位一体，既相映成趣，更相得益彰，为之后的传播与再创作提供了良好的榜样示范。

此后，先是成化七年（1471），陶成将倪瓒《江南春》书于杜琼所绘《江南春雨图》上。后至弘治初，吴县许国用得倪瓒手稿，遍邀吴中名士祝允明、文征明、沈周等品评追和。弘治二年（1489），祝允明追和之，并作跋云："国用得云林存稿，命仆追和。窃起蝇骥之想，遂不终辞。按其音调乃是两章，而题作三首，岂误书邪？弘治己酉二月，长洲祝允明记。"④弘治十一年（1498），文征明追和"象床凝寒照篮笋"一首，跋云："追和倪先生《江南春》二篇，篇后题元举者，盖王元举兄弟，克用为虞胜伯别字也。弘治戊午冬闰，后学文璧征明。"⑤嘉靖九年（1530），文征明再作"春雷江岸抽琼笋"及"碧碗春盘荐春笋"二首，并跋曰："征明往岁，同诸公和《江南春》，咸苦韵险，而石田先生骋奇抉异，凡再四和，其卒也，韵益穷而思亦益奇。时年八十余，而才情不衰，一时诸公为之敛手。今先生下世二十年，而征明亦既老矣。因永之相示，展诵再三，拾其遗余亦两和之。非敢争能于先生，亦聊以致死生存殁之感尔。嘉靖庚寅仲秋，文征明记。"⑥其间另有沈周所作 4 首，以及唐寅"正德丁丑"（1517）"奉同"之作等多篇，由此掀起自弘治至嘉靖间《江南春》追和创作的热潮。

不难发现，继起者祝允明、文征明、沈周、唐寅等人跟倪瓒身份相似，都

---

① （清）张廷玉等：《明史》卷 298，北京：中华书局 1974 年版，第 7624～7625 页。
② （清）陈廷焯：《白雨斋词话》卷 3，见唐圭璋：《词话丛编》，北京：中华书局 2005 年版，第 3823 页。
③ （明）沈周等：《江南春词》，明嘉靖刻本，《四库全书存目丛书》集部第 292 册。
④ （明）沈周等：《江南春词》，明嘉靖刻本，《四库全书存目丛书》集部第 292 册。
⑤ （明）沈周等：《江南春词》，明嘉靖刻本，《四库全书存目丛书》集部第 292 册。
⑥ （明）沈周等：《江南春词》，明嘉靖刻本，《四库全书存目丛书》集部第 292 册。

是诗、书、画兼善的江南名士,这是促成此次追和热潮的先决条件;而对倪瓒高洁人格的推崇、对其优游闲雅的生存状态的向慕,则是激起大规模仿作浪潮的心理驱动因素。

明代《江南春》创作的繁荣还要在很大程度上归功于《江南春词》的编辑出版。嘉靖十八年(1539),袁表序刻《江南春词》一卷,汇辑倪瓒原唱以及自沈周而下追和之作。它的刊刻出版,点燃了《江南春》模仿创作的烈焰。至万历年间,又有朱之蕃汇刻本问世。延及明末乃至清代,和韵之作依然绵绵不绝。此间,和作队伍不断发展壮大,终于突破了发源于吴中的地域限制,令《江南春》唱和的影响持续向周边辐射。清道光年间,《江南春词》精写刻本一卷在广州出版,不仅证明其传播阵地的拓展,亦可显见其艺术生命之持久。

当然,《江南春》创作之所以能够荟萃成为一时景观,也离不开其所处的时代与地域文化背景。清代四库馆臣《江南春词》"提要"言及,《江南春词》一卷有明嘉靖十八年袁表序刻本,后有袁褧跋。而《四库全书存目丛书》集部所收明嘉靖刻本《江南春词》却未见袁表序及袁褧跋,故四库馆臣经眼之《江南春词》,应是嘉靖年间另一版本,今或已亡佚[1]。袁褧所作《江南春词序》可于其本集中得见,其中有言:"有元倪隐君者,高洁成性,文采有章。家本江南,缀江南词二首,颇叙乐土之怀,兼感黍离之叹,韵旨清远,实为雅制。我吴先辈,追和厥辞,或述宴游,或标风壤,或抒己志,或赋闺情,迭奏金声,积盈缃素。"[2]杨仪《江南春·追和倪云林先生韵》跋曰:"元镇,本锡山富室,惟清介绝俗,晚至无家,多寄居琳宫梵宇。世传其手书《江南春》,必思归之作也。"[3]袁褧和杨仪不约而同地指出倪瓒《江南春》创作的两个显著特征:一是描摹江南风物,乃"叙乐土之怀"的"思归之作";二是抒发隐逸情怀,是"高洁成性"或"清介绝俗"者的咏怀之作。

自宋南渡以来,江南逐渐成为中国经济、文化的重心,尤其是当元末战乱之际,其特殊的地理区位和政权归属使之成为当时文化存续的重镇。到明代中期,江南地区文风阜盛,并以古代吴越地域文化为积淀,逐步凝聚成富有鲜明个性的区域性文化——既表现出对本土文化的强烈认同,又带有对政治和官方文化的淡漠与疏离。在这种文化心理作用下,倪瓒《江南春》

---

[1]　关于《江南春词》版本情况,可参阅余意《〈江南春〉词集版本考略及其相关问题》一文,见陈文新、余来明主编:《明代文学与科举文化国际学术研讨会论文集》,武汉:武汉大学出版社2010年版,第283～293页。

[2]　(明)袁褧:《江南春词序》,见《衡藩重刻胥台先生集》卷14,明万历十二年衡藩刻本,《四库全书存目丛书》集部第86册。

[3]　见《全明词》,第908页。

在明代高调复出正可谓适逢其会。

倪瓒本是无锡人,中年以后遁迹五湖三泖间,优游于宜兴、苏州、常州、嘉兴、松江一带,足迹所至,基本不出江南。在《江南春》中,作者渲染出一派江南春雨初霁的明媚晨景,描摹景物家常却又饱含风土和人文底蕴,字里行间饱含背井离乡的感伤与惆怅,且以"江南春"命题,直戳要害,极易激起江南文士的情感共鸣。同时,作品意境萧散冲淡,"韵旨清远",又契合着江南文人渴望抽离人事纷扰和市井喧嚣的内在诉求。可以说,倪瓒《江南春》仿佛为明人架构起异次元空间,实现了超时空的守望与对话,彰显着江南文化在历史传承中所具有的跨越时代的默契。而以追和的形式予以呈现,不但肯定了心理上的认同,并且对于所认同的文化又借助艺术再创造的形式不断加以定型与强化。

第三节　明代新增词调辨证

词调源于曲调,故与其所依附的音乐有着天然而密切的联系。唐至两宋时期,新词调的产生是以新曲调的创制为前提。所以,当词乐失传、词之音乐功能丧失以后,词调的衍生也就失去了理论上的合理性。然自宋末以来,一些新生词调却层出不穷。尤其是在明清词坛,新生词调虽不能代表词学发展的主流,或因流传受限而缺乏影响力,甚至因有乖音律准绳而遭方家嗤笑,但却令当时词坛显现出有别于唐宋且独具时代个性的新异姿容,其中的某些部分也在一定程度上代表了作家有为而作、振兴词学的积极努力与追求。

《全明词》及《全明词补编》收录的24373首词作共使用词调668种(正名),多数是承袭唐宋词已有调式,但有一百余种,其"调名"未见于前代。其中,除去明人自创的102种词调之外,尚余一些,虽从未见诸前代词作,却亦不可归入明代"新增"词调的范畴,且从严格意义上说,它们中的大部分甚至不应冠以"词调"之名。然而,本研究既以《全明词》及《全明词补编》作为文献基础,故对其中以词调姿态出现的"伪词调"又不能视而不见。因此,在考察明代词调衍生现象之前,有必要首先对这两部明词总集中出现的"伪词调"加以辨析。

一、明代"伪词调"的成因

所谓"伪词调",是指那些本不是词作却羼入词集中的作品所使用的题

名。这些"伪词调"按其衍生途径的不同,大致可分为两类:

第一类:因明人或今人的误解,从而将诗题误作词调。例如《花非花》《阿那曲》《字字双》《嘻乐歌》《一七令》《行不得也哥哥》《鹧鸪词》《不如归去》《江南春》《竹枝》《杨柳枝》等几种。

1.《花非花》《阿那曲》《字字双》辨证

《花非花》《阿那曲》《字字双》之所以衍为词调且影响甚广,很大程度上导源于杨慎《词品》的郢书燕说。

杨慎《词品》有如下论断:

> (1) 白乐天之词,《望江南》三首在乐府,《长相思》二首见《花庵词选》。予独爱其《花非花》一首云:"花非花,雾非雾。夜半来,天明去。来如春梦不多时,去似朝云无觅处。"盖其自度之曲,因情生文者也。花非花,雾非雾。虽高唐、洛神,奇丽不及也。[1]
>
> (2) 女郎王丽真,有词名《字字双》:"床头锦衾斑复斑。架上朱衣殷复殷。空庭明月闲复闲。夜长路远山复山。"[2]
>
> (3) 仄韵绝句,唐人以入乐府。唐人谓之《阿那曲》,宋人谓之《鸡叫子》。唐诗(下略)。宋张仲宗词云:"西楼月落鸡声急。夜浸疏香寒淅沥。玉人醉渴嚼春冰,晓色入帘横宝瑟。"张文潜荷花一首云:"平池碧玉秋波莹。绿云拥扇青摇柄。水宫仙子斗红妆,轻步凌波踏明镜。"杜祁公咏雨中荷花一首云:"翠盖佳人临水立。檀粉不匀香汗湿。一阵风来碧浪翻,真珠零落难收拾。"三首皆佳。宋人作诗与唐远,而作词不愧唐人,亦不可晓。《太平广记》载妖女一词云:"五原分袂真胡越。燕折莺离芳草歇。年少烟花处处春,北邙空恨清秋月。"其词亦佳。[3]

其(1)中所引白居易《花非花》实为长短句诗,见于《白氏长庆集》卷12;其(2)所录《字字双》始见于《太平广记》卷330,征引张荐《灵怪集》,叙中官夜宿,遇崔常侍等四鬼举酒赋诗事,这四句即崔常侍所赋联句诗,非词,原无题名,亦与女鬼王丽真无涉[4]。《词品》所引文字与原诗几乎一致,惟第三句"明月"原作"朗月";其(3)关于《阿那曲》,所引内容亦俱为诗而非词,《全唐

---

① (明)杨慎:《词品》卷1,见唐圭璋:《词话丛编》,北京:中华书局2005年版,第427页。
② (明)杨慎:《词品》卷2,见唐圭璋:《词话丛编》,北京:中华书局2005年版,第450页。
③ (明)杨慎:《词品》卷1,见唐圭璋:《词话丛编》,北京:中华书局2005年版,第431页。
④ (宋)李昉等编:《太平广记》卷330,北京:中华书局1961年版,第2622页。

五代词》"副编"已作详细考辨①。至于"宋人谓之《鸡叫子》",大概亦是想当然的无稽之论。

《词品》之论对明代后期乃至清初词学影响甚深。《花草粹编》《唐词纪》《词的》《古今词统》《词律》《词综》《词苑萃编》《历代诗余》等词选或词论多沿袭其说,或依葫芦画瓢,或添枝加叶,甚至节外生枝,这些原属诗歌类型的作品公然成为言之凿凿的词学经典。

《词品》及接踵而至的诸类词学著作又反作用于明词创作。上述三题,在唐宋人选唐宋词的各种版本中皆未曾出现,于明代以前亦从未以词的身份面世,而《全明词》及《全明词补编》则据明清词选或文人别集收录《花非花》6篇(李渔4篇,吴骐、计南阳各1篇)、《阿那曲》4篇(傅汝舟、顾谏、李明岳、李淑媛各1篇,其中李淑媛之作名《鸡叫子》)、《字字双》7篇(释大汕2篇,周履靖、徐士俊、陈翼飞、江士式、丁焯各1篇)。经典词学论著的权威阐释加之当代词坛的创作实绩,这三个经由杨慎信口点化的"诗题"摇身一变成为根基深厚、可稽可考的"词调"。因此,明代后期词坛对这三种"词调"的"发现"与继承,其实并非如某些学者所认为的,是一种有意识的词学复古行为;事实上,这一现象乃是明人诗词未分、以讹传讹所致,而杨慎或许正是始作俑者。

2.《嘻乐歌》《一七令》辨证

明人郑汝璧《由庚堂集》卷14收《嘻乐歌》4首,每首十句,每句自一字至十字依次递增,《全明词补编》据录,并加案语曰:"此四首《嘻乐歌》不见《词谱》《词律》,不知是否为词。然在此集中与前面的词一起列入'诗余'部分,表明是作为词收录的,姑存之。"②"嘻乐歌"既不见诸《康熙词谱》及《词律》,亦无先例可循,在形体格式上倒是有点接近"一七令"。

毛先舒《填词名解》曰:"一七令,从一字至七字,成调始自唐人送白乐天席上指物为赋。"③此论当是据杨慎《升庵长短句续集》所录《一七令》4首以及词前的那段序言:"舟中阅唐诗人王起、李绅、张籍、令狐楚于白乐天席上,各赋一字至七字诗,以题为韵。遂效其体,为花、风、月、雪四首。"④

杨慎所言唐诗人于白乐天席上赋诗事,初见于计有功《唐诗纪事》卷39:"乐天分司东洛,朝贤悉会兴化亭送别。酒酣,各请一字至七字诗,以题

---

① 曾昭岷、曹济平、王兆鹏、刘尊明编著:《全唐五代词》副编卷1,北京:中华书局1999年版,第1086、1025、1046、1045、1038页。
② 见《全明词补编》,第558页。
③ (清)毛先舒:《填词名解》卷1,见(清)查培继辑编:《词学全书》,北京:中国书店1984年版。
④ (明)杨慎:《升庵长短句 升庵长短句续集》,明嘉靖刻本,《续修四库全书》第1723册。

为韵。王起赋花诗云：'(略)'李绅赋月诗云：'(略)'令狐楚赋山诗云：'(略)'元微之赋茶诗云：'(略)'魏扶赋愁诗云：'(略)'韦式郎中赋竹诗云：'(略)'张籍司业赋花诗云：'(略)'范尧佐道士赋书字诗云：'(略)'居易赋诗字诗云：'诗。绮美，瑰奇。明月夜，落花时。能助欢笑，亦伤别离。调清金石怨，吟苦鬼神悲。天下只应我爱，世间惟有君知。自从都尉别苏句，便到司空送白辞。'"①引文中从略的诸家诗皆为"一七体"诗，从一字句逐步递增至七字句，两句为一韵，因诗歌建筑形体似宝塔状，亦称"宝塔诗"，带有文人游戏竞技的性质。杨慎《一七令》4 首，分别以花、风、月、雪为题、为韵，乃效白乐天等人诗体而作，如其一：

花

摘锦，铺霞

邀蝶队，聚蜂衙

金璎汉女，宝髻吴娃

风前香掩冉，风下影交加

曲水名园几簇，宜春下苑千家

谢傅金屏成坐笑，陈朝琼树不须夸

既然是仿效唐人诗歌（就连杨慎自己都承认是效"唐诗人""一字至七字诗"），那么所作自当为诗，但明嘉靖刻本《升庵长短句续集》的纂辑者（或杨慎自己）却将此 4 作收录进去，并想当然地将"一七令"用作词牌。《全明词》除照搬杨慎此 4 作外，又分别据徐士俊《雁楼集》"诗余"部分以及李渔《笠翁诗余》辑录《一七令》各 1 首。嗣后，《康熙词谱》将它作为词调收录，杜文澜《词律补遗》亦以之作为新增词调补入。至此，这种由白乐天及友人所创制的一七体杂言诗，经由杨慎之手转而成词，并逐渐立稳脚跟，占据了词坛的一席之地。该过程一方面展示了词调衍生较为常见的一种形式，即个别诗题向词调转化，并依凭词学创作或论述等既成事实，强化了其作为词调在身份上的合法性，除《一七令》外，《花非花》《阿那曲》《字字双》《江南春》《竹枝》《杨柳枝》等，情况大略相似；另一方面，诗题向词调的转化，以及诗词界限有意抑或无意的混淆，也暗合了在词体音乐性削弱的背景下，词的文体独立性逐渐减弱乃至诗词混同的必然趋势。郑汝璧《嘻乐歌》是否受杨慎《一七令》的直接影响虽不得而知，但可以肯定的是，明代文人对诗词畛域的含混，以

---

① （宋）计有功：《唐诗纪事》卷 39，《景印文渊阁四库全书》第 1479 册。

及词的创作中的随意化倾向,的确是相当普遍的。

3.《行不得也哥哥》《不如归去》《鹧鸪词》辨证

《全明词》收录邱濬之作 22 首,其中包括《行不得也哥哥》和《不如归去》二作。然而翻检前人作品以及词谱、词律学著作,均无此二调。实际上,这两首作品乃禽言诗而非词,《全明词》误收,亦是因诗词不分。

邱濬《行不得也哥哥》曰:"行不得也哥哥! 十八滩头乱石多,东去入闽南入广,溪流湍驶岭嵯峨。行不得也哥哥!"《全明词》于题下加按语云:"此调为《鹧鸪词》,惟此首末句前少两个三字句。"①然唐代《鹧鸪词》为五言诗,郭茂倩《乐府诗集》第 80 卷《近代曲辞》收李益 1 作、李涉 2 作②。宋元之际,文天祥同乡兼好友邓剡曾以杂言体古诗《鹧鸪词》祭奠文天祥。其辞曰:"行不得也哥哥! 瘦妻弱子羸牸驮。天长地阔多网罗,南音渐少北音多。肉飞不起可奈何,行不得也哥哥!"邓剡同时代诗人梁栋有《四禽言》诗,其四为:"行不得也哥哥! 湖南湖北秋水多,九疑山前叫虞舜,奈此乾坤无路何,行不得也哥哥!"可见,邱濬此作,无论是内容还是形式,都主要是受梁栋诗的启发,而其另一首《不如归去》,亦跟梁栋《四禽言》之第一首格式全同。至于《全明词》按语所谓"此调为《鹧鸪词》,惟此首末句前少两个三字句",大概是受该书第四册所收陈洪绶 4 首《鹧鸪词》的影响。

《全明词》于陈洪绶名下录《鹧鸪词》4 首,其一曰:"行不得也哥哥! 我也图兰不作坡,无山无水不风波,是非颠倒似飞梭。飞不起,可奈何。行不得也哥哥!"其余 3 首格式亦同,末句前的确有两个三字句。而实际上,邱濬生活年代在前,陈洪绶则相去一百余年。若论模仿,也只能是陈洪绶受到邱濬等人的影响而在格式上稍加更易,却不可能是相反,更何况没有任何证据表明,陈洪绶所作即为定格。

明代以前,未见将"鹧鸪词"用作词调。宋人汪晫曾作《鹧鸪词·春愁》(伤时怀抱不胜愁),尽管以"鹧鸪词"名调,然实则为双调 56 字体《瑞鹧鸪》。因此,无论是邱濬的《行不得也哥哥》《不如归去》,还是陈洪绶的《鹧鸪词》,看似明词中的自创调,实际上,它们只是承袭了邓剡、梁栋等人禽言诗创作的传统,不管是在唐宋,还是邱濬、陈洪绶所处的明代,都应归入禽言类诗歌的范畴。但若是要让邱濬承担诗词淆乱之责,就实在有点冤枉,因为在邱濬《重编琼台稿》(《四库全书》本)中,卷六"歌行"体诗后列"三禽言",即《得过且过》《行不得也哥哥》《不如归去》,其后另列"诗余"18 首。可见,邱濬本人

---

① 见《全明词》,第 274 页。

② (宋)郭茂倩:《乐府诗集》卷 80,北京:中华书局 1979 年版,第 1132 页。

的意识还是比较清晰的,至少在他看来,《行不得也哥哥》《不如归去》应属诗歌范畴而与词无涉。然而《全明词》编纂者却将《行不得也哥哥》与《不如归去》作为词作收入,而不知何故又将《得过且过》排除在外。其实,明人诗词混同现象固然普遍,但今人因诗词界限模糊,从而将明人诗作羼入明词,这也是造成明词诗化的重要推手。《行不得也哥哥》及《不如归去》是这样,明人诗集中大量《江南春》《杨柳枝》《竹枝》被后人"词化",情况亦大致如此。

4.《杨柳枝》《竹枝》辨证

《江南春》的文体属性及其在明代兴盛的原因已如前论[①],此处无需赘言。而七言绝句体《杨柳枝》与《竹枝》,在唐代为声诗,明人亦大多视为诗歌。如《全明词》据赵尊岳《惜阴堂汇刻明词》之《虚舟词》录王偁《唐多令》词1首,复从王偁《虚舟集》卷四辑得《杨柳枝》1首;其实王偁本集已于卷四之末标明"附词一阕,调寄《唐多令》",这首《杨柳枝》实则是跟《陇头水》《梅花落》《小垂手》《巫山高》等一道归入"五言律诗"类中。另,《全明词》据李祯《运甓漫稿》卷六、卷七辑得包括《杨柳枝》在内的词作41首。但事实上,《运甓漫稿》(《四库全书》本)卷七才是"诗余",《杨柳枝》乃置于卷六"七言绝句"类中。此外,《全明词》据《古今词统》所录宋濂《竹枝》6首、袁宏道《竹枝》12首、《柳枝》1首等,在明代皆为七言绝句;《全明词补编》据《西湖览胜诗志》收录的袁宏道《鹧鸪天》亦颇可疑,上下片不同韵,疑其为两首七绝经人改窜嫁接乃成。舍此而外,宋濂、袁宏道别无其他词作传世。可见,二人对词体似乎并无兴趣,即便偶尔涉足词坛,仅用《竹枝》《柳枝》和那篇不伦不类的《鹧鸪天》一试身手的可能性也不大,故而作者应当是将其作为诗歌看待的。然而,正如《江南春词集》的流行掀起了明代《江南春》创作的热潮,《古今词统》等选本对《杨柳枝》《竹枝》的大量收录,亦坐实了它们作为词调的身份。今人延续着这种思维的惯性,将错就错,遂使《竹枝》《江南春》《杨柳枝》成为明代的流行词调。《全明词》及《全明词补编》就将它们认作词调,分别存录作品318首、115首和77首。

第二类:明人或今人因词曲观念混淆,从而将曲调阑入词调。例如《天净沙》《后庭花》《凭阑人》《水仙子》《金字经》《梁州序》《殿前欢》《小桃红》《折桂令》等。

词曲淆乱的现象在明初就已屡见不鲜。如邵亨贞(1309—1401)《蚁术词选》掺入《后庭花》2首、《凭阑人》1首;李祯(1376—1452)《运甓漫稿》卷七

---

①　见本章第二节。另可参阅张仲谋师《〈全明词〉中词学资料考释》一文,见《词学》第23辑,上海:华东师范大学出版社2010年版,第172页。

为"诗余",而混入《天净沙》2 首、《金字经》4 首。

《后庭花》既可作为词调,亦可用作曲调。其作为词调见于《花间集》,有 44 字体及 46 字体两种,俱双调;作为曲调,则是单调 32 字,七句,押五平韵。邵亨贞《蚁术词选》所录《后庭花》2 首都是典型的单调七句 32 字体,固当为曲。《凭阑人》单调 24 字,四句四平韵,《康熙词谱》虽收入此调,却注明"此亦元人小令"①,明示其元曲小令的属性。《天净沙》乃元人小令,实为散曲,非词牌名,元代杨朝英《朝野新声太平乐府》注为"越调"。《金字经》,《朝野新声太平乐府》注"南吕宫",《元史·乐志》说法舞队有《金字经》曲,一名《阅金经》。因此,它们实际都是曲调名,而非属词调。

至明代中后期,词曲概念混淆的情况更是司空见惯。如《四库全书》本谢迁《归田稿》卷四列"词类",仅录《梁州序》二首,《惜阴堂汇刻明词》据以裁为《归田词》。实际上,《梁州序》为曲牌而非词调。又,明嘉靖刻本杨慎《升庵长短句》及《续集》所录《天净沙》《驻马听》《四块玉》《金衣公子》《对玉环》等,亦是曲而非词。

明人散曲混进词集,后人不辨致使误会延续,于是明代词坛就仿佛新增了一些前所未见的"词调"。其实这不能算作词调的衍生,只能说是词集编纂过程中出现的失误。明人自身虽难辞其咎,而今人词曲界限的含混则又将错误进一步放大。如"百家词"本倪瓒《云林乐府》兼收词与曲,《全金元词》据以辑录其中词作 16 首,而以其后原有之《凭阑人》1 首、《殿前欢》1 首、《水仙子》3 首、《折桂令》2 首、《小桃红》3 首俱为散曲,故未录;然《全明词》则对《云林乐府》照单全收,那 10 首散曲亦阑入其中。

明词曲化现象既是后人诟病明词的一项重要口实,同时又是明词特色的具化呈现。所谓明词曲化,固然是指在词的创作中渗入散曲常用的题材、意象、语言等艺术元素,从而使词"破体""出位",显现出有别于传统词作的风格面貌;然而,将原本就是曲而非词的作品阑入明代词集,这也是加深明词曲化印象的重要因素。"明词曲化"与"误曲为词",其立论角度明显不同,如若探讨明词曲化问题,必须首先加以区分。

客观地说,《全明词》及《全明词补编》中出现的上述"伪词调",本不应以"词调"视之,自然也不必归入明词研究的范畴。

二、明词自创调的生态还原

明代词调的衍生主要通过两种途径:一是同调异名。如夏言《碧空月

---

① (清)陈廷敬、王奕清等编:《康熙词谱》,长沙:岳麓书社 2000 年版,第 16 页。

词》,杨仪、崔廷槐亦有同调词作,但它实际是 52 字体《南歌子》,以夏言词"正值碧空霜月"句而得名,因而只能算作同调异名,而非新调式的衍生。类似情况有,夏言《南山寿》实即《绿头鸭》,《寿仙翁》实即《明月逐人来》;徐有贞《中秋月》实即《忆秦娥》;杨仪《玉宇无尘》实即《醉蓬莱》,《采茶歌》实即《金错刀》,《剑南神曲》实即《谪仙怨》;高濂《梅花令》实即《霜天晓角》,《小庭花》实即《浣溪沙》;李渔《灯市词》实即《忆江南》;王翃《提壶鸟》实即《金菊对芙蓉》。诸此种种,在明词创作中所在多有。二是自创调,这是明词新调衍生的重要形式。此处所论主要针对明词中的自创调。

(一)明词自创调数据统计

自创调,明人通常称作"自度曲"或"新翻曲"。实际上,以"曲"命名并不准确,因为在词乐消亡的背景下,新创调其实只是针对韵律、平仄、句式等新创的文字格式,并不具备在词乐范围内配合歌唱的曲调形式。明词词调前所未见且明显属于此种类型的共计 102 种,按使用次数由多到少排列如下:

十次(1 种):误佳期(杨慎)①

七次(1 种):鹊踏花翻(徐渭)

六次(1 种):天台宴(蒋平阶)

四次(5 种):咏归来(薛三省)、月笼沙(沈谦)、款残红(杨慎)、鸥江弄(夏树芳)、四时词(李堂)

三次(4 种):琅天乐(沈亿年)、双星引(蒋平阶)、怨朱弦(王世贞)、醉芦花(高濂)

二次(15 种):步珊珊(沈亿年)、十隐词(木增)、落灯风(杨慎)、瑟瑟调(沈亿年)、浪打江城(沈谦)、清江裂石(屠隆)、绿水曲(屠隆)、水漫声(屠隆)、雁来红(郑以伟)、系流莺(王屋)、小诺皋(王世贞)、数落花(王翃)、水流花(潘廷章)、绛州春(蒋平阶)、玉带花(唐锦)

一次(75 种):东风无力(沈谦)、东湖月(沈谦)、扶醉怯春寒(沈谦)、弄珠楼(沈谦)、胜常(沈谦)、一串红牙(沈谦)、比目鱼(沈谦)、遍地雨中花(沈谦)、采桑(沈谦)、蝶恋小桃红(沈谦)、金门贺圣朝(沈谦)、锦帐留春(沈谦)、九重春色(沈谦)、空亭日暮(沈谦)、离鸾(沈谦)、满镜愁(沈谦)、美人鬓(沈谦)、牡丹枝上祝英台(沈谦)、山溪满路花(沈谦)、神女(沈谦)、双燕笑孤鸾(沈谦)、水晶帘外月华清(沈谦)、岁寒三友(沈谦)、万峰攒翠(沈谦)、叶落秋窗(沈谦)、忆分飞(沈谦)、玉楼人醉杏花天(沈谦)、玉女剔银灯(沈谦)、月中

---

① 括号中为创制该词调或首见词作的作者,下同。

柳(沈谦)、万年枝(沈谦)、美人香(黄幼藻)、翠凌波(顾贞立)、桃丝(顾贞立)、桂花香(邹枚)、对芳尊(朱让栩)、四时花(张戬)、初开口(杨仪)、金菊香(杨仪)、金珑璁(杨仪)、乔牌儿(杨仪)、擘瑶钗(徐梗)、挂松枝(徐梗)、玉露寒秋(徐梗)、落花引(徐国瑞)、赏先春(夏㳆)、双鸾(吴䎖)、秋满潇湘(韦钟炳)、清风八咏楼(王行)、红窗灯影(王锡爵)、夏云叠嶂(王锡爵)、春江路(王翃)、风中叶(王翃)、双调鸡叫子(王翃)、惜香心(王翃)、夜窗秋(王翃)、端阳近(王道通)、芙蓉谣(王道通)、金环子(王道通)、水仙词(屠隆)、排歌(沈桐)、促叫鹧鸪(潘炳孚)、南浦看花回(潘炳孚)、夜游玉女(潘炳孚)、天香第一枝(孟思)、月华满(梁云构)、优昙华(李培)、忆皇州(金俊明)、画眉弯(黄埈)、花富贵(范文光)、翠湘风(陈霆)、拍阑干(陈继儒)、幽时近(陈继儒)、谢燕关(柴绍炳)、升平乐(孙承宗)、忆章台(陈霆)。

自创调是明词新调衍生的主要形式。明词中身份明确的 102 种自创调已占到明人所用全部词调数(668 种)的 15.27%,所占比重之大,令后人无法视而不见。

明人自创调大致可分两种形态:一是直接于调名处标注"自度曲"或"新翻曲";另一种虽未作标注,却也不见于前人词作。前者在沈谦以及《支机集》词人的创作中较为常见,后者则于杨慎、杨仪、屠隆、王世贞、潘炳孚、王翃、王道通等人词作中出现较多。

(二) 明词自创调的特点及存在状态

围绕明词自创调及对应作品进行考察,并结合它们在明代及后世的使用情况与后人评价,不难发现明词自创调的一些基本特点或存在状态。

第一,自创调虽在明词全部词调中占据较大比重(15.27%),但若论词作比重,以自创调填写的词作共计 160 首,在全部明词中所占比例却微乎其微(160/24373=0.66%)。

以自创调填词往往因无法得到广泛认可而成为绝响,仅存词作一两篇。有时虽能在小范围内引发共鸣——例如,高濂《醉芦花》为咏本题芦花之作,此后周履靖、陈孝逸复用此调[①],以及《支机集》词人内部以新制词调进行唱和——但多亦不过三四首。而如徐渭《鹊踏花翻》、蒋平阶《天台宴》,明词中寄调之作分别为七首与六首,已是不可多得。至于杨慎首创《误佳期》一调,而能得到王屋、彭孙贻、易震吉、沈谦、李渔、毛莹等人的应和,仅在明代存词

---

① 《醉芦花》一调,吴藕汀《词名索引》及潘慎、秋枫《中华词律辞典》皆据陈孝逸《痴山词》收录,实际高濂、周履靖作俑在先。周履靖与高濂基本同时,大约生于嘉靖,卒于万历,陈孝逸则已入清。

即达十首之多,这在明人自创调中实属一枝独秀。

　　第二,明词自创调就创调动机而言可分为两类:一是作者态度随意,无视词体的既定格式,"率意自度曲";二是作者刻意而为,甚至带有明确的创调意识。

　　杜文澜《憩园词话》曾言及,有明一代"绝少专门名家,间或为词,辄率意自度曲"①,一针见血地揭示出明代部分词人率意的创作态度:无视词体的既定规则,摆脱音乐性的制约,随意长短其句,并即事名调,一种新词调由此横空出世。比如,《全明词补编》收录明末杨思本题名为《春曲》《海棠曲》《中秋曲》的三篇作品,词调位置处皆标示"失调名"。实际上,此三作见于清康熙十三年杨日升刻杨思本《榴馆初函集选》。今检原书,卷十"诗余"部分编入词作 9 首,末三首于调名位置分列《春曲》《海棠曲》《中秋曲》三题。《春曲》调名下有小序云:"意况所到,信笔写来,不较长短,漫成三曲。未有牌名,亦未检韵,聊以适兴云尔。"且三作俱不分阕,其中《中秋曲》通篇 274 字,乃至比长调之最《莺啼序》还多出 34 字。可见,这三首词作并非遗失了调名,而是原本就没有调名,作者其实采用的是创作长短句诗歌的态度与方法,并想当然地以之为词。明词新调的确有不少是在此种状态下产生的,这也为不精通词乐甚至不谙词体的作者打开了方便之门。但若说明词自创调全是率意而为的产物,则又显失公道,尤其是对于那些既洞晓音律又运用旧调游刃有余的词人。他们在创制新调的过程中,或拟定标准以寻求制调的新模式,或以充分的实践来壮大声势、摆明立场,或借助唱和赓咏以扩大新调的影响。总之,其创调动机不是为了摆脱既有规则的束缚,而是要在词乐失传的现实背景下,能够在"守成"的基础上更进一步,使词这一文体得以与时俱进并重获生机。可以说,这部分作者的创调行为是伴随着明确的创调意识的。

　　例如沈谦,其词在调名后明确标注"自度曲"或"新翻曲"的有 34 阕,占全部 201 首词作的 17%;创调 32 种,占其使用词调总数 112 种的 28.57%。沈谦大量创制新调的行为跟他的创作能力及词学主张密不可分。他精通音韵,兼工词曲,所撰《词韵》被清初词家奉为圭臬。陆圻《东江集钞序》称:"沈子去矜,九岁能为诗,度宫中商,投颂合雅,其天性然也。"②《清史列传》也评其"与柴绍炳、毛先舒皆长于韵学。绍炳作《古韵通》,先舒作《南曲正韵》,谦

---

①　(清)杜文澜:《憩园词话》卷 1,见唐圭璋:《词话丛编》,北京:中华书局 2005 年版,第 2852 页。

②　(明)陆圻:《东江集钞序》,见(明)沈谦:《东江集钞》卷首,清康熙十五年沈圣昭、沈圣晖刻本,《四库全书存目丛书》集部第 195 册。

作《东江词韵》,皆为时所称"①。可见,沈谦对词体音乐属性具有极强的体识能力,具备了创制新声的基本素养。同时,他并不卑视词体,在《答毛稚黄论填词书》中明确表示:"仆意旨所好,不外周、柳、秦、黄、南唐李主、易安、同叔,俱所愿学,而曾无常师。"②他所转益之多"师",皆在词体音乐性方面造诣颇深,尤其是柳永和周邦彦,更是创调制曲的行家。不难看出,沈谦不仅具备高度的音乐素养,而且具有创制新调的动机和明确的理论追求。

沈谦的"自度曲"与"新翻曲"在具体形式上又有所区分。"自度曲"是新创制的格律规范定式;而"新翻曲"通常是截取已有的两种或三种调式的部分篇章格式杂糅成几种调式的"合体",并从调名上有所体现,或者直接改变原有调式的平仄格式。如《金门贺圣朝》自注:"新翻曲,上三句《谒金门》,下二句《贺圣朝》,后段同。"《玉楼人醉杏花天》自注:"新翻曲,上二句《玉楼春》,中三句《醉花阴》,下二句《杏花天》,后段同。"《万峰攒翠》自注:"新翻曲,《画堂春》用仄韵。"

将明确的创调意识转化为行动,以沈谦最具典型性;而在理论上呼声最高的,则是蒋平阶、沈亿年等"支机集词人"在《支机集》"凡例"中发出的宣言:"词调本于乐府,后来作者,各竞篇名,则知调非一成,随时中律。吾党自制一二,用广新声。"③"支机集词人"虽在创调数量上远逊于沈谦,仅有六种,但由于他们在群体内部的赓咏唱和,扩大了新调的影响,使新调在局部范围内得以推广。当然,这种自觉创制和运用新调的行为亦是"支机集词人"词学复古思想在创作领域的具体实践。

除沈谦及"支机集词人"以外,屠隆的自创调也同样值得关注。屠隆存词不多,仅十首,除去《竹枝》四首及《贺新郎》《无俗念》各一首,剩下四调《绿水曲》《清江裂石》《水漫声》《水仙词》虽未作标识,但却前所未见④。假如这四调皆为屠隆首创,那么,自创调在屠隆所使用的全部七种词调中所占比重着实不轻,由此亦可见作者不拘于词体既定模式而追新求变的创作态度。屠隆虽被王世贞列入"末五子",后世亦视其为"后七子"的余响,然其文学主张却展现出灵活通脱的姿态,如《论诗文》指出:"诗之变随世递迁。天地有劫,沧桑有改,而况诗乎?……至我明之诗,则不患其不雅,而患其太袭;不

---

① 王钟翰点校:《清史列传》卷70,北京:中华书局1989年版,第5688页。

② (明)沈谦:《东江集钞》卷7,清康熙十五年沈圣昭、沈圣晖刻本,《四库全书存目丛书》集部第195册。

③ (明)沈亿年:《支机集》,见赵尊岳《明词汇刊》,上海:上海古籍出版社1992年版,第556页。

④ 《清江裂石》另可见于未1首。于未是嘉靖三十四年举人,跟屠隆大致同时,故孰为首创难下定论。

患其无辞采,而患其鲜自得也。夫鲜自得,则不至也。"①旗帜鲜明地表达了"文随世变"的主张。屠隆作词不过是兴之所至,非其专诣,但他偶尔涉猎就标新立异,贡献了比例如此之高的自创调,这或许也意味着,其"求变"意识已经向词学领域有所扩散与渗透。

第三,明词自创调较为集中地出现于嘉靖以后,而在明代前中期,较少出现词调创新的现象。

通过对明词 102 种自创调所涉及的 43 名作者进行考察,可以发现,他们大多生活于明嘉靖年间以后。在参与词调创新的这 43 名作家中,王行(1331—1395)年代最早,处于元明之际;随后是李堂(1463—?)、唐锦(1475—1554)、杨慎(1488—1559)、杨仪(1488—1564)、陈霆(1479—约1561),他们时代相当,创作主要集中在正德、嘉靖时期;其余作者则都生活于嘉靖及以后,尤其是那些体现出明确创调意识的作者。因此,假如单从词调创新的角度来看,视嘉靖时期为明代词学转捩之关纽亦未尝不可。事实上,词调创新与词学复苏之间是保持着同步共振关系的。倘若后人只是在唐宋词固有的天地中求生存,虽亦中规中矩,抑或可能创造出暂时的辉煌,但长此以往,词体走向没落的整体趋势是无法逆转的;只有以一种发展的眼光、创新的姿态投入词的创作,才能为趋于僵化的肌体注入动能,词学发展新的高潮才会指日可待。从这个意义上讲,明词自创调所展现出的精神价值已然超越了实践价值。正是由于明代后期词坛生发出创新求变的意识与追求,才最终酝酿出词学的复苏,乃至清词中兴的繁盛局面。

第四,在词乐失传的背景下,明词自创调往往难获后人认可。

词调在创制之初需要配合曲调,按谱填词。南宋时也出现了"依词谱曲"的创调方式,姜夔《长亭怨慢》即用此法,小序云:"予颇喜自制曲,初率意为长短句,然后协以律。"然而,无论是依曲谱填词,还是为文字谱曲,词所配合的音乐当属同一乐律系统。

明代词乐既已失传,词已然成为格律诗之一体的案头文学,即便有音乐配合,所配之乐也只能是曲乐或时下流行的音乐。因此,当词所配合的音乐消亡以后,词调的创制也就失去了理论上的可能性。且从实践层面而言,失去了依赖音乐以推广的传播属性,新词调往往只是代表创制者的个人行为,难以引发共鸣从而获得旺盛持久的生命力。正因如此,明人自创的词调既很难得到世人的认可,又经常遭后人诟病,不仅在创作领域鲜少应和而渐成

---

① （明)屠隆:《鸿苞》卷 17,明万历三十八年刻本,《四库全书存目丛书》子部第 89 册。

绝响,而且在理论批评上也常常成为众矢之的。

对此,邹祗谟《远志斋词衷》的态度还算委婉:"词之歌调,既已失传,而后人制调创名者,亦复不乏。此用修之《落灯风》《款残红》,元美之《小诺皋》《怨朱弦》,纬真之《水慢声》《裂石青江》,仲茅之《美人归》,仲醇之《阑干拍》,以及《支机集》之《琅天乐》《天台宴》等类,不识比之《乐章》《大声》诸集,辄叶律与否?文人偶一为之可也。"①相比之下,朱彝尊的批评则颇为严苛,称杨慎的《款残红》、王世贞的《小诺皋》是"强作解事,均与乐章未谐"②,并将明词之弊归结为"排之以硬语,每与调乖;窜之以新腔,难与谱合"③。万树在《词律·发凡》中亦云:"能深明词理,方可制腔。若明人则于律吕无所授受,其所自度,窃恐未能协律,故如王太仓之《怨朱弦》《小诺皋》,杨新都之《落灯风》《疑残红》(笔者按:当为《款残红》)、《误佳期》等,今俱不收。……又如汤临川之《添字昭君怨》,古无其体,时谱亟收之。愚谓昔日千金小姐之语止可在传奇用,岂可列诸词中。又如徐山阴之《鹊踏花翻》,亦无可考,皆在所削,勿讶其不备也。"④万树谓明人自度曲"未能协律",然"律"本就缺失,故能"协"与否,只能是无谓的猜想;至于因"古无其体"或"无可考"而将其一笔勾销,则更显拘泥。清代另一部重要词谱——《康熙词谱》,收调826种,载体2306种,被认为是词谱之集大成者——甚至声称"引用之词皆宋、元选本及各人本集","是谱翻阅群书,互相参订,凡旧谱分调、分段及句读、音韵之误,悉据唐、宋、元词校定"⑤,干脆将明词悉数排除在视野以外。杜文澜更是以"率意自度曲"来批判明人不够严谨的创作态度。

协律,固然是词体的理想追求。但在词之乐律已失去准绳的时代,人们又该以何种标准来评判词之优劣呢?南宋沈义父《乐府指迷》曾言:"前辈好词甚多,往往不协律腔,所以无人唱。"⑥可见,即便是在南宋,"协律腔"也并非是"好词"的充要条件,它只对传唱与否至关重要。"协律之词"与"好词"是两种意义层面的范畴,其评判标准也不尽相同。明人自度曲固然有率意粗疏的成分,但有些亦包含着明确的价值追求,正如《从明"自度曲"现象以观明人"词曲融通"观念》一文所言,"面对词乐失传,正是部分明人在词体流

① (清)邹祗谟:《远志斋词衷》,见唐圭璋:《词话丛编》,北京:中华书局2005年版,第646页。
② (清)朱彝尊:《词综·发凡》,见(清)朱彝尊、汪森:《词综》卷首,上海:上海古籍出版社1978年版,第15页。
③ (清)朱彝尊:《水村琴趣序》,见《曝书亭集》卷40,上海:世界书局1937年版,第491页。
④ (清)万树:《词律》,上海:上海古籍出版社1984年影印版,第18页。
⑤ (清)陈廷敬、王奕清等:《康熙词谱·凡例》,见《康熙词谱》卷首,长沙:岳麓书社2000年版。
⑥ (宋)沈义父:《乐府指迷》,见唐圭璋:《词话丛编》,北京:中华书局2005年版,第281页。

行音乐文学属性意识驱动下,不甘词体变成文字'化石',积极向'时曲'靠拢"①;更有一些作品,能以生动隽永的意象、和谐流畅的声韵或者深厚绵长的意蕴,给人以生发感动的力量,做到"随心所欲而不逾矩",对于这样的词作,后人是否应当给予适当的宽容与肯定呢? 因此,对于明人创制新词调的方式,我们或许并不赞同,对于明词新调也可不必过多关注,但是,明人主观上为推动词体发展、丰富词体形式所作出的努力,理应得到人们的认可与尊重。

---

① 胡元翎、丁立云:《从明"自度曲"现象以观明人"词曲融通"观念》,《东北农业大学学报(社会科学版)》2020 年第 5 期,第 62 页。

第四章　明词题材研究

　　题材,是文学作品的构成要素,是作品主题思想与形式技巧的载体,也是联结文学作品与社会生活的桥梁与纽带。词,作为文学之一体,同样肩负着反映社会生活的使命,而明代的社会生活也必然会以题材为媒介作用于明词创作。

　　明代社会生活主要以两种形式作用于明词题材:一是社会生活的某些方面被写进词中,从而规定着明词题材涉及的范围和取向,这是直接的、显性的影响。二是社会生活陶冶而成的社会文化心理制约着作者对原始素材的取舍、剪裁,从而使明词题材呈现选择性或倾向性,这是隐性的、更深层次的影响。换言之,题材既是被写入词中的社会生活,却又并非是对社会生活的简单复写,其反映生活的深度及真实度还需取决于词作者特定的文化心理与词学观念。故而对明词题材的考察,也就同时具备了审视明词特色以及明代社会文化的双重视角。

　　关于词的题材研究,许伯卿博士《宋词题材研究》①为我们提供了不少可资借鉴的方法及成果。该书将21203首宋词划入祝颂、咏物、艳情、写景、交游、闺情、节序等36种题材门类,统计得出每种题材类型的宋词作品数量及占比,进而揭示现象背后的深层原因,以及从中折射出的文化现象。这种建立在统计学定量分析基础上的研讨无疑为读者全面把握宋词的美学风貌及其成因提供了一种视角或参照。然而针对明词题材的研究,尽管笔者也曾对全部两万余首明词的题材进行过逐一甄别,但却不拟运用定量分析方法构建整体性研究框架,因为该方法倘若移植于明词题材研究,则在具体操作过程中会遇到某些难以攻克的技术性问题。

　　首先是在题材类别的划定上,如何才能做到既全面、无遗漏,又畛域严明、没有交叉的问题。许伯卿博士对宋词36类题材的划定可谓深思熟虑,却也不可避免地出现了范畴交叉、界线模糊的情况。如以闺阁女子作为抒

---

　　①　许伯卿:《宋词题材研究》,北京:中华书局2007年版。

情主体的闺情词,既可表现女子对现实或想象中爱情的回忆与憧憬,此即接近艳情词,又可抒发其面对自然物象所生发的感怀或愁思,此又跟闲愁词相类。同样,节序与风土,怀古与咏史,边塞与军旅,宗教与游仙,祭悼与亲情,生活与家庭与亲情,诸此种种,彼此之间的界线亦非泾渭分明。此外,宋词36类题材大多是就内容层面进行划分,反映的是社会生活的某个侧面;而其中的隐括、寓言则是从形式层面加以归类,是表现社会生活的方式与手段。分类标准的模糊以及不同类型互有交叉情况的存在,难免会对词作的题材认定造成偏差,也会因题材类型过于繁琐、零碎,从而限定了每种题材的作品覆盖面,进而在具体考量某些题材类型时,因大量作品的缺席而无法获得全面、客观的结论。

其次是词作题材的不确定性及多样性表现的问题。社会生活是纷繁复杂的,以社会生活为表现对象的词体同样具有多元性、复杂性。对此,王国维《人间词话》曾作过精辟的论析:"诗之三百篇、十九首,词之五代、北宋,皆无题也。非无题也,诗词中之意,不能以题尽之也。自《花庵》《草堂》每调立题,并古人无题之词亦为之作题。如观一幅佳山水,而即曰此某山某河,可乎?"[1]任何一首词,都有可能包蕴着作者丰富的情思和多样化的表现,假如硬要以单一题材去限定,则难免有刻舟求剑、削足适履之嫌。

因此,本章在第一节总论之后,选取明词题材中最具特色的几种类型,并从不同角度进行重点观照。当然,在具体到某一特定题材时,如对咏物词、写景词的考察,也在一定程度上借鉴了定量研究的方法,因为"加强数量意识,注重定量分析,既能使我们在文学研究中发现许多定性分析所难以发现的新问题,也能使我们的学术研究达至更精确、更深入的科学境界"[2]。

第一节　时代语境下明词题材的多样性呈现

词在诞生之初,题材趋于多元。作为千年词史之椎轮大辂的敦煌曲子词,以其题材内容的纷繁庞杂、表现形式的活泼多样,展现了词在原生状态下的本真与活力。王重民为《敦煌曲子词集》作序,谓该集"有边客游子之呻吟,忠臣义士之壮语,隐君子之怡情悦志;少年学子之热望与失望,以及佛子

① 王国维:《人间词话》,上海:上海古籍出版社 1998 年版,第 14 页。
② 刘尊明、王兆鹏:《唐宋词的定量分析》,北京:北京大学出版社 2012 年版,第 17 页。

之赞颂,医生之歌诀,莫不入调"①。尔后,随着词体创作文人化进程的推进,加之晚唐五代萎顿世风的熏染,词逐渐被拘囿于香闺绣户、绮筵歌席,风格趋于香软,而题材则走向狭仄。然至两宋,经由苏轼、辛弃疾等名家之手,词体表现社会生活的领域被无限拓展,举凡怀古、咏史、说理、感旧、时事等,皆可行之以词,以至达到无事、无意不可入词的地步。然而,词终究"别是一家",其不同于诗,既在于外形体制,亦关乎题材内容。词之题材,随着历史积淀逐渐堆砌出"传统",又在时代浪潮的冲击下不断推陈出新。

明词继宋元词之后,一方面受制于词体自身的稳定性与发展惯性,对词学传统题材仍普遍加以沿用;另一方面,延续宋词尤其是南宋词题材泛化的基本走向,再经由明代世风的发酵,进而加重了这一趋势。此外,明词更在前代词题材范围之外,为词史贡献了一些新鲜元素。所有这些,都体现出词体同明代社会和光同尘的时代性品质。

一、明词对传统题材的沿袭与突破

总体说来,词体题材之多样性呈现"U"形发展走势。但不可否认,早期民间词的湮灭无闻、五代"花间范式"的确立,以及依赖歌女演唱的传播属性,将词拘于"艳科""小道"的藩篱,赋予其绸缪婉娈、幽约绵邈的美感内质。伤春、怨别、相思、离愁成为词体的传统主题,并往往借助爱情、咏物、写景、节序等题材加以表现,由此生成词学传统中的一些常见题材。这些传统题材亦被明词普遍接纳。当然,明词即便沿用传统题材,也并非亦步亦趋,而是体现出"移花接木"或"取貌遗神"的倾向,从而使那些表现传统题材的词作同样被赋予鲜明的时代品格。

(一) 咏物词

明代咏物词数量众多,《全明词》及《全明词补编》共收录 2512 首,占这两部明词总集所收作品总量的十分之一强。明代咏物词创作呈现明显的阶段性。明代中期已现变化的端倪,至晚明则性情大异。在明代后期"主情""近俗"时代思潮的引领下,并受"艳逸""香弱"词品观的激发,晚明咏物词抛弃了儒家诗学"比德"传统,重回物态闲情的创作轨迹,形成与宋代咏物词重"托物言志"取向相背离的审美意趣。它以"玩赏"的审美态度对待物象,并以"隔离"的审美方式审视之,不作刻意的比附,不追求寓意深远的寄托,表现出艳情化、闲情化的审美趣味,看似缺乏思想的深度和情感的浓度,亦跟清代词论"意内言外"说、"寄托"说、"重、大、拙"说等论调扞格不入,但却是

---

① 王重民:《敦煌曲子词集·序言》,北京:商务印书馆 1950 年版,第 8 页。

明人对咏物词之审美理想与价值取向主动选择的结果。

（二）爱情词

明代尤其是晚明的爱情词，跨越南宋、金元，呈现向晚唐五代词学传统回归的态势。明代后期词论对词体"宛转绵丽，浅至儇俏"①的审美定位，以及"主情"思潮煽动下对"情"的肯定与张扬，激发并改造着晚明爱情词的创作。一方面，不仅拓展了爱情词的生存空间，而且还在很大程度上改造着传统爱情词的精神面貌，并在与散曲、民歌等文类的交融互动中，生成一些不乏情致而又别具韵味的词作，生动浅近，活泼自然，令人耳目一新，也将明词中的异质元素以及词体自身所具有的张力发挥到极致；另一方面，"主情"词论的煽动，也致使明代爱情词在情感表现上显现放纵与媟亵的弊端，表现出"俗"与"艳"的风格取向。

（三）写景词

明代后期，山林隐逸风气盛行，江南造园时尚勃兴，山水园林画创作繁荣，文人结社、游历现象普遍，写景词亦因此而蔚为大观。尤其是联章体写景组词的泛滥以及文人集体唱酬活动的频繁开展，大大提升了明代写景词的创作数量与地位，并使其充分发挥了"群居相切磋"的交际功能，成为文人联络感情或词场竞技的常用手段。然而，明代写景词的数量优势并未有效带动其艺术质量的提升，浮泛、空洞的应酬之作俯拾皆是，既缺乏"登山则情满于山，观海则意溢于海"的内在情韵，又鲜少情与景之间的双向互动。而晚明山人文化催生出的大量闲逸化写景词，则专注于透过闲适情境传达世俗享乐意趣，并以"言说"的方式宣示自我的适意逍遥，进而强化了明代写景词在景物选择上的"俗""乐"化倾向，在情与景处理模式上的分离化倾向，反映出明代后期文人对闲逸疏宕的生存方式的追慕，以及世俗文化对士人生活与创作的冲击。

（四）节序词

四季的轮转，岁月的流逝，以及重要的节日、节气，极易激发文人内在的情愫与感喟。四时之中，春季是诗歌永恒的命题，孟春的惊喜，仲春的骀荡，最终导向季春的无奈与彷徨。因而春季尤其是暮春时节常常伴随着仕女伤春、美人迟暮的落寞或时光荏苒、青春无复的感伤。明词中，仅题咏暮春的作品即近 500 首之多。而中国古典诗歌另一传统主题——"悲秋"，在明词中则相形见绌，以秋季作为节序词背景的不足百首。所谓"仕女伤春，壮士悲秋"，由此亦可见明词对词体"女性美"意蕴传统的承袭与强化。至于重要

---

① （明）王世贞：《艺苑卮言》，见唐圭璋：《词话丛编》，北京：中华书局 2005 年版，第 385 页。

节日,重阳节无疑最受明代词人重视,咏重阳之词总共 205 首;其次是中秋词,共计 174 首;紧随其后的是七夕词 172 首、元宵词 168 首、端午词 125 首。此中,对七夕的吟咏最显时代特色。七夕,又名乞巧节,据说起源于汉代。该节日包含浓厚的民俗文化底蕴,如穿针乞巧、投针验巧、种生求子、晒书晒衣、拜织女魁星等。然而在明代七夕词中,牛郎织女鹊桥相会的传说却压倒性地成为最热门的话题,这也充分体现出明人憧憬爱情、富于幻想的浪漫气质,代表着明代文人崇情斥理的价值追求。此外,在二十四节气中,立春、立秋、冬至等具有转折意味的节点也较受明代词人关注,明词中以其作为表现对象的作品分别为 37 首、19 首和 14 首。

(五) 隐逸词

宋代隐逸词共计 1100 首,在宋词题材构成序列中居第九位①,规模亦相当可观。相对而言,明代隐逸词则少得可怜。明人似乎对高风绝尘的隐士人格以及孤寂清寒的隐逸环境并不感冒,他们更向往的,应该是觥筹交错的社交狂欢,即便是幽居山林僻野,也时常呼朋引伴,或是用热闹的文字填充内在的寂寥。他们的内心早就习惯了躁动,故其文字总难得清幽;他们通常有太多的欲求,故而心境必然排斥虚空。事实上,明代隐逸词大多止步于模仿前人的境地,真正发乎心、践于行的少之又少。然而,换个角度来看,在明代隐逸词创作骤减的同时,描摹优游心境和闲逸情趣的闲适词却在翻倍增加。隐逸词与闲适词在表现内容及艺术手法上有诸多相通之处,只是在感受生活的方式或层次上有所不同——前者重在"心"的体悟,而后者更强调"身"的享受。可以说,由宋至明,隐逸词与闲适词这两种文学题材的消长变化,正反映出不同时代语境下文人思维方式及审美情趣衍变推移的运动轨迹。

二、明词题材的变异及其时代内涵

随着明代词学的不断积累以及词体实用功能的进一步加强,明词在题材表现上逐渐彰显个性,并赋予词史一些新的元素。例如,受吴门画派画家、词人身份合一的影响,并衍其余波、沿为传统而大量出现的题画词、谈艺词;明代应酬之风吹刮下,祝颂词、交游词显现的新成分、新特点;遵循金元道士词炼形服气,或以词传教、诉"道情"的思维惯性,并适应明代道学的生长土壤,从而蔚然成风的论道词、哲理词;在晚明山人隐逸风气中应运而生,以山林、园囿为精神寄托,以闲情逸趣相标榜,却不免有夸张、做作之嫌的闲

---

① 许伯卿:《宋词题材研究》,北京:中华书局 2007 年版,第 37 页。

适词。诸此种种,皆如风行水上,是时代气候对明词创作尤其是题材创新所留下的显著痕迹。

关于明代闲适词的特异品格,将留待下文讨论。在此仅对明代谈艺词、应酬词及论道哲理词稍加探析。

（一）谈艺词

词,作为抒情诗之一体,本就长于抒情而短于议论说理。然而,随着词体功能的泛化,词表现社会生活的领域越来越宽泛,以其品鉴、探讨各类艺术形式、艺术作品,亦成为词体表现内容之一。时至明代,在词的音乐性衰退、抒情性弱化以及各体文艺交融互渗的大背景下,词的实用功能进一步增强,举凡谈诗、题画、论文,乃至鉴赏音乐、歌舞,品评戏剧、小说等,无不可用词体自由发挥,由此带动明词又一重要题材——谈艺词的繁荣。

谈艺词并非始于明代,然至明代方成气候。明代的谈艺词,不仅数量众多,而且涉及领域广泛。其中不乏一些优秀的作品,或以新颖别致的形式为明词创作注入新鲜血液,或以宽阔的视野实现了不同艺术门类之间的融通、交流。因此,明代谈艺词的价值实已超出了词学范畴,它在一定程度上可为明代各体文学、艺术乃至社会文化的研究提供参照。

如果将题画词包括在内,则明代谈艺词数量将近 1000 首;倘若取“谈艺”之狭义,即排除题画词中那些单纯描述画境而不涉技艺品评的作品,则尚有 300 余首。这 300 余首谈艺词的存在,其本身就是明词特色最直观的例证。

按照所涉艺术门类的不同,明代谈艺词大致可分为如下类型。

1. 品评戏剧、小说

戏剧与小说是明代的流行文艺。尤其是戏剧,其文学、音乐、美术、舞蹈四位一体的艺术呈现形式,决定了对其观察与评价角度的多元性。以词来记录观戏情景,并对戏剧艺术、作品、人物等予以品评,也就成为戏剧鉴赏方式之一种。如顾恂《苏武慢·观戏》,史鉴《南乡子·观扮赵氏孤儿》,徐石麒《拂霓裳·邀袁箨庵看演珊瑚鞭传奇》,徐士俊《醉公子·听胡章甫歌余春波影乐府》《添字昭君怨·和汤临用韵吊杜丽娘》,张令仪《嫭人娇·观木偶戏》,余怀《鹧鸪天·丽人演牡丹亭惊梦、邯郸梦舞灯,娇艳绝代,观者消魂》,卓人月《忆秦娥·题唐解元杂剧》,曹元方《六丑·看查伊璜家姬演剧》,刘命清《望江南·阅杂剧》,等等。它们一方面反映了明代戏剧演出的盛况,另一方面也体现出戏剧作为明代最盛行的通俗文艺对词体所造成的牵引与渗透。

较之戏剧,明代小说虽亦可谓势头强劲,但因其主要诉诸文本阅读,所获得的审美体验相对单一,故而明代以小说为素材的谈艺词较戏剧为少。但也正因为审美方式的纯粹,反而更能深入肌理,实现对审美对象的深度鉴赏。有时甚至还能打通文体壁垒,为其他文体乃至文化研究提供文献参考。例如,王国维曾以凌云翰《定风波·赋崔莺莺传》一词作为董解元《西厢记》实为诸宫调的依据①;张仲谋师《明词史》开篇论"明词的价值及其研究价值",即引瞿佑《沁园春·观三国志有感》以为考证《三国演义》成书时间及作者身份的线索与佐证②。明代谈艺词以小说作为品评对象的另有李培《洞仙歌·黄粱梦题》、周拱辰《蝶恋花·读邯郸记》、卓人月《一剪梅·读三国志》等。

2. 鉴赏音乐、舞蹈

词体跟音乐、舞蹈有着先天的亲缘关系。舞榭歌台,正是早期文人词诞生的主要场域,甚至可以说,词与音乐、舞蹈相伴而生,只不过歌舞之于词,更像是催发剂而非原料。当时的词,更关注的往往是抒情主体的内在情愫,而鲜少对歌舞技艺本身给予鉴赏或品评。

明代中期以后,随着社会经济的复苏与心学的兴起,社集宴饮、选艳征歌之风卷土重来。"花晨月夕,诗坛酒社,宾朋谈宴,声伎翕集"③,成为文人追慕的生活时尚,加之"主情"词论的煽动,明词创作艳情化走势渐趋明显。明代后期,表现歌舞、宴会情境的词作尤多,其中涉及乐器演奏、歌唱、舞蹈等效果或技艺、技法的,则可归入谈艺词的范畴。史鉴《卖花声·观天摩舞》、王世贞《怨朱弦·和王明佐新声,慰其不遇,名曰怨朱弦》、张廷玉《渔家傲·听琵琶》、王屋《玉楼春·观舞妓》、徐石麒《风流子·秦淮歌馆》、徐士俊《画堂春·陆茂林席上听浦史按歌》、李渔《巫山一段云·遥听佳人度曲》、余怀《减字木兰花·半塘竹屋听刘汉臣弹琵琶》、沈谦《一串红牙·自度曲板》、朱一是《唐多令·听伊璜歌姬弹筝》、黄德贞《玉女摇仙佩·题自制琴谱》等,就是这方面的代表。它们在明代谈艺词中占据较大的比重,一方面缘于词体同音乐、舞蹈之间的渊源关系,另一方面,亦可显见明代后期的社会文化氛围,以及文人心态、审美情趣对明词创作的渗透与改造。

3. 谈诗论文

自杜甫《戏为六绝句》出,以七言绝句论诗蔚成风气,不但作家众多,而且成果斐然。这也为以词论诗乃至论文提供了方法上的借鉴。明代以诗、

---

① 王国维:《宋元戏曲史 外一种:中国戏曲概论》,北京:东方出版社 2012 年版,第 154 页。
② 张仲谋:《明词史》(增订版),北京:人民文学出版社 2020 年版,第 3～4 页。
③ (清)钱谦益:《列朝诗集小传》丁集下,台北:明文书局 1991 年版,第 639 页。

文作为评论对象的谈艺词虽不以系统性、理论性见长,却亦不时闪现出吉光片羽般的智慧光芒,是明代诗文理论的有机组成部分。夏言《水调歌头·束浚川司马论诗》、王廷相《水调歌头·和答桂洲夏公论诗》、杨时乔《木兰花·答论文》、马邦良《阮郎归·读诗》、沈自征《凤凰台上忆吹箫·阅古今名媛诗集》、黄祖儒《踏莎行·题王淑敬情钟录》、王屋《南乡子·读友人诗》(十四首)、徐士俊《惜春容·题冯又今和鸣集》、沈谦《神女·书高唐赋后》、查容《谒金门·喜得李分虎近作》、曹元方《何满子·送两儿较艺横山》、顾贞立《浣溪沙·阅断肠草有感》、吴景旭《青玉案·手录苏黄二家诗》等,是其中比较典型的代表。

4. 品鉴绘画

所谓"诗中有画,画中有诗",诗与画的二位一体构成中国文人艺术特有的民族心理与表现形式。明代是中国文人画鼎盛时期,尤其是从明中叶开始,以沈周、文征明、唐寅等为代表的吴门画派崛起并绵延百余载。他们以画家、诗人、词人合体的身份投入创作,不仅扩充了明代题画词的数量,而且更极大地提升了题画词的艺术水准。如果仅取其中探讨绘画形式、技法或表现效果的词作,则明代以绘画作为创作素材的谈艺词主要有董其昌《满庭芳·自题画》、王屋《江月晃重山·观魏子一画朱乾生席上,同杨岩公、陈辑五、子一弟子闻》、吴熙《满庭芳·答友人赠画》、叶承宗《虞美人·木仲年兄以妍芳画兰见示,命余题之,因赋此词》、易震吉《清平乐·题陈横厓画菊》、来集之《醉蓬莱·沈石田雪景》、赵士春《减字木兰花·为卢侍御题李夫人淡墨画》、查容《满江红·王安节作江滨访友图并长句见赠,填此谢之》、吴骐《风入松·题画松鹤》、曹元方《无闷·求项东井画》、陆敏《青玉案·题赵夫人文淑画》等。

5. 论词词

以词论词应是明人的发明。明代论词词不仅贡献了新的词体形式,而且亦成为清代论词词兴盛与普及的逻辑起点①。

明代论词词数量众多,形式多样。既有对前人词学创作或成就的评说,如刘节《西江月·读东坡词》、易震吉《念奴娇·读稼轩集,用大江东去韵》等,又有对同时代词人创作的品评,如霍韬《水调歌头·阳峰词,为张学士》、冯弦《江城子·读毛大可翰林新词有感》等;既有对单篇词作的解读,如朱一是《贺新郎·读陈景行扇头词喜赋,兼怀家美涵》、金堡《木兰花慢·次融谷读孝山新词来韵》等,也有对词学现象或词坛全貌的概览,如夏言《行香子·

---

① 参见张仲谋:《明代论词词九首解读》,《南京师范大学文学院学报》2009 年第 3 期。

答杨正郎仪惠古今词钞》、傅占衡《洞仙歌·书宋词选后》等；既可作直接点评，如徐石麒《行香子·歌自制曲》，又可采用意象替代的方式加以隐喻，如倪瓒《水仙子·观花间集作》等。此中所蕴含的词学思想、呈现的词学现象，一方面为后人审视明代词坛提供了直观的视角，另一方面，也为明代词学理论发明了一种生动的言说方式，并成为其重要的组成部分。

6. 对其他艺术形式的评赏

除上述领域外，明代谈艺词还有品鉴书法、篆刻技艺的，如李祯《水龙吟·题镌兰亭石工陈福庵》、徐士俊《解佩令·为鸣嶙弟题远山楼篆章》、王屋《唐多令·或以其家婢所书字请题》等；讨论棋艺的，如张旭《满江红·春日观棋》、徐应丰《蝶恋花·围棋》、曹元方《霜天晓角·与客围棋》等；描摹艺术构思或创作情状的，如王问《江南春·和倪瓒原作三首》(其三)、潘端《清平乐·读永清夫子选诗最》等。此外，还触及多种艺术门类的交融与互通，如洪华炳《尾犯·题红味阁填词图》，这是绘画与词艺的兼容。而如徐石麒《行香子·歌自制曲》、屈大均《琵琶仙·蒲衣将我新词谱入琵琶褉子，令新姬歌之》等，则体现了音乐与词曲的融通。

明代谈艺词之所以令人瞩目，不仅在于数量上的优势，而且也取决于其艺术手法的多样化呈现。如张旭《满江红·春日观棋》：

> 日转花阴，手谈处、堂堂队伍。将军令、大江为界，地分吴楚。炮震卒兵轰霹雳，象围车马蟠龙虎。中军帐、国士更维持，文兼武。　　输一阵，势伛偻。赢一阵，成跋扈。这其间卷尽，旌旗金鼓。世事分明相倚伏，莫因成败轻欢忤。使霸王、当日渡乌江，重卷土。

该词以战场上两军对垒、炮火厮杀的激烈场面来比喻象棋对弈的紧张局势，下阕又借事喻理，将眼前的博弈之戏提升至普遍的人生哲理的高度，收尾处再生发出对历史事件的议论联想。整首词纵横开阖，虚实相生，在明词中可谓别开生面。

此外，如李培《洞仙歌·黄粱梦题》乃谈艺与神话的结合，周拱辰《大圣乐·再读钓台集》是谈艺与哲理的交融，易震吉《念奴娇·读稼轩集，用大江东去韵》乃于品评词艺的同时融入怀古、咏史的情怀，而史鉴《渡江云·闰月灯夕观戏》则于谈艺词中羼入节序、艳情的内容。至于徐士俊《惜春容·题冯又今和鸣集》，则实现了闲适与谈艺这两种最具明词特色题材之间的碰撞。

（二）应酬词

将词用于交际在宋代就已蔚然成风，祝颂词和交游词已然超越闺情、节序等传统题材,成为宋词题材之大宗①。时至明代,词的音乐属性进一步削弱,其跟诗歌之间的界线也更趋模糊,尤其是社交应酬之风的盛行,词体功能化、实用化取向终于走到登峰造极的地步。

明代社交应酬之繁缛为历代罕见。自明中叶起,文学用于官场交际渐成惯例。正德十五年进士黄佐撰《翰林记》谓:"本院官凡奉使、给假、侍亲、养疾、致事、迁官、贺寿暨之任南京,馆阁中推一人相厚者为序,余皆赋诗赠之,谓之例赠。"②所谓"例赠",作词以赠亦在其列。且这一风气绝非仅限于翰林,而是由翰林至郎署继而覆盖民间,最终成为风行上百年的社交习俗,从而在明代文学中留下鲜明的痕迹。

应酬之风对明词题材的改造,首先表现为祝颂词创作异常繁荣。这一在宋词中后来居上的题材类型在明代依然保持着强劲的势头,并倚靠从祝颂、交游题材分化而出的官场交际词、帐词,步入加速上升的轨道。明代举凡迎来送往、官职升迁,以及寿诞、致仕、膺奖等场合,往往以诗词相赠,由此带动了官场应酬词的兴盛。正德至万历年间,帐词依附于骈文而成为社交工具,并由官场推及民间,在提升词体地位的同时,也令词体"要眇宜修"的美感特质几近消亡。此外,由于嘉靖皇帝笃信道教,以及嘉靖中以夏言为首的"金台词群"的赓咏唱酬,祝颂词又羼入较多宗教或政治成分。可以说,词体的兴衰同其发挥心灵载体功用之强弱保持着同步共振的关系。明代祝颂词充斥着大量阿谀奉承、空疏浮泛的内容,既缺乏情感的灌注,又短于形象的塑造,乃至沦为应用文体的附庸或政治教化的工具,在宋代祝颂词基础上为词体赋予更趋实用的特性,使词体距离其本应具备的抒情属性和内质美感愈发遥远,以致后人将酬酢之词的泛滥视作明词的一大弊端。

明人对社交应酬的热衷还带动了交游词的繁盛。明代文人以词为载体,联络感情,记录社交事件,确认自我在群体中的存在及价值,构成交游词的主体内容。明代交游词约占全部明词的十分之一,它往往跟祝颂、咏怀、闲适、写景、艳情、节序等题材相交融,展现出文人交游活动的纷繁复杂。此外,同时代词人彼此间的"隔空"唱酬,或如明末祁彪佳促成的《寓山十六景诗余》集体唱和,从宽泛意义上讲,亦可纳入交游词的范畴,这样算来,明代交游词的比重又会大大增加。可以说,明代交游词在宋词开拓交游题材的

---

① 据许伯卿《宋词题材研究》一书统计,宋词中运用最多的题材类型依次为祝颂、咏物、艳情、写景、交游、闺情、节序、羁旅、隐逸等几种。见《宋词题材研究》,北京:中华书局 2007 年版,第 37 页。

② (明)黄佐:《例赠》,见《翰林记》卷 19,《丛书集成初编》本,北京:中华书局 1985 年版,第 343 页。

基础上变本加厉以至蔚为大观,于中折射出诗词界线渐趋消弭以及词体抒情功能弱化、实用特性增强的整体发展趋势。

(三) 论道、哲理词

明词中的论道或哲理词共计880余首,较之唐宋词,在数量上无疑有较大幅度的提升。论道词与哲理词有相通之处,二者所论说的"道理"或"事理"同属"理"的范畴,只不过哲理词更多地指向对"形而上"的探讨。当然,论道词也有广义和狭义之分。狭义论道词所论之"道"大体不脱儒、释、道三教元素;而将"道"扩展为普泛化的道理,则为广义论道词。这样,广义论道词也就将哲理词包含在内了。

词在崇理趣、重思辨的宋人手中,自然而然地被赋予一定的哲理意味。比如东坡词,往往能于日常情境中融入对宇宙人生的哲思感悟。陶文鹏先生就曾指出:苏轼"将词提升到形而上的哲理诗的境界,则是在词史上更大胆也更独到的创新"[①]。东坡词通常采用融情于理或寓理于形的表现手法,将发人深省的宇宙人生哲理同生动的艺术形象、真挚的内在情感熔为一炉,而纯粹以"哲理"为题旨的作品反而寥寥。实际上,宋词整体上亦复如此,虽哲思色彩浓重,但纯粹的哲理词却不多。据《宋词题材研究》统计,宋代哲理词共计34首,仅占宋词总量的0.16%[②]。

相比宋人,明人更接近外向型气质人格,较少对形而上的哲学命题作内在审视与思考,加之明代文学整体上的"俗化"走向,明代哲理词因而呈现向广义论道词过渡或倾斜的态势,所论之"道",更贴合各种世俗化的人情事理,包括对儒家价值观念的世俗化解读。

明代广义论道词数量的激增主要取决于以下三种因素:

一是金元时期道教信徒以词传教的创作惯性。金元词坛最醒目的现象就是众多道教词人的登场以及大量道教词的产生。陶然先生在《金元词通论》一书中指出:"如果将《全金元词》中的道教词去除掉,则金元词的数量要减少一半左右,可见道士词几乎可与文人词分庭抗礼了。"[③]道教词通常离不开对道教教义的阐发,论道说理是其创作的主要目的与手段。

随着社会环境的改变,明代道教词人数量虽然大大减少,但道教词论道说理的传统却依然保持着前进的惯性,其中最典型的要数《苏武慢》的创作。元代道士彭致中曾辑录全真教词人之作而成《鸣鹤余音》九卷,包含全真冯

---

① 陶文鹏:《论东坡哲理词》,《词学》第13辑,上海:华东师范大学出版社2001年版,第55页。
② 许伯卿:《宋词题材研究》,北京:中华书局2007年版,第37页。
③ 陶然:《金元词通论》,上海:上海古籍出版社2001年版,第197页。

尊师《苏武慢》20首以及虞集追和词12首。元末凌云翰又曾追和虞集之词,明代再有姚绶、林俊、祝允明、陈霆、夏言、刘节、王屋等人的和作,总共达到76首之多。此外,《西江月》一调在明词中被频繁使用,也跟该调由宋至明逐渐定型的感慨说理的创作传统有关。

二是明词表现功能泛化的整体趋势。词在明代,已从大众娱乐的视野中消失,转而步入古典文学的阵营,成为文人的案头文学形式。词的娱乐功能不断弱化,而实用属性则在逐渐加强;其抒情特质持续退化,而叙事性、议论性元素则愈加凸显。词可同诗歌甚至散文一样,用以议论、说理;又能采用联章体组词的形式,突破单篇词作的格局制约。

明词用以议论、说理的极端个案当属程公远的劝善词集《醒心谚》。该集含词作210首,包括206首《西江月》和4首《鹧鸪天》。分210题,论孝、悌、忠、信、酒、色、财、气、立志、戒性、慎言、忍耐、戒骄傲、警教唆、安命待时、壮图晚景之属,全为劝善而作,简直是将词体的实用性、工具性以及议论、说理特质发挥到了极致。

三是明代政治文化环境的推波助澜。明朝自开国伊始,统治者就加强了对思想、文化的钳制,加之科举制度的导向作用,读书人只能抱残守缺,在圣人经典中兜圈子。故明代前期理学风气特盛,进而向词坛弥散,形成"理学体词"这一永乐至成化词坛的独特景观。即便在明代后期,朝廷的向心力以及政体对士人的制控力都已大大削弱,但儒家理学依然是士大夫安身立命的根本。嘉靖中,以夏言为首的台阁词人之间赓和唱酬,以词为媒介来论学论道、谈玄谈禅,充分发掘出词体的议论潜质,抬升了该时期论道词的数量及比重。万历年间,王祖嫡等文臣奉旨撰词,"每一字一曲",包含仁、义、礼、智、孝、悌、忠、信之属,所作"义取对君,格专应制","咸伦理之大,象形之显"[1],故而赵尊岳评曰:"盖所以为辅弼启沃之资,语详小序中,亦词苑所罕见者也。"[2]词本与政治分属不同的阵营,而当它一旦踏入官方文化系统,沾染上过多的政治元素,其生命中最可爱、可感的成分也就随即变得黯淡,甚至最终走向解体。

与此同时,明朝皇帝大多尊崇道教,尤以嘉靖帝为甚。所谓上行下效,明人一度对道教趋之若鹜。对于那些觊觎终南捷径的士人们,道教自然成为敲门砖、垫脚石,于是游仙诗、青词、步虚词、神仙道化剧等文类迅速滋生

---

① (明)王祖嫡:《奉旨拟撰词曲序》,见《师竹堂集》卷6,明天启间刻本,《四库未收书辑刊》第5辑第23册。
② 赵尊岳:《〈师竹堂词〉跋》,见《明词汇刊》,上海:上海古籍出版社1992年版,第1718页。

蔓延。具体到词的创作,嘉靖前期词人习惯将道教语汇、意象、典故等硬塞入词作,或直接将词体用作论道的手段,如朱翊钺曾作"丹药演玄词"十六阕,以词体形式注解道教术语或教义,令这一时期的明词创作沾染上浓重的道教气息。

由此可见,明代论道词的繁荣及其俗化取向,是明代独特的文化生态和时代风云的产物。尽管从文学性、艺术性角度言之,实在乏善可陈,然其作为明代社会文化的缩影,却意外地获得了文化学、社会学观照的价值。

第二节　明代咏物词的风神之变——以咏梅词为例

中国古代文论之发端即已指向主体与客体、人与自然之间的辩证关系。《礼记·乐记》所谓"人心之动,物使之然也",《文心雕龙》亦指出:"气之动物,物之感人","人禀七情,应物斯感,感物吟志,莫非自然"。"感物说"构筑起中国传统审美心理的天然语境。从《诗》之托物比兴,到《骚》之引类譬喻,"感物言志"已成为中国古典诗歌最具民族个性的艺术手法与创作技巧。一旦诗中之"物"成为作者着力吟咏的对象而具备独立的美学价值,咏物诗也就应运而生了。

词体酝酿、萌芽于咏物诗演进的成熟期,故咏物词在词史早期就颇具规模。敦煌曲子词已可见花草、星月、琴剑、禽兽等作为独立的审美对象。在唐与五代,文人词中的咏物篇什已分别占到这两个时代词作总量的 31.19%与 10.41%[1]。而在全部宋词中,咏物词共计 3011 首,所占百分比为 14.2,它仅次于祝颂词,成为宋词的第二大题材类型[2]。

受发展在前的咏物诗的影响,咏物词亦因之形成"摹写物态"与"托物言志"两大创作模式。如章楶《水龙吟·杨花》、史达祖《双双燕·咏燕》,可以说是摹写物态的代表作;而如向子諲《浣溪沙·宝林山间见兰》、陆游《卜算子·咏梅》,则可视为托物言志的典型代表。这两种模式各有其自身的审美价值,故历宋元明清,虽章法技巧不无变化,但始终跳不出这两种模式的基

---

① 许伯卿:《宋词题材研究》,北京:中华书局 2007 年版,第 118 页。

② 许伯卿:《宋词题材研究》,北京:中华书局 2007 年版,第 37 页。另据路成文《宋代咏物词史论》一书统计,宋代咏物词数量为 3200 余首,所占比例超过 15%。北京:商务印书馆 2005 年版,第 1 页。路、许二先生对宋代咏物词数量的认定差别不大,出入所在或是由于对咏物词概念所持宽严尺度的不同。因《宋词题材研究》出版在后,故本章所涉宋代咏物词数据多出自该书。

本架构。

　　当然,时移世界,创作主体在变,时代精神在变,折光倒影,宛转曲达,亦可谓一代有一代之咏物词。比如说,宋元易代,家国文物之感,蕴发无端,发于笑啼,遂使词之传统写法别开生面。一方面是在传统艳情词中注入家国之感、身世之悲;另一方面是借咏物词而寄情言志,故《乐府补题》出而词风为之一变。这是时代巨变、神州陆沉造成的词风变化。明代则不然。"主情""近俗"的时代思潮,"隔离""玩赏"的审美态度,"香弱""艳逸"的词体定位,使明代咏物词抛弃了儒家诗学的"比德"传统,重回物态闲情的审美轨迹。这种写法,既跟宋代咏物词人格化取向形成反差,同时又成为后来清词重返托物言志写法的逻辑前提。

　　不可否认,明代咏物词跟宋代相比,似乎黯淡了许多。甚至可以认为,在诞生了苏轼《水龙吟》咏杨花、《卜算子》咏孤鸿、周邦彦《兰陵王》咏柳、姜夔《暗香》《疏影》咏梅、史达祖《双双燕》咏燕等咏物名篇,并经过南宋遗民《乐府补题》的集体唱咏之后,咏物词的黄金时代已告终结。放眼明代咏物词,除高启《沁园春·雁》等个例之外,可圈可点者着实寥寥。然而,黯淡也是一种色调,平庸亦是思想存在的一种状态。并且,揭开平庸的外衣,袒露出的并非是明人面对前代巅峰之作心向往之而未能至的无奈,而是其对待客体之"物"所表现出的有别于宋人的别样心态和审美方式。

　　明代咏物词共计 2512 首,占明词总量 24373 首的 10.31%,虽略少于宋代咏物词,但在明词功能性、实用化趋势显著增强的宏观背景下,仍颇为可观。

　　明词所咏之物包罗万象,花草树木、飞禽走兽、天体气象、日常用品等,应有尽有。所咏植物,既包括宋代咏物词的宠儿,如梅花、桂花、荷花、海棠、牡丹、杨柳等,又有被宋词遗忘而在明词中异军突起的虞美人花(草);所咏动物,既包含宋词中的常客,如燕、雁、蝶、萤、鹤等,也出现了苍蝇、臭虫、虱子、蜈蚣等新面孔;其他如咏浑天球、不倒翁、鬼工球、玳管、假山、骨牌、象棋、双陆、傀儡、骷髅、香扑等,则烙上了明代社会生活的鲜明印记,折射出明代文人的生活影像及审美情趣。

　　据笔者统计,明词所咏之物出现频率较高的依次为:梅花(含梅影)287,柳(含柳絮、柳影)156,雪 102,荷(含莲)96,月 84,牡丹花 76,菊花 76,虞美人花(含虞美人草、虞美人花影)73,海棠花 65,桃花(含桃树)53,竹 51,雁(含鸿)49,草 44,燕 42,桂花(含桂树)38,兰 35,芙蓉花 33,风 29,灯(含灯花)29,芍药 25,茉莉花 25,荔枝 25,松 25,蝶 25,雨 24,水仙 21,石榴花(含石榴树)19,杏花 17,莺 16,月季花 13,梨花 13,茶 13,云 13,萤 13,鹤 12,茶花 12,鞋 11,骷髅 11,剑 11,镜 10,扇 10,霜 10,泪 9,芭蕉 9,葡萄 9,蟋蟀 8,舟 8,鹦鹉 7,蝉 7,棋 7,水 7,蛩(含蛩声)7,日 7,笔 7。

在对明代咏物词进行考察时发现,植物类咏物词以其数量优势格外引人注目,特别是咏梅词,不仅依然高居榜首,更因其焕然一新的精神面貌不得不让人另眼相待。

一、明代植物类咏物词兴盛的原因

明代咏物词给人留下的第一印象是:植物仍是咏物词题材类型的第一大宗,尤其是各类花卉。当然,咏植物词在宋代咏物词中就已占据了 80.34%的份额,其中咏花词 2189 首,占宋代咏物词总量的 72.70%[①]。并且在诗歌领域,植物花卉也同样是作家最为钟情的对象。那么,植物花卉缘何能成为中国古代诗歌尤其是词体最恒久、最强势的传统意象呢? 概括起来,主要有以下四方面原因:

其一,"比德"理念下生成的深厚的文化心理积淀。"比德"说植根于中国传统的自然审美观,使中国古典文艺中的"自然"从源头上就带有丰富的人文底蕴。"芝兰生于深林,不以无人而不芳;君子修道立德,不谓穷困而改节"(《孔子家语·在厄》),"芝兰"被赋予道德寄托的功用;"智者乐水,仁者乐山"(《论语·雍也》),山水成为特定的人格和审美境界的化身。《诗经》将自然景物用作比兴的手段,《楚辞》以香草美人作为道德理想的寄托,从而为"比德"说移植于文学奠定了稳固的基石。南宋初年,黄大舆辑录历代咏梅词四百余阕而成《梅苑》十卷,自序云,"诗人之义,托物取兴,屈原制骚,盛列芳草,今之所录,盖同一揆"[②],即是此种审美文化心理的直接表现。北宋陈咏(字景沂)辑录、南宋末付梓的《全芳备祖》五十八卷是宋代花谱类的集大成之作,陈景沂自序云:"梅先孤芳,松柏后凋,兰有国香,菊有晚节,紫薇虽粗而独贵于所托,黄葵无知而不昧于所向。草伤柳别,紫笑萱忘,韭薤最幽于所遇,藜藿甘贫而自得。"[③]可谓温情脉脉,深情款款,俨然于植物自然属性的描摹中寄寓着人类特有的性情与节操。清代张潮进而提炼出物性与人性之间的对应关系,使植物成为人文精神的象征以及陶冶道德情操的媒介:"梅令人高,兰令人幽,菊令人野,莲令人淡,春海棠令人艳,牡丹令人豪,蕉

---

① 许伯卿:《宋词题材研究》,北京:中华书局 2007 年版,第 121 页。

② (宋)黄大舆:《梅苑序》,见张惠民编:《宋代词学资料汇编》,汕头:汕头大学出版社 1993 年版,第 247 页。

③ (宋)陈景沂:《〈全芳备祖〉序》,见《全芳备祖》卷首,《中国农学珍本丛刊》本,北京:农业出版社 1982 年版,第 10 页。

与竹令人韵,秋海棠令人媚,松令人逸,桐令人清,柳令人感。"①因此,明代植物类咏物词的创作动机,从根本上讲,乃是导源于"比德"理念下深厚的传统文化心理的积淀,词人眼中的一花一木也就自然而然地化身为抒情言志的象征性符号。

其二,"感物"心理对四时景物的提取。春秋代序、四季轮回,这是最容易挑逗文人内在情愫的客观自然。陆机《文赋》有云:"遵四时以叹逝,瞻万物而思纷。悲落叶于劲秋,喜柔条于芳春。"刘勰《文心雕龙》亦谓:"春秋代序,阴阳惨舒,物色之动,心亦摇焉";"岁有其物,物有其容,情以物迁,辞以情发。"文人之思、之叹、之喜、之悲,情绪的起伏,心灵的摇曳,莫不受到"物色"或"物容"的牵引。而"落叶""柔条"以及应季开放的花卉,具有鲜明的四季特征,极易让敏感的人们在"花开花谢又一年"的感喟声中品味光阴的流转、青春的飘逝、生命的脆弱以及功业的难成,由此构成抒情性文学共通的、永恒的命题。于是,自然界花草树木的盛衰、枯荣,也就具备了超越自然物象本体生命的意味,成为人类情感以及诗情、诗兴最直接的触发媒介。

其三,主观自然的生活环境对创作的干预。文学的要义离不开对美的发现、欣赏与传达。花草树木以其色彩斑斓、千姿百态的形貌,具备了外在美的要素,"比德"式想象与联想又为其注入了内在美的精神。花草物象弥合了客体自然与主体自我的鸿沟,形成人格化的主观自然,亦即直接关联人类生活的外部环境。它们充实了人们现实生活的物质天地,又构筑起文人艺术创造的精神殿堂。花前月下,竹外松间;东篱秋菊,池塘春草;灞桥折柳,驿寄梅花……中国文人正是在这种艺术天地中延续着传统文化的精神命脉,并不断创造出新的审美境界和文人共享的精神家园。此外,无论是兰亭联袂、西园雅集,还是馆阁酬唱、社课竞技,拈题分韵都是最常见的组织形式,而周边点缀的花花草草也就自然进入文人的视野,成为吟咏的对象。如此这般,既无玩物丧志之虞,但有比兴寄托之义,中国古代文人群体性的创作模式也为花草咏物开辟了广阔的成长空间。

其四,词体的女性文学特质及独特美学风貌。借花喻女子、以女子比花是中国古代文学的一大传统。女性的柔美、婀娜、纤弱、靓丽,跟花具有共通的属性。"桃之夭夭,灼灼其华。之子于归,宜其室家"(《诗经·周南·桃夭》),在此将桃花用作起兴的手段;"有女同车,颜如舜华"(《诗经·郑风·有女同车》),"彼其之子,美如英"(《诗经·魏风·汾沮洳》),这是借芳华以喻女子的美貌。词,诞生于酒筵歌席之间,散播于"绣幌佳人"之口,常以幽

---

① (清)张潮:《幽梦影》,北京:中华书局2008年版,第137页。

微婉约的语言捕捉女子细腻敏感的心绪,表达对爱与美的追求,这是早期词的主旋律。词体,既然多以女性作为抒情主体或表现对象,也就自然而然地带上了女性化特征。沈义父尝谓,"作词与诗不同,纵是花卉之类,亦须略用情意,或要入闺房之意","如只直咏花卉,而不着些艳语,又不似词家体例"①,从诗词之别以及词学本体的角度指出咏花与赋情之间的内在逻辑。美人如花,花似美人,美人与花相映生辉。这既是词体女性文学特征的构成要素,又是词体幽约绵邈的美感特质最直接的表现形式。

可见,明词中层见叠出的花草意象以及植物类咏物词的大量涌现实乃渊源有自。如果说,花草咏物本就是中国文学尤其是词体的悠久传统,那么可以认为,明代植物类咏物词既立足传统,又着眼当下,从而与时俱进,开拓出更为适宜的生长空间。

一方面,正如顾樵《杨柳枝·虎丘》对晚明江南景致的描绘:"莺语东风二月过,山中花少市中多。桑畦尽作裁地花,那得缫丝有绮罗。"花草,尤其是那些观赏型花卉,装点出晚明社会重要的人文景观。园林别墅是文人适意生活的依托,而花木泉石则成为其闲情逸致的点缀,并不时充当着附庸风雅、标榜意趣的道具。明代后期词坛时常出现连篇累牍的一物一咏、一物多咏,非以言志,不求寄托,只是以闲观赏玩的心态描摹物之"态"、物之"韵",由此亦构成明代咏物词特异的精神世界。

另一方面,明代后期用"宛转绵丽,浅至儇俏"②定位词之体性,以"柔情曼声,摹写殆尽"③为词家当行,以"婉娈而近情,燕颔莺吭,宠柳娇花"④为词体本色,追求"挟春月烟花于闺幨内奏之,一语之艳,令人魂绝,一字之工,令人色飞"⑤的艺术境界,故而艳情词大盛。它们或将花草之咏阑入闺房,或借花草比兴以赋艳情,花草咏物与艳情这两大题材类型在明代词坛虽各自独立,却又如影随形,相辅相成。

当然,明代植物类咏物词虽数量不少,但不可否认,其相比宋词已现衰落气象。一方面是由于社会生活的变化及词人审美趣味的转移,使动物、日常用品、天体气象等更多地进入词人的视野,从而挤占了植物类咏物词的部分生存空间;另一方面则是因为明代词人对待咏物词乃至全部词体的观念

---

① (宋)沈义父:《乐府指迷》,见唐圭璋:《词话丛编》,北京:中华书局2005年版,第281页。
② (明)王世贞:《艺苑卮言》,见唐圭璋:《词话丛编》,北京:中华书局2005年版,第385页。
③ (明)何良俊:《草堂诗余序》,见《何翰林集》卷8,明嘉靖四十四年何氏香严精舍刻本,《四库全书存目丛书》集部第142册。
④ (明)秦士奇:《草堂诗余序》,见(明)顾从敬类选、沈际飞评正:《草堂诗余正集》卷首,明刻本。
⑤ (明)王世贞:《艺苑卮言》,见唐圭璋:《词话丛编》,北京:中华书局2005年版,第385页。

与态度的改变,影响了对讽咏对象的选择,进而改造着明代咏物词的外部面貌与内在精神。此间,咏梅词比重的下降及其风神的改变无疑最具代表性。

二、明代文化语境下咏梅词风神之变

咏梅词既在明代咏物词中占据较大比重,又在创作模式、审美特征诸方面具有典型性。故而在此即以宋代咏梅词为参照,重点考察明代咏梅词的流变与特色,实亦以点带面,庶几可觇明代咏物词之变化以及明人生活意趣乃至明代社会文化。同时,亦有助于对清代咏物词原始察终、考镜源流。

(一) 以宋词为参照的明代咏梅词概貌

明代咏梅词共计 287 首,尽管在明代咏物词中仍独占鳌头,且较之位列第二、第三的咏柳词、咏雪词,优势依然明显,但若参较宋词,则其式微之势已然显现。宋代咏梅词合计 1041 首,占宋代咏花词的 47.56%、咏物词的 34.57%,遥遥领先于位列其后的桂花词(187 首)和荷花词(147 首)①。宋代咏梅词的一枝独秀,虽离不开黄大舆《梅苑》十卷的辑录之功,然而根本原因乃在于梅花固有的自然属性与宋代文人内在精神气质的深度契合,由此赋予梅花以抽象的人格与韵度,进而使梅花从吟咏的客体升格为宋代文人的精神理想与人格象征。

文人对梅花的钟爱并非始于宋代,然梅花之意象却鲜明地打上了宋型文化的烙印。宋初,林逋"疏影横斜水清浅,暗香浮动月黄昏"(《山园小梅》)已肇其端。其后,苏轼以"尚余孤瘦雪霜枝"(《定风波》)咏黄州红梅,以"玉骨那愁瘴雾,冰肌自有仙风"(《西江月》)咏惠州梅花,皆为词体咏物的名篇,更成为梅品与人品合体的典范。周邦彦"粉墙低,梅花照眼,依然旧风味"(《花犯》),借离合之笔抒落寞情怀;陆游"驿外断桥边,寂寞开无主"(《卜算子·咏梅》),离形写神,以传达孤高自傲的人格气韵;姜夔"旧时月色。算几番照我,梅边吹笛"(《暗香》),以时空的开阖寄寓对爱情和生命的喟叹……这些咏梅名篇都在持续强化着梅花精神寄托的功能和人格意蕴。从北宋到南宋,"认识的最大进展是人格精神象征的意义逐步走向明确,梅花的形象韵味越来越受到主体品格意趣、思想认识的作用"②,对梅的吟咏已然突破了咏物词摹形写态的格局,成为"比德"传统与比兴寄托手法的最佳载体。

明代咏梅词在延展前代思维惯性的同时,更彰显出变化的契机。如果说,明代前期咏梅词依然保持着惯性动能并表现出有意识选择的倾向,那

---

① 许伯卿:《宋词题材研究》,北京:中华书局 2007 年版,第 121 页。
② 程杰:《宋代咏梅文学研究》,合肥:安徽文艺出版社 2002 年版,第 144 页。

么,明代中后期词人在选取梅花作为吟咏对象之时,此前那种"有意识选择"的意味逐渐淡化,梅花经由宋人确立起的雅洁、孤高、清癯、冷峭的类型化人格特质渐趋模糊,它已越来越接近自然生态中的普通花卉,供人观赏、把玩,即便因其古老、高贵的血统而不时引发文人的类比联想,但它已无力重新登上神坛来接受人们的顶礼膜拜了。

(二)明代咏梅词的因袭与变异

明代咏梅词,由前期继承宋词咏物意象化传统,经杨慎词风调变化之滥觞,而至晚明"艳逸"风貌的最终定型,其发展既起伏跌宕,同时又脉络分明。

1. 明代前期咏梅词对宋词咏物意象化的继承

明初咏梅词延续了宋词咏物意象化、类型化的传统而未见突破。如谢应芳《沁园春·屋东老梅一株,邻家有竹百余个相近,雪窗抚玩,复自和此曲》,词中对梅"偃蹇冰霜""遮莫清癯未是寒"的礼赞,俨然是作者清高孤傲的气质节操的物化凝结,咏物更是咏怀;而在《风入松·梅花》一词中,作者又将梅花称作跟自己心心相印的"旧相知",用饱蘸浓情之笔描摹其"消瘦"的体貌、"风尘不染素罗衣"的高洁、"脉脉倚柴扉"的孤傲与情韵,以寄寓自我超拔尘俗的志趣以及时空沧桑的慨叹。邵亨贞作咏梅词 5 首,将梅花比作"孤山雪后相逢"的"萼绿仙人",咏叹其"玉出蓝田,不受纤尘污"的绝尘之韵(《点绛唇·著色苔梅》)。"空谷底,漫延伫"(《贺新郎》),它在寂寥的谷底肆意绽放,却依然"冷香窈霭,幽情雅淡,不减孤山道"(《角招》)。当主体与客体在"客里相逢"之际,相似的生命轨迹让他们"共伤漂泊",而其"洗尽艳妆,留得遗钿,尚有暗香如昨"的清雅风姿恰是作者"孤怀"之所托(《花心动》)。而在刘基笔下,那"清泚"的梅花虽然"膏泽无加,铅华不御",却足堪"与素娥争丽"。他在对这满树梅花"含情""凝睇"之间,又不禁生发出"今日故人何在,肠断白波东逝"的今昔之叹(《喜迁莺·梅花》)。

明初词人对梅花的偏爱或许莫出王达之右。王达传世词作仅 27 首,其中即包括作于洪武年间的《忆梅十咏》,分咏月中梅、鹤边梅、竹边梅、水底梅、雪中梅、杖头梅、灯前梅、瓶中梅、松下梅、琴边梅。小序云:"塞外百物不产,所见者黄沙而已。平生清事,付之茫然。缅怀故乡梅花,赋成十咏,时一歌之,亦足以遣鄙恶之怀云。"[①]词尾跋称:

> 余赋成十咏之后,一以寄浙江诸高僧,一以寄梁溪诸朋友,俾知我怀抱未尝一日忘清事也。客曰:先生学道二十年,而犹未免于凝滞,非

---

① 见《全明词》,第 215 页。

谓达者也。余曰：梅花清物也，古人爱者多矣，咏之何害。况乡园者，祖宗坟墓骨肉之所在也，讵能忘情耶。于此而忘情，则入荒唐不伦之学也，岂吾儒之道哉。客退，复自识于十咏之后。时庚午正月十六日，天游道者灯下书。[1]

在王达看来，梅花乃"清物"，是"清事"之载体，也是故乡的象征。对梅花的吟咏，"亦足以遣鄙恶之怀"。王达对梅花的赏爱既源于其"玉骨娟娟""疏影玲珑"的风姿，"暗香馥郁""风飘暗香凝两袖"的气息，更在于其"孤洁""风尘物表""素女心肠如铁"的品格，以及"高节有谁怜""赏心唯有白鸥知"这种于孤独寂寞中高雅绽放的傲骨。此十作非止咏物，实借忆梅以托乡思，故而融汇于字里行间的"今日天涯，客中心绪"的羁旅漂泊之苦、"自怜别后，一寸归心，几番愁绝"的故园相思之痛、"今日天涯久别，何年酒边欢悦，折取一枝看"的同病相怜之悲，既时刻撩拨着作者的心弦，又深切触动着读者的神经。感情经络的贯通，使词作超越了吟花弄影、留连物色的层次，所咏之梅也就成为作者情感、精神及理想的化身。

在明代前期咏梅词中，"瘦""清癯""玉骨冰肌"是梅花的外在形态；"淡妆""清真""素罗衣"是梅花的标准装束；"幽谷""古道""孤村野馆"是梅花的生存环境；"鹤""鸥""笛""冰霜""幽人""寒月浅水"是与梅花相伴相生的常见意象；何逊《扬州法曹梅花盛开》、林逋《山园小梅》、苏轼《西江月》（玉骨那愁瘴雾）以及《尚书》"若作和羹，尔惟盐梅"，是经常化用的典故；而梅花的"冰魂""韵度""高标""清致""仙格调""标格天然""风神高远"，更是令作者心驰神往。诸此种种，无论语词、意象，或是其中展现的精神气韵，都是对宋词的一脉相承。及至马洪（正统年间在世）、祝允明（1460—1527）、戴冠（正德三年进士）、陈霆（1479—约1561）等人作咏梅词，依然沿袭着这一气象与传统。

2. 由杨慎词观明代咏梅词之转向

然而，当咏梅词经由杨慎（1488—1559）之手，却显现出异样的格调。杨慎咏梅词共9首，除《满江红·隐括潜夫词，忆李中溪种玉园梅》乃隐括[2]刘

---

[1]　见《全明词》，第218页。

[2]　严格地说，杨慎该词算不得隐括之作，因为词的隐括一般是将诗文剪裁改写为词的形式，而杨慎该词则是在同一词调下对语词的改写，尤其是下半阕，刘潜夫原词为"宁委涧，嫌金屋。宁映水，羞银烛。叹出群风韵，背时装束。竞爱东邻姬傅粉，谁怜空谷人如玉？笑林逋何逊漫为诗，无人读"，杨慎词则为"茅屋稳，辞金屋。藜烛焰，羞银烛。叹出尘风韵，背时妆束。争羡东邻姬傅粉，岂知空谷人如玉？问扬州、何逊有新诗，谁堪续"，抄袭成分之重，甚至连"改写"都算不上。

克庄《满江红·题范尉梅谷》而对原作的语词、意象乃至精神气韵多所承袭外，其余 8 作皆表现出或多或少的改观。这 8 首作品分别为：《临江仙》（江国梅花千万朵）、《望江南》（梅蕊好）、《水龙吟·咏梅》《浣溪沙·丙午十二月，碧鸡关路旁梅》《鹧鸪天·魏南山将军别墅腊梅》《浣溪沙·落梅》《鹧鸪天·月下水边梅影》《鹧鸪天·高岭岸梅，句用鸟兽字》。

在杨慎笔下，"梅花落"的笛声虽仍隐含哀怨，但梅花早已化身"燕姬钗上"的"风流"点缀（《临江仙》）。那"冰玉"般的梅花虽仍保持着超脱于"尘外"的"孤芳"之姿，却难掩"盈盈一朵掌中春"的轻盈曼妙（《望江南》）。其"冰肌"不再是孤傲清冷的象征，而俨然变身为"盈盈无力""嫣然一笑倾国"的美人，在"弄影轻颦，向人微笑"（《水龙吟》）。即便是道路旁、野塘外的"寒梅"，亦作"一枝斜出宋家墙"的风流妖媚状，不忘"团情团思媚韶光"（《浣溪沙》）。哪怕已零落成泥或化身为影，仍是"袜尘波底香难赛"，且要将"余香留与醉红裙"（《浣溪沙》《鹧鸪天》）。

杨慎向以博洽著称，他固然不会不知梅花于宋人处已获得人性的高华气质，常作为主体述怀言志的依托与凭藉。但或许正如其《浣溪沙·丙午十二月，碧鸡关路旁梅》词中所谓："新词休咏旧昏黄。"他不屑套用前人相沿成习的模式化意象，刻意回避词中"熟境"，从而造成一种浅媚轻绮的新异情调，成为明代咏梅词风神变异之先声。事实上，这跟他对"六朝风华"的追慕不无关系。

明正德、嘉靖间，复古派在以先秦两汉文、汉魏盛唐诗为楷法的主流论调之外，还生发出以六朝、初唐为取法对象的"六朝初唐派"，在当时颇有影响。李梦阳《章园饯会诗引》言及："人士咸于六朝之文是习是尚，其在南都为尤甚。"廖可斌先生在《明代文学复古运动研究》一书中进一步指出："如果说南京作家还只是在学汉魏盛唐的同时旁及六朝初唐之体，或者说是因为地域文化传统的影响而不自觉地趋于六朝初唐，那么杨慎则是专门地、有意地推崇学习六朝初唐。""他终生沉酣于六朝初唐诗文，几乎把它当成了最高典范和最完美境界。"①

杨慎倡"六朝初唐"的诗文创作观必然会向词学领域蔓延。他在探讨词体起源时称："在六朝，若陶弘景之寒夜怨，梁武帝之江南弄，陆琼之饮酒乐，隋炀帝之望江南，填词之体已具矣"②，这是将词体起源上溯至六朝；当论述词体理想境界时谓："大率六朝人诗，风华情致，若作长短句，即是词也。宋

① 廖可斌：《明代文学复古运动研究》，北京：商务印书馆 2008 年版，第 91、92 页。
② （明）杨慎：《词品序》，见唐圭璋：《词话丛编》，北京：中华书局 2005 年版，第 408 页。

人长短句虽盛,而其下者,有曲诗、曲论之弊,终非词之本色。予论填词必溯六朝,亦昔人穷探黄河源之意也"①,这是欲以六朝诗之"风华情致"补救宋词"曲诗""曲论"的弊端。

杨慎"六朝起源"观以及"风华情致"论对此后的词学理论及创作产生了深远影响。那么,何谓六朝之"风华情致"? 它又具有怎样的内涵呢? 对此,笔者不拟详加辨析,仅从六朝诗文风格作用于明代咏物词的层面略探一二。

首先是咏物的"去道德化"。六朝是文学自觉的时代,对诗文之"丽"("诗赋欲丽")、"绮靡"("诗缘情而绮靡")、"浏亮"("赋体物而浏亮")的张扬,亦即对文学外在形式之美的肯定,逐渐占据文坛的醒目位置。具体到六朝咏物诗创作上,物象的审美价值逐渐从人的道德属性中剥离,摹写物态、追求形似的"赋体咏物诗"大兴,为穷形尽相地描摹客观世界积累了宝贵的艺术经验。同时,六朝咏物诗的发展几乎同宫体诗步调一致,加之"六朝诸君臣,颂酒赓色"②的独特氛围,六朝诗歌以其雕章缛彩、采丽竞繁的形式特点而独树一帜,又因其"兴寄都绝",亦即思想内容的匮乏,而备受后世讥讽。因此,假如我们意识到杨慎等人将词体向六朝诗风靠拢的努力,也就自然容易理解六朝诗歌在"去道德化"追求上对明代咏物词的"隔代遗传"。

其次是咏物的"去理性化"。张仲谋师《明代词学通论》论及杨慎词品观,曾对"风华情致"作出如下分析:"假如说'风华'主要指绮艳或绮靡的才情与辞采,那么情致应该主要指情感,尤其是那种男女之间伤别念远的感伤之情,是之谓'绮怨'。绮怨之情加上绮艳之辞,即为词之本色。"③杨慎论词之所以上溯六朝,无非是欲以六朝诗之"风华情致"弥补宋词"曲诗""曲论"之弊。而所谓"曲诗""曲论",亦即以诗为词、以论为词,将宋代诗文长于议论、说理的风气引向词体,造成词体的驳杂不纯。在杨慎看来,回归词体尚感性、重抒情的传统,以绮艳之辞抒绮怨之情,才能从根本上恢复词体本色。因此,一旦我们聚焦自宋代至明中叶以来倡理贬情观念根深蒂固的社会文化背景,就会发现,杨慎等人将词体上溯六朝的努力,实际上跟复古派强调诗歌的情感特质,反对其理性化倾向,虽然殊途,实则同归。

实际上,尽管杨慎可谓明代词坛里程碑式重要人物,在词的理论及创作领域皆有颇高造诣,然而,造成明代词风转向绝非仅凭他一己之力,因为杨慎实乃立足于明正德、嘉靖间文化转型的现实土壤,其"六朝风华论"乃至全

---

① (明)杨慎:《词品》卷1,见唐圭璋:《词话丛编》,北京:中华书局2005年版,第425页。
② (明)王世贞:《艺苑卮言》,见唐圭璋:《词话丛编》,北京:中华书局2005年版,第385页。
③ 张仲谋:《明代词学通论》,北京:中华书局2013年版,第170页。

部词学理论与创作亦是时代精神之产物。

3. 明代后期咏梅词之变异

如果说，杨慎的咏梅词已现风调转变之滥觞，那么明代后期咏梅词则呈现两种典型的发展态势：一是艳情化，二是闲情化。

（1）"漫比徐娘妖艳，犹饶洛女丰神"——明代后期咏梅词的艳情化

嘉靖以后，心学与"主情"思潮逐渐向词坛蔓延、渗透，社会审美风尚改弦更张，咏物与艳情相结合或曰以艳笔咏物成为咏物词主流，咏梅词同样如此。吴子孝"恰似美人年尚稚，风流徒抱深情。羞颜不语玉娉婷。欲知无限美，都在未分明"（《临江仙》），这是以"年尚稚"的美人喻江畔欲开之梅。龙膺"参差临水出名姝，弄影湿琼琚。瘦骨冷冷东素，酡颜冉冉含朱"（《朝中措·咏梅》其一），这是以临水顾盼的"名姝"风韵展梅花之姿容；而其"漫比徐娘妖艳，犹饶洛女丰神"（《朝中措·咏梅》其二），则是以徐娘、洛女反衬梅花的"妖艳"与"丰神"。施绍莘"薰透帘衣，暗撩妆阁，伴人煨麝"，"晓妆开处，看人笑插，玉搔头下"（《疏帘淡月·蜡梅，和彦容作》），这是将妖娆的梅花扮作美人图的布景和佳人发间的妆饰。梁云构"平生不解作相思，只有爱花枝。虎蹄春瓣，胆瓶香水，一饷娇痴"（《眼儿媚·濒行署中忘瓶梅，复取之》），这是将"娇痴"的瓶梅视作心神相通的红颜知己。及至王屋《梅花引·咏梅》：

> 篱边雪。溪边雪。花边雪更饶香洁。今年花。明年花。几时约为，看花到伊家。　　一杯要共伊同醉。醉要伊扶上床睡。怕醒时，说分携。不如休去，林有未开枝。

虽题作"咏梅"，但梅花实际仅是"布景"，作者流连于梅花院落的那段艳遇，"看花"成了借口，"爱梅"实属矫情。倘若不写梅花，而是换成桃花、杏花又有何妨，因为作者在意的无非是花团锦簇下的"艳情"。假如依题而将其归入"咏物词"，然其既非着意于物态描摹，又非借咏物以言志抒怀，实则跳出了咏物诗歌摹写物态和托物言志两大创作模式，呈现出对题材和主题的迁移化倾向。但如若认为咏物诗歌出现了第三种创作模式则又实在勉强，因为其能否算作"咏物"这本身就是一个值得商榷的问题。

对于明代后期词人来讲，梅花就是美艳且多情的红粉佳人，即便还残存几分瘦冷、雅淡的个性，那也不过是区别其他美人的别样姿容。他们并不在意梅花代表何种精神、象征何样品性，因为其原本就志不在此，而只是在片刻赏玩中记录下瞬间的联想以及文人骨子里的浪漫风情。

（2）"寻香觅影诗肠索","斗酒相看趣转幽"——明代后期咏梅词的闲情化

明代后期,知识权力的下移、文化的普及造成士人"入仕"比例的骤降;商品经济发展所带来的物质文化的繁荣改变着士人的生活方式、思维取向;朝政的慵惰、党争的严酷,令"致君尧舜"的理想显得遥不可及;王学所追求的内在超越的人生境界使心灵的自由舒展与生活的适意逍遥变得愈发重要。随着社会风气及文人趣味的转移,山林隐逸之风大盛,文人蜷缩于园林别墅、山馆幽亭,怡情适兴的生活成为他们的理想与精神寄托。在此风气下,咏物词自然成为词人装点门面、标榜闲情逸致的媒介。"万点临风添一绝,金尊到手休教歇"（杨仪《蝶恋花·饮王氏梅下和韵》）,于中,梅花是良辰嘉会的道具与布景;"每呼二三同志,共赋新诗。此中清洌,是寒英、香沁心脾"（易震吉《汉宫春·咏梅》）,此处,梅花成为触发诗肠的引线;"瑶华无数,待巡檐索笑,跨蹇提壶。爱傍风流东阁,何须憔悴三闾"（龙膺《朝中措·咏梅》）,在此,梅花又化身风流潇洒生活的点缀;"寻梅去","趁一片、乱山堆里雪。趁一点、小阑干外月"（徐士俊《最高楼·梅花,步司马九皋韵》）,而在这里,梅花则是通向艺术化人生的导引。且看俞彦《忆秦娥·梅》:

> 春寒熟。溪梅已绽枝头玉。枝头玉。照人明媚,瓣人芬馥。
> 东皇为我怜幽独。小楼细雨眠初足。眠初足。一番花信,一番袥禋。

上阕咏梅。溪头的梅花已于料峭春寒中应时绽放,有如团团美玉,又妩媚、芬芳。然作者点到而止,既不对物态再作细致摹写,更无意对自我情志作深度发掘,而是笔锋一转,于下阕呈现一幅细雨小楼中慵懒文士的自画像,"魏晋风流"隐约可见。如果说,前引王屋《梅花引》乃借咏梅以摹写艳情,那么俞彦此词则是将咏物与闲适两类题材打通,梅花是道具,是布景,是闲适散逸生活不可或缺的点缀。

不难发现,此前咏梅词中常见的鹤、鸥等意象已悄然隐去,取而代之的是"酒"。在浅斟低吟或觥筹交错之际,词人用朦胧醉眼赏玩着梅的姿韵,即使偶尔跟林逋神魂相遇,也不是在幽寂的孤山道,而是于"纸窗纸帐香魂彻"的梅花书屋"高呼林逋,日霏谈屑"（钱继章《忆秦娥·题家孟园林十八首》其六）。酒,既是名士风度的载体,又是世俗情趣的寄托。梅与酒的组合,只为助长清兴,而不追求境界的提升。因为明人本就无意于通过词体对个体精神与心灵展开深度发掘,而自身或者说别人眼中的自己是否生活得潇洒自在,才是他们最看重的。

三、明代咏梅词"特异性"的成因

从"冷香窈霭,幽情雅淡,不减孤山道"(邵亨贞《角招》),到"新词休咏旧昏黄"(杨慎《浣溪沙·丙午十二月,碧鸡关路旁梅》),再到"咏花树下成新句"(沈宜修《蝶恋花》),从依傍于宋代咏梅词,到独出机杼、自成一家,明代咏梅词既遵循着自身独特的发展轨迹,同时又见微知著地折射出整个明词的演进历程。那么,明代咏梅词"特异"风貌产生的原因何在? 其变化又代表着明词怎样的走向呢?

(一) 以宋词为典范的审美与价值定位

宋代的生态环境及时代精神造就了文人特有的个性气质与价值取向。宋代文化侧重于对"心境"即内心世界的探索、发掘。程颢经由"万物静观皆自得,四时佳兴与人同"的静观体物获得了"道通天地有形外,思入风云变态中"的思维自由,进而达到"富贵不淫贫贱乐"的精神超越;朱熹强调以"格物"作为"致知"的手段,"故致知之道,在乎即事观理,以格夫物",外物只是媒介,了悟澄明的心境以及精神的涵养才是终极的追求。文学创作亦然。"君子可以寓意于物,而不可以留意于物",在处理物我关系上,苏轼以"我"作为"物"的主宰,追求道家"物物而不物于物"的超然境界;张戒《岁寒堂诗话》提出:"言志乃诗人之本意,咏物特诗人之余事。"又谓:"物类虽同,格韵不等。同是花也,而梅花与桃李异观。同是鸟也,而鹰隼与燕雀殊科。咏物者要当高得其格致韵味,下得其形似,各相称耳。"①在张戒看来,一味地雕镌刻镂、流连物色终落第二义,只有得其"格致韵味",将单纯咏物升华至"言志"层面,方能得诗人之本意。

在处理外物与精神二者关系上,宋人倾向于遗貌取神;而在审美格调的选择上,则表现出对"韵"的崇尚与执守。雅、淡、清、幽构成"韵"的内在质素以及体物致知的外部空间,成为士人追逐的生活与审美时尚。梅以其色淡香幽、形癯影疏的外观以及水边驿外、凌寒斗雪的孤傲个性迎合了宋代的时代精神与宋人的审美品味,并经由大量艺术作品的强化、叠加,进而上升为整个时代集体无意识的价值取向,梅花于是成为宋代的时代之花、宋人的精神之花。诚如程杰先生所论:"梅花之成为道德品格象征,可以说是宋代儒雅之生活和精神风范聚焦凝结于梅花这一江南芳物的结果。"②

---

① (宋)张戒:《岁寒堂诗话》,见丁福保:《历代诗话续编》,北京:中华书局1983年版,第450、471页。
② 程杰:《梅文化论丛》,北京:中华书局2007年版,第69页。

至此,儒家诗学"比德"传统在宋代咏梅诗词中被发挥到极致,托物言志、比兴寄托自然成为宋代咏梅词相较于其他时代或其他题材最为显著的特征。当然,不可否认,即便是宋代咏梅词也不是篇篇皆有寄托,缀花草、吟风月、流连物色者亦所在多有,然而宋人对梅花集体无意识的价值定位,以及部分咏梅名篇的榜样示范,却令人印象深刻,以致后人在欣赏咏梅词时形成了特定的审美期待,一旦超出这种预设的期待,便觉得格格不入,乃至产生"怪异"感。明代咏梅词的"另类"特征某种程度上正是此种思维定势所造成的。

当然,这只是明代咏梅词"特异"风貌形成的先决条件。而从根本上讲,明代社会独特的文化环境、时代精神,以及因之生成的审美趣味、词学观念,才是明代咏梅词之风神发生改变的决定性因素。

(二)明代主情近俗的时代思潮与独特的审美心理

明代咏梅词根植于明代社会文化的广袤土壤,而明代后期咏梅词风格的改变又形象地演示着明代社会思想文化的转型。

明代后期,一方面,心学的盛行促成"主情"的时代思潮和文化语境,并不断催生着率性任情的社会风尚与追求。跟宋人不同,明人对"情"不再执守其背后所隐含的道德、理想或人性,而是更注重"情"自身的价值。对"情"的鼓吹构成时代最响亮的音调,它再也不必琵琶遮面、欲吐还休,而是冠冕堂皇地步入文学艺术的殿堂。既然"香草""美人"已具备了自足的存在价值,又何须再作忠君爱国之比附? 一己之私情、个体之欲求,不仅在文学中拥有了合法的席位,而且正逐渐向核心位置靠拢。

另一方面,商品经济的发展、教育的相对普及带动了通俗文艺的繁荣,市民阶层的文化需求日益膨胀。到明代后期,各类通俗文学蓬勃生长,俗文学与雅文学的攻守之势悄然更易,最终造成文学艺术的"俗化"取向。浅俗直露、酣畅淋漓成为普遍的审美追求,而与"含蓄蕴藉""意内言外"等美感质素相龃龉。"俗",不仅意味着文学作品题材内容的世俗化取向,而且也指向语言的通俗直白和表现形式的直截发露。正是在这种时代背景下,咏梅词脱下"比德"外衣,加入了不少"艳情"或"闲情"的成分,也羼入大量世俗化的内容。

与此同时,在政治领域,朝政日非,皇朝控制力削弱,士人对道义的担当变得艰难且不合时宜,加之思想领域的日新之变,在多重合力作用下,士人产生了严峻的信仰危机。价值的迷失、理想的迷惘,使济世与独善的天平开始倾斜,进而滑向世俗的欲望,委顿于怡情适性的生活与心理空间。然而,中国文化几千年来积淀而成的以"士"作为道统与政统担当者的悠久传统,又令士人因自由放纵的身心而承担着精神上的困顿与焦灼。于是,晚明士人的"矛盾性"不时显现。龚鹏程先生在论及"位在圣凡之间"的晚明清言小品时说:

> 晚明文家,确实有承认嗜欲的言论,但他们也强调道与天理;他们固然非侮圣贤、讥谤道学,但同时也自居圣人之徒,关心世道,有道学方巾气;他们一面抨击世俗名利的嗜求,一面又追求享乐与名利;一面骂以隐为终南捷径者,一面却歌颂"山人",为朱山人、李山人等撰文张扬;人人高谈三教,却又个个不甚了了,甚且行为僻谬,有违三教义理。……诸如此类矛盾,实不可偏执一面予以论断,而必须探究他们何以能如此说。这便涉及他们言说的态度了。显然,这是一种谈说玩赏的发言方式。……言论与存在的实践是分开的,与义理的探索也不属同一性质,它只是隔离地观玩、隔离地审美。……这种隔,乃是一种艺术的人生观。①

"玩赏""隔离",可谓一针见血地指出晚明文学特异的审美态度与审美方式。以"玩赏"的审美态度对待外物,主体只需置身于审美客体之外,而不必将自身委顿其中。物是物,我是我。"物"仅供"我"欣赏品玩而不必深情绵邈、倾心相付;"我"只在意客体是否赏心悦目,可以心猿意马、浮想联翩,而不必苦心孤诣、澡雪精神。以"隔离"的审美方式审视外物,有如雾里看花、水中望月,不为探求真相、本相,但求获得若有若无、时隐时现的朦胧美感;不为澄心见性、直指本心,只为怡情适性、目眩神迷。

由此可见,在处理物我关系问题时,明人与宋人存在着较大反差。宋人是将客体之"物"作为通往主体之"我"的阶梯,通过对审美对象的深层次观照来感知审美主体生命的律动,在"天人合一"的建构模式下,探讨个体存在的意义与价值。但对明人而言,审美客体构成其艺术化生活的外在环境与点缀,既是一己情绪触发的媒介,又是人生艺术化及个性张扬的载体。

晚明小品文的这种审美态度、审美方式在此期各体文学中相通共存。由此,明代咏梅词特异风貌的另一成因已昭然若揭——隔离地观玩,隔离地审美,不作刻意比附,不求寄寓遥深,非为探"深",但求其"趣"。是以茅暎视

---

① 龚鹏程:《晚明思潮》,北京:商务印书馆 2005 年版,第 215 页。

"幽俊香艳"为词家当行①，沈际飞以"雕章缛采，味腴痩芳"为词家本色②。

当然，"寄托"并非咏物诗词之"标配"，但不可否认，"寄托"的缺席往往会令词境因缺少"意在笔先"的沉郁之格和"神余言外"的含蓄之致，缺乏对宇宙人生深沉凝重的沧桑感慨，从而显得浮浅、单薄；专注于一己情绪的瞬间感发则会使词境因放弃了对生命本体具有普泛意义的追寻，削减了情感的厚度和张力，从而显得格局狭仄。然而，明代咏梅词的"无寄托"，并非不能寄托，而是不求寄托，这就要归因于明代后期特异的审美心理和词学观。

（三）明代后期特异的词学观

明代后期特异的时代气质与审美心理造成咏梅词乃至明词整体上轻浅、狭仄、巧隽的艺术格局，同时，这一时期对词体特性的认识及价值定位又进一步推动了明词这一特质的强化与最终定型。

明代后期词论对词之品性的定位带有鲜明的时代特征。后人对明代词论中的"婉约本色论"极为关注③，但若全面审视明代后期词论，"婉约"二字似乎不足以囊括明人对词之品性的认识。例如，刘凤为门人所辑《词选》作序，认为词"以绸缪婉娈、怀思绵邈、蕴藉风流、感结凄怨、艳冶宕逸为工"④；茅一相谓词曲可于"风月烟花之间，一语一调，能令人酸鼻而刺心，神飞而魄绝"⑤；张东川称诗余"大抵婉丽风色，清新隽永"⑥；姚舜牧认为《花间集》之所以"不可废"，正在于其"纤纤而刺人骨，偏颇而令人舞，靡靡而使人忘倦"⑦；沈瓒用绘画类比诗余，认为诗余"近而远、淡而隽、艳而真"，与画艺具有相通之处⑧；茅暎编选《词的》四卷，以"幽俊香艳"为词家当行⑨；王骥德《曲律》认为"词曲不尚雄劲险峻，只一味妩媚闲艳，便称合作"⑩；姚希孟为郑元勋（超宗）《媚幽阁诗余》作序，指出诗余之"端品雅流"，"每喜为幽闲鼓吹，

① （明）茅暎：《词的·凡例》，见《词的》卷首，清萃闵堂钞本，《四库未收书辑刊》捌辑第 30 册。
② （明）沈际飞：《草堂诗余别集小序》，见《草堂诗余别集》卷首，明刻本。
③ 自嘉靖年间张綖于《诗余图谱》卷首"凡例"提出"词体大略有二，一体婉约，一体豪放"，而以婉约为词体本色，此后有何良俊《草堂诗余序》、王世贞《艺苑卮言》以及徐师曾《文体明辨》等推波助澜。
④ （明）刘凤：《词选序》，见《刘子威集》卷 37，《丛书集成三编》第 48 册。
⑤ （明）茅一相：《题词评曲藻后》，见中国戏曲研究院编：《中国古典戏曲论著集成》第 4 册，北京：中国戏剧出版社 1959 年版，第 38 页。
⑥ （明）张东川：《草堂诗余后跋》，见（明）顾从敬：《类编草堂诗余》，万历甲申孟秋重刻本。
⑦ （明）姚舜牧：《题花间集》，见《来恩堂草》卷 3，明刻本，《四库禁毁书丛刊》集部第 107 册。
⑧ （明）沈际飞评：《草堂诗余正集》卷首，明刻本。
⑨ （明）茅暎：《词的·凡例》，见《词的》卷首，清萃闵堂钞本，《四库未收书辑刊》捌辑第 30 册。
⑩ （明）王骥德：《曲律》卷 4，见中国戏曲研究院编：《中国古典戏曲论著集成》第 4 册，北京：中国戏剧出版社 1959 年版，第 179 页。

盖钟情者竞为纤丽,而适情者爱其闲远"①;周永年为葛一龙词集《艳雪篇》作序,誉其词"追风入丽,沿波得奇,潇洒婉娈之情,无不备写"②;陈继儒以"提不定、撩不住,谑浪游戏,几不知其所终"③论词体与诗文之别;徐渻为易震吉词集作序,称"填词家大率工为纤冶,靡嫚自诡,雕章间出,逸态横生,遄峭风流"④。直到崇祯年间杨肇祉辑《词坛艳逸品》并为之作序,拈出"艳逸"二字,顿有"得吾心"之感。"艳逸"二字其实并非诗余之专属,因杨氏先前已有《唐诗艳逸品》付刻,于此亦可略窥晚明整体文化风尚之一斑。然杨氏更于《词坛艳逸品》"自叙"中特别指出:"词坛艳逸,非诗余不足以当之。"⑤事实上,前引之论中,刘凤所谓"艳冶宕逸",姚舜牧所谓"纤纤""偏颇",沈瓒所谓"淡而隽、艳而真",茅暎所谓"幽俊香艳",王骥德所谓"妩媚闲艳",姚希孟所谓"纤丽""闲远",周永年所谓"潇洒婉娈",徐渻所谓"逸态横生,遄峭风流",诸此种种,"艳逸"二字其实早已呼之欲出了。结合前文所论,明代后期咏梅词呈现艳情化、闲情化两种典型的变异倾向,可见,"艳逸"二字颇能得晚明咏梅词乃至全部晚明词之精髓。

"艳逸"既是晚明词论的价值取向,又为此期词的审美追求。"艳",即以艳笔写艳情,设色秾艳,笔法细密;"逸",即借消闲事物、旷放言辞剖白散漫心迹,鼓吹悠闲,标榜超脱。然而,由于缺少诚恳深挚的感情浇灌,更难兼具民胞物与的道德情操、闲雅澹泊的内在涵养以及明朗豁达的生命智慧,明词之"艳逸"在貌多而在神少,难免给人一种膏腴其表而枯瘤其中的感觉。

当然,以"艳逸"定位词体,也就无需再作"一物之情而关乎忠孝之旨"⑥的道德比附,甚至不必在意"风人比兴之旨"⑦。在明人看来,"经国之大业,不朽之盛事"跟"艳逸"的小词丝毫沾不上边。"词本风流家物,愈淫愈妙,愈

---

① (明)姚希孟:《媚幽阁诗余小序》,见《响玉集》卷之余,明崇祯张叔籁等刻清閟全集本,《四库禁毁书丛刊》集部第178册。
② (明)周永年:《艳雪集原序》,见赵尊岳:《明词汇刊》,上海:上海古籍出版社1992年版,第1779页。
③ (明)陈继儒:《万子馨诗余图谱序》,见赵尊岳:《明词汇刊》,上海:上海古籍出版社1992年版,第886页。
④ (明)徐渻:《秋佳轩诗余序》,见(明)易震吉:《秋佳轩诗余》卷首,明崇祯刻本,《续修四库全书》第1723册。
⑤ (明)杨肇祉:《词坛艳逸品叙》,见《词坛艳逸品》卷首,明刻本。
⑥ (清)康熙:《佩文斋咏物诗选序》,见(清)张玉书等编:《御定佩文斋咏物诗选》,台北:商务印书馆1986年版,第1页。
⑦ (清)蒋敦复:《芬陀利室词话》卷3,见唐圭璋:《词话丛编》,北京:中华书局2005年版,第3675页。

妙愈淫,如欲达情写意,何不竟作诗文也"①,"词须宛转绵丽,浅至儇俏,挟春月烟花于闺幨内奏之,一语之艳,令人魂绝,一字之工,令人色飞,乃为贵耳",所以若要作词,则"宁为大雅罪人,勿儒冠而胡服也"②。以这种词品观指导创作,读者又何必寄希望于明词中收获大量意旨宏大或意内言外、寄托遥深之作。正如清初朱彝尊所论:"自词以香艳为主,宁为风雅罪人之说兴,而诗人忠厚之意微矣。"③明代后期咏梅词更关注物态之摹写,而不以"寄托"见长,或者说其根本就无意于比兴寄托,这也是由明代后期特异的词品观所造就。

由此,清人之所以对明词表示不满,其原因也就不难理解了。明代咏梅词因不追求寄托而造成的思致轻浅,因注重一己情绪的感发所导致的格局狭仄,以及因追慕"六朝风华"所带来的语辞巧隽,的确跟清人对词体"重""大""拙"的审美期待背道而驰。陈廷焯《白雨斋词话》曾就明词生发感慨:"有明三百年中,习倚声者,不乏其人。然以沉郁顿挫四字绳之,竟无一篇满人意者,真不可解。"④以"沉郁顿挫"四字权衡明词,可谓方凿圆枘,实在是研究方法出现了问题。如若换用"艳逸"作为准绳,则明词"满人意者"也就比比皆是了。实际上,假如我们承认明代咏梅词的"特异",则仍是拘囿于视宋词(尤其是南宋词)为正则的思维模式。倘若将其还原于明代政治、经济、文化的广袤天地,那么,或许就能理解,明代咏梅词风神之变,不仅是理所当然,而且也是势在必然。

事实上,清代以前,咏物词与比兴寄托之间尚未建立起必然性联系,到清代中期以后才逐渐成为议论的焦点。自张惠言提出"意内言外"说,周济衍为"寄托出入"说,陈廷焯又倡"沉郁"说,况周颐再发"重、大、拙"说,"寄托"遂成为词体尤其是咏物词创作之要义,其流风余俗一直波及近现代词学批评与接受。然而,诚如张仲谋师《宋词欣赏教程》论咏物词一节所言:"'尽物之态'与'穷物之情'两种写法,并没有高下优劣之分。斤斤于形似或许并不可取,而摹写物态却也是咏物词的本分。""事实上,在南宋咏物词名篇中,有寄托的乃是少数。"⑤且不说张惠言牵强附会论词,难免遭"深文罗织"⑥之

---

①　(明)王屋《江月晃重山》词跋:"袁五序每见余词,辄盛言其兄二仲之词美。曰:'词本风流家物,愈淫愈妙,愈妙愈淫,如欲达情写意,何不竟作诗文也。'"见《全明词》,第1691页。
②　(明)王世贞:《艺苑卮言》,见唐圭璋:《词话丛编》,北京:中华书局2005年版,第385页。
③　(清)朱彝尊:《〈艺香词〉评》,见(清)聂先、曾王孙:《百名家词钞》,清康熙绿荫堂刻本,《续修四库全书》第1721册。
④　(清)陈廷焯:《白雨斋词话》卷3,见唐圭璋:《词话丛编》,北京:中华书局2005年版,第3825页。
⑤　张仲谋:《宋词欣赏教程》,南京:南京大学出版社2007年版,第135页。
⑥　王国维:《人间词话》卷下,上海:上海古籍出版社1998年版,第23页。

讯,即便是宋词中寄寓遥深的咏物名篇,也必得是作者将眼前物象跟身世感怀两相凑泊,而这种艺术境界又往往可遇而不可求。故陈廷焯《白雨斋词话》论王沂孙咏物词,亦不得不承认:"咏物词至王碧山,可谓空绝古今。然亦身世之感使然,后人不能强求也。"①斯方为通达之论。

四、明代其他类型咏物词之变异

可以说,咏梅是咏物文学中最具人文精神和意象化传统的类型,故而对明代咏梅词的探讨具有代表性,能够以点带面地展现明代咏物词的整体面貌。

明代花草类咏物词普遍地沾染上明词所特有的"艳逸"品质,词人笔下的牡丹、海棠、杨柳、荷花、菊花、水仙、茉莉等,俨然成为作者闲适生活的点缀或风流心性的寄托。如陈继儒《摊破浣溪沙·牡丹》:

> 晏起独嗔中酒迟,玉牌分记牡丹枝。花下自填新乐府,写乌丝。
> 付与紫衣传别院,夜来翻入管弦吹。吹得老夫重醉也,有情痴。

该词虽以"牡丹"为题,符合咏物词的典型特征,但实际上,作者丝毫不在意牡丹花具有怎样的气质品格,甚至对其外貌姿容也不屑一顾,只为它保留一抹背影,作为展示自我风流适性生活的舞台布景。此外如唐世济的《浪淘沙·月中对菊》《青玉案·携酒看杏花》,易震吉的《归朝欢·是日对竹饮》《鹧鸪天·咏菊》,沈榛的《临江仙·赏桂萧林》《临江仙·赏荷遁溪》,曹尔堪的《临江仙·秋苇》,金堡的《春风袅娜·堂前双柳》等等,莫不如此,皆表现出鲜明的闲情化倾向。

同时,明代花草类咏物词的艳情化倾向也十分显著。咏牡丹如谢肇淛《西江月·咏白牡丹示侍儿》:

> 说甚姚黄魏紫,休论艳露朝霞。亭亭独立玉无瑕,隐映水晶帘下。
> 别有纤纤素手,起来洗净铅华。问郎侬貌可如花,解语能行无价。

另在茅维《满庭芳·咏初开牡丹》、谢肇淛《柳梢青·秋海棠》、施绍莘《菩萨蛮·咏茉莉,和彦容作》《临江仙·茉莉》、王屋《定风波·露荷》《天仙

---

① (清)陈廷焯:《白雨斋词话》卷7,见唐圭璋:《词话丛编》,北京:中华书局2005年版,第3937页。

子·杨柳枝词》等词作中,植物花卉或充当美人腰间、发髻的装饰,或者干脆化身为妖艳婀娜的美人,或风姿绰约,或深情款款,令人心荡神迷。

除花草类咏物词外,明代其他类型的咏物词相较于宋词也多有变化。兹以咏萤词为例略探一二。

"萤"是中国古典文学常用意象。"萤"意象所寓之"意"通常脱胎于相关的典故:"腐草化萤"以现其神秘;"轻罗小扇扑流萤"以见其轻盈;"囊萤"借以明志;而以"秦陵""汉苑""隋宫"作为"萤"活动的背景,则是为抚今追昔的感慨注入历史的沧桑。宋词虽时现"萤"意象,但纯粹的咏萤之作却只有 3篇,即陈著《念奴娇·夏夜流萤照窗》、王沂孙《齐天乐·萤》以及陈德武《清平乐·咏萤》。其中,王沂孙《齐天乐》因"感慨苍茫"①而为后人所推崇,其词曰:

> 碧痕初化池塘草,荧荧野光相趁。扇薄星流,盘明露滴,零落秋原飞燐。练裳暗近。记穿柳生凉,度荷分暝。误我残编,翠囊空叹梦无准。　　楼阴时过数点,倚阑人未睡,曾赋幽恨。汉苑飘苔,秦陵坠叶,千古凄凉不尽。何人为省?但隔水余晖,傍林残影。已觉萧疏,更堪秋夜永。

碧山咏物词"运意高远,吐韵妍和"②,"最争托意隶事处,以意贯串,浑化无痕"③。此词低回绵邈,体物精工,托讽于有意无意之间,借咏萤倾吐满腔故国之思、遗民之恨,内容与形式融合无间,堪称咏物词的典范之作,且因其尤其符合清代常州词派对咏物词的审美定位而倍受推崇,以致后人想当然地以为,宋词中典型的咏物之作皆是如此,咏萤之词就应当这么写。以这种审美期待反观明代咏萤词,不禁令人大跌眼镜。

明代咏萤词总共 13 首,相比宋词,在数量上有较大幅度的提升。其中,除王翃《兰陵王·萤》、彭孙贻《宴清都·和信弦咏萤火》为长调,刘基、周后叔二首为中调外,其余 9 作皆为小令。令词思致流转,精炼简洁,适宜表现轻松、活泼的内容,注定难以将家国、人生等厚重、宏大的题旨统合其中。明人较多地选取小令体式,从创作意旨上就已表现出对王沂孙《齐天乐》"托物

---

① （清）陈廷焯:《词则·大雅集》,上海:上海古籍出版社 1984 年版,第 142 页。
② （清）戈载:《宋七家词选·王圣与词选跋》,见施蛰存:《词籍序跋萃编》,北京:中国社会科学出版社 1994 年版,第 383 页。
③ （清）周济:《宋四家词选目录序论》,见唐圭璋:《词话丛编》,北京:中华书局 2005 年版,第 1644 页。

言志"模式的背离。与之相应,明代咏萤词最常化用的是杜牧诗句"轻罗小扇扑流萤"(《秋夕》),比如,"要惹轻罗小扇,忽闯人怀抱"(易震吉《好事近·萤》),"扑去又还停,笑倚香肩拥翠屏"(吴眉仙《南乡子·流萤》),"谁识风流佳况,想佳人、罢脱妆束。向秋千院宇,荼蘼帘幕,罗袖轻相扑"(欧阳铉《雨中花·流萤》),"轻纨小扇抛却,数遍牵牛星几个。呼侍儿、半卷晶帘,放他低度"(彭孙贻《宴清都·和信弦咏萤火》)。萤之"流",扇之"轻",加之抒情主人公——那个以纨扇扑萤的少女举手投足间的落寞与俏皮,无疑都为词作平添了几分轻盈跃动之感和闺情化意味。除去典故的直接化用,词中场景、意境的创设,也呈现出鲜明的女性化倾向,例如,"玉阶悄忆年华。曾几照、钗横鬓斜。长信宫闲,摩诃池冷,光黯秋花"(顾同应《柳梢青·萤》),"多情飞上翠云翘。倩他照,晚妆娇"(陈子龙《醉红妆·咏萤》),"因风零乱玉阶前,偷照绮罗香处"(邵梅芳《忆汉月·咏萤》),"夕风乍定,冉冉穿芳径。曲沼欲寻鸳侣并,却是伶俜孤影"(王夫之《清平乐·咏萤》)。

毋庸讳言,明词中确实难得一见如碧山词那般寄寓遥深的咏萤之作。然而正如况周颐所论,词之寄托,贵在"流露于不自知,触发于弗克自己"[1]。王沂孙咏物词固然"空绝古今","然亦身世之感使然,后人不能强求也"[2]。正所谓"国家不幸诗家幸,赋到沧桑句便工",碧山所处的特殊时代环境成就了其咏物词幽约深婉的艺术风貌,而清代常州词派以索隐比附的方式解词,无疑更进一步发掘出碧山词的题外之旨。倘若以碧山词的艺术特色作为一己口味之所钟,自然无可厚非,但若要以此概括王沂孙乃至整个南宋咏物词之全貌,进而将其作为衡量所有咏物词之准绳,则难免一叶障目不见泰山,或者有刻舟求剑、削足适履之嫌。事实上,宋代咏萤词除王沂孙《齐天乐》之外的另两篇,词旨都较为单纯,并不包蕴深刻的寄托。陈著《念奴娇》展现夏夜轩窗独坐自足自适的情绪,具闲情化意味;陈德武《清平乐》则借咏萤赋相思,显艳情化倾向。这两首咏萤词所呈现的风格取向恰巧跟明代咏物词的"艳逸"特质不谋而合。当然,这或许只是巧合,却依然启人深思:今人对宋词尤其是南宋词的理解,很大程度上是建立在清代以来研究者对宋词的选择性接受和审美再创造的基础之上,所谓"豪放词派",所谓"南渡爱国词人群",所谓"骚雅词派",他们固然在两宋词坛发出了自己的声音,然而清人以及现代人却有意无意地放大了这些声音,导致听众误将变奏当成了宋词乐

---

① 况周颐:《蕙风词话》卷5,见唐圭璋:《词话丛编》,北京:中华书局2005年版,第4526页。
② (清)陈廷焯:《白雨斋词话》卷7,见唐圭璋:《词话丛编》,北京:中华书局2005年版,第3937页。

章的主旋律。后人常常感觉明人的词学审美趣味有些"怪异",但在有些时候,明人的审美接受其实才更接近宋词本然的面貌。如果我们能够摘掉清人以及现代人留下的"有色眼镜",同时还原那些被过分强调了的"重音"或"亮色",也许,明人的词学观与词学创作也就不至显得那般"另类"。

第三节 明代爱情词的因袭与变异——以杨慎艳词为焦点

爱情是文学历久弥新的永恒话题,更是诗歌咏叹的主旋律。作为古典诗歌之一体的词,因其体制、传统及传播方式等方面的特殊性,从而跟爱情主题保持着更为紧密的联系。

许伯卿《宋词题材研究》所列宋词 36 种题材类型中包含艳情、闺情两类。艳情词是"描写、叙述或回忆两性间性爱情绪和行为的词作。绝大多数是以男性口吻对女性的体态容貌、闺房生活或欢爱过程进行描述,表达恋慕、相思、嬉戏之情";闺情词是"描写闺中女子伤春、悲秋、怀春、相思以及其他女子特有情感和情绪的词作"①。而所谓爱情词,则是表现两性之间相互爱慕的情感、愿望、故事等的词作。可见,艳情词构成爱情词的主体;又因闺中女子生发的情感或情绪大多离不开相思爱恋之情,故多数闺情词亦可划入爱情词的范畴。由于艳情与闺情两类题材在内涵上时有交叉,因而本节不对二者进行详细区分,统以"爱情词"称之。且自五代北宋以来,"艳词"概念已渐趋定型,指以女性或男女恋情为表现对象的词作,跟"艳情词"基本相当,故明代"艳词"亦属本节的讨论范畴。

明初爱情词沿袭词体演进的正常轨迹,其间虽略有起伏波折,但距离前代爱情词,整体上相去不远。然至明代中期,杨慎以其别开生面的艳词创作悄然开启"明体词"的先声。及至明代后期词坛,在个性解放及"主情"思潮笼罩下,爱情题材呈现反弹态势,不仅数量骤增,而且较大幅度地改造着传统爱情词的精神面貌,最终别出机杼,自成面目。因此,爱情题材虽是词体最具传统性的题材类型,但对这种植根于传统却更显时代色彩的题材类型的考察,同样也是明词特色研究的题中应有之义。

一、爱情词传统回溯

词诞生于民间,在其发展初期必然保留着民间文学关注爱情、表现爱情

---

① 许伯卿:《宋词题材研究》,北京:中华书局 2007 年版,第 28 页。

的普遍规律。尽管王重民曾言敦煌曲子词"言闺情与花柳者,尚不及半"①,然其着眼点在于强调敦煌词题材内容的广泛,言外之意则透露出"言闺情与花柳"是敦煌词最强势部分这一讯息。

如果说民间词中表现爱情主题的作品是复制了《诗经》、汉乐府爱情诗歌的存在模式而处于自发状态的话,那么,当晚唐五代文人接手词的创作之后,爱情词便踏上了一条畸形发展的道路。以《花间集》为阵营的晚唐五代文人词在题材构成上,对爱情的表现占据了压倒性优势。据许伯卿博士统计,《花间集》500 首词作共涉及 22 种题材类型,其中以相思爱恋为主题的闺情词总共 223 首,艳情词 107 首,合计占到《花间集》全部作品 66% 的份额②。尽管《花间集》带有鲜明的地域性、时代性特征,包含某些偶然成分,然其作为文人词鼻祖的崇高地位,尤其是"花间范式"的确立,对此后词的创作与欣赏,乃至词学审美心理、价值观念的形成,无疑都产生了深远的影响。

宋初社会环境虽较晚唐五代大有改观,然而,词作为新兴流行性通俗文艺的特殊身份、流转于檀板歌喉的传播特点,以及渐趋定型化的绮艳风格,使其依然被隔离于正统文学的圈子之外,难登大雅之堂。诗言志,词言情,词成为抒发私人感情尤其是男欢女爱、相思怨别情绪的"特区","词为小道"的价值定位反而令爱情题材大行其道。尽管在此后的岁月中,众多词人以自己的创作实践拓展了词的题材天地,特别是南渡前后山河破碎的残酷现实,将风花雪月、谈情说爱反衬得那样不合时宜。小我的爱恨情仇势必要让步于社会性的生存需求,爱情词的领地因而遭到侵吞、蚕食。然而,"词为艳科""别是一家"的呼声一再提醒着词人在摇旗呐喊之后尽快返回软语叮咛的温柔之乡,爱情词依然固守着自己的阵地,并趁个人或社会的短暂喘息,努力寻求反扑的时机。及至宋末,沈义父仍强调:"作词与诗不同,纵是花卉之类,亦须略用情意,或要入闺房之意。"③终宋之世,爱情词一直占据着不小的比重。据《宋词题材研究》一书统计,全宋词包含艳情词 2610 首,占宋词总量的 12.31%,闺情词 1743 首,占 8.22%④,两者之和已占全部宋词的五分之一强。当然,宋代词坛最引人注目的要数祝颂、咏物两类题材的崛起,它们已然取代艳情与闺情而成为宋词题材之翘楚。此外,写景、交游词在数量上也已超过闺情词,形成宋词题材领域的醒目风景。

以上是对唐宋爱情词存在状态的回顾,一来是要指出,爱情题材在明词

---

① 王重民:《敦煌曲子词集·序言》,见《敦煌曲子词集》,北京:商务印书馆 1950 年版,第 8 页。
② 许伯卿:《宋词题材研究》,北京:中华书局 2007 年版,第 37 页。
③ (宋)沈义父:《乐府指迷》,见唐圭璋《词话丛编》,北京:中华书局 2005 年版,第 281 页。
④ 许伯卿:《宋词题材研究》,北京:中华书局 2007 年版,第 37 页。

中并非新鲜事物,它是词的传统题材,甚至可以说是词的题材类型中最根正苗红的一脉,因此,明词中的爱情题材占据较高的比例,实乃大势所趋;二来也是想强调这样一种事实:随着词体音乐属性的削弱以及功能化、实用性的增强,词在题材取向上已越来越接近诗歌,爱情词逐渐被剥夺了特权,整体而言已显式微之势。倘若顺其自然,则明词中爱情题材所占的份额理应持续缩减,至少不应超过宋词中的比重。然而我们却惊讶地发现,当爱情词在词史长河中流经明代段时,却形成一股"逆流",以至有学者在定义"明体词"时,将题材内容上"追求情色爱欲"视作明词的基本特征①。我们在慨叹词学传统力量之强大的同时,也必须将视野投向明代特异的社会文化环境与词学审美心理。换言之,既然爱情是文学永恒的主题,"艳科""小道""别是一家"是对词体的传统定位,那么明词中的爱情成分"多"一点本是无可厚非,然而"多"至如此程度,恐怕就难以用"传统的惯性"而一言以蔽之了。那么,明代爱情词究竟境况如何? 它较之宋词又体现出怎样的"同"与"异"? 还是让我们回归到对明词的实地考察吧!

二、明代前期爱情词的传承

明代嘉靖以前的爱情词创作整体上保持着对词学传统自然延续的状态,虽然波澜不惊,但亦可圈可点。

(一) 明初词坛的分化及爱情词创作

明初词坛既是明词发展的逻辑起点,又是元末词坛的延展与接续。活跃于这一时期的词人,其词作题材大致呈现两种趋向:

一是突破"诗庄词媚"的文体畛域,将诗歌"兴观群怨"的社会功能和实用属性赋予词体,使词在内容和形式上真正成为"句读不葺之诗"。如谢应芳、梁寅、倪瓒、邵亨贞、刘三吾、林大同、刘昭年、王行、王达等人,他们的词作极少关涉爱情,题材表现与诗歌趋同,词体"言情"的特权已丧失殆尽。这也约略代表着明初部分词人对词体属性及其美学特质的体认。

二是不同程度地接纳词体"言情"的属性、"婉媚"的风格以及"代言"的表现形式,或"感四时景物,托风月情怀",从而"得其性情之正"②,或借香草、美人以寓感怀之思、讽喻之义,或赋相思怨别以传达对爱情的企慕与憧憬。他们往往严守词"别是一家"的底线,借闺思、艳情等题材以承接词的创作传

---

① 肖鹏:《群体的选择——唐宋人词选与词人群通论》,南京:凤凰出版社 2009 年版,第 399 页。

② (明)叶蕃:《写情集序》,见赵尊岳:《明词汇刊》,上海:上海古籍出版社 1992 年版,第 1456 页。

统。这其中最具代表性的要数刘基、杨基、高启等人的创作。

刘基词共存 244 首,题材多样,其中爱情词虽无明显优势,但在同期词人中,已是出类拔萃。如下列两首作品:

点绛唇

云淡秋宵,夜寒月过轩窗冏。雁声相应。人语长廊静。　　欲寄离情梦短天涯永。休临镜。舞鸾孤影。怕见菱花冷。

怨王孙

翠被夜冷。碧梧风劲。蛩语将阑,鸦栖不定。开户月在枝头。恰如钩。　　烟波缥缈瑶台路。人何处。黄叶连天风。梦魂此际,绕尽越水吴山。白云间。

在这两首词作中,对抒情主体容貌、体态以及周围陈设镂金错彩般的描摹刻画俱已省去,景物被赋予主观的情思,景语亦是情语。在对景物的勾勒渲染中,剥离了主人公具体的"情事",甚至连其"行迹"也无从寻觅,只留有淡笔白描下流转的企待心境与落寞情怀。假如从渊源关系上讲,刘基的爱情词较多地接受了南唐词及北宋晏、欧等人的影响,体多小令,重在写心。不同之处在于,他将"秋"的意象大量引入词境,构成其词作独特的意绪氛围。《淮南子·缪称训》曰:"春,女思,秋,士悲,而知物化矣。"刘基更习惯于将词的抒情主体放置于"秋"的情景模式中,从而赋予主体以"士悲"的联想,成为作者自我心绪的代言或外化。

杨基之词,《渚山堂词话》赞曰"清便绮丽,颇近唐宋风致"[1],胡玉缙《续四库提要三种》也推许有加,谓其"婉约流利,韶秀独绝,不得不推为词家正宗"[2]。杨基存词 80 首,其中的爱情题材所占比重并不算高,却情深意切,娓娓道来,达到较高的创作水准。如:

自从别后,眉也寻常皱。瘦得腰支无可瘦,又是销魂时候。　　当时纤手琵琶,东风小雨窗纱。今夜相思何处,月明满树梨花。

这是《清平乐·江宁春馆写怀》四首中的第二首,另三首或写宦情,或抒

---

① (明)陈霆:《渚山堂词话》卷 3,见唐圭璋:《词话丛编》,北京:中华书局 2005 年版,第 372 页。

② 胡玉缙:《续四库提要三种:四库未收书目提要续编》卷 4,上海:上海书店出版社 2002 年版,第 390 页。

隐逸情怀,皆为具体时空背景下特定情绪的抒发,而该词厕身其间,也就使原本代言式、普泛化的情事指向了真实具体的情感体验,又于艳情之中寄寓着物是人非的身世之慨,体现出其"深于情"的"词心"跟晏小山、秦少游的一脉相承。张仲谋师《明词史》指出:"在明初词坛上,比较能够保持唐宋词婉媚作风的,是杨基的《眉庵词》。"①杨基词的"婉媚"作风正是以爱情词创作为擅场。

高启《扣舷集》存词 32 首,倘若对比他诗歌两千余首的创作数量,其词的确是"未能深造"②。高启表现爱情的词作不过数首,包括"缠绵之极"③的《石州慢·春思》,一往情深的《多丽·吊七姬》,但给人留下深刻印象的,还是如《江城子·江上偶见》《天仙子·怀旧》《卜算子·有怀》这样的作品。《江城子·江上偶见》一词云:

> 芙蓉裙钗最宜秋。柳边头,自撑舟。一道眼波,斜共晚波流。蓦地逢人回首笑,不识恨,却知羞。　　夕阳犹在水西楼。慢归休,欲相留。教唱弯弯,月子照湖州。不怕鸳鸯惊起了,怕江上,有人愁。

词作主人公变"青衣"为"花旦",不再是见花落泪、对月伤心的闺阁淑女,其"芙蓉裙钗"的清爽,"自撑舟"的泼辣,"一道眼波"的妩媚,"逢人回首笑"的率真,以及"不识恨,却知羞"的单纯,无不让人感受到迥异于唐宋词传统格调的别样风韵。这种"别调"的出现,绝非作者"夺胎换骨"以刻意为之,甚至无法代表作者主观的价值取向和审美追求,而只是展现出一种"信手写来、不刻意追求的创作态度"④。《四库全书总目》认为高启作诗"拟汉魏似汉魏,拟六朝似六朝,拟唐似唐,拟宋似宋,凡古人之所长,无不兼之"⑤。以此类推,如若高启有志模仿唐宋词创作,想必亦能惟妙惟肖,故其"不似",既非"做不来",亦非"不愿做",而是压根儿就"没打算做"。这种不拘格套、率性挥洒的创作态度,既是高启才子心性的显现,又是其对待词体的观念使然;既令他在明初词坛自出机杼而成一家风骨,却也阻遏了其词学成就迈上更高的台阶。

---

① 张仲谋:《明词史》(增订版),北京:人民文学出版社 2020 年版,第 61 页。
② 胡玉缙:《续四库提要三种:四库未收书目提要续编》卷 4,上海:上海书店出版社 2002 年版,第 390 页。
③ (清)沈雄:《古今词话》词评下卷,见唐圭璋:《词话丛编》,北京:中华书局 2005 年版,第 1024 页。
④ 张仲谋:《明词史》(增订版),北京:人民文学出版社 2020 年版,第 70 页。
⑤ (清)永瑢等:《四库全书总目》卷 169,北京:中华书局 1965 年版,第 1471～1472 页。

除以上三家外,明初如贝琼、瞿佑、黄澄、韩奕、张红桥等,亦在词的创作中不同程度地触及爱情题材,但或因数量有限,或因影响不大,或因题材取向不够显豁,故不一一道来。

(二)成化至嘉靖前期爱情词的复苏

永乐至成化词坛是明词的衰蔽期。这一时期出现了《明词史》所概括的词中台阁、打油、理学三体①,将词体本应具备的美感质素斫伤殆尽,爱情词创作也随之走向低迷。随后的弘治至嘉靖词坛在走过词史低谷之后,开始酝酿着明词的中兴。部分词人在创作或理论层面有意识地体认并接受明前尤其是宋代的词学遗产,在一定程度上表现出向宋词回归的态势。爱情词也在成化年间马洪登场后出现了复苏的迹象。在"臻诗余之妙"②的马洪、"称再来少游"③的张綖、逐首追和《草堂诗余》的陈铎、遍和《断肠词》的戴冠那里,即便是在"豪迈激越,犹有苏、辛遗范"④的陈霆词中,爱情题材都呈现明显上升的势头。

马洪是明代为数不多的几个"纯粹"词人之一,成化年间以词名东南,为词刻意求工,"四十余年,仅得百篇"⑤,而传世词作仅29首,"以传统婉约词风为主调,以闺情、春思为擅场"⑥。其词集名《花影集》,自序称:"法云道人尝劝山谷勿作小词。山谷云:'空中语尔。'予欲以'空中语'名其集,或曰不文,改称《花影集》。"⑦"空中语"乃北宋黄庭坚对法云道人"笔墨劝淫,乃欲堕泥犁中"责备话语的自我开脱之辞,马洪本欲以之命名词集,亦可见其对词体的审美定位。

张綖《诗余图谱》在词谱发展史上意义重大,其《凡例》所提出的"词体大略有二,一体婉约,一体豪放",而以"辞情蕴藉"的婉约之作为正格⑧的词学观,是明代词学"婉约正宗"说的理论源头。张綖词今存100首,其中以艳情或闺情为题材的接近一半。沈雄曾称引其《鹊踏枝》"紫燕双飞深院静。宝枕纱厨,睡起娇如病。一线碧烟萦藻井。小鬟茶进龙香饼",及"斜日高楼明锦幕。楼上佳人,痴倚阑干角。心事不知缘底恶。对花珠泪双双落",誉为

① 张仲谋:《明词史》(增订版),北京:人民文学出版社2020年版,第109~124页。
② (明)徐伯龄:《蟫精隽》卷11,《景印文渊阁四库全书》第867册。
③ (明)朱曰藩:《张南湖先生诗集序》,见(明)张綖《张南湖先生诗集》卷首,明嘉靖三十二年张守中刻本,《四库全书存目丛书》集部第68册。
④ (清)永瑢等:《四库全书总目》卷176,北京:中华书局1965年版,第1568页。
⑤ (明)杨慎:《词品》卷6,见唐圭璋:《词话丛编》,北京:中华书局2005年版,第530页。
⑥ 张仲谋:《明词史》(增订版),北京:人民文学出版社2020年版,第127页。
⑦ (明)杨慎:《词品》卷6,见唐圭璋:《词话丛编》,北京:中华书局2005年版,第530页。
⑧ (明)张綖:《诗余图谱凡例》,见《诗余图谱》卷首,明嘉靖丙申刻本。

"新蒨蕴藉,振起一时者"①。

陈铎词集名《草堂余意》,容易让人误以为是"《草堂诗余》系列",实际乃和韵宋代《草堂诗余》之作。他虽以一人之心力而欲追续前贤之华妙,尝遭效颦之讥,然其词婉约清丽,能"兼乐章之敷腴,清真之沉着,漱玉之绵丽"②,也因此反映出陈铎本人对词体美学特质的定位与追求。

戴冠有《邃谷词》一卷,凡 44 首,其中追和朱淑真《断肠词》之作即占 26 首。戴冠曾于弘治年间阅朱淑真《断肠词》,"喜其清丽,哀而不伤",欲以"白朱氏之心","因乘兴遍和之,且系以诗"③,故爱情题材占据大半。而在和《断肠词》之外,其词作也保持着类似的风格,表现出作者主观上对这一题材类型的偏好。

陈霆《水南稿》虽不乏"豪迈激越"之作,然其对词体"纤言丽语,大雅是病"④的审美定位,以及对陈铎词"婉约清丽"、杨基词"清便绮丽"的推许,亦可显见其词学观及词学审美倾向。

此期词人向爱情题材的回归,以及对词体风格、价值的定位,乃跟明人"宗宋"的词史认知以及依附于诗教传统的词学观形影相随。

一方面,明人大多推尊宋词作为词体发展的鼎盛阶段,"宗宋"的词史观几乎覆盖有明一代,而于本时期最为昭彰;另一方面,嘉靖中期以前的词论在对词体属性的认识上,习惯以诗教传统比附词学,常将诗学理论中的"发愤"说、"感物"说、"兴观群怨"说、"有补于世"说等移植于词学批评。以"宗宋"的词史观,"得性情之正"的词体品性观,"兴观群怨""有补于世"的词体价值观作为出发点,嘉靖中期以前词论对词体审美特质的评判往往以"蕴藉""圆融""丰润""圆妙""流丽""和平"为法式。遵循这一逻辑,爱情词在本时期复苏的原因也就不言自明了。爱情题材可谓最具传统性的词体类型,在晚唐以至北宋始终优势明显;同时,它又最擅长表现含蓄蕴藉、缠绵悱恻的情怀,跟上述风格特质不谋而合。因此,这一时期爱情词的复苏,既是词人无意间对词学传统的承袭,又体现了他们在对词学传统进行有意识选择过程中所作出的形势判断与价值取舍。

① (清)沈雄:《古今词话》词评下卷,见唐圭璋:《词话丛编》,北京:中华书局 2005 年版,第 1029 页。
② 况周颐:《蕙风词话》卷 5,见唐圭璋:《词话丛编》,北京:中华书局 2005 年版,第 4510~4511 页。
③ (明)戴冠:《和朱淑真断肠词跋》,见《戴氏集》卷 11,明嘉靖二十七年张鲁刻本,《四库全书存目丛书》集部第 63 册。
④ (明)陈霆:《渚山堂词话自序》,见(明)陈霆著,王幼安校点:《渚山堂词话》,北京:人民文学出版社 1960 年版,第 3 页。

三、杨慎的艳词创作及其词史意义①

在明词乃至整个艳词发展史上,杨慎都算得上一个里程碑式的人物。过去词学界对明词认识有限,在描述艳词的发展轨迹时,常常略过明词,以朱彝尊《静志居琴趣》、彭孙遹《延露词》、董以宁《蓉渡词》等直接两宋。笔者认为这是由于对明词了解不够,而不是基于对明词或明代艳词的全盘否定。实际上,晚明词坛存在一个由吴中词人群体构成的艳词派②,而其前驱就是杨慎。在明代中期词坛,杨慎几乎是唯一值得关注的艳词作者。或许跟他谪戍云南、忧谗畏讥的身世相关,在其传世的 300 多首词作中,艳词占据了较大比重,并且呈现迥异于宋词的风格特征。这种新变下开晚明艳词派,并因此而具有重要的词史意义。

(一) 杨慎艳词的基本内容

杨慎的艳词创作,大致可归纳为三类:一是描写女性春情闺思的心理情态;二是描写女性容貌、身体、衣饰、姿态;三是描写男女的幽期密约、邂逅交欢。它们均是艳词的常见内容或基本路数,自南朝宫体扇北里之风,迄唐宋艳词开声色之门,大体皆是如此。而杨慎艳词的特色不在内容本身,而在其创作旨趣,以及相应的艺术表现手法。

1. 关于春情闺思之描写

此乃唐宋词常见题材。因其着意刻画女性声容心态,或可称为艳词,但因其用笔雅洁,遂与偏重情色描写者构成广义艳词之两极。杨慎艳词,亦以此类为佳。如《卖花声》(春梦似杨花)、《南乡子》(油壁香车)、《宫中调笑》(银烛银烛)、《蝶恋花》(夭似花枝轻似雾)、《浣溪沙》(解唱隋家昔昔盐)、《锦缠带》(谁家红袖倚江楼)等,浅而不俗,艳而不妖,皆为可读之作。再来看《浣溪沙》一词:

> 燕子衔春入画楼,猧儿撼晓动帘钩。一场残梦五更头。 彩凤琴中弹别调,锦麟书里诉离愁。相思相忆几时休。

在《升庵长短句》中,此作当属上品。它没有杨慎词常见的浅显直露的毛病,情思深婉,雅洁含蓄,几乎可以说是直逼宋词了。当然,它并非空穴来风,从其意象与情调来看,元稹《春晓》诗的痕迹依稀可辨。

---

① 本部分为张仲谋师与笔者合著,且主要观点多出自张师。
② 参见张仲谋:《吴鼎芳与晚明艳词派》,《古典文学知识》2018 年第 1 期。

　　词中最惹人注目的是一只小动物——猧儿,它对于理解词作,具有重要的引导功能。猧儿实际是哈巴狗,一种自唐代开始从西域传入国内的体型偏小的宠物狗,故其不见于先唐文学。由于它体形娇小且善解人意,所以很快成为贵族尤其是贵族女性的宠物,进而在文艺创作中成为贵族女性生活的点缀。如唐代周昉名画《簪花仕女图》中,就有一只金毛黑猧儿,在两个仕女的目光牵引下,它成了画面的焦点。值得关注的是,在唐代以来的诗歌中,猧儿常与鹦鹉交互出现,成为描写少妇孤独空虚生活的组合意象。如元稹《梦游春七十韵》:"逡巡日渐高,影响人将寤。鹦鹉饥乱鸣,娇猧睡犹怒。"敦煌曲子词《倾杯乐》:"年二八久锁香闺,爱引猧儿鹦鹉戏。"另,明代王彦泓《无题四首》其二:"鹦鹉自将新律教,猧儿闲取练香焦。"清代黄景仁《倚怀》:"偷移鹦母情先觉,稳睡猧儿事未知。"

　　当然,唐诗中写到猧儿的著名作品当数元稹《春晓》:

　　　　半欲天明半未明,醉闻花气睡闻莺。

　　　　猧儿撼起钟声动,二十年前晓寺情。

所谓"二十年前晓寺情",其背后的故事只宜在小说《会真记》里敷演,在诗中表达是不相宜的。这种点到即止、含而不露的写法才是真正的诗意表达。中国社科院文研所编著的《中国文学史》指出:"元稹作品中最好的是古今体艳诗和悼亡诗",并引录该诗后曰:"这诗是《会真记》的张本,值得在文学史上着重提出的。"[①]这种钱钟书式的按语,是在博闻强记前提下的左右逢源,看似信手点染,却最具启发意味。事实上,显而易见,杨慎的这首《浣溪沙》,正是祖述元稹《春晓》、师其意而不师其格的成果。他把元稹二十八字七绝诗增衍而成为词作,意思较原作更为显豁,但相对于明词普遍的浅显直白,它仍以含蓄见长。"猧儿撼晓",应该是"猧儿撼起钟声动,二十年前晓寺情"十四字的浓缩,交待了联想的源头,然而却不欲明言,一触即转,以"残梦"之缭绕渲染,把离别的绮情艳思都处理到幕后去了。这是很高明的写法。明人能悟入者不多,杨慎若非追步元稹,恐怕未必可臻此种境界。

　　2. 关于女性体态声容之描写

　　杨慎艳词中的女性描写,很少有纯客观的"写真",多是男性视角下"猎艳"式的打量,其刻意显现的不是《诗经·硕人》或《洛神赋》那般女性美,而是摇曳多姿的性感体态。这方面的代表作如《好女儿》二首:

---

①　中国社会科学院文学研究所:《中国文学史》,北京:知识产权出版社 2010 年版,第 398 页。

柳似腰肢，月似蛾眉。看千娇百媚堪怜处，有红拂当筵，金莲衬步，玉笋弹棋。　　心事一春谁问，同心结，断肠词。叹双鱼不见征鸿远，蕉心绿展，樱唇红满，梅子黄肥。

锦帐鸳鸯，绣被鸾凤。一种风流千种态，看雪肌双莹；玉箫暗品，鹦舌偷尝。　　屏掩灯斜香冷，回娇眼，盼檀郎。道千金一刻须怜惜，早漏催银箭，星沉网户，月转回廊。

晚明沈际飞《草堂诗余新集》选录这两首词，题曰"佳人"，评语谓"郑声也，黄山谷常有之"，认为杨慎在祖述山谷词。然细按其格律，乃是《好女儿令》[1]。实际上，欧阳修《醉翁琴趣外编》中的艳词远比黄庭坚《山谷词》为多。或者可以说，欧公所作是本色艳词，山谷不过放浪形骸、插科打诨而已。兹录欧阳修《好女儿令》如下：

眼细眉长，宫样梳妆。靸鞋儿走向花下立。一身绣出，两同心字，浅浅金黄。　　早是肌肤轻渺，抱著了，暖仍香。姿姿媚媚端正好，怎教人别后，从头仔细，断得思量。

这里描写的女性，"眼细眉长"的妆扮，"靸鞋儿"的举动，虽调名为《好女儿令》，却着实不像是正经女子。杨慎词中"千娇百媚堪怜处"，"一种风流千种态"，仿佛以欧阳修词"姿姿媚媚端正好"为蓝本，显然，这才是杨慎心摹手追的创作表率。

杨慎这两首词，内容香艳，刻画径露。前者上阕写佳人的腰、眉、足（金莲）、手（玉笋），连用一串比喻。"柳似腰肢"，当出自元稹《所思二首》其一："庾令楼中初见时，武昌春柳似腰肢。"玉笋喻手，应出自韩偓《香奁集·咏手》："腕白肤红玉笋芽，调琴抽线露尖斜。"当然，以柳比腰肢、以玉笋喻手并不稀罕，何以见得一定出自元稹、韩偓？这是因为，元、韩二公既是唐代艳诗名家，杨慎词更兼多次化用二公之成句，适可谓屡见而不鲜，足证《元稹集》《香奁集》都是杨慎经常光顾剽袭艳冶文辞的场所。

顺便指出，上引《好女儿》二首之后者实际不仅写佳人，其笔墨趣味，尤

---

[1]　宋代词调有《好女儿》，调见晏几道《小山词》和黄庭坚《山谷词》；又有《好女儿令》，调见欧阳修《醉翁琴趣外编》。《小山词》中的《好女儿》与《好女儿令》体格略同，《山谷词》中的《好女儿》（又名《绣带子》）则另为一体，句格、声律皆有不同。

在男女幽期密会。因为情色意味较浓，所以崇祯本《金瓶梅》将其移作第二十七回卷首词①。杨慎词因比较通俗，时常被移植入通俗小说，清初刻本《三国志通俗演义》卷首《临江仙》（滚滚长江东逝水）即是一例。然而《金瓶梅》第二十七回实乃这部"淫书"中最"黄"的段落，即"李瓶儿私语翡翠轩，潘金莲醉闹葡萄架"是也。杨慎词不幸入选，也证明其艳词确实"艳"到了火候。

3. 关于男女偷期密约之描写

如《巫山一段云》：

> 背壁羞娇影，回灯脱薄妆。暗中惟觉绣鞋香，解佩玉丁当。　　好梦云将结，幽欢夜正长。迟迟懒上郁金床，故意恼檀郎。

杨慎习惯以《巫山一段云》《蝶恋花》等词调写男女情事，或可视为咏本调，即以调为题，或调题合一。这首《巫山一段云》就是写男女幽会之事。溯其渊源，其蓝本或为韩偓《香奁集》中的《五更》：

> 往年曾约郁金床，半夜潜身入洞房。
> 怀里不知金钿落，暗中唯觉绣鞋香。
> 此时欲别魂俱断，自后相逢眼更狂。
> 光景旋销惆怅在，一生赢得是凄凉。

元代方回《瀛奎律髓》选录该诗，评语谓："前四句太猥、太亵，后四句始是诗。"②方回评诗往往如此，心赏其情色之句，又故作庄严矜重之态。然而韩偓之为韩偓，或曰"香奁"之为"香奁"，正在于男女情事方面大胆、出格的描写。方回既谓其太猥太亵却仍选之，亦表明这类艳诗自有其魅力，或者说有选家与读者不能抛舍的理由。当然，以凄凉、惆怅的灰青色调，去掩映或淡化前面的情色意味，这是韩偓惯用的创作策略，对此，杨慎似乎并未习得。事实上，杨慎所看重的也正是前四句。因为杨慎词不仅挪用了"暗中惟觉绣鞋香"原句，并且还保留了带有香艳意味的"郁金床"这个核心意象，所以显而易见，杨慎此词，并非出于个人邂逅之情事，而是因冬郎艳诗触动了创作契机。明季卓人月、徐士俊编选《古今词统》，清初顾璟芳等编《兰皋明词汇

---

① 在《金瓶梅词话》中，第27回卷首原为"头上青天自凭欺"诗一首，崇祯本始以杨慎词取而代之。

② （元）方回选评，（清）纪昀刊误，诸伟奇、胡益民点校：《瀛奎律髓》，合肥：黄山书社1994年版，第158页。

选》，都选入这首《巫山一段云》，或许也可证明，杨慎这种艳词作风，在晚明词坛是颇受欢迎的。《古今词统》对"绣鞋"一句评曰："当是玉香，独见鞋。"①详卓人月之意，绣鞋是不可能香的。其实玉亦无香。卓人月如此说，或许从性心理学角度才解释得通。成语"秀色可餐""爱屋及乌"，可以说同是这种审美错觉造成的心理效果。

（二）杨慎艳词之因袭与创造

倘若将南朝齐梁宫体诗之兴起设为起点，到杨慎生活的嘉靖时期，已逾千年；即便是从晚唐五代艳词的流行算起，也已过去五六百年。就艳体诗词创作而言，常用的意象、语汇、手法、技巧等，差不多都被探索、发掘过了，于是后来者便难免有才思枯竭、智尽能索之叹。杨慎与一般文人不同，他既是才子，又兼学者，其记诵之淹博，为当时及后世所公认。如此优越的主观条件，碰上艳词创作难乎为继的客观环境，他便很自然地采用了信手拈来、化旧为新的创作策略。

杨慎有不少标注"集句"或"隐括"的词作。如《浣溪沙·集句》《忆王孙·集句》《忆王孙·落花集句》《瑞鹧鸪·集句，咏巫山高》等，都以"集句"二字标示；《塞垣瑞鹧鸪·隐括唐诗以补唐曲》《满江红·隐括潜夫词，忆李中溪种玉园梅》，以及《花犯念奴》等，亦皆明示为隐括之作。这或许可以证明，杨慎对于前人的"知识产权"，并非全然无视。然而，除去这些标明"集句""隐括"者之外，他仍有相当数量的词作，不同程度地挪用或化用前人诗词成句，或在前人作品基础上点窜改造。这其中尽管有不少贻讥于后人的败笔，但亦不乏成功的范例。如前引《浣溪沙》从元稹《春晓》诗夺胎而另铸新词；《好女儿》虽似含欧阳修《好女儿令》的遗传基因，却又不着痕迹。它们可以说是比较成功的例子。这里再举一例：

浣溪沙

　　步彻香尘倚画阑，丛头合凤尾交鸾。金莲并蒂月双弯。　　　　宋玉东墙芳草软，江淹南浦落花干。抱云勾雪近灯看。

"宋玉东墙"代指美女，"江淹南浦"犹言离别，都是常用典故。词中较为新警的语辞是"抱云勾雪"，然亦非杨慎匠心独运，而是从张先《庆金枝》词中挪移来的。张先原词为：

---

① （明）卓人月、徐士俊：《古今词统》，明崇祯刻本，《续修四库全书》第1728册。

青螺添远山,两娇靥,笑时圆。抱云勾雪近灯看,妍处不堪怜。

今生但愿无离别,花月下,绣屏前。双蚕成茧共缠绵,更结后生缘。

这是张子野词中的香艳之作。陆侃如、冯沅君《中国诗史》引录该词,并指出是"以'云'与'雪'代女人的肉体"①,应是令人信服的解说。尽管是写女性肉体,但毕竟借助于云雪之喻的遮掩,冲淡了一些情色意味,至少从字面上看,比"鸳凤交尾"等要雅一些。像这样的局部借用,应是允许的,也是比较成功的。

至于败笔之例,最突出的是《个侬·艳情》。这首词大体是在南宋廖莹中《个侬》一词基础上的改造。清丁绍仪《听秋声馆词话》云:"周美成制《六丑》调,杨升庵嫌其名不雅,改称《个侬》。若不知宋人廖莹中自有《个侬》本调,前后极整齐。……升庵生有明中叶,其为窜易廖词,窃为己作可知。相传升庵未贬时,每阑入文渊阁攘取藏书,妄意似此单词,世无传本,可以公然剽掠,初不料二百年后,原词复行于世。余尝谓升庵得志,决非纯臣,盖自视过高,意天下后世皆可欺,其不为无忌惮之小人也几希。"②今人王文才辑校《杨慎词曲集》,注云:"此阕乃改廖莹中《六丑》词旧作,并易调名,编集失注。《听秋声馆词话》卷十一谓升庵窃为己有,要非事实。"③实际上,杨慎改窜廖莹中之作而不加说明,其攘夺之意昭彰。这就不是偶尔之"失注",而是创作之失范。丁绍仪所谓"升庵得志,决非纯臣",因其词而否定其人,固然不妥,然而王文才先生欲为升庵"洗白",亦大可不必。顺便指出,《个侬》与《六丑》并非同调异名,而且始称《个侬》者也是廖莹中而非杨慎。廖莹中《个侬》虽较大幅度采用周邦彦《六丑》原韵,但却多处突破原作格律,故当另作一调,其以"个侬"为调名,并未说《个侬》即《六丑》,可见《个侬》为"变旧曲作新声"的新调名。而杨慎之改作,虽然词句变化不大,却是有意向周邦彦《六丑》原作原韵靠拢。细按句法格律,廖莹中是变《六丑》为《个侬》,而杨慎则保留了《个侬》调名,按格律又返归《六丑》了。此种缠绕纠结的状况,丁绍仪等人并没有梳理清楚。

(三)杨慎艳词之新变

考察杨慎艳词的创作特色,可以有两种思维路径:一是将其放在唐宋以来艳词纵向发展的背景下,审视其特点及变化;二是与同时代词人进行横向

---

① 陆侃如、冯沅君:《中国诗史》,天津:百花文艺出版社1999年版,第511页。

② (清)丁绍仪:《听秋声馆词话》卷11,见唐圭璋:《词话丛编》,北京:中华书局2005年版,第2706页。

③ (明)杨慎,王文才:《杨慎词曲集》,成都:四川人民出版社1984年版,第66页。

比较,以见其个性特色。由于在杨慎所处的嘉靖时期,至少在艳词创作领域,没有足堪与杨慎比长量短的艳词作者,所以在此主要立足于纵向考察,以观杨慎对艳词发展史的贡献。

1. 创作立场:由娱人到自娱

杨慎的艳词创作,明显带有一种自我的或男性中心的特点。无论是描绘男女幽期密约时的贪恋饥渴,还是对女性体态容貌充满情色意味的刻画打量,显然都是站在男性的视角。爱美之心,人皆有之,对女性美的爱赏,本是一种正常而健康的生理或心理现象。但杨慎词往往不是或主要不在于展示女性美,而是着意捕捉其性感的一面。也就是说,杨慎艳词中的女性,通常不是作为审美对象,而是一种性意识的载体。而在唐宋艳词中所常见的"代言体",即"男子而作闺音"的现象,在杨慎词中是颇为少见的。

这种创作态度及手法的变化,或许跟词体音乐性的蜕化有关。在杨慎所处的明代中期,流行的音乐文学主要是南北曲及时调民歌,而词的音乐属性早已脱落或蜕变为一种文学形式的背景或底色,词早已成为纯粹的案头文学了。"代言体"本身就是出于歌女伶人表演的需要,故在《诗经》之国风、汉魏六朝之乐府、唐声诗或新乐府,以及宋词、元曲中为多。到了明代,由于词不再是为乐工、歌伎所填写的歌词,所以模拟女性口吻的"代言体"也就失去了存在的前提,那种以女性为抒情主人公的词作因而大量缩减。词,不再是为娱人("敢陈薄技,聊佐清欢"),而是用作自娱自乐,当然也可供其他读者(基本为男性)消遣。于是,男性词人不再隐身于幕后,而是直接站上了舞台。如果说,唐宋词的抒情主人公跟作者通常不是一回事,那么到了明代,词人与抒情主人公合体的现象就非常显著了。

2. 人物形象:由唯美到性感

首先,从女性形象来看。杨慎艳词中的女性,大多似青楼女子,其相貌未必不佳,只是欠庄雅耳。如《蝶恋花》:"剪剪秋波灯下见,浅笑轻颦,一似花枝颤。"《蝶恋花》:"璧月琼枝风韵在,皎皎盈盈,自拗梅花带。""年纪无多情性快,翠裙金杯,满劝深深拜。"《菩萨蛮》:"袅嫋腰肢浑似柳。碧花茗椀劳纤手。清昼小横陈。阳台梦未真。"《菩萨蛮》:"蛾眉梳堕马,象口熏残麝。浓睡带余酲,翠窗啼晓莺。"其间描写的女性,全不似大家闺秀。至于像《好女儿》中"一种风流千种态","回娇眼,盼檀郎",以及《赛天香》中"媚眼射注檀郎"的主人公,则更仿佛是长于卖弄风情的青楼女子。

或曰:既然是写艳词,不正应当如此吗? 倘若词中女子凛若冰霜,一味矜持,那还能算艳词吗? 其实不然。唐宋时期的艳词,除了少数溺于情色的俗词,多数还是有底线、有格调的。譬如张先《谢池春慢·玉仙观道中逢谢媚卿》："尘香拂马，逢谢女，城南道。秀艳过施粉，多媚生巧笑。斗色鲜衣薄，碾玉双蝉小。"谢媚卿者，无论是名字，还是其"过施粉"、多媚笑的作派，恐怕只能是花街柳巷中人。单看这几句描写，似乎跟杨慎的艳词差别不大。然而张先接下去写道："欢难偶，春过了。琵琶流怨，都入相思调。"这就由前面略带情色意味的场景，一转而化为伤春伤别的绮怨情调了。又如张先《一丛花令》，先写幽会："双鸳池沼水溶溶，南北小桡通。梯横画阁黄昏后，又还是、斜月帘栊。"镜头从画阁里的男女向外摇移，摇向那楼外垂下的软梯，又定格于池中双鸳，从而将男女情事处理到幕后去了。当然，读者借助生活经验或戏曲记忆，仍可想见类似张生与莺莺、潘必正与陈妙常般的暧昧情事。然而词的结尾"沉恨细思，不如桃杏，犹解嫁东风"，也是由一晌偷欢归之于别后幽怨。宋人吴曾论柳永、张先之别，称"子野韵高，是耆卿所乏处"[1]，盖指此类。这倒也不是所谓"发乎情，止乎礼"；就艳词而论，若是止乎礼义，亦即严词峻拒、凛不可犯，那就未免煞风景了。刘熙载《艺概》评温飞卿词"类不出乎绮怨"，"绮怨"二字，大有讲究。盖怨而不绮，则非为艳词；绮而不怨，则有伤格调。张先以幽怨之情思加诸绮艳之内容，庶几两全其美。相比之下，杨慎一味刻画色相，沉溺于欢情，便觉有失格调，艳而不免于俗了。

其次，从创作追求来看。杨慎在处理女性形象或爱情题材方面，通常不是刻画女性美，而是着力表现女性的性感体态。在咏佳人词系列中，他似乎对女人足尤感兴趣。前人一般对美人发、口、手等部位描写较多，于"足"不过偶一为之；而杨慎却是一写再写，几至留连忘返、爱不释手。如《灼灼花》：

> 谁把纤纤月，掩在湘裙褶。凤翠花明，猩红珠莹，蝉纱雪叠。颤巍巍一对玉弓儿，把芳心生拽。　　掌上呈娇怯，痛惜还轻捻。戏蕊含莲，齿痕斜印，凌波罗袜。踏青回露湿怕春寒，倩檀郎温热。

该词虽无题，但所咏乃美人足是显而易见的。明季潘游龙《精选古今诗余醉》选入此词，即题为"美人足"。又《兰皋明词汇选》中顾璟芳评语谓："佳人之丽藻，如眼曰秋波，眉曰远山，手曰纤玉，此类甚多。至一钩三寸，更自可人，非艳思如许，未易宜称。"[2]顾璟芳是明末清初人，其兴趣口味，尤可见晚明风习。"痛惜还轻捻"，"捻"为多音字，此处当读如"捏"，意亦同。"戏蕊

① （宋）吴曾：《能改斋词话》卷1，见唐圭璋：《词话丛编》，北京：中华书局2005年版，第125页。
② 屈兴国：《词话丛编二编》，杭州：浙江古籍出版社2013年版，第403页。

含莲",意颇暧昧,虽用比喻,却不隐而更显。恰巧《杨慎词曲集》附"杨夫人词曲"有《南中吕驻云飞》二首:

> 叠雪香罗,窄窄弓弓玉一窝。凤嘴穿花破,龙脑浓熏过。嗏,洛浦去凌波。笑杀齐奴,枉把香尘浣。掌上擎来暖气呵。

> 戏蕊含莲,一点灵犀夜不眠。鸡吐花冠艳,蜂抱花须颤。嗏,玉软又香甜。神水华池,只许神仙占。夜夜栽培火里莲。

这两支曲子,在杨慎与其夫人黄峨作品中互见而并存,谢伯阳《全明散曲》亦两存之,其实当是杨慎所作。一方面,除"戏蕊含莲"外,其他如"叠雪""玉弓""掌上擎来暖气呵"等等,皆与《灼灼花》字面相似,很可能是出于同时创作,不过一词二曲,各具风采而已。另一方面,此词已不免情色之玷,此曲更有直接的色情描写。黄峨自是多才,但她毕竟是有身份的闺阁女子,若真是出自她的手笔,则未免过分而无底线了。当然,就杨慎而言,其词已不免曲化之嫌,但以同题材词曲对比,其曲则更为直露放荡,等而下之。这表明在杨慎意识中,词曲还是有所区别的。

其三,跟人物形象相勾连,还有相关意象、器物的点缀渲染。缪钺先生《论词》有云:词中所谓语汇、字面,"一句一字,均极幽细精美之能事","是以言天象,则'微雨''断云','疏星''淡月';言地理,则'远峰''曲岸','烟渚''渔汀';言鸟兽,则'海燕''流莺','凉蝉''新雁';言草木,则'残红''飞絮','芳草''垂杨'……"①而在杨慎艳词中,一个显著的变化就是自然环境的后退消隐。词人似乎无暇关注天象、地理、草木、鸟兽等身外之物,兴奋点全在女性容貌或男女情事上。事实上,杨慎词中也点缀着不少草木鸟兽之类的自然意象,但这些意象几乎都是围绕男女情事而加以取舍。于是,杨慎艳词中的常见意象是:鸳鸯、鸾凤、蝴蝶、并头莲、同心藕、莺闺燕阁、浪蝶狂蜂、离鸾别凤。诸如此类在《西厢记》中的老夫人或《牡丹亭》中的塾师陈最良看来,最容易勾起少男少女思春情怀的景物,几乎成了杨慎艳词不可或缺的装饰或点缀。而跟人关联的语汇如玉人、燕姬、谢女、檀郎、雪肌、纤腰、妖娆、风流、浅笑轻颦、千娇百媚等;还有暗喻男女情事的行云行雨、巫山巫阳、抱云勾雪、弄粉团香之类。于是在杨慎艳词中,就弥漫着一股挥之不去的荷尔蒙气息。由此亦可见,杨慎艳词的创作旨趣不是在审美或精神层面,其追求的就是感官刺激与世俗之好。

---

① 缪钺:《诗词散论》,上海:开明书店 1948 年版,第 5 页。

3. 风格情调：由雅趋俗

就语体风格来说，杨慎似乎从没有刻意避俗的意识。贺裳《皱水轩词筌》曰："小词须风流蕴藉，作者当知三忌：一不可入渔鼓中语言，二不可涉演义家腔调，三不可像优伶开场时叙述。偶类一端，即成俗劣。"①"渔鼓"实是一种乡野乐器，这里代称用渔鼓伴奏的"道情"之类说唱艺术；"演义家"当指评话艺人；"优伶"即戏曲演员。总此三者，俱可归入通俗文艺的范畴。如若据此检视杨慎艳词，则几乎三忌全犯。如《蝶恋花》之"璧月琼枝风韵在"，"年纪无多情性快"；《好女儿》之"柳似腰肢，月似蛾眉"，"锦帐鸳鸯，绣被鸾凰"，"千娇百媚堪怜处"，"一种风流千种态"；《赛天香》之"柳嫋花停，莺莺燕燕标格"；《生查子》之"两朵活莲花，一对相思卦。裙底耍鸳鸯，巧笑难描画"。诸此种种，或许很难以贺裳"三忌"之说一一对号入座，但总体判断应是非常清晰的，即这种语言格调，基本上是邻于郑卫、接近通俗文艺腔调的。

杨慎的部分艳词呈现过度口语化的倾向。如《西江月》：

> 酿造一场烦恼，只因些子恩情。阳台春梦不曾成，枉度雨云朝暝。
> 燕子那知我意，莺儿似唤他名。消除只有话无生，除却心头重省。

又如《误佳期》：

> 今夜风光堪爱，可惜那人不在。临行多是不曾留，故意将人怪。
> 双木架秋千，两下深深拜。条香烧尽纸成灰，莫把心儿坏。

杨慎身为大才子、大学者，写出这种近乎白话的词来，或许带有探索试验的意味，也可能其创作定位原本就是通俗歌曲。其实在唐宋词中，多用口语而成为佳作乃至经典者不乏其例。如欧阳修《生查子》（去年元夜时），李之仪《卜算子》（我住长江头），李清照《声声慢》（寻寻觅觅），辛弃疾《丑奴儿》（少年不识愁滋味）等等，皆用白话口语而无碍其成为杰作名篇。可见，问题不是出在使用白话上，而是在于作品本身是否有意蕴。杨慎信口信手，疏于提炼，便令人觉得有如生活中的絮絮叨叨，终不免浅俗了。

此外就是语言节奏问题。在语词内容较为中性的情况下，语体风格的庄重、深沉抑或是轻松、俳谐，与语言节奏的助成大有关系。杨慎是个大文学家。"大"者，既谓其创作的量大，而且兼指他擅用文体的丰富多样。他不

---

① （明）贺裳：《皱水轩词筌》，见唐圭璋：《词话丛编》，北京：中华书局 2005 年版，第 711 页。

仅兼擅诗、词、曲等各体文学,甚至还写过《廿一史弹词》这样的通俗文学作品。然其词作虽达数百首之多,但给人的感觉却并非是本色词人。说他不是本色词人,主要在于他对词的音乐感及其声韵节奏有点缺乏感觉。这似乎有些奇怪。他是那么老于文字,想要做到得心应手,根本不成问题。究其原因,则不是因为"不能",而是由于出手太快,缺乏推敲或打磨。

试举《天仙子》一词为例:

> 忆共当年游冶乐,小小池塘深院落。相亲相近不相离,花下约,柳下约,一曲当筵金络索。 回首欢娱成寂寞,惊散鸳鸯风浪恶。思量不合怨旁人,他也错,我也错,好段姻缘生误却。

《天仙子》,晚唐五代时为单调五仄韵,宋时加叠成为双调。由于押仄声韵,韵位较密,且三、七言句式又皆为单式句,缺少顿宕或变化,因而会造成音韵急促之感。但张先的名篇"水调数声持酒听",却并未让人感觉声韵急促,这就跟词人的音乐素养以及对词体的驾驭能力大有关系。当然,宋元人笔下的《天仙子》与明词有所不同,即上下片的两个三字句并不复叠,如张先词之"临晚镜,伤流景","风不定,人初静"。宋代其他词人如周紫芝、李弥逊、吕渭老、陈亮、张孝祥、冯时行等,元代词人如卢挚、梁寅、程文海等,皆曾创作《天仙子》,也都不用叠句。但是不知何故,一到明代,多数词人几乎不约而同,都变成叠句了。如高启《怀旧》:"莺也换,人也换,不问谁家花惜看";"山一半,水一半,望眼别肠齐欲断"。瞿佑《江宁道中》:"山十里,水十里,回首家乡烟雾里";"风又起,雨又起,催并行人愁欲死"。当然也有不作叠句者,如顾恂、柴奇、李汛、夏旸诸人之作。但总以叠句者居多。杨慎共有三首《天仙子》词,皆作叠句。这说明在当时,此种写法几乎已成为一种约定俗成的定格了。尽管难以明确这种叠句法必定会造成某种效果,但毫无疑问,杨慎词中的"花下约,柳下约","他也错,我也错",以及"金凿落,银凿落","他也误,我也误"之类,至少在一定程度上助长了升庵词俳谐打油的"莲花落"意味。包括他好用的仄韵《蝶恋花》,也往往带有一种"顺口溜"格调。

(四) 杨慎艳词创作的词史意义

将杨慎艳词置于明词乃至千年词史的发展历程中,可以清楚地看出其独特的词史意义。

首先,单就艳词一脉的发展而言,杨慎的艳词创作是明代艳词史上一个重要的节点。从明初的杨基、瞿佑,到弘治、嘉靖时期的陈霆、张綖,词人笔下时现艳词却鲜有专攻。而杨慎以放废之身，以艳词代醇酒美人，其创作对晚明艳词的全面蔚兴产生了重要影响。所以鸟瞰明代的艳词发展，在明中叶是杨慎一个点，到晚明则是一大片。而从艳词之流变来看，杨慎之前的艳词犹为宋调，是承袭唐宋艳词的风格路数，不是明代艳词之发轫，而是唐宋艳词之余绪。如杨基《蝶恋花》（新制罗衣珠洛缝）、聂大年《卜算子》（杨柳小蛮腰），一直到与杨慎约略同时的陈霆《风入松》（玉京曾记擅风流）、张綖《踏莎行》（芳草长亭）等，皆可视为唐宋艳词的流风余绪。正所谓佳处在此，短处亦在此。誉之者或谓其有唐宋风致，而换种说法则可谓无自家面目。明代开国逾百年之久，词坛尚奉前朝正朔，对词的发展而言，因循守旧或摹仿重复从长远来讲都是不可取的。而自杨慎开风气之先，经吴承恩、高濂诸家至晚明吴中艳词派，明代艳词熔散曲与民歌于一炉，浅俗而清新俊快，遂自成一体。尽管吴中艳词派代表吴鼎芳、董斯张诸人并无祖述杨慎之说，但晚明艳词在世俗化的情感趣味，以及散曲化、民歌化的风格手法等方面，与杨慎词可谓如出一辙。

其次，从"明体词"的发展来说，杨慎更是一个里程碑式的人物。由于晚明艳词集中体现了"明体词"的典型特征，所以无论是谈艳词发展还是"明体词"的形成，杨慎都是一个不容忽视的存在。杨慎艳词往往浅易俗艳，这是缺点，亦是特色。而这种缺点、特色并陈且互为表里的情况，恰好与明词叠合统一，杨慎也因此而成为明代艳词发展以及"明体词"形成过程中一个里程碑式的人物。艳词虽贯穿明代始终，但明代前期的艳词犹为宋调。而自嘉靖开始，在杨慎的影响下，艳词的发展才与"明体词"的演进合流，那些在杨慎艳词中比较鲜明的特点，在"明体词"中大都有所呈现。正因为有杨慎导夫先路，随后有王世贞《艺苑卮言》的簸扬鼓吹，有适逢其会的晚明文化语境，此种追求才得以成为词坛之群体性选择，才可能产生由吴鼎芳、董斯张、顾同应、施绍莘等吴中词人组成的"晚明艳词派"，至此，"明体词"才算真正定型。从这个角度上看，杨慎实启明代艳词乃至"明体词"之先声，杨慎的艳词创作亦因此而具有承前启后的词史价值。

其三，从整个艳词发展史来看，杨慎及受其影响而形成的晚明艳词派，构成唐宋与清代艳词创作不可或缺的过渡环节。明清之际，沈谦、彭孙贻、徐石麒等都是艳词创作大家。虽然江山易代的沧桑之感与荆棘铜驼之悲，在一定程度上造成对晚明香艳词风的横断式冲击，但词史自身的薪火相传，仍使艳词传统余风未泯。朱彝尊《茶烟阁体物集》中含《沁园春》12首，分咏美人身体各个部位，或以其为清代咏美人组词的发轫之作。其实在朱氏之前，沈谦《云华词》有咏美人组词16首，徐石麒《坦庵词》有《美人词》1卷凡28首，或分咏女性身体的各个部位，或分咏睡美人、醉美人等情态，应该对朱彝尊有着直接的影响。顺康而下,直至清季况周颐专咏美人的《寸琼词》(一名《绘芳词》),清代的艳词创作绵延不绝且体量甚大。而明清之际的沈谦、彭孙贻、徐石麒、朱彝尊、董以宁、邹祗谟等人,既是晚明艳词风尚的传承者,又是清代艳词创作的奠基人。清代艳词,不是直接步武宋人,而是在晚明艳词基础上更上一竿。寻源溯流,正是杨慎及晚明艳词派的创作成果,构成清代艳词繁兴直接性的孳乳因素。

四、明代后期"主情"语境对爱情词的改造

明代爱情词创作以嘉靖为界,分前后两期。后期由杨慎艳词起步,走上自我发展的道路。如果说,前期爱情词主要是延续传统思维的惯性,或是对宋词风格路数有意、无意的承袭、模仿,那么,后期爱情词创作则很大程度上是在"主情"词学观念指导下卓荦时代特征的具体呈现。

(一)"主情"思潮对爱情词创作的助推

正德、嘉靖是明代转型期。社会的急遽变革引发士人心态的调整,继而改变了包括词体在内的社会文化的基本走向。心学兴起并迅速普及,文学复古运动高潮迭起,通俗文艺取得长足发展……而所有这些,皆导源于冲破理学桎梏、张扬主体性情的"主情"思潮。

随着"主情"思潮向社会各领域的弥散,加之文学辨体观念的推波助澜,"词须宛转绵丽,浅至儇俏"①,"乐府以蒨径扬厉为工,诗余以婉丽流畅为美"②的词学观取得共识。既然"世总为情,情生诗歌"③,且能"借男女之真情,发名教之伪药"④,那么,作为抒情诗之一体且长于言情的词,理应担当起个性解放的重任,更大限度地发挥言情之功用。由此,词体的抒情功能、言情特性再一次获得较为普遍的体认,"主情"词学观经由嘉靖至万历前期的过渡,至万历中期以后,遂成为时人对词体属性、价值认识的主流。从钟人杰指出"才情之美,无过诗余"⑤,到周永年概括诗余之妙"更在情生于文"⑥;

---

① (明)王世贞:《艺苑卮言》,见唐圭璋:《词话丛编》,北京:中华书局 2005 年版,第 385 页。
② (明)何良俊:《草堂诗余序》,见《何翰林集》卷 8,明嘉靖四十四年何氏香严精舍刻本,《四库全书存目丛书》集部第 142 册。
③ (明)汤显祖:《耳伯麻姑游诗序》,见(明)汤显祖撰,徐朔方笺校:《汤显祖诗文集》卷 31,上海:上海古籍出版社 1982 年版,第 1050 页。
④ (明)冯梦龙:《叙山歌》,见《冯梦龙全集》第 18 册,南京:江苏古籍出版社 1993 年版,第 1页。
⑤ (明)钟人杰:《叙刻花间草堂合集》,见(明)杨慎评、钟人杰笺:《花间集》卷首,明天启四年读书堂花间草堂合刻本。
⑥ (明)周永年:《艳雪集原序》,见赵尊岳:《明词汇刊》,上海:上海古籍出版社 1992 年版,第 1779 页。

从陈继儒以"提不定、撩不住、谑浪游戏,几不知其所终"①总结词体特性,到王世贞拈出"淡语之有情者""恒语之有情者""浅语之有情者"②;从沈际飞提出"诗余之传,非传诗也,传情也"③,到潘游龙辑录《精选古今诗余醉》,明确以"真理""至情"作为选词标准。此期词论,随处都彰显着对"情"的肯定与张扬。

"主情"词学观的高扬,使"情"具备了不以外物为转移的独立品性与价值,那么,作为"情"之重要构成部件的"爱情",自然成为词体着力鼓吹的对象。明代后期爱情词的激增,一方面固然可以归因于大量闺阁词人的登场——既然闺房绣户几乎是她们生活的全部世界,既然美满的婚姻家庭是她们主要的人生理想,那么,对爱情的体味与憧憬也就构成其创作的主要内容。另一方面,或者说更根本的原因,则在于那种"人情以放荡为快,世风以侈靡相高"④的社会环境,以及因之形成的"主情"思潮与文化氛围向词学领域渗透,并由此形成的"主情"词学观。"主情"词学观的浸润,使爱情堂而皇之地出现在世人面前,甚至成为个体性灵的发抒渠道或实现途径。至此,爱情词不再满足于对词学传统的承袭与延续,而是被赋予了时代面貌、时代精神乃至时代主观的价值取向,成为明词时代特质的重要载体。可以说,"主情"思潮的弥漫与普及,恰为"要眇宜修"的词体提供了理想的舆论环境,也为爱情词创作营造了最为适宜的生长空间。

需要特别指出的是,"主情"词论在为爱情词谋得巨大发展空间的同时,也突破了词当以婉约柔媚为"本色"的限定,为词体赋予更丰富的内涵,从而表现出对爱情范畴的突破,以及对词之传统体性观的内在消解。

(二)"主情"词论对爱情词的改造

"主情"词论的张扬,以及时尚民歌、散曲的渗透,令晚明爱情词呈现一些清新自然、语俏情浓的作品,饱含情致而又别具韵味,让人耳目一新,也将明词中的异质元素以及词体自身所具有的张力发挥得淋漓尽致。且看下列作品:

> 有恨不随流水,闲愁惯逐飞花。梦魂无日不天涯,醒处孤灯残夜。

---

① (明)陈继儒:《万子馨诗余图谱序》,见赵尊岳:《明词汇刊》,上海:上海古籍出版社 1992 年版,第 886 页。

② (明)王世贞:《艺苑卮言》,见唐圭璋:《词话丛编》,北京:中华书局 2005 年版,第 388 页。

③ (明)沈际飞:《序草堂诗余四集》,见(明)顾从敬类选、沈际飞评正:《草堂诗余正集》卷首,明刻本。

④ (明)张瀚:《风俗纪》,见《松窗梦语》卷 7,上海:上海古籍出版社 1986 年版,第 123 页。

恩在难忘销骨,情含空自酸牙。重重叠叠剩还他,都在淋漓罗帕。(高濂《西江月·题情》)

玉韵花情描不成,锁窗小语杂流莺。鬓残襟䙈也娉婷。 曾戏嘱卿卿莫忆,忆依依不忆卿卿。卿言奴只是关情。(顾同应《浣溪沙·所欢》)

谁能消受,恰带三分红杏瘦。似笑还颦,对面无非两个人。 檀郎须记,要数佳人他第二。除我除他,此外如何见得些。(董斯张《减字木兰花·对镜》)

不曾认得春江水,自道娇无比。朝来试问妾如何?但觉澄波为眼眼为波。 晴涛微飐钗鸾曲,看杀心难足。君情倘得似春流,也有玉奴眉眼在心头。(董斯张《虞美人·映水》)

香了寒金,灯昏小盏,月被花筛竹戴。掬水擎来,看丫鬟惊怪。把钗记、不觉移来,寸寸照出,影和人拜。露酿霜花,上西风裙带。 又添些、一刻千金债。忖心头、有个人人在。细数月缺,分离又早团圆快。恼心期、渐被鳞鸿卖。当年记、他在阑干外,曾看我:晚换浓妆,有些些怜爱。(施绍莘《拜星月慢》)

别时月晕梨花夜,如今芍药和烟谢。好是忆成痴,伊家全不知。

犹将身份做,恰像生疏个。停会始低声,多时郎瘦生。(单恂《菩萨蛮·重见》)

今日问郎来么。明日问郎来么。向晚问还殷:有个梦儿来么?痴么,痴么,好梦可如真么?(卓人月《如梦令·来问》)

它们延续着词体"代言"的体制,但相比唐宋时期的爱情词,无论是抒情主体,还是依托于主体所传达的"情事",都出现了根本性改变。如果说唐宋爱情词的主人公大多是端庄娴雅的淑女,那么在上述词作中,其抒情主体则更似衣布裙钗、敢爱敢恨的小家碧玉;如果说前者是在"识尽愁滋味"之后的"欲说还休",那么后者则带上几分年少不识愁滋味的天真无畏;如果说前者好比一幅仕女图,通过静态的线条,勾勒出人物的幽微情思,那么后者则更像一出舞台剧,有语言,有行动,有插科打诨,有嬉笑怒骂;如果说前者常以悲剧性的忧愁感伤为基调,用华丽典雅的文字传达着失意佳人哀伤婉转、含蓄蕴藉的情致,那么后者则配以复调式的乐章、平实如话的言辞,唱出主人公的乐与忧、悲与喜、嗔怒与开怀、痴顽与娇羞。或许它们并不符合某些读者对词体含蓄蕴藉风格的审美期待,或许它们超出了传统礼教"发乎情,止乎礼"的道德约束,或许它们浅俗直白的文辞同文人对文学语言高贵典雅的审美追求背道而驰,但它们属于那个时代,也道出了那个时代热恋男女的心声,并且更显有血有肉、生趣盎然。就如同《诗经》中的爱情,我们当然认可"蒹葭苍苍,白露为霜"的唯美,却也无法否定"邂逅相遇,与子偕臧"这种至情至性的坦荡直白。爱情,其本质虽一,却可以有迥异的故事和多样的讲述方式。明词中那些清新浅近的爱情篇章,虽不是高洁的寒梅、雍容的牡丹,却仿佛田间溪头那不起眼的荠菜花,以不经意间的绽放,向人们透露着春天到来的讯息。

（三）"主情"思潮笼罩下爱情词之缺憾

明代后期"主情"词论的高扬,使"情"堂而皇之地占据了明词的大片领地,也令此期爱情词呈现世俗化、民歌化的全新面貌。然而,不可否认的是,"主情"词论的风靡,在冲破理学桎梏、使爱情词重获自由的同时,也不可避免地触及另一极端,那就是对感情的放纵与媟亵。

不同于宋词整体上对相思爱恋"写意"化的处理,晚明爱情词更侧重于"写实"。具体说来,宋词描写爱情,经常是对过往经历的回味或对未来美满的憧憬,即使身处恋爱现场,有时亦能将具体的情事处理成"今宵剩把银釭照,犹恐相逢是梦中"式的理性与敛约。也就是说,宋代爱情词常常借助"回忆"与"想象",将感性的情欲提纯、升华为理性的精神追求,宛若苍苍蒹葭掩映下"在水一方"的"伊人",可望而不可即,可遇而不可求,令词境唯美且婉约,充斥着求之不得、辗转反侧的悲剧性意蕴。相对而言,晚明爱情词更热衷于对恋爱现场的感官体验,津津乐道于爱情的获得与完满,故而"相顾无言,惟有泪千行"式的凄婉少了,"当时明月在,曾照彩云归"式的疏淡少了,"独上高楼,望尽天涯路"式的执着少了,更遑论将纯粹的两情相悦上升到"两情若是久长时,又岂在朝朝暮暮",或"众里寻他千百度,蓦然回首,那人却在灯火阑珊处"那般宇宙人生的哲理层面了。实际上,明代这类作品,更适合称为"艳词"而非爱情词。它们是在晚明思想解放和主情文化语境下,受戏曲和民歌浸润影响的产物,所表现的通常是男女的幽期欢会,艳冶轻俊,尖新偎侧,风流调笑,情事如见。

且看下列词句。"金莲软,香尘浅,燕子身裁花样剪。性儿潜,意儿甜,同心比翼,恩爱沾黏"(高濂《惜分钗·美人》);"欹枕巫山路便,蛱蝶双飞双倦。脸际艳红潮,堕髻凤钗犹胃"(吴鼎芳《如梦令》);"柔梦萦魂,淫香浸骨,半痕潮日帘栊。娇慵扶起,带睡划鞋弓。檀钮全松未扣,影微微、一线酥胸。乌云侧,淡霞斜泛,印枕晕儿红"(施绍莘《满庭芳·闺晓》其二);"带晓梳头带晚妆,半余残枕半留香。嗔云谑雨从鬖醉,殢酒拈花任我狂"(沈自晋《鹧鸪天·美人》)……晚明艳词给人留下的不良印象,很大程度上就在于这种对情与欲不加掩饰的描写,不作"香草美人"式的比附寄托,不求感情境界的升华,只是一味沉溺于浓情蜜意的温柔之乡,故使词境沾染上过多"俗"与"艳"的成分。

晚明艳词之"俗",约略可见柳永市井俗词的影子,却又缺少柳词"衣带渐宽终不悔,为伊消得人憔悴"的痴情,以及"系我一生心,负你千行泪"的专注,故其下者流于媟亵;晚明艳词之"艳",跟温庭筠词之侧艳有相似之处,却又没有温词"江上柳如烟,雁飞残月天"的疏旷,以及"山月不知心里事,水风空落眼前花"的清空,故其下者流于浅鄙。这就无怪乎清人对明词发出"陈言秽语"①"粗厉媟亵"②的责难,而现代学者也将"题材内容上追求情色爱欲,艺术风格上追求淫艳香软"③,视作明词特征之一端。事实上,即便是在当时,亦已有人对此种"俗""艳"风格表示不满,如毛晋称:"近来填词家辄效颦柳屯田,作闺帏秽媟之语,无论笔墨劝淫,应堕犁舌地狱。于纸窗竹屋间,令人掩鼻而过,不惭惶无地耶。"④

晚明艳词的"俗"与"艳",以及其间暴露出的文学语言的浅鄙,对待感情态度的轻慢,以及整体词境的淫艳香软,固然跟晚明"主情"词论具有必然的因果联系,如将词体属性定位为"风流家物",故而"愈淫愈妙,愈妙愈淫"⑤;王世贞"宁为大雅罪人,勿儒冠而胡服"⑥之说出,更对晚明词审美风貌的定型带来不小的影响。然而说到底,"主情"词论又是晚明人文主义思潮、个性解放思潮的产物。因此,针对晚明爱情词的考察,"主情"词论仅是局地小气候,而整个晚明社会的"大环境"才是造成晚明爱情词乃至全部明词特质生成的源头活水。明乎此,我们就不会惊诧于晚明艳词对情与欲的露骨表现了,因为置于当时《金瓶梅》《绣榻野史》《肉蒲团》等色情小说风靡且备受袁宏道、李贽、冯梦龙等士大夫推崇、赞赏⑦的社会大环境,晚明艳词相较而言,还是雅洁含蓄、更具"古典美"意蕴的。

---

① (清)朱彝尊:《词综·发凡》,见(清)朱彝尊、汪森:《词综》卷首,上海,上海古籍出版社 1978 年版,第 15 页。

② (清)王昶:《琴画楼词钞自序》,见(清)王昶著,陈明洁、朱惠国、裴风顺点校:《春融堂集》卷41,上海:上海文化出版社 2013 年版,第 741 页。

③ 肖鹏:《群体的选择——唐宋人词选与词人群通论》,南京:凤凰出版社 2009 年版,第 399 页。

④ (明)毛晋:《花间集跋》,毛氏汲古阁刻《词苑英华》本。

⑤ (明)王屋《江月晃重山》词跋:"袁五序每见余词,辄盛言其兄二仲之词美。曰:'词本风流家物,愈淫愈妙,愈妙愈淫,如欲达情写意,何不竟作诗文也。'"见《全明词》,第 1691 页。

⑥ (明)王世贞:《艺苑卮言》,见唐圭璋:《词话丛编》,北京:中华书局 2005 年版,第 385 页。

⑦ 例如,袁宏道《觞政》指出:"传奇则《水浒传》《金瓶梅》为逸典。"再如,《绣榻野史》乃南京才子吕天成所作,而由李贽评点、冯梦龙校订。

五、《花间集》升沉与明代爱情词之消长

如果说"主情"词论是晚明爱情词兴盛的直接诱因,那么,《花间集》在明代的升沉起伏则可视作明代爱情词消长变化的外在表征。

研治唐宋词选本或词学接受史的学者,常引晚明徐士俊"《草堂》之草,岁岁吹青,《花间》之花,年年逞艳"之说,以证晚明时期"花草"(《花间集》和《草堂诗余》)的盛行,以及明人的"花草"情结,且将文献出处指向冯金伯《词苑萃编》。今检《词苑萃编》,卷八论《〈菊庄词〉一卷》的确可见这段文字,但原文是这样的:"自吾家玉台一序后,几令琉璃研匣,翡翠笔床,为千古词人挥洒不尽。兹披《菊庄词》一卷,更觉翰墨流香。乃知草堂之草,岁岁吹青,花间之花,年年逞艳。后来者居上,何必沾沾南唐、北宋耶。徐野君"①此乃徐士俊披阅徐釚《菊庄词》所发感慨。所谓"草堂""花间",既可确指《草堂诗余》与《花间集》这两部代表北宋与五代词精华的选本,实则又可作为整个词体文学的代名词。事实上,用"草堂之草,岁岁吹青,花间之花,年年逞艳"作喻,旨在表现"后来者居上",即江山代有才人出、长江后浪推前浪之意味,而非为证明二集刊刻版本繁多或流传盛况。尽管如此,然既以"草堂""花间"作为词体代称,亦足以显现《草堂诗余》与《花间集》这两部词选在整个词史上的分量,并且它们在明代所获得的关注和推崇也确实是盛况空前的。

汤显祖《花间集叙》言及:"《花间集》久失其传。正德初,杨用修游昭觉寺,寺故孟氏宣华宫故址,始得其本,行于南方。《诗余》流遍人间,枣梨充栋,而讥评赏誉之者亦复称是,不若留心《花间集》者之寥寥也。"②明初虽有个别词人偶尔涉猎《花间集》③,但实际上,往往是依托"拟古"形式的创作,就好比邂逅一位生疏而苍老的前辈,于是礼貌性地打声招呼,谈不上感情深厚,也不代表对其心怀仰慕或崇拜。在此后的岁月里,《花间集》近乎销声匿迹,直至正德年间被杨慎重新发现。此后,它时隐时现,及至天启四年钟人杰为读书堂《花间》《草堂》合刻本作"叙"时仍言:"今《草堂》集中祝寿咏桂诸恶道语皆得广传,而《花间》刻无嗣响。"④然至晚明,不仅《花间集》翻刻版本

---

① （清）冯金伯：《词苑萃编》卷 8，见唐圭璋：《词话丛编》，北京：中华书局 2005 年版，第 1940页。

② （明）汤显祖：《花间集叙》，见李一氓校：《花间集校》，北京：人民文学出版社 1958 年版，第241 页。

③ 如邵亨贞有《河传·拟花间　春日宫词》《河传·戏效花间体》（二首）、《花间诉衷情》（三首）。

④ （明）钟人杰：《叙刻花间草堂合集》，见（明）杨慎评、钟人杰笺：《花间集》卷首，明天启四年读书堂花间草堂合刻本。

层出不穷,更有甚者,还出现了张杞"和《花间集》,凡四百八十七首,篇篇押韵"①的极端个案。《花间集》的风靡及其地位的攀升是明代词学特别惹人瞩目的现象之一。

《花间集》长期沉寂直至正德年间才突然被"发现"这一事实绝非偶然,因为它迎合了当时以杨慎为代表的六朝初唐派的诗学观念和审美趋尚。其实早在南宋,陆游就已指出《花间集》"摆落故态,适与六朝跌宕意气差近"②。同时,《花间集》的流行也跟明代后期以唐五代词为最高的论调互为因果。那么,"六朝跌宕意气"或曰《花间集》所代表的唐五代词究竟体现着怎样的审美内涵呢? 明人是这样认为的:"《花间》艳染"③;"婉丽相承,比物连类,谐畅中节"④;"昔人称长短句情真而调逸,思深而言婉者,莫过《花间》"⑤;"然世之《草堂》盛行,而《花间》不显,故知宣情易感,含思难谐者矣"⑥;"纤纤而刺人骨,翩翩而令人舞,靡靡而使人忘倦"⑦;"作者骨艳,歌者魂销"⑧;"取绝艳于《花间》"⑨;"柔情曼态"⑩;"柔声曼节"⑪;"柔艳婉约"⑫。这些语辞共同指向明人对《花间集》品貌特征的判断,即艳、婉、柔、纤,笔法含蓄,感情外露,音调和谐流畅。而《花间集》的诸般特征恰跟明代后期倡行的"词须宛转绵丽,浅至儇俏,挟春月烟花于闺幨内奏之,一语之艳,令人魂绝,一字之工,

---

① (清)沈雄《古今词话》词品上卷,见唐圭璋:《词话丛编》,北京:中华书局2005年版,第845~846页。

② (宋)陆游:《花间集跋》,见李一氓校:《花间集校》,北京:人民文学出版社1958年版,第238页。

③ (明)顾起纶:《花庵词选跋》,见祝尚书著《宋人总集叙录》,北京:中华书局2004年版,第389页。

④ (明)顾梧芳:《尊前集引》,见唱春莲校点:《尊前集》卷首,沈阳:辽宁教育出版社1998年版,第64页。

⑤ (明)温博:《花间集补序》,见(明)温博辑,陈红彦校点:《花间集补》卷首,沈阳:辽宁教育出版社1998年版,第91页。

⑥ (明)陈耀文:《花草粹编叙》,见(明)陈耀文辑,龙建国、杨有山点校:《花草粹编》卷首,保定:河北大学出版社2007年版,第1页。

⑦ (明)姚舜牧:《题花间集》,见《来恩堂集》卷3,明刻本,《四库禁毁书丛刊》集部第107册。

⑧ (明)张师绎:《合刻花间草堂序》,见(明)杨慎评、钟人杰笺:《花间集》卷首,明天启四年读书堂花间草堂合刻本。

⑨ (明)孟称舜:《古今词统序》,见(明)卓人月、徐士俊:《古今词统》卷首,明崇祯刻本,《续修四库全书》第1728册。

⑩ (明)黄作霖:《类编草堂诗余后跋》,见(明)胡桂芳:《类编草堂诗余》卷末,明万历三十五年黄作霖等刻本。

⑪ (明)卓人月:《古今诗余选序》,见《卓珂月先生全集》之《蟾台集》卷2,明崇祯十年传经堂刻本。

⑫ (明)钟人杰:《叙刻花间草堂合集》,见(明)杨慎评、钟人杰笺:《花间集》卷首,明天启四年读书堂花间草堂合刻本。

令人色飞,乃为贵耳"①,以及"乐府以皦劲扬厉为工,诗余以婉丽流畅为美"②等主流词论若合符节。《花间集》,这部编于西蜀、成于五代的文人词总集,在经过漫长的蛰伏与等待之后,终于打破时空的阻隔,在晚明词坛激起了强烈的共鸣。个中原因,明代后期已波及词坛的文学复古思潮固然是重要的推手,然而晚明社会与晚唐五代内在的投契才是《花间集》风靡于当时的决定性因素。换言之,杨慎对《花间集》的"发现"与推广,并非依凭其作为稽古学家的眼光,而更依托其作为"时尚达人"的敏感。他以得风气之先的敏锐直觉发现了当时与《花间集》所代表的那个时代之间形神毕肖的渊源关系,精准地把握住时代跃动的脉搏。因此,《花间集》对明代词学的意义,并不在于它带动了词风的转向,也算不上明代"香弱"词风的始作俑者,而是作为明代词坛审美的风向标,它具备了觇风云之变的能力与作用。

据许伯卿《宋词题材研究》统计,《花间集》全部500首作品中,闺情词223首,占44.6%,艳情词107首,占21.4%,这两类题材合计占据66%的份额③。而明人在接受《花间集》过程中所加入的审美再创造,则又进一步强化了其中闺情、艳情题材的地位,甚至使其成为爱情题材、香弱词风最具典型性的文学样本。因此,我们透过对明代"花间"传统回归的考察来审视晚明爱情词生存状态,也就具有了"一叶落而知秋"的用意。

第四节　明代写景词的时代景观

写景词是以自然或人文景观作为主要表现对象、表现内容,以描写为主要表现手法的词作。一方面,作为题材类型,写景词跟作为文学表现手法的景物描写分属两种范畴。对于以言情为职志、注重情景交融的词体来说,景物描写不可或缺。然而,包含景物描写的词作并不见得就是写景词,只有当其所写之景成为独立的审美对象或能够独立承载作者思想情感的艺术整体,方可称为写景词。

另一方面,写景词多数亦非通篇写景。受传统文化"天人合一"的宇宙建构观以及"万物皆备于我"的思维模式的影响,中国古代写景文学通常是人的主体意识的外化,在对客观景物的描写中投射出作者主观上喜怒哀乐

---

① (明)王世贞:《艺苑卮言》,见唐圭璋:《词话丛编》,北京:中华书局2005年版,第385页。
② (明)何良俊:《草堂诗余序》,见《何翰林集》卷8,明嘉靖四十四年何氏香严精舍刻本,《四库全书存目丛书》集部第142册。
③ 许伯卿:《宋词题材研究》,北京:中华书局2007年版,第37页。

的思想感情，即陆机《文赋》所谓"登山则情满于山，观海则意溢于海"，王夫之《姜斋诗话》所谓："情景名为二，而实不可离。神于诗者，妙合无垠。巧者则有情中景，景中情。"①因此，写景词固然以景物描写作为主要表现形式，但出于情感表达的需要，记叙、议论、抒情等其他手法也往往兼而有之。同时，在写景词中，词人又时常融入想象与联想，调动视觉、听觉、触觉等多种感官，借助比喻、拟人、夸张、象征等艺术技法，多方位、立体化地将景致收纳于笔端。

因此，当圈定写景词进行题材研究时，难免出现界线模糊或模棱两可的情况，写景与闲适、交游、咏怀、艳情、节序等题材类型时有交叉。为了方便取舍，必须明确标准。对此，可以依据写景词的概念界定以及词中所表现的景物是否为独立的审美对象或能否独立承载作者情感作为判断的标准。具体操作时，通常情况下，词题标明"……景"的，或者词中用半数以上的文字来描写景致的，可确定为写景词；对于同一首词兼具写景及其他题材特征从而出现两属甚至几属情况的，则不妨将其分别计入各类题材名下。照此标准进行统计，则明代写景词共计 2600 余首，如果再加上题咏山水景观的题画词作，则明代写景词将达 3000 首左右，几乎占到明词总量的八分之一②，相较于宋代写景词 1923 首，占 9.07％的规模③，无论是绝对数量还是相对比例，均有较大幅度的提升。

一、明代写景词兴盛的原因

明代写景词数量及比例的提升是一种外显的表现，而其背后的驱动因素则值得探究。概括地说，大致可归结于以下几个方面。

（一）古典诗歌传统思维与创作模式的沿袭与发展

一方面，在"智者乐水，仁者乐山"（《论语·雍也》）的"比德"思维模式下，自然山水从进入艺术审美视域的那一刻起，就建立了与人类之间的亲和关系，具备着人类情志的感发力量。它不仅是同人类休戚与共的客观环境，更是人们主观情思的寄托与传达媒介。此后，随着魏晋隐逸风气和玄学的盛行，儒家倡导的"名教"跟道家崇尚的"自然"由分裂而趋于统一。"山水以形媚道"（宗炳《画山水序》），"非必丝与竹，山水有清音"（左思《招隐》），自然

---

① （清）王夫之：《夕堂永日绪论内编》，见（清）王夫之著，戴鸿森笺注：《姜斋诗话笺注》卷 2，北京：人民文学出版社 1981 年版，第 72 页。
② 此处亦是以《全明词》及《全明词补编》作为统计对象，这两部明词总集中的词作共计 24373 首。
③ 许伯卿：《宋词题材研究》，北京：中华书局 2007 年版，第 37 页。

山水从本体上确立了其作为"道"的载体或实现途径的意义与价值。借山水体玄,继而在登山临水、索隐探秘之际,云兴霞蔚、潮涨潮落之间,感受人生真谛、世间百态,这逐渐成为中国古代文人独特的思维与审美取向。

另一方面,作为中国古代诗论"开山的纲领","诗言志"确立了中国古典诗歌以"言志"亦即主观思想与情感的抒发为旨归的本质特征。《毛诗序》进一步阐发:"诗者,志之所之也,在心为志,发言为诗,情动于中而形于言。"将"情"与"志"并举,两相关联。同时,对于"情"的传达,古典诗论又强调"乐而不淫,哀而不伤"(《论语·八佾》)的中和之美,以及"不著一字,尽得风流"(司空图《诗品·含蓄》)的含蓄之美,反对情感的泛滥与袒露。于是,托物言志、比兴寄托、寓情于景等,皆成为中国古典诗歌基本的艺术表现手法。融情景于一炉,会句意于两得,这是诗歌的理想境界与艺术追求,因此,对景物的描摹刻画必然成为古典诗歌不可或缺的创作手段。在此基础上发展起来的写景诗,标志着一种新的自然审美意识和审美趣味的诞生。由此,在中国传统思维模式以及古典诗歌传统创作模式的双重作用下,写景终于长成中国古典诗歌题材园囿中的一株巨木,虽经不同时代风雨的洗涤而呈现略异的姿态,却始终承续生命的年轮而不断发展壮大。

(二)明代特异人文环境的浸润与助推

一个时代的社会文化氛围直接干预着文人的心理及生存状态,进而决定着文学创作的形式与内容。明代文人对文学题材、体裁、创作手法等的取舍,及其艺术风格的呈现,必然受制于他们所处的社会文化环境。可以说,明代特异的人文环境是造成明代写景词繁盛并呈现特异风貌的最重要的外部因素。

"文化"包蕴极广,涵盖文学、艺术、教育、科学等诸多方面。在此着意探讨明代社会文化对写景词的影响,故而仅关注其中作用力最直接、最明显的四个方面。

首先是明代后期山林隐逸之风的盛行以及对闲逸志趣的标榜。在士阶层传统价值观中,山林隐逸是跟仕途功名相对立的。"天下有道则见,无道则隐"(《论语·泰伯》),"用之则行,舍之则藏"(《论语·述而》),"用舍行藏"观念构成了古代士人处世态度、处世方式的底蕴。中国文化对隐士的褒扬,使"隐逸"成为"清高"的代名词,却也因此开辟出一条通向名利仕途的"终南捷径"。于是中国文化史就出现了这样一种怪异的现象:隐逸本为逃名、逃利、逃官,而中国历史上的著名隐士却往往名利双收,于是就有了大量为求名利、逐仕途而刻意"隐"者。明代后期山人、隐士剧增的现象即是生动的范例。明代后期山人隐逸之风的盛行是由多种因素促成的。知识权力的下移、文化的普及,带来知识分子人数的激增,从而造成能够跃龙门、登仕途者相对比例的骤降;科举道路的艰辛、仕途的黑暗,令众多知识分子舍弃了"兼济天下""致君尧舜"的人生理想,转向怡情适兴的感官享受,或者寻求其他路径以达成对功名的执念。在怡情适兴与追求功名两条道路上,"隐逸"无疑成为二者交汇点,而中国传统文化对隐逸精神的推崇、对隐士人格的向慕,无形中又助长了这一风气。同时,明正德以后心学的盛行,又为隐逸行为提供了坚实的理论依据与心理支撑。于是在王世贞(1526—1590)生活的时代,已是"尽大地间皆山人也"①,沈德符(1578—1642)亦曾言及"近来山人遍天下"②。山林隐逸之风的盛行促使山林文学勃兴,而对山林物色的描摹刻画又是山林文学基本的形式及内容。由此,明代写景词也就伴随山人文化的兴起而水涨船高。同时,山林隐逸风尚作为一种显著的文化现象,又深度揭示并作用于当时的社会文化心理及审美意趣。换言之,尽管隐士、山人仅占士人的少数,但是对于山林隐逸风习的追慕却已化作一种集体无意识的普泛化心理趋向,于是描摹刻画山水风光以装点门面、标榜清高、叫嚣闲适、掩饰内心的焦灼,也就成为一种具有普遍性的创作倾向,直接促成明词写景、闲适两类题材作品数量的攀升。

其次是明代江南造园时尚的勃兴。明代江南园林的营建可谓盛况空前,乃至成为一种时尚。"迨成化间,……闾檐辐辏,万瓦甃鳞,城隅濠股,亭馆布列,略无隙地"③,至嘉靖末年,"海内宴安,士大夫富厚者,以治园亭、教歌舞之隙,间及古玩"④。崇祯七年(1634),计成《园冶》三卷刊行,是我国最早、最系统的园林艺术理论专著。此外,祁彪佳著有《越中园亭记》六卷,收录江南园亭两百余座;而王世贞《游金陵诸园记》《娄东园林志》,文震亨《长物志》等,亦可证当时园林艺术之兴盛。园林构建起明代后期文人重要的生活与交游场域,日益融入文人审美的视野和艺术创作的天地。对园林景观的题咏也就在一定程度上推动了写景词的繁兴,以致余意教授在《明代词学之建构》一书中概括出"以园林为中心的明代词学创作模式"⑤,可谓化繁为简,直截要害。关于园林景观对明代写景词创作的激发,祁彪佳的寓山园是个典型例证。崇祯十年(1637),祁彪佳营建寓山园将成,乃广征天下名士诗词题咏,并将以《蝶恋花》为调吟咏十六景的词作裒辑为《寓山十六

---

① (明)王世贞:《觚不觚录》,《丛书集成初编》本,上海:商务印书馆 1937 年版,第 16 页。
② (明)沈德符:《万历野获编》卷 23,北京:中华书局 1959 年版,第 586 页。
③ (明)王锜:《寓圃杂记》,北京:中华书局 1984 年版,第 42 页。
④ (明)沈德符:《万历野获编》卷 26,北京:中华书局 1959 年版,第 654 页。
⑤ 余意:《明代词学之建构》,上海:上海古籍出版社 2009 年版,第 47 页。

景诗余》,汇聚当时名流三十余人、词作二百余首,再加上依托寓山园的其他题咏词作,一时间构成明末写景词创作的洋洋大观。

　　再次是明代山水园林绘画的繁荣。明代是中国山水画艺术的鼎盛时期。嘉靖间,以沈周、文征明、唐寅等为代表的吴门画派兴起,标志着文人山水画创作走向极盛,并导引此后近百年间明代画坛的基本走向。同时,园林的营建也带动了明代中后期以园林为表现对象的绘画艺术的流行。园林画汲取了山水画的格调与技法,跟山水画有异曲同工之处。中国传统文化历来强调诗、画艺术的二位一体,宋代郭熙《林泉高致》曾谓"诗是无形画,画是无形诗";词与画的融合同样有如水乳,北宋杨湜《古今词话》就曾提及,潘阆作《忆余杭》(长忆西湖湖水上),"石曼卿见此词,使画工彩绘之,作小景图"①,这是因词及画,而由画催生词的现象更是屡见不鲜,题画词即为最常见的形式。明代题咏山水画词作的大量涌现,既显示了明代山水画艺术的繁荣,又标志着明代词学创作观念及审美趣味的转向。需要特别指出的是,明代部分写景词,尤其是咏"八景""十景""十六景"之类的写景组词,尽管不是典型的题画词,却也在某种程度上具备了题画词的一些内在质素。如对断桥残雪、洞庭秋月、柳浪闻莺、潇湘夜雨等四字景观的摹写,通常不是采用动态化立体实景的观察角度,而是选取浓缩的园林化景观或想象之画面作为表现对象。也就是说,词人在进行此类创作时,即便不是眼前有画作,亦必是心中有图景的。

　　最后是明代结社、游历之风的盛行。结社是古代文人群体性社交的重要组织形式,明代结社风气之盛乃是中国文化史一大奇观。谢国桢在论及晚明党社运动时指出:"文有文社、诗有诗社风行了数百年,大江南北结社的风气,犹如春潮怒上,应运勃兴。"②古代文人结社往往选择山水胜地,于松竹花鸟间"以文会友,以友辅仁"。明代方九叙《西湖八社诗贴序》言及:"夫士必有所聚,穷则聚于学,达则聚于朝,及其退也,又聚于社,以托其幽闲之迹,而忘乎阒寂之怀,是盖士之无事而乐焉者也。古之为社者,必合道义之志,择山水之胜,感景光之迈,寄琴爵之乐,爰寓诸篇,而诗作焉。"③可见,"山水之胜"是文人对结社环境的基本要求,而品题眼前山水风物并此赓彼和、以诗词竞技则成为文人结社的重要组织形式及内容,譬如出现于嘉靖时期的"西湖八社"即有约定:"会间清谈,除山水道艺外,如有语及尘俗事者,浮一

---

① 　(宋)杨湜:《古今词话》,见唐圭璋:《词话丛编》,北京:中华书局2005年版,第21页。
② 　谢国桢:《明清之际党社运动考》,北京:中华书局1982年版,第8页。
③ 　(明)方九叙:《西湖八社诗帖序》,见(明)祝时泰等:《西湖八社诗帖》,清钞本,《四库全书存目丛书》集部第315册。

大白。"①除结社以外,游历亦是明人社会性交往的一种重要方式。明人喜游
历虽有寻朋觅友的意图,而游山玩水、寻幽探胜,亦是明人游历的主要目的,
徐霞客及其"游记"正是此种时代风气的产物。"何以适志,青山白云;何以
娱目,朝霞夕曛"②,游历不仅使士人开阔了眼界,拓展了交际范围,亦令更多
的山水景观纳入文人的视野,进入文学创作的审美空间。

(三) 集团化景观以及联章体组词的催发与扩容

中国古典自然审美观带有浓郁的人文意蕴,所谓"景物因人成胜概"是
也。起源于宋代的"西湖十景""潇湘八景",即代表着中国自然审美认识上
的成熟。

"西湖十景",最初取自宋代画院山水画作的题名。南宋光宗、宁宗时
(1190—1224),画院待诏马远喜画西湖风景,其子马麟亦曾画绢本《西湖十
景图》。又,宝祐年间(1253—1258)画院待诏陈清波曾作"断桥残雪图三,三
潭印月图一,雷峰夕照图一,曲院荷风图一,苏堤春晓图二,南屏晚钟图
二"③。"西湖十景"之名至迟于南宋中期即已定型,据祝穆《方舆胜览》④载:
"西湖山川秀发,四时画舫邀游,歌鼓之声不绝,好事者尝命十题曰:平湖秋
月、苏堤春晓、断桥残雪、雷峰落照、南屏晚钟、曲院风荷、花港观鱼、柳浪闻
莺、三潭映月、两峰插云。"

相比"西湖十景","潇湘八景"成名时间要更早一些。北宋元丰三年
(1080),米芾购得五代画家李成(字营邱)所绘"潇湘八景"图,"拜石余间,逐
景撰述,以当卧游对客,即如携眺"⑤,并作《潇湘八景图诗》,分咏潇湘夜雨、
山市晴岚、远浦归帆、烟寺晚钟、渔村夕照、洞庭秋月、平沙落雁、江天暮雪。
可见,此八景之名在李成画作中即已成形。

无论"十景"或是"八景",皆取淡雅清丽景致,并以四字命名,将诗歌创
作的艺术经验和语言技巧运用于自然审美,拓展了审美想像的空间,追求实
景之外的人文意蕴,体现出自然审美艺术化、山水审美园林化的衍进趋势。
此后,"十景""八景"命名法不断被其他地区所复制,以其为表现对象的艺术
作品层见叠出,及至清代中期,"十室之邑,三里之城,五亩之园,以及琳宫梵

---

① (明)方九叙:《西湖八社诗帖序》,见(明)祝时泰等:《西湖八社诗帖》,清钞本,《四库全书存目丛书》集部第 315 册。
② (明)屠隆:《适志》,见《白榆集》卷 19,台北:伟文图书出版社有限公司 1977 年版,第 997页。
③ (清)王毓贤:《绘事备考》卷 6,《景印文渊阁四库全书》第 826 册。
④ 《方舆胜览》大约成书于南宋理宗嘉熙三年(1239)。
⑤ (宋)米芾:《潇湘八景图诗跋尾》,见郑佳明主编:《历代名人记长沙文选》,长沙:湖南文艺出版社 1998 年版,第 206 页。

宇,靡不有八景诗矣"①,遂形成中国文化特有的传统形式——八景文化。

八景文化乃由多种艺术形式综合构建而成,除诗、画外,亦常有词、曲的参与。据沈雄《古今词话》:"周公谨、陈君衡、王圣与,集虽抄传,公谨赋西湖十景,当日属和者众,而今集无之。"②早在南宋末年,张矩、周密、陈允平等即曾赋《西湖十景》词。到了元代,散曲联章体小令或套数的形式尤其适合表现成组的风景,于是八景文化更为突显,咏各地八景的散曲作品批量出现,如马致远[双调]《寿阳曲·潇湘八景》,盍西村[越调]《小桃红·临川八景》,鲜于必仁[双调]《折桂令·燕山八景》及[中吕]《普天乐·潇湘八景》,张久可[越调]《霜角·新安八景》,徐再思[中吕]《普天乐·吴江八景》等,既是元代散曲创作的独特艺术形式,又构成中国古典诗歌史上一道瑰丽的风景。宋末"西湖十景"组词及元代"八景"组曲创作的示范效应,更进一步激发了明代写景词的批量生产。明词中,仅咏西湖十景的联章体组词,就有瞿佑、马洪、莫璠、陈霆、夏树芳等人的创作;此外,又有张肯《东城八咏》,王洪《卜算子·夹城八景》,聂大年《临江仙》咏夹城八景,唐钦《湖西八景词》,赵重道《满江红·吴江八景》《满庭芳·续吴江四景》《渔家傲·同川六景》,夏树芳《澄江八景》,余壬公《点绛唇·虞山十景》,王夫之《摸鱼儿·潇湘小八景词》《摸鱼儿·潇湘大八景词》《蝶恋花·潇湘十景词》等不一而足,继而催生出如高濂《风入松》分咏春湖、夏湖、秋湖、冬湖、早湖、晚湖、晴湖、雨湖、月湖、雪湖,程可中《浣溪沙·分咏槐荫园二十二景》,易震吉《清平乐·金陵六十咏》等联章体写景组词的批量化创作,乃至祁彪佳《寓山十六景诗余》的最终结集。它们不仅在数量上壮大了明代写景词的阵容,更从内质上规定着写景词的风格呈现。

二、明代人文环境中的写景词创作

作为写景词发展史程中的重要阶段,明代写景词在延续中国传统写景文学的创作模式和艺术技法的同时,也显现出卓荦的个性及某些变异元素,主要表现为:相较于诗歌,明代写景词表现山川原野等自然风景的较少,而描摹墅馆园亭等人文景观的更多;展现崇山峻岭、长河大川等壮观景色的较少,而刻画小桥流水、草长莺飞等精致风光的更多;狂风卷地、巨浪滔天的激昂动荡之景较少,而曲径峭石、远阁虚堂的清幽静谧之景更多。相较于唐宋

① (清)于敏中等:《日下旧闻考》卷8,北京:北京古籍出版社1985年版,第116~117页。
② (清)沈雄:《古今词话》词品下卷,见唐圭璋:《词话丛编》,北京:中华书局2005年版,第880页。

词,明代写景词寓情于景、熔情景于一炉的"有我之境"少了,而冷静谛视、旁观赏玩的"无我之境"更多;"江上柳如烟,雁飞残月天"(温庭筠《菩萨蛮》)的疏旷之景少了,而"嫩蕊香迷戏蝶,垂藤影捕憨猫"(易震吉《西江月·小园》)的狭仄之景更多;"落花人独立,微雨燕双飞"(晏几道《临江仙》)的雅淡、"菡萏香销翠叶残,西风愁起绿波间"(李璟《摊破浣溪沙》)的感伤、"斜阳外,寒鸦万点,流水绕孤村"(秦观《满庭芳》)的孤寂之景少了,而"酒旗摇拽郊南道,翠黛羞颦浓不扫"(程诰《青玉案·春游》)的俗艳、"看竹牖,覆苔阶。一花零落一花开"(高濂《天仙子·闲居十事》)的闲适、"渔灯风乱贴江红。歌吹拥、竞舣画桥东"(茅维《小重山·冬日垂虹亭……》)的喧嚣之景更多。这些差异或变化,既包含"文体有别"的因素,更在于由明代特异的社会文化语境所导致的词体自身基因的突变。

胡应麟《诗薮》有云:"盛唐句如'海日生残夜,江春入旧年',中唐句如'风兼残雪起,河带断冰流',晚唐句如'鸡声茅店月,人迹板桥霜',皆形容景物,妙绝千古,而盛、中、晚界限斩然。故知文章关气运,非人力。"[①]这种"气运"使然的时代性差异,同样赋予词体迥然有别于诗歌(以盛唐为典范)的审美境界。李泽厚《美的历程》曾对诗与词的"审美音调"加以比较:"诗常一句一意或一境,整首含义阔大,形象众多;词则常一首(或一阕)才一意或一境,形象细腻,含义微妙,它经常是通过对一般的、日常的、普通的自然景象(不是盛唐那种气象万千的景色事物)的白描来表现,从而也就使所描绘的对象、事物、情节更为具体、细致、新巧,并涂有更浓厚更细腻的主观感情色调,不同于较为笼统、浑厚、宽大的'诗境'。"[②]概言之,词境在对客观景物的选择和表现上,多优柔而少劲健,多纤细而少宏大,多精巧而少朴拙,多细察而少概览,多人文之趣而少自然之野。词体的"审美音调"必然会对各个时期的写景词创作带来规范和制约,明代写景词同样也不例外。

当然,在注意到明代写景词所具词体写景之共性的同时,更不能忽视其变异性。正如前文所论,明代特异的人文环境是写景词兴盛的重要背景。事实上,明代人文环境不仅造成写景词"量"的增加,更引发其"貌"与"神"的变化,具体表现为:内容层面,江南造园时尚和山林隐逸之风的勃兴,造成士人价值追求与审美理想的闲逸化倾向,进而将反映文人日常生活情趣的俗景、乐景更多地引入审美观照的范畴;形式层面,以山水园林绘画技法构建的写景模式,以及结社、游历风气的盛行,使写景词在一定程度上突破了"触

---

①　(明)胡应麟:《诗薮》内编卷 4,明刻本,《四库全书存目丛书》集部第 417 册。

②　李泽厚:《美的历程》,天津:天津社会科学院出版社 2001 年版,第 254 页。

景生情""情景交融"的传统创作机制,导致景物审美过程中情感的流失。

（一）内容层面:以俗乐之景烘托闲适之趣

明代写景词相比唐宋词的一个显著变化,就是在写景的同时渲染闲适意趣或者说是为抒闲适之情而写景的篇章大大增加,由此构成明词尤其是明代后期写景词的闲逸化倾向。这跟明代后期的山人文化、园林文化关联紧密。

明代后期山林隐逸之风的盛行、山人隐士数量的骤增,自有其独特的社会文化背景。正如徐林《明代中晚期江南士人社会交往研究》所论:"如果说明代隐士仍然是传统隐士文化的延续,那么山人则是这一历史时期传统的隐士文化与该时期特定的历史环境和社会文化相作用而衍生出来的一种历史文化现象,也是明代中后期的士人对'无道'乱世的反抗并以绝意仕途来表达,这是对儒家倡导'无道则隐'的一种背离与修正。"①山人现象是明代后期独特社会文化之表征,对此,本章下一节再作具体论析。在此需要特别指出的是,明代山人所追慕的往往不是"深林人不知,明月来相照"般凄清寂寥的境界,也不是"行到水穷处,坐看云起时"般与世无争的生活,而是多凭山人身份沽名钓誉,以诗文干谒,游走豪门,图构虚名,乃至出现"山人遍天下"的奇特现象。

晚明山人现象体现出一种具有普泛性的社会集体意识形态。一方面,明代后期物质生活的相对充裕、园林亭馆等休闲场所的普遍存在,为山人式生存方式提供了基本的物质保障;传统文化所蕴含的隐逸情结、明代山人角色扮演的成功,令更多的士人对山人这一行业趋之若鹜,进而生发出民众集体性的生活理想与价值追求,构成集体无意识的心理趋尚。另一方面,中国传统文化对士人道德理想及政治身份的定位,又令山人式生存形态受到传统价值观念的挑战与质疑,导致山人心理空间的局促,并由于底气的不足,引发其内心的焦灼与躁动。于是,"表现"成为一种需要,成为对自我存在价值的申诉;"闲适"成为一种标榜,成为刻意掩饰内心焦灼的做作。因此,山人文化派生出的明代闲逸化写景词,注定会远离高风绝尘、孤寂清幽的外部环境,远离静观花开花谢、坐看云卷云舒的心灵自由,而是更属意于适宜表现世俗享乐情境的闲适之景,并以"言说"的方式将内心的优游快意倾吐出来,由此造成明代写景词在景物选择上的"俗""乐"化倾向,在情与景处理模式上的隔离化倾向。

词本是一种独具悲感意蕴的文学样式,正如杨海明先生所论:"词人似

① 徐林:《明代中晚期江南士人社会交往研究》,上海:上海古籍出版社2006年版,第94页。

乎对于愁苦之情和悲哀型的美感怀有一种天生的偏嗜和癖好,并进而又将玩味痛苦和宣泄痛苦当作其文学创作和审美鉴赏活动中的重要内容和'苦中作乐'的举动来对待,这就使得词中的'以悲为美'显得越发'自觉'和越发向着人的心灵深处开掘。"①王兆鹏先生也认为唐宋词"一直以悲剧性的忧患伤悲为基调","忧患与超越,是唐宋词的主旋律"②。唐宋词的主人公虽经过"由失意的佳人转向失意的文士(文人士大夫)又转向失意的壮士、志士"③的三度转换,然"失意"始终是抒情主体共通的精神特质,并进一步加深了词的悲感意蕴。残月、夕阳、流水、落花等意象,以及泪、愁、恨、怨等字眼,共同渲染出词的绮怨色彩。宋词之所以能在揭示人性心理方面达到如此造诣,与这种对无端哀怨的捕捉与描摹有关,其艺术魅力亦正在于此。同时,由宋代尚雅、尚韵的主体文化精神陶铸而成的宋词,又鲜明地体现出宋人"表里俱澄澈""肝胆皆冰雪"的人格气质和风雅韵度。"自为掩饰,不大声色,远韵悠扬,如蓝田日暖,良玉生烟,唯睹气象,不见行迹,是宋代文学所显示出的人格与风格的双重魅力"④,其间自然也涵盖了宋词的艺术魅力。

　　有别于宋词对优雅韵度以及绮怨悲怆审美风尚的追求,明词在选择景物时,更倾向于"俗""乐"之境。日上三竿,欠伸觉起,满目繁花叠榭,充耳鸟啼虫鸣,一壶酒,一局棋,再加上一声知足常乐的喟叹,如此这般,构成明代闲逸化写景词在环境布局与结构组合上的典型模式。"梨花乱落柳阴稠,日永人闲舣小舟"(吴子孝《忆王孙·春暮》),"山色淡斜阳,暮霭苍苍。树头新月露微茫。人醉草堂呼不起,梦熟羲皇"(高濂《浪淘沙·山居十首》其一),"半壁红云笼紫菊,一畦绿水浸青□。美酿急须添"(夏树芳《望江南》),"山紧云疏,桂丛如雪芙蓉瘦。醉煞秋光,何处寻歌袖"(陈继儒《点绛唇》),"淡淡夕阳春树,莺啭送春名句。何处吃新茶,就藤花"(施绍莘《昭君怨·即景》),"山居乐。刚倚栏杆蟾吐,沙头枫叶渔火。皋和吹遍江天细,孔雀平波悄舞"(董玄《摸鱼儿》),"老红销砌,几个初篁细。梅子堕,鲥鱼起。烧园榴火赤,叠沼荷钱翠。茆堂静,羲皇伴我匡床睡"(易震吉《千秋岁·夏景,次谢无逸》)。这些词作,所摹写的大多是适合酣眠、畅饮、欢歌的日常生活环境,是抒情主体纵情其间的外部时空场景。词人笔下之景,不为澄心明志,更不求道德理想的提升,而只为烘托其适意任性的生活情趣,虽亦不乏"琴弄山间明月,茶烹石上流泉"(高濂《风入松·夏湖》)般的文人雅致点缀其间,然

① 杨海明:《唐宋词美学》,南京:江苏教育出版社1998年版,第74页。
② 王兆鹏:《唐宋词史论》,北京:人民文学出版社2000年版,第16、64页。
③ 王兆鹏:《唐宋词史论》,北京:人民文学出版社2000年版,第62页。
④ 孙虹:《北宋词风嬗变与文学思潮》,上海:上海古籍出版社2009年版,第36页。

而更多的还是"扶醉金鞯玉勒,牵情凤钿鸾钗"(高濂《风入松·春湖》)、"村店酒香人醉,山楼吟费诗工"(高濂《风入松·雪湖》)这样的世俗风情。因此,明代闲逸化写景词也就突破了宋词以"蕴藉优雅"为审美理想、以"感伤之景抒绮怨之情"为创作路径的文体范式,体现出"尚俗""寻乐"的审美追求。

与此同时,这片酣歌醉舞的适意情境虽展现了明代后期士人对闲逸疏宕生存状态的向往与践行,却也不自觉地流露出他们内心的焦灼与不自信。对此,笔者将在下一节围绕明代闲适词再作具体分析,此处需要指出的是,这种焦灼与不自信的心态,造成了明代闲逸化写景词之"闲"者不在气象,而在字面。

由此,明代闲逸化写景词的结构特征也就随之显现。所谓气象,"常指作品情态、景况的总体风貌以及艺术形象显示出来的气概和征兆"[①]。在处理"情态"与"景况"二者关系时,中国传统诗论通常强调寓情于景、情景交融。《古今词话》引宋征璧语曰:"情景者,文章之辅车也。故情以景幽,单情则露。景以情妍,独景则滞。今人景少情多,当是写及月露,虑鲜真意。然善述情者,多寓诸景,梨花榆火,金井玉钩,一经染翰,使人百思。哀乐移神,不在歌怄也。"[②]"善述情者,多寓诸景","哀乐移神,不在歌怄",如若以此作为衡量标准,则明代闲逸化写景词表现出的情景隔离化结构模式,同样也是有别于传统的。隔离地审美,隔离地抒情,情与景的简单叠加无法生成情景交融的气象或意境,自然难以达成"哀乐移神"的表现效果,当然也就不能真正发挥文学所应具有的精神感染力量。

如果说,在抒写闲逸情怀的词作中表现出的情景隔离化模式是明代写景词一大特点或弊端的话,那么,明代联章体写景组词以及羼入社交意图的写景词中体现的情感缺失化倾向,则是明代写景词最大的症结所在。

(二)形式层面:创作形态的改变造成情感的缺失

在中国传统诗论看来,"言志",亦即人的主观情感的抒发,是诗歌的基本功能与存在意义。当然,词亦如此。因此,在处理情与景之间关系时,二者的地位是不对等的。清初李渔《窥词管见》有云:"词虽不出情景二字,然二字亦分主客。情为主,景是客,说景即是说情,非借物遣怀,即将人喻物。有全篇不露秋毫情意,而实句句是情,字字关情者。切勿泥定即景咏物之

[①] 涂光社:《原创在气》,南昌:百花洲文艺出版社 2001 年版,第 129 页。

[②] (清)沈雄:《古今词话》词品下卷,见唐圭璋:《词话丛编》,北京:中华书局 2005 年版,第 849 页。

说,为题字所误,认真做向外面去。"①前引宋徵璧"景以情妍,独景则滞"之论,同样强调了写景词中情感元素的不可或缺。但在明代写景词尤其是联章体写景组词中,却出现了大量以写景为旨归、以抒情为辅助,甚至情感隐退或缺席的作品,从而使明代写景词呈现有别于传统写景诗歌的风貌。这一现象的出现,固然是受联章体组词结构形式的制约,同时,它跟明代后期以题画、游园为主要内容的赏玩式审美形态,以及明词功能的泛化,特别是以词作为社交应酬工具的创作目的,同样具有密切的因果关系。

1. 联章体写景组词中情感的缺位

联章体组词创作由来已久,但对明代写景词造成直接影响的,应是南宋末年张矩、周密、陈允平等人题咏"西湖十景"的词作,以及元代散曲中大量涌现的咏各地"八景"的联章体小令或套数。明代题咏"八景""十景""十六景"的联章体组词的批量化生产,不仅壮大了写景词的创作阵容,更重要的是,它改变了传统写景词触景生情的情感生发模式及情景主从关系,造成词中真实性情的退隐和主观情感的缺失。

上文已论,不管是"西湖十景",还是"潇湘八景",皆浓缩出一系列四字景名,在景观命名方式上借鉴了诗歌创作的艺术经验和语言技巧。在此需要强调的是,这些景观往往汇聚了四时、昼夜、阴晴等不同时空条件下的特定意象,如"西湖十景"之苏堤春晓、曲院风荷、平湖秋月、断桥残雪乃四时景观,"潇湘八景"之山市晴岚、潇湘夜雨乃昼夜、阴晴景观。这就意味着,作者就算是身处现场,十景或八景亦不可能于一时之间纷至沓来、尽收眼底。实际上,这些景观名称提供了相关意象、情境的组合套数,作者即便身处千里之外,亦可单凭想象依葫芦画瓢,或以命题作文的写法进行艺术创作。这也就背离了触景生情、情景交融的情感生发机制,即使有感情成分的加入,通常也是具有普泛性的模式化情感,而很难代入现实境遇下个体的真实性情。

同时,联章体写景组词的创作形式又十分适合明人贪多务得而少精进之思的特点,从而成为一种竞才炫技的手段。明末夏树芳《浣溪沙》词序有云:"……今崇祯四年,急欲思理烟棹,匣中龙剑,铿然自鸣,快若灵隐,高峰飞堕天外,而龙井虎跑之嘘吸当前也。不数日达涌金门,十锦堂中每一景,辄泚笔题词一首,信手拈来。各翻别调,文不加点,趣则油如。譬之风蝉雨蚓,天籁合符。觅执红牙板命侍儿按拍弹之,其犹御罡风而扣帝座乎……"此中所谓"泚笔题词"的"十锦堂中每一景",即夏氏之前所作《西湖十景》词十首,这种"信手拈来""文不加点"的才情固然令人叹服,然而是否确如其

---

① (清)李渔:《窥词管见》,见唐圭璋:《词话丛编》,北京:中华书局2005年版,第554页。

言,达到"趣则油如""天籁合符""犹御罡风而扪帝座"的艺术境界,恐怕就要打个大大的问号了。对比周密《木兰花慢》咏西湖十景词的创作状态①,"冥搜六日",再经过数月的订正,这般精益求精,跟夏树芳作词过程构成鲜明的两极,明人率意为词的创作态度于此亦可见一斑。一旦将创作的数量或速度作为考量的标准,作品中神思的阙如也就在所难免了。

　　2. 题画、游园创作模式下的赏玩式审美

　　明代是中国题画文学发展的重要阶段,尤其是题咏山水画作,伴随明代山水画创作的繁荣而趋于鼎盛。题咏山水画作的明词创作形态,不仅作用于审美观照的对象和内容,更从根本上改造着写景词创作的审美方式与审美心态。也就是说,题画词中的山水景致依托于山水画作,而画作是平面的、静止的、凝固的艺术形式,仅能供人鉴赏、把玩,题画词创作的目的就是去欣赏它、表现它,而非身临其境去寻求情感触发的媒介,获得兴发感动的外在契机。概言之,题画词创作的终极目的在于"谈艺",而非言志抒怀。这种以"赏玩"为形式、以"表现"为目的的审美模式,令作者的一己情绪变得可有可无,因而更显客观、冷静。题画词的这种创作形态必然会向写景词渗透、辐射。换句话说,明代多数写景词虽然并非为题画而作,但却移植了题画词创作的经验,或者不自觉地受到题画词创作模式的影响,从而将"赏玩"的形式、"表现"的目的带入对景物的观照与摹写之中。这种情况在以园林为审美对象的明词中表现得尤为突出。

　　自明代中叶开始,随着江南造园时尚的勃兴,园林逐渐成为文人重要的生活及社交场所,更成为文人适意生活的向往与精神追求。园林顺应了文人休闲娱乐生活的需要,故而身处其间,极少作修齐治平的理想价值追求,而是努力地去发现美、创造美、享受美。园林景观在文人眼中是充满诗情画意的客体存在,对园林景致的观照也就具备了与山水画鉴赏相通的形式与内容。尤其是那种依托景名生发联想的创作模式,必须借助想像,在头脑中营造画面,然后付诸笔端,这就跟题画词的创作形态如出一辙。例如,崇祯十年(1637)前后,祁彪佳营建私家别墅寓山园,拟定远阁新晴、通台夕照、清泉沁月、峭石冷云、小径松涛、虚堂竹雨、平畴麦浪、曲沼荷香、柯寺钟声、镜湖帆影、长堤杨柳、古岸芙蓉、隔浦菱歌、孤村渔火、三山雾雪、百雉朝霞等十六处景观,广征天下名士为之题咏诗词,除了集录壁间所拈诸诗为《寓山志》

---

① 周密《木兰花慢》词前小序云:"西湖十景尚矣。张成子尝赋《应天长》十阕夸余曰:'是古今词家未能道者。'余时年少气锐,谓:'此人间景,余与子皆人间人,子能道,余顾不能道耶?'冥搜六日而词成。成子惊赏敏妙,许放出一头地。异日霞翁见之曰:'语丽矣,如律未协何?'遂相与订正,阅数月而后定。"

以外，又多方投函以征求词作，最终衷辑成《寓山十六景诗余》。祁彪佳在写给友人孟称舜的信中说："小园近为诸友拟十六景，向见仁兄小词极佳，敬奉题式，伏乞高吟，多寡迟速，则不敢拘也。"①次日又作尺牍云："……快读佳词，以高古之风，映秀润之色，彼周美成、秦少游一流，全以妩媚胜者，视此直当退三舍矣。昨拟请一二阕，而霏玉碎金，倾箧相授，贫儿骤富，快也何如……"②另，《祁彪佳日记》于崇祯十年（丁丑）十月二十五日有云："晚作书致吴石袍，复孟子塞、杨石攻。子塞作寓山词，言谢之。"③与尺牍内容契合。可见，孟称舜应邀作《蝶恋花·寓山十六景》词当在崇祯十年十月二十四、二十五日间。他不是亲临其境，而是凭空布景，一气呵成；并非眼前有景致，而是胸中有画意。故而词中想象的成分多，而写实的内容少；冷静摹写的比重大，而真情流露的比重小。在此不妨列举两例为证：

其一　远阁新晴

独倚危栏天外觑。凤瘴初开，爽气无朝暮。面面青山交对语，眉横黛色娇如许。　　零雨断云收拾去。叠巘层峦，历历皆堪数。浅碧遥空相接处，江南塞北低低树。

其十　镜湖帆影

青草湖边朝与暮。岸阔沙平，一望无穷处。几点征帆云外举，随他鸥影波间渡。　　回首画桥烟水步。三两人家，隔在深深树。树外孤蓬飞不住，带将残照西风去。

这类词与其说是"写景"，不如说是在"造境"，跟山水画的创作构思具有相通之处。只不过后者是借助色彩线条，而前者则是运用语言文字。

3. 文人社交场域中的情感流失

"明人重声气，喜结文社"④，结社之风的空前高涨是明代文化特有的现象。"文有文社、诗有诗社风行了数百年，大江南北结社的风气，犹如春潮怒上，应运勃兴。那时候不但读书人们要立社，就是仕女们也要结起诗酒文

①　（明）祁彪佳：《林居尺牍》，见《祁彪佳文稿》，北京：书目文献出版社1991年版，第2270页。
②　（明）祁彪佳：《远山堂尺牍》，见《祁彪佳文稿》，北京：书目文献出版社1991年版，第2316页。
③　（明）祁彪佳：《祁忠敏公日记·山居拙录》，见《祁彪佳文稿》，北京：书目文献出版社1991年版，第1102页。
④　（清）谢章铤：《课余续录》卷2，见（清）谢章铤著，陈庆元主编：《谢章铤集》，长春：吉林文史出版社2009年版，第680页。

社,提倡风雅,从事吟咏,而那些考六等的秀才,也要夤缘加入社盟了。"①除了有组织、成规模的社集活动,明人日常的宴会交游行为也相当普遍,诚如徐林《明代中晚期江南士人社会交往研究》一书所论,在当时,"'游道广泛'被看作声望地位得立的重要条件之一,也是被称道的美谈"②。文人之间的社集、交游,一方面通过诗酒唱和提升了创作的频率与水平,另一方面也令文学创作普遍沾染上虚与委蛇的应酬习气。

词虽本用于言情,却始终无法脱离社交场域而独立存在。词的实用化倾向在宋代就已日益显著。到了明代,词已在很大程度上挣脱"别是一家"的束缚,以格律诗的身份参与到社会交往活动之中,故而在社交应酬之风尤烈的明代,词之实用化倾向更是发展到登峰造极的程度。崇祯年间,祁彪佳汇聚当时名流三十余人、词作两百余首裒辑而成的《寓山十六景诗余》,即可作为明词实用化、社会化的典型成果。参与"寓山十六景"创作的词人,多数是应祁彪佳"征诗文而命驾于千里"的敦请,亲历现场者极少,因而很难触景生情,以发抒真实的性情怀抱。此外,从参与创作文人的身份来看,其词学成就以及创作能力倒在其次,而其社会地位、影响才是更重要的。于是,在《寓山十六景诗余》的作者名录上,赫然出现了大批"客串"的词人,更有甚者,有不少作者在本次创作之外对词学领域再无涉足,由此亦可想见他们在接受请托时的应酬成分与勉强程度,甚至可以猜测,这其中极有可能混入了一些捉刀代笔之作。因此,对于《寓山十六景诗余》,假如从词学视角进行观察,反倒不如从社会学、文化学角度考察更为客观、有效。在明代写景词中,普遍存在"题××别墅","为××赋……景","……景,和××"等署题形式,皆可视作写景词参与文人社交活动的直接证据。抒情性文学一旦沦为社交应酬的工具,个人的真情实感就得让步于以交往为目的的实用性动机,文学的情感性及其兴发感动的力量必然大打折扣。明代写景词创作同样不能跳脱出这一规律之外。

第五节　晚明"山人"文化语境下的闲适词创作

词是抒情性诗歌之一体。人类情感是丰富而复杂的,七情与六欲,皆可诉诸笔端,借词体加以表达。词人一旦将笔触投向对自适生活的描写、对闲

①　谢国桢:《明清之际党社运动考》,北京:中华书局1982年版,第8页。
②　徐林:《明代中晚期江南士人社会交往研究》,上海:上海古籍出版社2006年版,第16页。

情逸致的抒发,闲适词也就由此诞生了。

如果说明词对咏物、爱情、写景这些传统题材的表现是在继承的基础上有所突破或变异的话,那么,闲适词则实属异军突起,并成为明词特质的重要载体。《全明词》及《全明词补编》中的闲适词共计 3242 首,占明词总量的13.30%,远超该题材在宋词中占 1.26%的比重①,是明词中仅次于爱情词的第二大题材类型,并与爱情词共同承载起明词的"艳逸"特质。尤其是在晚明,闲适词不仅是情感表达的需要,更是一种"言说"的方式,一种生活的态度,乃至成为个体存在的宣言。

明代闲适词创作的繁荣源于多种因素。一方面,随着音乐形式的转换及词体的诗化进程,词在明代已丧失了作为音乐文学并由歌女演唱的属性,其"代言"特征也随之削弱,女性化的"共我"情感渐次被词人的"自我"情怀所取代,故闺情词减少,而"性情"之作大增。另一方面,明代"中叶而后,曲令渐繁,贤者所乐,据形移步,于是值者日繁"②,而闲适、隐逸恰是散曲热衷的题材。明词曲化呈现多种样态,题材渗透正是其中之一。闲适词的兴盛,既是明词对散曲题材的直接借鉴,又是词体处于"曲令渐繁"的时代背景下所遭受的世风熏染。

当然,以上两种因素虽是明代闲适词兴盛的重要诱因,但尚不能构成其在晚明急遽膨胀、并成为明词特质及时代风尚重要载体的充要条件。既然文学是时代的脉搏,是文人心灵的轨迹,那么,只有将明代闲适词还原于它所处的特定时代,以及时代背景下文人的特殊心态,才能认清它存在的真实状态。在此过程中,明代后期特异的"山人现象"格外引人瞩目,正像方志远《"山人"与晚明政局》一文所指出的:"没有哪一个时代像明代中后期那样,'山人'成为众多读书人的一种谋生手段、一种生存方式、一种社会身份,并且形成了人数众多、分布极广的山人群体,掀起了一场席卷全国的山人运动,演绎出对近两百年中国历史、特别是对晚明政局产生重大影响的山人现象。"③其立论角度虽指向晚明政局,但实际上,"山人现象"不仅作用于政治,它对文学包括词的渗透与影响同样"功莫大焉",闲适词很大程度上正是借"山人现象"的东风而呈燎原之势。

闲适词与晚明"山人现象",二者固然分属于不同的话语空间,但它们同

① 据许伯卿《宋词题材研究》一书统计,全宋词中的闲适题材词作共 267 首,占宋词总数21203 首的 1.26%。许伯卿:《宋词题材研究》,北京:中华书局 2007 年版,第 37 页。
② 赵尊岳:《惜阴堂明词丛书叙录》,见《明词汇刊》附录二,上海:上海古籍出版社 1992 年版,第 4 页。
③ 方志远:《"山人"与晚明政局》,《中国社会科学》2010 年第 1 期,第 205 页。

样经由晚明文化土壤的孕育,虽异构却同质。事实上,"山人现象"作为晚明特有的社会、文化现象,它陶冶着文人审美创作与接受的心态,不仅引起闲适词"量"的扩张,更从根本上决定着其内质的生成。可以说,明代闲适词的世俗化、娱乐化、浅易化倾向,都离不开山人文化的推波助澜。进言之,晚明文学所特有的"隔离"的观照方式、"赏玩"的审美态度、世俗化的价值取向、注重性灵发抒的创作追求,亦跟山人现象有着不同程度的关联。

一、晚明山人现象的形成及其构筑的文化语境

晚明文献中,此类文字屡见不鲜:"尽大地间皆山人也"①;"近来山人遍天下"②;"盖自嘉、隆以来,寓内所著录山人弥道踵地矣"③。山人,是中国传统意识形态下仕与隐、兼济与独善矛盾运动的产物,本非明代所独有,然其掀起如此浩大的声势,则中国历史舍明代之外确实绝无仅有。那么,明代后期何以出现"山人遍天下"的盛况呢?

一方面,中国传统文化以"士"为"四民之首"的身份定位,驱策着士人对道义的自觉担当,他们是精神的贵族,即便"饭蔬食,饮水,曲肱而枕之",亦能乐在其中。然而,追逐理想与欲望是人类的本能。如果说,在物质匮乏时代,"一箪食,一瓢饮"式的生存模式尚可为(也仅能为)士阶层中的少数优秀分子所践行,那么,到了明代中后期,随着经济和社会的发展,物质生活获得极大改善,"人性以放荡为快,世风以侈靡相高"④,金钱代表着身份和地位,财富多寡成了划定社会等级的新指标。一旦"利"成为普遍的价值追求,则秩序被打破,礼制被僭越,士人身份上以及精神上的优越性也就日渐消泯。此时,若要士人依然固守"君子喻于义,小人喻于利"的道德训诫,甘之如饴地面对箪食瓢饮、无欲无求的生活,则不仅不切实际,而且亦不近人情。面对物质与享乐的诱惑,对弘毅志向、道义担当的信念轰然倒塌,士人一时间成了社会各阶层中最缺乏信仰、最不知所措的群体。

另一方面,自隋唐科举制推行以来,读书——科举——入仕,逐渐凝定成为士人一元化思维模式与价值取向。然至明代中后期,"登进之门日艰,谭艺之家日广"⑤,据顾炎武估算,晚明生员"不下五十万人",而其中"可为天

---

① (明)王世贞:《觚不觚录》,《丛书集成初编》本,上海:商务印书馆1937年版,第16页。

② (明)沈德符:《万历野获编》卷23,北京:中华书局1959年版,第586页。

③ (明)李维桢:《潇湘编序》,见《大泌山房集》卷22,明万历三十九年刻本,《四库全书存目丛书》集部第150册。

④ (明)张瀚:《松窗梦语》,上海:上海古籍出版社1986年版,第123页。

⑤ (明)王世懋:《王承父后吴越游诗集序》,见(清)黄宗羲编:《明文海》卷264,北京:中华书局1987年版,第2765页。

子用者,数千人不得一也"①。更可悲的是,固有体制并没有为士人提供更大的选择空间。他们固然可以向农、工、商等身份转换,但在约定俗成的价值等级序列中,舍弃高位的"士"的身份而选择其他,则不是每个人都愿意接受,亦非人人皆可担当。当时有首民歌唱道:"做买卖咦吃个本钱缺少,要教书咦吃个学堂难寻,要算命咦弗晓得个五行生剋,要行医咦弗明白个六脉浮沉"②,可谓切中要害。当士人以读书为职业、为一元的价值追求,到头却发现此路不通,他们心中的愤懑与尴尬可想而知。

由此,晚明士人所面临的冲突与苦闷已昭然若揭。概言之,即多元化的社会格局、价值导向与士人一元化人生选择之间的矛盾。幸好,儒家传统文化还为士人预留了"天下有道则见,无道则隐"以及"用之则行,舍之则藏"的心理空间,佛、道文化也为士人规划了出世、超世的心灵自由,加之明中叶以来阳明心学所营造的率性任情的社会氛围,晚明士人在"四业"之外,终于开辟出一条既能满足物质欲求,又不失体面、不乏洒脱的"山人"之路,直堪与唐人的"终南捷径"并驾齐驱。当然,在这条超乎寻常的道路上,几个成功的范例无疑发挥了重要的激励与感召作用。

在明人看来,"山人"中的成功人士莫过于唐代的李泌,以及当代的谢榛和陈继儒。《万历野获编》谓:"山人之名本重,如李邺侯仅得此称。"③在沈德符心目中,明代以前唯有李邺侯(泌)可算作名副其实的山人。据《新唐书·李泌传》:"李泌字长源,魏八柱国弼六世孙。……肃宗即位灵武,物色求访,会泌亦自至。已谒见,陈天下所以成败事,帝悦,欲授以官,固辞,愿以客从。入议国事,出陪舆辇,众指曰:'著黄者圣人,著白者山人。'帝闻,因赐金紫,拜元帅广平王行军司马。"④可见,沈德符理想中的山人,当是如李泌一般集家世、道德、勋业、智慧于一身,堪为帝王师的复合型人才,无怪乎他对"数十年来,出游无籍辈,以诗卷遍赍达官,亦谓之山人"⑤的现象深为不满。同时,这也暗示了明代"山人"概念的迁移。在明代,"山人"并非传统意义上的"居山之人",而是包含着特定的价值定位与时代意蕴。

钱谦益《列朝诗集小传》云:"本朝布衣以诗名者,多封己自好,不轻出游人间。其挟诗卷,携竿牍,遨游缙绅,如晚宋所谓山人者,嘉靖间自子充始,

---

① (清)顾炎武:《生员论上》,见《亭林诗文集·文集》卷1,清康熙刻本,《四部丛刊》本。

② (明)冯梦龙:《山人》,见《冯梦龙全集·山歌》卷9,上海:上海古籍出版社1993年版,第226~227页。

③ (明)沈德符:《万历野获编》卷23,北京:中华书局1959年版,第585页。

④ (宋)欧阳修、宋祁:《新唐书》卷139,北京:中华书局1975年版,第4631~4632页。

⑤ (明)沈德符:《万历野获编》卷23,北京:中华书局1959年版,第585页。

在北方则谢茂秦、郑若庸,此后接迹如市人矣。"①钱谦益指出晚明山人的典型特征是"挟诗卷,携竿牍,遨游缙绅",认为开风气之先者是嘉靖时期的吴扩(字子充),而影响更大者则推谢榛。谢榛(1495—1575),字茂秦,号四溟山人、脱屣山人,"后七子"之一。他以"眇目"布衣的身份游走公卿间,"寓居邺下,赵康王宾礼之","秦、晋诸藩争延致之,河南北皆称谢榛先生",在李攀龙、王世贞主盟京师文坛之际,"茂秦以布衣执牛耳,诸人作五子诗,咸首茂秦,而于鳞次之"②。平民出身的谢榛,凭藉自身的才华与仗义,树立了明代山人的"标杆"及"样板",也钩连起山人与诗歌之间的内在关联。

明代山人群体中最成功的个案非陈继儒莫属。陈继儒(1558—1639),字仲醇,号眉公,年未三十即"取儒衣冠焚弃之,隐居昆山之阳"③,后筑室东佘山,杜门著述,屡奉诏征用,皆以疾辞。他工诗善文,小词短翰皆有风致。《列朝诗集小传》载:"眉公之名,倾动寰宇。远而夷酋土司,咸丐其词章;近而酒楼茶馆,悉悬其画像。甚至穷乡小邑,鬻粗粝、市盐豉者,胥被眉公之名,无得免焉。直指使者,行部荐举无虚牍。天子亦闻其名,屡奉诏征用。"④陈眉公将"山人"事业演绎得出神入化,令无数士人心驰神往,效仿者纷至沓来,乃至出现"山人竞述眉公,矫言幽尚"⑤之盛况。

如果说,上述三人,李泌可作为中国传统"山人"形象的至高典范,那么,谢榛、陈继儒则搭建起明代山人的标准化模型,由此亦可见明代"山人"内涵的迁移以及晚明山人现象的特异性。

"山人"这一称谓虽具有历史延续性,但在明代却有着特定的内涵与外延,即便是在晚明短时期内,其自身的生存状态及社会反响也存在极大的反差。"前七子"领袖李梦阳曾为正德间倾动海内的布衣诗人孙一元作《太白山人传》,赏佩之情溢于言表。在当时,"山林价值作为一种特殊的意义重心,从某种角度看也是七子思想的进一步推进,以致这些同人们都会以十分激进的姿态,用'山人'的称号来标示自己,以这个带有某种极端含义的符号表示对之价值的褒扬。"⑥"山人",曾一度象征着志趣的雅洁、精神的超脱、才华的横溢,甚至还隐含着名士的放达洒脱、侠客的古道热肠、道人的遗世高蹈,整体上是一个可爱、可敬的群体。关于这一点,此期众多文人传记可提

① (清)钱谦益:《列朝诗集小传》丁集上,台北:明文书局1991年版,第494页。
② (清)钱谦益:《列朝诗集小传》丁集上,台北:明文书局1991年版,第463页。
③ (清)张廷玉等:《明史》卷298,北京:中华书局1974年版,第7631页。
④ (清)钱谦益:《列朝诗集小传》丁集下,台北:明文书局1991年版,第677页。
⑤ (清)永瑢等:《〈续说郛〉提要》,见《四库全书总目》卷132,北京:中华书局1965年版,第1124页。
⑥ 黄卓越:《明正嘉年间山人文学及社会旨趣的变迁》,《文学评论》2003年第5期,第59页。

供佐证，而从当时文人对"山人"称号趋之若鹜乃至自称、互称山人成风的现象中亦可见一斑。

然而，随着山人称谓的泛化及其队伍的膨胀，山人群体的纯洁性被玷污，沽名钓誉者、滥竽充数者、鱼目混珠者比比皆是，"山人"不但褪去了昔日的荣光，而且愈发受人鄙夷，遭人唾弃。万历二十九年（1601），朝廷下达驱逐"山人游客"的诏令，与此同时，时人著作亦不乏山人境遇急转直下的记载。钱希言《戏瑕》称："夫所谓山人高士者，必餐芝茹薇，盟鸥狎鹿之俦，而后可以称其名耳。今也一概溷称，出于何典？词客称山人，文士称山人，征君通儒称山人，喜游子弟亦称山人，说客辩卿、谋臣策士亦称山人，地形日者、医相讼师亦称山人，甚者公卿大夫弃其封爵，而署山人为别号，其义云何？"①谢肇淛亦发鄙薄之辞："惟近世一种山人，目不识丁而剽窃时誉，傲岸于王公贵人之门，使酒骂坐，贪财好色，武断健讼，反噬负恩，使人望而畏之若山魈木客，不敢向迩，足以杀其身而已矣！"②李贽曾讽刺当时山人"名为山人而心同商贾"③。沈德符对此尤为深恶痛绝，《万历野获编》专列《山人》篇大加鞭挞，更于"恩诏逐山人"条直言"年来此辈作奸，妖讹百出"④，口诛笔伐之意昭然若揭。甚至在当时的通俗文艺中，山人也成为被讥消、挖苦的对象。冯梦龙编选民歌时调集《山歌》《挂枝儿》，对山人嘴脸、山人伎俩多有嘲讽；清初署名西周生的《醒世姻缘传》，第四回开场诗云："一字无闻却戴巾，市朝出入号山人。搬挑口舌媒婆嘴，鞠窘腰臂妾妇身。谬称显路为相识，浪说明公是至亲。药线数茎通执赞，轻轻骗去许多银。"⑤对山人丑态的刻画可谓入木三分。

可见，明人对待山人的态度呈现历时性变化。先是极力地褒扬、热忱地赞誉，导致山人数量的泛滥和内部素质的良莠不齐，从而败坏了山人的名声，最终令山人群体在自身的快速膨胀中逐渐走向萎顿。明乎此，我们才能解释何以出现如龚鹏程先生谓晚明士人"一面骂以隐为终南捷径者，一面却歌颂'山人'，为朱山人、李山人等撰文张扬"⑥的矛盾现象，也就更容易厘清竟陵派诗歌、清言小品、词中闲适韵味等晚明文学现象兴起的真实背景。晚明"山人"是一种逐层累积、不断叠加的社会现象，它在明代独特的社会文化

① （明）钱希言：《山人高士》，见《戏瑕》卷3，明刻本，《续修四库全书》1143 册。
② （明）谢肇淛：《五杂组》卷13，上海：上海书店出版社 2001 年版，第 257 页。
③ （明）李贽：《又与焦弱侯》，见《焚书》卷2，北京：中华书局 2011 年版，第 20 页。
④ （明）沈德符：《万历野获编》卷23，北京：中华书局 1959 年版，第 584 页。
⑤ （清）西周生：《醒世姻缘传》，北京：华夏出版社 2008 年版，第 27～28 页。
⑥ 龚鹏程：《晚明思潮》，北京：商务印书馆 2005 年版，第 215 页。

环境中孕育，又构筑起一种特殊的文化语境，并反作用于明代社会，塑造出晚明所特有的时代精神与人文品质。晚明诸种文学、文化现象，包括闲适词的勃兴，都可透过山人现象，以窥知其本然的面貌。

二、山人现象与晚明词学复兴

文学的盛衰及其走向跟官方文化体制息息相关。在以科举为"风向标"的古代中国，科举的内容与形式决定着各体文艺的基本走势乃至最终命运。自科举制推行以来，"从长时段的角度来看，唐、宋两代，皆有诗赋取士的政治传统（元代也有以赋取士之制），清代乾隆以后，也恢复了科举考试中的诗歌环节，只有明代，是彻底的八股取士，诗赋未能参与其中。"[①]这就在一定程度上造成明代前中期文苑的相对枯寂，诗歌被排斥于官方文化体制之外，其边缘化的地位必然导致其处境的尴尬与整体水平的下滑。然而，明代文学并未就此沦丧，反而在弘治、正德以后不断吹响反攻的号角，实际上，这正是明代中后期文学权力下移的结果。王世懋身处其间就已有所察觉，其《王承父后吴越游诗集序》曰：

> 我国家右经术，士亡由诗进者。放旷畸世之人，乃始为诗自娱，宜其权在山林而世不乏响。然弘、正以前，风气未开，振骚创雅，实始李、何，其人又皆以进士显。而其间稍稍建旗鼓，菰芦中能与相角者，一孙太初山人而已。山人于诗可称，其体未见其止。嗣是而后，骙骙辈出。六朝尔雅，则俞仲蔚氏标其宗；盛唐飒飒，则谢茂秦氏专其律。亦犹孟襄阳河汉梧桐，为五言之长城也。盖至于今，而登进之门日艰，谭艺之家日广，褒衣古冠，肩摩踵接，皆自称游，则诗道益杂而多端。[②]

王世懋虽是站在山人文学的视角回溯有明诗歌权柄由台阁至郎署再至山林的下移趋势，却也揭示出这样一种事实：在明代弘治、正德以前，诗歌仅是"放旷畸世之人"的自娱自乐，虽经李、何诸人"振骚创雅"的努力，但最终实现"诗道益杂而多端"，还要等到山人诗人群体的联袂登场。他们成为晚明诗坛的中坚力量，引领诗歌创作的主流，甚至独领风骚。同时，其字里行间还隐含着这样一条规律：在中国后期封建社会，诗歌与作为官方学术的

---

① 叶晔：《明代中央文官制度与文学》，杭州：浙江大学出版社2011年版，第208页。
② （明）王世懋：《王承父后吴越游诗集序》，见（清）黄宗羲编：《明文海》卷264，北京：中华书局1987年版，第2765页。

"经学"之间并非和谐融洽,多数情况下,二者呈此消彼长的对抗态势。明代前期,邱濬曾发"举业兴而诗道大废"之叹①,万历间,钱允治亦得出"不终诎于腐烂之程式,必透露于藻缋之雕章"②之结论,俨然将诗赋与科举对立起来。因而诗歌往往代表"非官方"的,或者说是体制之外的文化传统,对诗歌的倡导与回归,也就或多或少地带有向官方学术体系挑战或反叛的意味。从这个意义上讲,明代山人放弃举业,"焚弃儒衣冠","着山人服",实际象征着对官方文化体制主动疏离的态度,他们在传承山林文学的同时,也成为明代诗歌最忠实的捍卫者。山人以诗歌作为文化事业的选择,也就不单单是兴之所至或附庸风雅,而是对自身价值取向的明确表态,是一种集体的示威与宣言。

因此,对于晚明山人现象,绝不应当止步于社会学层面的观照,而应意识到,它指向文艺理论、诗歌理论,构成对诗歌存在意义与价值的宛转传达。晚明文人放弃官方赋予的"儒生""生员"等社会身份,这不仅仅是对自身生存方式的取舍,同时也是向官方正统文化体制的挑战,是对个体价值评判标准的重新评估、选择与定位,而诗歌无疑成为其间最具权威性的评价指标。因此,山人的名片上经常备注着诗人的头衔,其角色扮演的成功与否很大程度上取决于其诗歌创作的水平及影响。这在当时即已达成共识,如称"今之称山人者,大都号能诗文"③,或论"大江以南山人诗人如云"④,而李贽所谓"幸而能诗,则自称曰山人;不幸而不能诗,则辞却山人而以圣人名"⑤,则尤为尖刻。他们或将"山人""诗人"并称,或以"能诗"作为"山人"的必要条件,其实都是对山人身份中"诗歌"因素的肯定与强调。

于是,山人的身份叠合着诗人身份,山人的社会活动助推着诗歌的创作与传播,山人数量的膨胀带动了诗歌创作的普及与繁荣。更重要的是,山人的思维方式、行为方式引导并改造着晚明诗歌的价值取向与审美追求。晚明文学的异彩纷呈固然是多重因素合力作用的结果,然而,山人群体高调登场并倾情演绎,也是其中不可低估的力量。

---

① (明)邱濬:《刘草窗诗集序》,见《重编琼台稿》卷9,《景印文渊阁四库全书》第1248册。
② (明)钱允治:《类编笺释国朝诗余序》,见(明)顾从敬、钱允治辑,钱允治、陈仁锡笺释:《类编笺释国朝诗余》卷首,明万历四十二年刻本,《续修四库全书》第1728册。
③ (明)徐应雷:《读弇州山人集》,见(清)黄宗羲编:《明文海》卷253,北京:中华书局1987年版,第2647页。
④ (明)李维桢:《俞羡长集序》,见《大泌山房集》卷12,明万历三十九年刻本,《四库全书存目丛书》集部第150册。
⑤ (明)李贽:《又与焦弱侯》,见《李贽文集·焚书》卷2,北京:社会科学文献出版社2000年版,第45页。

　　既然诗歌都已被排斥于明代官方知识体制之外,那么,作为"诗余""小道"且早已褪去时尚光环的词,更是被挤压到"边缘之边缘"的角落。词在明代前中期的衰颓是不争的事实,也是必然的趋势。然而,到了嘉靖、万历年间,"一脉仅存,几成绝响"①的明词,"寻坠绪于茫茫,溯孤音而远绍,上承古乐,下启新声"②,重现星火燎原之势,并最终酝酿出清词的辉煌。当代学者已逐渐认同晚明词学对清词中兴的重要贡献,实际上,晚明词学的振兴绝不是空穴来风,纷繁复杂的词学现象也并非横空出世。在对晚明山人现象与词学复苏的平行观照中,不难发现,这两种现象的发生、发展几乎保持同步。如若进一步寻绎二者之间的关联,就会看到,它们因共处于晚明社会,浸淫于同样的价值观念、文化思潮,故而二者之间保持着密切的互动关系。晚明山人运动的风生水起带动了诗歌创作的繁荣,而作为抒情诗之一体的词,自然也被激发、带动起来。山人现象催生出山人文化,山人文化又必须寻求适宜的渠道来彰显自身的存在及价值。词是一种可资利用的媒介,而词中的闲适题材又最擅长自我个性与价值的抒展。因此,可以认为,晚明山人现象的勃兴带动了词学的复兴,并直接促成了晚明闲适词的繁荣。同时,山人现象的内在机制及其营造的社会文化氛围,更潜入闲适词之肌理,从根源上规范和牵引着明代闲适词的精神气质与审美追求。

三、明代闲适词与山人现象之内在关联

　　尽管"闲适"是一种普泛化生存状态,并非某类人的专属,但它却可以成为某一特定群体的显著标识,代表其生活态度或精神追求。晚明山人特有的生活态度、价值取向,令其迥异于其他群体,表现出对"闲"与"适"审美意趣的推崇。作为其心灵载体的文学,由此形成与传统诗文迥然异趣的审美取向,即通过对"小我"日常生活的描摹、幽微意绪的捕捉,来宣示自我的存在,以放笔自任、适兴潇洒的心态发抒性灵,以生活的安逸、精神的优游作为衡量个体存在价值与意义的指标,从而有别于传统诗文温柔敦厚的审美准则和言志载道的价值追求。"箕踞于斑竹林中,徙倚于青石几上。所有道笈梵书,或校雠四五字,或参讽一两章。茶不甚精,壶亦不燥;香不甚良,灰亦不死。短琴无曲而有弦,长讴无腔而有音。激气发于林樾,好风送之水涯"③;"竹楼数间负山临水,疏松修竹诘屈委蛇,怪石落落不拘位置,藏书万

---

①　廖可斌:《明代文学复古运动研究》,北京:商务印书馆 2008 年版,第 428 页。

②　(清)顾璟芳等:《兰皋明词汇选·附兰皋诗余近选》,沈阳:辽宁教育出版社 1998 年版,第 3 页。

③　(明)陈继儒:《岩栖幽事》,《丛书集成初编》本,上海:商务印书馆 1936 年版,第 7 页。

卷其中，长几软榻，一香一茗，同心良友闲日过从，坐卧笑谈随意所适，不营衣食，不问米盐，不叙寒暄，不言朝市，丘壑涯分，于斯极矣"①。这种生命境界是无数士人梦寐以求的精神"乌托邦"，却只有在晚明山人那里才被公然作为集体的价值取向并切实付诸行动。当然，晚明士人并非都是山人，然而，随着山人队伍的壮大、影响的扩张，山人的行为及思维方式渐成"气候"，弥漫于整个知识阶层，并不断向上、向下辐射渗透，最终形成一种集体无意识的审美与价值取向。这从当时文人著述的题材内容和审美趋尚上便可窥知一二：文震亨撰《长物志》十二卷，分列室庐、花木、水石、禽鱼、书画、器具、衣饰、舟车、蔬果、香茗等类目；屠隆撰《考槃余事》四卷，杂论文房清玩之事，又撰《游具雅编》一卷，专论笠杖渔竿等游玩之具；题名董其昌撰《筠轩清秘录》三卷，专论玉、石、铜、磁诸古器及法书名画之类；周履靖编《夷门广牍》一百二十六卷，分艺苑、博雅、食品、娱志、杂古、禽兽、草木、招隐、闲适、觞咏十门，夷门者，自寓隐居之意。仅论茶道一项，明代即有陆树声《茶寮记》一卷，何彬然《茶约》一卷，夏树芳《茶董》二卷，题玉茗堂主人阅《别本茶经》三卷，万邦宁《茗史》二卷，屠本畯《茗笈》二卷，许次纾《茶疏》一卷，不一而足②。可以说，晚明"山人身份"虽不占士阶层的主体，而"山人之思"却构成当时知识阶层意识形态的主流，进而令"闲适"的生活方式、价值追求愈发为晚明士人所推崇。

晚明士风对"闲适"境界的向慕于当时各体文艺皆有所流露，尤其是清言小品，成为承载士人悠闲自适心态和艺术化人生的最佳载体。那么，所谓"山人习气"，究竟为晚明文学赋予了哪些元素？处于晚明"山人遍天下"场域中的闲适词，又跟山人现象有着怎样的关联呢？

清代四库馆臣对明季士习、文风的不屑之意时常溢出言表，对晚明"山人之习"更是嗤之以鼻。《四库全书总目》之《岩栖幽事》提要曰："所载皆山居琐事，如接花艺木以及于焚香点茶之类，词意佻纤，不出明季山人之习。"《读书止观录》提要谓该书"语意儇佻，颇类明末山人之派"。《观生手镜》提要称其"词气儇薄，皆明末山人之习，必万历以后人作也"。又谓《檀几丛书》："多沿明季山人才子之习，务为纤佻之词。"③此外，其对晚明山人著述或蕴含山林旨趣的作品亦多讥弹之辞，如称王稚登《吴郡丹青志》"词皆纤佻"；谓陈继儒《销夏》"纤仄琐碎"、《古今韵史》"纤佻弥甚"；评黄鹤《槎居谱》"语

① （明）谢肇淛：《五杂组》卷13，上海：上海书店出版社2001年版，第258页。
② （清）永瑢等：《四库全书总目》卷116，北京：中华书局1965年版，第1000页。
③ （清）永瑢等：《四库全书总目》，北京：中华书局1965年版，分别见于第1115页、第1128页、第1129页、第1140页。

意纤仄,体近俳谐,其一点园铭,尤为鄙俚"①。不难看出,四库馆臣在评价晚明山人文学习气时,不约而同地选择了"佻纤""儇佻""儇薄""纤佻""纤仄""鄙俚"等语辞。纤,指细小;仄,即狭窄;佻,意谓轻薄、不庄重;儇,含轻佻、巧佞之意;鄙俚,则指粗俗、浅陋。站在正统儒士的立场来看,晚明山人文学往往以表现细屑琐碎的日常生活为职志,缺乏对国家社会、生命理想等重大问题的关怀与探寻,缺少高远的志向、宽广的胸襟和雍容的气度,导致文学创作表现领域的狭小和精神空间的萎顿,故而在境界上显得狭窄局促,在格调上显得卑庸委琐。在四库馆臣看来,晚明清言小品是"山人习气"的重要载体,二者具有内在的统一性②。故"佻纤""儇薄纤佻""轻儇佻薄"等评语亦可由晚明小品扩展延伸至晚明整体士习、文风,且这些评价逐层累加,遂成定论③。

四库馆臣虽是站在自身时代文化的立场,所论不免偏激,但他们确已扣住晚明文学的脉搏,并寻绎出晚明山人习气与小品文乃至整体士习、文风之间的内在关联。因此,晚明山人现象是开启晚明诸种社会、文化问题之门的一把钥匙,对于明词尤其是晚明闲适词的研究同样适用。

词本是一种独具感伤意蕴的抒情诗体,并不擅长表现人生的安适恣意,且明代的词已不再是独领风骚的流行文体,故明词中的闲适之风并非蓄意煽动,而是风行水上自然成文,是时代气候的无形渗透。晚明"山人习气"所蕴含的佻纤、纤仄、儇佻、儇薄等质素,同样潜入闲适词的肌理,从外形的塑造,到内在精神气韵的陶冶,为晚明闲适词打上了鲜明的时代文化的印记。

需要特别指出的是,明代山人并非都能作词,明代闲适词多数亦不是出自山人之手。但如前文所论,晚明山人运动已生成一种社会性的思维模式与价值取向,山人虽不是当时士人阶层的主体,但"山人之思"却成为当时知识阶层意识形态的主流。士人未必拥有"山人"的身份,却人人皆可模仿山

---

① (清)永瑢等:《四库全书总目》,北京:中华书局1965年版,分别见于第975页、第1127页、第998页。

② 例如,《四库全书总目》卷116著录王路《花史左编》,提要称其"属辞隶事,多涉佻纤,不出明季小品之习",卷134著录闵景贤、何伟然编《快书》,提要谓:"是编割裂诸家小品五十种,汇为一集。大抵儇薄纤佻之言,又多窜易名目。"均指出晚明小品的"佻纤""儇薄纤佻",跟山人习气有互通之处。

③ 如《四库全书总目》卷132称闵于忱《枕函小史》"总不出明季佻纤之习",称汪定国《诸子哀异》"率以意为之,尤明季锢习也",又卷122评论冯时可《雨航杂录》言及"隆万之间,士大夫好为高论,故语录、说部往往滉漾自恣,不轨于正",卷153邵雍《击壤集》提要称,"明人乃惟以鄙俚相高"。

人的生存方式、思维方式,可视山人的好恶为自己的好恶,以山人的追求为自己的追求。因此,本书对闲适词作者"山人"身份与否不作严格区分,而是从"山人文化语境"这一宽泛角度展开研讨。

四、晚明山人文化对闲适词的塑造

浸润于晚明"山人"文化语境中的闲适词,受制于山人的价值取向与思维模式,造成表现领域的狭仄和精神空间的萎顿;又因山人的特殊身份和尴尬处境,导致其外在表现形态与内心情感体验的割裂;有别于宋代士大夫对"雅"与"韵"的追求,晚明山人民间的、非官方化的身份造成明代闲适词乃至整个明词娱乐化、世俗化的创作倾向,进而突破传统词作感伤幽婉、意在言外等美感特质,表现出纤佻、俚俗、儇薄等异质元素以及逸乐化的审美追求。

(一)晚明闲适词的娱乐化趋向

"诗言志"及"兴观群怨"说的提出,从源头上规定了中国文学所应具备的社会属性。此后,随着儒学独尊地位的巩固,"诗以言志""文以载道"构成主流的文学价值观,并经由官方文化体系的渗透,逐渐固化为传统文人潜意识下的道德戒律与创作规范。在儒家传统诗教观看来,文学,首先是社会的,其次才是个人的,甚至是否属于个人,有时根本就无关紧要。

词,诞生于儒家诗教统治相对式微的时期,又借助俗文学身份的掩饰而迅速成长壮大。因此,早期词成为"言情"的"特区",而"娱宾而遣兴"①亦即娱人、自娱的娱乐性功能则成为词之"专利"。然而,随着词体诗化进程的推进,词也逐渐被纳入儒家诗教体系之中。即便是在北宋,词人尚不免"笔墨劝淫""当下犁舌之狱"的忧惧②;而至明代前中期,体现儒家诗教传统的词学观已达成普遍的共识③。

但是,到了正德、嘉靖年间,整个社会开始涌动追新求变的思潮,词学理论与创作也逐渐复苏。嘉靖中期以后,"主情"词学观被引入到对词体本质与功能的探讨,词的社会属性渐次让步于发抒性情的需要,而词体彰显个

---

① (宋)陈世修:《阳春集序》,见(清)侯文灿:《名家词集》卷首,阮元辑《宛委别藏》本,南京:江苏古籍出版社1988年版。
② (宋)黄庭坚:《小山词序》,见施蛰存:《词籍序跋萃编》,北京:中国社会科学出版社1994年版,第51页。
③ 如洪武十三年,叶蕃为刘基词集《写情集》作序,谓刘基词"或愤其言之不听,或郁乎志之弗舒,感四时景物,托风月情怀,皆所以写其忧世拯民之心"。此外如林俊《词学筌蹄序》所谓"第幸出大家言,造意命词,竟弗爽于正",毛凤韶《中州乐府后序》所谓"声音之道与政通",唐锜《升庵长短句序》所谓"有拳拳恋阙之念",方鹏《跋近体乐府后》所谓"其于世教未必有补",皆可见儒家传统诗教观向词学渗透的痕迹。

性、愉悦自我的价值也愈发为人们所重视①。由理论而至创作实践,在词体怡情悦性的属性获得普遍认同的背景下,闲适词创作大兴,并显现出迥异于传统词作哀感婉约意蕴的娱乐化倾向。这一新的美感质素的生成,一方面是由词人的"山人"或"类山人"身份所决定,另一方面也体现出晚明商品化浪潮中,山人文学所代表的新的价值追求。

1. 山人身份决定晚明闲适词娱乐化取向

"从嘉靖末至万历初开始,发生了自隋唐实行科举制以来首次颇具规模的'反科举'运动。"②晚明士人"弃巾"行为具有复杂的社会背景,其间,科举或仕途的坎坷以及政局的黑暗动荡,应是士人舍弃举业最直接的动因。他们一般都是"兼济"道路上的失败者,"弃巾""裂冠""着山人服"往往是情非得已、退而求其次的无奈之举。即使如陈继儒二十九岁就"取儒衣冠焚弃之,隐居昆山之阳"③,似乎带有"主动"选择的成分,其实也不过是他经历两次乡试失败后而作出的价值取舍。可以说,"山人"是一个被排斥于主流价值体系之外的群体,"致君尧舜"的理想看似不萦于心,实际根本就遥不可及。他们即便有救民于水火的"出位之思",却自知难谋其"位",于是,他们中的大多数干脆放弃了"用世"的企望,把经营好自我身心的一方小天地作为人生的目标。"四十从政,五十悬车,耳目未衰,筋力尚健,或纵情山水,或沉酣文酒,优游足岁,以保天年,足矣"④,即使像谢肇淛这般出身进士并有官职加身者,亦不过作如此打算。因此,晚明闲适词中,那种"众里寻他千百度"的执著少了,在狂欢逸乐之际忽作理性之反思的清明、睿智更是近乎绝迹。草堂偃卧,花下独酌;池畔听蝉鸣,隔帘观游丝;"坐下清香苦茗,床头断简残编"⑤;"听罢林间鸣白鸟,却看陇上眠黄犊"⑥,这既是晚明闲适词着意描摹的词境,更是晚明文人倾心向往的生活。于是,晚明闲适词所呈现的,是一片莺歌燕舞、纸醉金迷,而其中透露出的,则是饱食终日、无所用心的满足,以及胸无大志、得过且过的放纵。

---

① 如姚舜牧认为《花间集》之"不可废"在于其"纤纤而刺人骨,偏颇而令人舞,靡靡而使人忘倦";胡桂芳《类编草堂诗余序》评论《草堂诗余》"大率指咏时物,发舒性怀,平居讽诵,可以自乐",并认为,"诗余诸调,或雅或俗,虽非一体,要皆随时与境,逞其才情,发为歌咏。丽词方吐,逸韵旋生,有得于悬解,而合乎天倪者尔";姚希孟《媚幽阁诗余序》指出诗余中之"端品雅流","每喜为幽闲鼓吹,盖钟情者竞为纤丽,而适情者爱其闲远";陈继儒《万子馨诗余图谱序》以"提不定、撩不住,谑浪游戏,几不知其所终"作为词体特质的概括。
② 方志远:《"山人"与晚明政局》,《中国社会科学》2010 年第 1 期,第 210 页。
③ (清)张廷玉等:《明史》卷 298,北京:中华书局 1974 年版,第 7631 页。
④ (明)谢肇淛:《五杂组》卷 13,上海:上海书店出版社 2001 年版,第 259 页。
⑤ 见《全明词》,第 1154 页。
⑥ 见《全明词》,第 1772 页。

　　在此,不妨举辛弃疾闲适词以作参照。稼轩一生经历了二十余年的赋闲时光,其间创作了大量闲适题材的词作,如《沁园春·带湖新居将成》,化用屈原《离骚》、陶渊明《归去来辞》《五柳先生传》、孔稚珪《北山移文》以及莼羹鲈脍等典故,传达出作者对归隐闲逸生活的向往,字里行间虽充斥着富贵奢华的物象以及自足、自适的情致,然而曲终奏雅,"秋菊""春兰"等意象瞬间升华了屈原式的赤诚与节操,而末句"沉吟久,怕君恩未许,此意徘徊",又让人体味到作者理想的执着深沉,以及理想最终落空的无奈与感伤。

　　相形之下,志士、儒士词与山人词之间的反差已不言而喻。对于像辛稼轩这般的志士兼英雄来讲,"闲适"只不过是人生失意之际暂时的隐忍,故虽以优游安闲作为面具,而蛰伏在内的却是落寞、孤愤以及向上的追寻,故而可作为高晓松那句经典歌词"生活不止眼前的苟且,还有诗和远方的田野"的最佳注脚。这种"意内言外"的矛盾性冲突,生动地诠释了"悲剧"的内涵,理想的毁灭宣告悲剧美的诞生。因此,透过稼轩词奢华排场的逸乐场面,读者体味到的不是作者的志得意满,而是深层次的矛盾与苦闷,以及词作悲剧美的内蕴。然而,晚明山人词中的"闲适"既不是伪装,也不是反讽或自嘲,而是心甘情愿地沉溺,甚至优哉游哉、乐在其中。词人身份的差别导致心态、关注点以及思维方式的不同,进而形成迥异的词境。当然,宋词作者并非人人都是志士、英雄,宋代闲适词也不是篇篇皆有意内言外的寄托,但是,在那个由苏轼、陆游、辛弃疾等仁人志士主导词坛并挑起闲适词大梁的时代,至少氤氲出一种上下求索的主流文化氛围,哪怕不能随时作理性之反观,也必定不会单纯以吃饱睡足作为人生终极的价值追求;同样,明代词人也并非个个都是山人,明代闲适词大部分亦不是出自纯粹山人之手,然而,一旦"山人之思"成为时代氛围的主流,它必将牵引并改造着人们的生存及思维模式去顺应这种潮流。易震吉虽是进士出身的官员,然其词中,"骏马名姬行乐惯,肯轻尝杜甫残杯炙"(《贺新郎·春暮》),及时行乐、得过且过之"适"压倒性地战胜了兼济之"志";王世贞曾官至南京刑部尚书,然其词中亦不乏"浊酒三杯,清琴一几。别饶借、淡风微月,受用剩山残水。五更事,休办取"(《小诺皋》)之自白,怡然之乐仍旧占据了上风。总而言之,山人身份之"闲",导致晚明闲适词对赏心悦目事物的偏好,而"闲"中对"适"的安享,或曰以适意化生活为止境的心态,则造成晚明闲适词以乐为极、优游自在的娱乐化创作模式与审美追求。

　　2. 山人文学商品化对晚明闲适词娱乐性的影响

　　置身于商品经济的时代浪潮之中,文学的商品化在所难免。一方面,山人非官方化的身份,决定了他们不必拘泥于诗教传统,而能将"怡情悦性"作为文学的价值追求;另一方面,山人被排斥于政治体制之外的处境,又迫使其不得不以"游走"作为谋生的途径,从而决定了其文学创作必然会被收拢于功利性牢笼之中。王世贞谓山人"稍有才而黠者,或借名以诱之,或援势以胁之,或故为偃蹇以示重,或别创毁誉以相倾。而下则骂詈排诋,又其下则奔趋丐乞而已",而诸如此类的"表演",无非是为了"暂实其橐"①。由此观之,山人实在跟商人无异,故王士性一针见血地指出,"挽近所称山人者,多大贾之余"②,李贽更直言其"名为山人而心同商贾"③。清人的分析亦鞭辟入里:"有明中叶以后,山人墨客,标榜成风。稍能书画诗文者,下则厕食客之班,上则饰隐君子之号,借士大夫以为利,士大夫亦借以为名。"④士大夫图名,山人谋利,二者之间实际是相互利用的依存关系。

王晓骊《唐宋词与商业文化关系研究》一书指出:"从商业文化的审美观出发,一切文学艺术的创作和接受只有一个目的——娱人和自娱。"⑤晚明文学从根本上讲是晚明商业文化的产物,因而带有鲜明的娱乐性。崇祯间,郑元勋辑晚明小品而成《媚幽阁文娱》,自序云:"吾以为文不足供人爱玩,则'六经'之外俱可烧。'六经'者,桑麻菽粟之可衣可食也;文者,奇葩文翼之怡人耳目、悦人性情也。"⑥他旗帜鲜明地提出,"供人爱玩""怡人耳目""悦人性情"正是文学的本质属性。进言之,身处商业文化洪流中且自带鲜明商业化元素的晚明山人,必然会以"娱人"或"自娱",亦即文学的娱乐性,作为自身文学创作重要的价值取向。

这种以娱人、自娱为导向的文学价值观作用于晚明词学,其显性的表现,一是大量商业性通俗词集的辑录、出版,尤其是《草堂诗余》和《花间集》的风靡一时;二是重感官刺激而少情感投入的艳词大量涌现;三是以怡人耳目、悦己性情为目的的闲适词占据了词坛半壁江山;四是词体创作态度的率意以及表现风格的浅易化、口语化倾向。而隐性的表现,具体到闲适词创作,则是在内容层面,多现实境遇的描摹,而少心灵境界的探索;在形式层

---

① (明)王世贞:《觚不觚录》,《丛书集成初编》本,上海:商务印书馆1937年版,第16页。
② (明)王士性:《汲古堂集序》,见(明)何白:《汲古堂集》卷首,明万历刻本,《四库禁毁书丛刊》集部第177册。
③ (明)李贽:《又与焦弱侯》,见《李贽文集·焚书》卷2,北京:社会科学文献出版社2000年版,第45页。
④ (清)永瑢等:《〈牒草〉提要》,见《四库全书总目》卷180,北京:中华书局1965年版,第1626页。
⑤ 王晓骊:《唐宋词与商业文化关系研究》,北京:中国社会科学出版社2004年版,第20页。
⑥ (明)郑元勋:《媚幽阁文娱自序》,见《媚幽阁文娱》卷首,明崇祯刻本,《四库禁毁书丛刊》集部第172册。

面,常采用"写景＋抒情＋议论"的结构模式,却很难达成情、景、理的浑融;在艺术境界上,往往止步于"取之自足,入世自适"的世俗化感官享受,而极少升华为"素处以默,出尘逸客"或"荣辱不惊,出入自由"①的淡雅、从容的精神追求;在审美格调上,显得局促、细碎、直白、浅易,而缺少幽邃绵邈的情思、豁达洒脱的襟怀、俯仰古今的气魄以及从容闲雅的韵度。

其实,娱人也好,自娱也罢,最终都指向对"乐"的追求,因此,以"俗乐"之景烘托"逸乐"之情,构成晚明闲适词常见的创作模式。这种对"乐"的张扬及表现,虽跟宏大之旨、沉着之思相扞格,但其契合了作者身份与整体时代氛围,是对当时"自从老杜得诗名,忧君爱国成儿戏"②怪象的突破与反拨,故有其合理的成分。同时,它也改变了词体绮怨悲怆的美感特质,为明词注入"另类"的元素。

娱乐性固然是文学的本质属性之一,词中多一点"快乐"的因子也绝不代表词体的堕落或倒退。包括闲适词在内的晚明文学,更加关注个体存在的状态,注重一己情绪的抒发,将文学从道德、政教的捆绑中解放出来,构成中国文学自魏晋以来的又一次"自觉",无疑具有积极的意义。然而晚明娱乐性文学的症结在于,正如人们通常对文学"穷而后工"或"逸豫之音多靡,欢愉之词鲜工"③等规律的体认,"非穷"或"欢愉"本身并无不妥,然一旦将人生终极的价值追求指向单纯的感官享受,将文学仅仅视作取悦他人、满足自我乃至借以牟利的手段,则文学难免徒存躯壳而失去了最可宝贵的灵魂。无论哪个时代,娱乐性文学固然可以充当大众文学的主体,却绝不应当成为时代文学的脊梁。文学必须具备一种品格,那就是对艺术的执着和对理想信念的坚守,记录并引导着人类求真向善的步伐,否则其向上的道路注定举步维艰。

(二) 晚明闲适词的世俗化追求

谢肇淛《五杂俎》中有一段针对"闲"的议论:"'名利不如闲',世人常语也。然所谓闲者,不徇利,不求名,淡然无营,俯仰自足之谓也。而闲之中,可以进德,可以立言,可以了死生之故,可以通万物之理,所谓'终日乾乾欲及时'也。今人以宫室之美,妻妾之奉,口厌粱肉,身薄纨绮,通宵歌舞之场,

---

① 见杨柏岭《论词的闲适境界》一文对闲适的三种模式的概括。《学术界》1999 年第 4 期,第 41～45 页。
② (明)袁宏道:《显灵宫集诸公,以城市山林为韵》(其二),见(明)袁宏道著,钱伯城笺校:《袁宏道集笺校》卷 16,上海:上海古籍出版社 2008 年版,第 651 页。
③ (明)简绍芳:《长春竞辰余稿序》,见赵尊岳:《明词汇刊》,上海:上海古籍出版社 1992 年版,第 283 页。

半昼妆第之上,以为闲也,而修身行己、好学齐家之事,一切付之醉梦中,此是天地间一蠹物,何名利不如之有。"①在他看来,"闲"有精神与物质、雅与俗两种层次或境界,而"今人"亦即晚明人对"闲"的理解,恰是极端地陷入了世俗化的误区,从而忽略了对心灵或精神境界的追寻。这种对"闲"进行世俗化、庸俗化的处理,已成为一种普泛性思维模式与价值取向,弥散于晚明社会的各个角落,闲适词亦在其间。

对世俗闲逸生活的描摹与向往,在晚明闲适词中比比皆是。高濂《天仙子·闲居十事》分述读书、写字、弹琴、烧香、煮茗、谈棋、写画、吟诗、对酒、种花之乐;钱继章有《忆秦娥·题家孟园林十八首》,分咏壑专堂、姗迟廊、翠篆径等十八处园林景观,抒发身处其间的怡然自适,钱荣并有和作十八首;曹尔堪作《鹧鸪天·冬暮杂咏》三十首,亦主要表现村居生活之恬淡。

在明代闲适词创作领域,易震吉可谓独当一面。他是明词作者中"篇帙最富者"②,其《秋佳轩诗余》收词多达 1184 首。易震吉虽为仕途中人,然"独以矜廉洁清之怀,发其历落萧散之思"③,闲适题材的词作共计 594 首,占其全部词作的一半,占明代闲适词总量的 18.32%,对明词格局的影响不可小觑,并且其闲适词创作所显现的世俗化取向亦颇具代表性。这种"世俗化"主要体现在两个方面:

一是表现内容的世俗化。易震吉曾自述云:"予何人也,懒慢度年华,非病酒,即耽诗,诗酒生涯熟。"(《蓦山溪·人日》)诗是他文人身份的标识,而酒则是其创作中最常见的道具。"谁如我,每借杯村酒,红了衰颜"(《沁园春·春游》);"怡悦朝朝惟独自,任脱巾露顶挥杯斝"(《贺新郎·云松巢》);"芳尊绿湛微波。每醉后、归来倩马驮"(《沁园春·咏十四楼》其九);"草阁看花倾浊酒,万事无如杯在手"(《归朝欢·草阁》);"每著个、棋儿消一日。每把个、杯儿消一夕"(《最高楼·吾庵》);"最想晚年风趣,只应沉醉尊罍"(《风入松·九日雨花台一》)……在这一片湿漉漉、醉醺醺的酒气中,作者身心俱适,陶醉其间。如果说,魏晋名士身逢乱世,是以酒避祸、借酒浇愁,而陶渊明、李白、苏轼等人则往往是借助于酒达到物我两忘的超越境界,那么,在晚明文人笔下,"酒"其实并无特殊深意,有时甚至就是一种单纯的"饮料",但它却架构起通往感官世界的桥梁,让人安享世俗生活的惬意。

除"酒"以外,最适合演绎这种惬意生活的,莫过于"眠",堪与白居易《适

---

① (明)谢肇淛:《五杂组》卷 13,上海:上海书店出版社 2001 年版,第 261 页。
② 赵尊岳:《明词汇刊》,上海:上海古籍出版社 1992 年版,第 1078 页。
③ (明)徐汧:《秋佳轩诗余序》,见(明)易震吉:《秋佳轩诗余》卷首,明崇祯刻本,《续修四库全书》第 1723 册。

意》"朝睡足始起,夜酌醉即休"诗意遥相呼应。"昼莫虚过,梦须勤做,酣卧六朝烟草间"(《沁园春·春游》);"一枕黑甜,直须烂熟,山窗才罢"(《水龙吟·漫兴》);"布被裹身冬暖,养就骚人兴懒。底事下床檐日满,梦里烟霞拘管"(《百媚娘·冬日即事》);"茆堂静,羲皇伴我匡床睡"(《千秋岁·夏景,次谢无逸》);"日午小斋桐阴,北牖安排一枕。高卧是何人,葛天民"(《一痕沙·日午》)……此中,既不为追求"庄周梦蝶"式的物我化境,更没有"铁马冰河入梦来",而是"酣卧""兴懒",是世俗意义上的睡眠。正像陈继儒堂上所挂对联:"天为补贫偏与健,人因见懒误称高"①,"懒"可与"高"等量齐观,无怪乎晚明士人不吝将自己的"慵懒"公之于众,且频频显露自矜之色。

二是表现形式的世俗化。易震吉闲适词呈现出语词俗白及句式散文化的鲜明倾向。"先生吃饱更何为,敲门去看邻家竹"(《归朝欢·山中即事》);"归去来兮,聪儿如闭,口儿如哑。笑伊曹、热赶忙奔,不肯放、些些暇"(《水龙吟·山中》);"谁采东篱菊,南山刚在目。想起那先生,壶觞只管倾"(《醉公子·登高》);"最爱山头明月,不须钱、老天施舍"(《水龙吟》);"笻儿孤挈,鞋儿双软,一日过桥几次。为何乘兴又归来,寻不见、云中那寺"(《鹊桥仙·山行》)……词体语言的俗化倾向固然跟"曲化"现象有关,然而,内容决定形式,其表现内容的世俗化应是造成语言俗化的内在因素。

易震吉词常以疏宕之语出之,不作忸怩态,以及在句式散文化方面,都留下刻意模仿稼轩词的痕迹,但相比稼轩同类型作品,则表现出明显的世俗化倾向。这种对世俗生活的诗化摹写,既是对诗歌的生活化改造,又是对生活的艺术化追求。然而,一旦将词作的全部内容或境界定位于对现实境遇的复制、扫描,停留在对世俗生活感官层次的享受、欣赏,则会令作品因情感意蕴的枯槁及精神空间的萎顿而失去撼动人心的艺术力量,这或许正是易震吉闲适词乃至整个晚明词最主要的缺憾所在。

易震吉闲适词颇具代表性,由此亦可见晚明闲适词整体的世俗化取向。晚明士人对人生适意境界的追求,不是"独坐幽篁里,弹琴复长啸"或"手挥七弦,目送归鸿"般寄身红尘之外心如止水、优雅孤傲的生活,而是置身于喧嚣世俗,品醇酒,尝珍馐,丝竹之声萦绕于耳,美景佳人流连于目,亲朋故旧欢宴于庐,一觉睡到自然醒,一饮直至醉方休。可见,明词的闲适,更接近白居易闲适诗的境界。只是乐天诗是对隐于官的"中隐"生活的世俗化迁移转换,跟晚明闲适词置身俗世、立足世俗生活的存在模式与心理状态有所不同。因此,晚明闲适词的世俗化取向,从某种意义上说,正是晚明山人运动

---

① (明)沈德符:《万历野获编》卷23,北京:中华书局1959年版,第586页。

的必然产物。

叶晔《明代中央文官制度与文学》一书对明代文学的发展趋势作出如下概括:"总的来说,明代诗文的发展,是一个文学权力不断分化和下移的过程。从明初馆阁文学的独尊,到明中叶郎署文学的崛起,再到晚明城市、山林文学的泛滥,文学重心在阶段性地下落,直到最后掉出官僚政治体系。"①导致这种变化的因素是多方面的,而晚明经济发展、社会进步推动了文化的普及,亦是其中之一。

张岱《夜航船序》论及晚明时"余姚风俗":"后生小子无不读书,及至二十无成,然后习为手艺。故凡百工贱业,其《性理》《纲鉴》,皆全部烂熟,偶问及一事,则人名、官爵、年号、地方,枚举之未尝少错。学问之富,真是'两脚书橱'。"②所论虽指向余姚一地,然亦可见晚明文化昌盛之普遍境况。文化权力已不再为极少数贵族或高级知识分子所垄断,甚至不再是"士"阶层的特权,贩夫走卒、里巷平民各色人等,都成为文化潜在的拥有者及消费者,进而带来了晚明通俗文学的繁荣,并推动着"高雅文学"或"纯文学"的转型。置于此种社会文化环境之中,明词的世俗化不但势在必行,而且在所难免。

(三) 晚明闲适词的"表演性"特质

如前文所论,"山人之思"构成了晚明社会意识形态的主流。当然,所谓"山人之思",其实并不仅仅表现为对山人自由、自适的生存状态的追求,同时也包含着山人对自身存在方式和个体价值的隐忧。

就存在方式而言,山人经济上的非独立性造成其地位的依附性,以诗文干谒、寄食、奔走权贵之门,成为山人基本的生存方式与物质来源。《万历野获编》谓"此辈以文墨糊口四方,非奖借游扬,则立枯槁死矣"③,以讥诮的口吻道出晚明山人生存境遇的窘迫。这就使得晚明山人难以充分保有独立自主的个性人格,从而不自觉地流露出"儇巧""善迎意旨""曲体善承"④的做派,甚至不免带上"作戏"表演的成分。屠隆曾谓沈明臣"好衣绯衣,与二三曹偶踞坐长林之下,或白日行游市中,市中哗谓绯衣公至,观者如堵,先生自若也"⑤。此种怪异行径固然包含个人喜好或个性张扬的成分,但也多少带

① 叶晔:《明代中央文官制度与文学》,杭州:浙江大学出版社2011年版,第270页。
② (明)张岱:《嫏嬛文集》卷1,北京:故宫出版社2012年版,第46页。
③ (明)沈德符:《万历野获编》卷23,北京:中华书局1959年版,第587页。
④ (明)沈德符:《万历野获编》卷23,北京:中华书局1959年版,第587页。
⑤ (明)屠隆:《沈嘉则先生传》,见《由拳集》卷19,明万历八年冯梦祯刻本,《四库全书存目丛书》集部第180册。

着点哗众取宠的图谋。陈继儒亦曾现身说法:"士人当使王公闻名多而识面少。宁使王公讶其不来,毋使王公厌其不去。"①欲擒故纵的伎俩昭然若揭。

就个体价值而言,"修齐治平"的人生抱负、"弘毅"的社会使命是中国传统文化赋予士阶层的群体性价值取向,千百年来已成思维定势,根深而蒂固。由此,一生怀抱"致君尧舜上,再使风俗淳"理想的杜甫,自然而然地成为后世读书人的精神偶像。"自从老杜得诗名,忧君爱国成儿戏"②,可见,"忧君爱国"已构成后世知识分子潜意识中对自我行为的价值定位。然而,优游自适、得过且过的生活既是对这种价值理想的反叛,也是对先前执守信念的割舍,而在这反叛与割舍的过程中,又并非凤凰涅槃式的浴火重生,而是被动地承受外力的挤压,因此心中多少会存些不甘,会带点自我解嘲或"酸葡萄"心理。于是,即便是在进士出身并进阶士大夫行列的易震吉的词中,"名姬骏马娱心。笑老杜、多年冷布衾"(《沁园春·园林漫兴》),"骏马名姬行乐惯,肯轻尝杜甫残杯炙"(《贺新郎·春暮》),看似洒脱,实则念念不忘,更遑论攫取山人身份者,必须彻底斩断科举功名之念,放下士人的理想与担当,甚至作出"剥夺政治权利终身"的自我宣判,其内心的矛盾与焦灼是可想而知的。且这种矛盾、焦灼又将凝聚成对自我存在价值的质疑,进而衍生出不自信并渴望获得认可的心态,这就需要不断借助外部的"强化"来加以实现。

因此,无论就其存在地位还是个体价值,"山人之思"都蕴含着深层次的矛盾与隐忧,需要通过"表演"的方式来遮蔽、化解。当生活有了表演的欲望,当个体化身为舞台角色,文学创作也就成了演出的道具。《四库全书总目》之《增定玉壶冰》提要云:"山人墨客,莫盛于明之末年,刺取清言,以夸高致,亦一时风尚如是也。"又谓《天池秘集》"皆明季山人强作雅态之语"③。可见,"以夸高致"或者"强作雅态",其实都源于"表演"的需要,而"山人之思"正是内在的诱发因素。于是,晚明闲适词的读者亦是观众,能充分感受到演员表现欲望的强烈,以至察觉舞台动作或肢体语言的浮夸。换句话说,晚明闲适词对人生适意境界的书写,主要不是就"心灵",而更多的是在"文字"层面,因而总不免做作,流于刻意与叫嚣。故而在晚明闲适词中,这样的语句俯拾皆是:"早起两杯红米粥,午余一枕高眠。瓦炉黄熟袅祥烟。浮云看富贵,乐此小安闲"(王屋《临江仙·闲居偶兴》);"散发成吾是,初志。小枕日

①　(明)曹臣编纂,喻岳衡点校:《舌华录》卷 1,长沙:岳麓书社 1985 年版,第 19 页。
②　(明)袁宏道:《显灵宫集诸公,以城市山林为韵》(其二),见(明)袁宏道著,钱伯城笺校:《袁宏道集笺校》卷 16,上海:上海古籍出版社 2008 年版,第 651 页。
③　(清)永瑢等:《四库全书总目》,北京:中华书局 1965 年版,分别见于第 1125 页、第 1121 页。

高眠。犹喜空囊不贮钱,爨无烟"(王翃《怨东风·秋日偶书》);"一自居山,彻底清闲。脚踪儿、不落尘寰"(吴鼎芳《行香子》);"如此幽闲,恰好闲人宿。窗敲竹,酒醒茶熟"(施绍莘《点绛唇·泖桥,次眉公韵》)。

对于晚明词人而言,"闲"不仅展现于举手投足之间、充溢于语言文字之外,而且每每挂在嘴边,需要作出显著的字面标识。闲适与否,似乎于自身尚无关紧要,而别人能否得见,才是真正的性命攸关。这不禁令人联想到晏殊关于"富贵气象"的评说①。由此观之,晚明闲适词中的"斗闲""炫闲",同样也是一种社会心理问题的表现。由于缺少丰厚的文化底蕴,缺少"待闲看,秋风洛水清波"②般对生命、时空的深沉反思,而只是耽于良辰美景以作浮夸式炫耀,故而明词之"闲"者,更多乃在字面,而非气象。

晚明闲适词之特异性固然是时代文化渗透的结果,同时,它又是晚明"山人之思"成为普泛化社会思潮的时代环境的产物。晚明闲适词表现内容上的庸俗纤仄,表现形式上的浅易俚俗,意境呈现上的散缓疲沓,及其流露出的刻意与做作、叫嚣与浮夸,都必须放置在晚明山人文化的特定语境下才能获得合理的解释。

---

① (宋)吴处厚:《青箱杂记》卷5,北京:中华书局1985年版,第46页。
② (宋)苏轼:《满庭芳》,见唐圭璋编纂、王仲闻参订、孔凡礼补辑:《全宋词》,北京:中华书局1999年版,第359页。

第五章　明代追和词的文化意味

　　自孔子提出"兴观群怨"说，文学即被赋予了"群居相切磋"的社会属性。而诞生于酒筵歌席之间的词体，更责无旁贷地发挥着"娱宾而遣兴"①的社交功能。时至明代，词体"俾歌者倚丝竹而歌之"②的群体性消费环境虽已不复存在，但词在诗化进程中所沾染的唱和风气，反而以另一种形态强化了其在文人社交中的价值。

　　都穆《南濠诗话》云："古人诗有唱和者，盖彼唱而我和之，初不拘体制兼袭其韵也。后乃有用人韵以答之者，观老杜、严武诗可见，然亦不一一次其韵也。至元、白、皮、陆诸公，始尚次韵，争奇斗险，多至数百言，往来至数十首。"③诗歌唱和依其演进历程及限制条件的多寡大致可分为三类：一是不拘体制和韵脚；二是用人韵以和答；三是一一次韵。后两类即"和韵"，而第三种形式亦称"次韵"或"步韵"。词体诞生之初，诗歌唱和已臻成熟，自然会将此种风气挪为己用。宋初尹洙、苏舜钦同作《水调歌头》，可以视为较早、较明确的词体唱和，但仍属同题相和。此后，张先将诗歌唱和形式引入词的创作，特别是元祐词人的推波助澜，终令唱和成为日后词学活动的重要内容，也使词突破了"诗庄词媚"的限定，挣脱了音乐性的束缚，成为独立发展的抒情诗体，并通过文人的竞技切磋而不断积累经验，提升着创作的水准。

　　若就唱和的时间、空间以及主体关系而言，词体唱和又可分为三种形式：一曰击钵刻烛，分韵角胜。这是词人在同一时空环境下的同台竞技；二曰驿寄新篇，遥和赓酬。尽管时间有差、空间有别，但仍是同时代词人之间词艺的切磋、情感的交流；三曰思承先贤，闭户揣摩。即从前代词学资源中

---

① （宋）陈世修：《阳春集序》，见（清）侯文灿：《名家词集》卷首，阮元辑《宛委别藏》本，南京：江苏古籍出版社 1988 年版。
② （宋）陈世修：《阳春集序》，见（清）侯文灿：《名家词集》卷首，阮元辑《宛委别藏》本，南京：江苏古籍出版社 1988 年版。
③ （明）都穆：《南濠诗话》，清乾隆道光间长塘鲍氏刻知不足斋丛书本，《四库全书存目丛书》集部第 416 册。

择取情感上引发共鸣或艺术上足堪膜拜的作品以为范本,通过学习和模仿以抒发个人情感,提升创作水平。前两种形式皆属"和今",而后一种乃"和古",亦可称为"追和"。如果说,"和今"实现了共时性词人之间双向或多向的互动,便于由此把握词人群体流派、社会交往以及词坛趋尚等信息,那么,"和古"作为一种"有意味的形式",则向我们呈现了不同时代词学观念、审美情趣、词坛创作等情况及其历时性变化,它既属于词体创作的范畴,又是词学传播与接受的重要载体,也是开启词人创作心态以及时代词学现象的一把钥匙。本章即针对明代追和词创作,考察其存在状态及其折射出的文化意味。

第一节　明代追和词的生态考察

明代词坛唱和延续着宋词唱和的形式并作进一步发展,而其中的追和词,作为明代词学"有意味的形式",其存在本身就是一种宣言,是明代词学观念的别样言说。同时,它又是我们考察明前词学资源在明代传播接受情况的一种视角,也是分析和把握明代词坛现象及审美活动的有效切入点。

一、明代追和词的客观状貌

首先需要阐明三个问题:第一,本章"追和"一词取宽泛义,即不仅指对前代词作的"和韵",而且也包括"和意"或"仿效"。且笔者认为,"和意"或"仿效"实属更高层次的文学模仿与接受行为。因为词人在"和韵"创作时,可能只需知道原作的韵脚,哪怕对原作的意蕴一知半解也仍可依葫芦画瓢①,有时还会受旁人影响而被动地选择和韵对象。然而"和意"则要建立在对原作理解、感知的基础之上,"仿效"更需对原作风格乃至原作作者的整体创作风貌予以综合把握,因而主动选择的成分更多。第二,对于追和对象的时代限定,乃取"前代",即"前一时代"。这主要是着眼于唱和的目的性。同时代词人之间的唱和大多是以交际、应酬为直接目的,而对跨时代词人、词作的追和则主要出于学习、借鉴、较量的目的或情感上的认同,交际、应酬的成分减少,功利性也随之降低。第三,前代词学资源作为一个整体,是以其合力作用于后代词人的创作。所以任何一首明词作品实际都包蕴着丰富的

---

① 当然,严格意义上的"和韵"尤其是"次韵",不仅要在形式上用原韵原字,而且还要在内容上保证与原作的衔接,在风格上力求与原作相似。

接受信息,而其究竟荟萃了前代哪些词人、词作的基因,往往又如盐着水,难以条分缕析。因此在进行数据统计时,一般是以词题或序跋作为直接的依据,有些虽未明示却显然是追和经典名篇的亦被纳入其中。这样一来,许多非"大腕级名篇"的追和成果出现遗漏也就所在多有,难免会令前代词学遗产在明代传播接受的范围和程度因统计数据而打了折扣。

明代共有 263 名词人参与追和词创作,作品数量达 1501 首;涉及原唱作品 652 篇、作者 150 人①。其中,追和唐五代词 150 首,所涉原唱作品 89篇、作者 26 人;追和宋词 1052 首,涉原唱作品 466 篇、作者 96 人;追和金元词 218 首,涉原唱作品 40 篇、作者 15 人;追和明词 50 首,涉原唱作品 34篇、作者 11 人。此外,另有追和相传为晋代刘妙容所作的《宛转歌》1 首、相传隋炀帝所作《忆江南》8 作 8 首,又有仿《花间集》3 首、"拟古"6 首(涉原唱3 篇)、追和"宋人"之作 8 首(涉原唱 6 篇)、追和"元人"之作 5 首(涉原唱 4 篇)。

由此可见明代追和词创作之概况:

首先,较之《全金元词》②七千余作中仅十余首为明显追和之作的状况,追和词在明词中所占比重是非常大的。明人平均每 16 首词作中就有 1 首是在明显地模仿前人。其实这种估算尚属保守,因为该统计主要是针对在词题或序跋中直接标示追和意图的词作,至于是否作出标示,则往往取决于作者的创作习惯。有些作者虽未作标示,但其创作仍然显现出明显的追和倾向。例如,陈如纶所有词作皆未标明"追和",而他严格地次韵经典作品的创作实际却为数不少。此外,许多词人尽管没有直接的追和创作,但并不意味着他们就能超脱于词学传统之外。比如因参阅苏、柳二公词而得作词之蹊径③从而"臻诗余之妙"④的马洪,"能独步于绝响之后,称再来少游"⑤的张綖,无论是作品中运用的语词意象,还是整体的风格韵味,无不驱使宋词于笔端,达到融会贯通、蕴大象于无形的境界。一方面,前代词学遗产是明人创作的底蕴,明人对其可以持不同的态度,或推崇,或不屑,或观望,或较量,

①　以《全明词》及《全明词补编》作为统计范围。

②　唐圭璋:《全金元词》,北京:中华书局 1979 年版。

③　(明)杨慎:《词品》卷 6:"予始学为南词,漫不知其要领。偶阅《吹剑录》,中载东坡在玉堂日,有幕士善歌。坡问曰:'吾词何如柳耆卿。'对曰:'柳郎中词,宜十七八女孩儿,按红牙拍,歌杨柳岸晓风残月。学士词,须关西大汉,执铁板唱大江东去。'缘是求二公词而读之,下笔略知蹊径。"见唐圭璋:《词话丛编》,北京:中华书局 2005 年版,第 530 页。

④　(明)徐伯龄:《蟫精隽》卷 11,《景印文渊阁四库全书》第 867 册。

⑤　(明)朱曰藩:《张南湖先生诗集序》,见(明)张綖:《张南湖先生诗集》卷首,明嘉靖三十二年张守中刻本,《四库全书存目丛书》集部第 68 册。

但却不能无视其存在,并且总会在无形中留下或隐或显的痕迹。另一方面,总体而言,明代词人对前代词学资源选择性接受的倾向是明确的,态度是积极的,甚至可以想象,词人在运笔构思之际,脑海中应当盘桓着某位前代词人、某篇前代词作,在冥神物化的交流感应中达到创作的最佳状态。更有甚者,明词创作出现了"以摹拟为止境"^①的极端现象,如陈铎《草堂余意》的 147 首词作,逐首追和《草堂诗余》,虽以一己之心力而欲追续前贤之华妙,"兼乐章之敷腴,清真之沉着,漱玉之绵丽"^②,却难免遭"村妇斗美毛施"^③之讥。另如吕希周之追和《草堂》,张杞之步韵《花间》,戴冠之效颦《断肠》,虽自白曰"非与之较工拙也"^④,而比附较量之心彰明较著。姑且不论这些模仿、竞技的效果如何,单是这般虔诚、执着的态度就颇值得玩味。

其次,明人是以宋代词人、词作作为最主要的学习资源和创作典范。明代追和宋词创作高达 1052 首,占明代追和词总量 1501 首的 70.1%,所涉宋词原唱作品及作者数量同样也最多。显然,宋词作为词体文学最为成熟、完备的阶段,对明词创作无疑具有直接的典范效应,明代词人整体上是奉宋词为圭臬的。

再次,明人在选择、借鉴前代词学资源时,虽较多地接受宋词的影响,却并非拘囿于宋词之一隅,而是兼收并蓄,广泛吸纳唐五代、金元以及本朝先贤的优秀成果。即便是汲取宋词资源,也明显超出了《草堂诗余》选词的范畴,表现出转益多师的多元接受心态,从而使明词呈现异彩纷呈的多元化格局。因此,倘若从追和词角度来审视明代词学接受与传播,则所谓明代"二百余年之天下,所为词,舍诚意伯、高青邱一二人外,皆《花间》《草堂》之残渣余沥耳"^⑤的论断,显然有失公允。

最后,从明词追和创作与对应原唱之间数量之比来看,追和唐五代词为 150 比 89,宋词为 1052 比 466,明词为 50 比 37。也就是说,对唐五代词和明词的追和,平均每一首原唱的追和数不超过两首,宋词追和也不过 2.26 首,尽管存在如苏轼《念奴娇·赤壁怀古》一词获 153 次追和的情况(若除去

---

① 张仲谋:《明词史》(增订版),北京:人民文学出版社 2020 年版,第 171 页。
② 况周颐:《蕙风词话》卷 5,见唐圭璋:《词话丛编》,北京:中华书局 2005 年版,第 4510~4511 页。
③ (明)陈霆:《渚山堂词话》卷 2,见唐圭璋:《词话丛编》,北京:中华书局 2005 年版,第 365~366 页。
④ (明)戴冠:《和朱淑真断肠词跋》,见《戴氏集》卷 11,明嘉靖二十七年张鲁刻本,《四库全书存目丛书》集部第 63 册。
⑤ 陈声聪:《读词枝语》68,见孙克强、岳淑珍:《金元明人词话》,天津:南开大学出版社 2012 年版,第 331 页。

这一极端个例,则宋词原唱的平均追和数也不到两首),但总的说来,追和对象的分布还算均衡,明人的词学接受视野也较为宽泛。然而追和金元词的情况却有些反常,这一比率竟高达218比40,即每首金元词原唱平均被追和5.45次。实际上,金元词原唱的追和率偏高主要得力于倪瓒《江南春》以及虞集《苏武慢》《风入松》《无俗念》这几篇词作在明代所生成的集团化追和效应,甚至被批量生产,仅《江南春》就被明人追和99次,《苏武慢》12首组词也获得共计76次追和。这一现象其实并不代表原唱作品艺术性如何高超,而是由于思维惯性以及从众效应的驱动,导致某些偶然的或不确定的刺激因素。因此,假如单纯用追和次数的多寡来权衡原作的经典化过程或艺术品质,必然存在一定片面性。然而这并不妨碍我们由此窥测追和之作产生时代的社会文化环境与审美心理趋向,换言之,这种片面性同样也是明词时代性特征的一种具体表现形式。

二、明词追和的"热点"词人

在明代追和词所牵涉的150位前代作家中,被追和10次以上的有29人,具体情况列表如下:

表3 明词追和的"热点"词人一览表

名次	原唱作者	时代	原唱篇数	追和篇数	参与作家数
1	苏轼	北宋	36	249	86
2	倪瓒	元	1	99	64
3	辛弃疾	南宋	46	95	32
4	虞集	元	15	92	16
5	崔与之	南宋	1	85	18
6	欧阳修	北宋	43	64	13
7	周邦彦	北宋	41	55	18
8	秦观	北宋	21	42	22
9	柳永	北宋	24	31	15
10	李清照	北宋/南宋	13	30	15
11	朱淑真	南宋	26	29	3
12	黄庭坚	北宋	22	28	16
13	陆游	南宋	9	24	7
14	朱敦儒	北宋/南宋	4	24	7

（续　表）

名次	原唱作者	时代	原唱篇数	追和篇数	参与作家数
15	刘基	明	13	20	9
16	孙光宪	唐五代	7	19	3
17	王安石	北宋	6	18	13
18	岳飞	北宋/南宋	1	17	15
19	皇甫松	唐五代	3	16	2
20	李存勖	唐五代	1	16	2
21	温庭筠	唐五代	9	15	10
22	陈与义	北宋	3	13	5
23	李珣	唐五代	12	12	1
24	刘禹锡	唐五代	11	12	2
25	范仲淹	北宋	3	11	8
26	康与之	北宋/南宋	10	10	6
27	王齐愈	北宋	1	10	1
28	王清惠	南宋	1	10	8
29	赵孟頫	元	10	10	1

上表显现出三个问题，值得关注：

第一，在明代追和词创作领域，苏轼以 86 位作家追和 249 首词作的庞大阵容当之无愧地荣膺"最受明人欢迎的前代词人"称号。这一结果跟《唐宋词的定量分析》所统计的历代词人追和次韵宋代词人作品数量排名相一致①。可见，词学传承系统自有其相对稳定的特性，明词作为其有机组成部分，对前代词学资源的选择性接受也在一定程度上塑造了词史面貌，并推动着词学形态的最终定型。苏轼之所以倍受明代词人的追捧，当然离不开《念奴娇·赤壁怀古》一词在明代的传播效应，该词在明代被追和 153 次，计 49 位作家参与其中。然而除该作外，苏轼另有 35 首词作获得明代词人的追和。因此，明代词坛对苏轼的选择性接受，一方面是由于传统名篇的典范作用，另一方面也缘于苏词本身的艺术成就以及人格与"词格"叠加所产生的综合效应。

第二，尽管苏轼名列榜首确属实至名归，辛弃疾位列第三以及欧阳修、

---

① 刘尊明、王兆鹏：《唐宋词的定量分析》，北京：北京大学出版社 2012 年版，第 290 页。

周邦彦、秦观、柳永、李清照跻身前十亦在情理之中①,但是位列第二的倪瓒、第四的虞集、第五的崔与之以及进入这个榜单的朱淑真、李存勖、李珣、王齐愈等,则不免令人感到意外。造成这一反常现象的原因主要有二:一是明代词人颇具时代性的群体行为,助推虞集、倪瓒等人地位的攀升;二是受到某些偶然因素的干扰,令崔与之、朱淑真、李存勖、李珣、王齐愈、赵孟頫等人脱颖而出。

在明代,虞集共获得 16 人、92 次追和,虽然原唱数量多达 15 首,而实际上仅对《苏武慢》12 首组词的追和总数即达 76 首之多;倪瓒共得到 64 人、99 次追和,然原唱其实仅《江南春》一篇。《江南春》的文体性质虽存在争议,但在明代却引发唱和的高潮,以至有《江南春词集》的编刻出版。明代《苏武慢》《江南春》创作兴盛的原因已如本书第三章所论,在此不必重复申说。此外,仅以一作而赢得明代词人青眼的还有岳飞和王清惠。岳飞《满江红》(怒发冲冠)一词在明代获得 15 人、17 次追和,王清惠《满江红》(太液芙蓉)获得 8 人、10 次追和②。如果说,岳飞、王清惠备受关注很大程度上是由于名作效应,且在特定时空情境下引发了追和者的心理共鸣,而这种影响又绵延不绝,具有历史的延续性和时代的普遍性,那么,虞集和倪瓒的走红则代表着处于特定时代文化语境和普泛化心理境遇下的具有明代特征的群体性选择,而这正可作为我们探讨明代社会文化以及明词特色的一个重要突破口。

与此同时,崔与之、朱淑真、李存勖、李珣、王齐愈、赵孟頫等人虽亦多次被追和,但这并不意味着他们在明代很受关注。崔与之其实算不上词坛名家,其《水调歌头·题剑阁》(万里云间戌)亦非经典名作,然而该词在明代却获得 18 人、85 次追和。实际上,这些创作大多产生于嘉靖年间以夏言为首的台阁词人的群体唱和,而只有钟芳词题标注"崔菊坡与之,西樵用之"、陶奭龄明示"次韵崔菊坡词",其余作品皆未作标注,个别词人恐怕连自己都未必清楚追步的乃是崔与之词作旧韵。换句话说,明代词坛集体追和《水调歌头·题剑阁》的行为,与其说是对崔与之其人、其词的向慕,不如说是对当代词坛社交活动的热衷,由此亦可见明代交酬唱和风气之盛以及明词的实用化走向。而朱淑真能得 29 次追和,几乎可与李清照比肩,同样是一个美丽的"意外"。弘治年间,戴冠创作《和朱淑真断肠词》26 首,"跋"曰:"始予得朱淑《断肠词》于钱塘处士陈逸山,阅之,喜其清丽,哀而不伤。癸亥岁

---

① 在历代词人追和次韵宋代词人作品数量排行榜上,辛弃疾同样位列第三,周邦彦、李清照分别为第二、第四。见刘尊明、王兆鹏:《唐宋词的定量分析》,北京:北京大学出版社 2012 年版,第 290 页。

② 王清惠一词之传播与影响,很大程度上要归因于文天祥的唱和之作。

除之夕,因乘兴遍和之,且系以诗,盖欲益白朱氏之心,非与之较工拙也。"①
于此,一方面可见词籍的流传对创作的刺激效应,另一方面也显现出戴氏对
《断肠词》的偏嗜。然而这种偏好终究带有个别性,因为除去戴冠的这 26 首
和作,朱淑真词仅被明人追和过 3 次,这就跟"热点"地位相去甚远了。此
外,李存勖《如梦令》(曾宴桃源深洞)获得吕希周、王屋两位词人 16 次追和
(其中吕希周 4 首误作"次苏东坡韵",王屋 12 首为联章体),追和李珣 12 首
原唱的 12 首和作尽皆出自周履靖一人之手,俞彦摹拟王齐愈回文体《菩萨
蛮》一气而成 10 首,邵亨贞一己追和赵孟頫旧作 10 首,这些现象只能代表
明代词人个体之好尚,而不能作为历时性或时代性词学审美趣味之表征。
因此,对于追和词的传播接受学意义不能一概而论,而应将其还原于具体的
创作环境及唱和心态,并作具体分析。

第三,在考察追和对象的时代归属时发现,在被追和 10 次以上的 29 名
词人中,北宋 14 人(含南渡 4 人),所占比例最高,南宋 9 人(含南渡 4 人)紧
随其后。若从两宋词人数量对比来看,则北宋词人、词作无疑更受明人眷
顾,而清代浙派所推崇的姜夔、张炎,常州词派代表人物周济所推尊的周邦
彦、辛弃疾、吴文英、王沂孙,除周、辛以外,余皆无与焉。即便是将观察范围
扩展至明代全部 1501 首追和词,也依然看不到吴文英和王沂孙的身影。于
中既折射出词学接受审美取向的时代性反差,亦可见明人偏爱小令的创作
取向以及视北宋词为正则的理论追求。除两宋词人外,尚有唐五代词人 6
人、元代 3 人、明代 1 人。关于元代倪瓒、虞集、赵孟頫三词人的入选及其文
化意味,前文已作分析。至于唐五代词人所占比重明显偏高的现象,则需予
以特别关注。不难发现,追和唐五代词的明词尽管数量较多,但参与追和创
作的词人却相对集中,主要是俞彦(1572—1641 后)、周履靖(1542—1632)、
唐世济(1570—约 1649)、张杞(1628 年前后在世)等少量作者,而张杞更因
追和《花间集》487 首而闻名②。由此可知,明代部分词人对前代词学资源的
选择性接受具有鲜明的倾向性,而这种选择性接受的实践又可与明代后期
词学复古思潮相互印证。

---

① (明)戴冠:《和朱淑真断肠词跋》,见《戴氏集》卷 11,明嘉靖二十七年张鲁刻本,《四库全书
存目丛书》集部第 63 册。

② (清)沈雄《古今词话》词品上卷引沈际飞语曰:"张杞和《花间集》,凡四百八十七首,篇篇押
韵,未免拘牵,字字求新,亦饶生凿。"见唐圭璋:《词话丛编》,北京:中华书局 2005 年版,第
845~846 页。张杞词作大多散佚,《全明词》及《全明词补编》仅据明清之际诸家词选收录 9
首,其中有 6 首直接标注所步韵之词人,另 3 首中,两首《浣溪沙》分别步韵孙光宪、韦庄之
作,《女冠子》乃步韵孙光宪之作。张仲谋师《明代词学通论》于《古今诗余醉》另外辑得张杞
佚词 4 首。

三、明词追和的"热点"词作

以上是针对在明代最受关注或地位独特的前代词人的考察。那么,最受明代词人推崇的前代词作又有哪些? 这些词作在整个词学接受史上的地位及其历时性变化情况怎样? 词史上那些最有名的作品在明代境遇如何? 这些问题值得我们一探究竟。

在明词所追和的 655 篇前代原唱作品中,被追和 5 次及以上的共计 35 篇,具体情况见下表:

表 4　明词追和的"热点"词作一览表

名次	原唱作者	调名	首句	追和次数	参与作家数	备注
1	苏轼	念奴娇	大江东去	153	49	
2	倪瓒	江南春	汀洲夜雨生芦笋	99	64	
3	崔与之	水调歌头	万里云间戍	85	18	
4	虞集	苏武慢		76	8	十二首组词
5	苏轼	水龙吟	似花还似非花①	23	15	
6	岳飞	满江红	怒发冲冠	17	15	
7	李存勖	忆仙姿	曾宴桃源深洞	16	2	
8	朱敦儒	鹧鸪天	检尽历头冬又残	16	2	
9	陆游	忆王孙		13	1	仿其体
10	皇甫松	竹枝		12	1	仿其体
11	孙光宪	竹枝		12	1	仿其体
12	辛弃疾	卜算子	千古李将军	12	4	
13	陈与义	临江仙	忆昔午桥桥上饮	11	4	
14	李清照	声声慢	寻寻觅觅	11	8	
15	欧阳修	浪淘沙	把酒祝东风	11	4	

---

① 虽然苏轼此词为次章质夫词韵,且明词追和该韵者亦有径注"次韵章质夫杨花"者,但实际上,章词在传播接受史上的地位主要得力于苏轼和韵词的影响,因而将明词次该韵之作一概系于苏轼名下。

名次	原唱作者	调名	首句	追和次数	参与作家数	备注
16	苏轼	卜算子	缺月挂疏桐	11	8	
17	王齐愈	菩萨蛮		10	1	仿效回文体
18	王清惠	满江红	太液芙蓉	10	8	
19	虞集	风入松	画堂红袖倚清酣	10	7	
20	刘基	古调笑		9	3	仿其体
21	冯延巳	南乡子	细雨湿流光	8	2	
22	秦观	千秋岁	水边沙外	8	7	
23	王安石	桂枝香	登临送目	8	6	
24	辛弃疾	贺新郎	老大哪堪说	8	3	辛词另有两首同用该韵
25	苏轼	水调歌头	明月几时有	7	6	
26	范仲淹	苏幕遮	碧云天	6	5	
27	顾夐	荷叶杯		6	1	仿其体
28	文天祥	沁园春	为子死孝	6	5	
29	李邴	念奴娇	素光练净	5	3	
30	苏轼	洞仙歌	冰肌玉骨	5	5	
31	苏轼	满庭芳	归去来兮	5	5	
32	王观	雨中花	百尺清泉声陆续	5	4	
33	辛弃疾	一枝花	千丈擎天手	5	2	
34	辛弃疾	摸鱼儿	更能消几番风雨	5	4	
35	虞集	无俗念	十年窗下	5	5	

依据上表，并结合对历代唱和词以及唐宋词名篇研究的相关成果，可以得出如下结论：

首先，明代在词的经典化进程中既意义重大，同时又具有鲜明的时代特征。一篇作品无论艺术性如何精湛，但倘若仅仅停留于创作层面而脱离了传播与接受场域，都不可能成为"经典"。经典作品是在不同历史阶段经由众多读者集体选择的结晶，而这种选择与接受的动态演进过程亦即文学的经典化。一方面，经典化的实现最终取决于历时性选择的合力；另一方面，经典化过程所体现的动态演进的特点又导致历时性选择中各个时段往往受力不均、做功不等，从而显现出特异的时代性特征。一首词自创作完成的那一刻起,就等待着后世词评家、词选家以及词人的检视与选择。词人通过"追和"的形式对前代词作加以"再创作"是词作经典化进程的重要途径,而明代词人经由个体选择以最终达成群体化接受意向,则极大地推动了词作名篇的经典化进程。

如表 4 所示,苏轼《念奴娇·赤壁怀古》是在明词创作领域反响最强烈的作品,且遥遥领先于其他词作。而在"宋词 300 经典名篇综合数据排行一览表"之"唱和"一栏中,该词由宋至清(顺康时期)的唱和词总量同样一马当先[①],超出位列第二的贺铸《青玉案》达 100 首之多。然而宋元时期,这两首词的影响力大致旗鼓相当,那么为何到了后世尤其是在今人心目中却如此大相径庭了呢?其间,明人的作用不可小觑。在明代,贺铸《青玉案》仅获两次追和,而苏轼《念奴娇·赤壁怀古》则得到 49 名词人共计 153 次追和,尤其是嘉靖年间以夏言为首的台阁词群的集体唱和,更是将对该词的传播与接受推向了高潮。追和既属创作范畴,同时又是对原作的宣传与推广。由于夏言对《念奴娇·赤壁怀古》一词十分推崇,仅《赐闲堂词》见存的追和之作即达 36 首之多,一时之间,该词在台阁词人群体中被交相叠唱,并由此生成一种"气场",进一步提升了原作的品牌效应。原作与和作彼此呼应,不断叠加且相互增重,进而形成一种惯例、传统乃至思维定势。传统与现代、经典与时尚的组合,加速了该词的经典化进程,并逐渐稳固了其"头筹"的地位。除该词外,表 4 中大部分词作既是历代传播接受领域的"宠儿",又为今天的读者耳熟能详,由此亦可证明,明代是词的经典化进程中不可或缺的重要一环。

当然,列表中也出现了一些相对陌生的面孔,如倪瓒《江南春》、崔与之《水调歌头》、虞集《苏武慢》,这三首词作名列前茅,追随者纷至沓来,其风靡一时的原因已如前文所论。它们成功地在明代词坛烙下醒目的印记,却难以扭转词的接受史的整体进程,这也充分显现出明代词学卓荦的时代性特征。倪瓒的《江南春》、虞集的《苏武慢》及其另两首进入列表的作品,创作年代距离明人都不甚遥远,其流风余韵有可能局部地改变自身经典化的走向;崔与之的《水调歌头》也因接受过程中遭受外部因素干扰而呈现某种"假象"。然而,"诗学与诗歌的历史不是发展的故事,这是一个变化的故事"[②],经典化不仅表现为各个时代选择性接受的叠加,而且也

---

① 参见刘尊明、王兆鹏:《唐宋词的定量分析》,北京:北京大学出版社 2012 年版,第 174 页。由于统计范围或标准制定的差异,该表中该词的唱和次数为 133。

② [加]马里奥·J·瓦尔德斯著,史惠风译:《诗意的诠释学》,北京:中国人民大学出版社 2011 年版,第 31 页。

隐含着对前代接受成果的选择性遗忘,并最终呈现动态而非凝定的演进过程。

其次,专门针对追和词的考察带有某种局限性,追和次数的多寡不能作为考量原唱作品流行程度的直接依据或唯一指标。尽管对追和词的探讨有助于我们把握前代词学资源在明代传播与接受的情况,但是,一方面,追和词仅能局部地反映词作者的接受心理与审美取向,而一个时代对词学遗产的传播与接受还需要词论家、词选家以及普通读者共同参与完成,因而追和词创作并不是权衡前代作品知名度的唯一指标。另一方面,正如前文讨论明词追和的"热点"词人时所得出的结论:由于受到某些偶然因素的干扰,一些屡获追和的词人并不见得一定是传播接受学意义上的"热点"。对于追和词原唱作品的考量同样应作如是观。比如,李存勖《忆仙姿》(曾宴桃源深洞)和朱敦儒《鹧鸪天》(检尽历头冬又残),这两首词在明代都获得了 16 次追和,而事实上,参与者的范围却十分有限。李存勖一词的追和者仅吕希周和王屋二人,且吕希周题序曰:"春、夏、秋、冬四首,次苏东坡韵",甚至将作者张冠李戴;王屋的 12 首为联章体组词,其实只是借用原作的体式而别抒己意。朱敦儒一词亦然。先是俞彦步韵 8 首,随后易震吉仿效俞词续作 8 首,题序云:"朱希真《鹧鸪天》一阕,俞光禄容自步韵八阕,每用原词一句,余为效颦。"于是由追和朱敦儒衍变为对同辈词友俞彦创作的效仿,后人也就无从通过易震吉追和之作去索解其对朱敦儒原作的情感与态度。再如仿陆游《忆王孙》13 首,仿孙光宪、皇甫松《竹枝》体 12 首,仿王齐愈回文体《菩萨蛮》10 首,仿顾敻《荷叶杯》体式 6 首,皆分别出自一人之手。作者的个人行为局部地改造了明代追和词的面貌,故其所具之参考价值也在一定程度上打了折扣。另如王九思词明确标示追和的仅有两首,即《苏幕遮·夏日杂咏,次范文正公韵二首》,作者似乎只对范仲淹词情有独钟。然其《碧山诗余》自序却倡言:"余自出京后,见太白、苏、黄诸作,恒爱之,间有所感发,应酬赠贺,辄仿而为之,不自量其才之弗逮也。"[①]可见,最令他倾心的还是李白、苏轼、黄庭坚的创作。更有甚者,明代词坛还出现了逐篇追和《草堂诗余》《花间集》以及朱淑真《断肠词》的极端个案,与其说是作家对这些词集中某篇作品的偏爱,不如说是对词集风格或趣味的整体性接纳。因此,以追和词篇目的多寡作为考量原唱作品流传度的单一指标是存在局限性的,而参与追和创作的作家范围、影响力以及新作的传播效应等因素也应与单纯的追和词量化统计一并纳入考察体系之中。

---

① (明)王九思:《碧山诗余序》,见《碧山诗余》卷首,明嘉靖刻本,《续修四库全书》第 1723 册。

最后,创作接受与批评鉴赏并非采用同一尺度,二者之间有时甚至泾渭分明。不可否认,文学创作与批评之间存在相辅相成的互动关系:批评为创作造势;创作为批评提供素材并反过来助推批评。比如,苏轼《念奴娇·赤壁怀古》一词最受明代词人的青睐,而在"唐宋词知名度排行榜"上,该词同样独占鳌头①。王兆鹏先生的统计主要是依据古今词选入选次数和《词话丛编》中品评次数这两项指标。可以说,在对待该词的态度上,词作者与词论家、词选家之间难能可贵地达成了共识。我们不禁由此及彼地展开联想:苏轼另一经典名篇《水调歌头》(明月几时有)在唐宋词知名度排行榜中位列第三,且于43种古今词选中入选次数甚至超过《念奴娇·赤壁怀古》,获得品评的次数也相去不远②,那么为何它在明代却并未产生广泛的追和效应呢?个中缘由固然是多方面的,而词作者与批评者所持尺度的不同应是其中原因之一,文学创作与文学鉴赏本就殊途却不见得总能同归。在此将王兆鹏先生根据历代词选与品评情况所作"唐宋词知名度排行榜"前20名依次罗列,参照明词追和篇数,以作进一步分析。

表5　唐宋词名篇与明词追和情况对照表

作者	词作	排名	明词追和篇数	作者	词作	排名	明词追和篇数
苏轼	念奴娇/大江东去	1	153	姜夔	齐天乐/庾郎先自	11	0
秦观	满庭芳/山抹微云	2	0	李清照	声声慢/寻寻觅觅	12	11
苏轼	水调歌头/明月几时有	3	7	李煜	虞美人/春花秋月	13	2
姜夔	疏影/苔枝缀玉	3	1	李白	忆秦娥/箫声咽	13	4
柳永	雨霖铃/寒蝉凄切	5	1	贺铸	青玉案/凌波不过	15	2
姜夔	暗香/旧时月色	5	2	秦观	踏莎行/雾失楼台	16	2
苏轼	卜算子/缺月挂疏桐	7	11	史达祖	绮罗香/做冷欺花	17	3
史达祖	双双燕/过春社了	7	0	李白	菩萨蛮/平林漠漠	17	3

①　王兆鹏:《唐宋词史论》,北京:人民文学出版社2000年版,第110页。
②　王兆鹏:《唐宋词史论》,北京:人民文学出版社2000年版,第110页。

（续 表）

作者	词作	排名	明词追和篇数	作者	词作	排名	明词追和篇数
苏轼	水龙吟/似花还似非花	9	23	辛弃疾	祝英台近/宝钗分	19	4
辛弃疾	摸鱼儿/更能消	10	5	欧阳修	蝶恋花/庭院深深	20	2

  如表5所示,唐宋词最具知名度的20篇作品中,只有6篇在明代被追和5次及以上,剩余部分在明代词人中的反响并不强烈。尽管这是依据历代词选和词评的排名,并非专门针对明代,然而这种反差在显现时代审美趣味变异性的同时,亦暴露出创作接受与批评鉴赏二者之间的鸿沟。

  如果说援引历代词选与品评数据的考量难免存在时代差异性因素干扰的话,那么不妨采用另一种观察角度。后人常标举明人"宛转绵丽,浅至儇俏"①的词品观,坚持认为以"婉约"为正宗②、以"柔情曼声"为本色当行③是明代词论的主流,并想当然地以为明词创作就是对词学观念的践行。理论家的呼声足够嘹亮,以致掩盖了数量更为庞大的明代词人的群体性意志与选择。他们各自的声音或许分散且微弱,但他们的审美趋尚却是对明词风貌最直接的塑造。如表4所示,在被明词追和5次及以上的35篇前代词作中,苏轼、辛弃疾二公就占据了10个席位,这跟"词曲不尚雄劲险峻,只一味妩媚闲艳,便称合作。是故苏长公、辛幼安并置两庑,不得入室"④的论调反差竟如此之大。东坡、稼轩虽不乏"似花还似非花"以及"更能消几番风雨"这般典型的"婉约"之作,但总体而言则表现为对包括"豪放"在内的多重风格的兼收并蓄。且统观这35篇作品,更是兼具"忆昔午桥桥上饮"(陈与义《临江仙》)之俊逸、"登临送目"(王安石《桂枝香》)之清空、"怒发冲冠"(岳飞《满江红》)之激越、"为子死孝"(文天祥《沁园春》)之慷慨、"水边沙外"(秦观《千秋岁》)之凄厉、"素光练净"(李邴《念奴娇》)之洒脱……而绝非"婉约"一

---

① （明）王世贞:《艺苑卮言》,见唐圭璋:《词话丛编》,北京:中华书局2005年版,第385页。
② 如张綖《诗余图谱·凡例》中称:"词体大略有二,一体婉约,一体豪放。婉约者欲其辞情蕴藉,豪放者欲其气象恢弘,盖亦存乎其人。如秦少游之作,多是婉约,苏子瞻之作,多是豪放。大抵词体以婉约为正。"见《诗余图谱》卷首,明嘉靖丙申刻本。
③ （明）何良俊《草堂诗余序》:"然乐府以曒劲扬厉为工,诗余以婉丽流畅为美。即《草堂诗余》所载,如周清真、张子野、秦少游、晁叔原诸人之作,柔情曼声,摹写殆尽,正辞家所谓当行、所谓本色者也。"见《何翰林集》卷8,明嘉靖四十四年何氏香严精舍刻本,《四库全书存目丛书》集部第142册。
④ （明）王骥德:《曲律》卷4,见中国戏曲研究院编:《中国古典戏曲论著集成》第4册,北京:中国戏剧出版社1959年版,第179页。

格所能统摄。因此,假如我们想经由明代词论来发掘明词特色,就必须明确,直接言说的词学理论固然清晰而直截,却不能单纯凭此来反推词的创作,更不能以其替代对明词具体作品的客观审视。

第二节　明代追和词兴盛的文化背景

唐五代至两宋,是词体从滥觞走向繁荣鼎盛的时期。在此期间,词体不断获得外部给养而迅速发展壮大,其步履稳健而执着,以致根本无暇停下脚步去回顾自身行进的轨迹。但即便如此,南宋亦已出现方千里、杨泽民、陈允平等人"和清真词"的创作形态,一来显现了词学传统力量的强大,二来也预示着词体创作由按谱填词向依词填词的过渡。金元距词的黄金时代未远,流风犹存,故而金元词依然保持着惯性发展的势头。然至明代,刺激词体生长的外部环境因素已冰消瓦解,维持自身更生、裂变的能量亦已消耗殆尽,于是,明人不得不将目光频繁地投向前代词学资源,通过学习或模仿的方式以维系词学创作的命脉。这种学习、模仿,在宏观层面即为"复古",其具体而直接的行为则是对前代优秀作品的追和。因此,明代追和词的兴盛是词史演进的必然趋势,具体说来,主要取决于三种因素:一是词的传播环境、传播方式的改变对明词创作模式的影响;二是明代"宗宋"词学观对词的创作与接受的制约;三是明前词学资源在明代的存续所提供的必要的物质基础。

一、传词环境、方式的改变是明代追和词兴盛的客观条件

词最初是配合歌唱的音乐文学。自唐代至北宋,词以歌女演唱为媒介实现着自身的审美价值,并由此形成有别于传统诗歌的美感特质。不可否认,即使是在两宋,唱词一方面要求创作者具备良好的音乐素养,同时,对传播环境、传播主体又有较高的要求,故而大部分词作是以"传诵"或"阅览"的方式进行传播和接受,真正付诸管弦、播之檀口的其实只占少数。但尽管如此,"演唱"依然是词体文学的源头活水,是唐宋词拥有广泛群众基础并逐渐成为时代性文学的关键所在,并且直接影响着当时词的题材内容、风格样貌以及传播接受的基本模式。

然至明代,唱词环境已杳然无存,必然会引发词学传播与接受样态的诸多改变。宋代陈鹄《耆旧续闻》言及,宰相蔡京对晁补之《摸鱼儿》(买陂塘旋

栽杨柳)一词大加叹赏,"每自歌,其群从之"①。我们不禁联想到,明嘉靖中,首辅夏言对苏轼《念奴娇·赤壁怀古》极为推崇,追和创作达 36 首之多,一时之间,台阁词人"群起而和",形成赓和热潮。经典与时尚的碰撞,名作光环与热点效应的叠加,无疑提升了苏轼《念奴娇》一词的影响,有力推动着该词在明代乃至整个词史中经典化的进程。从宋词"群从而歌"到明词"群起而和",传词环境的变化改变了词体创作与接受的模式,形成明代词学特异的样貌。

笔者在梳理有关宋词传唱的文献资料时,发现一种颇具意味的现象:有些在宋代红极一时的流行"金曲",到了明代却遭受冷遇。比如欧阳修送别之作《临江仙》,"都下已闻此阕歌于人口者二十年"②;范周元宵词《宝鼎现》,"播于天下,每遇灯夕,诸郡皆歌之③";晁端礼歌咏升平之作《黄河清》,"天下无问迩遐小大,虽伟男髫女,皆争气唱之④";刘过赠妓词《贺新郎》,"至今天下与禁中皆歌之⑤";郑文妻孙氏望夫词《忆秦娥》,"酒楼妓馆皆歌之⑥"。无论是在明词追和"热点"词作排行榜上,还是在明代词选或词论的选录、点评方面,它们都没能赢得明人的好感,明人丝毫未因宋人的偏好而对它们另眼相看。相反,在明代最受欢迎的词作,却恰是那首在宋代因有违传统演唱模式而饱受争议的《念奴娇·赤壁怀古》。这种时代性反差,虽在一定程度上可归因于不同时代的接受者审美趣味的差异或时代风尚的变迁,但从根本上讲,还是在于词体传播接受的环境与方式的改变,造成明人有别于宋人的价值评判标准与审美期待,进而引发词学接受视野的转移。

以文本为媒介的书面传播和以歌女演唱为媒介的声音传播大相径庭。尽管歌女唱词通常亦需以文本为依托,但唱词文本与书面文本却各有偏好。声音传播是一种转瞬即逝的即时性传播,要求"入耳",所以唱词文本必须通俗、协律,体现音乐美,形象鲜明,语言生动,富于动感及画面感;书面传播则依赖对文本文字的斟酌品鉴,要求"入目",因而书面文本应具有规范性,体现绘画美,要有较为丰厚的内涵,经得起品味琢磨,或以精妙的形式供人摹

① (宋)陈鹄:《耆旧续闻》卷 3,《宋元笔记小说大观》本,上海:上海古籍出版社 2001 年版,第4810 页。
② (宋)文莹:《湘山野录》卷上,《宋元笔记小说大观》本,上海:上海古籍出版社 2001 年版,第1395 页。
③ (宋)龚明之:《中吴纪闻》卷 5,《宋元笔记小说大观》本,上海:上海古籍出版社 2001 年版,第 2893 页。
④ (宋)蔡絛:《铁围山丛谈》卷 2,《宋元笔记小说大观》本,上海:上海古籍出版社 2001 年版,第 3056 页。
⑤ (清)王奕清:《历代词话》卷 8 引《刘过自记》,见唐圭璋:《词话丛编》,北京:中华书局 2005年版,第 1239 页。
⑥ (元)李有:《古杭杂记》,《丛书集成初编》本,上海:商务印书馆 1939 年版,第 1 页。

仿,或以充沛的情感引发共鸣,或以丰富的想象逗人遐思。实际上,书面传播与声音传播的差异性早在宋代就已显现。刘将孙《新城饶克明集词序》有言:"歌喉所为,喜于谐婉者,或玩辞者所不满;骚人墨客乐称道之者,又知音者有所不合。"①在此后的岁月里,这种差异性随着唱词环境的湮灭以及词体音乐性的削弱而逐渐消解。

词在明代已不复可歌,且其作为流行性娱乐文学的身份也已被更具时代元素的杂剧传奇、时曲民歌等所取代。明代词论虽亦不时显现有关"唱"词的文字记载,然而所配合的音乐主要是当时流行的"时曲",且通常仅作为词人一己或文人小圈子内部的自娱自乐,再难激起较为强烈的社会反响。随着唱词环境的消失,书面传播几乎成为明代词体传播接受的唯一方式。书面传播形式自身的特点决定了在对接受文本的选择上倾向于那些更具规范性、稳定性以及丰厚内涵的作品。明人的部分词作虽亦能在当时反响热烈,但往往更容易遭受客观因素的干扰或制约。例如,当夏言声名煊赫之际,其词曾风靡一时,"一词朝传,万口暮诵,同时名公皆摹拟其体格,门生故吏争相传刻"②,乃至"草稿未削,已流布都下"③;而不久之后,夏言身败名裂,"殁后未百年,黯然无闻,《花间》《草堂》之集,无有及贵溪氏名者,求如前代所谓曲子相公,亦不可得"④,让人在慨叹世态炎凉的同时,也见识到文学选择性接受过程中的意外与偶然。相较而言,跨越时代的词学遗产经历过岁月的洗礼,承受了竞争与选择的考验,尤其是其中的经典作品,无论是内涵的丰富性、艺术的完美性,还是文本形态的稳定性,都更符合书面传播的特点及要求,因而也就更容易被接受者发现并接纳。

于是,书面传播与声音传播的另一差别已显而易见:声音传播更偏爱一些时新的、流行的元素,而书面传播则更有可能去选择一些经典的、相对稳定的内容。宋代歌女所唱之词,有不少都是作家在现场环境下的临场发挥,其余亦多是时髦的流行歌曲;当然,有时也会带着怀旧的心态去翻唱那些曾经红极一时的经典曲目,但却极少搬唱前一时代即唐五代的词作。而在明代,对前代词名篇的一再追和,《草堂诗余》《花间集》的一版再版,与其说是词学复古的表象,不如说是书面传词方式对接受文本的自然选择。或许可以认为,席卷明代后期的词学复古浪潮,既是当时文学复古思潮向词学领域

---

① (宋)刘将孙:《新城饶克明集词序》,见陈良运主编:《中国历代词学论著选》,南昌:百花洲文艺出版社 1998 年版,第 238 页。
② 王国维:《王国维文集》,北京:北京燕山出版社 1997 年版,第 461 页。
③ (清)钱谦益:《列朝诗集小传》丁集中,台北:明文书局 1991 年版,第 576 页。
④ (清)钱谦益:《列朝诗集小传》丁集中,台北:明文书局 1991 年版,第 576 页。

的渗透,同时又是在唱词环境消亡、书面传播已成为词体主流传播方式的时代背景下,随着接受视野的转移,明人必然要向前代词学资源所行的注目之礼。进而得出结论:明代词的传播环境、传播方式的改变,不仅制约着明词创作的形式与内容,包括追和词创作的勃兴,而且还从根本上决定了明人对词学遗产所秉持的态度以及实际的接受行为。

二、明人的词学观念是追和词兴盛的内在动因

词学观是人们对词之起源、发展、艺术风格、功能价值等问题的总体看法与基本观点,亦即对词"是什么样子"以及"应该是什么样子"的总体认识或评价。词人受词体自身发展规律和外部环境的影响、制约,都会有自己的词学观。处于同一时代背景中的词人,其词学观又会显现某些共性,是谓时代的词学观。它是这一时代人们对词的态度、认识的抽象集合,对本时代词的创作与接受具有导向性影响。

词在宋代,特别是北宋,是"当代文学",亦是"流行性文学",其创新的成分多于模仿或"守成"。而至明代,词既是"当代文学",同时又可纳入"古典文学"的范畴。作为"当代文学",词虽已显露衰颓之势,但它依然是明代文人抒发情感、反映社会生活的手段。尤其是帐词的流行,以及谈艺词、时事词的繁荣,实现了词体表现功能与实用价值的最大化;作为"古典文学",词体自诞生至明代已跨越数百载,明人对早期词作所表现的生活场景、反映的心理、运用的语言等存在着较大隔阂。唐五代两宋,是词体发展的黄金时期,尤其是宋词,已成为时代文学的代表。明代处于文化传承的历史链条之中,就必然要借鉴和汲取层层累加的前代文化遗产,包括词学遗产,继而发扬光大。那么,明人对词学遗产持何种态度?在择取词学遗产之时,又体现出怎样的审美倾向?这些问题都会对明代词的创作与接受产生直接的影响。

以宋词作为词体文学的典型样态,以宋词(主要是北宋词)所具备的美感特质作为词学审美理想及创作范式,这种"宗宋"的词学观成为明代词学观的主流。例如,陈霆认为"南词虽起于唐,然作者尚少。至宋,诸名公多务之,由是极盛而且佳。元人虽有作,其音调语意已不及宋"[1];黄河清提出"诗工于唐,词盛于宋",并将北宋元祐时期认定为词体衰微之肇端[2];秦士奇在

---

[1]　(明)陈霆:《水南稿・诗话》,明正德五年刻本,《四库全书存目丛书》集部第 54 册。
[2]　(明)黄河清:《续草堂诗余序》,见(明)顾从敬类选、沈际飞评正:《草堂诗余正集》卷首,明刻本。

描绘宋词的昌盛景象之后得出结论："故词流于唐而盛于宋"①；陈子龙以"金陵二主以至靖康"作为词体鼎盛时期，认为"南渡以还，此声遂渺"②；蒋芝称"文词至宋，斯盛极矣"③；万惟檀提出"词之盛至宋，极矣"④。诸此种种，皆视宋词为词体文学的巅峰与模仿典范。

此外，陈霆《渚山堂词话》往往奉宋词为圭臬，以"似宋词"或"不似宋词"作为权衡明人词得失之准绳，如赞誉杨基词"语意蕴藉，殆不减宋人也"⑤，虽推举刘基令词，却仍认为其"视宋人亦远矣"⑥，评瞿佑词"惜其视宋人风致尚远"⑦，称许陈铎冬雪词"有宋人风致"⑧；王世贞《艺苑卮言》论明人词："我明以词名家者，刘诚意伯温，秾纤有致，去宋尚隔一尘。杨状元用修，好入六朝丽事，近似而远。夏文愍公谨最号雄爽，比之辛稼轩，觉少精思。"⑨亦以宋词作为衡量的尺度。这种视宋词为词体"正则"的观念，必然会对词的传播、接受以及明词创作发挥导向性影响。《草堂诗余》在明代词选中独尊地位的确立，乃至"飞驰几百年来，凡歌栏酒榭，丝而竹之者，无不拊髀雀跃。及至寒窗腐儒，挑灯闲看，亦未尝欠伸鱼睨"⑩，就是此种词学观念的直接产物。反映在追和词创作上，以宋词为追和对象的明词共计 1052 首，占明代追和词总量的 70.1%，这无疑也可作为"推尊宋词"论或"宗宋"词学观的有力佐证。

不可否认，"推尊宋词"论或"宗宋"词学观绝非明代词论中唯一的声音，其在明代不同时段存在消长显隐之变化，且因人而有所不同。

---

① （明）秦士奇：《草堂诗余序》，见（明）顾从敬类选、沈际飞评正：《草堂诗余正集》卷首，明刻本。

② （明）陈子龙：《幽兰草词序》，见（明）陈子龙撰，孙启治校点：《安雅堂稿》卷 5，沈阳：辽宁教育出版社 2003 年版，第 73 页。

③ （明）蒋芝：《诗余图谱序》，见（明）张綖撰、谢天瑞补遗：《诗余图谱》卷首，明万历二十七年谢天瑞刻本，《续修四库全书》第 1735 册。

④ （明）万惟檀：《诗余图谱自序》，见赵尊岳：《明词汇刊》，上海：上海古籍出版社 1992 年版，第 886 页。

⑤ （明）陈霆：《渚山堂词话》卷 1，见唐圭璋：《词话丛编》，北京：中华书局 2005 年版，第 357 页。

⑥ （明）陈霆：《渚山堂词话》卷 1，见唐圭璋：《词话丛编》，北京：中华书局 2005 年版，第 359 页。

⑦ （明）陈霆：《渚山堂词话》卷 2，见唐圭璋：《词话丛编》，北京：中华书局 2005 年版，第 363 页。

⑧ （明）陈霆：《渚山堂词话》卷 2，见唐圭璋：《词话丛编》，北京：中华书局 2005 年版，第 364 页。

⑨ （明）王世贞：《艺苑卮言》，见唐圭璋：《词话丛编》，北京：中华书局 2005 年版，第 393 页。

⑩ （明）毛晋：《草堂诗余跋》，见施蛰存：《词籍序跋萃编》，北京：中国社会科学出版社 1994 年版，第 670～671 页。

　　若就观点而言,则有"六朝风华"论与"唐五代最高"论。前者是从词之美学层面,对词学审美理想与六朝诗歌美感特质之间共通元素的提取与把握;后者则是在"循流溯源"①"驯溯诸古"②的时代文化背景下,对词体创作源头的回溯,并意欲借此弥补宋词或明词中暴露出的某些缺憾。

　　若就阶段论,嘉靖以前,主要表现为对宋词典范性的全面认同,因此这也成为明代追和词创作最为旺盛的时期。诸如一夕遍和《断肠词》而成《和朱淑真〈断肠词〉》26 首的戴冠,逐首追和《草堂诗余》而成《草堂余意》147 首的陈铎,以及马洪、陈霆、张綖、吕希周等人,他们在创作中的模仿与学习,即已鲜明地代表着推尊宋词的审美取向。而至嘉靖以后,跟复古思潮的弥漫以及《花间集》的传播大致同步,明代词学则显现出基于唐五代词与宋词差异性的选择接受或平行接受的姿态。在追和词创作领域,更多作家将以《花间集》为代表的唐五代词作为模仿或学习的对象。所以该时期,张杞和《花间集》而作 487 首,"篇篇押韵"③,以及俞彦、唐世济、周履靖等人不约而同地频繁追和唐五代词,也就不是一种单纯的巧合,而应视作同一文化语境下文人有意识的价值选择。万历以后,明代词学又在一定范围内形成立足于宋词典范性认同基础上且又超越宋词的自足的词学观。尽管晚明追和词比重的下降可视为这种词学观作用于创作领域的直接证据,但实事求是地讲,这种词学观尚不具备普遍性,且词学观念与词的创作之间本就畛域分明,如倡言"词盛于宋,亦不止于宋,故称古今"的徐士俊,存词 202 首,其中追和词达 26 首之多,且主要是追和宋词。反而是当考察明词自创调时有所发现,明代具有明确的创调意识或是自创新调较多的词人,其追和词创作通常较少④。如杨慎存词 368 首,其中追和词仅 4 首,其他如屠隆、王世贞、蒋平阶、沈亿年等人,均未见创作追和词。这就从某种程度上显示出,追和词创作与自创新调进行创作,实际代表着面对词学遗产的两种不同态度与选择:是通过复制、模仿在守成中保持词体质的稳定性,还是经由更新与突破以谋求更大的发展空间。当然,无论他们持何种态度、做出何样选择,毕竟都在客观

---

① （明）顾梧芳《尊前集引》:"尝慨古乐之不复也,将非华声不振,金趋夷习,展转失真而无已耶? 何则,循流溯源,虽钧天犹可想像;迷沿瞀袭,即咫尺玄白罔鉴。"见唱春楼校点:《尊前集》卷首,沈阳:辽宁教育出版社 1998 年版,第 64 页。

② （明）张綖《诗余图谱自序》:"程子谓古人之诗如今人之歌曲,当是时,金元度曲未出,所谓歌曲者,正谓词调耳。是则虽非古声,其去今人之曲不有间耶? 由是而驯溯诸古,非其阶梯也乎!"见《诗余图谱》卷首,明嘉靖丙申刻本。

③ （清）沈雄:《古今词话》词品上卷,见唐圭璋:《词话丛编》,北京:中华书局 2005 年版,第 845 页。

④ 当然,这种情况也非绝对,例如沈谦自创新调 32 种,是明代创调最多的词人,然其追和词共计 15 首,比例并不算低。

上推动了明词的创作及发展。

总而言之,明代追和词创作跟时代审美风尚以及词人个体词学观念有着密切的联系。事实上,明代追和词创作,尤其是追和宋词创作的兴盛,正是明代"宗宋"词学观的直接成果。而透过追和词创作的兴衰变化,亦可见整个明代词学审美理想的迁移转换,以及词人对待词学遗产的主观态度及价值取向。

三、词学资源的存续是明代追和词兴盛的物质基础

追和创作的先决条件是可供模仿的文学资源的保有。在追和词创作过程中,作者对追和对象(原作)或了然于心,或展览于目,总之都离不开词学遗产的存续及占有。弘治年间,戴冠于钱塘处士陈逸山处寻得朱淑真《断肠词》,"阅之,喜其清丽,哀而不伤",乃于除夕之夜"乘兴遍和之"①,这才有了《和朱淑真断肠词》的问世。

关于明代编刻明前词总集、选本的情况,肖鹏《群体的选择——唐宋人词选与词人群通论》、陶子珍《明代词选研究》②、凌天松《明编词总集述评》③,以及张仲谋师《明代词学通论》下卷《明代词选研究》④等,都有细致而翔实的论述,此处毋庸赘言,只是想特别指出明刊明前词籍繁荣的事实,以揭示明代追和词创作兴盛的物质基础。

《草堂诗余》和《花间集》在明代的风靡以及"花草"系列的层出叠现是不争的事实,前人论之甚详。然而,"花草"及"花草"系列的大量涌现固然是明代词学最惹人瞩目的现象,但明代对词学遗产的接受却并不仅仅拘囿于"花草"之阈,而是经由多渠道,呈现多元性。兹将除"花草"系列之外的明刊明前词总集、选本汇列如下:

吴讷辑《唐宋名贤百家词》□卷,明钞本,成书于正统六年(1441);

题李东阳辑《南词》64 种 87 卷,清彭氏知圣道斋旧藏清钞本,据明天顺六年(1462)西崖主人序本钞出⑤;

周瑛编《词学筌蹄》8 卷,明钞本,成书于弘治七年(1494);

《中州乐府》1 卷,嘉靖十五年(1536)高登九峰书院刻本;

张綖撰《诗余图谱》3 卷,嘉靖十五年(1536)刻本;

① (明)戴冠:《和朱淑真断肠词跋》,见《戴氏集》卷 11,明嘉靖二十七年张鲁刻本,《四库全书存目丛书》集部第 63 册。

② 陶子珍:《明代词选研究》,台北:台北秀威科技股份有限公司 2003 年版。

③ 凌天松:《明编词总集述评》,华东师范大学 2008 年博士学位论文。

④ 张仲谋:《明代词学通论》,北京:中华书局 2013 年版,第 369~505 页。

⑤ 严绍璗:《日本藏宋人文集善本钩沉》,杭州:杭州大学出版社 1996 年版,第 292 页。

杨慎编选《词林万选》4 卷,嘉靖二十二年(1543)任良幹刻本;

鳙溪逸史选编、一得山人点校《汇选历代名贤词府全集》9 卷附元周德清《中原音韵》1 卷,嘉靖三十六年(1557)刻本;

题程敏政编《天机余锦》4 卷,明钞本,成书于嘉靖二十九年(1550)之前;

《中兴以来绝妙词选》10 卷,万历二年(1574)舒伯明刻本;

《唐宋诸贤绝妙词选》10 卷,万历四年(1576)舒伯明刻本;

顾梧芳编《尊前集》2 卷,万历十年(1582)刻本;

陈耀文编《花草粹编》12 卷,万历十一年(1583)刻本;

胡日新辑《诗余选》4 卷,万历十三年(1585)金陵书林吴桂崇文堂刻本;

董逢元编选《唐词纪》16 卷,万历二十二年(1594)刻本,另有明刻本(有明末王嗣奭评点并跋);

董逢元编选《词原》2 卷(未刊),彭氏钞本,《千顷堂书目》著录;

张綖《诗余图谱》3 卷,万历二十三年(1595)王象乾刻本;

张綖撰、谢天瑞补遗《新镌补遗诗余图谱》12 卷,万历二十七年(1599)刻本;

张綖撰、游元泾校刊《增正诗余图谱》3 卷,万历二十九年(1601)刻本;

杨慎辑、杜祝进订补《百琲明珠》5 卷,万历四十一年(1613)刻本;

《唐宋诸贤绝妙词选》10 卷、《中兴以来绝妙词选》10 卷,万历四十二年(1614)秦塘据舒伯明刻本校刊合印本;

吴承恩编《花草新编》5 卷,嘉万间钞本;

程明善辑《啸余谱》10 卷(其中《诗余谱》3 卷),万历四十七年(1619)流云馆刻本;

茅暎选编《词的》4 卷,万历四十八年(1620)闵暎璧刻朱墨套印《词坛合璧》本;

沈璟撰《古今词谱》20 卷,万历间钞本;

张綖撰、金銮校订《诗余图谱》3 卷,万历间刻本;

徐师曾撰《词体明辨》,万历间建阳游榕铜活字印《文体明辨》本;

马嘉松编《花镜隽声》16 卷,天启四年(1624)刻本;

陆云龙辑《词菁》2 卷,崇祯四年(1637)刊翠娱阁行笈必携本;

潘游龙辑《古今诗余醉》15 卷,崇祯九年(1636)初刻本;

周履靖编选《唐宋元明酒词》2 卷,崇祯间周氏《夷门广牍》本;

卓人月、徐士俊辑《古今词统》16 卷,崇祯刻本;

杨肇祉辑《词坛艳逸品》4 卷,崇祯间刻本;

毛晋编《宋名家词》6集61种89卷,崇祯间毛氏汲古阁刻本;

王象晋《重刻诗余图谱》3卷,崇祯间毛氏汲古阁刻词苑英华本;

《唐宋诸贤绝妙词选》10卷,崇祯间毛氏汲古阁刻词苑英华本;

《中兴以来绝妙词选》10卷,崇祯间毛氏汲古阁刻词苑英华本;

《尊前集》2卷,崇祯间毛氏汲古阁刻词苑英华本;

杨慎《词林万选》4卷,崇祯间毛氏汲古阁刻词苑英华本;

《宋元名家词》100卷,紫芝漫钞本(年代不详);

《宋元明三十三家词》53卷,明石村书屋钞本(年代不详);

《宋五家词》5卷,明钞本(年代不详);

《宋名贤七家词》7卷,明钞本(年代不详);

《宋明九家词》9卷,明钞本(年代不详);

《宋二十家词》20种26卷,明钞本(年代不详);

《樽前集》1卷,明钞本(年代不详);

除上述词籍外,还有不少仅见著录但未付诸剞劂,或虽经刊刻却未获流传的。如陈霆的《草堂遗音》。在定稿于嘉靖九年的《渚山堂词话》中,陈霆曾多次提及这部令他颇为自矜的选本,譬如卷1:"严滩钓台,有书《水调歌头》一阕,或谓朱晦庵所赋,然无可考证。予辑《草堂遗音》,置此词其中,姑依旧本,定为胡明仲之作。后有知者,或能是正也。"①卷1又:"刘伯温有《写情集》,皆词曲也。惟其大阕颇窒滞,惟小令数首,觉有风味。故予所选小令独多,然视宋人亦远矣。"②卷2:"古妇人之能词章者,如李易安、孙夫人辈,皆有集行世。淑真继其后,所谓代不乏贤。其词曲颇多,予精选之,得四五首。"③卷2又:"宗吉工诗词,其所作甚富。然予所取者止十余阕,惜其视宋人风致尚远。"④卷2又:"(陈大声冬雪词)论者谓其有宋人风致。使杂之《草堂》集中,未必可辨也。虽然,大声和《草堂》,自予所选数首外,求其近似者盖少。"⑤卷3:"季迪号称姑苏才子,与杨孟载辈齐名。他诗文未论。独于词曲,杨所赋类清便绮丽,颇近唐宋风致。而高于此,殊为不及。岂非人之才

---

① (明)陈霆:《渚山堂词话》卷1,见唐圭璋:《词话丛编》,北京:中华书局2005年版,第357页。

② (明)陈霆:《渚山堂词话》卷1,见唐圭璋:《词话丛编》,北京:中华书局2005年版,第359页。

③ (明)陈霆:《渚山堂词话》卷2,见唐圭璋:《词话丛编》,北京:中华书局2005年版,第361页。

④ (明)陈霆:《渚山堂词话》卷2,见唐圭璋:《词话丛编》,北京:中华书局2005年版,第363页。

⑤ (明)陈霆:《渚山堂词话》卷2,见唐圭璋:《词话丛编》,北京:中华书局2005年版,第364页。

情,各有独得之妙耶? 高词予所选数首外,遗珠剩玉,盖不多见。"①卷 3 又:
"张靖之有《方洲集》,中载南词逾二十篇。予细选之,得其《西湖会饮》一
首。"②由此推知,《草堂遗音》应是一部通代词选,从书名来看,陈霆不是在
《草堂诗余》原本基础上增删,而是于《草堂诗余》之外另选佳作。清代郑元
庆《湖录经籍考》卷 6 著录"陈霆草堂遗音九卷"③,"九卷"云云,未知所据,亦
不知此选本究竟刊行与否。

再如杨仪的《古今词钞》。在夏言词集中,有一首《行香子》,词题为《答
杨正郎仪惠〈古今词钞〉》,词曰:

> 独坐灯前,清兴脩然。览新词、尽是遗编。风流谷老,豪宕坡仙。
> 最爱它,气格高,辞锋健,意机圆。　　太白临川,一代称贤。欧阳子、
> 千古争妍。词场三昧,妙理难传。真个是,下诗坛,入画品,出文筌。④

据词题,该词乃夏言为答谢杨仪赠送《古今词钞》而作。《古今词钞》应
是杨仪所编词选,未见诸家著录,亦不知当时是否刊行。夏言词中提到五位
词人,即李白(太白)、欧阳修(欧阳子)、王安石(临川)、苏轼(坡仙)和黄庭坚
(谷老),且因书名为"古今词钞",所以它应当是一部通代词选,不仅有唐宋
词,也应收元明词。卓人月编《古今词统》时或无缘得见这部词选,然杨仪以
"古今"二字冠名词选,实则比卓人月《古今词统》早了近百年。另如杨慎《诗
余辑要》、刘凤《词选》等,亦仅见诸记载而未见传本。

明前词总集、选本的大量编刊,促进了词学资源在明代的推广。同时,
明代刊刻、钞传的明前词别集,又扩大了名家词的影响。此外,明代还出现
了一种值得关注的传词新媒介——词谱。

词谱是明代词学最重大的成果,是在词乐失传的现实背景下维系词体
文学命脉的重要媒介。词谱编纂始于明代,成书于弘治七年(1494)的周瑛
《词学筌蹄》是现存最早的词谱,而影响更大的则是嘉靖十五年(1536)刊行
的张綖《诗余图谱》。以张綖初刻本为基础上,陆续出现了谢天瑞新镌补遗
本(1599 年)、游元泾增正本(1601 年)、金銮校订本(万历年间)、王象晋重刻

---

① (明)陈霆:《渚山堂词话》卷 3,见唐圭璋:《词话丛编》,北京:中华书局 2005 年版,第 372
页。
② (明)陈霆:《渚山堂词话》卷 3,见唐圭璋:《词话丛编》,北京:中华书局 2005 年版,第 378
页。
③ (清)郑元庆:《湖录经籍考》卷 6,民国吴兴刘氏嘉业堂刻本。
④ 见《全明词》,第 718 页。

本(1635年)、万惟檀改编本(1638年)等《诗余图谱》系列,再加上徐师曾《词体明辨》、沈璟《古今词谱》等,共同构成明代词学一道亮丽的风景。词谱具有创作示范的意义,又因其所录以唐宋词为主①,故而也成为唐宋词在明代传播的重要载体。词谱中选录的词作,一般都经过编纂者的悉心甄选,无论是形式上的规范还是艺术上的成熟,都堪称典范。并且词谱对应着词学爱好者以创作模仿为目的的主动接受,接受对象、接受目的的指向性更为明确,因此,词谱在词的传播接受过程中,比词选更能发挥深层次的影响。

尽管词谱的受众不如词选广泛,但在明代,词谱刊行的规模也是相当可观的,《诗余图谱》增补改编本的繁多即为明证。王象晋《重刻诗余图谱序》曰:"万历甲午、乙未间,予兄霁宇刻之上谷署中,见者争相玩赏,竞携之而去。今书籑所存,日见寥寥,迟以岁月,计当无剩本已。"②由此亦可见词谱的社会需求量之大。因此,词谱作为明代词学活动的重要内容,对明前词学资源的传播与接受发挥着不可替代的作用。

在明前词经由选本、总集、别集以及词谱等途径进行着书面传播的同时,其他多种传词方式也加入到明代词学传播的阵营之中,共同构建起具有明代特色的多渠道、多元化的接受模式,比如借助词话,或以词作名篇题写书画、扇面,或依托小说、戏曲、弹词等新兴通俗文艺形式来散播词作。明代词坛以词的选本、总集、别集以及词谱、词话等作为主渠道,以其他艺术手段为辅助,加速了词学资源的推广、普及以及词作名篇的经典化进程。这不仅使词的追和创作成为可能,而且更直接促成了明代追和词创作的繁荣。

综上所述,追和词创作是考察词学传播、接受以及审美取向、艺术特色等问题的有效切入点。通过对明词追和的热点词人、词作的分析,以及对明代追和词兴盛原因的探讨,我们得以了解词学遗产在明代的传播情况,并从中感知了明人的词学接受态度及审美取向,把握到某些具有时代特征的词学及文化现象。在此过程中,我们也发现了词的创作与理论之间存在的背离,认识到引发明代追和词创作盛况的诸多因素,同时也意识到追和词研究可能具有的局限性。这就提醒我们,在考量明代词学传播与接受乃至其他词学问题时,必须将明代词的创作、传播,以及词选、词论、词集刊刻等信息综合起来,并予以整体把握。只有这样,才能拨开历史的迷雾,从而更接近明代词学传播、接受及其审美取向的真实状貌。

---

① 万惟檀改编本《诗余图谱》是个例外。万氏把原书各调所用例词一概芟除,全部换上了他自己的词作。于是此书名为词谱,实际等同于他的词集。

② (明)王象晋:《重刻诗余图谱序》,见(明)张綖:《诗余图谱》3卷附王象晋编《秦张两先生诗余合璧》2卷,明末毛氏汲古阁刻词苑英华本,《四库全书存目丛书》集部第425册。

结语　明词的"异量之美"①

　　所谓"异量之美",同许多文学批评术语一样,亦是由人物品藻演化而来。其源出自三国曹魏时期刘劭的《人物志》。刘劭以为,人之材与能有异,"能出于材,材不同量,材能既殊,任政亦异",而从人物品鉴上说,人往往"能识同体之善,而或失异量之美"②。清代袁枚在《随园诗话》中谓:"范蔚宗云:人识同体之善,而忘异量之美,此大病也。"③应是把《人物志》作者刘劭误作《后汉书》作者范晔了。后来至于清季民初,况周颐《餐樱庑随笔》称"止记同量之美,而忘异量之美"④,陈衍《石遗室诗话》云"至于是丹非素,知同体之善,忘异量之美"⑤,以及严复译英人约翰·穆勒《论自由》所谓"盖人心每苦偏颇,常识同体之善,而忘异量之美"⑥云云,"异量之美"在当时业已成为习用之成语。

　　明词的特色与缺点纠缠盘绕,其相去一间者,惟在于"度"的把握,过则为缺点,不过则为特色。此处所概括的四点特色,与邓红梅之所谓趣浅、神疲、语艳、境熟、律荒,或肖鹏之所谓浅、小、俗、艳等说法⑦约略相似而不同,原因即在于此。在近三万首明词作品中,否定明词的人是专举差劣之作以为口实,而本书则试图选取那些既富于明词特色又在水平线以上的作品,来论证明词确实形成了与宋词不同的"异量之美"。

一、世俗化的香艳情调

　　明词的特色,主要体现在明代尤其是晚明时期的艳词创作领域。明代

---

① 本部分为张仲谋师与笔者合著,曾发表于《中国韵文学刊》2019年第1期。

① 本部分为张仲谋师与笔者合著,曾发表于《中国韵文学刊》2019年第1期。
② 李崇智:《人物志校笺》,成都:巴蜀书社2001年版,第115、134页。
③ (清)袁枚:《随园诗话》,北京:人民文学出版社1960年版,第149页。
④ 况周颐:《餐樱庑随笔》,《民国笔记小说大观》本,太原:山西古籍出版社1995年版,第6页。
⑤ 陈衍:《石遗室诗话》卷12,沈阳:辽宁教育出版社1998年版,第161页。
⑥ (英)约翰·穆勒著、严复译:《论自由》,南京:译林出版社2014年版,第47页。
⑦ 邓红梅《明词综论》一文认为明词存在趣浅、神疲、语艳、境熟、律荒诸般"歹症候"(《中国韵文学刊》1999年第1期);肖鹏《群体的选择——唐宋人词选与词人群通论》指出明体词的基本特征为浅、小、艳、俗(南京:凤凰出版社2009年版,第399页)。

艳词呈现与宋代截然不同的审美趣味。宋代艳词重在"情",晚明艳词偏于"性";宋代艳词言情恳切,深挚婉曲,虽是写男女之情,却每可移植于人生理想之追寻或永恒企慕之境界,明代艳词侧重写女性的性感体态与世俗情趣,言语间常露傻角小生猎艳之意,故宋之艳词仍不失典雅,而晚明艳词则更近世俗;宋之艳词多以情调动人,晚明艳词常以性感撩人。在明代艳词中,没有柳永《凤栖梧》"衣带渐宽终不悔,为伊消得人憔悴"那样的忠贞不渝,没有晏殊《蝶恋花》"昨夜西风凋碧树,独上高楼,望尽天涯路"那样的执着追寻,没有秦观《鹊桥仙》"两情若是久长时,又岂在朝朝暮暮"那样的超逸洒脱,也没有苏轼《江城子》"十年生死两茫茫,不思量,自难忘"那样的刻骨铭心。明代艳词是在晚明思想解放和主情文化的语境下,同时又受戏曲、小说和时调民歌等流行文化浸润影响的产物。它往往专注于男女之间的两情相悦,以及对女性性感体态的描摹刻画,轻俊尖新,艳冶婉媚,风流调笑,情事如见。代表人物如吴鼎芳、董斯张、顾同应、施绍莘等。明代艳词中的主体形象,不再是柔弱矜持、忧伤温婉的多情女子,而一变成为明眸善睐、活泼风趣的小家碧玉或戏剧式角色。身份的平民化,情调的嬉乐化,情境的戏剧化,可以说是明代艳词的基本特征。

当然,明词之写"性",指向的是情趣而非性欲。其中虽亦有摹淫写亵之作,但从总体来看,明人还是有审美追求抑或道德底线的。明词中确有俗艳过度而有伤格调者,如杨慎咏美人足之《灼灼花》、彭孙贻的《满路花·和朱希真风情韵》,以及沈谦的《师师令·风情》,明词之"最艳"者,殆不过如此矣。这类艳词,在唐宋词中当存百首以上,而明词不过十数首而已。一般人未能通览明词,仅见只鳞片爪,或凭《金瓶梅》之类艳情小说去生发联想,正不知明词俗艳到何等地步。然词毕竟属于韵文,而且是音韵格式规定甚严的精致韵文,不是以描摹事件场景为擅场的白话小说;词人亦毕竟是有名有姓有身份的文人,不是"兰陵笑笑生"之类的虚拟代号。因此,真正读过明代诸家艳词,就会大概了解,明词不仅要比那些艳情小说雅洁得多,也比《挂枝儿》《山歌》中的"私情部"含蓄得多。并且,熟悉唐宋艳词的读者还会发现,明代的艳词其实并不比唐宋词更出格。试问明代艳词,能有比欧阳炯《浣溪沙》"兰麝细香闻喘息"更刻露的吗?还能比李后主《一斛珠》"绣床斜凭娇无那,烂嚼红茸,笑向檀郎唾"之主人公更加夭冶娇荡吗?还有比欧阳修《醉蓬莱》"半掩娇羞,语声低颤,问道有人知么"之幽期偷欢描写更为细致生动吗?似欧阳炯那般的词作,连况周颐都认为"自有艳词以来,殆莫艳于此矣"①。

---

① 况周颐:《蕙风词话》卷 2,见唐圭璋:《词话丛编》,北京:中华书局 2005 年版,第 4424 页。

在艳情描写方面,明人显然并不比唐宋人更过火或更不堪。虽然有思想解放、人性张扬的大背景,以及艳情小说或民歌的指引与诱惑,但明代词人并没把精力与才情过多地用在这方面,他们别有追求。

晚明艳词的特色,不在艳情描写的得寸进尺或情欲的泛滥,而在于对性感情趣的深度挖掘。王世贞所谓"一语之艳,令人魂绝,一字之工,令人色飞",正是晚明艳词用力之处。如果说直露的色情描写是不适宜或不健康的,那么晚明词人对于性感情趣的追求则应当是被允许的,是特色而不是缺点。因为性感不仅无害,而且其本身即具有一定的人性意味与审美价值。

晚明艳词创作主要有如下诸家。

吴鼎芳(1583—1636),字凝父,吴县(今江苏苏州)人。邹祗谟《远志斋词衷》将其与董斯张(遐周)、单恂(莼僧)、沈谦(去矜)四人的创作归入"词人之词",谓其词"缠绵荡往,穷纤极隐"①。沈雄《古今词话》引《柳塘词话》评其词"极浓艳而又刻入"②。所谓"刻入",当指其写艳情不涉亵秽而能细致入微。如《如梦令》:

> 欹枕巫山路便,蛱蝶双飞双倦。脸际艳红潮,堕髻凤钗犹胃。花片,花片,搅破醉魂一线。

该词内容切调名而记梦,写的是怀春少女的一场春梦。首句"欹枕巫山路便",跟晏几道《鹧鸪天》"梦魂惯得无拘检,又踏杨花过谢桥"异曲而同工,"巫山"亦即云雨情事之代称,"路便"乃熟门熟路之意。因为做了这样一场男女幽会的春梦,所以醒来后既倦且羞,脸际红潮涌起,凤钗欲堕未堕,于是反怪飘落的片片花瓣,搅扰了这一场好梦。卓人月《古今词统》选录此词,评曰:"末句可比汤若士'印透春痕一缝'。"③按,"印透春痕一缝"出自汤显祖《紫箫记》第十六出《协贺》中霍小玉的唱词《莺啼序》。

又如其《惜分飞》:

> 红界枕痕微褪玉,唤起自禁幽独。好鸟啼春足,归期不准花须卜。
> 尽日眉峰双凝绿,十二绣帘低轴。人在阑干曲,杨花却羡无拘束。

---

① (清)邹祗谟:《远志斋词衷》,见唐圭璋:《词话丛编》,北京:中华书局2005年版,第656页。
② (清)沈雄:《古今词话》词评下卷,见唐圭璋:《词话丛编》,北京:中华书局2005年版,第1031页。
③ (明)卓人月、徐士俊:《古今词统》卷3,明崇祯刻本,《续修四库全书》第1728册,第507页。

首句写女子睡起,酥颈圆白如玉而枕痕红一线,如上一词末句,皆词人化费心思处。《古今词统》评曰:"何减周美成'枕痕一线红生玉'?"①事实上,吴鼎芳此句,正是化用周邦彦词句。近人姚华《菉猗室曲话》谓:"美成有'枕痕一线红生玉'之句,曲家袭之。……明吴凝父鼎芳《惜分飞》词:'红界枕痕微褪玉',《词统》评云:'何减美成!'予谓此特剪裁全句,非自具锤炉,亦美成云仍耳。"②按,"云仍"犹言子孙后裔,这里是说吴鼎芳的得意之句,正是从周邦彦原句变化而来。以此句联系上词"搅破醉魂一线"及汤显祖"印透春痕一缝"等句来看,吴凝父对这类近距离展示女性体态且带有性感意味的词句特别敏感而"刻入",应该说在某种程度上代表着明人的审美趣味与创作追求。

董斯张(1586—1628),号遐周,浙江乌程人。沈雄《古今词话》引其自作《柳塘词话》曰:"浔上董遐周与周永年、茅维为词友,周有《怀响斋词》,茅有《十赉堂词》,而遐周词并不随人口吻。陈黄门大樽谓其风流调笑,情事如见者也。"③又《倚声初集》选录董斯张《减字木兰花》(吴菱将老)一词,邹祇谟评曰:"遐周词每自出新意,风流调笑,真觉情事如见。"④沈、邹二人可谓英雄所见略同。董遐周的艳词,尤善于细致刻画女性的性感体态。如"软红骨节支春昼,轻薄桃花妆就"(《桃源忆故人·春怨》)句,描写少女的风流体态,极尽刻画之能事,且又生新出奇。"软红骨节"四字,犹喻今之所谓"骨感"美人,与丰满相对,而更具王世贞所谓"香而弱"的韵致。又如"藕丝衫子扣鸳鸯,闪将半面教人瞥"(《踏莎行·春望》)一句,"藕丝衫子"或谓轻薄透明的肉色衫子,竟比"蚕丝""蛛丝"等更易启人联想;而"鸳鸯"当指女子双乳。这种描写自然也是以性感为祈向的。再如《菩萨蛮·闺情》:"佯恨咬郎肩,落红三月天。"《减字木兰花·对镜》:"一样盈盈,只少娇娇怯怯声。"诸如此类,可见董遐周艳词风格之大概。如果说唐宋艳词较接近南朝之宫体诗,那么吴鼎芳、董斯张等人的艳词则离宫体诗渐行渐远,反倒与南朝民歌之《子夜歌》以及晚明的时调小曲越来越近了。

施绍莘(1588—1640),字子野,号浪仙,华亭(今属上海)人。他是晚明词曲名家,其《秋水庵花影词》更是在描摹女子性感情状方面下足了功夫。

---

① (明)卓人月、徐士俊:《古今词统》卷6,明崇祯刻本,《续修四库全书》第1728册,第581页。
② 姚华:《菉猗室曲话》卷1,见任中敏《新曲苑》,台北:台湾中华书局1970年版,第512页。
③ (清)沈雄:《古今词话》词评下卷,见唐圭璋:《词话丛编》,北京:中华书局2005年版,第1031页。
④ (清)王士禛、邹祇谟:《倚声初集》卷5,清顺治十七年刻本,《续修四库全书》第1729册,第258页。

如《浣溪沙》:"衫子偏教窄窄裁,一兜儿大茜红鞋,吹弹得破粉香腮。"衫子往瘦里剪裁,是为了突显女性凹凸有致的性感体态,单恂所谓"果然猜道是伊家,窄窄试蝉纱"(《巫山一段云》),以及"豆蔻年时才二月,海棠模样是三郎,窄窄试罗裳"(《望江南·和宋直方作》),皆可显见晚明女性衣装以窄瘦为时髦。"茜红鞋"在今天看来,似与性感无涉,然而在《金瓶梅》中的色情描写段落,它常常作为激发西门庆色欲之道具。此三句写女子容貌,却不在外部描写用力,而纯从性感情态切入,这就不是寻常的爱美之心可作解释,而半入性心理学的研究范畴了。又如《生查子》:"故意发娇嗔,一脸风流怒。"怒而不掩风流,是对风流的加一倍写法。再如《满庭芳》:"柔梦萦魂,淫香浸骨,半痕朝日帘枕。妖慵懒起,带睡划鞋弓。檀钮全松未扣,影微微,一线酥胸。乌云侧,淡霞斜泛,印枕晕儿红。"用笔着墨,刻意性感。"淫香浸骨"之"淫"字,虽可作"淫雨""淫威"之"过甚"解,即所谓"浓香"也。然不曰浓香、奇香而偏曰"淫香",亦有意追求误读效果以启人遐思矣。继而刻画女子性感慵态,真切如见,具体而微,一看便知有生活积累,而非泛设佳人。另如《念奴娇》:"暗地里、一种温柔偷入,困住佳人腰肢。浑觉道、无些气力。"此不落色相之淫,所谓意淫是也。

彭孙贻(1615—1673),字仲谋,号茗斋,彭孙遹从兄,浙江海盐人。其艳词承北宋俗词家法,通过追和柳永、秦观、黄庭坚、康与之诸家艳词,在次韵的同时,向诸家词风靠拢。茗斋艳词的特点体现为,多用白描手法及白话口语,对男女相思欢会的神情或心理进行细致刻画。其代表性作品多为短章小令。如《浣溪沙·闺怨》:

> 云母屏深睡鬓鸦,被池春重玉交叉。羁人何苦不思家。　　梦里断云收雨足,床头单枕即天涯。薄情夫婿奈何他。

唐宋词人写春思闺怨,往往在楼头、妆台或花前月下,彭孙贻则诚如王世贞所言,善于从闺幨中挖掘素材。这首词说女子单枕孤眠,实际写的是一场花月春梦。"被池"说法今已少见,唐颜师古《匡俗正谬·池毡》谓"今人被头别施帛为缘者,犹谓之被池",指被头外加的一段布头,为的是保持被子盖在上身的一头不沾污垢。"玉交叉",看似颇具性感意味,实际当指女子玉臂交叠。上片写春睡春梦,下片转入梦醒思人。"梦里断云收雨足",化用"巫山云雨"典故,犹言梦里云雨才罢,醒来后却只见床头单枕,始悟薄情郎远在天涯也。又如《巫山一段云·艳情》:

锦臆婴儿燕,红屏姊妹花。睡痕和梦闪窗纱,梅香晚点茶。　　堆枕云三绺,衔梳月一牙。多情薄命薄情他,风前嚏准么?

以《巫山一段云》为调,而词题曰"艳情",其实就是"本意"。起句"锦臆",本指雉鸡、鹧鸪之类禽鸟胸脯间的美丽羽毛。庾信《斗鸡》诗:"解翅莲花动,猜群锦臆张。"倪璠《庾子山集注》云:"言翅若莲花,膺色如锦也。""婴儿燕",指乳燕。"姊妹花",即并蒂花,旧称一蓓多花者为姊妹花。首句应是指女子肚兜或抹胸上绣有乳燕双飞的图案。尽管只是一件女子贴身穿的小衣,却着意渲染,写得艳冶媚人,极具性感意味。

二、生活化的喜剧情境

跟主题内容的指向相对应,明词与唐宋词在风格情调方面的一大区别是,由原来词中始终弥漫的感伤情调一变而为风流调笑的轻喜剧风格。正所谓"好音以悲哀为美",作为唐宋词主体的婉约词基本是以忧郁凄迷为主调。刘熙载《艺概》曰:"温飞卿词精妙绝人,然类不出乎绮怨。"[1]其实"绮怨"者何止温词,唐宋时期的艳情词或闺情词,大多是以伤春怨别为基调。主旋律既已确定,则意象、风格、境界、情调等皆随之而定。宋词中的夕阳、落花、残月、春草等意象,以及愁、泪、怨、恨等字眼,共同渲染着词的绮怨色彩。宋词之所以能在挖掘人性心理方面达到如此深度,与这种对无端哀怨的捕捉与刻画不无关系,其艺术魅力亦由此而生发。明词则是绮而不怨,抑或将传统的感伤氛围一变而为嬉乐风调。明代郑汝璧作《嬉乐歌》四首,每首俱以"嬉,乐哉"开头。窃以为"嬉乐"二字,颇能代表明词的精神气质。明代文人实不乏担当精神,但如于谦、海瑞、沈炼、左光斗一流人物,基本与艳冶婉媚的小词无缘。只有等到明清鼎革之际,家国情怀才与香草美人传统绾合为一。因此,明词在多数情况下,舍弃了宋词中普遍的感伤情调,所表现的无论是知足常乐、随遇而安的旷达,还是男女之间的两情相悦,都显得轻松浅易而缺少深沉的情致,更由于散曲的浸染而带上一种抹不去的俳谐意味。陈廷焯《白雨斋词话》云:"有明三百年中,习倚声者,不乏其人。然以沉郁顿挫四字绳之,竟无一篇满人意者,真不可解。"[2]实际上,陈廷焯引后证前,以晚清的审美准则去权衡明词,即便不是南辕北辙,至少也是方枘圆凿,其观

---

① (清)刘熙载:《艺概》,上海:上海古籍出版社 1978 年版,第 107 页。
② (清)陈廷焯:《白雨斋词话》卷 3,见唐圭璋:《词话丛编》,北京:中华书局 2005 年版,第 3825 页。

点与方法皆有问题。像清人那样,论词讲重拙大,讲沉郁顿挫,不仅明人相去甚远,就连宋人亦未尝梦见。

明词与唐宋词的另一个区别是,唐宋词的发展轨迹是在胡夷里巷之曲的基础上渐趋雅化,而雅化在某种程度上意味着与世俗生活拉开距离,高风绝尘,超凡脱俗,不食人间烟火。明人则试图将词重新拉回世俗,力求贴近生活,贴近红尘俗世间饮食男女的感性细节。明代艳词所展示的男女情感纠葛,轻松调笑,充满戏剧色彩,仿佛上演着具有嘻乐意味的人间喜剧。

较早把世俗生活情趣引入词作的是小说家吴承恩。《天启淮安府志》说吴承恩的词"清雅流丽,有秦少游之风",其实全然不是这么回事。吴氏本是通俗文学的行家里手,虽能诗词,终难改本色,因而会随时将其小说家法带入词中。于是在《射阳先生词》中就出现了这样一些有人物、有情节的词作,如《点绛唇》:

> 拜月亭前,年年欠下相思债。好无聊赖,斜倚阑干待。　　待月心情,只恐红儿解。阑干外,乘他不在,小语深深拜。

又《蝶恋花》:

> 红粉围墙开小院,杨柳垂檐,齐罩黄金线。斜倚门儿遥望见,见人笑闪芙蓉面。　　兽啮铜环扃一扇,香雪娇云,苦被闲遮断。忽地一声闻宝钏,隔帘弹出飞花片。

跟传统雅词写法不同的是,在吴承恩笔下不仅有人物,而且还有名字;并且这名字不是"檀郎"或"谢娘"那种从诗学传统继承下来的类型化的代称,而是来自世俗生活中的人物角色。"红儿"可能是《西厢记》中红娘一类的小丫环,小姐心仪的少年郎恐怕只有她最清楚,所以七夕拜月时要刻意避开她。"宝钏"则可能是词中女主人公的名字,就是那个"见人笑闪芙蓉面"的女孩。于是,围绕这个人物,以及"杨柳垂檐""红粉围墙小院"的环境,就有可能把故事情节敷演开来,或者按照几种不同的发展模式联想下去。总之,这里呈现的是与那种充满雅士淑女的相思怨别气息不同的世俗境界。由于此前曾在《剪灯新话》作者瞿佑词中找到过这种感觉,故而揣测,小说家之为词,或有与传统文人相区别而"别是一家"的格局与路径。一个练家子可能十八般武艺样样精通,但其最拿手的绝活可能在在皆有体现。

言至于此,不妨举一反三,来看看戏曲家之词的模样。以传奇《玉簪记》

名世的戏曲家高濂,亦是存词二百余首的重要词人。在此列举他的几首"题情"词。如《浪淘沙·题情》:

> 心事乱如麻,由我由他。平分只尺是天涯。不了不休长短恨,尽为君家。　　流水共飞花,负却年华。夜深低祝月儿斜。银汉鹊桥何日度,了却嗟呀。

又《醉春风·题情》:

> 娇惹游丝颤,笑掩齐纨扇。水边杨柳暮春时,见,见,见。钿垂金凤,衫剪彩云,裙拖白练。　　不住口边念,赤紧心头恋。落花飞絮斗相思,怨,怨,怨。心拴两地,意结三生,情牵一线。

又《西江月·题情》:

> 有恨不随流水,闲愁惯逐飞花。梦魂无日不天涯,醒处孤灯残夜。恩在难忘销骨,情含空自酸牙。重重叠叠剩还他,都在淋漓罗帕。

如果说吴承恩是以小说家法入词,那么高濂的词则是在一定程度上戏曲化了。此所谓"曲化"包括两层意思。一是指高濂的词作往往具有戏剧情境。如上文所引录的三首词:《浪淘沙》"夜深低祝月儿斜",可作《拜月亭》唱词;《醉春风》可作《玉簪记》中潘必正唱词;而《西江月》"梦魂无处不天涯"则俨然《离魂记》中张倩女的唱词。"曲化"的另一层意思是指,高濂词的语体风格也在一定程度上曲化了。比如"心事乱如麻,由我由他"这样的口语表达,"不住口边念,赤紧心头恋"这种戏曲唱词中常见的句法语汇,以及"重重叠叠剩还他,都在淋漓罗帕"这样的句式,都带有较为浓重的"戏味"。

当然,小说家词或戏曲家词只能算作明词创作中的"特例",明代尤其是晚明时期传统意义上的文人词或许才更具代表性和普遍性。例如吴鼎芳,他的词作更长于捕捉稍纵即逝的喜剧情境。如《迎春乐》:

> 没来由,断送春无价。一种种、莺花谢。芳心且付秋千耍,汗湿透、芙蓉衩。　　整备着、兰汤浴罢,悄立向、木香棚下。蓦地罗裙吹起,笑把春风骂。

正像李清照《如梦令》(昨夜雨疏风骤)、《点绛唇》(蹴罢秋千)等词乃从韩偓《香奁集》夺胎一样,吴鼎芳此词亦有所本。南朝民歌《子夜歌》曰:"揽裙未结带,约眉出前窗。罗裳易飘飏,小开骂春风。"吴鼎芳的这首《迎春乐》显然是从《子夜歌》点化而来,只不过增加了一些装饰性的细节而已。这个女子因为荡秋千,汗水浸透了荷花红色的裙衩;于是她浴罢兰汤,套上罗裙,悄立木香棚下,让青春的肌体享受清风的拂拭;不料一阵春风将罗裙吹起,虽然没人看见,却还是不免窘迫,于是将火撒向春风,既"笑"且"骂",无理却有情。此种情境,很容易让今天的读者联想到玛丽莲·梦露被下水道风吹起白裙的经典镜头。不难看出,无论前面有多少细节铺陈,作者着意渲染的还是末句略带情色意味和喜剧效果的瞬间图景。这是晚明文人普遍追求的趣味,也是明词中一种常见的性感"色素"。

董斯张的词,善于捕捉带有情感张力的戏剧情境,体察并描摹女性的细致举动与微妙心理。如《菩萨蛮·闺情》:

> 君还不到春将去,君归无处将春补。梁燕落红泥,打斜簪发犀。
> 邻家痴姊妹,笑语撩人泪。供得一瓶花,低头呆看他。

这首词写闺情,却不似传统写法,以双宿双飞的燕子或蝴蝶来反衬女子的孤独,而是故意拉来一个年龄略小、情窦未开的女孩作为陪衬。上片只是铺垫,技艺平平,开头两句尤显呆笨。妙在下片用白描手法,不动声色地将女儿心事宛转曲达。邻家少女天真无邪,恣意欢笑,不承想"多情却被无情恼",已将主人公撩下泪来。这女子却又不顾同伴,突然沉默,只是低头对着瓶花发呆。其实哪里是看花,而是一时"走神"。不知是因春归花残想到荡子未归,还是由花事凋零感慨美人迟暮。实际就晚明词而言,众芳芜秽、美人迟暮之类的主题虽然高雅却显隔阂。明人笔下的女性多为小家碧玉、邻家女孩,虽难逃浅俗之讥,却充满感性的生活气息。就如这首词中的女子,当然不是在看花,而是在想念心上人。邹祗谟称其词"风流调笑","情事如见"[①],盖指此类。

更富于喜剧色彩的是董斯张的《虞美人》:

> 缃桃几点红如酒,凭着雕阑久。娇波半合午归房,自笑无端瘗乱鬟

---

① (清)王士禛、邹祗谟:《倚声初集》卷5,清顺治十七年刻本,《续修四库全书》第1729册,第258页。

边凰。　　梦中伊对双鬟笑,从不妨他到。醒时不比梦时真,急唤双鬟跪到问来因。

这首词上演了一出好戏,颇具戏剧冲突和舞台效果。上片只是铺垫,推出女主人公而已。下片写她梦见自己的郎君对着侍女笑,醒后寻思,不禁心生醋意,于是气急败坏地叫侍女来审问,而侍女自然既无辜又无奈。这里写女子因爱生妒,因妒生嗔,患得患失,居然将梦坐实,虽然无理,却极富生活气息。明代女词人姚青娥《玉蝴蝶》一词写女主人公"半醉带郎冠,暗中试小鬟",亦是提防侍女越轨,与此词恰堪互证。《古今词统》卷八选录此词,评曰:"此必闺中实有此事,董即代为谱之。"意思是说,此等事必定有生活原型,否则作者是很难杜撰出来的。事实上,在明代时调小曲中,类似情境正可谓屡见而不鲜。这种逼近世俗生活的细节描写,原本是宜入时调而不宜入词的。而晚明艳词把民歌之擅场纳入词的疆域,既增加了词的波俏与机趣,也生发出与唐宋艳词迥异的艺术情调。

单恂(1602—1671),字质生,号莼僧,华亭(今属上海)人。其诗风格与韩偓《香奁集》近似,风流俊逸。其词与诗同一机杼,而因艳情题材更增妍媚。沈雄《古今词话》曰:"曾见莼僧与同学论词,所尚当行者,选旨遥深,含情丽楚,纵复弦中防露,衿里回文,要不失三百篇与骚赋古乐府之遗意。故其《竹香庵词》工于言情,而藻思丽句,复不犹人也。"[1]单恂词作风格,于此大致可以想见。又曹尔堪在为董俞《玉凫词》所作序中,有"尚木清华,莼僧香丽"之评[2],以"香丽"二字界定单恂词风,甚为精准。如《菩萨蛮·重见》:

> 别时月晕梨花夜,如今芍药和烟谢。好是忆成痴,伊家全不知。
> 犹将身份做,恰像生疏个。停会始低声,多时郎瘦生。

作为同类词例,再来看沈谦《菩萨蛮·再见》:

> 相携斗草藏春洞,垂髫覆额眉痕重。惯会发娇嗔,自输翻打人。
> 玉栏今再见,熟面如生面。低唤小时名,回身不肯应。

---

[1]　(清)沈雄:《古今词话》词评下卷,见唐圭璋:《词话丛编》,北京:中华书局 2005 年版,第 1037 页。

[2]　(清)董俞:《玉凫词》卷首曹尔堪序,见张宏生:《清词珍本丛刊》,南京:凤凰出版社 2007 年版,第 5 册,第 841 页。

二词所写皆类似戏曲情境,真有异曲同工之妙。单恂之词,叙述视角在男子一方,在小生角色。终于和心上人重逢,本想上前一诉相思之苦,无奈"伊家"碍于闺秀身份,矜持做作,恰似崔莺莺、杜丽娘一样"有许多假处",刻意与其保持距离。她拿捏一阵儿,还是按捺不住,于是低声问道:你怎么瘦成这般模样? 沈谦之词,上片写幼时青梅竹马情景,"惯会发娇嗔,自输翻打人"二句,写女孩娇憨性情,真切如见。下片写今日重见,女孩生疏而拘谨,不复童年光景。二词所展现的情境、情趣,唐宋词中似不可多见,却恰如戏曲中的一出或一折。词之曲化,或在主题内容,或在语汇意象,而此种乃以戏曲情境入词,亦是曲化的一种形式。

三、民歌化的神理意味

如果说,词的诗化或曲化是宋元以后词体进化的寻常路径,那么词的民歌化则几乎可以作为明代尤其是晚明特有的词学现象。民歌传统源远流长,绵延不绝。唐、宋、元三代的民歌看似断档,实则是被风头鼎盛的唐诗、宋词、元曲遮蔽的假象。到了明代,伴随着雅文学的失势和俗文学的崛起,民歌便有如"春风吹又生"的野草,呈现出令雅文学阵营惊叹而服膺的反弹态势。在民歌所具有的原始生机和野性魅力的映衬下,端庄且讲究规矩格调的诗文显得沉腐老旧、了无生气,一时间连身处雅文学阵营的文人们也觉得自惭形秽,开始对《打枣杆》《劈破玉》之类民歌顶礼膜拜了。

民歌始终以表现艳情题材为擅场。相较于《诗经》之《国风》或南朝民歌经过了文人的过度加工与改造,明代民歌因为有俗文化崛起的社会背景以及冯梦龙等有识文人的收集保存,较好地留存了原始本真面貌,所以在男女情爱方面也表现得更为突出一些。尽管有些稍显粗俗直露,但从总体上说,明代民歌在表现作为本性的"食色"之"色"上,仍具超越雅俗之辨的魅力。就词而言,原初为胡夷里巷之曲,本就与民歌有着同根同源的联系。唐宋时期,曲子词虽然呈现出由民间底层向上流社会蔓延的趋势,却依然不时显现其类似民歌的原始基因。如温庭筠《南歌子》:"手里金鹦鹉,胸前绣凤凰。偷眼暗形相,不如从嫁与,作鸳鸯。"韦庄《思帝乡》:"春日游,杏花吹满头。陌上谁家年少,足风流。妾拟将身嫁与,一生休。纵被无情弃,不能羞。"以及牛希济"终日劈桃瓤,人在心儿里"(《生查子》),李之仪"我住长江头,君住长江尾"(《卜算子》)之类,皆可见词与民歌的亲缘关系。既有如此渊源,再加上晚明时期民歌时调之盛行,可谓天时地利人和,晚明词的民歌化就是顺理成章的了。

在晚明冯梦龙所编民歌集《挂枝儿》《山歌》中,文人创作的拟民歌所在多有。如编入《挂枝儿》"想部"的《喷嚏》：

> 对妆台忽然间打个喷嚏，(想是)有情哥思量我寄个信儿。难道他思量我刚刚一次。自从别了你，日日泪珠垂。(似我这等)把你思量也，(想你的)喷嚏儿常似雨。

冯梦龙于原作后评曰："此篇乃董遐周所作。遐周旷世才人，亦千古情人，诗赋文词，靡所不工。其才吾不能测之，而其情则津津笔舌下矣。愿言则嚏，一发于诗人，再发于遐周，遂使无情之人，喷嚏亦不许打一个。可以人而无情乎哉！"[1]幸赖冯梦龙的这段文字，我们才得知这是一首模仿时调小曲的拟民歌，实出自董斯张的文人伎俩。除此之外，又如《怨部·是非》(俏冤家进门来缘何不坐)，为黄方胤作；《欢部·打》(几番番要打你莫当是戏)，为米万钟(仲诏)作；《咏部·骰子》(骰子儿我爱你清奇骨格)，为李元实作；以及《山歌》集中的《私情四句·捉奸》(古人说话弗中听)，为苏子忠作。它们因有编者冯梦龙的附注说明，后人才知道是文人拟仿之作，否则淹没在市井曲调中，倒真的是楮叶难辨啊。由此可见，文人于民歌濡染既久，已达声口毕肖的境界了。

在词的民歌化方面，王世贞可谓始作俑者。如其《南乡子·怨欢》：

> 薄行总难熬，刚把黄昏醉玉箫。妾似凤凰桥下月，空捞。郎似初三十八潮。　　猛见旧鲛绡，几点飞红晕翠涛。点起更筹和泪滴，心苗。火片真情冷地消。

陈子龙《幽兰草词序》历数刘基、杨慎、王世贞诸家词，言及"元美取境似酌苏、柳间，然如'凤凰桥下'语，未免时堕吴歌"[2]，即就该词发论。实际上，王世贞岂止是"时堕吴歌"，其词有不少都显现出民歌渗透的痕迹。如《长相思》："东陌头，西陌头，陌上香尘粘碧油。见花花自羞。　　南高峰，北高峰，两处峰高愁杀侬。行云无定踪。"《甘草子》："轻暖轻寒相剿剁，做不痒不疼心绪。"《生查子》："人是此生人，债是前生债。"诸此种种，俱富民歌韵味。可见他不是"时堕吴歌"，而直是念兹在兹，心摹手追了。

---

①　魏同贤主编：《冯梦龙全集》第42册，南京：江苏古籍出版社1993年版，第62页。
②　(明)陈子龙《幽兰草词序》，见(明)陈子龙撰，孙启治校点：《安雅堂稿》卷5，沈阳：辽宁教育出版社2003年版，第73页。

晚明词的民歌化，是沿着内在情韵与外在形式两条道路并驾齐驱的。所谓内在情韵，是指偏重民歌化的情境情趣，而不单在外部语言风格上用力。如前引董斯张《虞美人》(缃桃几点红如酒)表现女子的嗔妒与无理，单恂《菩萨蛮·重见》(别时月晕梨花夜)对生活场景细致而生动的刻画，皆是显例。又如吴鼎芳《薄命女》：

> 心怯怯，就影潜来花底月，还了风流业。　　悄声珠帘慢揭，认得湘波裙褶。敛笑凝眸红两颊，故把灯吹灭。

又如董斯张《减字木兰花·荡桨》：

> 吴菱将老，拾翠相邀湖溆好。小拨迴塘，冷碧浅裙玉汗香。　　绿蒲深处，笑趁双鸳同往往。见有人来，故意兰桡拢不开。

这些词作并不单在话语风格上模仿民歌的谐音双关或双声叠韵，而是着力捕捉民歌化的细节和情韵。吴鼎芳的《薄命女》写的是明代民歌中最普遍的幽期欢会场景；董斯张的《减字木兰花》则具有更浓烈的戏剧色彩，并且富于喜剧意味。像这样的情景，搬到舞台上去也是比较讨好的。

外在形式则是由字面、意象、修辞手法和语体风格等因素构成。对于熟悉传统民歌尤其是明代民歌的人而言，其外在形式多以显性因素呈现，一读即可感知，因而具体分析几乎都是多余的。如林章《长相思·春思》：

> 江南头，江北头，水满花湾花满洲，花间是妾楼。　　郎东头，妾西头，妾处春波郎处流，劝郎休荡舟。

王屋《两同心》：

> 侬唱莲歌，郎唱菱歌。虽则共、水村长养，不曾惯、江上风波。急迴桡，郎住塘坳，侬住林阿。　　潮平并流如梭，转个陂陀。恰小妹、提筐索藕，正情哥、挽棹求荷。指西头，落日教看，来日晴多。

它们所运用的语辞、意象以及谐音双关等修辞手法，皆为乐府民歌惯用伎俩，明词民歌化程度之深于此可见。其他摘句如郑汝璧《重叠金·郊行》："村妇不关愁，杏花插满头。"吴鼎芳《送入我门来》："君同秋去春来燕，奈妾似朝开暮落花。"吴骐《虞美人·春思》:"那能身化杏花绡,裁作裙儿紧贴玉人腰。"沈谦《鹧鸪天·夜怨》:"口衔莲子兼红豆,尝遍相思若在心。"这类词句,移植了民歌的质朴风情,为词注入生机与活力,既接地气,又过滤掉尘俗,实可谓明词民歌化的俊语。

四、清新俊逸的语体风格

明人对于词的审美追求,往往不是展露于词话,而是更直接地表现在词集评点中。明人评点词集二十余种,其中如汤显祖评《花间集》,卓人月编选、徐士俊参评《古今词统》,茅暎编选《词的》,沈际飞汇编《古香岑草堂诗余四集》等,皆具有一定的代表性。它们连同当时流行的戏曲、小说或古文评点,构成晚明文学批评的一道靓丽风景。其理论价值或许并不高,但却具有一定的认知价值,即藉此可见晚明文人的审美趣味。在晚明词集评点中,最常出现的字眼有娇、俊(隽)、慧、倩、韵、致、媚、妖等。娇有娇媚、娇痴、娇怨、娇憨、娇警、娇荡;俊有新俊、奇俊、细俊,又有俊爽、俊俏,或用俊字、俊句,或通体皆俊;慧有玄慧、细慧、大慧;倩有幽倩、倩艳。这些话头或字眼散落各处并不惹眼,合而观之则可见晚明词评的审美趋向。跟这些肯定性评价的字眼相对,还有一些常用的负面评价语辞,如呆、腐、拙、肥、村、蠢以及寒酸、粗鄙等等,它们与上述肯定性字眼一起,相反相成,共同构成晚明词学批评的言说方式和话语体系。若试图加以概括整合,则如茅暎《词的》所谓"幽俊香艳,为词家当行","香弱脆溜,自是正宗",或沈际飞所谓"浅至俊俏",庶几相近。

在论及词的语体风格时,我们没有必要执守雅与俗二元对立的思维模式,仅凭一个"俗"字就将明词彻底否定掉。雅与俗不该成为作品优劣的标签,更不应当作对词价值评判的唯一准绳。历经唐宋数百年的创作实践,词业已形成相对稳定的审美范式,与之相匹配的语汇意象,唐宋词人几乎已经发掘殆尽。于是对后世词人来说,也就只剩两条道路可供选择:一是因承,二是新变。"因承"就是继续沿用宋人惯用的话头与意象,重新排列组合,其成果读起来宛若宋词风调,实际却相当于隐括或集句,对词体发展并没有真正的贡献。如陈铎效颦《草堂诗余》,戴冠遍和《断肠词》,张杞逐首追和《花间集》,诞生的便是这种"格式化"词作。"新变"则意味着大胆摈弃久成套路的话语模式,吸收鲜活的流行语汇,从而实现词体语言风格的转型或重塑。如此说来,晚明词人的贡献正在于此。对于明代后期词人而言,宋词仿佛已成"古典",而那些名篇佳句俨然作为"经典"被奉上神坛。这种古典、经典固然值得后人尊崇、膜拜,但同时也造成隔膜与疏离之感,失去了它当初的魅力与生机。而晚明词人将词置于大的文学生态系统中,从邻近的戏曲与民歌中借鉴汲取,遂构成一种词、曲、民歌相融互渗的语体风格。陈子龙尝言王世贞词"时堕吴歌"①,陈廷焯则称杨慎词"时杂曲语"②,虽然均含否定意图,却显然点破了某个事实,这或许也可以说是一种"破体出位"吧。这种语体风格固然与宋词迥异,批评者会讥其"词语尘下",或"视宋人尚远"。而实际上,明人并不是在追步宋人,甚至可以说是刻意与宋词拉开距离。他们离古典与经典渐远,却距世俗生活更近,也更接地气。宋词语言是美,明词语言是俊;宋词如大家闺秀,雍容娴雅,举止适度,明词则如乡野村姑,无所拘束,却不乏生活情趣。这是一种别样的语体风格,而不可谓缺点。当然,我们在肯定明词风格特色的时候,是以那些水平线之上的作品以为例证。晚明艳词中确有粗俗鄙陋之作,但如清人那般专门搜罗差劣篇什来否定整个明词,自然也是有失公允的。

语体风格有别于某种单一的艺术手法,它是由字面、意象、修辞、典故以及字法、句法、章法等多种因素造成的统觉效果。为便于体察明体词的语体风格,除上文所举例词之外,此处另选录数首。吴鼎芳《醉公子》:

> 好梦轻抛去,朦胧留不住。莺滑柳丝长,断肠流水香。　　斜日穿花醉,无心熏绣被。春染薄罗裳,催人换晓妆。

晚明的短幅小令,喜欢采用早期词调,写法上亦尽量追求本色自然,语意清浅却留有余韵。当然,像"莺滑柳丝长,断肠流水香"这样的俊秀之句,正可谓天然好言语,无论是宋代才子晏几道,还是晚明才子汤显祖,应该都会大加称赏的。

顾同应(1585—1626),字仲从,号宾瑶,顾炎武的生父,因其兄同古早卒,遂把顾炎武过继给同古为嗣。其词清隽秀逸,最得"香而弱"之神韵。如《望江南·别怨》一组三首:

> 人别后,刚有梦见归。私语花阴猥一晌,幽欢屏曲颤多时,明日费寻思。
> 人别后,红泪滴残春。旖旎心情思不尽,娇憨模样记来真,谁似个

---

① (明)陈子龙:《幽兰草词序》,见(明)陈子龙撰,孙启治校点:《安雅堂稿》卷5,沈阳:辽宁教育出版社2003年版,第73页。

② (清)陈廷焯:《白雨斋词话》卷3,见唐圭璋:《词话丛编》,北京:中华书局2005年版,第3824页。

人人？

人别后，漂泊在江城。金屈膝开闲不锁，玉搔头坠腻无声，一向没心情。

这组词写的是传统的伤春怨别主题。此类主题唐宋时名家名篇极多，已将私相怨慕光景揣摩殆遍，所以很难推陈出新。顾同应能够写得清新自然，不落窠臼，殊为难得。首章"私语花阴猥一晌，幽欢屏曲颤多时"，借梦境以晕化，去色情之尘垢，秾艳而不流于淫亵，尖新而不失韶雅。王世贞所标榜的"一语之艳，令人魂绝，一字之工，令人色飞"之境界，弇州自己心向往之而未能至，顾同应此词殆足以践之。末章"金屈膝开闲不锁，玉搔头坠腻无声"，可谓天然巧对。金屈膝为黄金铰链。梁简文帝《乌栖曲》曰："织成屏风金屈戌，朱唇玉面灯前出。"韦庄《菩萨蛮》云："翠屏金屈曲，醉入花丛宿。"其中"金屈戌"或"金屈曲"乃一声之转，与此同意。以"金屈膝"对"玉搔头"，无论是器物还是情调，皆极适宜词体风调，而唐宋词人未尝发现，以留待顾同应成此巧对。后来纳兰性德《浣溪沙》"魂梦不离金屈戌，画图亲展玉鸦叉"，应是从顾同应词句化出而略作转换。

又如其《浣溪沙·所欢》：

玉韵花情描不成，琐窗小语杂流莺。鬓残襟䙓也娉婷。　　曾戏嘱卿卿莫忆，忆侬侬不忆卿卿。卿言奴只是关情。

该词在明季诸家词选中入选频率极高，而且颇受称道。沈际飞《草堂诗余新集》评曰"散发乱头俱好"，又谓"宛乎对语"，意谓此词宛若少男少女喁喁对话，词人只是捕捉剪裁而已。卓人月、徐士俊《古今词统》评曰："后半妙在一气如话。"[①]事实上，较之顾同应其他词作，这首词更多尘俗气息，也更接近《打枣竿》《劈破玉》等时调风情。从正统词学观来讲，这首词似乎不够典雅，但也正因为谐俗与民歌风味，它或许更接近"明体词"的理想格调。沈际飞、卓人月以及潘游龙等选家对它青眼有加，也许正是出于这方面的考量。

再来看董斯张的两首《虞美人》。《虞美人·礼佛》：

妆阑鹦鹉闲相㘈，念出弥陀字。双行缠拜梵王前，但见水沉香嫩博山烟。　　瓶留第一泉来供，花散黄梅冻。他生若得在西天，愿与萧郎

---

①　（明）卓人月、徐士俊：《古今词统》卷4，明崇祯刻本，《续修四库全书》第1728册，第537页。

做个并头莲。

亏得董斯张以"居士"自称,这里却把"色即是空"的经义抛到脑后去了。词中,礼佛女子口里念着阿弥陀佛,心中却想着萧郎。佛教用以象征澄明洁净的莲花意象,在此却成了男女爱情的见证。大约跟董斯张同时,充满传奇色彩的才女冯小青据说也写过一首《礼观音》(一作《拜慈云阁》):"稽首慈云大士前,莫生西土莫升天;愿将一滴杨枝水,洒作人间并蒂莲。"由于冯梦龙《情史》卷十四《小青传》也记录这首诗,所以可以猜想,专主情性的董斯张对小青其人其诗应该是熟悉的。《古今词统》卷八选录这首《虞美人》词,评语即为:"'愿为一滴杨枝水,洒作人间并蒂莲';小青、遐周,同声相应。"[①]可见,晚明时期,词与传说、诗文评点之间,以及雅俗文化或大小文化传统之间,彼此都是心有灵犀、交感互动的。又如《虞美人·映水》:

> 不曾认得春江水,自道娇无比。照来试问妾如何;但觉澄波为眼眼为波。　　晴涛微飐钗鸾曲,看杀心难足。君情倘得似春流,也有玉奴眉眼在心头。

这首词写女子临水自照,自矜自得。乍看是对这个女子的单方面描写,且摹拟女子口吻,然而实际上,画面之外却有一个"小生"在。这女子搔首弄姿是因为意中人在从旁欣赏,她的娇嗔或嗲气也是因为有那"傻角"的默许鼓励。"晴涛微飐钗鸾曲",是说风行江面,水光潋滟,所以水中女子头上的鸾钗倒影也因水波荡漾而微颤,细致传神,传达出"映水"与"对镜"的差异。整首词活泼生动,口吻调利,风格近似晚明时调小曲。《倚声初集》将其收录,王士禛评曰:"巧极,无刻画之痕,故是绝调。"[②]看来在清初编选《倚声初集》的顺、康之际,在词坛风会转向之前,王士禛对这种风格还是颇为赞许的。

又如单恂《浣溪沙·奈何》:

> 豆蔻花红满眼春,小帘帖燕雨如尘。踏青时节又因循。　　蓦地一团愁到了,怎生图个不眉颦。冷清清地奈何人。

---

① (明)卓人月、徐士俊:《古今词统》卷8,明崇祯刻本,《续修四库全书》第1728册,第623页。
② (清)王士禛、邹祇谟:《倚声初集》卷9,清顺治十七年刻本,《续修四库全书》第1729册,第308页。

这里写少女怀春光景,一字不涉淫亵,却自带慵倦无力、春思撩人的情绪。"蓦地一团愁到了",虽俗白却极富表现力,把无形之愁绪写得如一团乱麻、一团烟雾,填满胸臆而无可排遣。唐宋词写闲愁,常常借烟草飞絮、流水落花来即景传情,如此用白描手法写愁,前人似未曾有。

沈谦论词,颇受王世贞影响,盖以香艳婉约为宗。因其文字工力深厚,词中多有俊逸之语。如《踏莎行·旅梦》云:"野桥南去不逢人,濛濛一片杨花雪。"①沈雄《古今词话》评曰:"此即小山'梦魂惯得无拘锁,又逐杨花过野桥'也。"②所论甚是。而沈谦造境炼意,亦堪称行家。最能彰显明体词风格的是其《点绛唇·孜孜》:

> 香暖衾窝,背他好梦孜孜地。刺桐花底,小语东风细。　　步步提防,难把离魂系。重门闭,雨偷云嬲,元在罗帏里。

这首词写的是一场花月春梦。以"孜孜"为词题,实乃绝无仅有。所谓"孜孜",当然不是勤勉不懈地孜孜以求,而是专门用以表现男子对异性的贪恋心态。晁端礼《嬲人娇》词曰:"旋剔银灯,高褰斗帐,孜孜地、看伊模样。"意味与此相似。柳永《十二时》词云:"夜永有时,分明枕上,觑着孜孜地。烛暗时酒醒,元来又在梦里。"此数句更似沈谦创作之蓝本。"刺桐花底,小语东风细",尤为晚明词之"俊语"。

明人词中亦有数量可观的隽语警句,其之所以流传未广或不被今人所知,主要是由于明词被宋词所掩,同时也是因为关于明词的选本或推介文字有限,一些名篇名句还没来得及完成经典化的过程。当然,若要评价或勾勒晚明艳词的语言特色,必然取宋词为参照系。对此,需要强调的是,二者可以辨差别而不必分优劣。宋代词人因佳句而得名之显例,如"红杏尚书","三影郎中","山抹微云秦学士,露花倒影柳屯田",以及李清照"宠柳娇花""绿肥红瘦"之类,大多属于修辞炼字之所得。而明人志不在此。他们所追求的是韵,是趣,是带有感性细节的生活情趣。如林章《意难忘·别恨》下阕:"月明山色苍苍。怪昨宵恁短,今夜偏长。枕欹蛩响乱,衾薄露华凉。应有梦到伊傍,又迷却那厢。记门前一湾流水,蘸着垂杨。"写梦中要去跟情人幽会,谁知却意乱神迷,迷失道路,只是恍惚记得,美人家门外有一湾流水,

---

① 按:《全明词》据沈谦《东江别集》本录入,下句"濛濛"作"朦胧",而沈雄《古今词话》引作"濛濛",当是版本不同所致;比较而言,作"濛濛"义较胜。

② (清)沈雄:《古今词话》词话下卷,见唐圭璋:《词话丛编》,北京:中华书局 2005 年版,第 816 页。

水畔有拂水垂杨。"记门前一湾流水,蘸着垂杨"句,写痴情男子梦中意境,既真切生动,又饶有风致,堪与蒲松龄《聊斋志异》之《王桂庵》篇中"门前一树马樱花"相提并论。又如单恂《浣溪沙·晓妆》有"怯影慢抬双臂玉,惊人全泻满眸秋"句,本来说"玉臂"、说"秋波"似乎都是老生常谈,但是单恂一加改造重组,语言的魅力便被重新激活了。再如顾梦圭《喜迁莺·阳羡道中》"好山都在驿楼西",可谓无理而妙;陆深《浣溪沙·都下思家》"家在青山碧海头",则精警而大气。其他如吴承恩《风入松·和文衡山石湖夜泛》"想见年来江上,桃花乱点渔蓑";茅维《阮郎归·春思》"碧潭花溅紫骝嘶,楼头香雾迷";顾同应《浪淘沙·闺思》"小桃窗下背花眠";曹大同《何满子·闺情》"缭乱一腔春思,轻狂两岸杨花";郑以伟《满江红》"巴水迢迢,扁舟在、子规声里";沈自炳《玉楼春》"年年同嫁与东风,只有小楼红杏树";莫秉清《朝中措·新柳》"一缕相思摇曳,芳姿争奈残阳";顾若璞《浣溪沙》"三尺乌云随意挽,两条却月待萧郎"。诸此种种,俱为佳句,不惟无愧前人,更兼体现明体词俊逸风流的韵致。如果说以往清人拥有话语霸权,故明词只得任其噬点,而今既有《全明词》及《全明词补编》,若能放平心态,定会发现明词中佳篇秀句所在多有,其特色也是不容抹杀的。

参考文献

（一）著作类

《安雅堂稿》　陈子龙撰　辽宁教育出版社 2003 年版　《新世纪万有文库》本

《白话文学史》　胡适著　岳麓书社 2010 年版

《白氏长庆集》　白居易撰　《四部丛刊》本

《白榆集》　屠隆撰　（台北）伟文图书出版社有限公司 1977 年版

《白雨斋词话足本校注》　陈廷焯著，屈兴国校注　齐鲁书社 1983 年版

《百名家词钞》　聂先、曾王孙编　《续修四库全书》影印清康熙绿荫堂刻本

《北梦琐言》　孙光宪撰，孔凡礼选评　学苑出版社 2000 年版

《北宋词风嬗变与文学思潮》　孙虹著　上海古籍出版社 2009 年版

《北宋文人集会与诗歌》　熊海英著　中华书局 2008 年版

《碧山诗余》　王九思撰　《续修四库全书》影印明嘉靖刻本

《冰川诗式》　梁桥撰　《四库全书存目丛书》影印明隆庆四年朱睦桔梁梦龙刻本

《不列颠百科全书（国际中文版·修订版）》　中国大百科全书出版社 2007 年版

《草堂诗余》　顾从敬类选、沈际飞评正　明刻本

《陈岩野集》　陈邦彦撰　顺德县志办公室 1987 年版

《陈子龙文集》　陈子龙撰　华东师范大学出版社 1988 年版

《重编琼台稿》　邱濬撰　《四库全书》本

《春融堂集》　王昶著，陈明洁、朱惠国、裴风顺点校　上海文化出版社 2013 年版

《词的》　茅暎辑评　《四库未收书辑刊》影印清萃闵堂钞本

《词话丛编》　唐圭璋编　中华书局 2005 年版

《词话丛编续编》　朱崇才编纂　人民文学出版社 2010 年版

《词籍序跋萃编》　施蛰存主编　中国社会科学出版社 1994 年版

《词菁》 陆云龙辑 明崇祯四年刊翠娱阁行笈必携本

《词林万选》 杨慎选 《四库全书存目丛书》影印清乾隆十七年曲溪洪振珂
    重印明末毛氏汲古阁刻词苑英华本

《词律》 万树撰 上海古籍出版社 1984 年版

《词名索引》 吴藕汀编著 中华书局 2006 年版

《词曲史》 王易编 江苏文艺出版社 2008 年版

《词坛艳逸品》 杨肇祉辑 明刻本

《词选》 胡适选注 河北人民出版社 1999 年版

《词学季刊》 上海书店 1985 年影印本

《词学论丛》 唐圭璋撰 上海古籍出版社 1986 年版

《词学论著总目》 林玫仪主编 （台北）中央研究院中国文哲研究所筹备处
    1995 年版

《词学全书》 查培继辑编 中国书店 1984 年版

《词学筌蹄》 周瑛撰 《续修四库全书》影印清初抄本

《词学史料学》 王兆鹏著 中华书局 2004 年版

《词学通论》 吴梅著 复旦大学出版社 2006 年版

《词学通论》 吴梅著 华东师范大学出版社 1996 年版

《词则》 陈廷焯编选 上海古籍出版社 1984 年版

《词综》 朱彝尊、汪森编 上海古籍出版社 1978 年版

《词综补遗》 林葆恒编、张璋整理 上海古籍出版社 2005 年版

《大泌山房集》 李维桢撰 《四库全书存目丛书》影印明万历三十九年刻本

《戴氏集》 戴冠撰 《四库全书存目丛书》影印明嘉靖二十七年张鲁刻本

《东江集钞》 沈谦撰 《四库全书存目丛书》影印清康熙十五年沈圣昭、沈
    圣晖刻本

《东京梦华录注》 孟元老著，邓之诚注 中华书局 1982 年版

《东里文集》 杨士奇撰 中华书局 1998 年版

《敦煌曲子词集》 王重民辑 商务印书馆 1950 年版

《方山薛先生全集》 薛应旂撰 《续修四库全书》影印明嘉靖刻本

《焚书》 李贽撰 中华书局 2011 年版

《冯梦龙全集》 冯梦龙撰 上海古籍出版社 1993 年版

《冯梦龙全集》 冯梦龙撰 江苏古籍出版社 1993 年版

《觚不觚录》 王世贞撰 商务印书馆 1937 年版 《丛书集成初编》本

《姑苏竹枝词》 苏州市文化局编 百家出版社 2002 年版

《菰中随笔》 顾炎武撰 《四库全书存目丛书》影印清乾隆孔氏玉虹楼刻本

《古本戏曲丛刊初集》　古本戏曲丛刊编委会编　商务印书馆 1954 年影印本

《古代小说与诗词》　牛贵琥著　山西人民出版社 2005 年版

《古杭杂记》　李有撰　商务印书馆 1939 年版　《丛书集成初编》本

《古今词统》　卓人月、徐士俊编　《续修四库全书》影印明崇祯刻本

《归潜志》　刘祁撰　中华书局 1983 年版

《归田录》　欧阳修撰　中华书局 1981 年版

《翰林记》　黄佐撰　中华书局 1985 年版　《丛书集成初编》本

《何翰林集》　何良俊撰　《四库全书存目丛书》影印明嘉靖四十四年何氏香严精舍刻本

《衡藩重刻胥台先生集》　袁袠撰　《北京图书馆古籍珍本丛刊》影印明万历十二年衡藩刻本

《鸿苞》　屠隆撰　《四库全书存目丛书》影印明万历三十八年刻本

《湖海楼词集》　陈维崧撰　（台北）中华书局 1981 年版　《四部备要》本

《花庵词选》　黄昇辑　辽宁教育出版社 1997 年版　《新世纪万有文库》本

《花草粹编》　陈耀文辑　民国二十二年陶风楼据明万历刻本影印本

《花草粹编》　陈耀文辑，龙建国、杨有山点校　河北大学出版社 2007 年版

《花当阁丛谈》　徐复祚撰　《续修四库全书》影印清嘉庆刻借月山房汇抄本

《花间集》　赵崇祚辑，杨慎评，钟人杰笺　明天启四年读书堂花间草堂合刻本

《花间集补》　温博辑，陈红彦校点　辽宁教育出版社 1998 年版　《新世纪万有文库》本

《〈花间集〉接受史论稿》　李冬红著　齐鲁书社 2006 年版

《花间集校》　赵崇祚辑，李一氓校　人民文学出版社 1958 年版

《话本小说与诗词关系研究》　梁冬丽著　中国社会科学出版社 2013 年版

《画墁录》　张舜民撰　《四库全书》本

《挥麈诗话》　王兆云撰　商务印书馆 1936 年版　《丛书集成初编》本

《挥麈余话》　王明清撰　团结出版社 1997 年版　《四库全书精品文存》本

《绘事备考》　王毓贤撰　《四库全书》本

《汇选历代名贤词府全集》　鳙溪逸史编选，一得山人点校　明嘉靖刻本

《汲古堂集》　何白撰　《四库禁毁书丛刊》影印明万历刻本

《家藏集》　吴宽撰　《四库全书》本

《江南春词》　沈周等撰　《四库全书存目丛书》影印明嘉靖刻本

《姜斋诗话笺注》　王夫之著，戴鸿森笺注　人民文学出版社 1981 年版

《矫亭续稿》 方鹏撰 《四库全书存目丛书》影印明嘉靖十八年续刻本

《金明馆丛稿二编》 陈寅恪著 上海古籍出版社 1980 年版

《金元词通论》 陶然撰 上海古籍出版社 2001 年版

《金元明清词精选》 严迪昌编选 江苏古籍出版社 1992 年版

《金元明清词选》 夏承焘、张璋编 人民文学出版社 1983 年版

《金元明人词话》 孙克强、岳淑珍编著 南开大学出版社 2012 年版

《精选古今诗余醉》 潘游龙辑 辽宁教育出版社 2003 年版 《新世纪万有
文库》本

《拘虚诗谈》 陈沂撰 《四明丛书》本

《康熙词谱》 陈廷敬、王奕清等编 岳麓书社 2000 年版

《珂雪斋集》 袁中道撰 上海古籍出版社 1989 年版

《客座赘语》 顾起元撰 中华书局 1987 年版

《空同集》 李梦阳撰 《四库全书》本

《快雪堂集》 冯梦祯撰 《四库全书存目丛书》影印明万历四十四年黄汝亨
朱之蕃等刻本

《来恩堂草》 姚舜牧撰 《四库禁毁书丛刊》影印明刻本

《兰皋明词汇选》 顾璟芳等编 辽宁教育出版社 1998 年版

《谰言长语》 曹安撰 《四库全书》本

《娜嬛文集》 张岱撰 故宫出版社 2012 年版

《类编草堂诗余》 胡桂芳辑 明万历三十五年黄作霖等刻本

《类选草堂诗余》 顾从敬辑 万历甲申孟秋重刻本

《类选笺释草堂诗余》 顾从敬辑 明嘉靖刻本

《类编笺释国朝诗余》 钱允治辑,陈仁锡笺释 《续修四库全书》影印明万
历四十二年刻本

《李开先集》 李开先撰 中华书局 1959 年版

《李开先全集》 李开先著,卜键笺校 上海古籍出版社 2014 年版

《李中麓闲居集》 李开先撰 《续修四库全书》影印明刻本

《李贽文集》 李贽撰 社会科学文献出版社 2000 年版

《历代词话》 张璋等编纂 大象出版社 2002 年版

《历代词话续编》 张璋等编纂 大象出版社 2005 年版

《历代诗话》 何文焕辑 中华书局 1981 年版

《历代诗话续编》 丁福保辑 中华书局 1983 年版

《历代竹枝词》 王利器等编 陕西人民出版社 2003 年版

《列朝诗集小传》 钱谦益撰 （台北)明文书局 1991 年版

《流变与审美视阈中的唐宋艳情词研究》 蒋晓城著 江西人民出版社
　2009年版

《刘禹锡集笺证》 刘禹锡著,瞿蜕园笺证 上海古籍出版社 1989年版

《刘子威集》 刘凤撰 《丛书集成三编》本

《六研斋笔记》 李日华撰 凤凰出版社 2010年版

《龙榆生词学论文集》 龙榆生著 上海古籍出版社 1997年版

《楼居杂著》 朱存理撰 《四库全书》本

《梅文化论丛》 程杰著 中华书局 2007年版

《美的历程》 李泽厚著 天津社会科学院出版社 2001年版

《媚幽阁文娱》 郑元勋辑 《四库禁毁书丛刊》影印明崇祯刻本

《明别集版本志》 崔建英辑 中华书局 2006年版

《明词汇刊》 赵尊岳辑 上海古籍出版社 1992年影印版

《明词纪事会评》 尤振中、尤以丁编著 黄山书社 1995年版

《明词史》(增订版) 张仲谋著 人民文学出版社 2020年版

《明词综》 王昶编 清刻本

《明代词人群体和流派》 张仲谋 三联书店 2020年版

《明代词史》 余意著 北京大学出版社 2015年版

《明代词选研究》 陶子珍著 （台北）秀威资讯科技股份有限公司 2003
　年版

《明代词学编年史》 张仲谋、王靖懿著 高等教育出版社 2015年版

《明代词学批评史》 岳淑珍著 社会科学文献出版社 2014年版

《明代词学通论》 张仲谋著 中华书局 2013年版

《明代词学之建构》 余意著 上海古籍出版社 2009年版

《明代前中期诗学辨体理论研究》 邓新跃著 上海古籍出版社 2007年版

《明代诗学的逻辑进程与主要理论问题》 陈文新著 武汉大学出版社
　2007年版

《明代文化史》 商传著 东方出版社 2007年版

《明代文学复古运动研究》 廖可斌著 商务印书馆 2008年版

《明代文学与科举文化国际学术研讨会论文集》 陈文新、余来明主编 武
　汉大学出版社 2010年版

《明代中后期词坛研究》 张若兰著 中国社会科学出版社 2010年版

《明代中晚期江南士人社会交往研究》 徐林著 上海古籍出版社 2006
　年版

《明代中央文官制度与文学》 叶晔著 浙江大学出版社 2011年版

《鸣鹤余音》 彭致中编 《四库全书存目丛书》影印明钞本

《名家词集》 侯文灿辑 江苏古籍出版社 1988 年版 《宛委别藏》本

《明鉴》 印鸾章著 上海书店 1984 年版

《明清词研究史稿》 朱惠国、刘明玉著 齐鲁书社 2006 年版

《明清时期儒学核心价值的转换》 王国良著 安徽大学出版社 2002 年版

《明清之际党社运动考》 谢国桢著 中华书局 1982 年版

《明清之际江南词学思想研究》 李康化著 巴蜀书社 2001 年版

《明清之际士大夫研究》 赵园著 北京大学出版社 1999 年版

《明诗归》 钟惺、谭元春编 《四库全书存目丛书》影印清钞本

《明诗纪事》 陈田辑撰 上海古籍出版社 1994 年版

《明实录》 中央研究院历史语言研究所校印本 1983 年版

《明史》 张廷玉等撰 中华书局 1974 年版

《明史纪事本末》 谷应泰撰 中华书局 1977 年版

《明史讲义》 孟森著 岳麓书社 2010 年版

《明文海》 黄宗羲编 中华书局 1987 年版

《明文衡》 程敏政编 《四库全书》本

《南濠诗话》 都穆撰 《四库全书存目丛书》影印清乾隆道光间长塘鲍氏刻
    知不足斋丛书本

《能改斋漫录》 吴曾撰 中华书局 1985 年版 《丛书集成初编》本

《廿二史札记》 赵翼撰 凤凰出版社 2008 年版

《潘之恒曲话》 潘之恒撰 中国戏剧出版社 1988 年版

《普列汉诺夫美学论文集》 普列汉诺夫著,曹葆华译 人民出版社 1983
    年版

《曝书亭集》 朱彝尊撰 世界书局 1937 年版

《祁彪佳文稿》 祁彪佳撰 书目文献出版社 1991 年版

《耆旧续闻》 陈鹄撰 上海古籍出版社 2001 年版 《宋元笔记小说大
    观》本

《千顷堂书目》 黄虞稷撰 上海古籍出版社 2001 年版

《彊村丛书》 朱孝臧辑著 上海书店、江苏广陵古籍刻印社 1989 年版

《清词的传承与开拓》 沙先一、张晖著 上海古籍出版社 2008 年版

《清词史》 严迪昌撰 江苏古籍出版社 1990 年版

《清初遗民词人群体研究》 周焕卿著 上海古籍出版社 2008 年版

《清代词学的建构》 张宏生撰 江苏古籍出版社 1998 年版

《清史列传》 王钟翰点校 中华书局 1989 年版

《青金集》 史迁撰 《北京图书馆古籍珍本丛刊》影印清抄本

《青箱杂记》 吴处厚撰 中华书局 1985 年版

《秋佳轩诗余》 易震吉撰 《续修四库全书》影印明崇祯刻本

《秋水庵花影集》 施绍莘撰 《续修四库全书》影印明末刻本

《屈大均诗词编年笺校》 屈大均撰,陈永正笺校 中山大学出版社 2000
　年版

《全芳备祖》 陈景沂辑 农业出版社 1982 年版 《中国农学珍本丛刊》本

《全金元词》 唐圭璋辑 中华书局 1979 年版

《全明词》 饶宗颐初纂,张璋总纂 中华书局 2004 年版

《全明词补编》 周明初、叶晔补编 浙江大学出版社 2007 年版

《全明诗话》 周维德集校 齐鲁书社 2005 年版

《全清词》(顺康卷) 南京大学中国语言文学系全清词编委会编 中华书局
　2002 年版

《全宋词》 唐圭璋编纂,王仲闻参订,孔凡礼补辑 中华书局 1999 年版

《全唐五代词》 曾昭岷、曹济平、王兆鹏、刘尊明 中华书局 1999 年版

《群体的选择——唐宋人词选与词人群通论》 肖鹏著 凤凰出版社 2009
　年版

《人间词话》 王国维撰 上海古籍出版社 1998 年版

《日本藏宋人文集善本钩沉》 严绍璗编撰 杭州大学出版社 1996 年版

《日下旧闻考》 于敏中等编纂 北京古籍出版社 1985 年版

《日知录集释》 顾炎武著,黄汝成集释 上海古籍出版社 1985 年版

《荣木堂合集》 陶汝鼐撰 《四库禁毁书丛刊》影印清康熙刻世彩堂汇印本

《商人与中国近世社会》 唐力行著 商务印书馆 2003 年版

《少室山房笔丛》 胡应麟撰 中华书局上海编辑所 1958 年校点本

《少室山房类稿》 胡应麟撰 《丛书集成续编》本

《舌华录》 曹臣编纂,喻岳衡点校 岳麓书社 1985 年版

《升庵长短句 升庵长短句续集》 杨慎撰 《续修四库全书》影印明嘉靖
　刻本

《升庵著述序跋》 王文才、张锡厚辑 云南人民出版社 1985 年版

《诗词散论》 缪钺著 上海古籍出版社 1982 年版

《诗薮》 胡应麟撰 《四库全书存目丛书》影印明刻本

《诗意的诠释学》 马里奥·J·瓦尔德斯著,史惠风译 中国人民大学出版
　社 2011 年版

《诗余画谱》 汪氏辑 上海古籍出版社 1988 年版

《诗余图谱》 张綖撰 明嘉靖丙申刻本

《诗余图谱》 张綖撰 《四库全书存目丛书》影印明末毛氏汲古阁刻词苑英华本

《诗余图谱》 张綖撰，谢天瑞补遗 《续修四库全书》影印明万历二十七年刻本

《诗源辨体》 许学夷著 人民文学出版社 1987 年版

《师竹堂集》 王祖嫡撰 《四库未收书辑刊》影印明天启间刻本

《石室谈诗》 赵士喆撰 民国二十四年东莱赵氏永廓堂刻本

《水南稿》 陈霆撰 《四库全书存目丛书》影印明正德五年刻本

《四库全书总目》 永瑢等撰 中华书局 1965 年版

《四库全书总目辨误》 杨武泉著 上海古籍出版社 2001 年版

《四库未收书目提要》 阮元撰 商务印书馆 1955 年版

《四溟诗话》 谢榛撰 人民文学出版社 1998 年版

《四友斋丛说》 何良俊撰 《四库全书存目丛书》影印明万历七年龚元成等刻本

《松窗梦语》 张瀚撰 上海古籍出版社 1986 年版

《嵩渚文集》 李濂撰 《北京图书馆古籍珍本丛刊》影印明嘉靖刻本

《宋词传播方式研究》 谭新红著 武汉大学出版社 2010 年版

《宋词题材研究》 许伯卿著 中华书局 2007 年版

《宋词欣赏教程》 张仲谋著 南京大学出版社 2007 年版

《宋代词学资料汇编》 张惠民编 汕头大学出版社 1993 年版

《宋代文学通论》 王水照著 河南大学出版社 1997 年版

《宋代咏梅文学研究》 程杰著 安徽文艺出版社 2002 年版

《宋金元词话全编》 邓子勉编 凤凰出版社 2008 年版

《宋名家词》 毛晋辑 《四库全书存目丛书》影印明崇祯毛氏汲古阁刻本

《宋人别集叙录》 祝尚书著 中华书局 1999 年版

《宋人总集叙录》 祝尚书著 中华书局 2004 年版

《宋诗选注》 钱钟书选注 人民文学出版社 1958 年版

《宋史》 脱脱等撰 中华书局 2000 年版

《宋元词话》 施蛰存、陈如江辑录 上海书店 1999 年版

《宋元戏曲史》 王国维著 上海古籍出版社 2008 年版

《苏轼诗集》 苏轼撰，孔凡礼点校 中华书局 1982 年版

《太函集》 汪道昆撰 《续修四库全书》影印明万历刻本

《太平广记》 李昉等编 中华书局 1961 年版

《谈艺录》 钱钟书著　中华书局1984年版

《汤显祖诗文集》 汤显祖撰，徐朔方笺校　上海古籍出版社1982年版

《唐声诗》 任半塘著　上海古籍出版社2006年版

《唐诗纪事》 计有功撰　《四库全书》本

《唐宋词传播方式研究》 钱锡生著　复旦大学出版社2009年版

《唐宋词的定量分析》 刘尊明、王兆鹏著　北京大学出版社2012年版

《唐宋词美学》 杨海明著　江苏教育出版社1998年版

《唐宋词史论》 王兆鹏著　人民文学出版社2000年版

《唐宋词通论》 吴熊和著　上海古籍出版社2010年版

《唐宋词欣赏》 夏承焘著　北京出版社2011年版

《唐宋词与商业文化关系研究》 王晓骊著　中国社会科学出版社2004年版

《唐宋词在明末清初的传播与接受》 陈水云等著　中国社会科学出版社2010年版

《天一阁藏明代方志选刊》 （台北）新文丰出版公司1985年版

《铁琴铜剑楼藏书题跋集录》 瞿良士辑　上海古籍出版社1985年版

《铁围山丛谈》 蔡絛撰　上海古籍出版社2001年版　《宋元笔记小说大观》本

《亭林诗文集》 顾炎武撰　《四部丛刊》影印清康熙刻本

《晚明诗歌研究》 李圣华著　人民文学出版社2002年版

《晚明思潮》 龚鹏程著　商务印书馆2005年版

《晚明文化与晚明艳情词研究》 薛青涛　新华出版社2016年版

《晚明自我观研究》 傅小凡著　巴蜀书社2001年版

《万历野获编》 沈德符撰　中华书局1959年版

《王国维文集》 王国维著　北京燕山出版社1997年版

《王季重十种》 王思任撰　浙江古籍出版社1987年版

《王学与中晚明士人心态》 左东岭著　人民文学出版社2000年版

《文敏集》 杨荣撰　《四库全书》本

《文体明辨》 徐师曾撰　《四库全书存目丛书》影印明万历建阳游榕活字印本

《文体明辨序说》 徐师曾著，罗根泽校点　人民文学出版社1998年版

《文章辨体》 吴讷撰　《四库全书存目丛书》影印明天顺八年刻本

《吴承恩诗文集笺注》 吴承恩著，刘修业辑校，刘怀玉笺校　上海古籍出版社1991年版

《梧冈集》 唐文凤撰 《四库全书》本

《吴熊和词学论集》 吴熊和撰 杭州大学出版社 1999 年版

《五杂组》 谢肇淛撰 上海书店出版社 2001 年版

《西谛书话》 郑振铎著 三联书店 1998 年版

《西湖八社诗帖》 祝时泰等撰 《四库全书存目丛书》影印清钞本

《西湖游览志余》 田汝成辑撰 上海古籍出版社 1980 年版

《戏瑕》 钱希言撰 《续修四库全书》影印明刻本

《湘山野录》 文莹撰 上海古籍出版社 2001 年版 《宋元笔记小说大观》本

《响玉集》 姚希孟撰 《四库禁毁书丛刊》影印明崇祯张叔籁等刻清閟全集本

《新刻李于麟先生批评注释草堂诗余隽》 吴从先辑 明万历四十七年师俭堂刻本

《新唐书》 欧阳修、宋祁撰 中华书局 1975 年版

《心学与美学》 赵士林著 中国社会科学出版社 1992 年版

《醒世姻缘传》 西周生撰 华夏出版社 2008 年版

《徐渭集》 徐渭撰 中华书局 2008 年版

《续四库提要三种》 胡玉缙撰,吴格整理 上海书店出版社 2002 年版

《续修四库全书提要》 王云五主持 台湾商务印书馆 1971 年版

《严迪昌论文自选集》 严迪昌著 中国书店 2005 年版

《岩栖幽事》 陈继儒撰 商务印书馆 1936 年版 《丛书集成初编》本

《俨山外集》 陆深撰 《四库全书》本

《弇州山人续稿》 王世贞撰 《四库全书》本

《杨文敏公集》 杨荣撰 (台北)文海出版社 1970 年版

《倚声初集》 邹祇谟、王士禛辑 《续修四库全书》影印清顺治十七年刻本

《蟫精隽》 徐伯龄撰 《四库全书》本

《隐秀轩集》 钟惺著,李先耕、崔重庆标校 上海古籍出版社 1992 年版

《幽兰草》《倡和诗余》 陈子龙、李雯、宋征璧撰 辽宁教育出版社 2000 年版

《幽梦影》 张潮撰 中华书局 2008 年版

《由拳集》 屠隆撰 《四库全书存目丛书》影印明万历八年冯梦祯刻本

《虞德园先生集》 虞淳熙撰 《四库禁毁书丛刊》影印明末刻本

《俞少卿集》 俞彦撰 《四库未收书辑刊》影印明崇祯刻本

《御定佩文斋咏物诗选》 张玉书等编 (台北)商务印书馆 1986 年版

《寓圃杂记》 王锜撰 中华书局 1984 年版

《喻世明言》 冯梦龙编著 中华书局 2009 年版

《原创在气》 涂光社著 百花洲文艺出版社 2001 年版

《袁宏道集笺校》 袁宏道撰，钱伯城笺校 上海古籍出版社 2008 年版

《元艺圃集》 李蓘撰 《四库全书》本

《乐府诗集》 郭茂倩辑 中华书局 1979 年版

《乐府遗音》 瞿佑撰 《续修四库全书》影印明抄本

《乐府指迷笺释》 沈义父撰，蔡嵩云笺释 人民文学出版社 1963 年版

《越缦堂读书记》 李慈铭撰 中华书局 1963 年版

《云间据目抄》 范濂撰 江苏广陵古籍刻印社 1983 年版 《笔记小说大观》本

《张南湖先生诗集》 张綖撰 《四库全书存目丛书》影印明嘉靖三十二年张守中刻本

《中国词学大辞典》 马兴荣、吴熊和、曹济平主编 浙江教育出版社 1996 年版

《中国词学史》 谢桃坊撰 巴蜀书社 1993 年版

《中国古代文论诗性特征研究》 李建中等著 武汉大学出版社 2007 年版

《中国古代戏曲序跋集》 吴毓华编著 中国戏剧出版社 1990 年版

《中国古典戏曲论著集成》 中国戏曲研究院编 中国戏剧出版社 1959 年版

《中国古典戏曲序跋汇编》 蔡毅编著 齐鲁书社 1989 年版

《中国古典小说叙事话语的诗性特征——以四大名著叙事话语中的诗歌为例》 李志艳著 巴蜀书社 2009 年版

《中国历代词分调评注——〈西江月〉》 王延龄、周致一评注 四川文艺出版社 1998 年版

《中国历代词学论著选》 陈良运编选 百花洲文艺出版社 1998 年版

《中国历代文论选》 郭绍虞主编 中华书局 1962 年版

《中国历代文论选新编》 黄霖、蒋凡主编 上海教育出版社 2008 年版

《中国历代小说序跋辑录》 黄清泉主编 华中师范大学出版社 1989 年版

《中国美学之雅俗精神》 李天道著 中华书局 2004 年版

《中国曲学大辞典》 齐森华等主编 浙江教育出版社 1997 年版

《中国思想史》(第二卷) 葛兆光著 复旦大学出版社 2001 年版

《中国早期启蒙思想史》 侯外庐著 人民出版社 1956 年版

《中华词律辞典》 潘慎、秋枫总编撰 吉林人民出版社 2005 年版

《中华竹枝词》 雷梦水、潘超等编 北京古籍出版社 1997 年版

《中吴纪闻》 龚明之撰 上海古籍出版社 2001 年版 《宋元笔记小说大观》本

《中原音韵》 周德清撰 《四库全书》本

《朱子语类》 黎靖德编,王星贤点校 中华书局 1986 年版

《渚山堂词话》 陈霆著,王幼安校点 人民文学出版社 1960 年版

《卓珂月先生全集》 卓人月撰 明崇祯十年传经堂刻本

《尊前集》 唱春莲校点 辽宁教育出版社 1998 年版 《新世纪万有文库》本

(二) 论文类

《词籍提要》 赵尊岳 《词学季刊》第 3 卷第 1 号

《词曲统观视角下明代词曲互动研究》 胡元翎 《中国社会科学报》2019 年 7 月 2 日

《从明"自度曲"现象以观明人"词曲融通"观念》 胡元翎、丁立云 《东北农业大学学报(社会科学版)》2020 年第 5 期

《从元曲看元代文人的心态》 许金榜 《山东师大学报(社会科学版)》1990 年第 5 期

《复古思潮与明代词学》 余意 《文艺理论研究》2013 年第 5 期

《古代咏物词的写作技巧》 李鹏飞 《古典文学知识》2010 年第 5 期

《关于明词研究新体系之建构前提的思考》 叶晔 《文学遗产》2015 年第 1 期

《老树春深更著花——清词述略》(下) 严迪昌 《文史知识》1987 年第 12 期

《两宋酬和词述略》 郭英德 《中国文学研究》1992 年第 1 期

《略论花间词的宗教文化倾向》 陶亚舒 《贵州社会科学》1994 年第 1 期

《略论竹枝词的诗学传统》 朱易安 《上海师范大学学报》2014 年第 2 期

《论词的闲适境界》 杨柏岭 《学术界》1999 年第 4 期

《论东坡词写景造境的艺术》 陶文鹏 《社会科学战线》1998 年第 1 期

《论东坡哲理词》 陶文鹏 《词学》第 13 辑

《论古典小说、戏曲中的词"别是一家"》 叶晔 《中国社会科学》2015 年第 11 期

《论〈江南春〉唱和的体式及其文化意味》 张仲谋 《南京师大学报(社会科学版)》2017 年第 2 期

《论金词的用调》 田玉琪 《江苏大学学报(社会科学版)》2009 年第 6 期

《论明词中衰》 金一平 《江海学刊》1997 年第 4 期

《论明代词集序跋的文献问题》 张仲谋 《南京师大学报（社会科学版）》
2010 年第 5 期

《论明代词学的理论建树》 张仲谋 《文学遗产》2006 年第 5 期

《论明代的明词批评》 朱惠国 《文艺理论研究》2007 年第 5 期

《论明代吴门词派》 张仲谋 《阅江学刊》2016 年第 1 期

《论清词的经典化》 沙先一、张宏生 《中国社会科学》2013 年第 12 期

《论宋代咏物词的两大创作范式》 张仲谋 《徐州工程学院学报（社会科学
版）》2009 年第 4 期

《论苏轼与宋人的咏物词》 吴帆 《文学遗产》2000 年第 3 期

《论〈艺苑卮言〉的词学史意义》 张仲谋 《中山大学学报（社会科学版）》
2018 年第 6 期

《明编词总集述评》 凌天松 华东师范大学 2008 年博士学位论文

《明词群体流派初探》 张仲谋 《中国社会科学报》2018 年 4 月 17 日第
7 版

《明词学的尊体策略与身份重构》 彭志 《文学遗产》2020 年第 3 期

《明词综论》 邓红梅 《中国韵文学刊》1999 年第 1 期

《明代词学通论》 刘劲松 华东师范大学 2016 年博士学位论文

《明代话本小说中的词作考论》 张仲谋 《明清小说研究》2008 年第 1 期

《明代论词词九首解读》 张仲谋 《南京师范大学文学院学报》2009 年第
3 期

《明代山人群体的生成演变及其文化意义》 张德建 《中国文化研究》2003
年夏之卷

《明代"山人意识"与中国词观的演变》 唐玲玲 《词学》第 13 辑

《明代戏曲中词的变体与词曲的互动》 李碧 《文学遗产》2019 年第 6 期

《明人分调编次观与唐宋词的分调经典化》 叶晔 《文学评论》2016 年第
1 期

《明正嘉年间山人文学及社会旨趣的变迁》 黄卓越 《文学评论》2003 年
第 5 期

《片玉山庄词存词略序》 沈惟贤 《青鹤》1936 年第 7 期

《前无古人的明代竹枝词创作》 王辉斌 《天府新论》2010 年第 5 期

《清人词学视野中的宋词经典》 郁玉英、王兆鹏 《江海学刊》2009 年第
1 期

《〈全明词〉中词学资料考释》 张仲谋 《词学》第 23 辑

《群体书写及词境拓充——论晚明女性词人及其词史意义》 余意 《中国韵文学刊》2015 年第 2 期

《"三言二拍"多用〈西江月〉词原因探析》 祝东 《内蒙古大学学报(哲学社会科学版)》2009 年第 2 期

《山人与晚明社会》 赵轶峰 《东北师大学报(哲学社会科学版)》2001 年第 1 期

《"山人"与晚明政局》 方志远 《中国社会科学》2010 年第 1 期

《〈苏武慢〉与词史中的理学体》 张仲谋 《江苏师范大学学报(哲学社会科学版)》2018 年第 1 期

《唐宋词调考实》 谢桃坊 《文学遗产》2012 年第 1 期

《唐宋词调之冠——〈浣溪沙〉初探》 白静、刘尊明 《湖北大学学报(哲学社会科学版)》2004 年第 2 期

《晚明柳洲词派考论》 张仲谋 《江苏师大学报》2015 年第 3 期

《晚明山人与山人诗》 李圣华 《西北师大学报(社会科学版)》2002 年第 4 期

《吴鼎芳与晚明艳词派》 张仲谋 《古典文学知识》2018 年第 1 期

《"潇湘八景"与中国古典园林》 赵海燕 《艺术探索》2011 年第 4 期

《元明词平议》 黄天骥、李恒义 《文学遗产》1994 年第 4 期

《中国传统词学视野中的"明词"之论》 胡建次 《湖南大学学报》2016 年第 2 期

图书在版编目(CIP)数据

明词特色及其历史生成研究/王靖懿著. --上海：
上海三联书店,2024.6
ISBN 978 - 7 - 5426 - 8230 - 7

Ⅰ.①明…　Ⅱ.①王…　Ⅲ.①词(文学)-诗词研究-
中国-明代　Ⅳ.①I207.23

中国国家版本馆 CIP 数据核字(2023)第 167600 号

明词特色及其历史生成研究

著　　者 / 王靖懿

责任编辑 / 郑秀艳
装帧设计 / 一本好书
监　　制 / 姚　军
责任校对 / 王凌霄

出版发行 / 上海三联书店
　　　　　 (200041)中国上海市静安区威海路 755 号 30 楼
邮　　箱 / sdxsanlian@sina.com
联系电话 / 编辑部：021 - 22895517
　　　　　 发行部：021 - 22895559
印　　刷 / 上海惠敦印务科技有限公司

版　　次 / 2024 年 6 月第 1 版
印　　次 / 2024 年 6 月第 1 次印刷
开　　本 / 710 mm × 1000 mm　1/16
字　　数 / 360 千字
印　　张 / 21
书　　号 / ISBN 978 - 7 - 5426 - 8230 - 7/I · 1833
定　　价 / 98.00 元

敬启读者,如发现本书有印装质量问题,请与印刷厂联系 021 - 63779028